MILLENNIUM ④

A marca FSC® é a garantia de que a madeira utilizada na fabricação do papel deste livro provém de florestas que foram gerenciadas de maneira ambientalmente correta, socialmente justa e economicamente viável, além de outras fontes de origem controlada.

A GAROTA NA TEIA DE ARANHA
DAVID LAGERCRANTZ

Tradução do sueco
Fernanda Sarmatz Åkesson
Guilherme Braga

1ª *reimpressão*

Copyright © David Lagercrantz
Publicado originalmente pela Norstedts na Suécia em 2015.
Publicado mediante acordo com a Norstedts Agency.

*Grafia atualizada segundo o Acordo Ortográfico da Língua Portuguesa de 1990,
que entrou em vigor no Brasil em 2009.*

Título original
Det som inte dödar oss

Capa
Retina_78

Preparação
Ciça Caropreso

Revisão
Angela das Neves
Isabel Jorge Cury

Dados Internacionais de Catalogação na Publicação (CIP)
(Câmara Brasileira do Livro, SP, Brasil)

Lagercrantz, David
 A garota na teia de aranha / David Lagercrantz ; tradução do sueco
Fernanda Sarmatz Åkesson, Guilherme Braga. — 1ª ed. — São Paulo :
Companhia das Letras, 2015.

 Título original : Det som inte dödar oss.
 ISBN 978-85-359-2610-1

 1. Ficção sueca I. Título.

15-05962   CDD-839.73

Índice para catálogo sistemático:
1. Ficção : Literatura sueca   839.73

[2015]
Todos os direitos desta edição reservados à
EDITORA SCHWARCZ S.A.
Rua Bandeira Paulista, 702, cj. 32
04532-002 — São Paulo — SP
Telefone: (11) 3707-3500
Fax: (11) 3707-3501
www.companhiadasletras.com.br
www.blogdacompanhia.com.br

SUMÁRIO

Prólogo: Um ano antes, ao raiar do dia, 7

I. O olho observador (1º a 21 de novembro), 9
II. Os labirintos da memória (21 a 23 de novembro), 163
III. Problemas assimétricos (24 de novembro a 3 de dezembro), 365

PRÓLOGO
UM ANO ANTES, AO RAIAR DO DIA

Esta história começa com um sonho, mas não um sonho particularmente notável. Apenas uma mão batendo com movimentos rítmicos e contínuos contra um colchão no velho quarto da Lundagatan.

Mesmo assim, o sonho desperta Lisbeth Salander ao raiar do dia, e em seguida ela se senta em frente ao computador para dar início à caçada.

I. O OLHO OBSERVADOR
1º A 21 DE NOVEMBRO

A NSA — National Security Agency — é um órgão federal dos Estados Unidos subordinado ao Departamento de Defesa. O escritório central da organização fica em Fort Meade, Maryland, na autoestrada de Patuxent.

Desde que foi fundada, em 1952, a NSA trabalha com espionagem de telecomunicações — hoje em dia sobretudo internet e telefone. O órgão aos poucos foi ganhando cada vez mais poderes e hoje intercepta diariamente mais de vinte bilhões de conversas e correspondências.

1. INÍCIO DE NOVEMBRO

Frans Balder sempre se considerou um mau pai.

August já tinha oito anos e Frans nunca havia se esforçado muito para exercer as funções de pai e nem podia dizer que agora já se sentisse confortável nesse papel. Mas o dever o chamava, e era assim que ele estava encarando. O menino andava passando por maus bocados com a mãe, ex-mulher dele, e com Lasse Westman, o desgraçado com quem ela tinha se casado.

Assim, Frans Balder pediu demissão de seu emprego no Vale do Silício, pegou um avião de volta para casa e naquele momento, quase em estado de choque, esperava um táxi no aeroporto de Arlanda. O tempo estava infernal. Uma tempestade castigava seu rosto, e pela centésima vez ele se perguntou se havia feito a coisa certa.

De todos os malucos narcisistas do mundo que não veem nada além do próprio umbigo, justamente ele estava prestes a se tornar pai em tempo integral — que loucura seria essa? Era quase como arranjar emprego num zoológico. Ele não entendia nada de crianças; para falar a verdade, não entendia nada sobre a vida. E o que era ainda mais estranho: ninguém tinha exigido nada dele. Nem sua mãe nem sua avó haviam telefonado exigindo que ele assumisse aquela responsabilidade.

Frans Balder tomou a decisão por conta própria e sem aviso prévio, apesar de uma antiga decisão judicial ter dado a guarda do menino à mãe. Agora ele simplesmente tinha resolvido aparecer na casa da ex-mulher e levar o filho para a casa dele. Com certeza aquilo lhe traria problemas. Com certeza levaria uma surra de Lasse Westman, que ficaria indignado. Mas estava decidido, e entrou num táxi conduzido por uma mulher que mastigava chiclete desesperadamente enquanto tentava puxar assunto. Mas ela não o tinha pegado num bom dia. Frans Balder não gostava de conversa fiada.

Simplesmente ficou sentado no banco de trás pensando no filho e em tudo que tinha acontecido nos últimos tempos. August não era a única nem a principal razão para ele ter se demitido da Solifon. Ele estava passando por uma fase crítica, e por um instante se perguntou se aguentaria. Quando estava a caminho de Vasastan foi como se o sangue o abandonasse e ele precisou resistir ao impulso de mandar tudo para o inferno. Não havia mais como voltar atrás.

Pagou o táxi na Torsgatan, pegou sua bagagem e, assim que cruzou o portão, largou-a no chão, levando consigo, ao subir os degraus, nada além da bolsa de viagem vazia e estampada com um mapa-múndi que havia comprado no aeroporto de San Francisco. Depois parou ofegante na frente da porta do apartamento, fechou os olhos e imaginou cenas de briga e loucura — e, verdade seja dita, quem poderia criticá-los por tal comportamento? Ninguém aparece do nada e leva uma criança embora, muito menos um pai que jamais havia participado da vida do filho a não ser através de depósitos bancários. Mas era uma emergência, ou pelo menos era isso que ele achava, portanto tomou coragem e tocou a campainha, por mais que sua vontade fosse fugir para longe daquilo.

A princípio ninguém atendeu. Mas minutos depois a porta se abriu e Lasse Westman apareceu com seus olhos azuis profundos, peito musculoso e mãos enormes, que davam a impressão de existir apenas para causar mal aos outros, o que muitas vezes o levava a interpretar papéis de vilão nas telas de cinema, mesmo que nenhum desses papéis — quanto a isto Frans Balder não tinha a menor dúvida — fosse tão vil quanto aquele que ele representava no dia a dia.

— Quem diria! — exclamou Lasse Westman. — O gênio veio nos visitar.

— Eu vim buscar o August — disse Frans Balder.

— Como é?

— Eu quero levar meu filho comigo, Lars.

— Você só pode estar brincando.

— Não estou brincando nem um pouco — ele disse. No instante seguinte, Hanna, sua ex-mulher, surgiu de um cômodo à esquerda do hall, já não tão bonita como em outros tempos. Tinham sido tristezas demais, e provavelmente também cigarros e bebida demais. Mesmo assim, uma ternura inesperada o invadiu, especialmente quando viu um hematoma no pescoço dela e percebeu que Hanna veio com a intenção de lhe dar boas-vindas, apesar de tudo. Mas ela não conseguiu nem abrir a boca.

— Por que você resolveu se interessar por ele de repente?

— Porque já chega. O August precisa de um lugar seguro para morar.

— E você por acaso tem como oferecer isso, Professor Pardal? Mesmo que nunca tenha feito nada além de olhar para a tela de um computador?

— Eu mudei — disse Frans Balder, sentindo-se patético, pois não tinha certeza de ter mudado nem um pouco.

Ele estremeceu quando Lasse Westman se aproximou com aquele corpo enorme, cheio de uma raiva contida. Nesse instante, ficou totalmente claro para Frans que não haveria como resistir se aquele maníaco o atacasse, e também que a ideia toda não tinha passado de uma loucura, do início ao fim. Mas o estranho foi que não houve nenhuma explosão, nenhuma cena; apenas um sorriso assustador e as palavras:

— Que ótima notícia!

— Como assim?

— Já estava mais do que na hora, não é mesmo, Hanna? Até que enfim um pouco de responsabilidade do sr. Ocupado. Bravo, bravo! — prosseguiu, batendo palmas num gesto teatral. E a seguir veio o que assustou Frans Balder mais do que qualquer outra coisa: a facilidade com que os dois lhe entregaram o menino.

Sem nenhum protesto, a não ser os de natureza simbólica, os dois deixaram que ele levasse August. Para eles, talvez o menino não passasse de um fardo. Não havia como saber. Hanna, com mãos trêmulas, lançou olhares enigmáticos para Frans e rangeu os dentes. Mas não fez muitas perguntas. Ela deveria ter feito um interrogatório, apresentado mil exigências e pedidos, e se preocupado com aquela mudança na rotina do filho. No entanto disse apenas:

— Tem certeza do que está fazendo? Você acha que consegue?

— Tenho certeza — ele respondeu, e os três foram para o quarto de August. Ao ver o filho pela primeira vez depois de mais de um ano, Frans se envergonhou.

Como podia ter abandonado um menino como aquele? Ele era bonito, encantador com seu cabelo grosso e ondulado e seu corpo esguio, os olhos azuis e sérios perdidos num quebra-cabeça de veleiro. Sua postura dava a impressão de dizer "Não me atrapalhe", então Frans avançou devagar, como se estivesse se aproximando de uma criatura estranha e imprevisível.

Mesmo assim conseguiu atrair a atenção do garoto e fazer com que pegasse em sua mão e o acompanhasse até o corredor. Jamais se esqueceria desse momento. O que August estava pensando? O que achava daquilo? Não tinha olhado nem para o pai nem para a mãe, e ignorara completamente os acenos e as palavras de adeus. Simplesmente desapareceu com Frans no elevador. Nada mais.

August era autista. Provavelmente tinha sérios problemas de desenvolvimento, embora as opiniões dos médicos divergissem sobre o assunto e a ideia que ele passava quando observado de longe fosse justamente a oposta. Com expressão séria e concentrada, o menino possuía uma aura de imponência, ou pelo menos dava a impressão de não se importar com o mundo ao redor. Ao olhá-lo mais de perto, porém, via-se um rosto como que coberto por um véu; e ele ainda não havia pronunciado as primeiras palavras.

August frustrara todas as previsões feitas quando ele tinha dois anos. Na época, os médicos disseram que ele provavelmente fazia parte da minoria de crianças autistas que não sofriam de deficiências mentais e que, se fizesse terapia comportamental, o prognóstico seria bom. Mas nada aconteceu como se esperava. Frans Balder não tinha visto o resultado de todo aquele tratamento e muito menos acompanhado a vida escolar do filho. Frans vivia num mundo todo seu, e um dia pegou um avião para os Estados Unidos, causando uma briga com todas as pessoas que conhecia.

Ele tinha se comportado como um idiota. Mas a partir daquele momento o que ele mais queria era pagar a dívida com o filho e cuidar dele. Passou a comprar periódicos acadêmicos e a telefonar para especialistas e pedagogos, e se havia uma coisa bastante clara era que todo o dinheiro que ele enviara não fora usado para o bem-estar do menino, mas para outros fins, que certamente tinham a ver com as extravagâncias e as jogatinas de Lasse Westman. O garoto dava a impressão de ter sido abandonado à própria sorte e, assim, se habituado a comportamentos obsessivos; e provavelmente tinha sido exposto a coisas ainda piores. Por isso Frans voltou para casa.

Um psicólogo havia entrado em contato com ele nos Estados Unidos, preocupado com um misterioso hematoma no corpo do menino. Frans viu essas marcas ao buscar o filho, elas estavam por toda parte, nos braços, nas pernas, peito e ombros de August. Segundo Hanna, elas eram resultado do comportamento autodestrutivo do menino nos momentos em que ele se atirava de um lado para outro; no dia seguinte à sua chegada, Frans Balder testemunhou um desses acessos e ficou apavorado. Mas aquilo ainda não parecia uma explicação convincente para os hematomas.

Suspeitando de violência doméstica, Frans recorreu à ajuda de um clínico geral e de um ex-policial que conhecia. Porém, mesmo que as suspeitas não tivessem sido confirmadas, o pai ficou cada vez mais aflito com a situação e por fim escreveu uma série de denúncias. Até então, era quase como se tivesse se esquecido da existência do menino. Frans Balder notou como era fácil esquecê-lo. August passava a maior parte do tempo sentado no chão do quarto que o pai reformara para ele na casa em Saltsjöbaden, com vista para o mar, montando com virtuosismo quebra-cabeças de centenas de peças, apenas para desmontá-los e recomeçar tudo assim que terminava.

No início Frans o observava fascinado. Era como acompanhar o trabalho de um artista, e às vezes tinha a impressão de que a qualquer instante o menino iria levantar o rosto e fazer algum comentário típico de um adulto. Mas August nunca dizia nada, e quando desviava a atenção do quebra-cabeça apenas piscava os olhos, com a cabeça de lado, e olhava através do pai em direção à janela e ao sol refletido na água do lado de fora, de modo que Frans, por fim, resolvia deixá-lo em paz. August podia ficar sozinho o tempo que quisesse. Na verdade, Frans também não saía muito com ele, nem mesmo para o jardim.

Do ponto de vista formal, ele ainda não tinha permissão para cuidar do garoto, portanto não queria se aventurar muito em lugares públicos enquanto não tivesse resolvido a parte jurídica. As compras, bem como as refeições e a limpeza da casa, ficavam a cargo de Lottie Hask, a empregada — Frans Balder não era bom nos aspectos práticos da vida. Entendia de computadores, algoritmos e de praticamente mais nada, e à medida que o tempo passava se ocupava mais desses assuntos e da troca de correspondência com seus advogados. À noite dormia tão mal como quando vivia nos Estados Unidos.

Ele se angustiava e antevia problemas pela frente, e todas as noites bebia uma garrafa inteira de vinho tinto, quase sempre um Amarone, o que só trazia alívio momentâneo. Começou a se sentir cada vez pior, a fantasiar sobre desaparecer em uma nuvem de fumaça ou fugir para um lugar selvagem, livre de qualquer noção de honra e dever. Em um sábado de novembro, aconteceu. Era uma noite gelada e de ventania, e ele e August caminhavam ao longo da Ringvägen, em Söder, tiritando de frio.

Os dois haviam jantado na casa de Farah Sharif, na Zinkens Väg, e August já devia estar na cama há muito tempo. Mas o jantar se estendera e Frans Balder havia falado mais do que devia. Farah Sharif tinha esse ta¹ nto. As pessoas abriam o coração para ela. Frans a conhecia desde a época em que tinham sido colegas de ciências da computação no Imperial College, de Londres, e Farah era uma das raras pessoas na Suécia com conhecimentos comparáveis aos dele, ou pelo menos uma das poucas pessoas por quem ele tinha algum carinho. Era um alívio conversar com alguém que o entendia.

Farah Sharif também o atraía, mas apesar de várias tentativas ele nunca tinha conseguido conquistá-la. Frans Balder não era do tipo sedutor. Nesse dia, porém, o abraço de despedida por pouco não havia se transformado num beijo, o que pareceu a Frans um grande progresso. Era nisso que ele pensava quando passou com August pelo ginásio Zinkensdamm.

Frans resolveu que da próxima vez contrataria uma babá, assim talvez... Quem sabe? Um pouco mais ao longe, um cachorro latia. Uma voz feminina soltou um grito de irritação ou de alegria logo atrás, ele olhou na direção da Hornsgatan e do cruzamento onde havia pensado em pegar um táxi ou então o metrô até Slussen. Parecia que ia chover, e junto à faixa de pedestres o semáforo ficou vermelho. Nesse instante, ao notar um homem de aparência desleixada com cerca de quarenta anos e aspecto vagamente familiar no outro lado da rua, Frans pegou a mão de August.

Quis se assegurar de que o filho não sairia da calçada e percebeu como a mão do menino estava tensa, como se ele estivesse reagindo a alguma coisa. Além disso, seus olhos estavam fixos, límpidos, como se o véu que em geral os encobria tivesse sido removido num passe de mágica, e August, em vez de olhar para dentro de si, de seu íntimo, tivesse compreendido com profundidade o significado daquela faixa de pedestres e daquele cruzamento. Por isso Frans não se moveu quando o semáforo mudou para o verde.

Simplesmente deixou o filho observar o cenário e, sem entender bem por quê, ficou emocionado, o que lhe pareceu bastante peculiar. Afinal, era um simples olhar, nada mais, não era nem sequer um olhar especialmente alegre ou radiante. Mesmo assim, Frans se lembrou de algo distante e esquecido, adormecido em suas lembranças, e pela primeira vez em muito tempo se sentiu esperançoso.

2. 20 DE NOVEMBRO

Mikael Blomkvist tinha dormido apenas duas horas porque havia passado boa parte da noite lendo um romance policial escrito por Elizabeth George. Com certeza não fora uma decisão sensata. De manhã, o guru do jornalismo, Ove Levin, da Serner Media, apresentaria novas diretrizes para a *Millennium*, e Mikael precisava estar descansado e a postos.

Mas ele não tinha a menor vontade de se comportar como alguém razoável. Sentia-se um tanto contrariado, e foi contra a sua vontade que se levantou e preparou um cappuccino bem forte na Jura Impressa X7, a máquina que um dia ele havia recebido em casa com as palavras: "Eu não consigo usar esse negócio" e que agora ocupava parte da cozinha como um monumento em homenagem a um passado melhor. Não tinha mais contato com a pessoa que o presenteara e também não sentia que o trabalho executado pela máquina fosse algo de muito especial.

No fim de semana, tinha se questionado se não estaria na hora de mudar de área, uma ideia um tanto drástica para um homem como Mikael Blomkvist. A *Millennium* era sua vida e sua paixão, e sem dúvida boa parte das coisas mais interessantes e mais intensas que ele tinha vivido fora na revista. Mas nada dura para sempre, talvez nem mesmo seu amor à *Millennium*, e além do mais aquela não era uma época muito boa para ser dono de uma revista de jornalismo investigativo.

Todas as publicações com aspirações grandiosas estavam sofrendo uma verdadeira sangria, e lhe ocorreu que a visão que ele tinha da *Millennium* talvez fosse bela e verdadeira quando vista de uma perspectiva mais nobre, mas que ela não garantia, necessariamente, a sobrevivência da revista. Mikael Blomkvist entrou na sala, bebericou seu café e olhou para o lago de Riddarfjärden. Lá fora caía uma tempestade.

O veranico que tinha iluminado a cidade em pleno outubro e mantido os restaurantes com mesas ao ar livre funcionando por mais tempo que o normal de repente havia se transformado num clima hostil, com rajadas de vento e aguaceiros constantes, o que obrigava as pessoas a correr encolhidas pela cidade. Mikael tinha passado o fim de semana em casa, e não apenas por causa do tempo. Também fizera planos de uma vingança grandiosa, no entanto tudo havia falhado, e nem uma coisa nem outra era um acontecimento comum.

Mikael não era nenhum joão-ninguém que precisasse ficar revidando o tempo inteiro nem, ao contrário de muitos figurões da imprensa sueca, um sujeito de ego inflado, carente de atenção o tempo inteiro. Por outro lado, os últimos anos tinham sido difíceis, e pouco mais de um mês antes o jornalista econômico William Borg havia escrito um artigo na revista *Business Life*, também da Serner, intitulado "Mikael Blomkvist é coisa do passado".

A simples existência do artigo e seu tamanho sem dúvida eram sinal de que Blomkvist ainda ocupava uma posição importante, e ninguém achou o texto especialmente bem formulado nem original. Pelo contrário: podia ser facilmente tomado como o ataque gratuito de um colega invejoso. Mas, por algum motivo que acabou não sendo bem entendido, a história ganhou uma dimensão maior, podendo ser interpretada como uma discussão sobre o trabalho do repórter. No caso, debater se a função do repórter era atuar como Blomkvist, "dedicando-se a buscar deficiências na economia e praticar o jornalismo ultrapassado dos anos 1970", ou atuar como o próprio William Borg, "abrindo mão de rabugices e reconhecendo de uma vez por todas a grande contribuição dada pelos empreendedores que movem a Suécia".

Aos poucos o debate perdeu o rumo e surgiram alegações inflamadas de que não fora por simples acaso que Blomkvist acabara esquecido nos últimos anos, "uma vez que ele parece sempre partir do pressuposto de que todas as grandes empresas são criminosas", por esse motivo "exagerando as histórias que lhe interessa contar e indo até as últimas consequências". Essa forma de proceder acabava cobrando seu preço com o passar do tempo, dizia o artigo. Nesse contexto, até mesmo o criminoso Hans-Erik Wennerström, supostamente levado à morte por Blomkvist, recebeu alguma solidariedade, e, ainda que veículos praticantes de um jornalismo sério tivessem se mantido fora da discussão, insultos foram disparados para todos os lados nas mídias sociais, com ataques lançados também por jornalistas econômicos e representantes do governo com motivos para investir contra um inimigo pego num momento de fraqueza.

Uma série de jovens jornalistas aproveitou a oportunidade para aparecer, afirmando que Mikael Blomkvist tinha uma mentalidade ultrapassada, não estava no Twitter nem no Facebook e devia ser considerado uma relíquia de um tempo passado em que se ganhava muito dinheiro publicando todo tipo de bizarrice. Outros aproveitaram a chance para criar *hashtags* engraçadinhas como #naepocadeblomkvist, e assim por diante. Tudo não passou de um festival de cretinices, e ninguém se importou menos com isso que o próprio Mikael Blomkvist. Ou pelo menos era o que ele tentava dizer a si mesmo.

Por outro lado, não ajudavam em nada Blomkvist não ter levantado nenhuma outra boa história desde o caso Zalachenko e a *Millennium* estar afundada numa crise financeira. A tiragem ainda era boa e a revista tinha vinte mil assinantes. Mas a receita publicitária havia despencado, os livros de sucesso não garantiam uma renda extra por muito tempo e, como o grupo Vanger, que controlava parte da revista, estava sendo dilacerado por discordâncias internas e não queria investir mais dinheiro, a diretoria havia permitido, contra a vontade de Mikael, que o império de comunicação norueguês Serner adquirisse trinta por cento das ações da revista. A princípio a operação pareceu estranha, pois a Serner publicava revistas semanais e jornais vespertinos e era proprietária de um grande site de relacionamentos, dois canais de televisão por assinatura e de um campeonato de futebol da primeira divisão norueguesa, nada que tivesse a ver com uma revista como a *Millennium*.

Entretanto, os representantes da Serner — acima de tudo Ove Levin, o diretor de publicações — haviam garantido que o grupo queria ter em seu catálogo um produto de prestígio, que "todos" na diretoria admiravam a *Millennium* e que desejavam apenas que a revista continuasse exatamente como era. "Não estamos aqui para ganhar dinheiro!", havia dito Levin. "Queremos realizar coisas importantes", e em seguida tomou providências para que a *Millennium* recebesse um considerável aporte financeiro.

A princípio a Serner não interferiu no trabalho da revista. Tudo continuou como antes, apenas com um orçamento um pouco mais folgado, enquanto um novo sentimento de esperança tomava conta da redação e às vezes até mesmo de Mikael Blomkvist, que por vezes chegou a acreditar que enfim iria poder se dedicar ao jornalismo em vez de se preocupar com dificuldades financeiras. Porém, mais ou menos quando a perseguição a ele começou — a suspeita de que o grupo Serner havia se aproveitado disso não o abandonava —, houve uma mudança de tom, e os primeiros sinais de pressão começaram a surgir.

Estava claro, disse Levin, que a revista devia continuar com suas investigações profundas, seu estilo literário e viés social. Mas nem todos os artigos precisavam abordar fraudes econômicas, injustiças e escândalos políticos. Também era possível fazer um jornalismo brilhante com um toque mais glamoroso — escrevendo sobre celebridades e estreias —, afirmou Levin enquanto falava com verdadeira paixão sobre as americanas *Vanity Fair* e *Esquire*, sobre Gay Talese e seu clássico perfil de Sinatra, "Frank Sinatra está resfriado", e sobre Norman Mailer, Truman Capote, Tom Wolfe e outros.

Mikael Blomkvist não teve objeções a fazer, pelo menos não naquele momento. Seis meses antes havia escrito uma longa reportagem sobre a indústria dos paparazzi e, desde que encontrasse uma abordagem séria e adequada, imaginava-se capaz de retratar qualquer pessoa, por mais insignificante que ela fosse. Costumava dizer que não era o assunto que definia o bom jornalismo; era a abordagem. Não, sua objeção tinha a ver com o que havia percebido nas entrelinhas: que aquele era o início de uma ameaça generalizada, e que a *Millennium* corria o risco de se transformar em mais uma revista qualquer do grupo, ou seja, uma publicação sujeita a todo tipo de interferência, até enfim se tornar lucrativa — e totalmente insípida.

Então, quando em plena sexta-feira descobriu que Ove Levin havia chamado um consultor e encomendado uma série de pesquisas de mercado para serem apresentadas na segunda-feira, Mikael foi para casa à tarde e passou um bom tempo à mesa de trabalho ou deitado na cama formulando discursos inflamados sobre a necessidade de a *Millennium* se manter fiel ao enfoque de sempre: pessoas protestando na periferia; um partido racista no governo; o aumento progressivo da intolerância; o fascismo apresentando propostas; e, por toda parte, moradores de rua e mendigos. Por uma série de motivos, a Suécia havia se transformado no país da vergonha. Nos vários e admiráveis discursos que Mikael concebeu em seus devaneios, ele vivenciou triunfos fantásticos, revelando verdades tão profundas e inquestionáveis que via toda a redação e todo o grupo Serner abandonarem suas velhas e equivocadas convicções e por unanimidade resolverem segui-lo.

Mas quando voltou a si Mikael percebeu que essas palavras não teriam peso em pessoas que não acreditavam nelas do ponto de vista econômico. Afinal, o dinheiro manda e a mentira vem atrás. Acima de tudo a revista precisava continuar existindo. Transformar o mundo podia ficar para depois. Era assim que funcionava, e, em vez de planejar uma série de discursos indignados, perguntou-se se o melhor não seria ir atrás de uma boa história. Talvez uma revelação bombástica devolvesse a autoestima à redação e fizesse com que todos ignorassem as pesquisas e os prognósticos de Levin sobre o caráter ultrapassado da *Millennium* ou o que quer que Ove estivesse inventando.

Desde seu grande furo, Blomkvist havia se transformado numa espécie de central de informações. Todos os dias recebia denúncias sobre irregularidades e negócios escusos. A maior parte, no entanto, não passava de lixo. Ativistas radicais, defensores de teorias conspiratórias, mentirosos crônicos e gente em busca de autopromoção procuravam-no com histórias implausíveis, que não resistiam sequer a uma análise superficial, ou então desinteressantes para virem a se transformar num bom artigo. Por outro lado, às vezes, por trás de um assunto banal ou cotidiano escondia-se uma história impressionante. O simples caso de um sinistro numa seguradora ou o mero registro de um desaparecimento na polícia podiam trazer em si uma narrativa humana grandiosa. Mas não havia como saber de antemão. Era preciso agir de forma metódica e repassar todos os indícios com a mente aberta. Assim, na manhã de sábado Mikael sentou com seu notebook e bloco de anotações e começou a analisar o que tinha.

Parou apenas às cinco da tarde, depois de encontrar uma ou duas histórias que dez anos antes sem dúvida teriam chamado a atenção do público, mas que naqueles dias não despertariam interesse nenhum, e esse era um problema clássico. Quando você passa décadas na mesma área, tudo dá a impressão de já ser conhecido e, mesmo que no plano intelectual um determinado caso tenha potencial para se transformar numa boa história, ele não vem acompanhado do arrebatamento de antes. Foi por essa razão que, no momento em que mais uma tempestade gelada desabava sobre o teto de sua casa, Mikael resolveu interromper o trabalho e voltar para Elizabeth George.

Não era escapismo, tentou dizer a si mesmo. Às vezes as melhores ideias surgiam num momento de ócio — pelo menos era o que a experiência lhe havia ensinado. Quando se está ocupado com outro assunto, de repente as peças do quebra-cabeça se encaixam. No entanto nenhum pensamento revelador lhe ocorreu, a não ser a ideia de que seria bom se deitar com mais frequência para ler um romance. E quando a manhã de segunda-feira chegou trazendo mais uma tempestade odiosa, Mikael Blomkvist havia lido um romance e meio de George e três edições da *New Yorker* que estavam abandonadas na mesa de jantar.

Sentado no sofá da sala com o cappuccino na mão, ele observava a chuva caindo do lado de fora. Sentia-se cansado e imprestável, mas de repente, como se de um momento para o outro tivesse recuperado suas forças, levantou-se, colocou a bota e o casaco de inverno e saiu. Na rua o desconforto beirava o cômico.

Rajadas gélidas e carregadas de chuva castigavam-lhe até os ossos enquanto Mikael avançava em direção à Hornsgatan, onde, ao chegar, deparou com um estranho panorama cinzento. Todo o Söder parecia privado de cores. Nenhuma folha de outono rodopiava no ar, e, de cabeça baixa e braços cruzados, Mikael Blomkvist passou em frente à igreja de Maria Madalena e seguiu pela Slussen até dobrar à direita na Götgatan, onde, como de hábito, entrou no prédio entre a loja de roupas Monki e o bar Indigo. Em seguida subiu até o quarto andar, onde ficava a redação, logo acima do escritório do Greenpeace. Já no patamar da escada, começou a ouvir o burburinho.

Havia um grande número de pessoas lá dentro. Todos da redação, os freelancers mais importantes e três representantes do grupo Serner — dois consultores e Ove Levin, que, para a ocasião, tinha colocado roupas um pouco menos elegantes do que de costume. Não parecia mais um diretor e, além disso, usava expressões novas, como o popular "oi".

— Oi, Micke! Como vão as coisas?

— Depende de você — respondeu Mikael, sincero, e não para demonstrar mau humor.

Essa resposta, no entanto, foi recebida como uma declaração de guerra. Levin retrucou com um aceno de cabeça, entrou e se sentou em uma das cadeiras que haviam sido dispostas na redação, como num pequeno auditório.

Ove Levin limpou a garganta e lançou um olhar nervoso para Mikael Blomkvist. O conceituado repórter, que parecera exausto à porta, de repente passou a demonstrar um interesse educado, sem emitir nenhum sinal de que estava propenso a discutir ou polemizar. Isso, porém, não acalmou Ove. Em outros tempos, ele e Blomkvist tinham estagiado como repórteres no *Expressen*. Na época, escreviam principalmente notícias curtas e outras bobagens. Mas depois, no bar, os dois sonhavam com grandes reportagens e denúncias avassaladoras, e passavam horas dizendo que jamais iriam se render ao jornalismo convencional e medíocre, porque jamais iriam poupar esforços para descobrir a verdade. Eram jovens ambiciosos e queriam tudo para já. Ove às vezes sentia saudades dessa época, não por causa do salário, claro, nem das longas horas de trabalho ou dos encontros nos bares com os colegas de profissão — mas por causa dos sonhos, que pareciam imbuídos de uma força que depois se perdeu. Sentia saudades daquele desejo pulsante de transformar a sociedade e o jornalismo, de que seus textos fizessem o mundo parar por um instante e o poder se curvar. Por vezes mesmo um peixe graúdo como ele inevitavelmente se perguntava: o que havia acontecido? Para onde tinham ido aqueles sonhos?

Micke Blomkvist havia realizado todos eles, e não apenas por ter sido responsável por algumas das denúncias mais importantes da história recente do país. Ele também continuava escrevendo com a mesma força e o mesmo arrebatamento daquela época distante, e jamais havia cedido às pressões exercidas pelos que detinham o poder nem relativizado os ideais em que acreditava, enquanto Ove... Bem, era ele quem tinha uma carreira brilhante, não era?

Sem dúvida ganhava umas dez vezes mais do que Blomkvist e não precisava de mais nada para se sentir imensamente satisfeito. De que adiantava Micke ter publicado um grande furo se nem mesmo podia comprar um chalé mais ajeitado do que seu pequeno refúgio em Sandhamn? Meu Deus, o que era aquela casinha comparada à nova casa de Ove em Cannes? Nada! Não, com certeza ele havia escolhido o caminho certo.

Em vez de circular pela imprensa diária, Ove tinha arranjado um emprego como analista de mídia na Serner e iniciado uma amizade com o próprio Haakon Serner, o que transformou sua vida e o tornou rico. Hoje ocupava o posto mais alto da área jornalística da empresa, sendo responsável por uma série de periódicos e canais de televisão, e adorava suas funções. Ove Levin também adorava poder, dinheiro e sobretudo as coisas que eles podiam proporcionar quando apareciam juntos. Mesmo assim, era honesto o suficiente para reconhecer que de vez em quando ainda sonhava com aquelas outras coisas, embora sempre em doses controladas. Também queria ser reconhecido como um bom jornalista, exatamente como Blomkvist, e sem dúvida esse fora um dos motivos que o fizeram recomendar ao grupo Serner a aquisição de parte das ações da *Millennium*. Graças a uma mensagem trazida por um passarinho, tinha descoberto que a revista vivia uma crise financeira e que a redatora-chefe, Erika Berger, uma antiga paixão secreta sua, queria manter suas duas últimas contratações, Sofie Melker e Emil Grandén, o que só poderia ser feito se a revista achasse uma nova fonte de capital.

Em suma, Ove tinha encontrado uma oportunidade inesperada de adquirir parte de um dos veículos mais respeitados da imprensa sueca. Mas não se podia dizer que a diretoria do grupo Serner compartilhava do mesmo entusiasmo. Pelo contrário: ela acreditava que a *Millennium* tinha um estilo ultrapassado e um viés de esquerda e, como se não bastasse, uma tendência a comprar brigas com anunciantes de peso e outros parceiros comerciais. Se não fossem as argumentações inflamadas de Ove, o negócio não teria saído. Ele insistiu. Explicou que, naquele contexto, investir na *Millennium* custaria uma mixaria. Despenderiam uma soma insignificante por algo que talvez não gerasse lucros, mas que ajudaria a reconquistar a credibilidade que a Serner havia perdido em cortes de orçamento e de pessoal. Apostar na *Millennium* seria visto como um sinal de que, apesar de tudo, o grupo valorizava o jornalismo e a liberdade de expressão. Embora os diretores da Serner não fossem, obviamente, grandes simpatizantes da liberdade de expressão e do jornalismo investigativo à la *Millennium*, acharam que um pouco mais de credibilidade não faria mal. Todos concordaram sobre isso, e Ove conseguiu fechar a compra e por muito tempo a considerou um verdadeiro golpe de sorte para todos os envolvidos.

A Serner ganhou uma boa publicidade, e a *Millennium* pôde manter toda a equipe e apostar naquilo que sabia fazer — reportagens detalhadas e bem escritas —, enquanto Ove brilhava como o sol num debate no Clube dos Publicitários, afirmando com humildade:

— Eu acredito nessa empresa. Sempre fui um defensor do jornalismo investigativo.

Mas depois... Ove Levin não quis mais pensar no assunto. Quando a perseguição a Blomkvist começou, ele nem sequer lamentou, pelo menos não num primeiro momento. Ove não conseguia disfarçar a alegria secreta de ver a maior estrela do jornalismo sueco ridicularizada na imprensa. Mas dessa vez sua satisfação não durou muito. Thorvald, o filho mais novo de Serner, percebeu a agitação nas mídias sociais e deu ao assunto grande importância, e não porque se importasse. Thorvald não se interessava pelas opiniões dos jornalistas. Mas gostava de poder.

Adorava fazer intrigas e viu nesse caso uma boa oportunidade de ganhar pontos, ou de pelo menos dar uma lição à geração mais velha da diretoria. Em pouco tempo, conseguiu fazer com que o diretor executivo Stig Schmidt — que em geral não tinha tempo para cuidar de assuntos menores — declarasse que a *Millennium* não receberia nenhum tipo de tratamento especial e teria de se adaptar aos novos tempos, como todos os demais produtos do grupo.

Ove, que tinha acabado de garantir a Erika Berger que não iria interferir no trabalho da redação, a não ser como "amigo e conselheiro", viu-se de mãos atadas e obrigado a desempenhar um papel bastante complexo nos bastidores. Tentou de todas as maneiras convencer Erika, Monika e Christer a ajudarem na elaboração de uma nova proposta, que nunca chegou a ser formulada em termos claros — o que sempre acontece com ideias que irrompem, abruptamente, de uma crise de pânico —, e que se resumia a sugerir uma renovação e uma adaptação da *Millennium* a padrões mais comerciais.

Em diversas ocasiões Ove reiterou que nenhuma dessas medidas comprometeria a essência e o estilo agressivo da revista, embora nem ele mesmo soubesse bem o que pretendia dizer com isso. Sabia apenas que precisava acrescentar um toque de glamour à revista para satisfazer a diretoria e que as longas análises econômicas deviam ser publicadas com uma frequência menor, para não aborrecer os anunciantes e não criar inimigos para a diretoria. Contudo, jamais mencionou esses detalhes para Erika.

Não queria entrar em conflito desnecessário com a redatora-chefe e, para se sentir mais seguro, tinha escolhido roupas mais informais para a reunião com a redação. Não queria provocar ninguém com os ternos e as gravatas vistosos que haviam se tornado tendência no escritório central. Em vez disso, escolheu uma calça jeans, camisa branca e um suéter azul-escuro de gola V que não era nem de cashmere, com seu longo cabelo ondulado — que lhe acrescentava um toque rebelde — preso em um rabo de cavalo, exatamente como faziam os jornalistas mais durões da televisão. E, acima de tudo, iniciou a reunião com naturalidade, como tinha aprendido nos cursos de liderança:

— Oi, pessoal — disse. — Parece que este tempo não toma jeito mesmo!... Bem, o que vou dizer agora eu já disse várias vezes, mas repito: todo o grupo Serner se orgulha de participar dessa empreitada, e garanto a vocês que o meu entusiasmo é ainda maior. É o comprometimento de publicações como a *Millennium* que confere significado ao meu trabalho e me faz lembrar por que escolhi essa carreira. Micke, lembra de quando íamos ao Operabaren e sonhávamos com todas as coisas que íamos fazer juntos? Parece que ainda não estamos totalmente sóbrios, he he!

Mikael Blomkvist fez cara de quem não se lembrava de nada. Ove Levin não se deixou abater.

— Não, esta não é uma reunião nostálgica — prosseguiu. — Na verdade não temos tempo para essas coisas. Naquela época, o dinheiro que circulava na nossa área era praticamente ilimitado. Bastava um simples homicídio em Kråkemåla para alugarmos um helicóptero, reservarmos um andar inteiro no melhor hotel da região e pedirmos champanhe. Quando eu estava me preparando para a minha primeira viagem ao exterior, perguntei ao correspondente internacional Ulf Nilson sobre a cotação do marco alemão. Não faço a menor ideia, ele me respondeu; a cotação quem decide sou eu. He he! Era assim que salgávamos os gastos das viagens naquela época, lembra, Micke? Talvez fosse a área em que éramos mais criativos. No mais, bastava a gente fazer o nosso trabalho e o jornal vendia como água. Mas todos nós sabemos que muita coisa mudou de lá para cá. Hoje em dia a concorrência é ferrenha e não é mais tão simples ganhar dinheiro com jornalismo, nem mesmo quando se tem a melhor redação da Suécia, como é o nosso caso. Por isso achei que hoje devíamos conversar um pouco sobre os desafios que nos esperam no futuro. O grupo Serner encomendou pesquisas com os leitores da *Millennium* e sobre a opinião que as pessoas têm sobre a revista. Parte dos resultados talvez dê um belo susto em vocês. Mas eu gostaria que, em vez de se abaterem, vocês encarassem esses percalços como um desafio e lembrassem que o mundo está vivendo um período muito maluco de transformações.

Ove fez uma breve pausa e pensou se não teria sido um erro usar a expressão "muito maluco", se aquilo não teria sido uma tentativa exagerada de parecer relaxado e jovial e se ele não teria começado de forma apressada e descontraída demais. "Nunca subestime a falta de humor de moralistas mal pagos", Haakon Serner costumava dizer. Mas ele daria um jeito de consertar aquilo.

Vou trazê-los para o meu lado!

Mikael Blomkvist tinha parado de ouvir mais ou menos quando Ove dizia que todos deviam pensar sobre seu "amadurecimento digital", por isso perdeu a explicação sobre por que os jovens ignoravam tanto a existência da *Millennium* quanto a de Mikael Blomkvist. Mas azar mesmo foi quando se cansou daquilo e foi até a copa, sem a menor ideia de que o consultor norueguês Aron Ullman tinha dito abertamente:

— Isso é patético. Será que ele tem tanto medo de ser esquecido?

Naquele momento, de fato, Mikael Blomkvist pouco se importava com isso. Estava é indignado com a atitude de Ove Levin, que parecia acreditar que a redação se deixaria convencer por pesquisas de opinião. Afinal, a revista não era feita de analistas de mercado. Era feita de paixão e comprometimento! E a *Millennium* tinha chegado aonde chegou justamente porque todos na redação apostavam no que parecia certo e relevante, sem levar em conta modismos passageiros. Mikael Blomkvist permaneceu um bom tempo ali, perguntando-se quanto ainda precisaria esperar até Erika sair da reunião.

A resposta veio em mais ou menos dois minutos. Pelo barulho dos saltos, Mikael tentou avaliar a fúria de sua colega. Mas quando Erika surgiu, ela trazia um sorriso resignado no rosto.

— Como você está? — ela perguntou.

— Não aguentei escutar tudo aquilo.

— Você sabe que as pessoas ficam desconcertadas quando você age desse jeito.

— Eu sei.

— E acho que também sabe que a Serner não pode fazer nada sem a nossa aprovação. Nós ainda controlamos a revista.

— Não controlamos mais porra nenhuma. Somos reféns deles, Ricky! Será que você não entende? Se a gente não fizer o que eles querem, a Serner vai retirar o apoio e nós vamos ficar na pior — disse Mikael, um pouco alterado, e quando Erika pediu silêncio e balançou a cabeça ele acrescentou em tom um pouco mais cauteloso:

— Eu estou chateado. Me sinto tratado como criança. Vou para casa. Preciso pensar.

— Você não tem ficado muito aqui na redação.

— Devo ter um belo saldo de horas extras.

— Com certeza. Quer receber uma visita hoje à tarde?

— Não sei. Não sei mesmo, Erika — ele respondeu. Em seguida, deixou a redação e caminhou pela Götgatan.

A tempestade e as rajadas de vento o golpeavam, e Mikael se enregelou, amaldiçoou o tempo e por um instante pensou em entrar na Pocketshop e comprar mais um romance policial inglês para arejar um pouco as ideias. Em vez disso, porém, se enfiou na Sankt Paulsgatan, e quando passava pelo restaurante japonês que havia à sua direita seu celular tocou. Mikael teve certeza de que era Erika. Mas era Pernilla, sua filha, que tinha escolhido o pior momento possível para mandar notícias para um pai com a consciência já suficientemente pesada por achar que não fazia o bastante por ela.

— Oi, querida — ele disse.

— Que barulho é esse?

— É a chuva, acho.

— Tudo bem, tudo bem, vou ser rápida. Fui aceita no curso de escrita em Biskops-Arnö!

— Ah, então agora você resolveu escrever, é? — Mikael disse de maneira um tanto dura, beirando o sarcasmo, o que logo depois achou injusto.

Devia simplesmente ter felicitado a filha e lhe desejado sucesso. Mas Pernilla havia passado tantos anos estudando e frequentando seitas cristãs esquisitas sem nunca chegar a lugar nenhum, que ao ouvir essa novidade sua primeira reação sobre mais essa iniciativa foi de ceticismo.

— Você não parece muito animado.

— Me desculpe, Pernilla. Não estou num bom dia hoje.

— E quando pretende estar?

— Eu quero muito que você ache alguma coisa que funcione para você. Mas não sei se a carreira de escritora é uma boa ideia hoje em dia, tendo em vista a situação do mercado.

— Mas eu não vou escrever jornalismo chato que nem você.

— O que você pensa em fazer?

— Escrever de verdade.

— Tudo bem, então — afirmou Mikael, sem perguntar o que a filha queria dizer com "escrever de verdade". — Você tem dinheiro suficiente?

— Estou trabalhando no Wayne's Coffee.

— Não quer jantar comigo hoje, para a gente discutir o assunto?

— Hoje eu não posso. Só quis mesmo te dar a notícia — disse Pernilla antes de desligar. Por mais que Mikael tentasse ver o lado positivo daquele entusiasmo todo, ficou ainda mais aborrecido. Logo estava atravessando o Mariatorget e subindo a Hornsgatan em direção ao apartamento de sótão que tinha na Bellmansgatan.

Ao chegar, sentiu como se tivesse acabado de voltar da redação pela segunda vez num curto espaço de tempo e foi tomado pelo estranho sentimento de haver perdido o emprego e estar vivendo uma nova existência, na qual em vez de passar a vida em função do trabalho ele de repente dispunha de um oceano de tempo livre. Pouco depois se perguntou se não estaria na hora de organizar um pouco a casa; havia revistas, livros e roupas por toda parte. Em vez disso, porém, pegou duas Pilsner Urquell na geladeira, sentou no sofá e ficou pensando sobre tudo que havia acontecido de maneira mais sóbria; ou pelo menos da maneira mais sóbria possível quando se tem um pouco de cerveja na cabeça. O que iria fazer?

Mikael não tinha a menor ideia e, talvez o que fosse mais preocupante, não sentia mais vontade de lutar. Ao contrário, sentia-se resignado, como se a *Millennium* estivesse ficando cada dia mais distante de seus interesses. Por isso voltou a se perguntar: será que não estava na hora de fazer algo novo? Claro que ia ser uma enorme traição com Erika e os colegas de redação. Mas será que ele era a pessoa mais adequada para comandar uma revista que pretendia viver de anúncios e assinaturas? Talvez ele fosse mais útil em outro lugar. Mas onde?

Até mesmo os grandes jornais matutinos estavam enfrentando dificuldades, e só havia recursos e dinheiro para o jornalismo investigativo nos veículos de comunicação do serviço público ou nas equipes de investigação da rádio Dagens Eko ou na Sveriges Television. E por que não? Lembrou de Kajsa Åkerstam, uma pessoa incrível com quem de vez em quando ele saía para beber. Kajsa era chefe do programa de jornalismo investigativo *Uppdrag Granskning* e por vários anos tentara contratá-lo. Mas nunca tinha sido o momento propício.

Pouco importara o que Kajsa tinha a oferecer, pouco importaram as promessas de apoio e de total integridade jornalística. A *Millennium* era o lar de Mikael. Porém agora... Talvez devesse embarcar nessa jornada, se o convite ainda estivesse de pé mesmo depois de toda a sujeira que haviam jogado em cima dele. Mikael já tinha feito muita coisa na área, mas nunca trabalhado em televisão, a não ser pelas centenas de contribuições feitas a programas de debate, entretenimento e noticiários. Trabalhar no *Uppdrag granskning* talvez lhe desse uma injeção de ânimo.

Seu celular tocou e por um instante Mikael ficou feliz. Se fosse Erika ou Pernilla, prometeu a si mesmo ser amistoso e prestar atenção de verdade no que uma ou outra tivesse a dizer. Mas não; era um número desconhecido, o que o fez atender com certa hesitação.

— Mikael Blomkvist? — perguntou uma voz que parecia jovem.

— Eu mesmo — ele respondeu.

— Você tem algum tempo pra conversar?

— Se você se apresentar, talvez.

— Meu nome é Linus Brandell.

— E o que você quer, Linus?

— Eu tenho uma história pra você.

— Sou todo ouvidos.

— Conto tudo se você atravessar a rua e me encontrar no Bishop's Arms.

Mikael se irritou. Não apenas com o tom condescendente do sujeito, mas também com sua presença indesejada no lugar onde ele morava.

— Acho que podemos falar por telefone mesmo.

— Não é assunto para ser discutido numa linha aberta.

— Por que não estou gostando muito de falar com você, hein, Linus?

— Talvez porque você esteja num dia ruim.

— Estou num dia ruim, é verdade.

— Não falei? Venha correndo ao Bishop's Arms que eu te pago uma cerveja e ainda te conto uma história das boas.

Mikael teve vontade de retrucar: Pare de me dizer o que eu devo fazer! Mas, sem entender direito por que, ou talvez porque não tivesse nada mais sensato a fazer senão ficar ruminando sobre seu futuro, acabou dizendo:

— Eu mesmo pago as minhas cervejas. Tudo bem, estou indo.

— Foi uma decisão acertada.

— Mas, Linus, escute bem.

— Sim?

— Se você me contar uma história longa demais e cheia de conspirações malucas, tentando me convencer de que o Elvis está vivo ou que você sabe quem atirou em Olof Palme, eu volto imediatamente para casa.

— Combinado — disse Linus Brandell.

3. 20 DE NOVEMBRO

Hanna Balder estava na cozinha de seu apartamento, na Torsgatan, fumando um Prince sem filtro. Vestia um roupão azul e uma pantufa cinza e puída, e, mesmo com seu cabelo volumoso e alguns traços de beleza preservados, seu aspecto era de uma pessoa maltratada. Os lábios estavam inchados, e a maquiagem forte ao redor dos olhos não tinha fins puramente estéticos. Hanna Balder havia apanhado mais uma vez.

Hanna Balder apanhava com frequência. Mas não seria razoável afirmar que tivesse se acostumado com isso. Ninguém jamais se acostuma com agressões. No entanto, elas faziam parte do seu dia a dia, e Hanna mal se lembrava da pessoa alegre que fora em outros tempos. O medo tinha se transformado em uma característica de sua personalidade, e já fazia tempo que ela havia passado a fumar três maços de cigarro por dia e a tomar calmantes.

Na sala, Lasse Westman praguejava sozinho, o que não a surpreendia. Hanna sabia que ele tinha se arrependido de sua atitude generosa com Frans. Na verdade, Lasse havia lamentado desde o primeiro instante. Lasse dependia da pensão que Frans pagava a August. Por muito tempo vivera com esse dinheiro, e por muitas vezes Hanna tinha sido obrigada a escrever e-mails inventando despesas inesperadas com um pedagogo ou com algum tratamento que na verdade nunca tinha existido. Por isso a situação parecia tão estranha. Por que Lasse havia abdicado de tudo e deixado Frans levar August?

No fundo Hanna sabia a resposta. Tinha sido a arrogância do álcool. Tinha sido a promessa de um papel numa série policial da tv4 que o havia levado a estufar o peito ainda mais. Mas, acima de tudo, tinha sido August. Lasse achava o menino estranho e perturbador, e essa era a parte mais incompreensível. Como alguém podia sentir repulsa por August?

O menino passava o tempo inteiro sentado no chão, às voltas com quebra-cabeças, sem incomodar ninguém. Mesmo assim, Lasse parecia sentir verdadeiro ódio dele, o que provavelmente tinha alguma relação com o olhar de August, com aqueles olhos estranhos que se voltavam para dentro, e não para fora, e que costumavam fazer as pessoas sorrir e dizer que August devia ter uma vida interior muito rica. Mas em Lasse eles causavam arrepios.

— Porra, Hanna! Ele olha para mim como se eu não existisse — Lasse às vezes exclamava.

— Você mesmo já disse que o August não passa de um idiota.

— Ele pode ser um idiota, mas mesmo assim me perturba. Tenho a impressão de que ele quer o meu mal.

Isso não fazia sentido. August não olhava para Lasse nem para qualquer outra coisa, e não desejava o mal de ninguém. O mundo simplesmente era um lugar desconfortável para o menino, que por sorte estava fechado, sozinho, em uma bolha. Mas em seus delírios provocados pelo álcool Lasse acreditava que August andava tramando uma vingança, e esse com certeza tinha sido o motivo que o fizera deixar August e o dinheiro sumirem da vida do casal. Era patético. Pelo menos na opinião de Hanna. Ela estava de pé junto à pia e fumava com tamanha angústia e nervosismo que acabou com fiapos de tabaco na língua enquanto refletia sobre o que tinha acontecido. Talvez August realmente odiasse Lasse. Talvez o quisesse castigar por todas as vezes que havia apanhado, e talvez… Hanna fechou os olhos e mordeu os lábios… talvez o menino pensasse mal dela também.

Hanna vinha tendo esses pensamentos autopunitivos desde que havia começado a sentir uma saudade quase insuportável do filho e chegou a pensar que ela e Lasse talvez fossem prejudiciais ao bem-estar de August. Fui uma pessoa má, balbuciou, e nesse instante ouviu Lasse gritar alguma coisa. Hanna não entendeu.

— O que você disse? — ela perguntou.

— Onde diabos está a decisão sobre a guarda do August?

— O que você quer com ela?

— Quero mostrar ao Frans que ele não tem esse direito.

— Não faz muito tempo você estava feliz por ele ter ido embora.

— Eu estava bêbado e fiz uma besteira.

— E agora você está sóbrio e tomando a decisão certa?

— Uma decisão muito certa — ele respondeu, bufando, enquanto se aproximava de Hanna com uma expressão irritada e decidida. Ela fechou os olhos e se perguntou pela milésima vez por que tudo havia dado tão errado.

Frans Balder já não parecia o homem elegante que costumava acompanhar a ex-mulher. Tinha o cabelo desgrenhado, o lábio superior brilhava por causa do suor acumulado e fazia pelo menos três dias que ele não se barbeava nem tomava banho. Apesar de todos os esforços para se tornar pai em tempo integral, e apesar daquele instante de esperança e entusiasmo na Hornsgatan, estava mais uma vez entregue a uma profunda concentração que se confundia com raiva.

Seus dentes rangiam, e por várias horas a tempestade e o mundo lá fora tinham deixado de existir; ele nem percebia o que estava acontecendo no chão onde pisava. Eram movimentos pequenos e desajeitados, como se um gato ou um bicho tivesse se enfiado entre suas pernas. Passado algum tempo, notou que August havia engatinhado para baixo de sua mesa. Frans lançou um olhar sonolento em direção ao filho, como se uma sequência de linhas de código ainda lhe obscurecesse a visão.

— O que você quer?

August encarou-o com um olhar límpido e insistente.

— O que houve? — Frans continuou. — O que houve?

E foi então que aconteceu.

O menino pegou no chão um pedaço de papel cheio de algoritmos quânticos e passou a mão insistentemente de um lado a outro, fazendo Frans pensar, por um instante, que o filho estava tendo uma crise. Mas não: August parecia escrever alguma coisa com movimentos apressados, portanto Frans tornou a relaxar. Mas de repente se lembrou de uma coisa importante e longínqua, como a que presenciara no cruzamento da Hornsgatan. A diferença foi que desta vez ele sabia exatamente o que era.

Tinha se lembrado da própria infância, quando as equações e os números eram mais importantes do que a própria vida. Então o rosto de Frans se iluminou e ele disse ao filho:

— Você quer fazer cálculos, é isso? Quer calcular? — perguntou, em seguida indo buscar canetas e folhas de papel para August.

Frans escreveu a série de números mais simples que conseguiu imaginar: a sequência de Fibonacci, na qual cada número é a soma dos dois números anteriores — 1, 1, 2, 3, 5, 8, 13, 21 —, e deixou um espaço em branco para o número seguinte, que seria 34. Em seguida, achou isso simples demais e escreveu também uma série geométrica: 2, 6, 18, 54... Nessa série, cada número é multiplicado por três, portanto o número seguinte seria 162, e Frans pensou que uma criança talentosa não precisaria de grandes conhecimentos para encontrar a solução do cálculo. Em outras palavras, a concepção de Frans sobre matemática era bastante especial, e naquele instante começou a pensar que o filho não era uma cópia atrasada de si mesmo, e sim uma cópia amplificada, que, se ele estava atrasado no desenvolvimento da linguagem e das interações sociais, já entendia as relações matemáticas antes mesmo de aprender a falar.

Por muito tempo permaneceu sentado junto do menino, esperando. Mas nada aconteceu. August apenas observava os números com olhar vidrado, como se esperasse que a resposta se revelasse sozinha no papel. Passado algum tempo, o pai o deixou com as folhas e as canetas. Como a concentração parecia ter ido embora, Frans se distraiu por cerca de meia hora com um exemplar da *New Scientist*.

Depois se levantou para ver o que August estava fazendo e descobriu que nada tinha acontecido. O menino continuava agachado na mesma posição em que o havia deixado. Em seguida Frans percebeu um detalhe que a princípio apenas aguçou sua curiosidade.

No instante seguinte, porém, acreditou estar diante de um fenômeno totalmente inexplicável.

Não havia muitos clientes no Bishop's Arms. Passava um pouco do meio--dia e o tempo na rua não estava muito convidativo para um passeio, mesmo para um passeio só até o bar. Mikael foi recebido com gritos e risadas por uma voz rouca:

— Super-Blomkvist!

Era um homem de rosto inchado e vermelho com cabelo desgrenhado e bigode caído que Mikael já tinha visto na vizinhança em outras ocasiões e que, se não estava enganado, se chamava Arne. Ele costumava aparecer no bar sempre às duas da tarde em ponto, embora nesse dia tivesse chegado um pouco antes e se sentado a uma mesa à esquerda do salão com outros três companheiros de copo.

— Mikael — disse Blomkvist, corrigindo-o com um sorriso.

Arne, ou como quer que o homem se chamasse, riu com os amigos, como se o nome Mikael fosse a piada mais engraçada que já tivessem ouvido.

— Algum furo à vista? — Arne perguntou.

— Estou pensando em revelar todas as falcatruas que acontecem aqui no Bishop's Arms.

— Você acha que a Suécia está pronta para uma história dessas?

— Não, provavelmente não.

Na verdade, Mikael gostava daquele pessoal, ainda que seu contato com eles não tivesse ido além de cumprimentos e de meia dúzia de frases. Mas aqueles homens eram parte do cotidiano que o fazia se sentir bem na vizinhança, por isso não levou a mal quando um deles disse de repente:

— Ouvi dizer que você está acabado.

Pelo contrário: a brincadeira parecia devolver a perseguição que vinha sofrendo ao contexto trivial e ridículo de onde ela jamais deveria ter saído.

— "Estou acabado há quinze anos! Eu e a garrafa nos encontramos" — respondeu Mikael, citando o escritor sueco Fröding e em seguida correndo os olhos ao redor, à procura de alguém que parecesse suficientemente influente para ordenar a um jornalista que o encontrasse no bar. Mas como além de Arne e da sua turma de amigos não havia ninguém, Mikael foi conversar com Amir no balcão.

Amir era grande, gordo e bem-humorado, um dos quatro irmãos muito dedicados que tocavam o bar. Ele e Mikael eram bons amigos. Não porque Mikael fosse um cliente assíduo, mas porque já haviam se ajudado em algumas situações. Amir tinha fornecido vinho tinto em duas ou três ocasiões em que o Systembolaget, a rede pública criada para regular o consumo de álcool no país, já havia fechado quando Mikael esperava companhia feminina para o jantar, e Mikael ajudara um amigo de Amir que morava ilegalmente no país a escrever petições às autoridades.

— A que devo a honra da visita?

— Marquei um encontro de trabalho aqui.

— Alguma história emocionante?

— Acho que não. Como vai a Sara?

Sara era a mulher de Amir, que tinha acabado de passar por uma cirurgia na bacia.

— Gemendo e tomando analgésicos.

— Não deve ser fácil. Diga que mandei um abraço.

— Pode deixar — disse Amir, e os dois começaram a conversar sobre outros assuntos.

Como Linus Brandell não aparecia, Mikael ficou com a impressão de que tinham lhe pregado uma peça. Mas já que havia coisas piores na vida do que ser atraído para o bar da vizinhança, Mikael passou cerca de quinze minutos discorrendo sobre questões de economia e saúde antes de virar as costas para ir embora. E foi nesse instante que o sujeito chegou.

Não que August tivesse completado as séries com os números corretos. Esse tipo de coisa não impressionaria alguém como Frans Balder. Era algo ao lado dos números, que num primeiro momento pareceu uma fotografia ou uma pintura, uma reprodução exata do semáforo pelo qual haviam passado na Hornsgatan. Tudo capturado nos mínimos detalhes, com precisão matemática.

O desenho, sem exagero, era brilhante. Sem que ninguém jamais tivesse ensinado a August qualquer coisa sobre o desenho de formas tridimensionais ou a maneira como um artista representa luzes e sombras, o menino parecia dominar a técnica à perfeição. O olho vermelho do semáforo dava a impressão de reluzir, a escuridão outonal da Hornsgatan também parecia cintilar, e no meio da rua estava o homem que Frans tinha visto e tido a vaga impressão de conhecer. O rosto trazia um corte logo acima das sobrancelhas. O homem parecia assustado ou ao menos perturbado, como se August o tivesse capturado no momento em que havia perdido o equilíbrio, e caminhava com passos hesitantes, fosse qual fosse a técnica encontrada por August para representá-lo daquela maneira.

— Meu Deus! — exclamou Frans. — Foi você que fez esse desenho?

August não respondeu, apenas inclinou a cabeça e olhou para a janela, enquanto Frans Balder era tomado pela sensação de que sua vida não seria mais a mesma dali para a frente.

Mikael não sabia ao certo o que esperar — talvez um jovem elegante do bairro de Stureplan. Mas o rapaz que entrou era um grosseirão com uma calça jeans velha, cabelo longo e seboso e um olhar sonolento e evasivo. Devia ter uns vinte e cinco anos ou menos, tinha pele ruim, uma franja que escondia os olhos e uma ferida bem feia na boca. Linus Brandell não parecia alguém que pudesse ter um grande furo a oferecer.

— Você deve ser Linus Brandell.

— Eu mesmo. Desculpe o atraso. Quando eu vinha para cá encontrei uma garota que eu conhecia. Fomos colegas no nono ano e ela...

— Vamos pular essa parte — Mikael o interrompeu e se dirigiu a uma mesa.

Em seguida Amir foi atendê-los com um sorriso discreto, e os dois pediram duas Guinness e permaneceram em silêncio por alguns instantes. Mikael não entendia por que estava tão irritado. Não costumava reagir dessa forma, mas talvez fosse efeito de todo o drama na revista. Sorriu para Arne e para a turma dele, enquanto todos o acompanhavam com olhares atentos.

— Vou direto ao assunto.

— Ótima ideia.

— Você conhece o *Supercraft*?

Mikael Blomkvist não entendia muito de jogos de computador, mas já tinha ouvido o nome *Supercraft*.

— Conheço de nome.

— Nada mais?

— Nada.

— O que torna esse jogo especial é que existe uma inteligência artificial que permite aos jogadores falar com outros combatentes sobre a estratégia de guerra sem que eles saibam, pelo menos no início, se esse outro combatente é uma pessoa real ou uma criação digital.

— Não diga — respondeu Mikael. Nada poderia interessá-lo menos do que detalhes sobre um jogo inútil.

— Ele foi uma pequena revolução na área e eu ajudei a desenvolver esse programa — prosseguiu Linus Brandell.

— Meus parabéns. Você deve ter ganhado um dinheiro e tanto.

— O problema é justamente esse.

— Como assim?

— Esse programa foi roubado de nós, e agora a Truegames está ganhando bilhões sem nos pagar um centavo.

Mikael já tinha ouvido histórias como essa. Certa vez havia conversado com uma mulher que afirmava ser a verdadeira autora de *Harry Potter* e que acusava J. K. Rowling de ter roubado seus livros telepaticamente.

— Como foi que aconteceu?

— Fomos hackeados.

— Como vocês sabem?

— Temos a comprovação de peritos em telecomunicações que trabalham para o Ministério da Defesa, no Försvarets Radioanstalt. Eu tenho um nome para te dar, e além disso...

Linus se deteve.

— Sim?

— Até o pessoal da Polícia de Segurança Nacional, a Säpo, se envolveu. Pode falar com a Gabriella Grane, uma analista, que vai confirmar a minha história. Ela também menciona o caso em um relatório oficial publicado no ano passado. Tenho o número do relatório aqui...

— Nesse caso, a história não tem nada de novo — Mikael o interrompeu.

— Não no sentido tradicional da palavra. A *Ny Teknik* e a *Computer Sweden* publicaram artigos sobre tudo que aconteceu. Mas como o Frans nunca aceitou comentar o assunto e duas ou três vezes até chegou a negar que tivesse acontecido alguma coisa, a história nunca foi para a grande imprensa.

— Mesmo assim o que você está me contando é uma novidade velha.

— De certa forma, sim.

— Então por que eu daria ouvidos a você, Linus?

— Porque agora o Frans voltou de San Francisco e parece ter entendido o que aconteceu. Acho que o Frans está sentado num barril de pólvora. Tenho certeza de que ele está muito preocupado com a própria segurança, porque começou a usar criptografia no telefone e na conexão da internet e, como se isso não fosse suficiente, mandou instalar um alarme novo em casa, cheio de câmeras, sensores e tudo o mais. Acho que você devia conversar com ele; é por isso que resolvi te contar tudo. Um cara como você talvez consiga fazer o Frans contar o que sabe. Ele não me escuta.

— E você me trouxe aqui para me dizer que parece que um sujeito chamado Frans está sentado num barril de pólvora?

— Blomkvist, eu não estou falando de um sujeito qualquer chamado Frans, mas do professor Frans Balder! Eu não tinha dito isso? Trabalhei por um tempo como assistente dele.

Mikael puxou pela memória e a única pessoa com sobrenome Balder que lhe ocorreu foi Hanna, a atriz.

— Quem é Frans Balder?

O olhar que Mikael Blomkvist recebeu revelou um desprezo suficiente para constrangê-lo.

— Você por acaso veio de Marte? Frans Balder é uma lenda viva!

— É mesmo?

— Com certeza! — prosseguiu Linus. — É só procurar no Google. Ele começou como professor universitário de ciências da computação com vinte e sete anos e nos últimos vinte anos se destacou como uma das maiores autoridades mundiais em inteligência artificial. Não existe praticamente mais ninguém no mundo que detenha conhecimentos tão avançados sobre o desenvolvimento de computadores quânticos e redes neurais. Ele sempre encontra soluções estranhas e nada ortodoxas para os mais diversos problemas. Tem um cérebro genial que parece funcionar ao contrário. Pensa sempre de maneira original e inovadora, e, como você pode imaginar, as grandes empresas de tecnologia vêm brigando por ele há anos. Mas Balder não cede. Prefere trabalhar sozinho. Ou melhor, quase sozinho, porque teve vários assistentes, dos quais, aliás, ele tira o sangue. Acima de tudo, ele exige resultados e se guia pelo lema "Nada é impossível, e o nosso trabalho é expandir os limites", e blá, blá, blá. Mas as pessoas acreditam nisso. Ele sempre consegue o que quer. Todo mundo está disposto a morrer por ele. No mundo *nerd* ele é um deus.

— Sei.

— Não pense que eu sou um admirador sem espírito crítico. Não mesmo. Sei que existe um preço a pagar. Você pode fazer coisas grandiosas ao lado dele. Mas também se dar mal. O Frans nem consegue cuidar do próprio filho. Ele fracassou como pai de forma imperdoável, e existem várias histórias desse tipo na vida dele. Assistentes que surtaram, que tiveram a vida arruinada e sabe-se lá mais o quê. Mas mesmo que ele sempre tenha sido um obcecado, nunca agiu da maneira como está agindo agora. Nunca foi histérico com questões de segurança, e é também por isso que eu estou aqui. Quero que você converse com ele. Sei que ele fez uma descoberta importante.

— E isso é tudo que você sabe.

— O que você precisa entender é que o Frans nunca foi do tipo paranoico. Pelo contrário. Dá até pra dizer que ele sofria de uma certa falta de paranoia, considerando o tipo de coisa com que sempre esteve envolvido. Mas agora ele se trancou em casa e quase não sai de lá. Parece estar com medo, embora nunca tenha se assustado à toa. Ele sempre foi um demônio enlouquecido que não conhecia outro caminho a não ser aquele que o levava para a frente.

— E ele gostava de jogos de computador? — perguntou Mikael, sem conseguir esconder o ceticismo.

— Bem… o Frans sabia que todos nós éramos fanáticos por jogos e achava que devíamos trabalhar com o que gostávamos. O programa de inteligência artificial que ele desenvolveu também podia ser usado pelo mercado de jogos. Seria um experimento perfeito, e conseguimos resultados incríveis. Chegamos aonde ninguém havia chegado. E tudo graças…

— Linus, por favor, vá direto ao ponto.

— A questão é que quando o Balder e os advogados dele entraram com o pedido de patente dos aspectos mais inovadores dessa tecnologia, tivemos o primeiro choque. Um engenheiro russo da Truegames tinha acabado de entrar com uma solicitação de patente que acabou bloqueando a nossa, o que dificilmente podia ser mera coincidência. Na verdade, pouco importava. Isso da patente era o de menos, comparado com tudo que estava acontecendo. O importante era descobrir como a Truegames tinha sabido do nosso projeto. Como todos da nossa equipe eram muito leais ao Frans, só restou uma explicação: alguém tinha nos hackeado, apesar de todas as medidas de segurança que tomávamos.

— E foi depois disso que vocês entraram em contato com a Säpo e o Ministério da Defesa?

— Não. O Frans tem sérios problemas com gente de terno e gravata que trabalha das nove às cinco. Ele prefere malucos obcecados que passam noites em claro em frente ao computador. Então, em vez de pedir uma ajuda oficial, resolveu chamar uma hacker misteriosa que ele tinha conhecido não sei onde, e de cara ela disse que tínhamos sido invadidos. Não que ela tenha parecido lá muito confiável; eu pelo menos não chamaria aquela garota para trabalhar na minha empresa; provavelmente ela nem sabia direito o que estava dizendo. Só que depois os agentes do Försvarets Radioanstalt confirmaram as conclusões dela.

— E ninguém sabe quem hackeou vocês?

— Não, ninguém sabe. É quase impossível seguir os rastros de uma invasão desse tipo. Sem dúvida foi coisa de profissional. Nós trabalhamos duro no nosso esquema de segurança digital.

— E agora você acha que o Frans Balder tem mais detalhes do que aconteceu?

— Com certeza. Ele não teria outra razão para agir como está agindo. Tenho certeza de que ele descobriu alguma coisa na Solifon.

— Ele trabalhou lá?

— Trabalhou, por mais estranho que pareça. Como eu falei, o Frans sempre se negou a trabalhar para os gigantes da computação. No mundo todo não havia ninguém que falasse com mais convicção de independência, da importância de ser livre e de não se tornar escravo daqueles que detêm o poder, essa história toda. Mas quando nos pegaram de guarda baixa e roubaram a nossa pesquisa, ele de repente aceitou uma oferta da Solifon, e aí ninguém entendeu nada. Tudo bem que ofereceram um salário monstruoso e carta branca para ele: você vai poder fazer o que bem entender, desde que trabalhe para a gente; deve ter sido uma proposta tentadora. Pelo menos seria tentadora para qualquer pessoa que não fosse Frans Balder. Mas ele já tinha recebido propostas semelhantes da Google, da Apple e de quem mais você possa imaginar. Por que esse convite da Solifon de repente pareceu mais interessante? O Frans nunca explicou isso. Ele simplesmente pegou suas coisas e foi embora. Pelo que fiquei sabendo, no começo deu tudo certo. O Frans continuou desenvolvendo a nossa tecnologia lá, e acho que o Nicolas Grant, o dono da Solifon, começou

43

a fantasiar sobre os novos bilhões que começariam a entrar. O clima era de entusiasmo. Mas no meio disso alguma coisa deve ter dado errado.

— Alguma coisa que você não sabe o que é.

— Isso mesmo, perdemos contato com o Frans. Ele se afastou do mundo. Tenho certeza de que deve estar acontecendo alguma coisa grave. O Frans era defensor da transparência, da abertura, adepto de ideias como o conhecimento à disposição da massa e coisas do gênero; acreditava na importância de se utilizar o conhecimento de um grande número de pessoas, enfim, em todas essas ideias por trás do Linux. Mas na Solifon ele guardou sigilo absoluto de tudo, inclusive de pessoas muito próximas a ele, e de repente pediu demissão, voltou para a Suécia e agora vive como um recluso na sua casa em Saltsjöbaden. Não cuida da sua aparência pessoal nem sai para uma caminhada no pátio.

— Ou seja, Linus, o que você tem é a história de um professor universitário que se sente pressionado e parece não se importar com sua aparência. Mas como os vizinhos sabem disso se ele não sai de casa?

— Bem, eu acho que...

— Linus, eu concordo que pode ser uma história interessante. Mas infelizmente não é uma história para mim. Eu não sou repórter de tecnologia. Sou um homem da idade da pedra, como andaram escrevendo. Sugiro que você fale com Raoul Sigvardsson, do *Svenska Morgon-Posten*. Ele é um jornalista que conhece bem esse mundo.

— Não, não, o Sigvardsson não serve. Essa história está muito além da capacidade dele.

— Acho que você está enganado.

— Blomkvist, não fuja justo agora! Essa pode ser uma chance única para você voltar em grande estilo.

Mikael fez um gesto de aborrecimento na direção de Amir, que limpava uma mesa afastada.

— Posso te dar um conselho? — disse Mikael.

— Como... pode, claro.

— Na próxima vez em que você tentar vender uma história para um repórter, não tente dizer que importância essa história vai ter para ele. Você faz ideia de quantas vezes eu já vi esse filme? "Essa vai ser a grande reportagem da sua vida. Maior até do que Watergate!" Você chegaria bem mais longe se fosse um pouco mais objetivo, Linus.

— Eu só queria...

— O que você queria?

— Que você conversasse com o Frans. Acho que ele ia gostar de você. Vocês dois têm esse espírito de quem não aceita fazer concessões.

De repente, Linus pareceu ter perdido totalmente a confiança, e Mikael achou que talvez tivesse sido duro demais com ele. Em geral demonstrava bom humor e animação ao falar com informantes, por mais loucos que eles fossem — não apenas porque talvez houvesse uma grande história por trás de toda a loucura, mas também porque sabia que em muitos casos ele era visto como uma tábua de salvação. Muitos o procuravam depois de todo mundo ter lhes virado as costas. Em muitos casos, Mikael representava uma última esperança, e não havia por que tratar as pessoas com desprezo.

— Escute — disse Mikael. — Eu tive um dia péssimo. Não quis parecer sarcástico.

— Tudo bem.

— E você tem razão — prosseguiu. — Tem uma coisa que me interessa nessa história. Você disse que uma hacker foi chamada.

— É, mas isso não tem nada a ver com a história toda. Foi apenas uma espécie de experimento social do Balder.

— Mas ela pareceu ser competente.

— Ou acertou tudo na sorte. A garota dizia muita bobagem.

— Você chegou a falar com ela?

— Sim, logo depois que o Balder foi para o Vale do Silício.

— Quanto tempo faz isso?

— Onze meses. Eu tinha levado os nossos computadores para o meu apartamento, na Brantingsgatan. Minha vida não era muito invejável na época. Eu estava solteiro, quebrado e vivia de ressaca. A minha casa era um verdadeiro caos. Eu tinha acabado de falar com o Frans por telefone, e ele falando comigo como se fosse o meu pai. Não julgue a garota pela aparência, as aparências enganam, e não sei mais o quê... Ele disse essas coisas todas pra mim! Poxa, eu não sou exatamente o genro dos sonhos de ninguém. Nunca pus terno e gravata na vida e sei muito bem como é que os hackers se vestem. Bom, eu fiquei esperando a garota. Achei que ela pelo menos ia bater na porta. Mas ela simplesmente foi entrando.

— Como ela era?

— Satânica... Para dizer a verdade também era sexy, mas de um jeito assustador. Mas satânica!

— Linus, eu não pedi uma avaliação dos atributos físicos da garota. Queria apenas saber como ela estava vestida e se chegou a dizer seu nome.

— Não faço a menor ideia de quem ela é — Linus prosseguiu —, mesmo que eu tenha achado que a reconhecia de algum lugar... mas tive uma impressão ruim. Ela era cheia de tatuagens e piercings, essas coisas todas, parecia uma metaleira ou uma dessas góticas, ou punks, e era magra como um esqueleto.

Quase sem se dar conta, Mikael fez sinal para que Amir trouxesse mais um caneco de Guinness.

— E o que aconteceu? — ele perguntou.

— Bem, como posso dizer?... Achei que não íamos falar de cara sobre negócios, então sentei na minha cama, já que praticamente não havia outro lugar pra sentar, e perguntei se ela queria beber alguma coisa. Sabe o que ela fez? Pediu que eu saísse. Essa garota me mandou embora da minha própria casa como se fosse a coisa mais normal do mundo. Eu me recusei, claro, disse alguma coisa como "Este apartamento é meu". Mas ela disse: "Suma agora mesmo daqui", então eu vi que não haveria jeito se eu não fosse embora, e saí e passei um bom tempo fora. Quando voltei, ela estava deitada na minha cama, fumando e lendo um livro sobre teoria das cordas, uma coisa assim, uma loucura, e acho que eu olhei de um jeito meio estranho para ela, sei lá, porque ela disse que não tinha a menor intenção de ir para a cama comigo. Acho que em nenhum momento ela olhou nos meus olhos. Simplesmente disse que os nossos computadores estavam infectados por um *trojan*, um RAT, e que dava pra reconhecer os padrões da invasão e o alto nível da programação usada. "Alguém ferrou com vocês", ela disse. E depois foi embora.

— Sem nem se despedir?

— Sem dizer nem mais uma palavra.

— Putz — Mikael deixou escapar.

— Acho que ela estava fazendo tipo. O especialista do Försvarets Radioanstalt que examinou os computadores depois, e que deve ter bem mais experiência nesse tipo de ataque, disse que não havia dados suficientes para chegar a essas conclusões e que por mais que tivesse procurado não encontrou nenhum tipo de vírus espião. Mesmo assim esse especialista, que aliás se chama Stefan Molde, também achou que tínhamos sido vítimas de uma invasão.

— Em nenhum momento essa garota se apresentou?

— Eu insisti para que ela dissesse o nome dela, mas a única coisa que ela falou, e ainda de mau humor, foi que eu podia chamá-la de Píppi. Com certeza não era o nome dela, mesmo assim...

— O quê?

— Achei que combinava com ela.

— Escute — disse Mikael. — Eu estava me preparando para ir embora.

— É, eu percebi.

— Mas agora a situação mudou completamente. Você disse que o Frans Balder conhecia essa garota?

— Isso mesmo.

— Nesse caso eu quero falar com ele o mais rápido possível.

— Por causa da garota?

— Algo assim.

— Tudo bem — Linus respondeu, pensativo. — Mas você não vai saber como entrar em contato com ele. Como eu disse, o Frans está escondido. Você tem iPhone?

— Tenho.

— Então esquece. O Frans acha que a Apple se vendeu para a NSA. Pra falar com ele você vai precisar comprar um Blackphone ou então arranjar um celular com Android e baixar um aplicativo de criptografia. Mas eu vou tentar convencê-lo a entrar em contato com você, e aí vocês combinam um lugar seguro para se encontrarem.

— Ótimo, Linus. Obrigado.

Mikael permaneceu sentado depois que Linus foi embora, bebendo sua Guinness e observando a tempestade lá fora. Mais atrás, Arne ria com sua turma. Porém Mikael estava tão perdido em pensamentos que não ouviu nada do que eles diziam nem percebeu quando Amir se sentou ao lado dele e começou a ler a previsão do tempo.

A previsão para os dias seguintes era de um tempo absolutamente louco. A temperatura cairia para dez graus negativos. Esperava-se a primeira neve do ano, e tudo indicava que ela não chegaria de maneira agradável, aconchegante. Seria a pior nevasca a atingir a Suécia em muitos anos.

— Pode haver furacões — Amir disse por fim, e Mikael, que ainda não estava prestando atenção, respondeu de maneira lacônica:

— Que bom.

— Bom?

— É... bem... Melhor do que não ter tempo nenhum.

— Verdade. Tudo bem? Você parece estar em estado de choque. O encontro não foi bom?

— Não, deu tudo certo.

— Mas as notícias deixaram você abalado, não foi?

— Ainda não sei bem. Está tudo meio confuso para mim. Estou pensando em sair da *Millennium*.

— Eu achava que você e a revista eram uma coisa só.

— Eu também. Mas tudo tem seu tempo.

— É verdade — Amir concordou. — O meu pai costumava dizer que até as coisas eternas têm seu tempo.

— Como assim?

— Acho que ele estava pensando no amor eterno. Ele disse isso um pouco antes de deixar a minha mãe.

Mikael conteve uma risada.

— Ah, certo. Eu mesmo não me dei muito bem no amor. Em compensação...

— O quê, Mikael?

— Tem uma mulher que eu conheci há muito tempo e que desde então sumiu da minha vida.

— Complicado.

— Não é fácil. Mas agora ela deu um sinal de vida, ou pelo menos acho que deu, e talvez por isso eu esteja assim.

— Sei.

— Mas preciso ir para casa. Quanto te devo?

— Depois a gente acerta.

— Está bem. Se cuide, Amir — disse Mikael. Em seguida passou pelos clientes habituais, que faziam comentários absurdos sobre como enfrentar a tempestade.

Foi uma experiência de quase morte. Apesar das rajadas de vento que castigavam seu corpo, Mikael caminhou devagar em meio ao tempo horrível, entregando-se a antigas lembranças enquanto voltava para casa. Ali, por alguma razão, teve dificuldade em abrir a porta. Precisou lutar com a chave na fechadura, e depois que enfim conseguiu entrar em casa tirou o sapato, sentou-se em frente ao computador e começou a ler sobre o professor Frans Balder.

Quando Mikael desistiu de continuar tentando se concentrar, a pergunta que já se havia feito inúmeras vezes voltou: onde ela estaria? Além do que constava no relatório do ex-chefe dela, Dragan Armanskij, ele nunca mais tinha tido notícias. Era como se ela tivesse sido engolida pelo chão, e, ainda que os dois fossem praticamente vizinhos, Mikael nunca mais a tinha visto. Por isso as palavras de Linus o abalaram daquela forma.

Em princípio, outra garota poderia ter ido ao apartamento de Linus naquele dia. Era possível, embora não provável. Afinal, quem além de Lisbeth Salander chegaria daquele jeito, já entrando, sem nem olhar no rosto da pessoa e a mandaria embora da própria casa para vasculhar o conteúdo dos computadores, concluindo a visita com a frase "Não tenho a menor intenção de ir para a cama com você"? Só Lisbeth. Quanto a "Píppi", esse nome era a cara dela.

Na porta do apartamento de Lisbeth, na Fiskargatan, havia a identificação "V. Kulla", o nome da casa de Píppi Meialonga, e Mikael entendia muito bem por que ela não deixava ali seu verdadeiro nome. Ele seria facilmente identificado, pois estava associado a tumultos e escândalos. Mas onde ela morava agora? Não era a primeira vez que Lisbeth desaparecia. Mesmo assim, desde o dia em que Mikael havia batido na porta do apartamento dela, na Lundagatan, e a insultado por ter escrito um relatório bem completo sobre a vida dele, os dois nunca haviam passado tanto tempo sem contato, o que era um pouco estranho, pois apesar de tudo Lisbeth era sua... Sua o quê, afinal?

Dificilmente uma amiga. Amigos se encontram. Amigos não desaparecem sem deixar rastros. Amigos não mandam notícia invadindo computadores. Mesmo assim, Mikael estava ligado a Lisbeth, e, acima de tudo, não havia como escapar da preocupação que tinha com ela. O ex-tutor de Lisbeth, Holger Palmgren, costumava dizer que ela sabia cuidar de si mesma. Apesar da infância terrível que tivera, ou talvez justamente por causa de tudo que havia lhe acontecido, Lisbeth tinha se transformado em uma sobrevivente. Impossível negar o quanto de verdade havia nisso.

Praticamente não existiam garantias para uma garota com um passado como o dela e com uma habilidade ímpar de fazer inimigos. Talvez Lisbeth tivesse mesmo perdido o rumo, como Dragan Armanskij havia dado a entender quando ele e Mikael almoçaram no Gondolen cerca de seis meses antes. Era um sábado de primavera e Dragan tinha insistido em pagar a cerveja, a *aquavit* e tudo o mais. Mikael teve a impressão de que Dragan estava precisando desabafar, e, mesmo que oficialmente os dois estivessem se encontrando na condição de velhos amigos, não havia dúvida de que Dragan, na verdade, queria falar sobre Lisbeth e entregar-se a um pouco de sentimentalismo regado a álcool.

Entre outras coisas, Dragan contou que sua empresa, a Milton Security, tinha instalado alarmes de segurança em uma casa de repouso em Högdalen — alarmes excelentes, de acordo com ele.

Mas de nada adianta todo o equipamento se falta energia elétrica. Ninguém se preocupa com isso. À noite faltou luz na casa de repouso, e Rut Åkerman, uma das moradoras, caiu, quebrou o fêmur e passou horas no chão acionando o alarme sem que nada acontecesse. De manhã, a situação dela era crítica, e como na época os jornais estavam publicando uma série de reportagens sobre problemas nos cuidados com idosos, o episódio ganhou destaque.

Felizmente Rut melhorou. No entanto, como ela era mãe de um político importante do Partido Democrata, o Sverigedemokraterna, o site oficial do partido publicou um artigo dizendo que Dragan era árabe — o que não era verdade, embora às vezes o chamassem assim —, e o campo de comentários, então, virou uma zona de guerra. Centenas de anônimos escreveram que aquilo era o que acontecia quando "confiamos nossa segurança a esses cabeças de turbante". E Dragan se ofendeu, sobretudo porque sua mãe também foi mencionada em comentários um tanto rudes.

Mas de repente, como num passe de mágica, todas as pessoas que haviam deixado ali seus comentários perderam o anonimato, passando a ser identificadas com nome, endereço, idade e profissão. Tudo muito bem organizado, como se elas houvessem preenchido um formulário. Evidentemente, não eram apenas radicais desajustados, mas também cidadãos bem estabelecidos e concorrentes de Armanskij na área de segurança, todos tendo que se responsabilizar pelo que haviam escrito, sem poder mais se esconder atrás do anonimato. Ninguém entendeu nada. Arrancaram os cabelos até que alguém conseguiu tirar a página do ar, e juraram vingança a quem quer que estivesse por trás daquele ataque. Só que a questão era justamente esta: ninguém sabia quem era o responsável pela invasão, a não ser Dragan Armanskij.

— Uma atitude típica de Lisbeth — ele disse —, e claro que eu estava envolvido. Não tive pena das pessoas expostas, ainda que o meu trabalho seja garantir a segurança de informações. Eu tinha passado uma eternidade sem notícias de Lisbeth e estava certo de que ela não ligava a mínima para mim, e que, aliás, não ligava a mínima para nada nem ninguém. E aí aconteceu isso... Foi muito bom. Lisbeth me ajudou quando precisei e agradeci a ela efusivamente por e-mail. Para a minha surpresa ela respondeu. Sabe o que ela escreveu?

— Não.

— Só esta frase: "Como você pode proteger aquele asqueroso do Sandvall, da clínica de Östermalm?".

— Quem é Sandvall?

— Um cirurgião plástico para quem prestamos serviços de segurança pessoal depois que ele começou a receber ameaças por ter assediado uma jovem paciente, estoniana, que havia feito uma cirurgia nos seios. A garota era namorada de um gângster.

— Ops...

— É, não foi nada fácil. Eu disse a Lisbeth que eu também não achava Sandvall uma das melhores criações de Deus. Na verdade tinha certeza de que ele não era, eu disse. Mas dei a entender que não cabe a mim entrar nesse tipo de julgamento. Não posso trabalhar apenas para pessoas moralmente exemplares. Mesmo os porcos têm direito a um pouco de segurança, e como Sandvall vinha sofrendo ameaças graves e nos pediu ajuda, nós o ajudamos... pelo dobro do preço normal. Para mim nunca foi um grande problema.

— E Lisbeth aceitou o seu raciocínio?

— Ela nem respondeu... pelo menos não por e-mail. Mas parece ter respondido de outro modo.

— Como?

— Ela apareceu na clínica e ordenou aos nossos seguranças que ficassem calmos. Parece que chegou inclusive a dizer que eu mandava lembranças. Em seguida atravessou toda a clínica, passou por pacientes, médicos e enfermeiras, entrou no consultório de Sandvall, quebrou três dedos dele e o ameaçou.

— Puta merda!

— É o mínimo que se pode dizer. Foi uma loucura ela fazer isso na frente de testemunhas e, além do mais, dentro de um consultório médico.

— É, loucura mesmo.

— Claro que a vida dela se complicou depois desse caso, com pedidos de processos judiciais, a coisa toda. Imagine: quebrar os dedos de um cirurgião plástico que ganha rios de dinheiro fazendo incisões, liftings... É o tipo de crime que leva qualquer advogado famoso a começar a ver cifrões por toda parte.

— E o que aconteceu depois?

— Nada. Absolutamente nada, e esse talvez seja o detalhe mais estranho. O episódio simplesmente foi ignorado e, ao que tudo indica, porque o cirurgião não quis processá-la. De qualquer forma, Mikael, foi um ato de loucura. Nenhuma pessoa equilibrada entra num consultório médico para quebrar dedos de um cirurgião. Nem Lisbeth Salander em seus momentos mais desvairados faria uma coisa dessas.

Mikael Blomkvist não estava totalmente convencido. Achava tudo muito lógico, ou pelo menos dentro da lógica de Lisbeth, e ele era praticamente um especialista no assunto. Sabia muito bem que aquela garota pensava de forma racional, mas não com a mesma racionalidade da maioria das pessoas. Ela seguia premissas estabelecidas por ela mesma, e Mikael nem por um instante duvidou que aquele médico tivesse feito coisas bem mais graves do que passar a mão na garota errada. Teve a impressão de não ser um caso qualquer para Lisbeth, sobretudo pelo alto risco que ela havia corrido.

Mikael Blomkvist tinha chegado a pensar que mais cedo ou mais tarde ela acabaria se envolvendo em problemas, talvez para se sentir viva de novo. Mas todo esse julgamento era injusto. Ele desconhecia os motivos de Lisbeth. Não sabia absolutamente nada da vida que ela estava levando, e, enquanto a tempestade balançava as janelas e ele continuava sentado diante do computador, pesquisando sobre Frans Balder, tentou ver a beleza de terem topado um com o outro, mesmo que daquela maneira torta. Era melhor do que nada, e Mikael achou que devia estar feliz por ela não ter mudado. Tudo indicava que Lisbeth continuava a mesma, e talvez — quem sabe? — até tivesse arranjado uma história para ele. Por alguns motivos, Linus o irritara desde o primeiro instante, e talvez por isso Mikael tivesse ignorado tudo que ele disse, por mais sensacional que pudesse ser. Mas quando Lisbeth entrou na história, tudo mudou de figura.

Não havia dúvidas sobre a inteligência de Lisbeth. Se ela tinha decidido se envolver naquele caso, talvez houvesse razões suficientes para que ele também fizesse o mesmo. Podia ao menos investigar o assunto um pouco mais de perto e, com alguma sorte, conseguir alguma informação sobre Lisbeth.

Por que ela tinha sumido do mapa?

Bem, ela não era nenhuma consultora de TI, e devia estar revoltada com as injustiças da vida. Podia sumir do mapa e administrar a justiça do modo que bem entendesse. Mas que aquela garota, que não temia hackear computador nenhum, tivesse se comovido com uma simples invasão digital era surpreendente. Quebrar os dedos de um cirurgião ainda fazia sentido. Mas se engajar na luta contra ataques cibernéticos ilegais era como morar sob um telhado de vidro e jogar pedra no telhado dos outros, não? Mas Mikael não tinha certeza de nada.

Era razoável supor que houvesse uma boa história por trás do que havia acontecido. Talvez Lisbeth e Balder fossem amigos ou correspondentes — não seria impossível. Então Mikael procurou ocorrências com os dois nomes juntos, mas nada encontrou, ou pelo menos nada interessante. Em seguida ficou observando a tempestade e pensando no dragão tatuado num corpo magro, no frio de Hedestad e na cova aberta em Gosseberga.

Depois voltou a pesquisar sobre Frans Balder, e o que não faltava era material. O nome do professor gerou dois milhões de ocorrências, mas apesar disso não era fácil encontrar uma biografia dele. A maioria dos resultados eram artigos e análises científicas; pelo visto, Frans Balder não dava entrevistas. Por isso, tudo acerca da vida dele tinha uma certa aura mítica, como se fosse superdimensionado e romantizado por alunos que o admiravam.

Constava que na infância Frans Balder fora tratado como se tivesse distúrbios de aprendizagem, até o dia em que procurou o diretor da escola onde estudava em Ekerö para mostrar um erro no livro de matemática do nono ano, no capítulo sobre números imaginários. Uma correção foi feita nas edições posteriores, e mais tarde Frans ganhou um concurso nacional de matemática. Diziam que conseguia falar de trás para a frente e escrever longos palíndromos. Em um antigo texto escolar publicado na internet, ele criticava A guerra dos mundos, de H. G. Wells, por não conceber que criaturas superiores a nós em todos os sentidos não soubessem a diferença entre a flora bacteriana em Marte e na Terra.

Depois do colegial, Frans Balder foi estudar ciências da computação no Imperial College, em Londres, e publicou um trabalho sobre algoritmos aplicados a redes neurais, tido como um marco na área. Tornou-se o mais jovem professor de todos os tempos da Tekniska Högskolan, de Estocolmo, e foi admitido na Academia Real de Engenharia. Foi considerado um dos maiores especialistas do mundo no conceito teórico de "singularidade tecnológica" — o momento em que a inteligência dos computadores ultrapassa a inteligência humana.

Apesar de tudo, Frans Balder não era um tipo atraente nem elegante. Em todas as fotos, parecia um *troll* desleixado, de olhos pequenos e cabelo desgrenhado. Mesmo assim, tinha se casado com a glamorosa atriz Hanna Lind, que havia adotado o sobrenome Balder. O casal teve um filho que, segundo a reportagem de um jornal vespertino, encimada pela manchete "A grande tragédia de Hanna", tinha uma grave deficiência mental, embora o menino, pelo menos nas fotos que ilustravam a matéria, não aparentasse nada de errado.

O casamento não durou, e, na audiência judicial no foro de Nacka, que decidiria sobre a guarda do menino, Lasse Westman, o *enfant terrible* do teatro, declarou de maneira bastante agressiva que Balder não devia ter a guarda do filho, uma vez que Frans se preocupava "mais com a inteligência dos computadores do que com a inteligência das crianças". Mikael não se aprofundou nos aspectos da separação e preferiu se dedicar a entender as pesquisas de Balder e as disputas judiciais em que ele se envolvera, além de passar um bom tempo lendo um artigo tortuoso sobre processamento quântico de dados.

Depois deu uma olhada em seus próprios documentos no computador e abriu uma pasta que havia criado anos antes com o nome de Lisbeth Salander. Mikael Blomkvist não sabia se Lisbeth continuava invadindo o computador dele nem se ainda se interessava pelo tipo de jornalismo que ele fazia.

Mas tinha esperanças de que ela não o tivesse abandonado e se perguntou se não seria bom deixar uma mensagem para ela. Havia apenas um problema: o que escrever?

Uma longa carta pessoal não fazia o estilo de Lisbeth; só iria constrangê-la. O melhor seria deixar uma mensagem curta e enigmática. Mikael arriscou uma pergunta:

O que devemos pensar sobre a inteligência artificial de Frans Balder?

Depois se levantou e mais uma vez contemplou a tempestade.

4. 20 DE NOVEMBRO

Edwin Needham, ou Ed "the Ned", como às vezes o chamavam, não era o técnico de segurança mais bem pago dos Estados Unidos. Mas talvez fosse o melhor e o mais orgulhoso. Sammy, seu pai, tinha sido uma ovelha negra, um alcoólatra descontrolado que às vezes fazia bicos na zona portuária, mas que passava a maior parte do tempo em bebedeiras desenfreadas que não raro terminavam na cadeia ou no hospital.

Apesar de tudo, os porres de Sammy eram os melhores momentos vividos pela família dele. Quando o pai estava se embriagando na rua, a casa adquiria uma atmosfera acolhedora, e então Rita, a mãe, podia abraçar seu filho e sua filha e prometer-lhes que tudo ia melhorar. Com exceção desses momentos, nada funcionava na casa. A família morava em Dorchester, um bairro de Boston, e quando o pai estava em casa acabava batendo com frequência em Rita, que então passava horas e às vezes o dia todo trancada no banheiro, chorando e tremendo.

Em épocas mais difíceis, Rita chegava a vomitar sangue, e não foi surpresa quando ela morreu de hemorragia interna com quarenta e seis anos, nem quando a irmã mais velha de Ed se viciou em crack, e menos ainda quando mais tarde pai e filhos quase se viram obrigados a morar na rua.

A infância de Ed prometia inúmeros problemas e na adolescência ele se juntou a uma gangue chamada "The Fuckers", que aterrorizava Dorchester promovendo brigas, ataques e roubos a supermercados. O melhor amigo de Ed, um garoto chamado Daniel Gottfried, acabou pendurado em um gancho de carne e assassinado a golpes de machete. Na adolescência, Ed esteve a um passo do abismo.

Desde cedo teve uma aparência rústica e brutal, e a agitação do garoto, somada à falta de dois dentes superiores, não ajudava muito a suavizá-la. Ed era alto, forte e destemido, e seu rosto costumava trazer marcas de brigas — fossem de arranca-rabos com o pai ou de pancadarias entre gangues. A maioria dos professores temia Ed. Todos acreditavam que cedo ou tarde ele acabaria preso ou morto com uma bala na cabeça. Mas também havia adultos que se interessavam por ele — talvez por terem descoberto que havia mais do que agressividade e violência naqueles olhos.

Ed tinha uma sede incontrolável de conhecimento, energia que o levava a devorar um livro com o mesmo ímpeto com que depredava um ônibus, e muitas vezes adiava a volta para casa. Preferia ficar na "sala de tecnologia" da escola, onde se entretinha por horas e horas com os dois computadores que havia lá. Um professor de física chamado Larson percebeu o talento de Ed para lidar com máquinas e, depois de reuniões com autoridades do Serviço Social, conseguiu oferecer-lhe uma bolsa de estudos e a oportunidade de se transferir para uma escola com alunos mais motivados.

Ed se destacou nos estudos e, aos poucos, foi conseguindo mais bolsas e mais distinções. No fim, contrariando as expectativas iniciais, começou a estudar na EECS, a Electrical Engineering and Computer Sciences, no MIT. Sua tese de doutorado tratou de alguns temores específicos sobre os sistemas de criptografia assimétrica, como o RSA. Galgou posições na Microsoft e na Cisco, até ser contratado pela NSA, em Fort Meade, Maryland.

Na verdade, o currículo de Ed não era totalmente adequado ao posto, e não apenas por ele ter se envolvido com a criminalidade na adolescência. Tinha fumado um bocado de maconha na época da faculdade e demonstrado certa simpatia pelos ideais socialistas e até mesmo anarquistas, e já adulto havia sido detido duas vezes por perturbar a ordem pública. Nada muito grave: quase sempre brigas de bar. Seu temperamento permaneceu violento, e todos que o conheciam evitavam se desentender com ele.

Mas a NSA viu qualidades em Ed, e além do mais era outono de 2001. O serviço de informação dos Estados Unidos andava tão desesperado atrás de técnicos de dados que praticamente contratava qualquer um. Nos anos que se seguiram, porém, ninguém jamais questionou a lealdade e o patriotismo de Ed. Ou, se questionou, concluiu que suas qualidades eram mais importantes.

Ed não tinha apenas um talento espetacular. Em sua personalidade havia também obsessão, uma precisão maníaca e uma eficiência furiosa prenunciando sucesso para alguém encarregado da segurança digital das mais secretas autoridades norte-americanas. Ninguém seria capaz de entrar no sistema desenvolvido por ele. Era uma questão pessoal para Ed, que logo se tornou figura indispensável em Fort Meade; muitas vezes os colegas faziam fila para consultá-lo. Muitos sentiam pavor dele, e era verdade que com frequência Ed xingava e destratava colegas, indo além do que seria razoável. Certa vez chegou a mandar para o inferno até o diretor da NSA, o lendário almirante Charles O'Connor.

"Trate de ocupar essa sua cabeça de merda com assuntos que você entende", Ed bradou quando o almirante quis dar uma opinião sobre o trabalho que ele estava fazendo.

Mas Charles O'Connor, assim como os outros, simplesmente não se importava com esse tipo de atitude. Sabia que Ed gritava e brigava por bons motivos, ou porque alguém havia sido relapso com os protocolos de segurança, ou porque tinha dado uma opinião sobre algo de que não entendia. Além disso, ele jamais havia se intrometido no trabalho da agência de espionagem, mesmo que por força da posição que ocupava tivesse acesso a quase tudo e mesmo que anos depois a NSA tenha sido pega no meio de uma tempestade, em que tanto representantes da direita como da esquerda passaram a ver o órgão como a própria encarnação do demônio ou como a concretização do Grande Irmão de Orwell. Para Ed, a NSA podia fazer o que bem entendesse, desde que os sistemas de segurança fossem rigorosos e se mantivessem indevassáveis. Como ainda não tinha família, Ed praticamente vivia no escritório.

Ele era uma força com a qual se podia contar. Mesmo sendo submetido a vários controles de segurança por causa de seu trabalho, nunca se encontrou nada questionável sobre ele — a não ser bebedeiras monumentais —, nem mesmo quando ficava sentimental e começava a falar sobre o passado. Não existiam indícios de que alguma vez ele tivesse falado com outras pessoas sobre o trabalho que realizava. No mundo exterior, mantinha a boca fechada como um túmulo, e se acontecia de alguém pressioná-lo ele recorria às mentiras ensaiadas, possíveis de ser confirmadas pela internet e por outros bancos de dados.

Não foi por acaso nem através de intrigas ou jogo sujo: Ed aos poucos subiu de posição e se tornou o chefe mais graduado de segurança da sede da NSA, virando tudo de cabeça para baixo, "para que nenhum delator venha aqui dar outro tapa na cara da gente". Ed e a equipe que ele comandava aumentaram a vigilância interna em todos os pontos imagináveis e depois de noites e noites em claro apresentaram o que ele às vezes chamava de "muralha impenetrável", às vezes de "cachorro bravo".

"Nenhum filho da mãe vai entrar aqui, nenhum filho da mãe vai xeretar sem permissão", disse, sentindo um orgulho imenso de si mesmo.

Esse orgulho imenso só durou até aquela fatídica manhã de novembro, um dia bonito e de céu claro. Em Maryland, nenhum sinal do tempo sinistro que assolava a Europa. As pessoas andavam de camiseta e jaquetas finas, e Ed, que com o passar dos anos havia adquirido uma barriguinha, vinha voltando da máquina de café com seu típico andar cambaleante.

Por causa de sua função, Ed não dava a mínima para roupas. Vestia calça jeans e camisa xadrez vermelha de lenhador, e suspirou ao sentar em frente ao computador. Suas costas e seu joelho direito doíam, e podia jurar que sua colega, a antiga policial lésbica do FBI, a articulada e encantadora Alona Casales, o havia provocado apenas por um prazer sádico.

Por sorte não tinha nada de muito urgente para fazer. Só precisava mandar uma mensagem interna com informações sobre o novo código de conduta para os responsáveis pelo OST, um programa de colaboração com outras grandes empresas de TI — Ed havia mudado a senha de acesso. Mas não se alongou demais. Escreveu no seu estilo seco de sempre:

Para que ninguém caia na tentação de agir como um imbecil e para que todos continuem sendo bons agentes digitais paranoicos, eu gostaria de ressaltar que... De repente um dos vários alarmes o interrompeu.

Ed não se preocupou muito. O sistema de alarme era tão sensível que reagia a qualquer mudança no fluxo de informações. Com certeza devia ser uma pequena anomalia, talvez um sinal de que alguém havia tentado acessar partes do sistema para as quais não tinha a necessária autorização — enfim, nada de mais.

Mas o fato é que Ed nem teve a oportunidade de verificar. No instante seguinte aconteceu algo tão extraordinário que por uns bons segundos ele se recusou a acreditar. Limitou-se a ficar olhando para o monitor. Mesmo assim, sabia exatamente o que tinha acontecido, pelo menos com a parte de seu cérebro que ainda conseguia pensar racionalmente: havia um RAT na NSANet, a intranet da agência. Com a outra parte do cérebro Ed pensou: vou acabar com esses filhos da puta! Porém, invadir aquele ambiente totalmente controlado e fechado que ele e sua equipe tinham vasculhado milhões de vezes no último ano, a fim de rastrear qualquer possível vulnerabilidade, por mais ínfima que fosse... Não, não, não tinha como, era impossível!

Sem perceber, Ed fechou os olhos, como se esperasse que tudo aquilo pudesse desaparecer se ele piscasse os olhos um número suficiente de vezes. Mas quando olhou de novo para o monitor a frase que ele havia começado a escrever tinha sido concluída. O trecho "... *eu gostaria de ressaltar que...*" vinha seguido das seguintes palavras: ... *vocês devem parar de cometer uma série de atividades ilegais, o que na verdade é muito simples. Quem espiona a população acaba sendo espionado pela população. Essa é uma lógica fundamental da democracia.*

"Merda, merda", ele murmurou, no que parecia ser um sinal de que estava se recompondo.

Mas o texto continuou: *Não fique nervoso, Ed. Preste atenção no que vai acontecer. Eu tenho acesso root*, e com isso Ed soltou um grito. A palavra "root" fez todo o seu ser vir abaixo, e nos poucos minutos em que o computador navegou à velocidade da luz pelos recônditos mais secretos do sistema ele achou que fosse ter um ataque cardíaco, e foi somente através de uma sensação muito nebulosa que ele se deu conta de que pessoas iam se juntando em torno dele.

Hanna Balder precisava ir fazer compras. Faltavam cerveja e comida na geladeira. Além do mais, Lasse podia chegar a qualquer momento e não gostaria nem um pouco de descobrir que não havia sequer uma pilsen em casa. Mas como o tempo estava horrível, Hanna adiou a saída e ficou fumando na cozinha, mesmo que aquilo fosse ruim para a pele e para tudo o mais, e mexendo no seu celular.

Por duas ou três vezes percorreu a lista de contatos na esperança de encontrar um nome novo. Mas não havia um. Eram as mesmas pessoas de sempre, todas já cansadas dela. Mesmo assim resolveu telefonar para Mia. Mia era a agente de Hanna, e em outras épocas tinham sido duas grandes amigas sonhando em conquistar o mundo juntas. No fim, Hanna havia se tornado acima de tudo um peso na consciência de Mia, que já perdera a conta do número de pretextos e desculpas que tinha ouvido nos últimos tempos. "Não é fácil envelhecer como atriz", blá, blá, blá. Nem Hanna aguentava mais aquilo. Por que Mia não falava logo: "Você parece cansada, Hanna. O público não gosta mais de você"?

Claro que Mia não queria atender. A conversa não teria feito bem a nenhuma das duas, e Hanna não pôde deixar de olhar para o quarto de August a fim de sentir a pontada de saudade que a fazia perceber que tinha perdido a chance de desempenhar a única tarefa importante que tinha na vida — a de ser mãe —, o que, contraditoriamente, renovou suas forças. Consolou-se de maneira perversa com a própria autopiedade e, apesar de tudo, estava prestes a sair para comprar uma cerveja quando o telefone tocou.

Era Frans, e ao atender o telefone Hanna fez uma careta. O dia inteiro havia pensado — sem coragem — em ligar para o ex-marido e pedir que ele devolvesse August. Embora sentisse saudade do filho, não achava que o menino ia ter uma vida melhor ao lado dela. Era apenas para evitar uma catástrofe. Nada mais.

Lasse queria o menino de volta para continuar recebendo a pensão de Frans, e só Deus sabia o que poderia acontecer se Lasse aparecesse em Saltsjöbaden para exigir seus direitos. Talvez arrancasse August da casa e o deixasse apavorado, e depois encheria Frans de porrada. Frans precisava saber do risco que corria. Mas quando tentou abordar o assunto, Hanna não teve tempo de falar. Frans despejou sobre ela uma história esquisita que classificou como "totalmente incrível e sem precedentes".

— Desculpe, Frans, mas não estou entendendo. Do que você está falando? — ela perguntou.

— O August é um *savant*! Um gênio!

— Você enlouqueceu?

— Pelo contrário! Eu finalmente vi a luz. Você precisa vir para cá agora! Acho que é o único jeito. Não há como explicar de outra forma. Eu pago um táxi para você. Juro que você vai ficar de boca aberta. Ele deve ter memória fotográfica e, sabe lá como, aprendeu os segredos da técnica tridimensional por conta própria. É lindo, Hanna, perfeito demais. Tem uma aura como se fosse de outro mundo.

— O que tem essa aura?

— O semáforo que o August fez. Você não ouviu? Hoje à noite passamos por esse lugar e agora ele fez uma reprodução perfeita de tudo. Mais até do que perfeita...

— Mais até do que perfeita?...

— O que mais posso dizer? Não é uma simples cópia, Hanna. Além de capturar os detalhes de maneira exata, o August também acrescentou uma... uma dimensão artística. O desenho resplandece e, paradoxalmente, também é uma representação matemática, com requintes de axonometria.

— Axo o quê?

— Ah, não importa, Hanna! Você precisa vir aqui para ver com os próprios olhos — prosseguiu Frans, e aos poucos ela começou a entender.

De repente, do nada, August tinha começado a desenhar com virtuosismo, ou pelo menos era o que Frans achava, o que seria incrível se fosse mesmo verdade. O mais triste foi que Hanna não ficou feliz, e a princípio nem ela mesma entendeu por quê. Mas em seguida teve um palpite. Era porque aquela transformação havia ocorrido enquanto August estava com Frans. August tinha vivido com ela e Lasse por anos a fio sem que absolutamente nada acontecesse. August passava o tempo inteiro distraído com quebra-cabeças e blocos de montar sem dizer uma única palavra, tendo surtos periódicos durante os quais soltava gritos estridentes e irritantes, atirando-se de um lado para outro, e agora, depois de umas poucas semanas na casa do pai, já estava sendo chamado de gênio.

Era mais do que Hanna podia suportar. Não que não estivesse feliz pelo menino. Mas aquilo também era doloroso, e o pior de tudo: ela não estava tão surpresa quanto devia estar. Não ficou balançando a cabeça e murmurando "Não é possível, não é possível". Pelo contrário, tinha a impressão de já haver pressentido aquilo — não que o filho fosse capaz de desenhar semáforos com perfeição, mas que havia alguma coisa por trás do que se via na superfície.

Hanna tinha pressentido tudo nos olhos de August, naquele olhar que às vezes, em momentos de exaltação, parecia registrar os mínimos detalhes do ambiente ao redor dele. Tinha pressentido tudo na forma como o menino escutava os professores da escola, na maneira nervosa como folheava os livros de matemática que ela comprava e, principalmente, nos números de August. Nada era tão singular quanto os números de August. O menino era capaz de passar horas e horas escrevendo séries intermináveis de números incompreensivelmente grandes. Hanna havia tentado entendê-los, mas nunca conseguiu nem imaginar do que se tratava. Por mais que tivesse se esforçado, não havia chegado a lugar nenhum, e naquele instante percebeu que tinha deixado passar um detalhe importante sobre aqueles números. Estava triste demais e preocupada demais consigo mesma para entender o que ia pelos pensamentos do filho. Não era essa a verdade, afinal?

— Não sei — disse Hanna.

— Não sabe o quê? — Frans perguntou, irritado.

— Não sei se posso ir até aí — ela prosseguiu, ouvindo no mesmo instante um barulho na porta da frente.

Lasse chegou com seu grande amigo Roger Winter, o que a levou a dar alguns passos assustados para trás, balbuciar um pedido de desculpas para Frans e, pela milésima vez, achar que era uma péssima mãe.

Ainda com o telefone na mão, Frans se pôs a praguejar no quarto de piso xadrez. Tinha escolhido esse padrão porque aquela organização matemática lhe agradava, e também porque o xadrez se estendia em direção ao infinito nos espelhos dos guarda-roupas nos dois lados da cama. Em certos momentos, observava a multiplicação dos quadrados que avançavam para dentro dos espelhos como se aquilo fosse um enigma pulsante, como se uma força quase viva emanasse daquela repetição e daquela regularidade, da mesma forma que os pensamentos e os sonhos surgem dos neurônios no cérebro ou os programas de computador surgem dos códigos binários. Mas naquele exato momento estava entregue a outro tipo de pensamento.

— Filho, o que foi que houve com a sua mãe? — Frans perguntou.

August, que estava sentado no chão, próximo ao pai, comendo um sanduíche de queijo com picles, encarou-o com um olhar concentrado, e nesse instante Frans teve o estranho pressentimento de que o filho ia lhe dar uma resposta sábia e adulta. Mas esse tipo de expectativa, naturalmente, era equivocado. August continuava falando tão pouco quanto antes e nada sabia sobre mulheres abandonadas pelo marido, e o próprio Frans só havia percebido isso graças aos desenhos.

Os desenhos, que até então eram três, às vezes lhe pareciam prova não apenas de um talento artístico e matemático, mas também de uma espécie de sabedoria. As obras pareciam tão maduras e complexas naquela perfeição geométrica, que Frans não conseguia associá-las com a imagem de um August deficiente mental. Ou, melhor dizendo, não desejava associá-las, pois desde muito tempo vinha tentando descobrir o que se escondia por trás da condição de seu filho, e não apenas porque tivesse assistido a *Rain Man*, como todo mundo.

Como pai de uma criança autista, desde cedo Frans havia deparado com o conceito de *savant*, utilizado para descrever pessoas com graves problemas cognitivos e que mesmo assim apresentam um desempenho brilhante em áreas específicas. Talentos em geral relacionados com uma impressionante capacidade de memorização e com uma percepção apurada de detalhes. Frans havia percebido que muitos pais ansiavam por esse diagnóstico como um prêmio de consolação. Mesmo assim as chances eram pequenas.

Segundo estimativas, apenas dez por cento dos autistas têm capacidades de *savant* e, mesmo assim, a maioria deles não demonstra um talento tão impressionante quanto o Rain Man do filme. Existem, por exemplo, autistas capazes de dizer em que dia da semana caiu determinada data, mesmo de séculos atrás. Ou, em casos extremos, datas de quarenta mil anos atrás.

Outros detinham conhecimentos enciclopédicos em áreas extremamente restritas, como tabelas de horários de ônibus ou listas telefônicas. Certos autistas eram capazes de fazer cálculos complexos de cabeça, ou de se lembrarem com precisão que tempo estava fazendo em determinado dia de sua vida, ou ainda saberem sempre a hora exata, inclusive os segundos, sem consultar um relógio. Existia uma série de talentos mais ou menos notáveis, e Frans sabia que indivíduos com essas capacidades eram chamados de *savants* — pessoas que, apesar de terem uma deficiência mental que as afetava em praticamente todos os aspectos de sua vida, demonstravam habilidades extraordinárias.

Também existia um outro grupo ainda mais raro, e Frans acreditava que August era uma dessas pessoas conhecidas como *savants* prodígios, indivíduos com talentos absolutamente sensacionais. Havia, por exemplo, Kim Peek, que pouco tempo antes tinha morrido de infarto. Kim não conseguia se vestir sozinho e era portador de uma deficiência mental severa. Mesmo assim, tinha memorizado o texto de doze mil livros e conseguia responder de imediato a quase qualquer pergunta sobre dados ou estatísticas. Era um banco de dados vivo. Ganhou o apelido de "Kimputer".

Havia também músicos como Leslie Lemke, um homem cego e com retardo mental que certa vez, com dezesseis anos, se levantou no meio da noite e, sem nenhum tipo de treino ou estudo, sentou-se e tocou o concerto para piano nº 1 de Tchaikóvksi sem cometer nenhum erro depois de tê-lo ouvido uma única vez na televisão. E, acima de tudo, garotos como Stephen Wiltshire, um menino inglês introvertido ao extremo e que pronunciou sua primeira palavra com seis anos de idade: "papel".

Com oito, dez anos, Stephen conseguia desenhar prédios imensos perfeitamente e com detalhes complexos depois de tê-los visto apenas de relance uma única vez. Um dia, passeando de helicóptero sobre Londres, ficou olhando para as casas e as ruas lá embaixo. De volta ao solo, desenhou um panorama vibrante da cidade inteira. Mas ele não era um simples copiador. As obras de Stephen tinham um grau elevado de independência, e o garoto passou a ser visto como um artista completo. Eram quase sempre garotos.

Apenas um em cada seis *savants* era menina, o que provavelmente tinha relação com uma das grandes causas do autismo: excesso de testosterona em circulação no útero materno, especialmente no caso de fetos masculinos. A testosterona pode danificar o tecido cerebral do feto, e quase sempre ataca o hemisfério esquerdo, que se desenvolve mais devagar e é mais frágil. A síndrome de *savant* é uma tentativa do hemisfério direito de compensar o estrago sofrido pelo hemisfério esquerdo.

Como os hemisférios são diferentes, e o esquerdo é o responsável pelo pensamento abstrato e pela capacidade de perceber grandes contextos, o resultado torna-se ainda mais especial. Surge uma nova perspectiva, uma fixação por detalhes, e, se Frans havia entendido bem, ele e August tinham observado aquele semáforo de maneira totalmente diferente. Enquanto o menino era bem mais focado, o cérebro de Frans descartava os detalhes insignificantes à velocidade da luz, concentrando-se nas coisas mais importantes — a segurança ao atravessar a rua e a própria mensagem emitida pelo semáforo: "Pare" ou "Siga". Era bem provável que o olhar dele tivesse sofrido várias outras influências externas, acima de tudo a de Farah Sharif. Para ele, a faixa de pedestres misturava-se com todo um fluxo de lembranças e expectativas sobre ela, enquanto August devia ter visto apenas o semáforo em si.

O menino o havia registrado no papel nos mínimos detalhes, junto com o homem vagamente conhecido que atravessava a rua naquele instante. Tinha carregado essa imagem consigo, como se ela tivesse se gravado em seus pensamentos, e somente após duas semanas sentiu necessidade de externá-la, e com um detalhe notável: havia feito mais do que simplesmente reproduzir o semáforo e o homem. Tinha conferido a ambos uma aura perturbadora, e Frans não conseguia afastar a ideia de que August queria dizer algo mais do que simplesmente "Veja o que eu fiz". Pela milésima vez, examinou os desenhos, e então sentiu uma agulhada no cérebro.

Frans sentia medo. Não conseguia entender bem o que estava acontecendo. Mas tinha a ver com o homem do desenho. Seus olhos eram duros, brilhantes. As maçãs do rosto pareciam tensas e os lábios eram estranhamente finos, quase inexistentes, mesmo que esse detalhe não depreciasse o trabalho de August. Cada vez que Frans o examinava, o homem parecia mais assustador e de repente Balder foi invadido por um verdadeiro terror, como se tivesse acabado de ter uma premonição.

— Filho, eu te amo — ele balbuciou sem dar por si, e deve ter repetido a frase por mais duas ou três vezes, porque as palavras começaram a parecer cada vez mais estranhas em sua boca.

Com uma dor renovada, Frans se deu conta de que nunca as tinha pronunciado, e quando se recompôs do primeiro choque ocorreu-lhe que havia um elemento ainda mais lamentável naquilo. Seria necessário um dom excepcional para que fosse capaz de amar o próprio filho? Então seria uma situação bastante típica. Ele havia construído a sua vida baseado apenas em resultados.

Frans pouco se importava com tudo que não fosse inovador ou excepcional, e mal havia pensado em August quando deixou a Suécia para ir trabalhar no Vale do Silício. Grosso modo, o filho sempre foi para ele apenas um incômodo momentâneo para as coisas revolucionárias que estava prestes a descobrir.

Naquele instante, porém, Frans prometeu a si mesmo que haveria mudanças. Abandonaria as pesquisas e tudo que o havia incomodado e perturbado naqueles últimos meses para dedicar-se ao menino.

Afinal, estava decidido a se tornar um novo homem.

5. 20 DE NOVEMBRO

Ninguém entendia como Gabriella Grane tinha ido parar na Säpo, nem ela mesma. Quando garota, um futuro promissor aguardava por ela. O fato de já ter trinta e três anos, não ser rica nem famosa e tampouco ter se casado, mesmo que só por dinheiro, preocupava suas velhas amigas de Djursholm.

— O que acontece com você, Gabriella? Por acaso pretende trabalhar na polícia o resto da vida?

Na maioria das vezes em que ouvia isso, ela não se dava ao trabalho de discutir nem de explicar que não trabalhava como policial, e sim como analista, e que escrevia textos de qualidade muito superior à dos que escrevera no Ministério das Relações Exteriores ou nos verões em que havia trabalhado como redatora-chefe do *Svenska Dagbladet*. Além do mais, não gostava muito de conversar, fosse qual fosse o assunto. Era bom ficar em silêncio e ignorar todas aquelas obsessões cretinas sobre status; trabalhar na Säpo era visto como fracasso — tanto por seus conhecidos de boa condição social como por seus amigos intelectuais.

Aos olhos dessas pessoas, na Säpo só havia conservadores imbecis que caçavam curdos e árabes motivados por racismo, gente que não se furtaria a cometer crimes graves e atentar contra os direitos humanos para oferecer cobertura a antigos espiões soviéticos. Por consequência, claro que ela também devia se encaixar nesse perfil, pensavam. A Säpo era um lugar de incompetência e de juízos duvidosos, e o caso Zalachenko ainda era uma mancha na reputação do órgão. Mas não era bem assim. Também havia um trabalho importante e atraente a ser feito, especialmente depois do processo interno de limpeza que ocorrera. Às vezes Gabriella achava que a Säpo era o lugar onde os pensamentos interessantes ganhavam voz, e que era lá, e não nos editoriais ou nas salas de aula das universidades, que se podia entender de maneira abrangente as profundas mudanças que ocorriam no mundo. Mas claro que de vez em quando ela também se perguntava: como eu vim parar aqui e por que continuo aqui?

A explicação provavelmente estava relacionada a um certo elogio que recebeu. Ninguém menos que Helena Kraft, a então recém-nomeada chefe da Säpo, tinha entrado em contato com ela e dito que, depois de todas as catástrofes e de todos os artigos publicados na imprensa com o objetivo de ridicularizar o órgão, estava na hora de recrutar pessoal de outra forma. Precisamos adotar uma mentalidade um pouco mais britânica, Helena tinha dito, e "ter conosco os verdadeiros talentos das universidades; e, sinceramente, Gabriella, não consigo pensar em ninguém melhor do que você". Foi o suficiente para Gabriella.

Ela começou a trabalhar como analista de contraespionagem, até mais tarde ser transferida para a divisão de proteção à indústria. Mesmo que não tivesse um perfil tão adequado à função, por ser jovem e, acima de tudo, atraente de uma forma um tanto exuberante, era a pessoa certa nos demais aspectos. Era chamada de "filhinha de papai" e "burguesinha", o que gerava alguma tensão desnecessária. Contudo, nunca deixou de ser uma funcionária primorosa, eficaz e receptiva, que sempre apresentava ideias originais e inusitadas. Além do mais, falava russo.

Tinha aprendido o idioma enquanto cursava economia na Handelshögskolan, em Estocolmo, onde havia sido aluna exemplar, ainda que no fundo soubesse que jamais iria se dar por satisfeita apenas no mundo dos negócios. Gabriella desejava mais, por isso ao concluir seus exames concorreu a uma vaga no Ministério das Relações Exteriores, e foi admitida. Mas também não se sentiu estimulada naquele ambiente. Os diplomatas eram pessoas sisudas e bastante formais, e foi nessa época que Helena Kraft a procurou.

Agora fazia cinco anos que Gabriella estava na Säpo; aos poucos seu talento foi sendo reconhecido, ainda que as coisas nem sempre tivessem sido fáceis para ela.

E também hoje não estava sendo nada fácil, e não só por causa do tempo horrível. Ragnar Olofsson, chefe do escritório, tinha aparecido em sua sala com cara de poucos amigos, dizendo que ela não devia namorar no trabalho.

— Namorar? — Gabriella perguntou.

— Alguém mandou flores para você.

— E por acaso é culpa minha?

— Você tem alguma responsabilidade, sim. Precisamos nos comportar de maneira sóbria no trabalho. Afinal representamos uma instituição de grande autoridade.

— Que curioso, Ragnar! A gente sempre aprende coisas novas com você. Finalmente eu entendi que é minha culpa o chefe de pesquisas da Ericsson não saber a diferença entre uma amiga e uma namorada. E agora estou vendo que também é minha culpa que alguns homens interpretem um simples sorriso como um convite para sexo.

— Não diga bobagem — retrucou Ragnar antes de sair. E nesse instante Gabriella se arrependeu.

Essas respostas agressivas raramente ajudam, mas, por outro lado, ela já tinha aguentado quieta tempo demais.

Já estava na hora de reagir, e então Gabriella arrumou sua mesa às pressas e pegou um relatório do Government Communications Headquarters britânico (GCHQ) sobre a espionagem industrial feita pela Rússia que ainda não tinha conseguido ler. Nesse instante o telefone tocou. Era Helena Kraft, e Gabriella se alegrou. Helena nunca a procurava para resmungar ou reclamar; pelo contrário.

— Vou ser direta — anunciou Helena. — Recebi uma ligação dos Estados Unidos que talvez seja urgente. Você pode atendê-la no seu telefone da Cisco? Pedimos uma linha segura.

— Claro.

— Ótimo. Quero que você analise as informações e me avise se notar algo estranho. Parece sério, mas tive uma impressão meio esquisita da pessoa... Aliás, ela disse que conhece você.

— Pode transferir a ligação.

Era Alona Casales, da NSA de Maryland, embora por um instante Gabriella tenha se perguntado se era mesmo ela. Quando as duas se encontraram pela última vez em Washington, D.C., Alona tinha se mostrado uma palestrante carismática e experiente naquilo que, com um leve eufemismo, ela chamava de "interceptação ativa de dados" — ou seja, hacking de computadores —, e depois da palestra ela e Gabriella haviam passado um tempo juntas tomando alguns drinques. Alona fumava cigarrilhas e tinha uma voz grave e sensual que muitas vezes se expressava através de frases curtas e impactantes, com frequentes alusões a sexo. Mas no telefone ela parecia um tanto confusa e por vezes perdeu o fio da conversa.

Alona não costumava ficar nervosa por qualquer razão nem ter problemas para manter a concentração. Tinha quarenta e oito anos, era uma mulher alta e bem articulada, com seios fartos e olhos inteligentes, capazes de fazer qualquer um se sentir inseguro. Muitas vezes dava a impressão de ler pensamentos, e não tinha nenhum tipo de deferência especial com pessoas que ocupassem cargos elevados. Xingava quem bem entendesse — até mesmo o ministro da Justiça em visita à agência — e esse era um dos motivos de Ed "the Ned" se dar bem com ela. Nenhum dos dois se importava muito com hierarquia. Levavam em conta apenas o talento das pessoas, por isso a chefe da Polícia de Segurança de um país pequeno como a Suécia era um peixe mais que comum para Alona, de acordo com seus padrões.

No entanto, quando ela e Helena Kraft estavam fazendo os controles de informação por telefone, Alona viu-se completamente atordoada. Nada a ver com Helena Kraft. É que o clima no escritório tinha acabado de explodir. Todos já estavam acostumados com os surtos de fúria de Ed. Muitas vezes ele falava alto, berrava e esmurrava as mesas por motivos banais. Mas a intuição de Alona lhe dizia que dessa vez era diferente.

Ed parecia paralisado, e, enquanto Alona tentava juntar as palavras e formar uma frase ao telefone com Helena, havia pessoas reunidas em volta dele, muitas com um telefone na mão, todas parecendo perturbadas ou assustadas. Mas por ser uma idiota, ou talvez por ainda estar chocada, Alona ficou sem ação, não desligou nem disse que voltaria a telefonar mais tarde. Deixou que a ligação fosse transferida e acabou topando justamente com Gabriella Grane, a encantadora e jovem analista que ela havia conhecido em Washington e na mesma hora tentado seduzir. Mesmo que não tenha dado certo, Alona tinha se despedido com uma sensação de profundo bem-estar.

— Olá, amiga — disse. — Como vão as coisas?

— Bem — respondeu Gabriella. — Está fazendo um tempo horrível aqui, mas fora isso tudo certo.

— Foi bem divertido naquele dia, não foi?

— Com certeza. Passei o dia seguinte inteiro de ressaca. Mas acho que hoje você não me ligou para fazer um convite.

— Infelizmente não. Estou ligando porque descobrimos uma ameaça séria a um pesquisador sueco.

— Quem?

— Tivemos dificuldades para interpretar a informação ou mesmo para entender de que país se tratava. Temos apenas códigos um tanto vagos. Boa parte das informações estava criptografada e não conseguimos descriptografá--la, mesmo assim, como aconteceu muitas outras vezes, com a ajuda de mais peças do quebra-cabeça... putz...

— O que foi?

— Espere um pouco!

O monitor de Alona piscou e em seguida se apagou, e até onde ela pôde ver a mesma coisa estava acontecendo com todos os computadores do escritório. Por um instante, perguntou-se o que devia fazer. Resolveu continuar a conversa, pelo menos por mais algum tempo; talvez fosse apenas uma falha no fornecimento elétrico, ainda que as luzes estivessem funcionando normalmente.

— Estou aqui te aguardando — avisou Gabriella.

— Obrigada. Me desculpe, Gabriella. Está tudo caótico por aqui. Onde eu estava mesmo?

— Você estava falando sobre as peças do quebra-cabeça.

— Ah, claro, claro. Fomos juntando uma coisa e outra, afinal tem sempre alguém que deixa escapar um detalhe, por mais profissional que tente ser ou...

— Ou?

— ... alguém abre o bico, menciona um endereço, por exemplo, ou nesse caso concreto...

Alona ficou em silêncio de novo. Ninguém menos que o comandante Jonny Ingram, um dos heróis da organização, com contatos até na Casa

Branca, entrou no escritório. Como sempre, Jonny Ingram tentou parecer ao mesmo tempo aristocrático e descolado. Chegou a acenar para algumas pessoas que estavam um pouco mais afastadas, mas não conseguiu enganar ninguém. Apesar de sua superfície bem polida e bronzeada — desde que se tornara chefe do centro de criptografia da NSA, em Oahu, vivia bronzeado o ano todo —, percebia-se um elemento nervoso no olhar do comandante, e naquele instante ele dava a impressão de querer atrair a atenção de todos.

— Alô, você ainda está aí? — perguntou Gabriella.

— Infelizmente preciso desligar. Telefono de novo assim que puder — disse Alona, desligando e ficando nervosa de verdade.

Sentia-se no ar que algo terrível tinha acontecido — talvez um novo ataque terrorista de grandes dimensões. Mas Jonny Ingram continuou com sua encenação tranquilizadora, e mesmo que todos o vissem torcendo as mãos e com suor na testa e no lábio superior, prosseguiu dizendo que nada de grave havia acontecido. Segundo afirmou, apenas um vírus tinha infectado a intranet, apesar de todas as proteções implementadas.

— Por medida de segurança, desligamos todos os nossos servidores — informou, e por um instante realmente conseguiu tranquilizar o ambiente. "Caramba", as pessoas pareciam dizer. "Um vírus... então não é mesmo tão grave."

Mas em seguida Jonny Ingram começou a se tornar prolixo e a falar de maneira vaga, e então Alona não conteve um grito:

— Fale de uma vez o que você tem para dizer!

— Ainda não dispomos de muitos detalhes... acabou de acontecer. Mas tudo indica que tenha havido uma invasão. Vamos atualizar vocês assim que tivermos mais notícias — respondeu Jonny Ingram, claramente perturbado. Então um burburinho tomou conta do ambiente.

— São os iranianos de novo? — perguntou alguém.

— Achamos que...

Mas Ingram não terminou a frase. A pessoa que devia ter estado com a equipe desde o início para explicar o que tinha acontecido o interrompeu de forma brusca e se levantou como um urso. Ninguém podia negar que era uma visão impressionante. Ed Needham, que momentos antes parecia chocado e arrasado, irradiava uma aura de confiança inabalável.

— Não — ele respondeu por entre os dentes. — É um hacker, um maldito de um super-hacker dos infernos que eu vou dar um jeito de capar.

* * *

Gabriella Grane tinha acabado de vestir o casaco e se preparava para ir embora, quando Alona Casales telefonou outra vez. A princípio Gabriella se irritou, e não apenas por causa do último telefonema confuso. Queria ir para casa antes que a tempestade piorasse. Segundo os boletins de notícias, as rajadas de vento atingiriam cento e dez quilômetros por hora e a temperatura cairia a menos dez graus, e ela não estava com uma roupa adequada para enfrentar um tempo desses.

— Desculpe a demora — disse Alona Casales. — Tivemos uma manhã enlouquecedora. Isto aqui virou um caos.

— Aqui também — respondeu Gabriella educadamente, olhando para o relógio.

— Bem, como eu disse, tenho um assunto importante para tratar com você, ou pelo menos acho que tenho. Difícil ter certeza. Eu cheguei a te dizer que estou rastreando um grupo de russos?

— Não.

— Provavelmente também existem alemães e americanos envolvidos nisso, e talvez um e outro sueco.

— E que tipo de grupo é esse?

— Criminosos bem sofisticados, que não assaltam bancos nem se envolvem com o tráfico de drogas. Eles roubam segredos industriais e informações confidenciais de empresas.

— Hackers?

— Eles não são simples hackers. Também chantageiam pessoas e oferecem subornos. E talvez se dediquem a algumas atividades da velha guarda, como assassinatos. Para ser bem sincera, ainda não consegui juntar informações suficientes. Tudo que tenho são mensagens em código, ligações ainda não confirmadas e os nomes de alguns jovens engenheiros de computação em cargos de pouca importância. Mas o grupo pratica espionagem industrial e é por isso que o caso está comigo. Acreditamos que uma tecnologia norte--americana de ponta pode ter caído nas mãos dos russos.

— Sei.

— Mas não está sendo fácil chegar a eles. Está tudo muito bem criptografado e, apesar de todo o meu empenho, não descobri quase nada sobre o chefe da organização, a não ser que o chamam de Thanos.

— Thanos?

— Isso. É uma derivação de Thanatos, o deus da morte na mitologia grega, que é filho de Nyx, a noite, e irmão gêmeo de Hypnos, o sono.

— Que coisa mais dramática.

— Na verdade parece mais é infantil. Thanos também é um vilão da Marvel, sabia? A mesma editora que publica revistas de heróis como Hulk, Homem de Ferro e Capitão América. Não é algo particularmente típico dos russos, mas parece... como posso dizer...

— Lúdico e pretensioso ao mesmo tempo?

— Isso. Como se fosse uma gangue de adolescentes metidos a durões, o que me irrita. Na verdade essa história está cheia de detalhes que me incomodam, por isso fiquei tão interessada quando o nosso sistema de interceptação de dados revelou que essa rede pode ter um desertor capaz de nos dar um pouco mais de insights, desde, claro, que a gente o encontre antes que os outros membros da organização descubram onde ele está. Mas agora, quando analisamos toda essa história mais de perto, percebemos que não era nada do que tínhamos imaginado.

— Como assim?

— Quem abandonou o barco não foi um criminoso, ou seja, um deles, mas alguém honesto que estava trabalhando em uma empresa onde essa organização tem agentes infiltrados e que por acaso deve ter descoberto alguma coisa muito importante.

— Continue.

— Acreditamos que essa pessoa está correndo um grande risco e precisa de proteção. Até pouco tempo não fazíamos a menor ideia de onde procurá-la. Nem sabíamos para que empresa ela trabalhava, mas agora temos quase certeza de que a localizamos — prosseguiu Alona. — Um dia desses outra pessoa da organização se referiu a esse sujeito dizendo que "com ele todos os malditos Ts foram para o inferno".

— Todos os malditos Ts?

— É. No início também achei estranho, enigmático, mas depois acabou sendo bem fácil pesquisar essa expressão. "Malditos Ts" não trouxe nenhum resultado, mas os Ts no contexto empresarial, e particularmente no de tecnologias de ponta, sempre me levavam ao mesmo resultado: a máxima de Nicolas Grant, "Tolerância, talento e trabalho em equipe".

— Então tem a ver com a Solifon — disse Gabriella.

— É o que parece. As peças começaram a se encaixar, portanto fomos pesquisar quem havia saído recentemente da Solifon. A princípio não conseguimos chegar a lugar nenhum, porque a empresa trabalha com uma grande rotatividade de funcionários. Acho que até faz parte da mentalidade deles. Os talentos, lá, entram e saem a toda hora. Então começamos a pensar sobre os Ts. Sabe como Grant entende essa máxima?

— Não.

— Como uma receita para a criatividade. A tolerância prega o respeito a ideias e pessoas diferentes. Quanto maior a boa vontade com pessoas que não se enquadram nos padrões da sociedade, minorias de forma geral, maior será a receptividade a novas formas de pensar. Funciona meio como o *gay index* do Richard Florida, sabe? Se há tolerância a pessoas como eu, também existe mais abertura e mais criatividade.

— Organizações homogêneas demais e preconceituosas não chegam muito longe.

— Exato. Quanto a talentos... bem, segundo Grant, os talentos não garantem apenas bons resultados; eles também atraem outras pessoas competentes para atuar com eles. Criam um ambiente onde todos querem estar, e no início a Solifon estava mais preocupada em atrair pessoas geniais do que especialistas em determinados assuntos. A empresa achava que o certo a fazer era deixar que o talento coletivo decidisse os rumos dela, e não o contrário.

— E trabalho em equipe?

— A ideia é que esses talentos devem trabalhar como uma equipe independente, sem que precisem de nenhuma burocracia para se encontrar, sem que dependam de agendas de reuniões e contatos com secretárias. Basta puxar uma cadeira e conversar. As ideias precisam circular livremente e, como você deve saber, a Solifon acabou escrevendo uma verdadeira saga em termos de avanços tecnológicos. Criou tecnologias revolucionárias em uma porção de áreas, inclusive para a NSA. Até que surgiu um novo gênio, um compatriota seu, e com ele...

— "... todos os malditos Ts foram para o inferno."

— Exato.

— E esse sujeito é o Balder.

— Isso mesmo. Para dizer a verdade, não acredito que o Balder tenha algum tipo de problema com tolerância ou com trabalho em equipe. Mas desde o início ele pareceu espalhar um veneno ao redor de si e se recusou a integrar a equipe. Conseguiu destruir o ótimo ambiente que havia entre os pesquisadores em tempo recorde, principalmente depois que começou a acusá-los de plagiadores e ladrões. Como se não bastasse, comprou briga com o dono da Solifon, Nicolas Grant. Mas Grant se nega a revelar o que aconteceu. Alega que é assunto particular. Em seguida Balder pediu demissão.

— Eu sei.

— Boa parte de seus colegas ficou feliz com a saída dele. O clima se tornou mais leve e as pessoas voltaram a confiar umas nas outras, pelo menos um pouco. Mas Nicolas Grant não ficou muito satisfeito, e os advogados dele menos ainda. Balder levou embora todas as pesquisas que havia feito na Solifon, e, segundo a opinião geral, eram descobertas sensacionais, que poderiam revolucionar o computador quântico que a Solifon vinha desenvolvendo.

— Legalmente essas pesquisas pertencem à empresa, e não a ele.

— Exato. Balder, que sempre recriminou roubos, dessa vez fez o papel do ladrão, e logo essa história deve chegar aos tribunais, como você deve imaginar, a não ser que Balder esteja em condições de intimidar os advogados com algum trunfo. Para ele será como um seguro de vida, e as coisas podem ficar como estão. Mas esse trunfo também pode causar...

— A morte dele.

— É o que me preocupa — admitiu Alona. — Temos indícios cada vez mais seguros de que algo grave está para acontecer, e sua chefe deu a entender que você poderia nos ajudar, encaixando mais uma peça nesse quebra--cabeça.

Gabriella olhou para a tempestade lá fora e sentiu uma vontade enorme de ir para casa e deixar tudo aquilo para trás. No entanto, tirou o casaco e se sentou de novo, profundamente incomodada.

— Ajudar como?

— O que você acha que ele sabe?

— Você está me dizendo que não conseguiram grampear as comunicações nem hackear o computador dele?

— Querida, por enquanto prefiro não responder. Mas o que você acha?

Gabriella se lembrou de Frans Balder parado junto à porta do escritório, não muito tempo antes, balbuciando qualquer coisa sobre "uma vida nova" — fosse lá o que isso quisesse dizer.

— Você deve saber que Balder achava que haviam roubado os resultados das pesquisas dele aqui na Suécia — ela disse. — O Försvarets Radioanstalt fez uma análise bastante abrangente do material e decidiu que uma parte de fato pertencia a ele. Foi nesse contexto que Balder e eu nos conhecemos, e não posso dizer que fiquei muito contente. O Balder falava pelos cotovelos e era cego para tudo que não fosse ele e suas pesquisas. Lembro de ter pensado que progresso nenhum no mundo justificaria uma obsessão como aquela. Se uma atitude dessas é necessária para alguém se tornar uma pessoa mundial-mente famosa, quero que a fama se mantenha bem longe de mim. Mas talvez eu tenha me deixado influenciar pela decisão judicial contra ele.

— Sobre a guarda do menino?

— É. Ele tinha acabado de perder o direito de cuidar do filho autista por nunca ter dado a mínima para ele e nem ao menos ter percebido que o me-nino havia memorizado quase uma estante inteira de livros. Quando fiquei sabendo que todos na Solifon estavam contra ele, eu entendi na hora. Pensei que era o que ele merecia.

— E depois?

— Desde que ele voltou para a Suécia, começaram a falar em lhe ofere-cer proteção, e foi por isso que nos reencontramos. Isso aconteceu há poucas semanas e para mim foi uma experiência inacreditável. O Balder estava com-pletamente mudado. E não apenas por estar barbeado, ter cortado o cabelo e perdido peso. Ele também estava mais calmo, e às vezes parecia até inseguro. Já não havia nada daquela antiga obsessão nele, e lembro que perguntei se estava preocupado com os processos que o aguardavam. Sabe o que ele respondeu?

— Não.

— Ele disse, da maneira mais sarcástica que você pode imaginar, que não estava nem um pouco preocupado porque todos são iguais perante a lei.

— E o que ele pretendeu dizer com essa resposta?

— Que só somos iguais se pagamos de maneira igual. E depois me disse que no mundo em que ele vive as leis não são nada mais que uma espada usada para atravessar pessoas como ele. E que por causa disso, sim, estava preocupado. E que também estava preocupado porque sabia de coisas que lhe pesavam nos ombros, mesmo que elas também pudessem salvá-lo.

— Ele não falou que coisas eram essas?

— Disse que não queria mostrar a última carta que tinha. Preferia esperar para ver até onde seu adversário estava disposto a ir. Eu o achei bem abalado, e uma outra vez ele deixou escapar que algumas pessoas queriam o mal dele.

— Como assim?

— Ele explicou que não se tratava de ameaça física, mas que simplesmente ele achava que algumas pessoas queriam destruir sua honra e suas pesquisas. Apesar disso, não me convenci de que ele achava mesmo que a ameaça se limitava a isso, e sugeri que arranjasse um cão de guarda. Na minha opinião, um cachorro seria ótima companhia para um homem que mora em uma casa enorme nos subúrbios. Mas ele não quis saber. "Não posso ter um cachorro agora", disse.

— Por que não?

— Na verdade eu não sei. Mas tive a impressão de que Balder estava sofrendo algum tipo de pressão, e ele não protestou muito quando tomei providências para que a casa dele fosse equipada com um novo sistema de alarme. A instalação acabou de ficar pronta.

— Qual foi a empresa responsável?

— A Milton Security. Trabalhamos com ela há muito tempo.

— Ótimo, ótimo. Mesmo assim sugiro que vocês o mantenham num lugar ainda mais seguro.

— A situação é tão grave?

— Já que o perigo existe, é melhor não arriscar, concorda?

— Claro — disse Gabriella. — Você pode me enviar algum tipo de documentação? Assim eu falo com a minha chefe agora mesmo.

— Bem… não sei o que eu poderia mandar para você agora. Estamos tendo um… um problema bem sério com os computadores.

— Vocês podem se dar a esse tipo de luxo?

— Você tem razão, tem toda a razão. Eu te ligo mais tarde, querida — disse Alona, se despedindo. Gabriella permaneceu sentada por alguns instantes, observando a tempestade que batia contra a janela com cada vez mais força.

Em seguida pegou o Blackphone e telefonou para Frans Balder. Diversas vezes. Não apenas para alertá-lo de que ele deveria ir o mais breve possível para um lugar seguro, mas também porque de repente sentiu vontade de falar com ele e descobrir o que ele tinha querido dizer com "Nesses últimos tempos eu tenho sonhado com uma vida nova".

O que ninguém sabia, nem iria acreditar se soubesse, é que naquele instante Frans Balder estava ocupado incentivando seu filho a produzir mais um desenho como aquele que resplandecia com uma aura de outro mundo.

6. 20 DE NOVEMBRO

As palavras piscaram no monitor:

Mission accomplished!

Praga gritou com uma voz rouca, quase enlouquecida, e talvez isso tivesse sido um descuido. Porém, mesmo que os vizinhos o escutassem, não tinham nem mesmo como imaginar do que se tratava. A casa de Praga não parecia um local típico para ataques de segurança de nível internacional. Mais parecia o refúgio de alguém à margem da sociedade.

Praga morava na Högklintavägen, em Sundbyberg, região nem um pouco glamorosa e cheia de pequenos prédios de quatro andares com tijolos desbotados. Quanto ao apartamento, também não havia elogios a fazer, não apenas porque o ar ali fosse viciado e o lugar cheirasse a ranço, mas também porque em cima da mesa de trabalho havia muito lixo. Restos de sanduíches do McDonald's, latas de coca-cola, folhas amassadas, farelos de bolo, canecas com resto de café e pacotes vazios de bala. Mesmo que parte de tudo isso estivesse no lixo, fazia semanas que ele não era esvaziado, e mal se podia dar um passo ali sem pisar em farelos de pão ou em pedrinhas. Mas ninguém que conhecesse o morador se surpreenderia com isso.

Praga também não costumava tomar banho nem trocar de roupa, a não ser em caso de muita necessidade. Passava o tempo todo em frente ao computador e, mesmo em períodos menos intensos de trabalho, sua aparência era deplorável: estava acima do peso e vivia desleixado, apesar da tentativa de adotar um cavanhaque estiloso. Mas até o cavanhaque havia se transformado num matagal por falta de cuidados. Praga tinha a altura de um gigante, uma postura desajeitada e quase sempre ofegava ao se movimentar. Em compensação, sabia fazer algumas coisas interessantes.

Em frente ao computador, Praga era um virtuose, um hacker que voava sem limites no espaço cibernético e que talvez tivesse um único competidor à altura — no caso, uma competidora —, e ver seus dedos dançar sobre um teclado era uma alegria para os olhos. Na internet, exibia toda uma leveza e agilidade que lhe faltavam no mundo real, onde era pesado e desastrado. Enquanto um vizinho — talvez o sr. Jansson — batia no teto por causa do barulho, Praga respondeu a mensagem que havia recebido:

Porra, Wasp, você é genial! Deviam fazer uma estátua em sua homenagem.

Depois se recostou na cadeira com um sorriso satisfeito e tentou recapitular os acontecimentos, ou aproveitar aquele momento de triunfo, antes de pedir todos os detalhes a Wasp e se certificar de que ela não havia se esquecido de apagar todas as pistas deles. Ninguém poderia descobri-los — ninguém!

Os dois já tinham aprontado com organizações poderosas no passado. Mas dessa vez era diferente. Vários membros da sociedade exclusiva que os dois frequentavam, a Hacker Republic, haviam se oposto à ideia, principalmente Wasp. Se fosse necessário, Wasp compraria briga com qualquer pessoa ou autoridade imaginável, mas não brigava apenas pelo prazer de brigar.

Wasp não gostava de algumas bobagens que os hackers faziam. Não havia se envolvido com supercomputadores para chamar a atenção. Tinha sempre um objetivo claro em mente e sempre fazia análise das consequências. Comparava os riscos a longo prazo com a necessidade de satisfação a curto prazo, e nessas circunstâncias ninguém poderia dizer que era sensato hackear os computadores da NSA. Mesmo assim, ela acabou aceitando a ideia, embora ninguém tenha entendido bem por quê.

Talvez estivesse precisando de algum estímulo, andasse aborrecida e quisesse criar um pequeno caos para não morrer de tédio. Ou então estava em conflito com a NSA, como afirmavam alguns membros do grupo, e nesse caso a invasão teria sido uma vingança pessoal. Mas havia quem não acreditasse nessa teoria e afirmasse que ela estava em busca de informações — isso desde que seu pai, Alexander Zalachenko, tinha sido assassinado no hospital Sahlgrenska em Gotemburgo.

O fato é que ninguém sabia ao certo. Wasp vivia cercada de segredos, e todos acabaram concordando que o motivo da invasão não tinha grande importância, ou pelo menos era disso que tentavam se convencer. Quando Wasp se dispunha a ajudar, o melhor era agradecer e aceitar sem fazer perguntas nem se preocupar se no começo ela não demonstrasse entusiasmo nem emoção pelo projeto. No entanto, qualquer que tenha sido a sua razão, ela não resistiu mais à ideia, o que já tinha sido bom demais.

Com o apoio de Wasp, as chances eram maiores. Todos no grupo sabiam melhor do que ninguém que nos últimos anos a NSA havia cometido abusos grosseiros de autoridade. Atualmente, a agência americana de segurança grampeava praticamente tudo, e não apenas organizações terroristas e grupos que pudessem oferecer riscos à segurança do país, ou pessoas, como chefes de Estado. Milhões, bilhões, trilhões de conversas, correspondências e atividades desenvolvidas na internet eram vigiadas e depois arquivadas. A cada dia a NSA penetrava mais fundo na vida dos indivíduos, transformando-se num enorme olho vigilante do mal.

Verdade que ninguém da Hacker Republic se comportava de modo diferente nessa área. Todos, sem exceção, já haviam explorado terrenos digitais onde não tinham autorização para entrar. Fazia parte da regra do jogo. Um hacker é alguém disposto a ir além das fronteiras do bem e do mal, alguém que, por força de sua atividade, desafia regras, amplia os horizontes do próprio conhecimento e nem sempre leva em conta as diferenças entre o público e o particular.

Mesmo assim, não eram pessoas desprovidas de moral. Por experiência própria, sabiam o quanto o poder corrompe, sobretudo um poder sem capacidade de autocrítica. Tampouco gostavam da ideia de que os piores e mais inescrupulosos atentados cibernéticos não eram mais perpetrados por rebeldes solitários e foras da lei, e sim por organizações colossais de um Estado que tinha como objetivo controlar seus cidadãos. Praga, Trinity, Bob the Dog, Flipper, Zod, Cat e toda a turma da Hacker Republic tinha resolvido dar o troco hackeando a NSA e causando algum tipo de prejuízo para a agência de segurança americana.

Uma tarefa nem um pouco simples. De certa forma, era como roubar ouro do Forte Knox, e, como bons malucos que eles eram, não se dariam por satisfeitos em simplesmente entrar no sistema. Queriam dominá-lo. Queriam obter o status de superusuário, ou root, como se diz em Linux, e para conseguir essa façanha precisariam encontrar falhas de segurança conhecidas como *zero days* — primeiro na plataforma do servidor da NSA, depois na NSANet, a intranet da agência, ambiente onde ocorriam todas as interceptações feitas pela NSA ao redor do mundo.

Como sempre, o grupo começou com um pouco de engenharia social. Precisaram encontrar o nome dos administradores de sistema e dos analistas de infraestrutura que possuíam as complexas senhas de acesso à intranet, e não seria nada mau se um cretino qualquer tivesse bancado o irresponsável com as rotinas de segurança. Assim, através de canais próprios, a Hacker Republic obteve quatro, cinco, seis nomes, entre os quais os de um sujeito chamado Richard Fuller.

Richard Fuller trabalhava no NISIRT — Information Systems Incident Response Team, ou Grupo de Resposta a Incidentes no Sistema de Informação —, era supervisor da intranet e estava sempre em busca de brechas e infiltrados. Um garoto de ouro. Formado em direito pela Universidade Harvard, republicano e ex-quarterback, era a verdadeira encarnação do sonho patriótico americano. Mas Bob the Dog soube, através de uma antiga amante, que ele também era bipolar e possivelmente viciado em cocaína.

Quando se irritava, Richard Fuller cometia todo tipo de bobagem, por exemplo mexer em arquivos e documentos sem colocá-los numa sandbox. Além do mais, tinha um aspecto bem cuidado, talvez até meio lustroso, que lembrava mais um homem de finanças como Gordon Gekko do que um agente secreto. Alguém — possivelmente Bob the Dog — chegou a sugerir que Wasp fosse a Baltimore, a cidade natal de Fuller, transar com ele, para que então pudessem chantageá-lo.

Wasp mandou todo mundo para o inferno.

Depois ela também descartou a ideia de escrever um documento que parecesse bombástico, com detalhes sobre brechas e infiltrados em Fort Meade. O documento iria infectado com um vírus espião, um trojan de última geração com alto grau de originalidade a ser desenvolvido por Praga e Wasp. A ideia era deixar rastros que Fuller mais tarde seguisse. Se tudo desse certo, ele ficaria curioso a ponto de negligenciar a segurança. Não era um plano ruim e, acima de tudo, poderia levá-los ao sistema de computadores da NSA sem que precisassem fazer uma invasão forçada, mais fácil de rastrear.

Mas Wasp disse que não ia ficar sentada esperando o imbecil do Fuller fazer uma besteira. Não queria depender dos erros dos outros. E, como era muito teimosa e obstinada, ninguém também se surpreendeu quando de repente ela decidiu assumir a operação inteira sozinha. Depois de protestos e discussões, o grupo acabou cedendo. O plano sofreu uma série de alterações, Wasp anotou com cuidado os nomes e as informações pessoais dos administradores de sistema que eles haviam conseguido até então e pediu ajuda com a "operação fingerprint": o mapeamento das plataformas de servidor e de sistemas operacionais. Feito isso, Wasp fechou a porta na cara da Hacker Republic e do mundo inteiro. Praga achou que ela não tinha dado ouvidos aos conselhos dele, como a sugestão de que não usasse um codinome nem trabalhasse em casa, mas se instalasse em um hotel distante sob uma identidade falsa, senão os cães farejadores da NSA iriam conseguir rastreá-la mesmo pelos caminhos mais labirínticos. Mas como Wasp sempre resolvia as coisas de seu jeito, Praga não pôde fazer mais do que ficar esperando sentado em Sundbyberg, com os nervos em frangalhos, sem ter a menor ideia de como Wasp estava se saindo.

Agora tinha certeza de uma coisa: o que ela havia conseguido era um feito grandioso e lendário. Enquanto a tempestade desabava lá fora, Praga limpou um pouco da sujeira da mesa, se debruçou sobre o teclado e escreveu:

Me conta! Como você está se sentindo?

Vazia, Wasp respondeu.

Vazia.

Era assim que ela estava se sentindo. Lisbeth Salander tinha passado uma semana quase sem dormir e se alimentando mal. Sua cabeça doía, os olhos estavam vermelhos, as mãos tremiam e, mais do que qualquer outra coisa, ela tinha vontade de jogar todo o equipamento no chão. Outro lado dela, porém, estava satisfeito, embora não pelas razões que Praga e os demais membros da Hacker Republic talvez imaginassem. Lisbeth Salander estava satisfeita por ter feito uma nova descoberta sobre o grupo criminoso que andava rastreando, e porque agora havia obtido provas concretas de uma ligação que antes não passava de uma suspeita. Guardou tudo para si e se surpreendeu ao ver que seus colegas realmente acreditavam que ela havia hackeado o sistema apenas por mero capricho.

Ela não era nenhuma adolescente com hormônios à flor da pele, nem uma idiota com necessidade de se exibir. Quando se arriscava nesse tipo de ação, tinha sempre um objetivo concreto em mente, mesmo que o hacking, em casos isolados, também fosse para ela uma ferramenta de outro tipo. Nos piores momentos de sua infância, tinha sido também uma maneira de fugir e de levar uma vida um pouco mais livre. Com a ajuda dos computadores, ela ultrapassou muros e barreiras que de outra forma teriam permanecido intransponíveis e viveu momentos de liberdade. E com certeza havia também uma boa medida desses sentimentos em tudo que acontecia agora.

Mas, acima de tudo, Lisbeth Salander estava em uma caçada que havia começado desde o instante em que ela acordara de um sonho em que uma mão batia com movimentos rítmicos e insistentes contra um colchão na Lundagatan. Ninguém poderia apostar que ia ser uma caçada fácil. Os adversários escondiam-se atrás de cortinas de fumaça, e talvez esse também fosse um dos motivos para que ela estivesse ainda mais áspera e obstinada nos últimos tempos. Era como se uma nova escuridão tivesse caído sobre ela, e, a não ser por Obinze, seu treinador de boxe corpulento e expansivo, e por dois ou três amantes de ambos os sexos, Lisbeth praticamente não via ninguém. E mais do que nunca estava parecendo uma garota-problema. Seu cabelo vivia desgrenhado, seu olhar era sombrio e, por mais que se empenhasse, não conseguia se sair muito bem em conversas casuais.

Lisbeth dizia absolutamente tudo que lhe vinha à cabeça ou então não dizia nada, e o apartamento na Fiskargatan... Bem, o apartamento era um capítulo à parte. Era um imóvel enorme e, mesmo que anos já tivessem se passado desde que o adquirira, ainda não estava mobiliado nem parecia aconchegante. Havia apenas uns poucos móveis da Ikea aqui e ali, dispostos ao acaso, e ela não tinha sequer um aparelho de som, talvez por não entender muito de música. Ela percebia mais música numa equação diferencial do que numa peça de Beethoven. Mesmo assim, estava podre de rica. O dinheiro que havia roubado do canalha Hans-Erik Wennerström tinha crescido e atingido cinco milhões de coroas. Mas por algum motivo essa fortuna não havia deixado nenhuma marca em sua personalidade, a não ser talvez o medo ainda maior que a consciência de todo esse dinheiro lhe causava. Pelo menos ela tinha se dedicado a coisas bem mais emocionantes nos últimos tempos, como quebrar os dedos de um estuprador e xeretar a intranet da NSA.

Talvez Lisbeth tivesse mesmo extrapolado os limites. Mas considerava essa invasão um mal necessário, e por dias e noites a fio havia se deixado levar e esquecido todo o resto. Agora olhava com olhos cansados e quase fechados para as duas mesas de trabalho, organizadas em forma de L. Em cima delas, estava todo o seu equipamento: um computador comum e a máquina de testes que havia comprado, na qual instalara uma cópia do servidor e do sistema operacional da NSA.

O computador de testes foi atacado com um programa de fuzzing desenvolvido especialmente para encontrar erros e falhas de segurança na plataforma. Depois, Lisbeth completou os testes com um debugging, uma black box e ataques beta. O resultado serviu de base para a criação de um vírus espião, um RAT, por isso não haveria espaço para nenhum tipo de erro. Lisbeth pôde examinar todo o sistema e virá-lo do avesso, afinal tinha uma cópia do servidor em casa. Se tentasse vasculhar a plataforma real, os técnicos da NSA teriam farejado alguma coisa estranha e posto fim na brincadeira.

A partir desse momento ela pôde fazer o que bem entendeu, dia após dia, sem dormir nem comer direito, e se por acaso saía da frente do computador quase sempre era para cochilar no sofá ou esquentar uma pizza no micro-ondas. No resto do tempo, se esfalfava no computador com o Zeroday Exploit, um software que procurava falhas de segurança desconhecidas e que atualizaria o status dela quando tivesse conseguido invadir o computador, o que não era nada menos que uma loucura.

Lisbeth havia desenvolvido um programa que não apenas lhe dava o controle de todo o sistema, mas também a possibilidade de controlar à distância tudo que estivesse naquela intranet, a respeito da qual ela tinha conhecimentos apenas superficiais, o que era ainda mais absurdo.

Lisbeth não queria apenas invadir a intranet da NSA. Queria ir mais longe, entrar na própria NSANet, um verdadeiro universo à parte que praticamente não tinha ligação com a internet comum. Talvez ela parecesse uma adolescente reprovada em todas as matérias da escola, mas com os códigos-fonte disponíveis e uma série de associações lógicas, seu cérebro não parava de fazer clique, clique, clique, e de repente Lisbeth havia criado um novo e requintado programa espião — um vírus avançadíssimo com uma espécie de vida própria. Quando se deu por satisfeita, veio a segunda fase do trabalho. Então ela precisou parar de brincar na oficina e partir para o ataque de verdade.

Assim, Lisbeth instalou em seu celular um chip pré-pago da T-Mobile que ela havia comprado em Berlim e em seguida acessou a internet por ali. Talvez devesse estar em outra parte do mundo, num lugar bem distante, usando a identidade falsa de Irene Nesser.

Naquele momento, se os responsáveis pela segurança da NSA fossem realmente dedicados e cautelosos, talvez a tivessem rastreado até a estação da Telenor, na vizinhança. Mais longe não chegariam, ou pelo menos não só através de recursos técnicos. Mas já seria perto o bastante, e nada bom. Mesmo assim, as vantagens de permanecer em casa pareciam maiores, e Lisbeth havia tomado todas as precauções possíveis. Como muitos outros hackers, estava usando o Tor, uma rede que fazia com que todo o tráfego gerado pelo computador dela passasse por milhares e milhares de outros usuários. Mas ela sabia que nem mesmo o Tor era totalmente seguro naquele ambiente — a NSA tinha um programa chamado Egoistical Giraffe para quebrar a criptografia do sistema —, portanto ela dedicou muito tempo a reforçar sua segurança antes de começar a agir.

Lisbeth abriu a plataforma como quem desdobra uma folha de papel. Mesmo assim, não conseguiu evitar que a excitação a dominasse. Precisava encontrar depressa, o mais depressa possível, os administradores cujos nomes havia conseguido, para injetar o programa espião em alguns arquivos que eles controlavam, para então criar uma ponte entre a rede do servidor e a intranet. Não foi uma operação particularmente complexa. Não houve alertas e nenhum antivírus disparou. Por fim Lisbeth escolheu um administrador chamado Tom Breckinridge, assumiu a identidade dele na NSANet e... sentiu todos os músculos de seu corpo tensos. Diante dos olhos de Lisbeth, daqueles olhos cansados e tresnoitados, a mágica aconteceu.

O programa espião levava-a cada vez mais fundo naquele segredo, e ela provavelmente sabia para onde estava indo: a caminho do Active Directory, ou de qualquer que fosse seu equivalente no sistema da NSA, para conseguir um status mais alto. Deixaria de ser uma simples visitante indesejada para se transformar numa superusuária daquele universo fervilhante, e só então tentaria obter um panorama do sistema, o que não seria nada fácil. Na verdade, seria impossível, e além do mais não havia muito tempo.

Tudo precisava ser feito com rapidez, com muita rapidez, e Lisbeth se esforçava para aprender a usar o sistema de buscas e entender todos os códigos, expressões e referências, toda a linguagem própria do sistema, e estava prestes a desistir quando encontrou um documento assinalado como "Top Secret — NOFORN" — "Confidencial — DISTRIBUIÇÃO PROIBIDA NO EXTERIOR" — que não parecia conter nada de muito especial. No entanto, juntando-o com uns poucos elos de comunicação entre Zigmund Eckerwald, da Solifon, e aos agentes cibernéticos da divisão de monitoração de tecnologias estratégicas da NSA, esse material era dinamite pura. A essa altura, Lisbeth sorriu e memorizou cada detalhe, mesmo que no instante seguinte tenha deixado escapar um palavrão ao encontrar mais um documento que parecia relacionado com o caso. O documento estava criptografado, por isso não havia outra coisa a fazer senão copiá-lo, o que provavelmente faria disparar um alarme em Fort Meade.

A situação tornava-se cada vez mais emergencial, Lisbeth pensou. Além disso, ela precisava começar suas tarefas oficiais, se é que a palavra "oficial" podia ser usada nesse contexto. De qualquer modo, havia prometido a Praga e aos demais integrantes da Hacker Republic que abaixaria as calças da NSA e daria um jeito de acabar com um pouco daquela arrogância, então começou a escolher com quem iria estabelecer contato. Quem receberia a mensagem dela?

O escolhido foi Edwin Needham, Ed the Ned. Era quase impossível falar de segurança de TI sem mencionar esse nome, e quando Lisbeth se informou sobre ele na intranet, não teve como evitar um sentimento de respeito. Ed the Ned era um astro. Ela o havia derrotado naquela batalha de intelectos, mas, mesmo assim, hesitou antes de revelar sua presença no sistema.

O ataque produziria um verdadeiro caos. Mas como caos era justamente o que Lisbeth desejava, ela partiu para o ataque. Não fazia a menor ideia de que horas eram. Podia ser noite ou dia, outono ou primavera. De maneira vaga, nos recônditos de sua consciência, Lisbeth percebia que a tempestade lá fora tinha adquirido mais força, exatamente como se o clima estivesse sincronizado com a sua investida, enquanto na distante Maryland — não muito longe do famoso cruzamento da Baltimore Parkway com a Maryland Route 32 — Ed the Ned começava a escrever um e-mail.

Ele não conseguiu ir muito longe, porque no instante seguinte Lisbeth assumiu o controle do sistema e deu continuidade à frase que Ed havia começado: *Quem espiona a população acaba sendo espionado pela população. Essa é uma lógica fundamental da democracia*, e por um instante as frases pareceram acertar na mosca, como um verdadeiro golpe de gênio. Ela sentiu o doce sabor da vingança, e depois levou Ed the Ned para um passeio pelo sistema. Juntos, dançaram e deslizaram por um mundo cintilante povoado por tudo que devia se manter oculto a qualquer preço.

Era sem dúvida uma experiência vertiginosa, mesmo assim... mesmo assim... Foi apenas quando Lisbeth se desconectou e os logs foram automaticamente deletados que a ficha caiu. Foi como gozar com o parceiro errado, e as frases que momentos antes tinham parecido precisas e contundentes soaram infantis e estúpidas. De repente Lisbeth sentiu vontade de encher a cara. Com passos cansados e cambaleantes, foi até a cozinha e pegou uma garrafa de Tullamore Dew e mais duas ou três cervejas para enxaguar a boca. Em seguida, sentou-se em frente aos computadores e começou a beber. Não para comemorar. Não havia nenhuma sensação de vitória. Era mais uma... o quê, afinal? Talvez mais uma sensação de menosprezo.

Ela continuou bebendo enquanto a tempestade caía lá fora e os gritos de saudação da Hacker Republic começavam a chegar. Mas tudo aquilo não dizia mais respeito a Lisbeth. Ela mal se aguentava em pé e, com um movimento amplo e rápido, varreu com a mão a mesa toda e em seguida olhou com indiferença para as garrafas e os cinzeiros espalhados pelo chão. Depois pensou em Mikael Blomkvist.

Com certeza era o álcool. Blomkvist costumava surgir em seus pensamentos quando estava bêbada, como os amantes de outros tempos costumam surgir durante um porre, e quase sem se dar conta do que estava fazendo, Lisbeth hackeou o computador dele, cujas defesas não chegavam nem aos pés das da NSA. Havia algum tempo Lisbeth tinha um atalho para o computador dele, e num primeiro momento se perguntou o que ela iria fazer lá.

Afinal, estava pouco se lixando para Blomkvist, não estava? Ele pertencia ao passado, era apenas um idiota charmoso por quem ela havia se apaixonado, e não tinha a menor intenção de incorrer no mesmo erro de novo. Não, melhor se desconectar e passar umas semanas sem nem ao menos olhar para um computador. Mesmo assim, Lisbeth continuou no servidor de Blomkvist — e no instante seguinte ficou radiante. Super-Blomkvist criara uma pasta chamada Lisbeth Salander, e nesse documento havia uma pergunta: *O que devemos pensar sobre a inteligência artificial de Frans Balder?* Então ela sorriu um pouco, apesar de tudo, e em parte graças a Frans Balder.

Balder era o tipo de nerd que atraía Lisbeth — afundado em códigos-fonte, operações quânticas e possibilidades lógicas. Mas acima de tudo Lisbeth sorriu porque Mikael Blomkvist tinha mais uma vez acabado no mesmo lugar que ela, e mesmo que algumas vezes ela tivesse pensado em simplesmente fechar o programa e ir para a cama, respondeu:

A inteligência de Balder não tem nada de artificial. Por falar nisso, como vai a sua?

E, Blomkvist, o que vai acontecer se criarmos uma máquina mais inteligente do que nós?

Depois Lisbeth foi para um dos quartos e se atirou na cama de roupa e tudo.

7. 20 DE NOVEMBRO

Mais alguma coisa tinha acontecido na redação — e alguma coisa que não era nada boa. Mas Erika não quis contar os detalhes por telefone. Insistiu em ir à casa dele. Mikael tentou dissuadi-la:

— Você vai congelar essa sua bunda linda neste frio!

Erika não deu a mínima, e se não fosse pelo tom de voz dela, Mikael ficaria lisonjeado com aquela insistência. Depois que foi embora da redação, teve vontade de falar com Erika e talvez de levá-la para o quarto e despi-la. Mas algo lhe dizia que essa parte estaria fora de cogitação naquele momento. Erika parecia transtornada e havia balbuciado um pedido de desculpas que serviu apenas para deixá-lo ainda mais preocupado.

— Vou pegar um táxi agora — ela disse.

Mesmo assim, como Erika demorava, na falta do que fazer Mikael foi até o banheiro e se olhou no espelho. Sua aparência já tinha visto dias melhores. O cabelo estava desgrenhado e não recebia um corte fazia tempo, o rosto marcado por olheiras bastante visíveis. Tudo culpa de Elizabeth George. Mikael praguejou em voz alta, saiu do banheiro e deu mais uma organizada no apartamento.

Erika não ia poder reclamar da bagunça. Mesmo que fizesse muito tempo que os dois se conheciam e que a vida de cada um estivesse inextricavelmente ligada à do outro, Mikael sofria de certo complexo de organização. Ele era o filho jovem, solteiro e trabalhador; Erika, uma mulher casada de classe alta que morava numa casa de revista de decoração em Saltsjöbaden e, independentemente do que acontecesse, não faria mal se o lugar parecesse arrumado. Mikael encheu a máquina de lavar-louça, limpou o balcão da cozinha e levou o lixo para fora.

Conseguiu até passar aspirador de pó na sala, regar as plantas da janela e organizar um pouco o revisteiro e a estante de livros antes que, enfim, ouvisse batidas na porta. Batidas, campainha, tudo ao mesmo tempo. Uma pessoa impaciente queria entrar rápido, e assim que abriu a porta Mikael se enterneceu. Erika estava congelando.

Ela se livrou de uma folha de choupo que havia se prendido à sua roupa. Seu congelamento não se devia apenas ao tempo implacável. Erika também tinha uma parcela de culpa, pois não estava sequer usando um gorro. Seu penteado bonito do dia anterior fora totalmente desfeito pelas rajadas de vento e na bochecha direita havia uma marca que parecia um arranhão.

— Ricky! — exclamou Mikael. — O que aconteceu com você?

— Minha bunda linda congelou. Não consegui encontrar um táxi.

— E o que é isso na sua bochecha?

— Escorreguei. Acho que umas três vezes.

Mikael olhou para a bota italiana marrom-avermelhada de salto alto dela.

— Você escolheu um calçado perfeito para sair num dia como hoje.

— Absolutamente perfeito. Sem falar que ontem resolvi dispensar a meia-calça de lã. Coisa de gênio!

— Entre, deixe que eu aqueça você.

Erika se entregou aos braços de Mikael e começou a tremer ainda mais quando ele a envolveu.

— Desculpe — ela disse mais uma vez.

— Pelo quê?

— Por tudo. Pela Serner. Eu fui uma idiota.

— Não exagere, Ricky.

Mikael tirou os flocos de neve do cabelo e da testa de Erika e olhou discretamente para a ferida na bochecha.

— Eu vou te contar tudo — ela disse.

— Mas primeiro eu vou tirar sua roupa e preparar um banho quente para você. Quer uma taça de vinho branco para acompanhar?

Erika aceitou a bebida e permaneceu na banheira tempo suficiente para Mikael encher a taça mais duas ou três vezes. Ele ficou sentado num banquinho, ouvindo a história, e apesar de todas as notícias desfavoráveis a conversa teve um tom conciliatório, como se os dois tivessem por fim derrubado o muro que haviam erguido entre si nos últimos tempos.

— Eu sei que desde o início você me achou uma idiota — disse Erika. — Não adianta negar. Eu te conheço muito bem. Mas você precisa entender que eu, o Christer e a Monika não vimos outra saída. Tínhamos acabado de contratar o Emil e a Sofie e estávamos orgulhosos deles. Não havia repórteres mais respeitados, concorda? Ganhamos muito prestígio com a vinda deles. Essas contratações mostraram que estávamos no caminho certo, e logo voltaram a nos elogiar no *Resumé* e no *Dagens Media*. Foi como nos velhos tempos, e eu disse à Sofie e ao Emil que eles estavam totalmente seguros na redação. Falei que a economia do país ia bem. Que podíamos contar com o apoio do grupo Vanger. E que teríamos orçamento para as reportagens investigativas mais incríveis que eles podiam imaginar. Como você vê, eu mesma acreditei nisso tudo. Até que...

— Até que o céu começou a desabar sobre a sua cabeça.

— Pois é. E não foi só a crise dos jornais impressos e o desaparecimento dos anunciantes. Também teve toda aquela história com o grupo Vanger. Não sei se você realmente entendeu o que representou aquele escândalo. Às vezes penso que foi quase como um golpe de Estado. Todos os reacionários e todas as reacionárias da família, que você conhece muito bem, todos os racistas e conservadores se juntaram e apunhalaram Harriet pelas costas. Nunca vou me esquecer da declaração dela. Eu me sinto atropelada, ela disse. Esmagada. O empenho dela em reformular e modernizar o grupo irritou demais os outros, e também a decisão de levar David Goldman para a diretoria, o filho do rabino Viktor Goldman. Mas você sabe que a gente não fazia parte desse cenário: o Andrei tinha acabado de escrever a reportagem sobre os mendigos de Estocolmo, na opinião de toda a redação a melhor coisa que ele já tinha escrito, citada até por todos os grandes veículos de comunicação, inclusive no exterior. Mesmo assim, os Vanger...

— Tacharam a reportagem de lixo esquerdista.

— Pior, Mikael. Chamaram de "propaganda a favor de vagabundos sem dignidade sequer de arrumar um emprego".

— Mesmo?

— Disseram algo do tipo, mas acho que a reportagem não foi o principal. O que eles queriam era achar um pretexto, um bode expiatório que justificasse a retirada do apoio que vinham nos dando. Eles queriam pôr um ponto final em tudo que Henrik e Harriet haviam defendido.

— Bando de cretinos.

— Eu me lembro muito bem daquela época. Foi como se o chão tivesse se aberto sob os meus pés, e claro... eu sei que devia ter envolvido você um pouco mais. Mas achei que todo mundo iria ganhar se eu deixasse você concentrado apenas nas suas histórias.

— E mesmo assim eu não apresentei nada que prestasse.

— Você tentou, Mikael. Tentou mesmo. O que eu queria dizer é que foi bem nessa hora, quando parecíamos ter chegado ao fundo do poço, que o Ove Levin me telefonou.

— Alguém deve ter contado a ele o que estava acontecendo.

— Com certeza. E nem preciso te dizer como no início fiquei relutante. Justamente a Serner, o tipo de empresa que editava tabloides da pior qualidade. Mas o Ove começou a despejar toda a verborragia dele em cima de mim e depois me convidou para conhecer a casa nova dele em Cannes.

— Como é?

— Desculpe, eu sei. Eu também não comentei isso com você. Acho que eu estava com vergonha. De qualquer forma, decidi ir ao festival de cinema para escrever um perfil daquela diretora iraniana, sabe? A que foi perseguida por ter feito um documentário sobre Sara, a menina de dezenove anos apedrejada. Achei que não havia problema em aceitar a proposta da Serner de cobrir os nossos custos de viagem. Eu e o Ove conversamos a noite inteira, e o meu ceticismo só aumentou. Ele contou vantagem o tempo inteiro, falava como um vendedor. Mas no fim acabei escutando tudo aquilo, e sabe por quê?

— Porque ele era incrível na cama.

— Ha! Não. Por causa da relação que ele tinha com você.

— Ele queria ir para a cama comigo?

— Ele tem uma admiração enorme por você.

— Que bobagem.

— Não, Mikael, você está enganado. O Ove adora poder, dinheiro e a casa que tem em Cannes. Mas se rói por dentro porque sabe que não é considerado um cara incrível como você. Quando o assunto é credibilidade, o Ove é pobre e você um magnata. No fundo ele queria ser como você. Percebi na hora, mas devia ter visto que esse tipo de inveja pode ser perigoso. Toda a perseguição contra você foi por causa disso, você deve saber. A sua obstinação faz as pessoas se sentirem mal. A sua mera existência faz todos se lembrarem de como se venderam barato, e quanto mais você é exaltado, pior essas pessoas se sentem. Então, só existe uma forma de se defender: arrastar você para a lama. Se você cair, essa gente se sente um pouco melhor. Essas campanhas de difamação servem para devolver um pouco de dignidade aos seus adversários, ou pelo menos é o que eles dizem a si mesmos.

— Obrigado, Erika, mas estou me lixando pra essa história de perseguição.

— Claro, eu sei. Espero que esteja mesmo. O que eu percebi na época foi que o Ove queria fazer parte disso de verdade, se sentir da nossa equipe. Queria um pouco da nossa boa reputação, e achei que esse incentivo talvez funcionasse. Se Ove pretendia ser tão descolado como você, seria devastador para ele transformar a *Millennium* em mais um produto comercial qualquer da Serner. Se ele ficasse conhecido como o sujeito que destruiu uma das publicações mais lendárias da história sueca, o que ainda lhe restasse de credibilidade iria pelo ralo. Por isso acreditei quando ele disse que o grupo Serner precisava de uma publicação de prestígio, de um álibi, por assim dizer, e também quando garantiu que nos ajudaria a continuar fazendo o tipo de jornalismo em que acreditamos. Com certeza ele também sonhava em participar da redação, mas achei que isso não passava de vaidade dele, de vontade de se exibir um pouco e contar aos amigos que era porta-voz da revista, coisa do tipo. Nunca imaginei que ele ia se meter no coração da *Millennium*.

— É o que ele está fazendo neste instante.

— Infelizmente.

— E nesse caso o que acontece com toda a sua sofisticada teoria psicológica?

— Eu subestimei a força do oportunismo. Como você deve ter notado, tanto Ove quanto a Serner estavam se comportando de maneira exemplar conosco antes da perseguição a você começar. Mas depois...

— Depois o Ove se aproveitou do que estava acontecendo.

— Não, não, foi outra pessoa. Alguém que queria pegá-lo. Só depois entendi como não deve ter sido nada fácil para ele convencer os outros a nos comprar. Como você sabe, todos da Serner sofrem de um certo complexo de inferioridade jornalística. São na maioria homens de negócios que detestam conversas sobre a defesa de causas importantes, esse tipo de coisa. Eles se irritaram com o que chamaram de "falso idealismo" do Ove, e quando a perseguição a você começou viram a chance perfeita para cobrarem uma posição dele.

— Caramba.

— Você nem imagina. Primeiro tudo correu bem. Fizeram apenas algumas exigências de adaptação ao mercado, e como você sabe eu mesma concordei que havia ideias boas na proposta deles. Eu também já tinha pensado bastante em como alcançar leitores mais jovens. Para ser sincera, achei que eu e o Ove tínhamos tido uma ótima conversa sobre esse assunto, por isso não me preocupei com a apresentação de hoje.

— Eu percebi.

— Mas depois veio o escândalo.

— Que escândalo?

— O que começou depois que você peitou a liderança do Ove.

— Eu não peitei nada, Erika. Simplesmente fui embora.

Ainda deitada na banheira, Erika tomou um gole de vinho e em seguida abriu um sorriso melancólico.

— Quando você vai entender que você é Mikael Blomkvist? — ela perguntou.

— Achei que já tinha começado a me dar conta.

— Pois não parece, senão você saberia que quando Mikael Blomkvist sai no meio de uma apresentação sobre a revista dele, isso se transforma num acontecimento, quer Mikael Blomkvist queira, quer não.

— Então peço desculpas pela minha provocação.

— Não, não estou te criticando. Pelo contrário. Eu é que devo pedir desculpas, como você está vendo. De qualquer forma, a reunião teria acabado em confusão mesmo que você não tivesse saído.

— O que aconteceu?

— Depois que você foi embora, todo mundo ficou sem graça, e o Ove, com a autoestima mais abalada do que nunca, desistiu de continuar a apresentação. Não adianta, ele disse. Depois saiu para telefonar para o escritório central e contar o que tinha acontecido, e eu não vou me surpreender se acabar descobrindo que ele descreveu a situação de forma bem mais dramática. A inveja que ele tem de você deve ter se transformado agora num sentimento ainda mais egoísta e mal-intencionado. Depois de um tempo ele voltou dizendo que a Serner estava disposta a apostar grande na *Millennium* e usar todos os canais disponíveis para divulgar a revista.

— E essa não foi uma boa notícia.

— Não, e eu soube que não ia ser antes mesmo que o Ove começasse a falar. Deu para ver no rosto dele. Era uma expressão com uma aura de medo e triunfo, e no início ele nem soube direito o que dizer. Começou a falar um monte de coisas sem sentido, disse que o grupo Serner gostaria de ter um controle maior do trabalho que a gente desenvolve, que gostaria de promover a revista com o público mais jovem e de publicar mais reportagens sobre celebridades. Depois...

Erika fechou os olhos, passou as mãos pelo cabelo úmido e bebeu o último gole de vinho.

— Depois o quê?

— Ele disse que queria você fora da redação.

— Como é?

— Claro que nem o Ove nem a Serner podem dizer isso com todas as letras, muito menos deixar que apareçam manchetes do tipo "Serner manda Blomkvist para a rua". A mensagem foi passada de forma muito elegante. O Ove disse que queria dar mais liberdade para você se concentrar no que sabe fazer de melhor: escrever reportagens. Então falou de um posto estratégico em Londres num cargo de redator-chefe.

— Em Londres?

— O Ove disse que a Suécia é pequena demais para um jornalista do seu calibre, mas você sabe muito bem o que ele quis dizer com isso.

— Eles acham que não vão conseguir implantar as mudanças que querem se eu estiver na redação?

— É mais ou menos isso. Por outro lado, acho que ninguém se surpreendeu quando eu, o Christer e a Monika dissemos que não, de jeito nenhum. Para não falar na reação do Andrei.

— O que ele fez?

— Fico constrangida só de falar. O Andrei se levantou e disse que aquilo era a coisa mais vergonhosa que ele já tinha ouvido na vida. Disse que você era um exemplo do que havia de melhor no nosso país, um orgulho para a democracia e o jornalismo, e que todo mundo do grupo Serner devia era esconder o rosto de vergonha. Disse que você é um grande homem.

— Resolveu ir pra cima, então.

— Ele é um bom garoto.

— Com certeza. E o que o pessoal da Serner fez depois?

— Ove já esperava esse tipo de reação. Disse que se quisermos, podemos comprar a parte deles. O único porém...

— É que o preço subiu — Mikael completou.

— Exato. Ele explicou que, de acordo com uma avaliação preliminar, a parte da Serner no mínimo dobrou de preço por causa da mais-valia e do otimismo que a participação do grupo criou.

— Otimismo? Eles enlouqueceram?

— Pelo contrário: são é espertos demais, e estão dispostos a nos passar uma rasteira. Também me pergunto se não estão querendo matar dois coelhos com uma cajadada só. Ganhar um bom dinheiro e ainda se livrar de um concorrente em potencial, porque então estaríamos quebrados.

— O que vamos fazer?

— O que fazemos de melhor, Mikael: lutar. Vou usar dinheiro do meu bolso para comprar a nossa parte da Serner de novo e lutar para continuarmos sendo um dos melhores periódicos de toda a Europa.

— A ideia é excelente, Erika, mas... e depois? As nossas finanças vão continuar ruins e você não vai poder fazer nada.

— Eu sei, mas vai dar certo. Já enfrentamos situações difíceis no passado. Podemos zerar os nossos salários por um tempo, o meu e o seu. Não acha que dá?

— Erika, tudo acaba um dia.

— Não fale assim! Você não pode falar assim nunca!

— Nem que seja a verdade?

— Nesse caso, menos ainda.

— Tudo bem, então.

— Você tem alguma outra carta na manga? — Erika perguntou. — Alguma coisa que pudesse cair como uma bomba?

Mikael cobriu o rosto com as mãos e pensou no comentário de Pernilla, que havia dito que, diferentemente do pai, queria "escrever de verdade" — embora Mikael não conseguisse imaginar o que não era "de verdade" no tipo de jornalismo que ele fazia.

— Acho que não — ele respondeu.

Erika bateu a mão na superfície da água, espirrando líquido nas meias de Mikael.

— Você tem que ter alguma coisa! Ninguém no país recebe tantas denúncias quanto você.

— A maioria não passa de um monte de bobagem — respondeu Mikael. — Mas talvez... Estou investigando uma história.

Erika se sentou na banheira.

— O quê?

— Ah, nada ainda. Estou apenas sonhando.

— Temos mesmo que sonhar numa situação como esta.

— Eu sei, mas ainda não é nada. Apenas um monte de fumaça e nenhuma prova.

— Mas apesar disso você acredita na história, não é?

— Pode ser... mas o que me leva a acreditar é um detalhe que não tem nada a ver com a história em si.

— O que é?

— Digamos que a minha antiga escudeira também está na história.

— Ah, já entendi. É ela?

— A própria.

— Então parece promissor, hein? — disse Erika, saindo nua e linda da banheira.

8. NOITE DE 20 DE NOVEMBRO

August estava ajoelhado no piso xadrez do quarto, diante de uma lamparina de querosene em cima de uma bandeja azul, onde havia também duas maçãs verdes e uma laranja que o pai havia preparado. Mas nada aconteceu. August simplesmente continuava com seu olhar vazio fixo na tempestade do lado de fora da janela, e Frans se perguntou se teria sido má ideia propor o tema natureza-morta.

Bastava seu filho vislumbrar uma cena para que a imagem se fixasse para sempre em sua mente. Nesse caso, por que o pai não poderia escolher o tema do desenho? Era provável que August tivesse inúmeras imagens na cabeça, e talvez frutas e uma bandeja fossem a composição mais patética e aborrecida que ele pudesse conceber. Talvez August se interessasse por coisas totalmente diferentes, e mais uma vez Frans se perguntou se o menino teria alguma relação especial com aquele semáforo. O desenho não era resultado de uma simples observação. Pelo contrário: a luz vermelha brilhava como um olho maligno e ofuscante, e talvez — como saber ao certo? — August tivesse se sentido ameaçado pelo homem na faixa de pedestres.

Frans olhou para o filho pela centésima vez naquele dia. Antes pensava em August apenas como um menino estranho e inexplicável. Agora, mais uma vez se perguntava se ele e o filho não seriam no fundo muito parecidos. Na época de Frans, os médicos não gostavam muito de diagnósticos. Simplesmente mandavam as pessoas embora com a pecha de esquisitas e estúpidas. Ele mesmo tinha passado a infância se sentindo diferente das outras pessoas, sério demais e sem expressão, e nenhum de seus colegas parecia achar aquilo legal. Por outro lado, ele também não achava os colegas especialmente legais, então se refugiava nos números e nas equações, e só falava o necessário.

Ainda assim, Frans não poderia ser definido como autista da mesma forma que August. Entretanto, com certeza hoje ele seria diagnosticado como portador de síndrome de Asperger, e não vinha ao caso se isso seria bom ou ruim. O mais importante era que tanto ele como Hanna tinham acreditado que um diagnóstico precoce da condição de August poderia ajudá-los. Apesar disso, pouca coisa havia acontecido, e somente quando o filho já tinha oito anos Frans percebeu que o menino possuía um dom espacial e matemático impressionante. Como Hanna e Lasse não perceberam nada?

Embora Lasse fosse um merda, Hanna no fundo era uma pessoa boa e receptiva. Frans jamais esqueceria o primeiro encontro deles, numa noite na Academia Real de Engenharia. Ele havia recebido um prêmio ao qual não dava nenhuma importância e depois passou todo o intervalo do jantar entediado, desejando voltar para casa e para a frente do computador. De repente uma mulher linda, que lhe parecera um pouco familiar — o conhecimento de Frans do mundo das celebridades era extremamente limitado —, aproximou-se e puxou assunto. Mas Frans ainda se via como o nerd da Tappströmsskolan que recebia apenas olhares zombeteiros das garotas.

Frans não conseguia entender o que uma mulher como Hanna tinha visto nele, e na época — ele não demorou a descobrir — Hanna estava no auge de sua carreira. Mas ela o seduziu e naquela noite fez amor com ele como nunca mulher nenhuma havia feito. Em seguida, veio a melhor época da vida de Frans, até que... os códigos binários venceram o amor.

Primeiro Frans destruiu seu casamento com excesso de trabalho, depois tudo piorou. Lasse Westman assumiu o posto, Hanna se apagou — August também, possivelmente — e Frans se enfureceu, por motivos um tanto compreensíveis. Mas ele também sabia que parte da culpa era sua. Tinha resolvido pagar para não ter que cuidar do filho, e talvez o que haviam dito no julgamento da guarda do menino fosse verdade — Frans optou pelo sonho da vida artificial em detrimento do filho. Ele tinha sido um tremendo idiota.

Frans pegou o notebook e buscou no Google mais informações sobre a condição de *savant*. Já havia encomendado uma série de livros, entre os quais uma das maiores referências sobre o tema, *Ilhas de gênios*, do professor Darold A. Treffert. Como sempre, tinha resolvido aprender tudo sobre o assunto. Nenhum psicólogo e nenhum pedagogo iriam dizer ao pai de August como ele devia tratá-lo. Iria entender o problema do filho melhor do que todos eles, portanto continuou lendo — agora uma história sobre uma menina autista chamada Nadia.

A vida de Nadia estava narrada no livro de Lorna Selfe intitulado *Nadia: Um caso de extraordinária habilidade para o desenho em uma criança autista* e também no livro de Oliver Sacks *O homem que confundiu sua mulher com um chapéu*. Frans ficou fascinado com as leituras. Era uma história curiosa e, de certa maneira, um caso semelhante ao de seu filho. Como August, Nadia pareceu uma criança saudável ao nascer, e apenas com o passar do tempo seus pais perceberam que havia alguma coisa errada.

Nadia não falava. Não olhava para o rosto das pessoas. Não gostava de nenhuma forma de contato físico e não reagia ao sorriso nem às ações da mãe. Passava a maior parte do tempo em silêncio, afastada das pessoas, e cortava folhas de papel obsessivamente em tiras finíssimas. Com seis anos, ainda não tinha dito uma palavra.

Mesmo assim, Nadia desenhava como Da Vinci. Com três anos começou a desenhar cavalos e, ao contrário das outras crianças, não começava com a forma deles, com o contorno, mas com um pequeno detalhe, o casco, a bota do cavaleiro, a cauda. E o mais impressionante: os desenhos eram feitos com enorme rapidez. Com uma velocidade impressionante, Nadia juntava as partes, uma aqui, outra ali, até que tudo se encontrasse com perfeição absoluta — um cavalo galopando ou simplesmente caminhando. Com base em sua experiência na adolescência, Frans sabia que não havia nada mais difícil de desenhar do que um animal em movimento. Por mais que se tente, o resultado acaba sendo pouco natural ou dando a impressão de rigidez. É preciso ser um mestre para conseguir representar a leveza de um salto. E com três anos Nadia era mestre nisso.

Os cavalos da menina eram perfeitos, desenhados com traços leves, e era evidente que nada daquilo se devia a anos de prática. Todo aquele virtuosismo parecia saído de uma força represada que enfim havia encontrado uma via de escape, e a história fascinou seus contemporâneos. Como era possível? Os pesquisadores australianos Allan Snyder e John Mitchell fizeram um estudo dos desenhos de Nadia e em 1999 apresentaram uma teoria que aos poucos ganhou uma aceitação quase universal — a ideia de que todos temos uma capacidade latente para esse tipo de virtuosismo, que está bloqueada na maioria das pessoas.

Quando vemos uma bola de futebol ou outro objeto qualquer, não entendemos de imediato que ele é tridimensional. Pelo contrário: numa fração de segundo, o cérebro percebe detalhes, sombras que se projetam e pequenas diferenças de profundidade e nuance, e é com base nessas informações que classificamos sua forma. Não temos consciência de nada disso, mas para entender que estamos vendo uma bola e não um mero círculo precisamos fazer uma análise das partes individuais.

O próprio cérebro cria a forma final e, quando a completa, já não vemos os detalhes que num primeiro momento havíamos notado. A floresta esconde as árvores, por assim dizer. Mas o que chamou a atenção de Mitchell e Snyder foi que, se conseguíssemos recuperar a imagem original captada por nosso cérebro, seria possível ver o mundo de modo radicalmente diferente, e talvez pudéssemos recriá-lo com mais facilidade, exatamente como Nadia havia feito sem nenhum treinamento.

A ideia, em outras palavras, era que Nadia tinha acesso à imagem original do mundo — à matéria-prima do cérebro. Podia ver uma infinidade de sombras e detalhes antes que eles fossem trabalhados, por isso sempre começava por um ponto específico, como o casco, o focinho, e não com o contorno da figura, pois essa forma completa, da maneira como a entendemos, ainda não estava pronta. Mesmo que Frans Balder visse certos problemas nessa explicação, ou pelo menos tivesse uma série de questionamentos críticos, era uma teoria atraente.

De certo modo, Balder sempre havia buscado essa observação original nas pesquisas que desenvolvia, cuja perspectiva era não fazer pressuposições de nenhum tipo, mas apenas analisar as coisas nos mínimos detalhes. Estava cada vez mais obcecado por esse assunto e lia a respeito com um fascínio cada vez maior e por vezes estremecia. Chegava a praguejar em voz alta e olhava para o filho com uma ponta de angústia. Mas o que o abalava não eram as observações científicas, e sim a descrição do primeiro ano de Nadia na escola.

Nadia tinha sido colocada numa turma especial de crianças autistas. Ali o foco do ensino era o desenvolvimento da fala, e a menina chegou a fazer progressos. Aos poucos as palavras surgiram. Mas o preço foi alto. Assim que começou a falar, sua genialidade artística desapareceu, porque, segundo a autora Lorna Selfe, uma linguagem foi substituída por outra. Antes um prodígio artístico, Nadia se transformou numa menina autista com limitações extremas que, embora conseguisse falar um pouco, havia perdido o talento que tanto impressionara o mundo. Teria valido a pena? Para que pudesse dizer umas poucas frases?

Não, Frans teve vontade de gritar, talvez porque a vida inteira tivesse se disposto a sacrificar qualquer coisa para se tornar um gênio em sua área. Melhor ser incapaz de pronunciar uma palavra sensata numa conversa do que ser medíocre. Qualquer coisa menos a mediocridade! Esse tinha sido o objetivo de Balder ao longo da vida, mesmo assim... Ele sabia muito bem que no caso de seu filho esses princípios elitistas não seriam um bom caminho a seguir. Talvez desenhos incríveis não fossem nada comparados à capacidade de saber pedir um copo de leite ou de trocar algumas palavras com um amigo, ou mesmo com o pai. Quem era ele para decidir?

Mesmo assim, Frans se recusava a enfrentar essa decisão. Não suportava a ideia de deixar de lado o acontecimento mais incrível de toda a vida do filho. Não, não... simplesmente isso estava fora de cogitação. Nenhum pai devia ser obrigado a escolher entre as opções "gênio" e "não gênio". Ninguém tinha como saber de antemão o que seria melhor para a criança.

Quanto mais Frans pensava no assunto, mais absurdo tudo aquilo lhe parecia, e de repente percebeu que não acreditava em mais nada, ou que talvez *não quisesse* acreditar. Afinal, Nadia constituía um único caso, o que é insuficiente para estabelecer um princípio científico.

Precisava se informar melhor, portanto continuou pesquisando na internet. De repente o telefone tocou. Aliás, ele havia tocado um bocado nas últimas horas. Primeiro tinha sido um número não identificado e depois, para piorar as coisas, Linus, seu antigo assistente que havia complicado a sua vida e em quem ele nem sequer confiava. E bem na hora em que o que ele menos tinha vontade de fazer era conversar. Tudo que queria era continuar pesquisando sobre o caso de Nadia.

Mesmo assim atendeu — talvez por nervosismo. Desta vez era Gabriella Grane, a encantadora analista da Säpo, o que o levou a abrir um sorriso discreto. Logo depois de Farah Sharif, Gabriella ocupava um honroso segundo lugar. Tinha olhos lindos e um raciocínio veloz. Frans sentia uma queda por mulheres rápidas.

— Gabriella — ele disse. — Eu adoraria falar com você, mas infelizmente estou sem tempo. Ando ocupado com uma coisa muito importante.

— Tenho certeza de que você vai poder arranjar um tempinho para este assunto — rebateu Gabriella num tom de voz estranhamente autoritário. — Sua vida está correndo risco.

— Ora, que bobagem! Eu já disse a você... talvez eles me processem, mas nada além disso.

— Frans, nós recebemos novas informações de uma fonte altamente confiável. Existe uma ameaça concreta.

— Como assim? — Frans perguntou, meio distraído.

Com o telefone preso entre o ombro e a orelha, ele continuou pesquisando sobre o talento perdido de Nadia.

— É difícil fazer uma avaliação precisa das informações, mas estou preocupada. Acho que vale a pena você levar esse assunto a sério.

— Tudo bem. Prometo que vou tomar as precauções necessárias. Não vou sair de casa, para variar. Mas, como eu disse, estou ocupado agora, e além do mais tenho certeza de que você está enganada. Na Solifon...

— Claro, claro que eu posso estar enganada — Gabriella o interrompeu. — É possível. Mas faça de conta que eu estou certa, está bem? Faça de conta que realmente existe um risco, por menor que seja, de eu estar certa.

— Tudo bem, mas...

— Nada de "mas", Frans. Chega de "mas". Me escute. Acho que você tem razão. Ninguém da Solifon representa uma ameaça à sua integridade física. Afinal, é uma empresa civilizada. Mas parece que uma pessoa de lá, ou talvez um grupo de pessoas, tem contato com uma organização criminosa, com um grupo perigosíssimo que tem ramificações tanto na Rússia como na Suécia. Essas pessoas é que representam uma ameaça para você.

Pela primeira vez, Frans desviou os olhos do monitor. Ele sabia que Zigmund Eckerwald, da Solifon, havia trabalhado com um grupo criminoso. Uma vez até chegou a ouvir umas palavras em código sobre o líder, mas não entendia por que esse grupo estaria atrás dele. Ou será que entendia?

— Organização criminosa? — ele repetiu.

— Isso mesmo — prosseguiu Gabriella. — Não é lógico? Você mesmo já deve ter pensado nisso, não? Quando você rouba ideias dos outros para ganhar dinheiro com elas, você ultrapassa os limites, e a partir daí as coisas tendem a piorar.

— Achei que um bando de advogados fosse mais que suficiente. Você sabe que com advogados bem treinados você pode roubar o que quiser com a certeza da impunidade. Os advogados são os pistoleiros da era moderna.

— Tudo bem, pode ser. Mas escute… eu ainda não recebi uma resposta sobre a sua segurança pessoal. Enquanto essa resposta não chegar, quero que você fique num esconderijo. Estou indo buscar você agora.

— Como é?

— Precisamos agir rápido.

— De jeito nenhum — protestou Frans. — Eu e…

Houve um momento de hesitação.

— Há mais alguém com você? — perguntou Gabriella.

— Não, não. Só que agora não posso ir a lugar nenhum.

— Você não ouviu nada do que eu disse?

— Ouvi muito bem. Mas, com todo o respeito, para mim isso não passa de especulação.

— A especulação faz parte da natureza de uma ameaça, Frans. Essa informação que conseguimos… Eu não poderia te dizer isto, mas… ela veio de uma agente da NSA que está investigando essa organização criminosa.

— A NSA — ele repetiu com desdém.

— Eu sei que você duvida deles.

— Duvidar é pouco.

— Tudo bem, tudo bem. Mas desta vez eles estão do seu lado, ou pelo menos a agente que me telefonou está. Ela é uma boa pessoa. Conseguiu interceptar informações que apontam para um plano de assassinato.

— Contra mim?

— Muito provavelmente.

— Muito provavelmente? Isso parece meio vago.

Na frente do pai, August estendia a mão em direção às canetas, e Frans concentrou-se nesse movimento.

— Eu vou ficar aqui.

— Você só pode estar brincando.

— Não, não. Se vocês receberem mais informações, então eu saio. Mas agora não. Além do mais, o alarme que a Milton Security instalou aqui em casa é incrível. Há câmeras e sensores por toda parte.

— Você está falando sério mesmo?

— Estou. Você sabe que eu sou teimoso.

— Você tem uma arma em casa?

— Gabriella, do que você está falando? Eu com uma arma em casa? A coisa mais perigosa que eu tenho aqui é uma espátula de queijo!

— Então...

— Então o quê?

— Eu vou pedir que uma equipe faça a vigilância da sua casa, queira você ou não. Mas não se preocupe. Você nem vai perceber nada. E se prefere insistir nessa teimosia, tenho um conselho para você.

— Que conselho?

— Chame a imprensa. Vai ser como um seguro de vida. Conte tudo que sabe, assim talvez não haja mais necessidade de tirarem você do caminho.

— Vou pensar.

Frans percebeu uma distração repentina na voz de Gabriella.

— Alô? — ele disse.

— Espere um pouco — ela pediu. — Preciso atender outra ligação. Preciso...

Gabriella sumiu, e Frans, com outras ideias ocupando sua cabeça, naquele instante só pensava numa coisa: será que o talento artístico de August vai desaparecer se eu o ensinar a falar?

— Frans, você ainda está aí?

— Claro.

— Infelizmente preciso desligar. Mas juro que vou arrumar uma vigilância para você o mais rápido possível. Ligo depois. E não esqueça: você está correndo perigo!

Frans desligou o telefone, soltou um suspiro e pensou de novo em Hanna, em August, sentado no piso xadrez, que se refletia no guarda-roupa, e em tudo que parecia ter pouca importância naquele momento. Por fim, de maneira distraída, quase cômica, balbuciou:

— Estão atrás de mim.

Uma parte dele achava que isso era possível, mesmo que ele se negasse a acreditar que o assunto fosse acabar em violência. O que ele sabia, no final das contas? Nada. Além do mais, não podia cuidar daquilo no momento. Portanto, continuou pesquisando sobre o destino de Nadia, pois pretendia descobrir que significado a história poderia ter também para a vida de seu filho. Não era uma atitude muito prudente. Frans agia como se nada tivesse acontecido. Apesar da ameaça, continuou navegando pela internet. Logo encontrou o nome do professor de neurologia Charles Edelman, grande especialista em síndrome de *savant*. Em vez de continuar lendo sobre ele, como tinha o hábito de fazer — Balder sempre preferia a leitura às pessoas —, resolveu telefonar para o Instituto Karolinska.

Logo se deu conta de que já era tarde. Edelman dificilmente estaria no trabalho àquela hora, e o número pessoal dele era confidencial. Mas espere... o professor também era responsável por um projeto chamado Ekliden, uma instituição para crianças autistas com talentos especiais, e Frans ligou para lá. O telefone chamou diversas vezes, até que uma mulher que se identificou como Lindros, irmã de Edelman, atendeu.

— Desculpe ligar a uma hora destas — disse Frans Balder —, mas estou tentando falar com o professor Edelman. Por acaso ele ainda está aí?

— Está. Ninguém consegue voltar para casa com este tempo. Quem gostaria de falar com ele?

— Frans Balder — ele respondeu, e em seguida repetiu seu nome com uma informação extra que talvez ajudasse. — Professor Frans Balder.

— Um momento — disse Lindros. — Vou ver se ele pode atender.

Balder olhou para August, que mais uma vez pegou uma caneta e hesitou, e isso perturbou Frans como um mau presságio. Uma organização criminosa, ele repetiu.

— Charles Edelman — disse uma voz. — Será que estou tendo mesmo o prazer de falar com o professor Frans Balder?

— Sim, sou eu, professor. Tenho um pequeno...

— O senhor não imagina como me sinto honrado — prosseguiu o professor Edelman. — Acabo de voltar de uma conferência em Stanford, e lá falamos muito a respeito da sua pesquisa sobre redes neurais. Acreditamos que os neurologistas talvez possam aprender muita coisa interessante sobre o cérebro com as pesquisas sobre inteligência artificial. Pensamos se...

— Fico muito lisonjeado, mas na verdade liguei para lhe fazer uma pergunta.

— Ah, é mesmo? Está precisando de ajuda para as suas pesquisas?

— Não, é que meu filho é autista. Ele tem oito anos, ainda não fala, mas um dia desses estávamos parados num semáforo da Hornsgatan e...

— Sim?

— Quando voltamos para casa ele começou a desenhar muito depressa, um desenho absolutamente perfeito. Foi impressionante!

— E o senhor gostaria que eu analisasse o desenho do seu filho?

— Gostaria muito. Mas não é por isso que estou ligando. Na verdade, estou preocupado. Li que talvez esses desenhos sejam uma forma de se comunicar com o mundo exterior e que talvez ele perca essa capacidade se aprender a falar. Que talvez uma linguagem seja substituída por outra.

— Sem dúvida o senhor andou lendo sobre Nadia.

— Como o senhor sabe?

— Porque em casos assim ela sempre é mencionada. Mas tenha calma, Frans... posso chamá-lo de Frans?

— Claro.

— Muito bem, Frans. Estou feliz por você ter ligado e garanto que você não tem motivo para se preocupar. Pelo contrário: Nadia foi a exceção que confirma a regra, nada mais. Todos os demais estudos demonstram que o desenvolvimento da linguagem faz aflorar ainda mais os talentos dos *savants*. Como aconteceu no caso de Stephen Wiltshire, por exemplo. Você leu sobre ele?

— O menino que desenhou Londres.

— Isso mesmo. Ele teve um enorme desenvolvimento em todos os aspectos, não apenas artístico, mas também intelectual e linguístico. Hoje é considerado um grande artista. Então não se preocupe, Frans. De fato pode acontecer de uma criança *savant* perder o talento, mas na maioria das vezes a razão é outra. Elas simplesmente se aborrecem ou então passam por alguma outra situação traumática. Você deve saber que a Nadia também perdeu a mãe na mesma época.

— Sei.

— Pode ter sido essa a verdadeira razão. Claro que nem eu nem ninguém pode ter certeza, mas é difícil que essa perda da capacidade artística tenha ocorrido por causa da aquisição da linguagem. Não existe praticamente nenhum relato de casos semelhantes, e não afirmo isso apenas porque é a hipótese científica que eu apoio. Hoje existe o consenso de que os *savants* só têm a ganhar quando desenvolvem outras habilidades intelectuais.

— O senhor está falando sério?

— Claro.

— Ele também tem um talento com números.

— É mesmo? — Charles Edelman exclamou.

— Por quê?

— Porque num *savant* a combinação de talento artístico com talento matemático é rara. São duas habilidades quase sem nenhuma relação, e acredita-se que uma até possa bloquear a outra.

— Bem, mas é o que acontece com o meu filho. Os desenhos dele têm um aspecto de precisão geométrica, como se todas as proporções estivessem calculadas de maneira correta.

— Muito interessante. Quando posso ver o seu filho?

— Não sei ao certo. Antes eu queria pedir um conselho.

— Então meu conselho é: aposte no menino. Estimule-o. Permita que ele desenvolva todas as suas habilidades ao máximo.

— Eu...

Frans sentiu um nó no peito e teve dificuldade para encontrar as palavras.

— Eu queria agradecer ao senhor — ele continuou. — Agradecer de verdade. Mas agora eu preciso... — balbuciou Frans, sem saber como continuar. — Muito obrigado e até a próxima.

— De nada. Espero mais notícias em breve.

Frans desligou e permaneceu algum tempo de braços cruzados, olhando para August, que segurava a caneta amarela com expressão hesitante enquanto mantinha os olhos fixos na lamparina de querosene. No instante seguinte, um arrepio percorreu as costas de Frans Balder, e de repente vieram as lágrimas. Muito se podia dizer de Balder, menos que ele fosse homem de se comover facilmente.

Frans não se lembrava mais da última vez que havia chorado. Não chorou nem ao perder a mãe e nunca chorava quando lia notícias tristes ou presenciava acontecimentos desse tipo — considerava-se uma verdadeira rocha. Mas naquele momento, ao ver o filho cercado de uma porção de canetas e lápis de cor, o professor chorou como um menino, simplesmente permitindo que as emoções tomassem conta dele, graças talvez às palavras de Charles Edelman.

August poderia aprender a falar e continuar desenhando, o que era uma perspectiva esplêndida. Mas claro que Frans não estava chorando apenas por isso. Também havia o drama da Solifon. A ameaça de morte. Os segredos que ele guardava e o desejo por Hanna, por Farah ou por quem quer que preencchesse o vazio que tinha no peito.

— Meu filho! — ele disse, e estava tão comovido que nem percebeu a tela do notebook se acender e mostrar imagens de uma das câmeras de segurança que ele havia mandado instalar pela casa toda.

No pátio, sob a chuva torrencial, havia um homem de jaqueta de couro e boné cinza com a aba virada para baixo para esconder o rosto. Quem quer que ele fosse, sabia que estava sendo filmado, e mesmo sua figura magra e esbelta se movimentava de maneira cambaleante e teatral, sugerindo um peso pesado a caminho do ringue.

Gabriella Grane estava na sala da Säpo pesquisando na internet e nos registros do governo. Mesmo assim, não conseguiu as informações que procurava porque, para dizer a verdade, ela não sabia bem o que estava buscando. Mas um sentimento novo e preocupante a corroía por dentro — um sentimento vago e obscuro.

Sua conversa com Balder tinha sido interrompida por Helena Kraft, a chefe da Säpo, e o assunto era o mesmo que o da última vez. Alona Casales, da NSA, queria falar com ela; a diferença era que agora Alona parecia mais calma e um pouco mais sedutora.

— Conseguiram arrumar os computadores de vocês? — perguntou Gabriella.

— Ah... foi um circo e tanto. Mas no fim acho que não houve nada de mais, e peço desculpas por ter sido meio enigmática no nosso último contato. E também peço desculpas adiantadas se eu passar a mesma impressão agora. Mas quero oferecer um pouco mais a você, e enfatizar que, de acordo com a minha avaliação, a ameaça ao professor Balder é real e deve ser levada a sério, mesmo que a gente não tenha certeza de nada. Vocês tomaram alguma providência?

— Eu conversei com o Balder, mas ele se nega a deixar a casa. Disse que estava ocupado. Mas vou solicitar proteção.

— Ótimo. Como você deve imaginar, eu também fiz mais do que bisbilhotar um pouco. Estou realmente impressionada, srta. Grane. Não acha que alguém como você devia estar trabalhando no Goldman Sachs e ganhando milhões?

— Não faz o meu estilo.

— Nem o meu. Eu não recusaria o dinheiro, mas acontece que essa bisbilhotice mal paga tem mais a ver com a minha personalidade. Mas agora me escute: no que nos diz respeito, esse assunto não tem muita importância... o que a meu ver é um erro de avaliação. E não só porque estou convencida de que esse grupo representa uma ameaça aos interesses econômicos da nação. Também acredito que haja envolvimento político. Um daqueles engenheiros de computação que mencionei, um sujeito chamado Anatoli Chabarov, tem ligações com um conhecido membro da Assembleia Legislativa russa chamado Ivan Gribanov, que é um grande acionista da Gazprom.

— Sei.

— O que temos por enquanto são várias informações soltas, e passei um bom tempo tentando descobrir quem é o responsável por toda essa intriga.

— Thanos.

— Ou a responsável.

— Você acha que pode ser uma mulher?

— Acho, mas também posso estar errada, porque esse tipo de organização criminosa costuma se aproveitar das mulheres, e não colocá-las em posições de liderança.

— Então o que a leva a pensar que pode ser uma mulher?

— Um sentimento de reverência, por assim dizer. Falam dessa pessoa da mesma forma que os homens falam das mulheres que eles desejam e admiram.

— Seria alguém muito bonito, então?

— É o que parece, mas talvez eu apenas tenha farejado um pouco de homoerotismo. Ninguém ficaria mais feliz do que eu se os gângsteres e mandachuvas russos se envolvessem um pouco mais com esse tipo de coisa.

— Ah, é verdade!

— Estou falando desse assunto para que você mantenha a mente aberta caso essa bagunça acabe indo parar nas suas mãos. Também há advogados envolvidos. Sempre há advogados envolvidos, não é mesmo? Os hackers roubam e os advogados legitimam o roubo. O que foi mesmo que o Balder disse?

— Que apenas somos iguais se pagamos de maneira igual.

— Isso mesmo. Hoje em dia, quem tem um bom advogado pode se apropriar do que bem entender. Você conhece o escritório de advocacia Dackstone & Partner, que está processando o Balder, não conhece?

— Claro.

— Então você sabe que o escritório deles também é procurado por empresas de tecnologia, quando precisam dar uma lição em inventores e inovadores que esperam receber uns trocados por suas criações.

— Com certeza. Foi o que eu aprendi quando estávamos lidando com os processos do inventor Håkan Lans.

— Que história terrível, não? O mais interessante é que o Dackstone & Partner também é mencionado numa das poucas conversas da rede criminosa que conseguimos rastrear e descriptografar, mesmo que nas gravações ele seja chamado apenas de D.P. ou D.

— Então a Solifon e esses canalhas têm os mesmos advogados.

— E não é só isso. Agora o Dackstone & Partner vai abrir um escritório em Estocolmo, e sabe como descobrimos?

— Não — respondeu Gabriella, sentindo-se cada vez mais estressada.

Queria encerrar a conversa depressa e solicitar proteção para Balder.

— Investigando essa organização — prosseguiu Alona. — Foi o Chabarov quem tocou no assunto, o que mostra que a organização tem laços próximos com o Dackstone & Partner. Afinal, eles sabiam da abertura do novo escritório antes que a informação se tornasse pública.

— É mesmo?

— É. E em Estocolmo o Dackstone & Partner vai trabalhar com um sueco chamado Kenny Brodin, um ex-advogado criminalista que era conhecido por ser muito próximo de seus clientes.

— Uma vez os jornais vespertinos publicaram uma foto do Kenny Brodin com gângsteres e com uma garota de programa — disse Gabriella.

— Eu vi. Acho que Brodin pode ser um bom começo se quisermos investigar essa história toda mais de perto. Talvez seja o elo entre o mundo financeiro e essa organização criminosa.

— Vou dar uma olhada nisso — disse Gabriella. — Agora preciso resolver outras coisas. Nos falamos depois.

Em seguida Gabriella telefonou para o departamento de proteção pessoal da Säpo e foi atendida por ninguém menos que Stig Yttergren, o que não tornou as coisas nada fáceis. Stig Yttergren tinha sessenta anos, era corpulento e gostava de beber um pouco além da conta e de jogar paciência na internet. Às vezes era chamado de "Senhor Nada a Fazer", por isso Gabriella falou com ele da forma mais assertiva possível, exigindo que o professor Frans Balder, de Saltsjöbaden, estivesse sob proteção o mais rápido possível. Stig Yttergren respondeu como sempre, dizendo que tudo seria muito complicado, que talvez não fosse possível, e quando Gabriella ressaltou que aquela era uma ordem de ninguém menos que a chefe da Säpo ele resmungou alguma coisa que na melhor das hipóteses incluía um "mal comida".

— Vou fingir que não ouvi — ela disse. — Trate de providenciar tudo o mais rápido possível — o que, claro, não aconteceu. Enquanto aguardava, tamborilando os dedos na mesa, Gabriella começou a procurar informações sobre o escritório Dackstone & Partner e sobre as coisas que Alona tinha mencionado, e nesse instante uma sensação familiar a incomodou.

Mas nada parecia fazer sentido, e antes que ela chegasse a alguma conclusão, Stig Yttergren telefonou com a notícia nem um pouco surpreendente de que não havia ninguém disponível no departamento de proteção pessoal. Estavam todos às voltas com a família real, trabalhando num espetáculo que tinha como convidados o príncipe e a princesa da Noruega, além do mais alguém havia conseguido jogar um copo de leite na cabeça do líder do Partido Democrata Sverigedemokraterna sem que os seguranças pudessem impedir, o que exigiu um aumento de pessoal para o discurso dele em Södertälje.

Mesmo assim, Yttergren disse ter conseguido "dois policiais incríveis", chamados Peter Blom e Dan Flinck, e que Gabriella devia se dar por satisfeita. Esses sobrenomes lhe lembraram os personagens Kling e Klang dos livros de Astrid Lindgren e a fizeram ter um mau pressentimento. Mas logo Gabriella se irritou consigo mesma.

115

Era típico de gente como ela julgar os outros só pelo nome. Faria mais sentido ela se preocupar se eles tivessem sobrenomes pomposos, como Gyllentofs. Nesse caso, sem dúvida seriam degenerados e relapsos. Está ótimo assim, ela pensou, deixando as apreensões de lado.

Gabriella voltou ao trabalho. Seria uma noite longa.

9. MADRUGADA DE 21 DE NOVEMBRO

Lisbeth acordou atravessada na imensa cama de casal e lembrou que tinha sonhado com o pai. Um sentimento ameaçador a envolvia como um véu. Mas em seguida se lembrou da noite anterior e concluiu que devia ser uma reação química do corpo. Estava de ressaca e se levantou com as pernas ainda bambas para ir vomitar no enorme banheiro de mármore equipado com banheira de hidromassagem e todas essas idiotices dos ricos. Mas apenas se ajoelhou e começou a respirar fundo.

Depois de algum tempo se levantou e se olhou no espelho, o que não foi muito animador. Seus olhos estavam vermelhos. Mal passava da meia-noite. Não podia ter dormido só umas poucas horas. Ao sair do banheiro, pegou um copo e o encheu com água. No mesmo instante, as lembranças do sonho voltaram, e Lisbeth apertou com força o copo que segurava e se cortou nos estilhaços. O sangue pingou no assoalho e ela soltou um palavrão ao perceber que não iria mais conseguir dormir.

Será que devia tentar descriptografar o arquivo que havia baixado no dia anterior? Não, não valia a pena, pelo menos não naquele instante. Lisbeth enrolou um curativo na mão, foi até a estante de livros e pegou o mais recente estudo da pesquisadora de Princeton Julie Tammet no qual ela descrevia o colapso e a transformação das estrelas em buracos negros. Depois se deitou no sofá vermelho que ficava junto à janela com vista para Slussen e o lago de Riddarfjärden.

Lisbeth se sentiu um pouco melhor assim que começou a ler. O sangue da mão pingava nas páginas e sua cabeça não parava de latejar. Mesmo assim se deixou levar pela leitura e de vez em quando fazia uma anotação na margem. Sabia melhor do que a maioria das pessoas que uma estrela se mantém viva graças a duas forças opostas — as explosões nucleares em seu interior, que a levam a tentar se expandir, e a força da gravidade, que assegura sua integridade estrutural. Lisbeth via isso como um cabo de guerra que passa milhões de anos empatado e que apenas no fim, depois que o combustível nuclear acaba e as explosões perdem força, achega ao inevitável vencedor.

Quando a gravidade vence, o corpo celeste encolhe, como um balão que perde ar e se torna cada vez menor. Desse modo, uma estrela pode se transformar em pouco mais do que nada. Com uma elegância incrível, descrita pela fórmula

$$Rs = \frac{2Gm}{c^2}$$

onde G é a força da gravidade, Karl Schwarzschild descreveu, durante a Primeira Guerra Mundial, o estágio em que a gravidade de uma estrela se torna forte o suficiente para que nem mesmo a luz escape, e a partir desse ponto não há mais volta. Uma vez atingido esse estágio, o corpo celeste está fadado ao colapso. Cada átomo que o compõe é atraído para dentro, rumo a um ponto singular onde o tempo e o espaço cessam de existir e onde provavelmente coisas ainda mais estranhas ocorrem — um momento de pura irracionalidade num universo regular.

Essa singularidade, que talvez seja mais um acontecimento do que um simples ponto, uma última parada para todas as leis da física, é cercada pelo horizonte de eventos, surgindo assim um buraco negro. Lisbeth gostava dos buracos negros. Sentia uma certa familiaridade com eles.

Lisbeth não se interessava pelos buracos negros em si, como Julie Tammet, mas pelo processo de formação deles e, acima de tudo, pelo fato de o colapso das estrelas começar na extensa parte do universo que pode ser explicada pela teoria da relatividade de Einstein mas terminar no diminuto mundo regido pelos princípios da mecânica quântica.

Lisbeth continuou convencida de que, se pudesse descrever esse processo, também poderia unificar as duas línguas irreconciliáveis do universo — a teoria da relatividade e a física quântica. Mas como isso estava além de suas capacidades, exatamente como aquela maldita criptografia, ela, inevitavelmente, voltou a pensar em seu pai.

Durante a infância de Lisbeth, ele tinha violentado sua mãe repetidas vezes. As violações continuaram até a mãe começar a sofrer de tremores incuráveis e a própria Lisbeth, com doze anos, resolver revidar com uma violência assombrosa. Na época, a menina não sabia que o pai era um dissidente do GRU, a agência militar de informações da antiga União Soviética, e menos ainda que uma subdivisão da Säpo, conhecida como Seção, o havia protegido por um alto preço. Mesmo assim, ela já percebia que uma aura de mistério cercava o pai — uma sombra da qual ninguém podia se aproximar e cuja existência ninguém podia apontar. Uma sombra que encobria o nome dele.

Em todas as cartas e mensagens endereçadas a ele, constava o nome Karl Axel Bodin, e as pessoas o chamavam de Karl. Mas a família que morava na rua Lundagatan sabia que esse era um pseudônimo e que o verdadeiro nome dele era Zala, ou Alexander Zalachenko. Ele era um homem capaz de aterrorizar as pessoas com pequenas coisas e, além disso, parecia coberto por um manto de invencibilidade — ou pelo menos era assim que Lisbeth pensava na época.

Mesmo sem conhecer o segredo do pai, ela já tinha percebido que ele podia fazer o que bem entendesse sem sofrer nenhum tipo de consequência — um dos motivos para que ele emanasse aquela terrível aura de grandiosidade. Era uma pessoa da qual não havia possibilidade de se aproximar de maneira normal, e ele tinha plena consciência disso. Outros pais podiam ser denunciados à polícia e a outras autoridades sociais. Mas Zala tinha à disposição forças que estavam acima de todas essas instituições, e o sonho fez Lisbeth lembrar do dia em que encontrou a mãe já sem vida no chão e resolveu dar sozinha um jeito no pai.

Essa decisão tinha sido um dos dois buracos negros de sua vida.

O alarme disparou à 1h18 e Frans Balder acordou sobressaltado. Será que havia alguém na casa? O professor sentiu um medo inexplicável e, ainda na cama, estendeu a mão. August estava a seu lado. Como sempre o menino devia ter ido de mansinho para a cama do pai e naquele instante choramingava como se o barulho tivesse invadido seus sonhos. Meu filho, pensou Frans. Então sentiu o corpo se enrijecer. Teria mesmo ouvido passos?

Não, com certeza tinha sido apenas uma impressão equivocada. Era impossível ouvir algum ruído enquanto o alarme soava. Frans lançou um olhar preocupado para a tempestade que caía lá fora. Ela parecia mais forte do que antes. As ondas quebravam com força no cais e na beira da praia. As janelas sacudiam e batiam com as rajadas de vento. A ventania teria disparado o alarme? Talvez fosse essa a explicação.

Mesmo assim seria necessário dar uma olhada e pedir ajuda se fosse necessário, para então ver se a proteção que Gabriella havia prometido realmente havia chegado. Dois policiais estavam a caminho de lá fazia horas. Era cômico. Foram atrasados pelo mau tempo e por uma série de outras ordens conflitantes: Venham ajudar com isto e aquilo! Sempre havia uma coisa ou outra, e Frans por fim tinha concordado com Gabriella — aquilo provocava um sentimento indelével de incompetência.

Mas esses detalhes ficariam para depois. O momento era de telefonar e pedir ajuda. August tinha acordado, ou podia acordar, e Frans sentia que precisava agir depressa. A última coisa que desejava era vê-lo histérico, batendo o corpo contra a cama. Os protetores de ouvido, pensou Frans. Os protetores de ouvido verdes que havia comprado em Frankfurt.

Frans pegou os protetores na gaveta do criado-mudo e os pôs com cuidado nos ouvidos do filho. Depois o ajeitou na cama, beijou seu rosto e acariciou seu cabelo volumoso e cacheado. Por fim, certificou-se de que a gola do pijama estava bem dobrada e a cabeça confortavelmente apoiada no travesseiro. Que situação mais inconcebível. Frans estava com medo e apressado, ou pelo menos deveria estar.

Apesar disso, tentou fazer movimentos vagarosos ao se ocupar do filho. Talvez um sentimentalismo em meio à tensão. Ou então Frans tentava retardar o encontro com o que quer que o aguardasse lá fora. Por um instante desejou ter uma arma, embora não tivesse a menor ideia de como usá-la.

Frans não passava de um programador inútil que até pouco tempo antes quase não tinha dentro de si o sentimento da paternidade. Ele não devia ter acabado no meio de toda aquela confusão. Que a Solifon, a NSA e todas as organizações criminosas fossem para o inferno! Mas no momento não havia nada a fazer senão enfrentar a situação. Assim, com passos hesitantes e inseguros, Frans foi até o corredor e, antes de qualquer coisa, até mesmo de olhar para fora, desligou o alarme. O barulho o havia deixado com os nervos à flor da pele, e com o silêncio repentino que veio a seguir, ele ficou parado no corredor, incapaz de fazer mais nada. Logo seu celular tocou e, apesar do susto, sentiu-se grato por aquela interrupção.

— Alô? — ele disse.

— Aqui é Jonas Anderberg, da Milton Security. Está tudo bem por aí?

— Tudo, eu... acho que sim. O alarme disparou.

— Eu sei. De acordo com as nossas instruções, nesse caso vocês devem ir para a sala especial do porão e trancar a porta. Vocês já estão no porão?

— Já — Frans mentiu.

— Ótimo. E já sabem o que aconteceu?

— Não. Eu acordei com o alarme. Não faço ideia do que pode ter feito ele disparar. Será que foi a tempestade?

— Dificilmente, mas... espere um pouco.

A partir desse instante, a voz de Jonas Anderberg passou a transmitir alguma indecisão, uma certa falta de concentração.

— O que foi? — Frans perguntou, nervoso.

— Parece que...

— Puta que pariu, fale de uma vez! Estou apavorado.

— Desculpe, por favor mantenha a calma... estou dando uma olhada nas imagens gravadas pelas câmeras da sua casa e parece que...

— Que o quê?

— Que vocês têm visita. Um homem... enfim, vocês mesmos vão ver depois. Um homem de aparência normal, óculos escuros, boné, bisbilhotando a sua propriedade. Já esteve aí duas vezes, pelo que estou vendo, apesar... apesar de eu ter acabado de descobrir isso. Preciso examinar melhor as imagens para obter mais informações.

— Como é esse homem?

— Não é fácil dizer.

Jonas Anderberg deu a impressão de estar revendo as imagens.

— Talvez, não sei... não, não seria bom fazer especulações agora — prosseguiu.

— Por favor — pediu Frans. — Preciso de alguma coisa mais concreta. Nem que seja apenas para eu me acalmar.

— Tudo bem. Nesse caso posso dizer que pelo menos um detalhe pode nos deixar um pouco menos preocupados.

— E que detalhe é esse?

— A maneira de andar desse homem. Parece um *junkie* que acabou de tomar uma dose cavalar de heroína. Os movimentos dele são exagerados, então pode ser apenas um viciado atrás de algo para roubar. Só que...

— O quê?

— Ele mantém o rosto escondido o tempo inteiro e...

Jonas ficou quieto de novo.

— Fale!

— Espere um pouco.

— Você está me deixando nervoso, sabia?

— Não é a minha intenção. Mas saiba que...

O corpo de Balder enrijeceu. Ele ouviu o barulho do motor de um carro na entrada da garagem.

— ... vocês têm visita.

— O que eu faço?

— Fiquem onde estão.

— Está bem — disse Frans, paralisado, num lugar totalmente diferente de onde Jonas Anderberg supunha que os dois estivessem.

Quando seu celular tocou, à 1h58, Mikael Blomkvist ainda estava acordado, mas como o aparelho havia ficado no bolso da sua calça jeans jogada no chão, ele não conseguiu atender a tempo. Além do mais, era um número não identificado, o que o fez praguejar e voltar para a cama.

Desejava muito não passar mais uma noite em claro. Desde que Erika tinha adormecido, pouco antes da meia-noite, Mikael se revirara na cama refletindo sobre sua vida, sem que aquilo lhe fizesse bem. Nem mesmo quando pensou em seu relacionamento com Erika. Ele a amava fazia décadas, e nada indicava que o sentimento dela por ele fosse diferente.

122

Mesmo assim as coisas não eram tão simples, e talvez Mikael houvesse começado a se identificar um pouco com Lars. Lars Beckman era o artista plástico com quem Erika era casada, e ninguém poderia tachá-lo de ciumento ou mesquinho. Pelo contrário: quando percebeu que Erika jamais conseguiria esquecer Mikael ou se manter longe da cama dele, Lars não fez escândalo nem ameaçou se mudar com a mulher para a China. Simplesmente propôs um acordo:

— Você pode ficar com ele se quiser... desde que sempre volte para mim.

Juntos eles viviam uma espécie de ménage à trois, uma vez que Erika em geral dormia em casa com Lars, em Saltsjöbaden, e às vezes com Mikael na Bellmansgatan. Por anos Blomkvist realmente achou que aquela era uma solução incrível, o tipo de saída que outros casais que sofrem com a ditadura da vida a dois podiam adotar com mais frequência. Todas as vezes que Erika dizia "Amo ainda mais o meu marido porque ele me deixa ficar com você", ou quando num evento qualquer Lars colocava o braço ao redor de Mikael, num abraço fraterno, Blomkvist agradecia a sua boa estrela pela sorte daquele arranjo.

Nos últimos tempos, porém, ele havia começado a questionar tudo isso, talvez porque dispusesse de mais tempo para refletir sobre a vida, e tinha chegado à conclusão de que as coisas que parecem feitas em comum acordo nem sempre são assim.

Por vezes, uma das partes pode impor uma condição sob a máscara de uma decisão em comum, e a longo prazo quase sempre acaba ficando evidente que alguém cedeu, apesar de todas as garantias em contrário. A conversa que Erika havia tido com Lars naquela noite não tinha sido exatamente recebida com aplausos. Talvez ele também estivesse passando uma noite em claro.

Mikael se esforçou para pensar em outra coisa. Por algum tempo, tentou se entregar a devaneios, mas como isso não ajudou muito por fim se levantou, decidido a fazer algo sensato. Por que não ler sobre espionagem industrial ou então pensar num plano financeiro alternativo para a *Millennium*? Ele se vestiu, sentou diante do computador e olhou seus e-mails.

Como sempre, a maioria ia para o lixo, mesmo que alguns servissem para lhe dar um pouco de ânimo. Eram mensagens de Christer, Monika, Andrei Zander e Harriet Vanger, oferecendo apoio na iminente batalha de Mikael contra a Serner, e ele respondeu a todos exagerando o furor que sentia. Depois foi olhar na pasta de Lisbeth, mas sem esperar nada. E então o semblante de Mikael se iluminou. Ela havia respondido! Depois de uma eternidade, ela tinha dado um sinal de vida:

A *inteligência de Balder não tem nada de artificial. Por falar nisso, como vai a sua?*

E, Blomkvist, o que vai acontecer se criarmos uma máquina mais inteligente do que nós?

Mikael sorriu e começou a se lembrar do último encontro que teve com Lisbeth no Kaffebar da Sankt Paulsgatan, portanto demorou um pouco para perceber que na mensagem dela havia duas perguntas — a primeira, uma provocação amigável, que infelizmente tinha lá sua ponta de verdade. O que Mikael vinha escrevendo na revista nos últimos tempos carecia mesmo de inteligência e originalidade. Como muitos outros jornalistas, ele trabalhava apenas com conceitos e informações cuidadosamente apurados, garantidos. Ainda assim as coisas estavam como estavam. Em seguida, começou a pensar na segunda pergunta de Lisbeth, um pequeno enigma, não porque tivesse grande interesse na questão, mas porque queria responder de forma espirituosa.

Se criarmos uma máquina mais inteligente do que nós, pensou Mikael, o que vai acontecer? Foi até a cozinha, abriu uma água mineral Ramlösa e sentou-se à mesa. No andar de baixo a sra. Gerner tossia e no burburinho da cidade a sirene de uma ambulância abria espaço em meio à tempestade. Bem, ele respondeu, nesse caso vamos ter uma máquina capaz de realizar todas as coisas inteligentes de que somos capazes, além de outras, como... Mikael riu alto e só então entendeu a intenção da pergunta. Uma máquina dessas também seria capaz de criar uma máquina mais inteligente do que ela mesma — e o que aconteceria depois disso?

Naturalmente a nova máquina também seria capaz de criar uma máquina mais inteligente do que ela, e o mesmo aconteceria com a máquina seguinte, e a seguinte, e a que viria depois desta, e logo a origem de tudo — a raça humana — não passaria de um ratinho de laboratório para o último computador. O resultado seria uma explosão descontrolada de inteligência, como nos filmes da série *Matrix*. Mikael sorriu, voltou ao computador e respondeu:

Se criarmos uma máquina dessas passaremos a viver num mundo onde nem mesmo Lisbeth Salander vai ser tão incrível assim.

Depois continuou por algum tempo sentado em silêncio, tentando enxergar o que era possível através da nevasca que caía lá fora e de vez em quando lançando um olhar para o outro lado da porta aberta, onde Erika dormia um sono pesado, sem pensar em máquinas que vão se tornando mais e mais inteligentes que o homem, ou pelo menos sem se preocupar com isso naquele momento. Por fim Mikael pegou seu celular.

Tinha a impressão de ter ouvido um som vindo dele antes, e de fato encontrou uma nova mensagem de voz, o que o deixou um pouco apreensivo. A não ser por ex-namoradas que telefonam bêbadas à procura de sexo, notícias que chegam de madrugada costumam ser ruins. Mikael ouviu-a de imediato. A voz parecia acuada:

Meu nome é Frans Balder. Sei que é falta de educação ligar a esta hora. Desculpe. Mas é que estou numa situação crítica, ou pelo menos é assim que me sinto, e acabo de saber que você quer falar comigo, o que me pareceu uma coincidência um tanto conveniente. Sei de coisas que quero contar para alguém há um certo tempo e que talvez possam te interessar. Seria bom se você entrasse em contato comigo o mais rápido possível, pois acho que não tenho muito tempo.

Em seguida, Frans Balder deixou um número de telefone e um endereço de e-mail. Mikael tomou nota e ficou algum tempo parado, tamborilando os dedos na mesa da cozinha, até resolver ligar.

Frans Balder estava na cama, encurralado e com medo, embora já se sentisse um pouco mais calmo. O carro que ele tinha ouvido na entrada de sua garagem era a tão esperada proteção policial: dois homens com cerca de trinta anos, um alto e o outro baixo. Ambos pareciam um pouco orgulhosos de si e usavam o mesmo corte de cabelo. Mas foram educados e se desculparam pelo atraso.

— Fomos mandados aqui pela Milton Security e pela Gabriella Grane — eles explicaram.

Tudo indicava que um homem de boné e óculos escuros havia andado por ali bisbilhotando o pátio da casa, por isso os policiais precisavam ficar atentos e até recusaram o convite para tomar uma xícara de chá na cozinha. Queriam inspecionar o local, e Frans achou isso bastante profissional e sensato. Embora não tivesse tido uma impressão muito boa dos homens, também não teve nenhuma impressão muito negativa. Anotou os números dos telefones deles e voltou para a cama e para August, que ainda dormia encolhido com seus protetores de ouvido verdes.

Evidentemente Frans não conseguiu dormir. Ficou ouvindo os sons da tempestade, e por fim se sentou na cama. Precisava fazer alguma coisa, senão enlouqueceria. Resolveu ouvir as mensagens da caixa postal do seu celular. Dois recados de Linus Brandell, que parecia ao mesmo tempo irritado e na defensiva, deixaram Frans com vontade de desligar. Não ia aguentar ouvir as ladainhas de Linus naquela hora.

Mas em seguida ele descobriu duas coisas interessantes. Linus tinha conversado com Mikael Blomkvist, da revista *Millennium*, e Blomkvist queria falar com ele. Frans ficou pensativo. Mikael Blomkvist, ele balbuciou.

Será que ele pode ser o meu elemento de ligação com o mundo?

Frans Balder não conhecia muito bem o meio jornalístico sueco, porém sabia quem era Mikael Blomkvist e que ele era um repórter que ia fundo nas investigações, sem ceder a nenhum tipo de pressão. Entretanto, nada disso era uma garantia de que ele fosse a pessoa certa para o trabalho. Frans se lembrou de que também tinha ouvido coisas não muito lisonjeiras sobre ele e se levantou para telefonar de novo para Gabriella Grane, que conhecia bem o ambiente midiático e havia dito que ia passar a noite acordada.

— Alô? — ela disse, atendendo já nos primeiros toques. — Eu ia mesmo te ligar. Estou vendo as imagens que as câmeras de segurança captaram do homem que esteve aí. Temos que tirar vocês daí depressa.

— Meu Deus, Gabriella, os policiais já estão aqui vigiando a entrada!

— O seu visitante não precisa necessariamente usar a porta.

— Mas por que você acha que ele voltaria? O pessoal da Milton disse que ele parecia mais um velho drogado.

— Não estou muito convencida disso. Ele deu a impressão de estar com uma maleta. É melhor prevenir do que remediar.

Frans olhou para August.

— Amanhã eu saio. Talvez até vá fazer bem para os meus nervos. Mas agora, à noite, eu não vou fazer nada. Os policiais que você mandou dão a impressão de ser bem profissionais, e também simpáticos.

— Você quer bancar o teimoso de novo?

— Quero.

— Está certo. Então vou pedir que o Flinck e o Blom fiquem de olho na sua propriedade.

— Ótimo, mas não liguei por causa disso. Você tinha me dito para eu contar tudo que sei para alguém da imprensa, lembra?

— Lembro, claro... Não é um conselho que a Säpo costuma dar, sabia? Mas acho que pode ser uma boa ideia. Só que primeiro eu gostaria que você contasse o que sabe para nós. Estou começando a ter um mau pressentimento sobre essa história toda.

— Então podemos conversar amanhã de manhã, quando estivermos descansados. E me diga uma coisa... O que você acha do Mikael Blomkvist, da *Millennium*? Será que ele poderia ser um contato interessante para mim?

Gabriella deu uma gargalhada.

— Se você quiser que os meus colegas tenham um infarto, com certeza é a melhor escolha.

— Ele é tão ruim assim?

— Aqui na Säpo as pessoas o abominam. Costumam dizer que se o Mikael Blomkvist aparecer na sua porta, o seu ano está arruinado. Todo mundo aqui, inclusive a Helena Kraft, aconselharia você a deixar essa ideia pra lá.

— Mas eu estou perguntando a você.

— Bom, nesse caso eu digo que acho uma ótima ideia. O Blomkvist é um jornalista excelente.

— Mas ele também não andou recebendo críticas?

— Claro. Nos últimos tempos andam dizendo que ele está ultrapassado, que nunca escreve nada positivo, ou seja lá como acham que se deve escrever. Mas ele é um grande repórter investigativo à moda antiga. Você tem como entrar em contato com ele?

— Um ex-assistente meu me deu o telefone dele.

— Ótimo. Mas antes você tem que contar tudo para nós. Promete?

— Prometo, Gabriella. Agora vou tentar dormir umas horas.

— Tudo bem. Eu vou ficar em contato com o Flinck e o Blom e também arranjar um lugar seguro para você ir de manhã.

Depois que desligou, Frans Balder tentou se acalmar. Mas era impossível, e a tempestade que desabava na rua despertava pensamentos obsessivos nele. Era como se alguma coisa estivesse atravessando o mar lá fora e vindo em direção a ele. Por mais que evitasse, não conseguia deixar de prestar atenção em todos os ruídos estranhos à sua volta, o que o deixava ainda mais inquieto e perturbado.

Havia prometido a Gabriella contar tudo que sabia primeiro à Säpo, mas passado algum tempo sentiu que as coisas não podiam esperar. Tudo que ele guardava consigo lutava para sair, mesmo que isso, sem dúvida, não passasse de um sentimento irracional. Nada podia ser tão urgente. Era madrugada e, apesar do que Gabriella tinha dito, ele estava mais seguro do que nunca. Contava com a proteção dos policiais e de um sistema de alarme de última geração. Mas nada disso adiantava, ele sabia. Estavam atrás dele. Frans pegou o número que Linus havia lhe dado e telefonou para Mikael Blomkvist, que obviamente não atendeu.

Por que atenderia? Era muito tarde. Então Frans deixou uma mensagem com voz sussurrante, para não acordar August, e em seguida acendeu o abajur e olhou para a pequena estante de livros à direita da cama.

Nela havia alguns livros sem nenhuma relação com seu trabalho, e no mesmo instante ele começou a folhear despreocupadamente um velho romance de Stephen King, *O cemitério*. Porém isso o fez pensar ainda mais em criaturas malignas caminhando nas trevas e passou um bom tempo parado com o livro nas mãos. Foi então que algo aconteceu com Frans Balder. Ele teve uma impressão, um pressentimento que à luz do dia ele talvez descartasse como absurdo, mas que naquela hora parecia absolutamente plausível, e um desejo forte de falar com Farah Sharif ou com Steven Warburton, em Los Angeles, que com certeza já estaria acordado. Enquanto refletia sobre o assunto e imaginava várias cenas terríveis, observou o mar, a noite e as nuvens que deslizavam incansáveis pelo céu. Nesse instante o telefone tocou, como se atendendo a uma prece silenciosa. Mas não era Farah nem Steven.

— Aqui é Mikael Blomkvist — disse a voz. — Você me ligou.

— Isso mesmo. Peço desculpas por ter ligado a uma hora dessas.

— Não tem problema. Eu estava acordado.

— Eu também. Você pode falar agora?

— Claro. Na verdade, acabei de responder a mensagem de uma pessoa que nós dois conhecemos. O nome dela é Salander.

— Quem?

— Desculpe, pode ter havido um mal-entendido. Achei que você a tivesse contratado para analisar os computadores de vocês e rastrear uma possível invasão.

Frans deu uma gargalhada.

— Essa garota é mesmo especial — disse. — Ela nunca me revelou seu sobrenome, apesar do tempo em que trabalhamos juntos. Imaginei que devia ter as razões dela e nunca a pressionei. Nos conhecemos durante as minhas aulas no Instituto Real de Tecnologia. Posso te contar toda a história; para mim foi uma surpresa e tanto. Mas o que pensei em te perguntar foi... bem, você com certeza vai me dizer que é uma ideia maluca.

— De vez em quando eu gosto de ideias malucas.

— Você não quer vir para cá agora? Eu ficaria muito agradecido. Tenho uma história bombástica para você. E posso pagar seu táxi de ida e volta.

— É uma gentileza e tanto, mas prefiro que cada um de nós se encarregue das próprias despesas. E por que você precisa falar comigo a esta hora?

— Porque... — Frans hesitou. — Porque estou com um pressentimento de que não me resta muito tempo, ou melhor, é bem mais que um pressentimento. Acabei de saber que minha vida está correndo risco, e há algumas horas um homem estava bisbilhotando o pátio aqui da minha casa. Para dizer a verdade, estou com medo e quero passar adiante as informações que tenho o mais rápido possível. Não quero que essas coisas fiquem apenas comigo.

— Tudo bem.

— Tudo bem o quê?

— Estou indo... se eu conseguir um táxi.

Frans passou o endereço a Blomkvist e desligou. Em seguida, telefonou para o professor Steven Warburton, em Los Angeles, e teve uma conversa intensa de cerca de vinte, trinta minutos numa linha segura. Depois se levantou, pôs uma calça jeans, uma camisa polo de cashmere e pegou uma garrafa de Amarone, caso Mikael Blomkvist se interessasse por esses prazeres. Mas a esta altura Frans Balder teve um sobressalto e não foi além da porta do quarto.

Ele imaginou ter visto um movimento, um vulto atravessando o caminho, e olhou nervoso para o cais e para o mar. Mas não viu nada. Apenas a mesma paisagem hostil e tempestuosa de antes, o que o fez considerar o ocorrido apenas como produto de sua imaginação e de seus nervos à flor da pele. Ou pelo menos ele tentou interpretar assim. Depois saiu do quarto e caminhou ao longo da janela em direção à escada que levava ao andar de cima. Incomodado por uma sensação perturbadora, Frans se virou de repente e dessa vez de fato viu uma pessoa na casa vizinha, da família Cedervall.

Um vulto avançava entre as árvores, e mesmo que Frans não tenha podido ver a pessoa por muito tempo, notou que era um homem forte de roupa escura e com uma mochila nas costas. O sujeito tinha corrido meio abaixado, e alguma coisa no modo como ele se movimentava pareceu bastante profissional, como se ele já houvesse corrido daquela forma inúmeras vezes, talvez numa guerra em algum país distante. Havia um toque de eficiência e destreza em sua atitude que Frans associou com cenas assustadoras do cinema, e talvez por isso ele tenha demorado uns segundos a mais para tirar o telefone do bolso e encontrar o número dos policiais que estavam do lado de fora de sua casa.

Ele não tinha incluído os dois na sua lista de contatos, simplesmente havia ligado para eles, a fim de que o número ficasse registrado na memória do celular, mas naquele momento nem disso ele parecia ter certeza. Que número seria o deles? Frans não sabia e, com mãos trêmulas, experimentou ligar para um que imaginou ser o correto. A princípio ninguém atendeu. Foram três, quatro, cinco toques até uma voz arquejante responder:

— Aqui é o Blom. O que aconteceu?

— Eu vi um homem correndo entre as árvores da casa vizinha. Não sei onde ele está agora. Mas pode muito bem estar indo na direção de vocês.

— Tudo bem. Vamos averiguar.

— Ele parecia… — Frans prosseguiu.

— Parecia o quê?

— Não sei. Rápido?

Dan Flinck e Peter Blom estavam na viatura policial discutindo o tamanho da bunda da colega deles Anna Berzelius. Fazia pouco tempo que tanto Peter como Dan haviam se divorciado.

Tinham sido divórcios dolorosos. Os dois tinham filhos pequenos, mulheres que se sentiam traídas e sogros que, com um vocabulário bastante variado, davam a entender que eles não passavam de uns merdas irresponsáveis. Mas quando a poeira baixou e os dois conseguiram a guarda compartilhada dos filhos e novos lares, começaram a sentir o mesmo tipo de impulso: falta da vida de solteiro, e nos últimos tempos, nas semanas em que não estavam com os filhos, entregavam-se à farra como nunca antes, para depois, como na adolescência, ficarem trocando detalhes sobre as festas e avaliando as mulheres com quem haviam saído, com direito a resenhas detalhadas de seus corpos e dos talentos que exibiam na cama. Dessa vez, no entanto, não puderam se aprofundar como gostariam na bunda de Anna Berzelius.

O celular de Peter tocou e os dois se assustaram, primeiro porque o toque era uma versão um tanto exagerada de "Satisfaction", depois, e acima de tudo, porque a noite, a tempestade e a rua deserta os haviam deixado propensos a sustos. Peter tinha guardado o celular no bolso da calça e, como ela estava um pouco justa — as extravagâncias da vida noturna fizeram sua barriga aumentar —, ele demorou um pouco até conseguir atender. Quando desligou parecia preocupado.

— O que foi? — perguntou Dan.

— O Balder viu um homem, se movendo muito rápido.

— Onde?

— Entre as árvores da casa do vizinho. Ele disse que provavelmente o sujeito estava vindo na nossa direção.

Peter e Dan saíram do carro e mais uma vez se chocaram com o frio que fazia. Os dois haviam passado um bom tempo na rua durante a noite e aquela longa madrugada. Mas não tinham sentido frio nos ossos como agora e por um instante permaneceram imóveis, olhando de um lado para outro. Em seguida Peter — o mais alto — assumiu o comando e ordenou que Dan permanecesse junto à estrada enquanto ele seguia em direção à praia.

Era um pequeno morro que se estendia para além de uma cerca de madeira e de uma pequena aleia com árvores recém-plantadas. Havia caído um pouco de neve, o chão estava escorregadio e mais abaixo via-se a baía de Baggensfjärden, que Peter estranhou não estar congelada. Talvez as ondas estivessem se movimentando demais. A força da tempestade era tremenda, e Peter a amaldiçoou juntamente com essa missão noturna, que estava arruinando sua noite. Ainda assim, ele queria realizar o trabalho. Talvez não com toda a boa vontade do mundo, mas mesmo assim queria.

Peter aguçou os ouvidos, olhou ao redor e a princípio não percebeu nada de anormal. Mas estava escuro. Um poste de iluminação solitário brilhava no terreno em frente ao cais, então ele desceu, passou por uma cadeira de jardim cinza, ou verde, que havia sido arrastada pela tempestade e no instante seguinte viu Frans Balder no interior da casa, perto da enorme janela.

Balder estava curvado sobre uma cama, com uma postura tensa. Talvez estivesse ajeitando as cobertas, dali não havia como saber. Parecia ocupado com algum detalhe na cama, mas Peter não deu muita importância a isso. Sua tarefa era investigar a área. Mesmo assim, a linguagem corporal de Balder o fascinava, e o desconcentrou por alguns poucos segundos. Em seguida Peter voltou à realidade.

Teve o pressentimento incômodo de que alguém o observava, então se virou depressa e correu os olhos de um lado a outro. Mas não viu nada, pelo menos não naquele instante, e quando já se acalmava percebeu duas coisas ao mesmo tempo — um movimento repentino nas lixeiras de aço próximas da cerca e o barulho de um carro mais acima na estrada. O carro parou e uma porta se abriu.

Nada disso, em si, deveria chamar a atenção. O movimento perto das lixeiras poderia ter sido causado por algum animal, e com toda a certeza havia tráfego de veículos naquela região também de madrugada. Mesmo assim a tensão de Peter era enorme e por um instante ficou paralisado, sem saber como reagir. Então ouviu a voz de Dan.

— Alguém está vindo para cá!

Peter não se mexeu. Sentia-se observado e, com um movimento quase involuntário, levou a mão à arma que trazia na cintura enquanto pensava em sua mãe, na ex-mulher e nos filhos, como se algo grave estivesse para acontecer. Seu pensamento foi interrompido com mais um grito de Dan, desta vez num tom desesperado:

— Polícia! Pare onde está!

Peter correu instintivamente em direção à estrada, mas não conseguiu afastar a ideia de que havia deixado uma ameaça para trás, perto das lixeiras. Porém, com seu colega gritando daquele jeito, não houve escolha, e ele chegou a se sentir aliviado. Estava mais assustado do que gostaria de admitir e começou a correr para chegar depressa à estrada.

Mais adiante, Dan perseguia um homem cambaleante, de costas largas e roupas leves demais. Mesmo pensando que aquela figura não podia ser definida como um viciado, Peter também correu atrás dela, e pouco depois os dois policiais a alcançaram perto do dique, junto a duas caixas de correio e um pequeno poste de iluminação que conferia uma luminosidade opaca a todo o espetáculo.

— Quem é você, porra? — Dan berrou de maneira surpreendentemente agressiva — talvez também estivesse com medo —, e no mesmo instante o homem encarou os dois com um olhar apavorado.

Ele tinha perdido o boné e havia gelo em sua barba, em seu cabelo, o que dava a impressão de que ele passava frio e necessidade. Mas, acima de tudo, seu rosto parecia familiar a Peter.

Peter achou que eles haviam prendido um criminoso procurado, e sentiu orgulho de si mesmo.

Frans Balder tinha voltado ao quarto e mais uma vez ido ver a cama em que August dormia, quem sabe até para escondê-lo sob as cobertas caso algo acontecesse. Depois ocorreu-lhe uma ideia absurda, causada pela impressão que tinha acabado de ter, e essa ideia ganhou força depois da conversa que tivera com Steven Warburton. A princípio ela fora descartada como uma grande imbecilidade, dessas que só surgem altas horas da noite, quando os pensamentos costumam ficar turvados pela emoção e pelo medo.

Em seguida se deu conta de que não era uma ideia nova, mas que ela tinha amadurecido em seu inconsciente no decorrer das incontáveis noites em claro que ele passara nos Estados Unidos. Assim, pegou seu notebook, o pequeno supercomputador conectado a uma série de outros equipamentos para que adquirisse a capacidade necessária e pudesse rodar o programa de IA, ao qual Frans havia dedicado toda a sua vida, e agora… Incompreensível, não?

Frans Balder não se deteve para pensar. Simplesmente apagou o arquivo e todos os backups, sentindo-se um deus cruel exterminando uma vida — e talvez fosse isso mesmo que ele tinha acabado de fazer. Não havia como saber, e por algum tempo Balder continuou sentado, pensando se o arrependimento e o remorso acabariam por consumi-lo. O trabalho de uma vida inteira havia desaparecido com o apertar de uns poucos botões.

Mas estranhamente Balder sentiu-se mais tranquilo, como se tivesse se protegido em pelo menos uma frente de batalha. Depois se levantou e olhou mais uma vez para a noite escura e a tempestade. O telefone tocou. Era Dan Flinck, um dos policiais.

— Eu queria dizer que pegamos o sujeito que você viu — ele disse. — Pode ficar tranquilo agora. A situação já está sob controle.

— E quem é ele? — Frans perguntou.

— Não sei dizer. Ele está muito bêbado e estamos tentando acalmá-lo. Liguei apenas para dizer que o pegamos. Depois ligo de novo para dar mais detalhes.

Frans desligou o telefone que estava na mesa de cabeceira, bem ao lado do notebook, e procurou se congratular. A polícia tinha pegado o homem e suas pesquisas não iriam mais cair em mãos erradas. Mas nem assim conseguiu se acalmar. Não entendeu por que, mas depois percebeu: a descrição de um homem bêbado não batia. O vulto que ele tinha visto correndo entre as árvores podia ser qualquer coisa, menos um bêbado.

Alguns minutos se passaram até Peter Blom perceber que eles não haviam capturado nenhum criminoso conhecido e procurado, e sim o ator Lasse Westman, que muitas vezes tinha feito o papel de gângster e de assassino profissional na televisão, mas que dificilmente teria contra si um mandado de prisão. Essa constatação, porém, em nada serviu para acalmar Peter. Não apenas por ter achado que fora um erro eles se afastarem das árvores e das lixeiras, mas também porque no mesmo instante percebeu que aquele interlúdio poderia acabar em escândalo e manchetes de jornais.

Peter sabia que Lasse Westman volta e meia virava notícia na imprensa vespertina, e ninguém poderia afirmar que ele parecia contente ali. Bufava e praguejava enquanto tentava se pôr de pé, e Peter tentava imaginar o que ele estaria fazendo naquele lugar em plena madrugada.

— Você mora por aqui? — perguntou o policial.

— Não tenho nenhum motivo para falar com você, seu merda! — gritou Lasse Westman. Peter então olhou em volta, tentando achar Dan, para entender como toda aquela história tinha começado.

Mas Dan havia se afastado um pouco e falava ao telefone, sem dúvida com Balder. Queria mostrar serviço e informar que o suspeito fora capturado, se é que aquele era de fato o suspeito.

— Você andou xeretando o pátio do professor Balder? — perguntou Peter.

— Você não ouviu o que eu falei? Não vou dizer merda nenhuma. Porra, eu estava aqui passeando tranquilamente e de repente aquele maluco apontou uma arma para mim! É um absurdo. Vocês sabem quem eu sou?

— Eu sei, e se você acha que o nosso comportamento não foi adequado eu peço desculpas. Com certeza vamos ter a oportunidade de retomar esse assunto. Mas estamos trabalhando sob muita pressão e exijo que você me explique de uma vez por todas o que estava pretendendo ao rondar a casa do professor Balder. E nem pense em fugir!

Lasse Westman enfim conseguiu se levantar e não tentou fugir; tinha dificuldade para manter o equilíbrio. Em seguida pigarreou e cuspiu para cima, à vista dos policiais. Mas o cuspe não foi longe e, como um projétil, caiu de volta em sua bochecha, e ali congelou.

— Quer saber de uma coisa? — Lasse Westman perguntou enquanto limpava o rosto.

— Não.

— Não sou eu o criminoso dessa história toda.

Peter olhou preocupado na direção da água e da aleia e mais uma vez se perguntou o que teria visto lá embaixo. Ainda assim, permaneceu ali, paralisado por aquela situação absurda.

— E quem é, então?

— O Balder.

— Por quê?

— Porque ele levou o filho da minha namorada.

— E por que ele faria isso?

— Não pergunte para mim. Pergunte pro gênio da informática que está naquela casa! Esse desgraçado não tem o direito de ficar com o menino — disse Lasse Westman enquanto remexia o bolso interno do casaco, como se estivesse à procura de alguma coisa.

— Não tem nenhuma criança lá dentro, se é isso que você está pensando — disse Peter.

— Claro que tem, porra.

— Tem certeza?

— Tenho.

— Então você resolveu vir aqui em plena madrugada, bêbado como um gambá, para pegar o menino — continuou Peter, e ele já ia fazer outro comentário maldoso, quando foi interrompido por um tilintar suave que parecia vir da direção do mar.

— O que foi isso? — disse.

— Isso o quê? — perguntou Dan, que estava próximo dele e parecia não ter ouvido nada, e era verdade que o som não tinha sido muito alto nem vindo do lugar onde eles estavam.

Peter sentiu um arrepio que lhe lembrou o movimento que achava ter visto perto das árvores e da lixeira, e estava prestes a voltar para lá, quando mais uma vez recuou. Talvez estivesse com medo ou simplesmente indeciso e incapaz de tomar uma decisão — não soube dizer ao certo. Olhou preocupado ao redor e ouviu o som de um carro se aproximando.

Um táxi passou por eles e parou na frente da casa de Frans Balder, o que deu a Peter uma desculpa para continuar junto da estrada. Enquanto o motorista e o passageiro acertavam o pagamento, o policial lançou um olhar inquieto em direção à água e imaginou ter ouvido um barulho nem um pouco tranquilizador.

Mas não teve certeza de nada. Naquele instante, a porta do táxi se abriu e um homem desceu. Confuso, depois de alguns segundos Peter reconheceu o jornalista Mikael Blomkvist. Por que diabos todas as celebridades tinham resolvido ir para lá naquela madrugada?

10. MANHÃ DE 21 DE NOVEMBRO

Frans Balder estava no quarto, em frente ao computador e ao telefone, olhando para August, que não parava de resmungar enquanto dormia. Perguntou-se com o que o menino estaria sonhando. Será que existia um mundo que ele entendesse? Balder gostaria de saber. Gostaria de começar a viver e de não se enterrar mais em algoritmos quânticos e códigos-fonte, e de não sentir medo e paranoia.

Queria ser feliz, não ser mais atormentado por aquela pressão constante no corpo. Tinha vontade de se deixar levar por qualquer coisa espontânea e grandiosa, um romance ou até mesmo um amor verdadeiro, e por instantes seu pensamento se voltou com intensidade para algumas mulheres que o fascinavam: Gabriella, Farah e muitas outras.

Pensou também em Salander e no quanto esteve enfeitiçado por ela. Lembrou de um detalhe ao mesmo tempo novo e já conhecido que nunca lhe vinha com clareza à mente. Mas então ele surgiu: ela lhe lembrava August. Claro, parecia loucura, August era um menino autista. No entanto, Lisbeth era jovem e tinha um certo jeito de menino. Não, os dois eram totalmente diferentes. Lisbeth se vestia de preto, adotava um estilo punk e não fazia nenhum tipo de concessão. Ainda assim, Balder recordou o olhar dela, e nele havia o mesmo brilho singular que percebera nos olhos de August enquanto ele observava o semáforo da Hornsgatan.

Frans tinha conhecido Lisbeth em Estocolmo, numa palestra no Instituto Real de Tecnologia, na qual ele havia falado sobre singularidade tecnológica, a hipótese de os computadores virem a se tornar mais inteligentes do que a raça humana. Tinha começado a palestra explicando o conceito de singularidade na física e na matemática, quando de repente a porta se abriu e uma garota magra e toda vestida de preto entrou no auditório. Balder pensou como era lamentável aquilo, e se os viciados não tinham um lugar melhor para ir. Mas depois duvidou que a garota fosse mesmo uma viciada. Não dava a impressão de estar passando necessidades. Por outro lado, parecia cansada e de mau humor, sem prestar atenção em uma palavra do que ele dizia. Simplesmente ficou largada na cadeira, até que, depois de um raciocínio sobre ponto singular numa análise matemática complexa, em que os valores dos limites se tornavam infinitos, Balder decidiu perguntar o que ela achava daquilo. Uma atitude condenável a dele, esnobe. Por que esfregar seus conhecimentos na cara da garota? E qual foi o resultado?

Ela ergueu o rosto e disse que, em vez de ele ficar alardeando todos aqueles conceitos duvidosos, devia era alimentar algum ceticismo sobre aquilo, assim estaria pronto no dia em que os fundamentos de todos os cálculos dele viessem abaixo. Em vez de um colapso da física do mundo real, aquilo era um sinal de que a matemática adotada por Balder era insuficiente. Portanto, a mistificação da singularidade dos buracos negros não passava de populismo dele, porque na verdade o grande problema era, obviamente, a inexistência de uma mecânica quântica capaz de calcular a força da gravidade.

Depois, com uma clareza assustadora, que causou furor no auditório, Lisbeth fez uma crítica devastadora aos teóricos da singularidade que Balder havia citado, e ele não conseguiu rebater mais do que com uma pergunta exasperada:

— Quem diabos é você?

Esse tinha sido o primeiro contato entre os dois, e mais tarde Lisbeth voltaria a surpreendê-lo. Ela o entendia de imediato, às vezes com seu simples olhar reluzente, e quando Balder por fim percebeu que a tecnologia que ele havia desenvolvido fora roubada, pediu ajuda a ela, o que os aproximou mais. Desde então os dois passaram a partilhar um segredo, e era em Lisbeth e em tudo isso que Balder pensava em seu quarto, quando de repente foi tomado por um enorme desconforto que o fez olhar para o outro lado da porta aberta, onde se avistava a grande janela voltada para o mar.

Em frente à janela ele viu um vulto imponente todo de preto, com um gorro também preto na cabeça e uma pequena lanterna presa à testa. O vulto mexeu na janela e em seguida golpeou-a com um movimento impetuoso, como um artista dando início a uma nova obra. Antes que Frans conseguisse gritar, a janela toda desabou e o vulto se pôs em movimento.

O vulto se chamava Jan Holtser e costumava dizer que trabalhava com segurança industrial. Na verdade ele era um velho soldado russo de elite que, em vez de propor soluções de segurança, preferia colocá-las à prova. Executava operações como aquela e em geral fazia um estudo prévio tão meticuloso de suas missões que na prática os riscos nunca eram tão grandes quanto pareciam.

Tinha uma pequena equipe de profissionais competentes e já não era um garoto. Com cinquenta e um anos, mantinha-se em forma à custa de treinos duros e era conhecido por sua eficácia e capacidade de improvisação. Ao deparar com circunstâncias inesperadas, era capaz de avaliá-las rapidamente e fazer os ajustes necessários ao plano.

Acima de tudo, usava sua experiência para compensar o vigor perdido com o fim da juventude, e às vezes — no pequeno grupo em que podia falar abertamente — mencionava um sexto sentido que funcionava como um instinto de preservação. Os anos lhe haviam ensinado o momento certo de aguardar e de atacar e, mesmo que nos últimos tempos houvesse perdido a forma e dado sinais de fraqueza — sua filha chamava de sinais de humanidade —, sentia-se mais preparado do que nunca.

Havia recuperado a alegria com seu trabalho, o velho sentimento de emoção e adrenalina e, naturalmente, continuava ingerindo seus dez gramas de Stesolid antes de qualquer operação. Era apenas para melhorar a precisão no manejo das armas, pois continuava totalmente lúcido e alerta nos momentos críticos e sempre conseguia fazer o que havia planejado. Jan Holtser não era o tipo de sujeito que decepcionava ou desistia. Essa era a imagem que tinha de si próprio.

139

Naquela noite, porém, havia pensado em abortar a operação, por mais que seu cliente houvesse enfatizado que não dispunha de muito tempo. O clima era sem dúvida um fator a se levar em conta, e as condições do dia eram um tanto adversas para a execução do serviço. Mas a tempestade, apenas, jamais o teria feito considerar a possibilidade de cancelar a operação. Afinal, era russo, militar e havia lutado em circunstâncias bem piores do que aquelas, além de abominar pessoas que reclamavam sem motivo.

O que mais preocupava Jan Holtser era a vigilância policial que havia surgido de repente, sem que ele soubesse. Passara um bom tempo observando os agentes e analisando a maneira como inspecionavam o pátio, com evidente má vontade, como garotos forçados a ir para a rua debaixo de um mau tempo. O que eles mais queriam era ficar no carro jogando conversa fora. Além do mais, os dois se assustavam com facilidade, ou pelo menos o agente mais alto.

Ele parecia ter medo de escuro, de tempestade e do mar sombrio. Um pouco antes tinha dado a impressão de estar apavorado enquanto fazia uma varredura entre as árvores. Talvez houvesse pressentido a presença de Jan, embora Jan não estivesse nem um pouco preocupado com isso. Sabia que não fazia barulho ao se movimentar e que poderia cortar a garganta do policial num piscar de olhos, se necessário. Apesar disso, a presença da polícia ali não era agradável.

Mesmo que fossem policiais de segunda categoria, o fato de estarem lá representava um risco considerável e, acima de tudo, uma indicação de que parte dos planos havia vazado e de que os adversários estavam preparados. Talvez o professor houvesse passado adiante algumas informações, e nesse caso a operação seria inútil, podendo até mesmo agravar a situação de seu cliente. Jan não queria expô-lo a riscos desnecessários. Gostava de pensar que essa era parte de sua força. Sempre conseguia antever a situação e, apesar do trabalho que fazia, muitas vezes era ele quem aconselhava o cliente a ser mais cauteloso.

Jan Holtser sabia muito bem que várias organizações criminosas de seu país tinham sido desmontadas exatamente por causa de sua forte inclinação para a violência. A violência inspira respeito. Ela é capaz de assustar e calar, e também de eliminar riscos e ameaças. Mas também pode produzir o caos e uma série de consequências indesejadas. Jan havia pensado em todas essas coisas enquanto se mantinha escondido entre as árvores e atrás das lixeiras. Em alguns momentos teve a certeza de que havia chegado a hora de abortar a operação e de voltar para o seu quarto no hotel. Mas não foi o que ele fez.

Um carro havia surgido e distraído a atenção dos policiais, e foi nesse instante que Jan viu uma possibilidade, uma brecha, e assim, sem nem muita consciência de seus movimentos, ajustou a lanterna na cabeça. Em seguida pegou a serra de diamante e a arma, uma 1911 R1 Carry com silenciador especial, sentindo o peso de suas ferramentas de trabalho. Então disse, como costumava fazer:

— Seja feita a tua vontade, amém.

Mesmo assim permaneceu imóvel. Ainda estava inseguro. Seria mesmo a hora certa de fazer aquilo? Ele teria de agir com enorme rapidez. Por outro lado, conhecia bem a planta da casa, e Jurij tinha estado lá duas vezes para hackear o sistema de alarme. Além disso, os policiais eram amadores inveterados. Mesmo que demorasse um pouco mais do que o planejado — caso o computador não estivesse ao lado da cama, por exemplo, e os policiais chegassem para socorrer o professor —, Jan poderia liquidar os dois agentes sem dificuldade. No fundo, estava ansioso para entrar em ação, por isso sussurrou de novo:

— Seja feita a tua vontade, amém.

Então destravou a arma, avançou depressa até a grande janela voltada para o mar e olhou com muito cuidado o interior da casa, talvez ainda considerando o risco da situação. Jan teve uma reação bastante extrema ao ver Frans Balder de pé no quarto, profundamente concentrado, quem sabe tentando garantir a si mesmo que tudo estava bem. Seu alvo ali exposto. No entanto, Jan sentiu de novo um mau pressentimento e voltou a se perguntar se não seria prudente suspender a operação.

Ele não suspendeu. Em vez disso, estendeu o braço direito e empregou todas as suas forças para que a serra de diamante corresse pelo vidro, até que ele cedeu com um barulho preocupante. Jan, então, saltou para dentro da casa e apontou a arma para Frans Balder, que o encarava sem desviar os olhos e acenava com a mão como se o estivesse cumprimentando de forma desesperada. Em seguida, como que num transe, o professor começou a recitar de maneira confusa e grandiloquente o que parecia ser uma oração. Mas em vez de "Jesus" ou de "Deus", ele apenas dizia "deficiente". Jan não conseguiu entender mais do que isso, mas que importava? Ele já tinha ouvido as pessoas dizerem toda espécie de coisas estranhas nessa hora.

E ele nunca demonstrou nenhuma piedade.

Depressa e num silêncio quase absoluto, o vulto passou do corredor para o quarto. Frans se surpreendeu que o sistema de alarme não tivesse disparado e notou na blusa do homem o desenho de uma aranha cinza logo abaixo do ombro e que em sua testa, entre o gorro e a lanterna, havia uma cicatriz estreita e comprida.

Só então Frans Balder viu a arma. O homem apontou a pistola para ele e Frans ergueu a mão numa tentativa inútil de se proteger, e ao mesmo tempo pensando em August. Mesmo que sua vida corresse perigo e seus pensamentos estivessem cheios de medo, acima de tudo preocupava-se com o filho. Que acontecesse com ele o que tinha de acontecer! Que morresse, se era para ser assim, mas que August fosse poupado. Então Frans disse:

— Não mate meu filho! Ele é deficiente, não entende nada.

Mas Frans Balder não sabia que lhe restava tão pouco tempo. O mundo inteiro desapareceu, a noite e a tempestade lá fora pareceram ir de encontro a ele, e tudo ficou escuro.

Jan Holtser atirou e, como esperava, sua precisão não deixou a desejar. Atingiu a cabeça de Frans Balder com dois tiros e o professor caiu no chão como um boneco — não havia dúvida de que estava morto. Mas alguma coisa parecia fora do lugar. Uma rajada de vento soprou do mar e deslizou pelo pescoço de Jan como uma criatura de corpo gelado, e ele ainda não entendia o que estava acontecendo.

Tudo havia saído como planejado, um pouco mais adiante ele viu o computador de Balder exatamente onde lhe disseram que estaria, portanto bastava pegá-lo e fugir dali. Jan precisava agir com toda a eficácia possível. Mesmo assim, permaneceu como que congelado, e só foi entender o porquê de sua hesitação momentos depois.

Na cama de casal, praticamente oculto por um edredom, um menino de cabelo desgrenhado o encarava com olhos vidrados, e Jan sentiu um estranho mal-estar. Não apenas porque o garoto tivesse um olhar que parecia sondar sua alma; havia mais alguma coisa. Mas... que importância tinha isso?

Jan Holtser tinha um trabalho a cumprir. Nada poderia transformar aquela operação numa aventura, nada poderia colocá-la em risco. Naquele instante havia surgido uma testemunha, e quando se mostra o rosto não pode haver testemunha. Então apontou a arma para o menino e para aqueles estranhos olhos brilhantes e balbuciou pela terceira vez:

— Seja feita a tua vontade, amém.

Mikael Blomkvist desceu do táxi calçado com botas pretas e usando um casaco de pele branco com gola de couro de carneiro, bem como um velho gorro de pele herdado do pai.

Eram vinte para as três da manhã. O *Ekonyheterna* havia noticiado um acidente grave com um caminhão que supostamente bloqueara o trânsito em Värmdöleden, porém Mikael e o taxista não viram nada — tinham feito o percurso sozinhos, em meio à escuridão e aos subúrbios açoitados pela tempestade. Mikael estava exausto e o que mais desejava era ficar em casa para se deitar ao lado de Erika e dormir.

Mas não tinha conseguido dizer não a Balder, e não sabia por quê. Podia ter sido uma espécie de chamado ao dever, um sentimento de que não poderia relaxar enquanto a revista estivesse em crise, ou então tinha sido por causa do jeito solitário e assustado de Balder, o que despertou sua curiosidade e solidariedade. Não que Mikael acreditasse em alguma história sensacional. Pelo contrário: sua expectativa era de que teria uma grande decepção. Mas talvez pudesse apenas ouvir o professor Balder e desempenhar o papel de terapeuta ou o de um guarda-noturno em dia de tempestade. Não havia como ter certeza de nada, e ele pensou em Lisbeth de novo. Ela só fazia o que quer que fosse se tivesse um excelente motivo. No entanto, Frans Balder era uma pessoa excêntrica, que nunca aceitava dar entrevistas, e falar com ele podia ser interessante, Mikael pensou enquanto corria os olhos pela escuridão.

Um poste que emitia um brilho azulado iluminava a casa, um belo projeto arquitetônico com janelas amplas e que lembrava um trem. Junto à caixa de correspondência, Mikael viu um policial com cerca de quarenta anos, pele levemente bronzeada e expressão tensa e nervosa no rosto. Um pouco mais adiante na estrada, outro policial, de estatura menor, discutia com um homem aparentemente alcoolizado que gesticulava com os braços. O lugar estava mais agitado do que Mikael tinha imaginado.

— O que está acontecendo? — ele perguntou ao policial mais alto.

Não houve resposta. O telefone do policial tocou e no mesmo instante Mikael percebeu que alguma coisa tinha acontecido. O sistema de alarme não estava funcionando como se esperava. Mas não houve tempo para entender todos os detalhes. Logo ele ouviu um barulho preocupante no pátio e instintivamente o associou à conversa telefônica. Deu dois passos para a direita e olhou na direção de um pequeno morro que se estendia para um cais e o mar, e também na direção de um outro poste que reluzia com um brilho azulado e fosco. Nesse instante viu um vulto correndo, e então Mikael entendeu que havia algo errado.

Jan Holtser estava com o dedo no gatilho e prestes a atirar no menino, quando ouviu o barulho de um carro na estrada e hesitou. Não por causa do carro. Voltou a pensar na palavra "deficiente", embora soubesse muito bem que o professor teria razões de sobra para mentir em seu último instante de vida. Ainda assim olhou novamente para o menino e se perguntou se de fato não seria verdade.

O silêncio no corpo do menino era grande demais e o rosto transmitia uma sensação de espanto, e não de medo, como se ele realmente não houvesse entendido o que tinha acabado de acontecer. Seu olhar vazio parecia vidrado demais para perceber qualquer coisa.

Era o olhar de alguém sem fala, sem consciência, e isso não foi apenas uma impressão de Jan. Ele se lembrou de um texto que havia lido em suas pesquisas sobre aquela operação. De fato Balder tinha um filho portador de uma deficiência mental severa, embora os jornais e a decisão judicial sobre a guarda do menino tivessem afirmado que ele não se dedicava à criança. Mas ela estava lá, e Jan não podia nem precisava matá-la. Seria algo totalmente sem sentido e um atentado à sua ética profissional.

Jan baixou a pistola, pegou o computador e o celular de Balder, que estavam no criado-mudo, e os colocou na mochila. Depois saiu correndo no meio da noite e da tempestade, seguindo a rota de fuga que havia escolhido. Mas não tinha ido muito longe quando ouviu uma voz e se virou. No alto da estrada, viu um homem que não era nenhum dos dois policiais, e sim um novo personagem, de casaco e gorro de pele e cuja atitude vinha investida de uma autoridade muito diferente, o que pode ter levado Jan Holtser a erguer a arma mais uma vez. Ele pressentiu perigo.

O homem que passou correndo estava todo de preto, tinha excelente forma física e uma lanterna presa à testa, e por algum motivo Mikael teve a impressão de que aquele vulto era parte de um todo maior, de uma operação cuidadosamente orquestrada. Chegou a pensar que outros vultos iriam emergir da escuridão, o que lhe causou grande desconforto. Ele gritou:

— Ei! Pare!

Foi um erro, e Mikael entendeu isso no instante em que viu o corpo do homem se enrijecer como o de um soldado no calor da batalha, sem dúvida por causa de sua reação precipitada. Quando o desconhecido sacou uma arma e disparou de maneira decidida, Mikael já havia se jogado no chão e se protegido numa das extremidades da casa. O disparo foi quase silencioso, mas, como atingiu a caixa de correspondência de Balder, não houve dúvida sobre o que acabara de acontecer. O policial alto encerrou abruptamente a conversa, mas não se moveu. Estava paralisado, e a única pessoa a dizer alguma coisa foi o homem alcoolizado.

— Mas que porra de circo é esse? O que está acontecendo? — gritou Lasse Westman com uma voz poderosa e estranhamente familiar. Foi apenas nesse momento que os policiais começaram a falar, com voz assustada:

— Isso foi um tiro?

— Acho que foi.

— O que vamos fazer?

— Precisamos pedir reforços.

— Mas o suspeito está fugindo!

— Então temos que dar uma olhada — disse o policial mais alto, e com movimentos hesitantes, como se pretendessem deixar o atirador fugir, os dois sacaram suas armas e desceram em direção ao mar.

Um pouco mais adiante na escuridão de inverno, um cachorro latia, um cachorro pequeno e bravo, e um vento forte soprava do mar. Flocos de neve rodopiavam e o chão estava liso. O policial mais baixo quase escorregou e precisou se equilibrar agitando os braços como um palhaço para não cair. Com um pouco de sorte, os dois conseguiriam evitar um encontro com o homem lá embaixo. Mikael teve a impressão de que o vulto poderia se livrar daqueles jovens policiais com imensa facilidade. O modo rápido e eficaz como havia se virado e sacado a arma mostrava treino para situações como aquela, e Mikael achou que talvez fosse necessário agir.

Ele não tinha nada com que pudesse se defender. Levantando-se do chão, espanou a neve da roupa e olhou mais uma vez para o morro, e, pelo que observou, não havia acontecido nada de muito dramático. Os policiais estavam correndo ao longo da praia em direção à casa vizinha. O atirador de preto havia desaparecido e Mikael resolveu ir para a casa de Balder. Ali, logo notou uma das janelas laterais quebrada.

Havia um enorme buraco na casa. Em frente a Mikael, no lado de dentro, uma porta estava aberta, e ele pensou que talvez devesse chamar os policiais. Mas não fez isso. Ouviu um som, uma espécie de choro, e entrou pela janela quebrada, indo dar num corredor com piso de carvalho que cintilava na escuridão. Foi avançando devagar em direção à porta aberta. Com certeza o som vinha de lá.

— Balder? — ele chamou. — Sou eu, Mikael Blomkvist. Aconteceu alguma coisa?

Não houve resposta. O choro ganhou força, e nesse instante Mikael respirou fundo e entrou. No instante seguinte, teve um sobressalto que o paralisou por completo; depois já não sabia o que havia notado primeiro nem o que o assustara mais. Não teve certeza de que era um corpo o que viu no chão, apesar do sangue, da expressão do rosto e do olhar vidrado.

Essa cena podia muito bem estar reproduzida na enorme cama de casal logo ao lado. A princípio não foi simples entender o que havia acontecido. Um menino de sete, oito anos, de feições delicadas e cabelo loiro e desgrenhado, com um pijama xadrez azul, se atirava repetidamente contra a cabeceira da cama e a parede. O garoto parecia fazer o possível para se machucar, e seu choro não soava como o de uma criança, mas como o de alguém concentrado em bater o mais forte possível. Antes que pudesse colocar suas ideias em ordem, Mikael correu para ele, gesto que infelizmente não ajudou a melhorar a situação. O menino começou a se debater de maneira ainda mais incontrolável.

— Calma — pediu Mikael. — Calma — disse, abraçando a criança.

O menino se contorcia e se debatia com uma força surpreendente e explosiva, e assim, talvez porque Mikael relutasse em segurá-lo com força, conseguiu se soltar e ir caminhando descalço até o corredor, seus pés sobre os cacos de vidro, enquanto Mikael Blomkvist corria atrás dele gritando "Não, não!". Nesse instante os dois policiais apareceram.

Estavam do lado de fora da casa com uma expressão de absoluta perplexidade.

11. 21 DE NOVEMBRO

Mais tarde ficou constatado que a polícia não havia adotado os procedimentos corretos e que nenhum bloqueio tinha sido feito na região antes que já fosse tarde demais. O homem que matara o professor Balder tinha fugido sem nenhuma dificuldade, e os policiais que estavam no local, Peter Blom e Dan Flinck, apelidados por seus colegas de "os Casanova", tinham demorado para dar o alarme, ou pelo menos não haviam procedido com a força e a autoridade necessárias.

Os peritos e investigadores da divisão de homicídios chegaram ao local somente às três e quarenta da manhã, acompanhados por uma jovem chamada Gabriella Grane, que todos imaginaram ser parente de Balder em razão de seu estado de nervos. Mais tarde ficou esclarecido que se tratava de uma analista da Säpo enviada ao local do crime pela autoridade máxima do órgão. Não que Gabriella se importasse, mas, por força do preconceito de seus colegas, ou talvez porque fosse vista como uma pessoa também estranha, coube a ela a responsabilidade pelo menino.

— Você parece ser a pessoa ideal para essa tarefa — disse Erik Zetterlund, responsável pela investigação, ao vê-la examinando os ferimentos nos pés do menino. Mesmo que tivesse retrucado e explicado que tinha outras coisas a fazer, Gabriella se enterneceu quando olhou nos olhos de August.

August — esse era o nome dele — estava paralisado de medo, e por muito tempo ficou olhando para o chão, no andar superior da casa, e passando os dedos mecanicamente num tapete persa vermelho. Peter Blom, que em outras situações havia demonstrado certa incapacidade de tomar decisões, achou uma meia e fez curativos nos pés do menino. Também se constatou que August tinha hematomas por todo o corpo e uma ferida aberta nos lábios. Segundo o jornalista Mikael Blomkvist — cuja presença na casa causava um nervosismo perceptível —, o menino havia batido a cabeça contra a parede e a cama no andar de baixo e depois corrido descalço pelo corredor, pisando nos cacos de vidro.

Gabriella Grane, que por algum motivo relutava em se apresentar a Blomkvist, percebeu de imediato que August havia testemunhado o assassinato do pai. Mas ela não conseguia estabelecer contato com o menino nem lhe oferecer consolo. Bastou uma rápida observação para concluir que abraços e um tratamento carinhoso seriam ineficazes. August parecia se acalmar mais quando Gabriella simplesmente ficava ao lado dele — não muito próxima — cuidando de seus próprios assuntos, e uma única vez August pareceu se interessar pelo que Gabriella fazia. Foi quando ela conversava com Helena Kraft ao telefone e mencionou o número da casa, 79. Mas Gabriella não deu muita atenção a esse detalhe e pouco depois começou a falar com Hanna Balder, que estava muito abalada.

Hanna queria ter o filho de volta imediatamente e, de maneira um tanto inusitada, pediu que, assim que possível, Gabriella pegasse um quebra-cabeça, de preferência o que retratava o navio *Vasa*, que devia estar em algum lugar na casa de Frans. Acrescentou que não culpava o ex-marido por ter levado o filho de maneira ilegal e que não sabia por que seu noivo tinha ido para a frente da casa de Frans exigir que ele devolvesse August. E que o interesse pelo bem-estar do menino não devia ser o que tinha motivado Lasse Westman a fazer isso.

A mera presença do menino na casa trouxe luz a alguns antigos pontos de interrogação que vinham incomodando Gabriella. Só então ela entendeu por que Frans Balder parecia se esquivar de certas situações e também por que não havia comprado um cão de guarda. Ainda de manhã, Gabriella pediu que um médico e um psicólogo levassem August à casa de sua mãe, em Vasastan, caso ele não precisasse de mais cuidados médicos. Em seguida, um pensamento novo lhe ocorreu.

Talvez o assassinato de Balder não tivesse como objetivo silenciá-lo. Poderia muito bem ter sido uma tentativa de roubo — não o roubo de algo banal como dinheiro, mas do resultado das pesquisas dele. Gabriella não tinha a menor ideia do que Balder havia feito em seu último ano de vida. Talvez ninguém soubesse. Mas não seria difícil imaginar: provavelmente tinha a ver com o desenvolvimento do programa de IA que já parecera revolucionário na primeira vez em que fora roubado.

Os colegas dele da Solifon tinham feito de tudo para descobrir em que o professor estava trabalhando, e, a julgar pelo que certa vez Frans havia deixado escapar, ele protegia suas pesquisas como uma mãe zelosa olha por seu filho recém-nascido, o que talvez significasse que ele as mantinha perto de si quando ia dormir, quem sabe ao lado de sua cama. Assim, Gabriella se levantou, pediu a Peter Blom que ficasse de olho em August e desceu até o quarto onde os peritos estavam trabalhando.

— Vocês não encontraram um computador aqui? — perguntou.

Os peritos balançaram a cabeça, dizendo que não, e Gabriella pegou seu telefone para falar com Helena Kraft.

Logo se constatou que Lasse Westman havia sumido. Certamente tinha aproveitado o tumulto para escapar, o que levou o responsável pelo monitoramento de comunicações, Erik Zetterlund, a praguejar e gritar, sobretudo quando recebeu a notícia de que Westman não estava no apartamento da Torsgatan.

Erik Zetterlund chegou a pensar em emitir uma ordem de prisão, o que fez seu jovem colega Axel Andersson perguntar se Lasse Westman devia ser procurado como um homem perigoso. Talvez Axel Andersson fosse incapaz de notar a diferença entre Westman e os personagens que ele interpretava. Mas em sua defesa podia-se dizer que a situação, de fato, estava cada vez mais confusa.

Era bastante evidente que o assassinato não fora um acerto de contas em família, nem resultado de uma bebedeira que havia escapado de controle, nem um crime praticado às pressas. Havia sido um ataque frio e bem planejado contra um dos maiores cientistas suecos. E as coisas não ficaram nem um pouco mais fáceis quando Jan-Henrik Rolf, chefe da polícia do condado, afirmou que o assassinato devia ser encarado como um duro golpe contra os interesses da indústria sueca. Erik Zetterlund viu-se de repente às voltas com um acontecimento de profundas consequências para a política interna do país, e mesmo que não fosse o membro mais ilustrado da força policial, sabia muito bem que tudo que ele fizesse a partir de agora teria um impacto decisivo no curso da investigação.

Erik Zetterlund, que havia feito quarenta e um anos dois dias antes e ainda sentia os efeitos da celebração, nunca tinha estado nem perto de assumir a responsabilidade por uma investigação daquele nível. Essa oportunidade caiu em suas mãos, mesmo que só por poucas horas, por causa da ausência de pessoal mais qualificado no turno da noite, e também da relutância de seu superior em acordar os agentes da Polícia Federal e outros policiais mais qualificados de Estocolmo.

Sentindo-se cada vez mais inseguro no meio daquela confusão, Erik Zetterlund passou a dar ordens aos gritos. Acima de tudo, queria iniciar uma investigação porta a porta. Queria reunir depressa a maior quantidade possível de testemunhas, ainda que não tivesse muita esperança de conseguir grande coisa com elas. Era madrugada, estava muito escuro e uma tempestade caía. Parecia improvável que os vizinhos tivessem visto alguma coisa. Por outro lado, não havia como ter certeza de nada, por isso também tinha interrogado Mikael Blomkvist, que, sabe-se lá por que cargas-d'água, estava ali nas redondezas na hora do crime.

A presença de um dos jornalistas mais conceituados da Suécia não melhorava em nada a situação, e por instantes Erik Zetterlund teve a impressão de que Blomkvist o observava com o intuito de escrever um artigo de denúncia sobre ele. Mas com certeza esses eram apenas seus próprios demônios. Blomkvist parecia bastante abalado e durante o interrogatório havia sido educado e solícito. Mesmo assim não teve muito com que contribuir para a investigação. Tudo acontecera rápido demais, o que por si só, segundo o jornalista, já era bastante significativo.

Havia sinais de técnica e ferocidade na maneira como o criminoso se movimentara, e na opinião de Blomkvist não seria exagero supor que ele fosse um militar ou ex-militar, e talvez até mesmo um soldado de elite. A forma como havia girado o corpo e disparado sua arma pareceu um movimento treinado, e a lanterna presa à testa impediu Blomkvist de ver suas feições.

Ele estava a uma grande distância e Mikael se jogou no chão no instante em que o vulto se virou. Devia agradecer por estar vivo. Pôde apenas descrever o físico e a roupa do suspeito, o que aliás fez com muita precisão. Segundo o jornalista, o homem não parecia muito jovem, devia ter mais de quarenta anos. Estava em boa forma física e era mais alto do que a média, devia medir entre um metro e oitenta e cinco e um metro e noventa e cinco, com uma compleição robusta, cintura fina e ombros largos. Estava de botas e roupa militar. Carregava uma mochila e provavelmente levava uma faca presa à perna direita.

Mikael Blomkvist acreditava que o homem tinha desaparecido próximo à margem da praia e seguido ao longo das casas vizinhas, o que coincidia com os depoimentos de Peter Blom e Dan Flinck. Os policiais não haviam visto o suspeito, mas tinham ouvido seus passos em direção ao mar, quando então se lançaram em sua perseguição, sem sucesso. Erik Zetterlund, porém, não parecia muito convencido das explicações dadas pelos dois.

O mais provável é que Blom e Flinck tivessem se acovardado e simplesmente aguardado no escuro, tremendo de medo, incapazes de agir. O crime devia ter acontecido justamente nesse intervalo. Em vez de uma operação policial com mapeamento das rotas de fuga e bloqueios, quase nada havia sido feito. Flinck e Blom ainda não tinham entendido que se tratava de um homicídio quando viram um menino descalço gritando e saindo correndo da casa. Tinha sido mesmo difícil manter a cabeça fria diante de uma cena dessas. O tempo continuava passando, e mesmo que o depoimento de Mikael Blomkvist tivesse sido moderado, foi fácil perceber uma crítica velada por trás dele. Por duas vezes perguntara aos policias se eles já haviam dado o alarme, e nas duas vezes eles haviam respondido com um gesto de cabeça.

Mais tarde, ao ouvir a conversa de Flinck com a central de comunicações, Mikael concluiu que os gestos provavelmente queriam dizer "não" ou então que tinha havido alguma espécie de mal-entendido. Os policiais demoraram a dar o alarme, e nem quando, enfim, tiveram essa iniciativa as coisas saíram como deviam — provavelmente porque as informações transmitidas por Flinck não foram muito claras.

Essa incapacidade de agir também atingia outros níveis, e Erik Zetterlund sentiu-se infinitamente feliz por ninguém poder culpá-lo pelo que tinha acontecido: até então ele ainda não fazia parte da investigação. Por outro lado, agora ele estava lá e precisava ser cauteloso para não piorar as coisas. Os méritos que havia acumulado nos últimos tempos não eram muitos, para dizer o mínimo, portanto era preciso aproveitar a oportunidade para brilhar, ou no mínimo para não fazer um papel ridículo.

Erik Zetterlund estava junto à porta da sala e havia acabado de conversar com o pessoal da Milton Security sobre o vulto que tinha aparecido nas imagens do sistema de segurança antes do crime. Era um homem que em nada correspondia à descrição do suposto assassino feita por Mikael Blomkvist, mas que fazia pensar num *junkie* velho e magro com uma grande familiaridade com aparelhos de alta tecnologia. O pessoal da Milton Security achava que esse homem tinha hackeado o alarme e desligado câmeras e sensores, o que não contribuía em nada para tornar a história menos desagradável.

Não se tratava apenas do toque de profissionalismo no planejamento daquela operação. Era a ousadia de cometer um assassinato apesar da vigilância policial e da presença de um avançado sistema de alarmes. Que tipo de confiança essa atitude indicava? Erik ia descer para conversar com os peritos que estavam no andar de baixo, mas resolveu permanecer mais um pouco lá em cima observando tudo em volta, profundamente inquieto, e seu olhar se fixou no filho de Balder, uma testemunha-chave, incapaz no entanto de dizer uma única palavra e que, para complicar as coisas, também não entendia nada do que lhe diziam, mais ou menos como se podia esperar numa confusão daquela grandeza.

Erik viu que o menino segurava uma pequena peça de um enorme quebra-cabeça, e em seguida foi andando na direção da escada curva que levava ao andar de baixo. De repente seu corpo se enrijeceu. Erik voltou a pensar na primeira impressão que o menino havia lhe causado. Assim que entrou na casa, ainda sem saber direito o que tinha acontecido, o menino lhe deu a impressão de ser uma criança como outra qualquer. Não parecia haver nada de diferente nele, pensou Erik, a não ser o olhar perturbado e os ombros tensos. Erik talvez o tivesse descrito apenas como um menino doce de olhos grandes e cabelo cacheado. Mas depois soube que o garoto era autista e portador de uma grave deficiência mental. Portanto, não tinha sido algo que ele notara à primeira vista, mas uma informação que havia chegado depois, o que significava, refletiu Erik, que ou o assassino já conhecia o menino, ou que então estava muito bem informado sobre a condição dele. De outro modo, dificilmente o teria deixado vivo, para não correr o risco de ser identificado mais tarde, certo? Embora não tenha dado tempo a si mesmo de desenvolver esse pensamento de forma completa, Erik se deixou levar pelo que ainda era um pressentimento e se aproximou do menino com passos rápidos.

— Precisamos interrogá-lo assim que possível — disse em voz muito alta e exasperada.

— Meu Deus, tenha um pouco mais de cuidado com o menino — disse Mikael Blomkvist, que estava por perto.

— Não se meta nos assuntos da polícia — retrucou Erik. — O menino pode ter visto o assassino. Precisamos mostrar a ele fotos dos suspeitos. De alguma forma, temos que…

O menino o interrompeu embaralhando o quebra-cabeça com as mãos num gesto súbito, e Erik Zetterlund não teve opção senão murmurar um pedido de desculpas e descer para ir falar com os peritos.

Quando Erik Zetterlund saiu, Mikael Blomkvist ficou observando o menino. Parecia que mais alguma coisa ia acontecer com ele — talvez um novo surto —, e o que Mikael menos queria era que August se machucasse outra vez. Mas em vez disso o menino enrijeceu o corpo e começou a esfregar a mão direita no tapete com uma velocidade alucinante.

Depois parou de repente e levantou o rosto com um olhar suplicante, e mesmo que por alguns segundos Mikael tivesse se perguntado o que significava aquilo, deixou de pensar no assunto assim que o policial mais alto, que se chamava Peter Blom, sentou-se ao lado do menino e tentou convencê-lo a montar o quebra-cabeça de novo. Mikael foi à cozinha para se acalmar um pouco. Estava morto de cansaço e queria ir para casa. Mas provavelmente ainda iriam chamá-lo para ver as imagens das câmeras de segurança. Não sabia quando isso iria acontecer. Tudo naquela investigação se arrastava e parecia feito de maneira desleixada e desorganizada, e Mikael ansiava desesperadamente por sua cama.

Já tinha falado com Erika duas vezes para informá-la do que havia acontecido e, mesmo que eles soubessem pouca coisa sobre o homicídio, os dois concordavam que Mikael devia escrever um artigo longo sobre o caso para o próximo número da *Millennium*. E não apenas porque o caso era um drama da vida real nem porque a vida de Frans Balder parecia interessante o suficiente para merecer um artigo. Mikael também tinha uma ligação pessoal com a história, o que aumentaria em muito o valor da reportagem e seria um importante diferencial sobre a concorrência. A conversa que havia precedido todo aquele drama e o levara à casa de Frans Balder bastaria para dar um toque surpreendente à reportagem.

Nem Mikael Blomkvist nem Frans Balder haviam mencionado a crise da *Millennium* ou o conflito de interesses com o grupo Serner. Eram coisas subentendidas na conversa, e Erika já havia designado o estagiário Andrei Zander para começar a fazer as primeiras pesquisas, enquanto Mikael descansava. Em tom peremptório, num misto de autoridade de mãe terna com a de uma redatora-chefe mandona, tinha dito que se recusava a ver o repórter mais badalado da revista morto de cansaço antes mesmo de o trabalho começar.

Mikael concordou. Andrei era simpático e ambicioso, e seria bom acordar no dia seguinte e encontrar as pesquisas básicas já feitas, de preferência com uma lista de nomes de pessoas próximas a Balder que talvez se dispusessem a dar entrevistas. Por instantes, para se distrair um pouco, Mikael se lembrou dos constantes problemas que Andrei tinha com as mulheres e dos quais ele lhe falara no decorrer de vários fins de tarde na cervejaria Kvarnen. Andrei era jovem e inteligente e parecia um ótimo partido. Seria um achado e tanto. Mas por causa de sua natureza frágil e carente, no fim as mulheres sempre o deixavam, e esses episódios de abandono o faziam sofrer muito. Andrei era um romântico incorrigível. Sonhava o tempo inteiro com um grande amor e um grande furo.

Mikael se sentou à mesa da cozinha de Balder e olhou a escuridão lá fora. Na mesa, perto de uma caixa de fósforos, de um exemplar da *New Scientist* e de um bloco cheio de equações incompreensíveis, havia um desenho ao mesmo tempo bonito e assustador de uma faixa de pedestres. Próximo a um semáforo, via-se um homem de olhos baços e estreitos, e de lábios finos. Ele tinha sido capturado caminhando rápido e mesmo assim se podia ver cada ruga de seu rosto e cada dobra de sua jaqueta e de sua calça. Não era uma figura particularmente agradável. O homem tinha uma verruga em forma de coração no queixo.

Apesar disso, era o semáforo que dominava o desenho. Ele reluzia com um brilho perturbador e repleto de significados e tinha sido reproduzido com uma simplicidade que parecia resultante de uma apurada técnica matemática. A impressão era de que a qualquer momento seria possível ver o padrão geométrico por trás daquilo. Provavelmente Frans Balder tinha feito o desenho, e Mikael se perguntou de onde ele havia tirado aquele tema. Não era muito convencional.

Por outro lado, por que alguém como Balder desenharia um pôr do sol ou um navio? Um semáforo com certeza também era um tema tão interessante quanto qualquer outro. Mikael se impressionou com o realismo da representação. Mesmo que Frans Balder tivesse parado para analisar com toda a atenção o semáforo, dificilmente teria pedido ao homem que atravessasse a rua diversas vezes. Talvez o homem fosse apenas um acréscimo ficcional, ou então Frans Balder tinha memória fotográfica, como... Mikael ficou pensativo. Em seguida pegou o telefone e ligou pela terceira vez para Erika.

— Você está vindo para casa? — ela perguntou.

— Ainda não, infelizmente. Tenho uns assuntos para cuidar. Mas eu queria te pedir um favor.

— É pra isso que estou aqui.

— Eu queria que você entrasse no meu computador. Você sabe a minha senha, não sabe?

— Nós não temos segredos.

— Ótimo. Entre nos meus documentos e abra a pasta chamada Lisbeth Salander.

— Acho que estou começando a entender onde essa história vai acabar.

— É mesmo? Bom, eu quero que você escreva nesse documento...

— Espere um pouco. Eu ainda preciso abrir o arquivo. Está quase... espere. Já tem um monte de coisas nesse documento.

— Não se preocupe com nada disso. Eu quero que você escreva bem no alto da página, acima de tudo que está aí, certo?

— Certo.

— Então escreva: *Lisbeth, talvez você já saiba, mas o professor Frans Balder foi morto com dois tiros na cabeça. Será que você pode me ajudar a descobrir por que quiseram matá-lo?*

— Só isso?

— Não é pouca coisa, especialmente porque faz muito tempo desde que eu e ela nos falamos. A Lisbeth com certeza vai achar muito atrevimento meu, mas não seria nada mau se ela nos ajudasse.

— Não seria nada mau uma pequena invasão de computadores, você quer dizer.

— Não ouvi o que você disse. Espero te ver logo.

— Eu também.

Lisbeth tinha voltado a dormir e acordou somente às sete e meia da manhã seguinte. Mesmo assim, não se sentia na sua melhor forma. A cabeça doía e ela sentia enjoo, embora no geral estivesse bem melhor, portanto se vestiu depressa e tomou um rápido café da manhã, composto de dois pirogues de carne aquecidos no micro-ondas e um copo grande de coca-cola. Depois enfiou as roupas de treino numa bolsa preta e saiu. A tempestade havia perdido força. Mesmo assim, lixo e jornais carregados pelo vento espalhavam-se pela cidade. Lisbeth saiu do mercado de Mosebacke e seguiu pela Götgatan dando a impressão de estar falando sozinha.

Parecia furiosa, e pelo menos duas pessoas se afastaram dela, assustadas. Mas Lisbeth não estava nem um pouco zangada, apenas concentrada e determinada. Não sentia a menor vontade de se exercitar. Desejava apenas tocar sua rotina normalmente e tirar os venenos do corpo. Assim, desceu até a Hornsgatan e, um pouco antes que a rua começasse a virar uma subida, entrou à direita, em direção ao clube de boxe Zero, que ficava num porão e que naquela manhã parecia ainda mais decadente.

O lugar ficaria com um aspecto bem melhor se recebesse uma demão de tinta e pequenas melhorias. Mas a impressão era de que nada tinha sido alterado lá desde a década de 1970, tanto na decoração como nos cartazes. Foreman e Ali ainda decoravam as paredes. O tempo parecia haver parado na manhã seguinte do lendário combate em Kinshasa, o que talvez se devesse ao fato de Obinze, o responsável pelo clube, ter assistido à luta na infância e depois saído correndo e gritando "Ali Bomaye!" debaixo da chuva de monções. Essa corrida não apenas era sua lembrança mais feliz, mas também havia colocado um ponto final no que ele chamava de "dias de inocência".

Pouco tempo depois, Obinze tinha sido obrigado a fugir com a família do terror instaurado por Mobutu, e desde então nada mais foi como antes. Em vista disso, talvez não parecesse tão estranho que ele desejasse preservar aquele momento da história ou de alguma forma transportá-lo para aquela decrépita academia de boxe em Söder, na capital da Suécia. Obinze ainda falava com frequência sobre a luta. Aliás, falava o tempo inteiro sobre o que quer que fosse.

Obinze era um homem grande, robusto e careca que também fazia as vezes de porta-voz da misericórdia divina, e um dos muitos homens na academia que estavam sempre de olho em Lisbeth, mesmo que, como tantos outros, ele a achasse meio louca. Havia épocas em que Lisbeth treinava com mais afinco do que qualquer homem ali e investia como uma maluca contra os equipamentos de treino, bases, sacos de pancada, e contra seus colegas. Guardava dentro de si uma fúria primordial que Obinze tinha visto em poucas pessoas, o que certa vez o levou a sugerir que Lisbeth começasse a participar de competições.

A risada zombeteira que recebeu como resposta fez com que nunca mais repetisse o convite, e Obinze continuou sem entender o que motivava a garota a treinar com tanto empenho, mesmo que no fundo ele não precisasse de uma resposta. Qualquer um podia treinar com empenho sem que tivesse um objetivo em vista. Era a motivação perfeita, e talvez Lisbeth estivesse falando sério quando uma vez disse, já tarde da noite, que treinava para estar pronta caso se metesse em problemas de novo.

Obinze sabia que ela havia se metido em problemas no passado. Tinha procurado seu nome no Google. Tinha lido cada palavra que havia na internet sobre Lisbeth Salander e entendia muito bem por que ela queria estar em forma caso uma sombra do passado voltasse para assombrá-la. Aliás, Obinze nunca tinha entendido uma coisa tão bem na vida. Ele também havia perdido o pai e a mãe para as minas terrestres de Mobutu.

O que ele não entendia era por que, de tempos em tempos, Lisbeth abandonava os treinos, não se dedicava a nenhum outro tipo de condicionamento físico e se entupia de junk food. Essa maneira contraditória de se comportar era incompreensível para ele, e quando Lisbeth chegou à academia naquela manhã, com suas roupas pretas e os piercings de sempre, já fazia duas semanas que os dois não se viam.

— Oi, gata. Por onde você andou?

— Cuidando de uns negócios desagradáveis.

— Imagino. Tipo chicoteando uma gangue de motoqueiros?

Lisbeth não quis saber de brincadeira. Continuou andando para o vestiário com expressão azeda, e então Obinze fez um comentário que, ele tinha certeza, iria enfurecer sua aluna.

— Seus olhos estão vermelhos.

— Estou com uma puta ressaca. E agora saia da minha frente!

— Se você está de ressaca eu não quero você aqui.

— Não me venha com essa história. Tudo que eu preciso é que você me ajude a tirar esta merda do corpo — resmungou Lisbeth. Em seguida entrou no vestiário e pouco depois saiu com um calção grande demais e com um top branco com estampa de caveira preta, e Obinze viu que só lhe restava ajudá-la.

Obinze a pressionou até que ela tivesse vomitado três vezes na lixeira e a xingou o quanto pôde. Lisbeth também o xingou amistosamente. Depois voltou ao vestiário, trocou de roupa e foi embora sem nem se despedir, enquanto Obinze — como sempre acontecia naqueles momentos — sofria com uma sensação de vazio. Talvez estivesse um pouco apaixonado. Ou pelo menos abalado, porque não havia como se sentir de outra forma quando se via uma garota lutar boxe daquele jeito.

A última visão que teve de Lisbeth foi de suas panturrilhas desaparecendo pela escada, portanto não teve a menor ideia de como o mundo girava na cabeça dela quando Lisbeth chegou à Hornsgatan. Ela se apoiou na parede de um prédio e respirou fundo. Depois seguiu até seu apartamento na Fiskargatan e, já em casa, bebeu mais um copo grande de coca-cola e meio litro de suco. Por fim atirou-se na cama e ficou olhando para o teto por dez, quinze minutos, enquanto pensava em diversas coisas, como singularidades, horizontes de eventos, alguns aspectos especiais das equações de Schrödinger e Ed the Ned.

Por fim, quando o mundo recuperou seu aspecto original, Lisbeth se levantou e foi para o computador. Por menos que desejasse, sentia-se o tempo inteiro atraída para aquela direção por uma força que a acompanhava desde a infância. Mas naquela manhã não estava disposta a manobras arriscadas. Simplesmente invadiu os computadores de Mikael Blomkvist e um instante depois sentiu seu corpo gelar. Não fazia muito tempo, os dois haviam brincado sobre Balder. E agora Mikael escrevia para dizer que ele tinha sido assassinado com dois tiros na cabeça.

— Merda — sussurrou Lisbeth enquanto dava uma lida nas edições eletrônicas dos jornais.

Ainda não havia nada sobre o caso, pelo menos não de maneira explícita. Mas não era preciso ser muito perspicaz para entender que manchetes como "Acadêmico sueco morto em sua casa em Saltsjöbaden" se referiam a Balder. A polícia ainda não tinha revelado os detalhes e os jornalistas haviam fracassado em seu papel de cães farejadores, talvez porque não houvessem se dado conta da importância da história ou ainda não tivessem encontrado uma forma poderosa de contá-la. Além disso, parecia haver outros eventos mais importantes naquela noite: as tempestades e os blecautes pelo país, os enormes atrasos nos horários dos trens e uma ou outra notícia sobre celebridades que Lisbeth nem fez força para entender.

Quanto ao assassinato, constava apenas que ele havia ocorrido por volta das três da manhã, que a polícia estava buscando mais testemunhas e analisando quaisquer informações sobre possíveis movimentações duvidosas. Ainda não havia nenhum suspeito, embora algumas testemunhas houvessem apontado a presença de pessoas desconhecidas perto da casa. A polícia buscava mais informações sobre elas. A matéria terminava com a informação de que no decorrer do dia o inspetor Jan Bublanski daria uma entrevista coletiva. Lisbeth abriu um sorriso melancólico ao ler a notícia. No passado, havia tido contato com Bublanski — ou Bubolha, como seus colegas o chamavam — e achava que, se eles não pusessem um bando de imbecis no grupo de investigação, o inquérito transcorreria sem maiores problemas.

Depois Lisbeth releu a mensagem de Mikael Blomkvist. Ele havia pedido ajuda, e sem nem pensar ela respondeu "Tudo bem". E não apenas porque Mikael tinha pedido. Aquilo havia se transformado numa questão pessoal para ela. Lisbeth não tinha ficado com pena, pelo menos não da maneira tradicional. Havia, isto sim, ficado com ódio, sentido uma fúria violenta, e, apesar de nutrir certo respeito por Jan Bublanski, normalmente ela não confiava em autoridades.

Lisbeth estava acostumada a resolver os problemas do seu próprio jeito, e ela tinha vários motivos para querer descobrir por que haviam matado Frans

Balder. Não o procurara e se inteirara de sua situação por mero acaso. Era bastante provável que o inimigo de Frans Balder também fosse inimigo dela.

Tudo havia começado com uma especulação sobre a possibilidade de que o pai de Lisbeth de alguma forma ainda estivesse vivo. Alexander Zalachenko, ou Zala, não tinha apenas matado a mãe de Lisbeth e destruído a infância de sua filha. Também havia chefiado uma organização criminosa, vendido drogas e armamentos, e vivera de explorar e oprimir mulheres. Lisbeth entendia que esse tipo de perversidade não desaparecia da noite para o dia. Apenas migrava para outras formas de vida, e desde o dia em que, fazia pouco mais de um ano, ela tinha acordado num quarto do hotel Schloss Elmau, nos alpes bávaros, Lisbeth estava pesquisando o que poderia ter acontecido com esse legado de seu pai.

A maioria dos antigos companheiros dele eram perdedores natos, marginais depravados, gigolôs asquerosos ou pequenos gângsteres. Ninguém havia se transformado num canalha do calibre de Zalachenko, e por muito tempo Lisbeth esteve convencida de que a organização tinha sido aniquilada depois da morte de seu pai. Ainda assim ela não desistiu, e por fim encontrou uma pista que apontava para uma direção inesperada, graças aos rastros deixados por Sigfried Gruber, um dos jovens seguidores de Zala.

Quando Zala estava vivo, Gruber era um dos membros mais inteligentes da organização. Ao contrário da maior parte de seus companheiros, ele possuía diplomas universitários em ciências da computação e administração de empresas, o que sem dúvida lhe garantiu acesso a círculos mais restritos. Nos dias de hoje, seu nome surgia em algumas investigações de crimes praticados contra empresas de tecnologia de ponta: roubo de novas tecnologias, extorsão, espionagem industrial e ataques cibernéticos.

Numa situação normal, Lisbeth não teria seguido seu rastro além desse ponto, não apenas porque, a não ser pelo envolvimento de Gruber, o assunto parecesse ter pouco a ver com as antigas atividades do pai, como também porque para Lisbeth era indiferente que duas ou três empresas milionárias tivessem roubado algumas de suas inovações tecnológicas. Mas depois tudo mudou.

Num relatório altamente sigiloso do GCHQ que Lisbeth tinha acessado, ela encontrou códigos relacionados com o atual grupo de Sigfried Gruber, e o que leu ali foi o bastante para impressioná-la. Depois não conseguiu mais parar de pensar na história. Informou-se o melhor que pôde sobre o grupo e, por fim, num site de hackers um tanto questionável, encontrou boatos recorrentes de que a organização havia roubado o programa de IA de Frans Balder para vendê-lo à fabricante russo-americana de jogos Truegames.

Por isso Lisbeth apareceu na palestra do professor Frans Balder no Instituto Real de Tecnologia e começou a debater com ele sobre as singularidades dos buracos negros — ou pelo menos parte da razão foi essa.

II. OS LABIRINTOS DA MEMÓRIA
21 A 23 DE NOVEMBRO

Eidética: *estudo de pessoas com memória eidética, também conhecida como memória fotográfica.*

Pesquisas mostram que pessoas com memória eidética são mais nervosas e estressadas do que outras.

Embora haja exceções, a maioria das pessoas com memória eidética tem autismo. Também existe uma relação entre memória fotográfica e sinestesia — condição em que dois ou mais sentidos funcionam de maneira concomitante, o que leva as pessoas nessa condição a perceber cores em algarismos, por exemplo, ou a ver imagens desenhadas por séries numéricas.

12. 21 DE NOVEMBRO

Jan Bublanski vinha esperando ansioso por um dia livre, para poder conversar demoradamente com o rabino Goldman, da sinagoga de Söder, sobre questões relacionadas à existência de Deus que o vinham atormentando nos últimos tempos.

Não que estivesse prestes a se tornar ateu, mas o conceito de Deus lhe parecia cada vez mais problemático. Queria conversar sobre isso, e também sobre um sentimento recente de falta de sentido da vida, e talvez sobre o sonho de pedir demissão.

Jan Bublanski se considerava um investigador de homicídios competente. Seu índice de resolução de crimes mantinha-se extraordinário, e de vez em quando se sentia bastante estimulado pelo trabalho. Mas não sabia se queria continuar esclarecendo homicídios. Talvez devesse voltar aos estudos enquanto ainda havia tempo. Sonhava em dar aulas e em ajudar os jovens a se desenvolver e a acreditar em si mesmos, talvez porque muitas vezes ele próprio cedesse a sentimentos de inadequação. Mas não sabia que matéria gostaria de lecionar. Jan Bublanski nunca tinha se especializado em nenhuma área, a não ser naquilo que a vida lhe reservara: mortes brutais e perversões mórbidas — definitivamente, assuntos sobre os quais não gostaria de falar.

Eram oito e dez da manhã e ele estava em frente ao espelho do banheiro ajeitando seu quipá, que já tinha visto dias melhores. Em outras épocas, exibia uma bela cor azul-clara que parecia até um pouco extravagante. Hoje não passava de uma peça desbotada e puída, como um modesto símbolo da evolução dele, pensou Bublanski, que não estava nada satisfeito com a própria aparência.

Bublanski sentia-se inchado, cansado e careca demais, e sem perceber pegou o romance *O mago de Lublin*, de Isaac Bashevis Singer, um livro que ele amava tanto que o deixava perto do vaso sanitário, caso sentisse vontade de lê-lo nos momentos em que a barriga o incomodava. Porém não conseguiu ler muito. O telefone tocou, e as coisas não melhoraram nem um pouco quando percebeu que era o procurador Richard Ekström. Uma ligação de Ekström significava não apenas trabalho, mas provavelmente um trabalho de conotações políticas e de repercussão na mídia, senão o próprio Ekström teria se encarregado do assunto.

— Oi, Richard. Que bom ter notícias suas — mentiu Bublanski. — Infelizmente estou ocupado agora.

— Como...? Não para esse assunto, Jan. Este você não pode deixar passar. Ouvi dizer que está de folga hoje.

— É verdade, mas estou saindo para... — Jan Bublanski não queria dizer "sinagoga". Sua afiliação religiosa não era muito bem-vista na polícia. — ... para uma consulta médica — emendou.

— Você está doente?

— Na verdade, não.

— O que significa isso? Que você está meio doente?

— Algo assim.

— Então não vejo nenhum problema. Todos nós estamos meio doentes, não é mesmo? Além do mais, esse é um caso importante, Jan. A ministra da Indústria, Lisa Green, me telefonou e concordou que o caso devia ficar sob a sua responsabilidade.

— Sinceramente, duvido que Lisa Green saiba quem eu sou.

— Talvez ela não te conheça pessoalmente, e na verdade é até melhor que ela não se envolva muito a fundo na investigação. Mas todos nós concordamos que precisamos de alguém com bastante experiência.

— Eu já não cedo mais a esse tipo de bajulação, Richard. Mas que caso é esse, afinal? — perguntou Bublanski, arrependendo-se em seguida.

Aquela simples pergunta já valia como um meio "sim", e ele percebeu que Ekström a considerou uma pequena vitória.

— O professor Frans Balder foi assassinado esta madrugada na casa dele em Saltsjöbaden.

— E quem era esse sujeito?

— Um dos nossos cientistas mais conhecidos internacionalmente e um dos nomes mais importantes em tecnologias relacionadas a IA no mundo inteiro.

— Tecnologias relacionadas a quê?

— O professor Balder trabalhava com redes neurais, processos digitais quânticos e esse tipo de coisa.

— Continuo sem entender.

— Ele estava tentando fazer um computador pensar. Estava tentando criar um cérebro artificial que funcionasse de maneira idêntica à do cérebro humano.

De maneira idêntica à do cérebro humano? Jan Bublanski ficou curioso para saber o que o rabino Goldman teria a dizer sobre isso.

— Há indícios de que o professor Balder já tinha sido vítima de espionagem industrial — prosseguiu Richard Ekström. — Por isso o Ministério da Indústria está envolvido na investigação. Você deve saber que a ministra Lisa Green andou fazendo um discurso pomposo sobre a importância de defender as pesquisas e as inovações tecnológicas desenvolvidas no país.

— É, talvez.

— E já havia uma ameaça concreta anterior ao homicídio. O professor Balder estava recebendo proteção policial.

— Você está querendo me dizer que mesmo assim ele foi assassinado?

— Parece que ele não recebeu a melhor proteção do mundo. Os responsáveis eram Flinck e Blom.

— Os Casanova?

— Os próprios. Eles foram designados para fazer a proteção e tiveram que sair à noite, debaixo daquela tempestade. Em defesa deles, pode-se dizer que a situação realmente não foi fácil. Pelo contrário, houve uma confusão e tanto. Frans Balder foi morto a tiros enquanto os rapazes se ocupavam de um bêbado que apareceu do nada em frente à casa do professor. É bem possível que o assassino tenha visto aí uma oportunidade e se aproveitado dessa distração.

— Essa história não está me cheirando bem.

— Foi tudo extremamente profissional. Além disso, o sistema de alarme da casa tinha sido hackeado.

— Então foram várias pessoas?

— É o que estamos achando. Ah, e...

— Sim?

— Existem alguns detalhes meio incômodos.

— Detalhes que a mídia vai adorar?

— Detalhes que a mídia vai adorar — prosseguiu Ekström. — O bêbado que apareceu lá, por exemplo, era ninguém menos do que Lasse Westman.

— O ator?

— O próprio. E isso nos traz problemas.

— Porque vai parar nos jornais?

— Em parte, sim, mas também porque vai acabar caindo sobre os nossos ombros um monte de problemas relacionados a uma separação. O Lasse Westman disse que tinha ido lá buscar seu enteado de oito anos, que estava com o Frans Balder, e o menino... Espere um pouco, preciso me certificar de que estou passando a informação correta. O menino é filho biológico do Balder, mas o professor foi julgado incapaz de tomar conta dele.

— Como assim? Um cientista que pretendia criar um cérebro artificial que funcionasse de maneira idêntica à de um cérebro humano era incapaz de cuidar do próprio filho?

— Exato. O Balder já tinha sido negligente no passado e assumiu apenas as responsabilidades financeiras pelo filho... Enfim, ele foi um verdadeiro fracasso como pai, se entendi a história direito. De qualquer forma, é uma história bastante delicada. E esse menino, que não devia estar na casa do pai, provavelmente é a única testemunha do crime.

— E o que foi que ele disse?

— Nada.

— Ele está em estado de choque?

— Também, mas ele não diria nada de qualquer forma. O menino é mudo e tem uma deficiência mental grave. Por isso não vai poder nos ajudar.

— Então não temos suspeitos.

— Não teríamos nenhum se o Lasse Westman não tivesse aparecido bem no momento em que o assassino entrou na casa e atirou no Balder. Por isso é importante que vocês o interroguem assim que possível.

168

— Se eu aceitar o caso, você quer dizer.

— Você vai aceitar.

— Tem certeza?

— Eu diria que você não tem escolha. Além do mais, guardei a melhor parte para o fim.

— E o que temos na última parte?

— Mikael Blomkvist.

— O que é que tem ele?

— Por algum motivo ele estava lá. Minha suspeita é que o Balder tenha chamado o Blomkvist para fazer alguma denúncia.

— De madrugada?

— Claro.

— E depois foi assassinado?

— No exato instante em que o Blomkvist tocou a campainha. Ele chegou a ver de relance o assassino.

Jan Bublanski soltou uma gargalhada. Um comportamento totalmente inadequado, que ele não soube explicar nem a si mesmo. Talvez fosse uma reação nervosa ou possivelmente o sentimento de que a vida estava se repetindo.

— O que foi? — perguntou Ekström.

— Um acesso de tosse, só isso. Ou seja, agora vocês estão preocupados, porque não querem um investigador particular fazendo revelações pouco lisonjeiras sobre vocês.

— É, talvez. De qualquer modo, como imaginamos que a *Millennium* esteja preparando uma reportagem sobre o caso, já estou em busca de um recurso legal para detê-los, ou pelo menos para impor algumas restrições ao trabalho deles. É bem possível que esse caso seja tratado como assunto de segurança nacional.

— Então a Säpo também está envolvida?

— Nada a declarar — respondeu Ekström.

Vá para o inferno, pensou Bublanski.

— É o Ragnar Olofsson e o pessoal do Serviço de Proteção à Indústria que estão trabalhando no caso? — ele perguntou.

— Como eu disse, nada a declarar. Quando você começa?

Vá para o inferno de novo, pensou Bublanski.

— Eu tenho uma condição para começar — disse por fim. — Quero trabalhar com a minha equipe: Sonja Modig, Curt Svensson, Jerker Holmberg e Amanda Flod.

— Tudo bem, mas o Hans Faste também vai fazer parte da equipe.

— Não mesmo! Nem por cima do meu cadáver!

— Me desculpe, Jan, mas essa é uma condição inegociável. Você já devia ser grato por ter podido escolher quase todo o seu pessoal.

— Você não toma jeito mesmo, hein?

— É o que dizem por aí.

— Então o Faste vai ser o nosso agente infiltrado da Säpo?

— Na verdade, não, mas acho que qualquer grupo funciona melhor com uma pessoa que pensa de maneira diferente das outras.

— Agora que finalmente conseguimos nos livrar de ideias preconcebidas, você quer trazer o Faste para a gente retroceder?

— Não diga bobagem.

— Você sabe que o Faste é um imbecil.

— Não, Jan, não mesmo. Pelo contrário, ele é…

— O quê?

— Conservador. É uma pessoa que não se deixa levar por essa onda recente de feminismo.

— Nem pelas ondas mais antigas. Na verdade, acho que o Faste acaba de se reconciliar com a ideia de que as mulheres também podem votar.

— Jan, você devia ter um pouco mais de cuidado com o que diz. O Hans Faste é um investigador absolutamente confiável e leal, e não quero ouvir mais falar disso. Você tem mais alguma exigência?

Que você suma da minha frente, pensou Bublanski.

— Vou à minha consulta médica e, nesse meio-tempo, quero que a Sonja Modig se encarregue da investigação — ele disse.

— Você acha mesmo uma boa ideia?

— Acho uma excelente ideia.

— Tudo bem, tudo bem, vou pedir que o Erik Zetterlund passe a investigação para ela — disse Richard Ekström, fazendo uma careta.

Nem Richard Ekström estava convencido de que ele próprio devia ter aceitado a investigação.

Alona Casales raramente trabalhava à noite. Fazia vários anos que tentava evitar isso, sobretudo por causa de seu reumatismo. De tempos em tempos ele a obrigava a tomar fortes doses de cortisona, que faziam bem mais do que conferir um aspecto de lua cheia a seu rosto. Sua pressão sanguínea disparava e então ela precisava dormir bastante e não sair da rotina. Mesmo assim, lá estava ela. Eram três e dez da manhã. Ela tinha saído de carro de sua casa, em Laurel, Maryland, sob uma chuva fraca, seguido pela 175 East e passado pela placa "NSA — entrada à direita — somente pessoal autorizado".

Alona Casales ultrapassou as barreiras e as cancelas de segurança e seguiu em direção ao prédio principal em formato cúbico, em Fort Meade. Deixou o carro no estacionamento, à direita dos radomos azul-claros e das frenéticas parabólicas, e passou por outras barreiras de segurança antes de chegar ao escritório onde trabalhava, no décimo segundo andar. Não havia uma grande atividade lá dentro.

Por isso se surpreendeu com uma certa inquietação no ambiente, e não foi preciso muito tempo para notar que Ed the Ned e o grupo de jovens hackers que trabalhava com ele eram os responsáveis pelo clima de absoluta seriedade que dominava o escritório — mesmo conhecendo Ed muito bem, Alona não o cumprimentou.

Ed parecia possuído e havia acabado de se levantar para xingar um jovem cujo rosto parecia iluminado por um brilho pálido. Era um rapaz estranho, pensou Alona, exatamente como todos os jovens gênios da informática com quem Ed se relacionava. O rapaz era magro e anêmico e seu cabelo dava a impressão de ter acabado de sair do inferno. Além disso, tinha ombros arredondados que pareciam atacados por espasmos. O corpo dele tremia de tempos em tempos: devia estar assustado de verdade, e o chute que Ed desferiu contra a perna de uma cadeira não colaborou em nada para que o rapaz conseguisse se acalmar. Ele parecia à espera de uma bofetada ou de um soco no rosto. Mas o que aconteceu foi um tanto inesperado.

Ed se acalmou e mexeu no cabelo do rapaz, como um pai amoroso faria — não era uma atitude típica dele. Ed não gostava de demonstrações de afeto e conversa mole. Era o típico caubói, que jamais faria algo tão suspeito como abraçar outro homem. Mas às vezes parecia tão desesperado que se permitia uma demonstração extrema de humanidade. A calça de Ed estava desabotoada. Ele havia derramado café ou coca-cola na camisa, seu rosto estava com uma coloração avermelhada e doentia e a voz, rouca e ríspida, como se tivesse gritado muito, o que levou Alona a pensar que ninguém com aquela idade e aquele sobrepeso devia se exceder assim no trabalho.

Embora só tivessem se passado pouco mais de doze horas, a impressão era que Ed e seus garotos estavam acampados ali havia no mínimo uma semana. Por toda parte havia canecas de café, restos de comida, tampas de garrafa e blusões com nome de universidade, e daqueles corpos desprendia-se um cheiro azedo de suor e ansiedade. O grupo tinha se disposto a virar o mundo de cabeça para baixo a fim de encontrar o hacker, e com um entusiasmo fingido Alona gritou:

— Não deem moleza, rapazes!

— Você nem imagina o que estamos planejando!

— Que bom. Acabem com esse desgraçado!

Mas Alona não estava sendo totalmente sincera. Não achava invasões cibernéticas uma coisa divertida. Muitos daqueles rapazes pareciam acreditar que podiam fazer o que bem entendessem, como se tivessem carta branca para tomar qualquer tipo de decisão, e seria bastante saudável que percebessem que o outro lado podia revidar ao ataque. "Quem espiona a população acaba sendo espionado pela população", o hacker teria escrito. Era uma frase bem interessante, pensou Alona, embora não fosse verdadeira.

O Puzzle Palace representava uma vantagem incrível, mesmo assim parecia insuficiente quando a NSA tentava entender algo a fundo, como fazia naquele instante. Catrin Hopkins a havia acordado com um telefonema para informar que o professor Frans Balder tinha sido morto em sua casa, nos arredores de Estocolmo, e mesmo que esse assunto, pelo menos por enquanto, não fosse muito importante para a NSA, era importante para Alona.

A vítima era uma prova de que ela havia interpretado os sinais de maneira correta, e agora seria necessário dar mais um passo adiante. Alona fez o login no computador e abriu o diagrama da organização criminosa, onde o fugaz e misterioso nome de Thanos ocupava a posição mais alta, embora também houvesse nomes como o de Ivan Gribanov, integrante da Assembleia Legislativa russa, e do alemão Gruber, um jovem com formação invejável envolvido numa sofisticada operação de tráfico.

Alona não entendia por que esse assunto tinha recebido uma prioridade tão baixa na NSA e por que seus superiores o transferiam constantemente para órgãos comuns de combate à violência. A seu ver, não seria impossível que essa rede criminosa estivesse recebendo proteção do governo, ou então tivesse ligações com o serviço de informação russo, e nesse caso tudo não passaria de mais uma queda de braço entre Ocidente e Oriente. Mesmo que existissem poucos indícios e as provas fossem um tanto questionáveis, havia sinais bastante claros de que uma tecnologia ocidental tinha sido roubada e ido parar na mão dos russos.

Não havia como negar que era um caso complicado e que nem sempre era fácil saber se um crime tinha de fato sido cometido ou se o surgimento de uma tecnologia idêntica em outro lugar não passava de mera coincidência. Com o avanço tecnológico, o roubo de segredos industriais havia se transformado num conceito extremamente fluido. Roubava-se e copiava-se o tempo inteiro, às vezes como parte de um intercâmbio criativo, às vezes porque esses ataques conseguiam obter legitimação jurídica.

Com frequência grandes empresas tentavam intimidar pequenas companhias com seus advogados, com ameaças, e ninguém achava estranho alguns inovadores serem privados de seus direitos de propriedade. Além do mais, a espionagem industrial e as invasões de computadores muitas vezes eram vistas como pouco mais do que um simples procedimento analítico, e não constava que o Puzzle Palace estivesse contribuindo muito para moralizar essa área.

Por outro lado, seria difícil relativizar um assassinato, e Alona tomou a decisão quase solene de examinar cada peça daquele quebra-cabeça a fim de penetrar mais fundo na organização. Mas não foi muito longe. Na verdade, tudo que conseguiu foi estender os braços para massagear sua nuca, quando de repente ouviu passos atrás de si.

Era Ed, e ele não parecia em boas condições. Seu corpo estava todo torto. As costas dele também deviam estar arrebentadas. A nuca de Alona melhorou assim que ela pôs os olhos em seu colega.

— Ed, a que devo a honra?

— Acho que estamos com o mesmo problema.

— Sente-se, meu velho. Você precisa sentar um pouco.

— Ou ser esticado numa mesa de tortura. Sabe, de acordo com o meu ponto de vista um tanto limitado…

— Ed, não se desmereça.

— Não estou me desmerecendo porra nenhuma. Como você sabe, eu não dou a mínima para quem tem ou não tem status, ou para quem pensa isto ou aquilo. Eu me concentro nos meus assuntos, e pronto. Sou o encarregado de proteger o nosso sistema, e a única coisa que realmente me impressiona é competência profissional.

— Você contrataria o próprio demônio se ele fosse um técnico maravilhoso de TI.

— Eu respeito os meus inimigos quando eles mostram competência. Entende o que estou dizendo?

— Entendo.

— Estou começando a achar que nós dois somos parecidos, eu e esse cara, mesmo que seja só uma coincidência incrível. Como você deve estar sabendo, um RAT, ou seja, um programa-espião, infectou os nossos computadores e se espalhou pela intranet, e esse programa, Alona...

— O que é que tem?

— Esse programa é música pura. Extremamente compacto e escrito com uma elegância incrível.

— Finalmente você encontrou um inimigo à altura.

— Com certeza, e o mesmo vale pros meus rapazes. Estão todos lá bancando os patriotas indignados, mas no fundo tudo que eles querem é achar esse hacker e exibir seus conhecimentos para ele, contar vantagem. Por um tempo eu tentei pensar que tudo bem, que era assim mesmo. O estrago não foi grande. Estamos atrás de um gênio da informática que está querendo aparecer, e talvez essa história até tenha consequências positivas, afinal estamos aprendendo muita coisa sobre a nossa vulnerabilidade enquanto a gente procura esse cara. Só que depois...

— O quê?

— Depois eu comecei a pensar se eu não estava enganado... se toda aquela exibição no meu servidor não era só uma cortina de fumaça pra disfarçar alguma outra coisa.

— Que coisa?

— Alguma coisa que o cara estava procurando.

— Agora fiquei curiosa.

— É natural. A gente descobriu exatamente o que o hacker estava procurando, e tem tudo a ver com aquela rede que você andava pesquisando, Alona. O nome deles não é Spiders?

— The Spider Society. Mas é um nome usado mais como brincadeira.

174

— O hacker estava procurando informações sobre esse grupo e o trabalho que eles fizeram com a Solifon, então achei que ele talvez fizesse parte da rede e quisesse saber o que a gente tinha descoberto sobre eles.

— Não é uma teoria absurda. E ficou claro que o hacker tem a competência necessária para bisbilhotar o nosso sistema.

— Mas depois comecei a duvidar dessa minha teoria.

— Por quê?

— Porque fiquei com a impressão de que o hacker queria nos mostrar alguma coisa. Ele conseguiu o status de superusuário e teve acesso a arquivos que talvez nem você possa acessar, como documentos secretos, e o arquivo que ele copiou e baixou tem uma criptografia tão forte, que nem ele nem a gente têm a menor chance de acessar o conteúdo, a não ser que o filho da puta que escreveu o programa dê a chave secreta para a gente, só que...

— O quê?

— O hacker mostrou, através do nosso próprio sistema, que a gente também está trabalhando para a Solifon. Você sabia disso?

— Caramba. Não.

— Eu imaginei. Mas parece que realmente temos gente nossa no grupo do Eckerwald. A Solifon está participando da nossa espionagem industrial, por isso o seu caso recebeu uma prioridade tão baixa. Estavam com medo de que a sua investigação fizesse a merda espirrar na gente.

— Cretinos.

— Concordo. E pode ser que tirem você do caso.

— Eu vou ficar furiosa se isso acontecer.

— Calma, calma. A gente ainda tem uma saída, foi por isso que eu vim arrastando meu pobre corpinho até aqui. Você pode começar a trabalhar pra mim.

— Como assim?

— Esse hacker filho da puta tem informações sobre os Spiders, e se a gente descobrir quem ele é vamos fazer um belo progresso. E aí você vai poder dizer as verdades que bem entender.

— Estou começando a ver aonde você quer chegar.

— Isso é um sim?

— É um talvez. Ainda preciso me concentrar na investigação do assassinato do Frans Balder. Quero descobrir quem foi.

— E você pode dividir essa informação comigo?

— Tudo bem.

— Ótimo.

— Mas escute — prosseguiu Alona —, se o hacker é tão bom assim, por que ele não limpou os rastros que deixou?

— Não se preocupe com isso. Não importa o quanto ele possa ter sido cuidadoso. A gente vai encontrá-lo, e encontrá-lo vivo.

— O que aconteceu com o seu respeito pelo inimigo?

— Ele continua existindo, minha cara. Mas assim mesmo a gente vai pegar o cara e jogar ele na prisão pro resto da vida. Nenhum filho da puta invade o meu sistema e fica por isso mesmo.

13. 21 DE NOVEMBRO

Mikael Blomkvist não conseguiu dormir. Os acontecimentos daquela madrugada o assombravam, e às onze e quinze da manhã ele desistiu e se levantou.

Foi até a cozinha, preparou dois sanduíches de queijo cheddar e presunto de Parma e numa tigela pôs granola e iogurte. Mas não comeu quase nada. Apostou, então, em café, água e comprimidos para dor de cabeça. Bebeu cinco ou seis copos de água mineral Ramlösa, tomou dois comprimidos de paracetamol, pegou um bloco de anotações e começou a escrever um resumo do que havia acontecido. Mas não foi muito longe. Logo o caos se instalou. Os telefones começaram a tocar e não demorou muito para ele entender o que tinha acontecido.

A notícia havia se espalhado e informava que "o astro do jornalismo Mikael Blomkvist e o ator Lasse Westman" estavam no centro de um "misterioso" assassinato — misterioso pois ninguém sabia explicar por que Westman e Blomkvist, juntos ou separados, tinham estado no local onde o famoso pesquisador sueco havia sido assassinado com dois tiros na cabeça. As insinuações eram muitas, e foi por essa razão que Mikael resolveu dizer claramente que ele tinha ido à casa do professor em plena madrugada por ter motivos para acreditar que Balder queria lhe fazer uma revelação urgente.

— Fui lá fazer o meu trabalho — explicou.

Uma defesa que nem teria sido necessária. Porém Mikael sentiu-se acusado e quis dar uma explicação, mesmo que com isso atraísse mais repórteres para a história. Depois se limitou a um não muito ideal "Nada a declarar", mas pelo menos essas palavras tinham a vantagem de ser claras e diretas. Depois Mikael desligou o celular, pôs de novo o antigo casaco de pele herdado do pai e saiu em direção à Götgatan.

A atividade na redação lembrou-lhe os velhos tempos. Por toda parte, em cada canto, seus colegas trabalhavam muito concentrados. Com certeza Erika devia ter feito um discurso inflamado para eles, e com certeza todos estavam cientes da seriedade do momento. Além de estarem a dez dias do fechamento, a ameaça de Levin e do grupo Serner também pairava sobre a cabeça de todo mundo, e a equipe parecia disposta a reagir. Mesmo assim, eles se agitaram ao vê-lo entrar e começaram a fazer perguntas sobre Balder, sobre a noite anterior e sobre as reações dele às medidas adotadas pelo grupo norueguês. Mikael, porém, tentou deixar esses assuntos para depois.

— Mais tarde, pessoal, mais tarde — disse enquanto ia até a mesa de Andrei Zander.

Andrei Zander tinha vinte e seis anos e era o mais jovem da redação. Havia entrado na revista como estagiário, e acabou ficando, às vezes trabalhando como temporário, como agora, às vezes como freelancer. Mikael lamentava nunca poder ter oferecido a ele algo fixo, especialmente depois que haviam contratado Emil Grandén e Sofie Melker. Mikael teria preferido Andrei. Mas Andrei ainda não tinha nome no mercado, e talvez faltasse alguma coisa para estar pronto como redator.

Apesar disso, tinha um espírito de equipe invejável, o que era ótimo para a revista, embora não muito para o próprio Andrei. Não numa área tão individualista como o jornalismo. O garoto era um pouco vaidoso, e não lhe faltavam motivos para isso. Andrei parecia uma versão mais jovem de Antonio Banderas e raciocinava mais depressa do que a maioria das pessoas. Entretanto não fazia nada para se promover. Queria apenas estar junto com os outros e escrever bons artigos, e adorava a *Millennium*, e de repente Mikael sentiu que adorava todos que adoravam a *Millennium*. Um dia ainda faria algo relevante para Andrei Zander.

— Oi, Andrei — disse Mikael. — Como estão as coisas?

— Oi. Bem agitadas.

— Eu nem esperava outra resposta. O que você conseguiu?

— Bastante material. Está tudo na sua mesa, e também escrevi um resumo. Mas posso te dar um conselho?

— Tudo que eu estou precisando é de um bom conselho.

— Vá *agora* se encontrar com Farah Sharif na Zinkens Väg.

— Quem?

— Ela é uma professora de ciências da computação bem bonita que mora nessa rua e tem o dia inteiro livre hoje.

— Você está me dizendo que o que eu preciso neste momento é de uma mulher inteligente e linda?

— Não é bem isso. A professora Sharif acabou de ligar para a redação dizendo que tinha a impressão de que Frans Balder estava disposto a revelar alguma coisa para você. Ela acha que sabe do que se trata e quer falar com você. Talvez apenas para fazer a vontade do Balder. Para mim parece um jeito ideal de você começar.

— Você já pesquisou alguma coisa sobre ela?

— Claro, e não podemos descartar a possibilidade de ela ter seus próprios interesses nessa história. Mas ela era bem próxima do Balder. Os dois estudaram juntos, escreveram artigos científicos juntos, e eu também encontrei duas ou três fotos dos dois lado a lado em eventos. A professora Sharif é um nome de peso na área dela.

— Tudo bem, nesse caso estou indo. Você pode avisá-la que estou a caminho?

— Posso — disse Andrei passando o endereço a Mikael.

Nem bem havia chegado à redação Mikael já estava na rua de novo, caminhando em direção à Hornsgatan e ao mesmo tempo lendo o material de pesquisa preparado por Andrei. Por duas ou três vezes esbarrou em alguns pedestres. Mas estava tão concentrado que mal pedia desculpas, por isso ficou surpreso ao perceber que não estava indo direto para o endereço de Farah Sharif. Ele parou no bar e café Mellqvist e tomou dois *espressos* duplos em pé. E não apenas para tirar o cansaço do corpo.

Mikael também achava que um choque de cafeína podia fazer sua dor de cabeça passar. Mas depois ficou pensando se teria sido mesmo o remédio mais indicado. Ao sair do café, sentia-se pior do que quando havia chegado, e não só por culpa dos *espressos*. Era por causa do bando de imbecis que tinham lido sobre o que acontecera na madrugada e começado a escrever idiotices sobre o caso. Diziam que o maior desejo dos jovens era virar uma celebridade. Mikael sentia vontade de dizer a eles que isso não era algo para se desejar. Pelo contrário: podia ser enlouquecedor, principalmente se você não tinha dormido nada à noite e tinha visto coisas que ninguém devia ver.

Mikael Blomkvist subiu a Hornsgatan, passou pelo McDonald's e pelo Coop, atravessou em direção à Ringvägen e sentiu o corpo tenso ao olhar para a direita, como se tivesse visto algo importante. Mas o que poderia haver de importante ali? Nada! Era apenas mais um cruzamento da cidade, cheio de fumaça de escapamento, só isso. Continuou andando, porém em seguida ele entendeu.

Aquele era o semáforo, exatamente o semáforo, que Frans Balder havia desenhado com absoluta precisão matemática, e isso fez Mikael refletir mais uma vez sobre a escolha daquele cenário. A faixa de pedestres desgastada também não despertava nenhum interesse. Quem sabe fosse justamente essa a razão da escolha?

Não era o tema em si. Era o que cada um via nele. A obra de arte está no olho do observador, e não no tema que ele escolhe. Tudo que se poderia dizer é que Frans Balder tinha estado naquele lugar e talvez se sentado numa cadeira por ali para estudar o semáforo. Mikael passou na frente do ginásio Zinkensdamm e virou à direita na Zinkens Väg.

A inspetora Sonja Modig havia trabalhado muito de manhã. Agora ela estava em seu escritório, olhando para uma fotografia num porta-retratos que tinha em cima da mesa. Nela, Axel, seu filho de seis anos, comemorava um gol que havia marcado num jogo de futebol. Sonja era mãe solteira e não levava uma vida fácil. E muito friamente ela sabia que sua vida, pelo menos a curto prazo, continuaria não sendo fácil. Uma batida na porta. Era Bublanski. Por fim ela iria poder transferir a ele a responsabilidade pela investigação. Mas Bubolha não parecia muito ansioso para assumir nenhum tipo de responsabilidade.

Bublanski estava mais bem vestido que o normal, com paletó, gravata e uma camisa azul novinha em folha. Tinha penteado o cabelo de um jeito que disfarçava a careca. Seu olhar parecia sonhador, distante, com ar de quem estava pensando em qualquer outra coisa, menos numa investigação de homicídio.

— O que o médico disse? — Sonja perguntou.

— Que o importante não é acreditarmos em Deus. Deus não é mesquinho. O importante é entendermos que a vida é coisa séria e repleta de oportunidades. Temos que saber apreciar essas qualidades que ela tem e tentar fazer do mundo um lugar melhor. Quem atinge o equilíbrio se encontra mais próximo de Deus.

— Então você andou falando com o rabino?

— É.

— Tudo bem, Jan, mas eu não sei o que fazer para apreciar a vida. No máximo posso lhe oferecer um pedaço de chocolate suíço com laranja que eu por acaso tenho aqui na minha mesa. Mas se pegarmos o cara que matou Frans Balder, sem dúvida vamos poder fazer deste mundo um lugar melhor.

— Chocolate suíço com laranja e a solução de um homicídio me parecem um ótimo começo.

Sonja pegou o chocolate, quebrou um pedaço e o entregou a Bublanski, que começou a mastigá-lo com uma expressão quase reverencial.

— Delicioso — disse Bublanski.

— Não é?

— Imagine se a vida pudesse ser assim de vez em quando — ele disse, apontando para a fotografia de Axel em seu momento de triunfo.

— Como assim?

— Com a felicidade se manifestando com a mesma força que a tristeza — ele prosseguiu.

— É. Imagina…

— Como está o filho do Balder? — ele perguntou. — August, não é?

— É difícil dizer — respondeu Sonja. — Ele está na casa da mãe. Recebendo acompanhamento de um psicólogo.

— E o que temos até agora?

— Não muita coisa, infelizmente. Temos o modelo da arma. Uma Remington 1911 R1 Carry, provavelmente nova. Ainda estamos investigando, mas tenho quase certeza de que não vamos conseguir rastreá-la. Temos as imagens das câmeras de segurança, e elas já estão sendo analisadas. Mas por mais que a gente olhe esse material de todos os ângulos imagináveis, não dá para ver o rosto do suspeito, nem algum sinal característico dele, uma marca de nascença, enfim, nada além de um relógio de pulso que parece caro. A roupa é toda preta. O boné é cinza, sem nada escrito nele. O Jerker disse que o sujeito se movimenta como um velho drogado. Numa das imagens, ele tem nas mãos uma caixinha preta, que talvez seja um computador ou uma estação de GSM. O sistema de alarme pode ter sido hackeado assim.

— E como é que se hackeia um sistema de alarme?

— O Jerker foi atrás disso, e não parece ser nada fácil, principalmente no caso de um alarme complexo como o do Balder, mas também não é impossível. O sistema estava ligado na internet e na rede de telefonia móvel e de tempos em tempos mandava informações para a Milton Security. O suspeito pode ter gravado a frequência do alarme para hackeá-lo. Ou então ter topado com o Balder durante uma caminhada qualquer e roubado a informação eletronicamente, do NFC do professor.

— Roubado a informação de onde?

— Do Near Field Communication dele. Uma função do celular do Balder, que ele usava para ativar o alarme.

— Era bem mais simples quando os ladrões usavam pés de cabra — disse Bublanski. — Algum carro nas proximidades?

— Havia um carro escuro parado no acostamento, a cerca de cem metros da casa, com o motor ligado, mas a única pessoa que viu esse carro foi uma mulher chamada Birgitta Roos, e ela não tem a menor ideia de que modelo ele era. Disse apenas que talvez fosse um Volvo. Ou um carro parecido com o do filho dela. O filho dela tem um BMW.

— Putz.

— É, essa investigação não está nada fácil — prosseguiu Sonja. — Os criminosos souberam se aproveitar da noite e da tempestade. Assim se movimentaram sem nenhum impedimento e, fora o Mikael Blomkvist, temos apenas mais uma testemunha. O nome dele é Ivan Grede. Um sujeito pequeno, magro, alegre que teve leucemia na infância e decorou o seu quarto em estilo japonês. Fala de um jeito meio pedante. O Ivan se levantou de madrugada para ir ao banheiro e, lá da janela do banheiro, viu um homem forte caminhando bem perto do mar. O homem se virou para o mar e fez o sinal da cruz com o punho cerrado. Ele disse que os movimentos pareciam ao mesmo tempo religiosos e agressivos.

— Não é uma boa combinação.

— Não, religião e violência dificilmente dão em boa coisa quando se misturam. Mas o Ivan não tem certeza se foi mesmo um sinal da cruz. Parecia um sinal da cruz com um movimento a mais, ele disse. Talvez um juramento militar. Por algum tempo o Ivan ficou com medo de que o homem fosse entrar na água e se suicidar. Ele disse que havia algo de solene naquela cena, algo bastante agressivo.

— Mas não era um suicídio.

— Não. Logo o homem saiu correndo em direção à casa do Balder. Tinha uma mochila nas costas e estava usando uma roupa escura e possivelmente uma calça camuflada. O homem era forte, com um bom físico, e Ivan disse que ao vê-lo se lembrou de um antigo brinquedo seu, os guerreiros ninja.

— Isso também não parece muito bom.

— Nem um pouco, e provavelmente foi esse homem que atirou contra o Mikael Blomkvist.

— E o Blomkvist não viu o rosto dele?

— Não, porque ele se jogou no chão quando viu o homem se virando para atirar. Foi tudo muito rápido. Segundo o Blomkvist, o homem parecia ter recebido treinamento militar, o que bate com o depoimento de Ivan Grede, e eu também me sinto inclinada a concordar com isso. A rapidez e a eficácia dessa operação apontam para isso.

— Vocês descobriram o que o Blomkvist estava fazendo lá?

— Descobrimos. Se houve uma coisa bem-feita ontem à noite, foi o interrogatório do Blomkvist. Você pode dar uma olhada — disse Sonja, entregando um documento a Bublanski. — O Blomkvist tinha conversado com um ex-assistente do Balder, e essa pessoa contou que o professor havia sido vítima de um roubo de tecnologia através de uma invasão digital, e a história despertou o interesse do Blomkvist. Ele quis falar com o Balder, mas o professor não o procurou. Aliás, ele nunca procurava ninguém. Nos últimos tempos, vivia isolado, praticamente sem contato com o mundo exterior. Todas as compras e todos os assuntos domésticos eram resolvidos por uma empregada chamada... espere um pouco... Lottie Rask, e a sra. Rask tinha recebido ordens de não contar a ninguém que o filho de Balder estava na casa do pai. Já vou explicar essa parte. Mas à noite alguma coisa aconteceu. Talvez o Balder

183

estivesse preocupado e tenha resolvido tirar um peso das costas. Não esqueça que o Balder tinha acabado de saber que havia uma ameaça real contra ele. Além do mais o sistema de alarme tinha disparado e havia dois policiais vigiando a casa. Talvez ele achasse que estava com os dias contados. Não sei. De madrugada ele telefonou para Mikael Blomkvist e disse que tinha uma história para contar.

— Antigamente as pessoas ligavam para um padre nessa hora.

— Hoje parece que as pessoas ligam para um jornalista. Bem, tudo é só especulação. O que sabemos com certeza é o que o Balder deixou gravado na secretária eletrônica do Blomkvist. No mais, não fazemos a menor ideia do que pode ser essa história. O Blomkvist disse que também não sabe, e acredito nele. Mas parece que só eu. O Richard Ekström, que além de tudo é um chato, está convencido de que o Blomkvist está sonegando informações para publicar na revista. Para mim é difícil acreditar nisso. Todo mundo sabe o quanto o Blomkvist é esperto, mas ele não sabotaria uma investigação policial de propósito.

— É verdade.

— A questão é que o Ekström agora começou a apelar e disse que o Blomkvist tem que ser detido por obstrução de justiça, perjúrio e não sei mais o quê. Ele só fica repetindo: "Ele sabe, ele sabe...". Ele vai acabar fazendo alguma coisa.

— Isso não vai acabar bem.

— Não vai mesmo. E considerando a capacidade investigativa do Blomkvist, eu diria que seria uma boa ideia não criar nenhum tipo de inimizade com ele.

— Acho que vamos precisar interrogá-lo mais uma vez.

— Eu também acho.

— E quanto ao Lasse Westman?

— Acabamos de interrogá-lo, e a história que ele contou não é muito edificante, para dizer o mínimo. O Westman foi ao Konstnärsbaren, ao Teatergrillen, ao Operabaren, ao Riche, e só Deus sabe aonde mais, e ficou tagarelando sobre o Balder e o menino por horas e horas. Os amigos dele quase enlouqueceram, e quanto mais o Westman bebia e torrava dinheiro, mais obcecado ele ficava.

— E por que isso era tão importante para ele?

— Em parte tem a ver com o comportamento obsessivo dos alcoólatras. Eu sei porque o meu tio era assim. Sempre que enchia a cara, elegia um assunto. Mas aqui no nosso caso tem algo mais: o Westman falou o tempo inteiro sobre o julgamento que havia dado a guarda do menino à mãe, o que talvez pesasse a favor dele se ele fosse uma pessoa com um pouco mais de empatia. Nesse caso até poderíamos achar que ele estava apenas pensando no bem-estar do menino. Porém, como você deve saber, o Westman já foi condenado por agressão.

— Eu não sabia.

— Alguns anos atrás ele namorou aquela blogueira de moda, a Renata Kapusinski. E ele deu uma surra nela. Acho que chegou a fraturar o rosto dela.

— Poxa.

— Além disso...

— Sim?

— O Balder tinha escrito várias petições, que talvez por causa da situação legal em que ele estava não chegaram a ser enviadas, e nesses documentos fica bem claro que ele suspeitava que o Westman também agredia o menino.

— O que você está dizendo?

— Balder encontrou hematomas no corpo do filho, e uma psicóloga do Centro de Autismo confirmou a denúncia. Então...

— ... dificilmente Lasse Westman teria ido a Saltsjöbaden por amor.

— Exato. O mais provável é que tenha sido por dinheiro. Depois que levou o filho embora, o Balder suspendeu ou pelo menos diminuiu a pensão que vinha pagando.

— E o Westman não fez nenhuma denúncia?

— Não se atreveu, em vista das circunstâncias.

— E que outras informações há na sentença sobre a guarda do menino? — perguntou Bublanski.

— Que o Balder era uma negação como pai.

— É mesmo?

— Não que ele fosse uma pessoa ruim, como o Westman. Mas houve um incidente. Depois do divórcio, o Balder ficava com o menino um fim de semana a cada quinzena, e nessa época ele morava num apartamento em Östermalm com estantes de livros que iam do chão até o teto. Num desses

185

fins de semana, quando August tinha seis anos, ele estava na sala enquanto o Balder, como sempre, ficava o tempo todo concentrado em frente ao computador num cômodo ao lado. Havia uma pequena escada encostada numa das estantes, e August subiu nela. Ele deve ter tentado pegar um livro na prateleira mais alta, próxima ao teto, caiu e acabou no chão, inconsciente e com o cotovelo quebrado. Mas o Frans não ouviu nada. Simplesmente continuou lá trabalhando, e só depois de várias horas encontrou August balbuciando no chão, perto dos livros. Bom, aí ele ficou histérico e levou o menino para o hospital.

— E foi assim que ele perdeu de vez a guarda do filho?

— Não foi só por isso. Também constataram que o Balder era emocionalmente imaturo e incapaz de cuidar do filho. A partir daí ele não pôde mais ficar sozinho com August. Mas, sinceramente, eu não acredito muito nesse julgamento.

— Por que não?

— Porque foi um processo sem defesa. O advogado da ex-mulher do Frans bateu com tudo, enquanto ele mesmo admitia ser um imprestável, um irresponsável, inadaptado à vida, e só Deus sabe mais o quê. Na minha opinião, a sentença foi tendenciosa, de má-fé e contém trechos em que consta que o Balder era incapaz de se relacionar com outras pessoas, por isso se refugiava nos computadores. Agora que acabei de me informar um pouco sobre a vida dele, não acredito muito em nada disso. As admissões de culpa do Balder e suas autocríticas foram tomadas como verdades absolutas pelo tribunal, enquanto ele só estava sendo extremamente cooperativo. Como eu disse, o Balder aceitou pagar uma pensão substancial, de quarenta mil coroas por mês, se não me engano, mais novecentas mil coroas para despesas eventuais. E pouco tempo depois se mudou para os Estados Unidos.

— Mas ele acabou voltando para cá.

— Voltou, e provavelmente deve ter havido vários motivos para ele ter voltado. A tecnologia que ele desenvolvia foi roubada, e talvez o Balder até soubesse quem tinha feito isso. Além do mais, ele estava em sérios conflitos com a empresa onde trabalhava. Mas acho que o filho também pesou. A psicóloga do Centro de Autismo que eu mencionei há pouco, que se chama Hilda Melin, a princípio tinha um prognóstico muito animador para o menino. Mas nada saiu como ela havia pensado. Ela também recebeu um relatório em que constava que Hanna e Lasse Westman não estavam cumprindo o dever de assegurar uma educação de qualidade a August. Segundo o acordo, o menino deveria ter aulas particulares em casa, mas os professores responsáveis parecem ter se desentendido, dizem que também houve traições, desvio de dinheiro, professores-fantasma, enfim, todo tipo de merda que você pode imaginar. Mas essa é uma história para alguém investigar melhor depois.

— Você falou de uma psicóloga do Centro de Autismo.

— Exato. Hilda Melin. Ela suspeitou de alguma coisa estranha, ligou para Hanna e Lasse e eles disseram que tudo corria às mil maravilhas. Mas ela teve a intuição de que não era bem assim. Então, indo contra os procedimentos internos do Centro, ela fez uma visita surpresa à casa deles e, quando por fim a deixaram entrar, teve uma sensação muito forte de que o menino não estava nada bem e que seu desenvolvimento tinha estagnado. Como se não bastasse, viu os tais hematomas, e então ligou para Frans Balder em San Francisco e teve uma longa conversa com ele. Pouco depois o Balder voltou para a Suécia e levou o filho para sua nova casa em Saltsjöbaden, apesar da sentença que havia dado a guarda do menino à ex-mulher dele.

— E como isso aconteceu, se o Lasse estava tão preocupado com a pensão?

— Boa pergunta. Pelo que o Westman disse, o Balder praticamente sequestrou o menino. Mas a versão de Hanna foi bem diferente. Ela disse que o Frans apareceu sem avisar e que parecia mudado, por isso ela deixou que levasse o filho. Achou que August teria uma vida melhor com o pai.

— E o Westman?

— Segundo Hanna, Westman tinha bebido e acabado de conseguir um papel na televisão, estava todo arrogante e cheio de si. Ele também concordou que o Frans levasse o menino. Por mais que o Westman reclame do garoto ter ido embora, tenho a impressão de que para ele foi uma alegria se livrar de August.

— E depois?

— Depois ele se arrependeu e, para piorar, foi dispensado de seu papel na televisão porque não conseguia ficar sóbrio. A partir daí quis August de volta, ou melhor, não exatamente August, e sim...

— ... a pensão do menino.

— Isso mesmo. Essa versão foi confirmada pelos companheiros de bar de Westman, entre eles Rindevall, um promotor de eventos. Quando o limite do cartão de crédito de Westman estourou, ele começou a se indignar e a clamar pelo menino. Depois pediu quinhentas coroas emprestadas para uma garota no bar e pegou um táxi direto para Saltsjöbaden.

Jan Bublanski passou algum tempo pensativo, em silêncio, e mais uma vez olhou para a fotografia de Axel em seu momento de triunfo.

— Que bagunça — disse.

— Pois é.

— Em circunstâncias normais, já estaríamos perto de uma solução. O motivo do crime estaria relacionado com a disputa pela guarda do menino e com o divórcio de Frans e Hanna. Mas esses sujeitos hackeando sistemas de alarme e parecidos com guerreiros ninja não são exatamente os suspeitos de sempre.

— Não mesmo.

— Por isso me ocorreu outra coisa.

— O quê?

— Se August não sabe ler, o que ele estaria fazendo com aqueles livros?

Mikael Blomkvist estava sentado à mesa com uma caneca de chá, na frente de Farah Sharif, olhando para Tantolunden e, apesar de saber que aquele era um sinal de fraqueza, desejou não ter história nenhuma para escrever. Desejou poder apenas ficar lá sentado, sem pressioná-la.

Não parecia que uma boa conversa ajudaria Farah Sharif. Era como se todo o seu rosto houvesse desabado, e os olhos escuros e intensos que na porta haviam dado a impressão de ter penetrado Mikael até a alma pareciam agora desorientados, e às vezes ela balbuciava o nome de Frans como se fosse um mantra ou um encantamento. Talvez o amasse. *Ele* com certeza a amara. Farah tinha cinquenta e dois anos e era uma mulher atraente, com uma beleza não exatamente clássica e a postura de uma rainha.

— Como ele era? — Blomkvist perguntou.

— O Frans?

— É.

— Um paradoxo.

— De que maneira?

— De todas as maneiras possíveis. Mas acho que principalmente porque se dedicava muito às coisas que mais o perturbavam. Mais ou menos como

Oppenheimer em Los Alamos. O Frans estava trabalhando justamente numa coisa que ele imaginava que um dia fosse causar a nossa ruína.

— Não estou entendendo.

— O Frans queria recriar a evolução biológica em nível digital. Ele trabalhava com algarismos inteligentes — algarismos que, através de tentativa e erro, vão se aprimorando. Ele também contribuiu para o desenvolvimento dos computadores quânticos, como esses usados pelo Google, pela Solifon e pela NSA. O objetivo maior dele era atingir a IAG, a Inteligência Artificial Geral.

— E o que é isso?

— Um programa tão inteligente quanto um cérebro humano, porém rápido e preciso como um computador em todas as questões mecânicas. Uma criação dessas seria uma vantagem enorme para qualquer campo de pesquisa.

— Sem dúvida.

— Os estudos nessa área têm uma abrangência enorme, e mesmo que a maioria dos pesquisadores não tenha a ambição expressa de atingir a IAG, é nessa direção que a concorrência nos empurra. Ninguém pode se dar ao luxo de criar aplicativos que não sejam os mais inteligentes que a tecnologia é capaz de produzir, ou então de deter o progresso tecnológico. Pense em tudo que já fizemos até aqui. Pense nos aplicativos do seu telefone cinco anos atrás e compare com os de hoje.

— Você tem razão.

— Antes de se tornar um recluso, o Frans imaginava que fôssemos atingir a IAG em trinta ou quarenta anos, o que pode parecer ambicioso demais. Mas a minha opinião é que talvez a previsão dele tenha sido muito conservadora. A capacidade dos computadores dobra a cada dezoito meses, e não é fácil para o nosso cérebro entender o que uma progressão dessas realmente significa. É meio como o problema dos grãos de arroz num tabuleiro de xadrez, sabe? Você coloca um grão no primeiro quadrado, dois no segundo, quatro no terceiro, oito no quarto…

— E nesse ritmo os grãos de arroz logo se espalhariam pelo mundo inteiro.

— A progressão vai crescendo a uma velocidade cada vez maior e logo perdemos totalmente o controle. O mais interessante, na verdade, não será o momento em que atingirmos a IAG, mas o que poderá acontecer depois. Existem várias possibilidades, e elas dependem da maneira como chegarmos lá. Mas com certeza vamos usar programas que criam updates para si mesmos a fim de se aperfeiçoar, e a partir desse momento haverá uma nova concepção de tempo.

— Como assim?

— As limitações humanas não existirão mais. Vamos ser lançados numa nova era, na qual as máquinas farão updates em si mesmas à velocidade da luz vinte e quatro horas por dia, sete dias por semana. E poucos dias depois de termos atingido a IAG vamos atingir a SIA.

— E o que é a SIA?

— A Superinteligência Artificial... uma inteligência maior do que a nossa. E a partir daí tudo vai acontecer mais rápido. Os computadores vão se aperfeiçoar sozinhos a uma velocidade cada vez maior, talvez num fator de dez, e logo vamos ter novos computadores cem, mil, dez mil vezes mais inteligentes do que nós. E o que vai acontecer depois?

— Diga.

— Eu não sei. A inteligência não é algo previsível. Não sabemos aonde a inteligência humana pode nos levar. E sabemos ainda menos o que pode acontecer com uma superinteligência.

— Na pior das hipóteses vamos nos tornar tão interessantes quanto ratinhos brancos de laboratório para os computadores — disse Mikael, pensando no que tinha escrito para Lisbeth.

— No pior das hipóteses? Nosso DNA é noventa por cento idêntico ao dos ratos, e estima-se que a nossa inteligência seja mais ou menos cem vezes maior que a deles, não mais que isso. Agora estamos diante de algo totalmente novo e que de acordo com os modelos matemáticos não tem nenhum tipo de limitação, algo que pode se tornar milhões de vezes mais inteligente do que nós. Entende o que estou dizendo?

— Estou tentando — respondeu Mikael com um sorriso cauteloso.

— Ou seja — prosseguiu Farah Sharif —, como você acha que um computador vai se sentir quando acordar e descobrir que está sendo controlado por criaturas primitivas como nós? Por que aceitará essa situação? Por que vai ter algum tipo de consideração conosco e que motivo terá para nos deixar mexer nas suas entranhas a fim de interrompermos esse processo? Corremos o risco de nos ver diante de uma explosão de inteligências, de uma singularidade tecnológica, como disse Vernor Vinge. Tudo que acontecer depois estará fora do nosso horizonte.

— Então, no instante em que criarmos uma superinteligência vamos perder o controle.

— O risco é que tudo que sabemos do mundo não vai ter mais utilidade, o que pode ser o fim da existência humana.

— Você está brincando?

— Sei que parece loucura para quem não conhece a fundo essa problemática. Mas é uma questão absolutamente concreta. Hoje em dia, há milhares de pessoas no mundo trabalhando para impedir o desenvolvimento dessa inteligência. Muitas têm uma expectativa bastante otimista e até utópica. Falam de uma superinteligência amigável, uma superinteligência programada desde o início para não fazer mais do que nos ajudar. De certa forma o que Asimov imaginou em *Eu, robô*, com normas incorporadas que impeçam as máquinas de nos fazer mal. O escritor e inventor Ray Kurzweil acredita num mundo maravilhoso, em que vamos nos integrar aos computadores através da nanotecnologia e dividir nosso futuro com eles. Mas claro que não há nenhuma garantia. Normas podem ser anuladas. O propósito desse programa inicial pode ser alterado, e é muito, muito fácil cometer erros antropomórficos, ou seja, atribuir traços humanos às máquinas e entender de forma equivocada as motivações delas. O Frans era obcecado por essas questões e, como eu disse, estava dividido. Por um lado, desejava computadores inteligentes; por outro, essa ideia o preocupava.

— Ele se sentia tentado a construir o seu monstro.

— De maneira um pouco teatral, foi mais ou menos isso.

— E até onde ele tinha chegado?

— Mais longe do que se poderia imaginar, eu acho, e acredito que por isso ele se comportou de forma tão sigilosa em relação ao seu trabalho na Solifon. O Frans tinha medo de que o seu programa caísse em mãos erradas. E também de que o programa caísse na rede. Ele o chamou de August, o mesmo nome do filho.

— E onde está o programa agora?

— Frans o levava com ele aonde quer que fosse. Devia estar ao lado da cama, quando o mataram. O pior é que a polícia disse que não encontrou nenhum computador na casa.

— Eu também não vi nenhum, mesmo estando mais concentrado em outras coisas.

— Deve ter sido horrível.

— Talvez você saiba que eu vi o assassino — prosseguiu Mikael. — Ele estava com uma mochila grande.

— Isso não está me cheirando nada bem. Quem sabe com um pouco de sorte a gente ainda receba a notícia de que o computador está na casa. Falei rapidamente com a polícia, mas tive a impressão de que eles ainda não têm muita ideia do que aconteceu.

— Vamos torcer para que você esteja certa sobre o computador. Você sabe quem pode ter roubado essa tecnologia na primeira vez?

— Para dizer a verdade, sei, sim.

— Agora fiquei realmente interessado.

— Eu imagino. O mais triste dessa história é que parte da culpa foi minha. O Frans estava trabalhando como um louco na época e fiquei com medo de que ele não aguentasse. Ele tinha acabado de perder a guarda do August.

— Quando foi isso?

— Há dois anos. O Frans parecia exausto e não parava de se culpar pelo que tinha acontecido. Mesmo assim, não largava a pesquisa. Se jogou naquilo como se fosse a única coisa importante da vida dele, e foi aí que eu decidi procurar alguns assistentes, para que ele não ficasse tão sobrecarregado. Escolhi alguns alunos meus, mesmo sabendo que não eram as melhores criaturas que Deus já havia criado. Mas eram pessoas com ambição e talento e que tinham uma admiração enorme pelo Balder. Tudo parecia muito promissor, só que...

— Roubaram o Balder.

— Ele teve a confirmação de que isso tinha acontecido quando o instituto de patentes norte-americano recebeu uma solicitação de patente da Truegames em agosto do ano passado. Todos os detalhes mais específicos da tecnologia desenvolvida pelo Frans estavam copiados e descritos nessa solicitação, e no começo todo mundo achou que os computadores tinham sido invadidos. Eu não acreditei muito nisso, afinal eu conhecia o alto nível da criptografia que o Frans usava. Mas como não parecia haver outra explicação, esse acabou sendo o ponto de partida, e por um bom tempo até o Frans acreditou na hipótese de roubo. Mas claro que não foi nada disso.

— O que você quer dizer? — Mikael perguntou. — Os peritos não confirmaram a invasão?

— Confirmaram, um idiota qualquer do Försvarets Radioanstalt que quis chamar atenção. O Frans tinha a mania de proteger o pessoal dele, e não é só isso que me assusta. Eu também acho que ele pode ter resolvido bancar o detetive, por mais idiota que ele pudesse parecer nesse papel. Sabe, eu...

Farah tomou um longo fôlego.

— O quê? — disse Mikael.

— Eu só fiquei sabendo de tudo isso há mais ou menos duas semanas. O Frans e o August vieram jantar aqui em casa e eu logo percebi que ele tinha alguma coisa importante para me dizer. Dava para sentir no ar, e depois de beber um pouco ele pediu que eu largasse o celular e começou a falar baixinho. Admito que no início me irritei. Ele começou a falar de novo daquela hacker genial dele.

— Hacker genial? — repetiu Mikael, tentando parecer natural.

— Uma garota sobre quem ele vinha falando o tempo inteiro. Não vou aborrecer você com a história toda, mas um dia ela apareceu do nada numa palestra do Frans e começou a falar sobre o conceito de singularidade.

— Como assim?

Farah Sharif ficou pensativa.

— Ela... ah, na verdade isso não tem nada a ver com o que aconteceu — ela disse. — Mas o conceito de singularidade tecnológica foi inspirado pela singularidade gravitacional.

— E o que é isso?

— Costumo dizer que é o coração das trevas; é o que existe no interior dos buracos negros, uma espécie de beco sem saída para tudo que sabemos sobre o universo e que talvez possa nos dar acesso a outros mundos e a outras épocas. Muitos pesquisadores veem a singularidade como um conceito totalmente irracional e que portanto precisaria ser protegido por um horizonte de eventos. Mas essa garota estava procurando uma forma mecânico-quântica de fazer os cálculos necessários e alegou que poderia muito bem haver singularidades expostas, sem um horizonte de eventos, e... Bem, não vou me aprofundar no assunto. Mas ela impressionou muito o Frans e ele começou a ficar cada vez mais receptivo à garota, o que aliás é compreensível. Um supernerd como o Frans não tinha muitas pessoas com quem pudesse conversar de igual para igual, e quando ele soube que a garota também era hacker ele pediu que ela examinasse os computadores que ele estava usando

193

na pesquisa. Todo esse equipamento ficava na casa de um assistente dele chamado Linus Brandell.

Mais uma vez, Mikael achou melhor não revelar o que sabia.

— Linus Brandell — ele disse apenas.

— Isso mesmo — continuou Farah. — A garota foi vê-lo em Östermalm, onde ele morava, e assim que chegou o mandou sair do apartamento. Depois analisou os computadores e não encontrou nenhum sinal de invasão. Mas não se deu por satisfeita. Como ela tinha uma lista com os nomes dos assistentes do Frans, ali mesmo, do computador do Linus, ela começou a hackear todos eles, e não demorou para descobrir que um deles tinha se vendido para a Solifon.

— Quem?

— O Frans não quis me contar, por mais que eu insistisse. Mas essa garota telefonou para ele ainda do apartamento do Linus. O Frans estava em San Francisco quando isso aconteceu, mas imagine: traído por um de seus assistentes! Imaginei que ele fosse denunciar o rapaz assim que soube, para desmascará-lo, enfim, achei que fosse transformar a vida dele num inferno. Mas o Frans teve outra ideia. Pediu que a garota agisse como se realmente tivesse havido uma invasão.

— Por quê?

— Ele não quis que as provas e os rastros fossem apagados. Queria entender melhor o que tinha acontecido, e de fato faz sentido. Descobrir que uma das maiores desenvolvedoras de software do mundo havia roubado e vendido uma tecnologia desenvolvida por ele era mais grave do que descobrir que havia uma ovelha negra na equipe, que um estudante inescrupuloso o tinha apunhalado pelas costas. Afinal, não é só porque a Solifon é uma das mais renomadas empresas de pesquisa dos Estados Unidos. Ela ficou tentando contratar o Frans por anos e anos, e isso o deixou furioso. "Aqueles desgraçados me fizeram mil elogios e depois me roubaram", ele desabafou, indignado.

— Espere um pouco — disse Mikael. — Quero entender melhor essa parte. Você está achando que o Balder aceitou trabalhar na Solifon só para descobrir como e por que o haviam roubado?

— Se há uma coisa que eu aprendi com o passar dos anos é que nem sempre é fácil entender as motivações das pessoas. O salário e o acesso a uma infinidade de recursos certamente também o influenciaram. Mas respondendo à sua pergunta: sim! Foi um motivo mais do que suficiente. Mesmo antes da garota analisar os computadores dele, o Frans já achava que a Solifon estava envolvida no roubo. Mas ela conseguiu informações mais específicas, e foi a partir daí que ele realmente começou a cavar a sujeira toda. Claro que foi bem mais difícil do que ele havia imaginado, e de quebra o Frans gerou suspeitas, fez vários inimigos na Solifon e foi ficando cada vez mais recluso. Mas acabou achando o que queria.

— O quê?

— É a partir desse ponto que a história fica realmente delicada. Eu não devia estar te contando tudo isso.

— Mesmo assim estamos aqui conversando.

— Mesmo assim estamos aqui, e não é apenas pelo enorme respeito que eu tenho pelo seu trabalho. Hoje de manhã me ocorreu que não deve ter sido por acaso que o Frans telefonou para você, e não para o Serviço de Proteção à Indústria da Säpo, com o qual ele também mantinha contato. Ele começou a suspeitar de vazamentos nesse setor. Claro que pode ter sido só paranoia dele. O Frans tinha vários sintomas de mania de perseguição. Mas como foi com você que ele resolveu conversar, agora espero realizar esse desejo dele.

— Entendo.

— Na Solifon existe uma divisão chamada simplesmente de Y — prosseguiu Farah. — O modelo é o Google X, a divisão do Google que cuida dos chamados *moonshots*, que são ideias absurdas e improváveis, como descobrir a vida eterna ou tentar estabelecer uma relação entre um motor de buscas e os neurônios do cérebro. Se existe um lugar capaz de criar a IAG ou a SIA, esse lugar é lá, e o Frans estava ligado ao Y. Mas não foi uma ideia muito boa.

— Por que não?

— Porque essa hacker descobriu que na divisão Y havia um grupo secreto de analistas liderados por um homem chamado Zigmund Eckerwald.

— Zigmund Eckerwald?

— É. Conhecido como Zeke.

— E quem é ele?

— Exatamente o sujeito que mantinha contato com o assistente traidor do Frans.

— Então o ladrão era esse Eckerwald.

— Pode-se dizer que sim. Um ladrão de alto nível. Visto de fora, o trabalho do grupo de Eckerwald parecia totalmente legítimo. Eles reuniam informações sobre pesquisadores notáveis e ideias promissoras. Todas as grandes empresas de tecnologia desenvolvem atividades como essas para saber quem está fazendo progressos e quem deve ser recrutado. Mas o Balder percebeu que o grupo fazia mais do que isso. Não era só um rastreamento. Eles também roubavam... através de invasões, espionagem e suborno.

— E por que o Balder não os denunciou à polícia?

— Não era nada fácil produzir provas. O grupo agia com muita cautela. Mas no fim o Frans resolveu falar com Nicolas Grant, dono da Solifon. Grant ficou bem perturbado e supostamente ordenou uma investigação interna. Mas essa investigação não chegou a nada, ou porque Eckerwald tinha destruído todas as evidências, ou porque a investigação não passava de encenação. O Frans acabou ficando numa situação horrível. Todos estavam furiosos com ele. Acho que Eckerwald foi uma das principais forças desse processo, e não deve ter sido difícil conseguir a adesão de outras pessoas. Se o Frans já era visto como uma pessoa desconfiada e paranoica, depois disso passou a ser ainda mais isolado e ignorado. Imagino bem como devia ser. Quase posso vê-lo num canto, irritado, antissocial, contrariado, recusando-se a falar com quem quer que fosse.

— Você acha que ele não tinha nenhuma prova concreta?

— Ele tinha pelo menos a prova obtida pela hacker: que Eckerwald havia roubado a tecnologia desenvolvida pelo Frans para vendê-la.

— Então disso o Balder tinha certeza.

— Tudo indica que ele não duvidava disso. E que também havia chegado à conclusão de que o grupo do Eckerwald não trabalhava sozinho. O grupo recebia apoio externo, provavelmente do serviço de informação americano e...

Farah se deteve.

— E o que mais?

— O Frans foi ainda mais enigmático sobre isso, talvez porque não tivesse informações muito exatas. Mas ele encontrou o codinome do verdadeiro líder de fora da Solifon. "Thanos".

— Thanos?

— É. O Frans disse que as pessoas tinham medo dessa figura, só isso. E que iria precisar fazer um seguro de vida, para quando os advogados fossem atrás dele.

— Você disse que não sabe quem é o assistente que traiu a confiança do Frans. Mas você deve ter pensado bastante a respeito do assunto — disse Mikael.

— Claro, e às vezes... Ah, não sei.

— O quê?

— Acho que eles podem ter agido juntos.

— Por quê?

— Quando eles começaram a trabalhar com o Frans, todos eram garotos cheios de talento e ambição. Quando pararam, estavam exaustos, perturbados. Pode ser que o Frans tenha sugado a vida deles, mas também pode ser que estivessem atormentados com alguma coisa.

— Você tem o nome deles?

— Claro. São todos meus alunos, infelizmente. O que eu mencionei há pouco, Linus Brandell, tem vinte e quatro anos e faz pouca coisa além de jogar jogos de computador e beber. Tinha um bom emprego como desenvolvedor de jogos na Crossfire, mas acabou desempregado quando começou a apresentar atestados médicos demais e a acusar os colegas de espionagem. Depois há Arvid Wrange, que você talvez conheça de nome. Ele foi um enxadrista promissor. O pai dele o pressionava sem piedade, no fim Arvid se cansou daquilo e começou a estudar comigo. Achei que ele já tivesse se formado muito tempo atrás, mas ele começou a frequentar os bares de Stureplan e a se comportar de forma errática. Ele também morou por algum tempo com o Frans. Havia uma forte concorrência entre os rapazes, e Arvid e Basim, que era o terceiro assistente, passaram a se odiar, ou pelo menos Arvid passou a odiar Basim. Basim Malik não é um rapaz muito dado a ódios. É um sujeito talentoso e sensível que foi contratado pela Solifon Norden há cerca de um ano. Mas as forças dele não duraram muito. Agora está internado no hospital Ersta tratando de uma depressão, e hoje de manhã a mãe dele me ligou para dizer que ele estava sedado. Quando ficou sabendo o que tinha acontecido com o Frans ele cortou os pulsos, e claro que foi uma notícia muito dolorosa para mim. Ao mesmo tempo, não posso deixar de me perguntar: terá sido mesmo apenas por tristeza que ele fez isso? Será que não foi culpa?

— E como ele está?

— Do ponto de vista clínico, bem. Não corre nenhum risco. E há também Niklas Lagerstedt, que... o que posso dizer? Ele não é como os outros rapazes. Não é do tipo que bate a cabeça na parede e tem impulsos autodestrutivos. Mas Niklas é um rapaz que tem objeções morais à maioria das coisas, inclusive a jogos de computador e pornografia. Ele é membro da Igreja Missionária da Suécia. Sua mulher é pediatra e os dois têm um menino chamado Jesper. Além disso, é o consultor da Polícia Federal responsável pelo sistema que vai ser implementado lá no ano que vem, então é claro que seus antecedentes foram todos verificados para que ele pudesse ser indicado ao cargo. Mas não sei se essas averiguações são realmente minuciosas.

— Por que você está dizendo isso?

— Porque por trás de sua aparência de homem de bem, o Niklas é um criminoso sedento por dinheiro. Tenho informações de que ele se apossou de forma ilegal de parte da fortuna dos sogros. Ou seja, é um estelionatário.

— Os rapazes foram interrogados?

— A Säpo falou com eles, mas não descobriu nada de importante. Na época se acreditava que o Frans tivesse sido vítima de uma invasão digital.

— Agora acho que a polícia vai querer ouvi-los de novo.

— Também acho.

— Aliás, você sabe se o Balder tinha o hábito de desenhar nas horas livres?

— Desenhar?

— É. Por acaso ele gostava de fazer desenhos extremamente detalhados?

— Não, eu não sei nada sobre isso — respondeu Farah Sharif. — Por quê?

— Eu vi um desenho impressionante na casa dele. Era o semáforo do cruzamento da Hornsgatan com a Ringvägen. Um desenho perfeito, quase fotográfico, e muito escuro.

— Que esquisito. Que eu saiba o Frans não desenhava.

— Estranho.

— É.

— Alguma coisa nesse desenho me intrigou — disse Mikael, percebendo, surpreso, que Farah havia pegado sua mão.

Mikael passou a mão na cabeça dela. Então se levantou com a sensação de que estava prestes a fazer uma descoberta. Ele se despediu e foi embora.

Voltando pela Zinkens Väg, telefonou para Erika e pediu que ela escrevesse outra pergunta na pasta Lisbeth Salander.

14. 21 DE NOVEMBRO

Ove Levin estava sentado em seu escritório com vista para Slussen e Riddarfjärden sem fazer nada a não ser buscar ocorrências de seu nome no Google, na esperança de achar alguma coisa que o alegrasse. Em vez disso, encontrou comentários que o chamavam de gordo pegajoso e que o acusavam de ter vendido seus ideais — tudo num blog de uma jovem estudante da Universidade de Estocolmo. Ficou tão indignado que nem conseguiu anotar o nome da garota em sua lista negra, para onde ele mandava o nome de todas as pessoas que o grupo Serner jamais contrataria.

Ove não aguentava perder tempo com idiotas que não entendiam nada do que era necessário fazer e que nunca se dedicariam a nada além de escrever artigos mal pagos em revistas de cultura insignificantes. Em vez de ficar preso em pensamentos destrutivos, acessou seu home banking para dar uma olhada em seu portfólio de investimentos, o que o animou um pouco, ao menos naquele momento. Era um dia bom para o mercado. Tanto a Nasdaq como o Dow Jones tinham subido na tarde anterior e o Stockholmsindex subira 1,1%. O dólar também estava valendo mais e, de acordo com a atualização segundo a segundo, naquele instante todos os seus investimentos somavam 12 161 389 coroas.

Nada mau para quem, em outros tempos, redigia notícias sobre incêndios e brigas de faca na edição matutina do *Expressen*. Doze milhões mais o apartamento de Villastaden e a casa em Cannes! Os outros que escrevessem o que bem entendessem, porque a parte dele estava garantida. Então Ove olhou mais uma vez o total. 12 149 101. Porra, será que as ações tinham se desvalorizado? 12 131 737. Seu rosto se contorceu numa careta. Não havia razão para a bolsa estar caindo. A cifra anterior era bem melhor. Ove Levin tomou a desvalorização como ofensa pessoal, e, mesmo contra a vontade, voltou a pensar na *Millennium*, por mais irrelevante que o assunto fosse naquele contexto. Exaltou-se outra vez e, por mais que tentasse afastar esse pensamento, se lembrou de como o rosto lindo de Erika Berger se tornara sério e inamistoso na tarde anterior e também de como não havia melhorado nada naquela manhã.

Ove Levin tinha quase surtado. Mikael Blomkvist estava em todos os sites imagináveis, e ver aquilo doeu nele. E não apenas porque no dia anterior tivesse dito que ninguém da geração mais jovem sabia quem era Mikael Blomkvist, mas ele também abominava aquela lógica midiática segundo a qual todo mundo se transformava num astro — jornalistas, celebridades e sabe-se lá mais quem — assim que se envolvesse em algum tipo de confusão. Pelo contrário: deviam chamá-lo é de dinossauro Blomkvist, uma vez que, no que dependesse de Ove e da Serner Media, ele nem iria poder continuar na redação de sua própria revista. Justamente Frans Balder?

Por que justamente Frans Balder tinha sido assassinado na frente de Mikael Blomkvist? Era uma situação típica. Mesmo que a massa ignara de jornalistas que havia mundo afora não soubesse, Frans Balder era um grande nome. A própria *Dagens Affärsliv*, editada pela Serner, tinha publicado um encarte especial sobre os grandes pesquisadores suecos não muito tempo antes no qual constava até mesmo uma etiqueta de preço em Frans Balder: quatro bilhões de coroas. Mas como haviam chegado a esse valor? Balder era um astro e, além de tudo, não dava entrevistas, o que o valorizava mais ainda.

Quantas vezes jornalistas da própria Serner não teriam solicitado uma entrevista com ele? Balder sempre havia não apenas se negado, mas também tratado o pedido com o mais absoluto descaso. Muitos colegas — Ove tinha certeza — acreditavam que Blomkvist tinha nas mãos uma história incrível, e ele sentia ódio ao pensar que Balder, como os jornais estavam noticiando, havia chamado Blomkvist para uma conversa em plena madrugada. Será que

Blomkvist, além disso, tinha um furo de reportagem? Seria péssimo. Mais uma vez, quase por obrigação, Ove acessou o site do *Aftonbladet* e foi recebido pela seguinte manchete:

O que o brilhante pesquisador sueco
quis contar a Mikael Blomkvist?

Conversa misteriosa pouco antes do atentado

O artigo trazia uma foto grande de Mikael Blomkvist em boa forma. Aqueles editores desgraçados tinham escolhido a melhor fotografia que devia existir dele, o que fez Ove praguejar mais um pouco. Preciso tomar uma atitude, pensou. Mas qual? Como deter Mikael sem bancar um censor dos tempos da Alemanha Oriental e piorar tudo? Como... Ove olhou mais uma vez em direção a Riddarfjärden e teve uma ideia. William Borg, ele pensou. O inimigo do meu inimigo pode se transformar no meu grande aliado.

— Sanna! — ele gritou.

Sanna Lind era a jovem secretária de Ove Levin.

— Sim, Ove?

— Marque um almoço com William Borg no Sturehof agora mesmo. Se ele tiver outro compromisso, diga que é muito importante. E mencione que o salário dele pode até aumentar — disse Ove, pensando: Por que não? Se ele me ajudar nessa enrascada, posso muito bem lhe oferecer um dinheiro extra.

Hanna Balder estava sentada no chão da sala de seu apartamento na Torsgatan, olhando apavorada para August, que mais uma vez tinha ido buscar papel e lápis. De acordo com as instruções que havia recebido, aquele era o momento de conter o filho, mas ela não gostava nem um pouco dessa ideia. Não que estivesse questionando os conhecimentos e as recomendações do psicólogo, mas ela hesitou em fazer isso. August tinha visto o pai ser morto e, se ele queria desenhar, por que ela haveria de impedi-lo? Afinal, as coisas já não estavam nada fáceis para o menino.

O corpo de August tremeu quando ele começou a desenhar e seus olhos se iluminaram com um brilho intenso e atormentado, e padrões xadrez, com quadrados que se refletiam em espelhos, eram um tema bem inesperado quando se levava em conta tudo que tinha acontecido. Talvez fosse como as séries de números. Mesmo que ela não entendesse nada daquilo, não havia dúvida de que eles eram importantes para August, que talvez — como saber? — estivesse lidando com o que tinha acontecido por meio daqueles padrões geométricos. Não seria melhor ignorar a proibição imposta pelo psicólogo? Ninguém ficaria sabendo, e ela já tinha lido em outros lugares que as mães devem sempre confiar em seu instinto. Muitas vezes esse instinto é uma ferramenta mais poderosa do que qualquer teoria psicológica, portanto Hanna decidiu que August poderia continuar desenhando.

De repente as costas do menino se envergaram como um arco. Hanna pensou nas palavras do psicólogo e se inclinou para ver a folha de papel. Sentiu um sobressalto e teve uma sensação muito desagradável. A princípio não entendeu o que tinha acontecido.

O mesmo padrão xadrez se repetia nos dois espelhos que o circundavam, e tudo era desenhado muito depressa. Mas havia mais um elemento, uma sombra que se erguia daquele padrão como um demônio ou um fantasma, e foi isso que deixou Hanna apavorada. Começou a se lembrar de filmes em que crianças são possuídas por criaturas do mal, e nesse instante tirou o desenho do filho e o amassou com um movimento rápido, sem saber por quê. Depois fechou os olhos, à espera daquele grito de cortar o coração.

Porém não houve nenhum grito, apenas um balbucio que soou quase como uma sequência de palavras. Mas não podia ser. August não falava, e Hanna se preparou para enfrentar mais um surto do filho, aquele momento de agressividade em que August se jogava de um lado para outro no chão da sala. Mas não houve nenhum surto — apenas silêncio e determinação enquanto August pegava outra folha de papel e mais uma vez começava a desenhar o mesmo padrão xadrez, e aí Hanna não viu alternativa senão carregar o menino para o quarto. No relato que fez mais tarde, ela descreveria essa cena como de absoluto terror.

August começou a gritar, a chutar e a se debater, e Hanna mal conseguia segurá-lo. Por muito tempo precisou conter o filho com um abraço forte enquanto os dois permaneciam deitados na cama. Por um instante pensou em acordar Lasse e pedir que ele enfiasse na boca de August os tranquilizantes que eles tinham recebido, mas logo abandonou a ideia. Lasse estaria com um humor horrível e, mesmo que ela mesma tomasse Valium, não gostava de dar tranquilizantes para o filho. Tinha que haver outra solução.

Hanna estava prestes a perder o controle da situação e pensava desesperadamente numa forma de acabar com aquilo. Pensou em sua mãe, que morava em Katrineholm, em sua agente Mia, em Gabriella, a mulher gentil que havia telefonado à noite, e mais uma vez no psicólogo que tinha cuidado de August depois do assassinato de Frans, Einar Fors alguma coisa, e que o levara para casa. Hanna não havia gostado muito dele. Por outro lado, ele se dispôs a cuidar de August por algum tempo, só que aquele surto tinha acontecido justamente porque ela havia seguido as orientações dele.

Foi ele quem disse que August não poderia desenhar, por isso agora ele é quem devia arcar com as consequências. Hanna soltou o filho, pegou o cartão de visitas do psicólogo e ligou para ele, enquanto August foi correndo para a sala desenhar de novo aquele maldito padrão xadrez.

Einar Forsberg não tinha uma grande experiência. Com quarenta e oito anos, olhos azuis profundos, óculos recém-comprados na Dior e casaco de veludo marrom, poderia facilmente passar por um intelectual. Mas quem tentava discutir com ele deparava com uma personalidade inflexível e dogmática, capaz de ocultar sua falta de conhecimento com frases de efeito e afirmações categóricas.

Fazia apenas dois anos que ele tinha se formado em psicologia. Na verdade era um professor do colegial nascido em Tyresö, e se pedissem que um ex-aluno seu falasse alguma coisa sobre ele, o aluno gritaria: "Silêncio, meu rebanho! Quietas, criaturas minhas!". Einar adorava bradar essas palavras em tom meio brincalhão quando precisava de silêncio em sala de aula. Mesmo que não fosse o professor mais admirado da escola, ele realmente conseguia disciplinar seus alunos, e foi essa capacidade que o convenceu de que suas aptidões psicológicas talvez fossem mais bem aproveitadas em outros contextos.

Fazia um ano que ele trabalhava na clínica psiquiátrica Oden, que ficava na Sveavägen em Estocolmo. A instituição recebia crianças e jovens cujos pais não estavam em condições de cuidar dos filhos. Nem mesmo Einar, que era sempre um leal defensor de qualquer emprego que tivesse, achava que a clínica funcionava bem. As crianças chegavam depois de vivenciar experiências traumáticas em casa, e o grande interesse dos psicólogos era cuidar dos surtos e comportamentos agressivos, em vez de se dedicarem mais às causas subjacentes. Mesmo assim, Einar sentia-se útil, especialmente quando, com sua antiga autoridade de professor, calava adolescentes em pleno surto histérico ou tratava de pacientes em crise fora da clínica.

Ele gostava de trabalhar com a polícia e adorava a emoção e o silêncio que permeavam o ambiente de acontecimentos dramáticos. Quando foi à casa de Saltsjöbaden, cumprindo seu turno da noite, estava cheio de entusiasmo e expectativa. Havia um clima hollywoodiano no caso, pensou. Um pesquisador sueco tinha sido assassinado, seu filho de oito anos era a única testemunha e a ninguém menos que Einar cabia a tarefa de fazer com que o menino se abrisse. Durante o trajeto, ajeitou o cabelo e os óculos diversas vezes no retrovisor.

Queria fazer uma entrada em grande estilo, mas ao chegar não fez muito sucesso. Não conseguiu entender o que havia com o menino. Mesmo assim, sentiu-se importante. Os policiais perguntaram qual era o procedimento correto para interrogar uma criança, e mesmo que Einar não tivesse a menor ideia, a resposta que deu foi levada muito a sério. Ele se ofereceu para ajudar e descobriu que o menino era autista, não falava e que não demonstrava nenhum interesse pelo mundo que o cercava.

— Não há nada que possamos fazer por enquanto — ele disse. — A capacidade intelectual do garoto é muito limitada. Como psicólogo, meu dever é assegurar que o bem-estar dele venha em primeiro lugar — declarou Einar, enquanto os policiais o escutavam com uma expressão séria no rosto. Em seguida permitiram que ele levasse o menino para a casa da mãe, o que ele encarou como um bônus nessa história toda.

A mãe era a atriz Hanna Balder. Einar a admirava desde que a tinha visto em *Mysteristerna*, e ainda se lembrava daqueles quadris e daquelas pernas longilíneas. Mesmo um pouco mais velha, ela continuava atraente. Além do mais, seu atual marido era sem dúvida um imbecil, e Einar se empenhou em parecer culto e charmoso. Praticamente de cara teve a chance de se exibir, o que o encheu de orgulho.

Com uma expressão desvairada, o menino começou a desenhar blocos ou quadrados pretos, e Einar entendeu de imediato que aquele era um comportamento prejudicial. O típico comportamento obsessivo e destrutivo que facilmente acometia as crianças autistas, por isso insistiu em dizer que o menino devia parar com aquilo. Sua recomendação, porém, não foi aceita com a gratidão que ele havia imaginado. Mesmo assim, continuou se sentindo competente e másculo, e no meio daquilo tudo esteve a ponto de elogiar Hanna por seu papel em *Mysteristerna*. Em seguida se deu conta de que não era o momento apropriado. Talvez tivesse sido um erro pensar nisso.

Era uma da tarde, e Einar tinha acabado de chegar à sua casa, em Väl-lingby. Estava no banheiro, com a escova de dente elétrica na mão, sentindo-se exausto. O celular tocou e na hora ele se irritou. Mas em seguida abriu um sorriso discreto. Era Hanna Balder.

— Forsberg falando — ele disse, como quem estava habituado a receber muitos telefonemas.

— Olá — disse Hanna.

Ela parecia desesperada e irritada. Mas Einar nem imaginou o que podia estar acontecendo.

— O August — ela disse. — O August...

— O que houve com ele?

— Ele só quer ficar desenhando aqueles quadrados. Mas você disse que eu não devia deixar.

— Não, não deixe mesmo, é um comportamento obsessivo. Mas tente ficar calma.

— Ficar calma? Você acha mesmo possível?

— É do que o seu filho precisa.

— Mas eu não consigo. Ele está gritando e se debatendo. E você disse que podia ajudar.

— Claro... — respondeu Einar, um pouco hesitante. Mas logo seu rosto se iluminou, como se houvesse conquistado uma vitória.

— Claro, com certeza. Vou arrumar um lugar para ele na clínica Oden.

— Mas não seria traição minha?

— Não, pelo contrário. Você está cuidando das necessidades do seu filho, e você pode vê-lo sempre que quiser.

— De repente é melhor assim.

— Tenho certeza.

— Você pode vir agora?

— Chego o mais rápido possível — disse Einar, pensando que precisava cuidar um pouco da aparência antes de ir.

Depois acrescentou:

— Eu já disse que adorei você em *Mysteristerna*?

Ove Levin não se surpreendeu nem um pouco ao ver que William Borg já o esperava no Sturehof, e menos ainda que já houvesse escolhido o prato mais caro do cardápio, linguado *à belle meunière*, e uma taça de Pouilly Fumé. Os jornalistas costumavam tirar proveito quando ele os convidava para almoçar. O que o surpreendeu foi William ter tomado a iniciativa de fazer o pedido, como se o dinheiro e o poder fossem dele, e isso irritou Ove. Por que já havia lhe prometido um adicional no salário? Devia tê-lo deixado na expectativa, suando de tensão na frente dele.

— Um passarinho me contou que vocês estão tendo problemas com a *Millennium* — disse William Borg, e Ove pensou: eu daria meu braço direito para arrancar esse sorrisinho de satisfação da cara dele.

— Então você está mal informado — retrucou Ove.

— É mesmo?

— Está tudo sob controle.

— De que maneira, se me permite a curiosidade?

— Se a redação estiver disposta a mudar e a entender melhor os problemas que está enfrentando, vamos continuar apoiando a revista.

— E se não estiver?...

— Vamos pular fora, e nesse caso a *Millennium* vai agonizar por mais alguns meses até desaparecer, o que seria muito ruim. Mas a verdade é que jornais e revistas melhores do que a *Millennium* já foram à falência, e para nós foi um investimento modesto. Podemos nos virar muito bem sem eles.

— Pode parar com esse papo furado, sei que é uma questão de prestígio para você.

— Negócio é negócio.

— Ouvi dizer que vocês queriam tirar o Mikael Blomkvist da redação.

— Pensamos em transferi-lo para Londres.

— Seria uma baita falta de consideração, levando em conta tudo que ele já fez pela revista.

— Apresentamos uma proposta muito interessante para ele — prosseguiu Ove, dando-se conta de que estava numa posição muito defensiva e desfavorável na conversa.

Era quase como se tivesse esquecido a finalidade daquele encontro.

— Eu não estou criticando vocês — disse William Borg. — Por mim, você podem mandá-lo até para a China, se quiserem. Mas será que não vai ficar meio complicado pra vocês se o Mikael voltar em grande estilo com essa história do professor Frans Balder?

— Por que isso aconteceria? O Blomkvist perdeu o ferrão. Você mesmo alardeou essa notícia com razoável sucesso — disse Ove, arriscando um comentário sarcástico.

— Ah, foi, mas tive ajuda de outras pessoas.

— Não a minha, com certeza. Eu odiei aquele artigo. Achei mal escrito, tendencioso. Quem começou essa história foi o Thorvald Serner, você sabe muito bem.

— Mas na atual circunstância você não pode ser totalmente contra, não é mesmo?

— William, escute o que vou dizer. Eu tenho um respeito enorme pelo Mikael Blomkvist.

— Ove, você sabe que comigo não precisa bancar o diplomático.

Ove teve vontade de fazer William engolir aquele diplomático.

— Apenas estou sendo muito sincero — continuou Ove. — Sempre achei o Mikael um repórter incrível, o nível dele é muito superior ao seu e ao de todos os outros jornalistas da geração dele.

— Ah, certo então — disse William Borg, com expressão mais submissa, o que fez Ove se sentir melhor.

— É um fato. Temos que ser gratos a todas as denúncias que o Mikael fez, e eu realmente desejo tudo de bom para ele. Mas o meu trabalho não é ficar olhando para trás e vivendo de nostalgia, e nisso dou razão a você. O Blomkvist está fora de sintonia com os novos tempos e pode ser um entrave para a modernização da *Millennium*.

— É verdade, é verdade.

— Por isso o melhor, agora, seria ele não estar muito nas manchetes.

— Nas manchetes positivas, você quer dizer.

— Talvez — respondeu Ove. — Esse foi um dos motivos para eu ter chamado você para este almoço.

— Agradeço muito o convite. E acho que posso te ajudar. Hoje de manhã eu conversei com um velho parceiro meu de squash — disse William Borg, numa tentativa evidente de recuperar a autoestima perdida.

— E quem é ele?

— Richard Ekström, o procurador-chefe. Ele é o responsável pelas investigações sobre o assassinato do Balder. E digamos que não pertence ao fã-clube do Blomkvist.

— Por causa daquela história do Zalachenko?

— Exatamente. O Blomkvist atrapalhou toda a estratégia dele naquela vez, e agora Ekström está achando que o nosso amigo pode querer sabotar a investigação de novo, ou até que já tenha sabotado.

— Como?

— O Blomkvist nunca conta tudo o que sabe. Ele falou com o Balder um pouco antes dele ser assassinado, e também viu o rosto do assassino. Mesmo assim, passou pouquíssimas informações quando foi interrogado. O Richard Ekström suspeita que o Blomkvist esteja guardando as melhores partes para a matéria que vai escrever.

— Interessante.

— Não é? Estamos falando de um sujeito que, depois de ter sido ridicularizado por toda a mídia, está tão desesperado atrás de um novo furo que até se arrisca a deixar um assassino solto por aí. Uma velha estrela do jornalismo que, ao ver a revista em que trabalha na maior crise financeira, está disposto a jogar toda a sua responsabilidade social pela janela. E que acaba de saber que a Serner Media quer chutá-lo da redação. Você acha estranho que ele tenha ido tão longe?

— Entendo. Você está pensando em escrever alguma coisa sobre isso?

— Pra dizer a verdade, não acho uma boa ideia. Todo mundo sabe que eu e o Blomkvist temos umas questões pendentes. O melhor seria você vazar essa notícia pra outro repórter e depois dar sustentação para ela num editorial. O Ekström ficaria bem agradecido.

— Hum — fez Ove. Então desviou o olhar na direção da Stureplan e viu uma bela mulher de casaco vermelho e um longo cabelo ruivo-avermelhado. Pela primeira vez naquele dia abriu um sorriso largo e sincero.

— Talvez não seja má ideia, afinal — acrescentou, e em seguida pediu uma taça de vinho.

* * *

Mikael Blomkvist foi caminhando pela Hornsgatan até o Mariatorget. Um pouco mais adiante, perto da igreja de Maria Madalena, havia um furgão branco com um amassado grande no capô, e dois homens gesticulando e gritando um com o outro. Mesmo que a situação despertasse o interesse da maioria das pessoas ao redor, Mikael praticamente nem se deu conta dela.

Estava pensando no filho de Frans Balder, que no andar de cima da casa enorme de Saltsjöbaden passava a mão sobre o tapete persa. Blomkvist lembrou que a mão do menino estava branca e tinha manchas nos dedos e no dorso, como se August tivesse mexido com lápis e canetas, e aquele movimento sobre o tapete... não dava a impressão de o menino estar fazendo um desenho complexo no ar? De repente Mikael reinterpretou a cena de forma totalmente diferente, e de novo lhe ocorreu o mesmo pensamento que havia tido na casa de Farah Sharif. Talvez não fosse Frans Balder o autor do desenho do semáforo.

Talvez o menino tivesse um talento enorme e surpreendente, e por algum motivo essa ideia não espantou Mikael tanto quanto talvez espantasse outras pessoas. Quando encontrou August Balder no quarto do andar de baixo e o viu se atirando contra a cabeceira da cama, pressentiu que havia algo de diferente no menino. Enquanto atravessava o Mariatorget, Blomkvist foi tomado por um pensamento estranho e sem dúvida improvável, que no entanto não o deixou por um instante sequer. Quando chegou à Götgatan, ele parou.

Seria necessário pelo menos averiguar a possibilidade, então Mikael pegou o celular e procurou o número de Hanna Balder. Era uma linha segura, dificilmente estaria na lista de contatos da *Millennium*. O que poderia fazer? Lembrou de Freja Granliden. Freja era repórter de variedades do *Expressen* e as coisas que ela escrevia não engrandeciam nem um pouco a classe dos jornalistas. Eram artigos sobre divórcios, romances e assuntos ligados à família real. Mesmo assim, Freja era uma garota esperta e extrovertida, e nas poucas vezes em que haviam passado algum tempo juntos os dois tinham se divertido, portanto Mikael decidiu telefonar. Mas o número dela estava ocupado.

Os repórteres dos jornais vespertinos ficavam o tempo todo ao telefone. Eram tão pressionados para fazer tudo o mais depressa possível, que nunca conseguiam se levantar da cadeira para ver o que estava acontecendo no mundo real. Simplesmente passavam o dia sentados, escrevendo texto atrás de texto. Mas depois de mais algumas tentativas Mikael conseguiu falar com ela, e ele não ficou nem um pouco surpreso ao ouvir Freja dar um gritinho de alegria.

— Mikael! Que honra! Será que você finalmente vai me passar um furo? Estou esperando há muito tempo.

— Desculpe, mas desta vez é *você* que pode me ajudar. Preciso de um endereço e de um telefone.

— E o que você me dá em troca? Quem sabe uma frase bem venenosa sobre esta madrugada?

— O que eu posso te dar é um conselho profissional.

— Qual conselho?

— Pare de escrever lixo.

— Ah, certo! Mas aí onde é que os repórteres mais classudos iam conseguir os números de telefone que eles tanto precisam? Quem você está procurando?

— Hanna Balder.

— Já imagino o motivo. O namorado dela tomou um porre sensacional ontem à noite. Vocês chegaram a se encontrar lá?

— Não tente conseguir notícias comigo. Você sabe onde ela mora?

— Na Torsgatan, número 40.

— Você sabe o endereço de cor?

— Eu tenho uma memória incrível pra esse tipo de bobagem. Mas espere! Eu ainda preciso te dar o código do portão e o telefone dela.

— Obrigado.

— Só que…

— O quê?

— Você não é o único que está querendo falar com a Hanna. Os nossos cães farejadores também já estão atrás dela e, pelo que eu soube, ela não está atendendo o telefone.

— Sábia decisão.

Depois Mikael ficou parado na calçada por alguns instantes, sem saber muito bem qual o próximo passo. Não se podia dizer que ele estivesse gostando da situação. Ir atrás de uma mãe infeliz junto com os repórteres policiais dos jornais vespertinos não era exatamente o que ele gostaria de fazer. Por fim, acenou para um táxi e pediu que o motorista o levasse a Vasastan.

* * *

Hanna Balder tinha acompanhado August e Einar Forsberg até a clínica Oden, na Sveavägen, em frente ao Observatorielunden. Embora a decoração e os pátios da clínica dessem a sensação de um lugar exclusivo e aconchegante, a impressão geral era mesmo a de uma instituição pública, o que se devia mais às expressões severas e vigilantes no rosto dos funcionários do que aos corredores longos e às portas fechadas. Os empregados pareciam ter adquirido certa desconfiança das crianças que atendiam.

O diretor Torkel Lindén era um homem baixinho e vaidoso que se apresentou como alguém com muita experiência no trato com crianças autistas, o que sem dúvida teve como objetivo transmitir confiança. Mas Hanna não gostou da maneira como ele olhou para August nem, principalmente, da divisão etária na clínica. Viu crianças e adolescentes juntos. Mas parecia tarde demais para recuar, e no caminho de volta para casa se consolou prometendo a si mesma que seria por pouco tempo. Quem sabe ela não fosse buscar August já no começo da noite?

Com a cabeça longe, Hanna começou a pensar em Lasse e em suas bebedeiras, e mais uma vez disse a si mesma que precisava se afastar dele e dar um jeito na vida. Ao sair do elevador de seu apartamento na Torsgatan, levou um susto. Um homem muito atraente fazia anotações num bloquinho, sentado no patamar da escada. Quando ele se levantou e a cumprimentou, Hanna percebeu que era Mikael Blomkvist, e então ficou apavorada. Talvez estivesse se sentindo tão culpada que imaginou que o jornalista fosse denunciá-la. Mas claro que era um pensamento estúpido. Mikael abriu um sorriso meio constrangido, por duas vezes pediu desculpas pela intromissão, e então Hanna sentiu um profundo alívio. Fazia muito tempo que o admirava.

— Nada a declarar — ela disse, num tom que na verdade indicava justamente o contrário.

— Não vim atrás de declarações — Mikael disse, e então Hanna se lembrou de que Blomkvist e Lasse haviam chegado juntos ou então ao mesmo tempo à casa de Frans na noite anterior, mesmo que ela não conseguisse imaginar o que os dois podiam ter em comum, uma vez que um parecia o exato oposto do outro.

— Você está procurando o Lasse? — ela perguntou.

— Eu gostaria de falar com você sobre os desenhos do August — ele disse, e Hanna sentiu uma aguilhoada de pânico.

Mesmo assim convidou Blomkvist para entrar. Era uma atitude meio impensada. Lasse tinha ido para algum boteco se curar da ressaca e podia voltar a qualquer momento. Com certeza ia ficar louco ao ver um jornalista do calibre de Mikael Blomkvist na casa deles. Mas além de preocupada Hanna estava curiosa. Como Blomkvist sabia dos desenhos? Ela o convidou para se sentar no sofá cinza da sala e foi à cozinha pegar chá e biscoitos. Quando voltou com uma bandeja, Mikael disse:

— Eu não teria vindo incomodar você se não fosse mesmo muito necessário.

— Você não está me incomodando — ela respondeu.

— Você deve saber que eu tive um breve encontro com o August ontem de madrugada — ele prosseguiu —, e não consigo tirar da cabeça uma coisa que eu vi.

— É mesmo? — disse Hanna, demonstrando interesse.

— Na hora eu não entendi o que estava acontecendo, mas depois fiquei com a impressão de que ele queria nos dizer alguma coisa, e agora, pensando melhor, acho que ele quis fazer um desenho. O August parecia muito concentrado enquanto deslizava a mão pelo tapete.

— Ele estava obcecado.

— Ele continuou a agir assim depois que voltou para casa?

— E como! Ele começou a desenhar assim que chegamos em casa. O comportamento era totalmente obsessivo, ele ficou com o rosto vermelho e a respiração ofegante, e o psicólogo que veio trazê-lo disse que o August tinha que parar com aquilo. Que era um comportamento obsessivo e destrutivo, ele disse.

— E o que foi que o August desenhou?

— Nada de especial, nada mesmo, acho que era uma imagem inspirada no quebra-cabeça dele. Muito bem-feita, com sombras, perspectiva e tudo o mais.

— Mas o que era o desenho?

— Eram quadrados.

— Que tipo de quadrados?

— Pareciam as casas de um tabuleiro de xadrez — explicou Hanna, pensando se talvez ela não tivesse imaginado coisas. Mas no instante seguinte notou um brilho tenso nos olhos de Mikael Blomkvist.

— Ele não desenhou mais nada além desses quadrados? — ele perguntou. — Nada?

— Também desenhou espelhos. Quadrados de um tabuleiro de xadrez refletidos em espelhos.

— Você já esteve na casa do Frans? — perguntou Blomkvist com voz ainda mais tensa.

— Por que você quer saber?

— Porque o piso do quarto onde ele foi assassinado é feito de quadrados como os de um tabuleiro de xadrez, e eles se refletem nos espelhos do guarda-roupa.

— Ah, não!

— O que foi?

— Eu...

Hanna foi tomada por um profundo sentimento de vergonha.

— Porque a última coisa que eu vi antes de tirar o desenho das mãos do August foi uma sombra ameaçadora se erguendo dos quadrados — ela concluiu.

— E o desenho está aqui?

— Está. Quer dizer, não.

— Não?

— Eu joguei fora.

— Ah.

— Mas talvez...

— Talvez o quê?

— Talvez ainda esteja no lixo.

Mikael Blomkvist estava com as mãos sujas de borra de café e iogurte quando tirou um papel amassado do lixo e o desdobrou com o maior cuidado no balcão da cozinha. Limpou parte da sujeira com o dorso dos dedos e o examinou sob a luz dos spots embutidos no armário. O desenho não estava acabado e, exatamente como Hanna tinha dito, consistia de quadrados que formavam um padrão xadrez, vistos de cima ou de lado. Para qualquer pessoa que não conhecesse o quarto de Frans Balder, seria difícil entender que os quadrados representavam o chão. Porém Mikael reconheceu de imediato os espelhos do guarda-roupa à direita da cama e teve a impressão de reconhecer até mesmo a escuridão — a estranha escuridão daquela madrugada.

Mikael se viu transportado para o instante em que entrou pela janela quebrada, a não ser por um pequeno detalhe. O cômodo onde ele tinha entrado estava praticamente às escuras. No desenho, havia uma pequena fonte de luz incidindo do alto e em diagonal sobre os quadrados, revelando os contornos de uma sombra não muito precisa nem muito significativa, mas que no entanto, e talvez justamente por esse motivo, causava uma impressão sinistra.

A sombra tinha um braço estendido, e Mikael, que via o desenho de um ponto de vista totalmente diferente do de Hanna, não teve nenhuma dificuldade para entender o que aquela mão estava prestes a fazer. Era uma mão disposta a matar, e acima dos quadrados e da sombra havia um rosto inacabado.

— Onde está o August? — ele perguntou. — Dormindo?

— Não. Ele...

— O quê?

— Eu não consegui mantê-lo em casa. Eu não estava mais aguentando.

— Onde ele está?

— Na clínica Oden, na Sveavägen.

— Quem mais sabe que ele está lá?

— Ninguém.

— Só você e o pessoal da clínica?

— É.

— Cuide para que tudo continue assim. Por favor, me dê licença um instante.

Mikael pegou seu celular e telefonou para Jan Bublanski. Mentalmente, já havia preparado mais uma pergunta para a pasta Lisbeth Salander.

Jan Bublanski estava frustrado, a investigação não caminhava. Nem o Blackphone nem o notebook de Frans Balder haviam sido encontrados e, além disso, mesmo com toda a colaboração da operadora de telefonia móvel dele, a polícia não tinha conseguido rastrear os contatos que o cientista havia mantido com o mundo exterior nem ter uma ideia dos processos jurídicos em que estava envolvido.

Até aquele instante, eles não haviam encontrado nada além de cortinas de fumaça e clichês, pensou Bublanski. Era como se um guerreiro ninja tivesse se materializado e desmaterializado no meio da escuridão. A operação parecia perfeita demais, como se seu executor não houvesse cometido nenhuma das falhas e contradições comuns e que acabam sendo pressentidas durante uma investigação de assassinato. A operação tinha sido limpa, cirúrgica, e Bublanski não conseguia afastar a ideia de que aquele havia sido apenas mais um dia comum na rotina do assassino. Ele refletia sobre esse e outros assuntos quando Mikael Blomkvist ligou.

— Como vai? — disse Bublanski. — Acabamos de falar em você. Gostaríamos de conversar de novo e o mais breve possível.

— Tudo bem. Só que agora eu tenho uma informação urgente para lhe passar. O August Balder, a principal testemunha do crime, é um *savant*.

— Um o quê?

— Um garoto que sofre de uma profunda deficiência mental, mas que tem habilidades muito especiais. Ele desenha como um mestre, com precisão matemática. Vocês viram os desenhos do semáforo? Eles estavam em cima da mesa da cozinha em Saltsjöbaden.

— Muito por alto. Você está dizendo que os desenhos não foram feitos pelo Balder?

— Isso mesmo. Foram feitos pelo menino.

— A técnica parecia muito apurada.

— Mas foi o menino que desenhou, e hoje de manhã ele começou a desenhar o padrão xadrez do piso do quarto do Balder. E não foi só isso. Ele também desenhou uma fonte de luz e uma sombra. Suspeito que seja a sombra do assassino e a luz da lanterna de testa que ele estava usando. Mas não dá para dizer nada com certeza a esta altura. O desenho do menino foi interrompido.

— Você está de brincadeira comigo?

— Não me parece uma hora muito propícia para brincadeiras.

— Mas como você ficou sabendo de tudo isso?

— Eu estou na Torsgatan, na casa de Hanna Balder, a mãe do menino, olhando para o desenho que ele fez. Mas o garoto não está mais aqui. Está no... — Mikael pareceu hesitar. — Não vou dizer mais nada por telefone — acrescentou.

— Você disse que o desenho do menino foi interrompido?

— Um psicólogo o proibiu de continuar desenhando.

— Como alguém pode proibir uma criança de desenhar?

— O psicólogo não percebeu o significado do desenho, apenas o tratou como o impulso de um comportamento obsessivo. Sugiro que você mande seu pessoal para cá o mais rápido possível. Vocês têm uma testemunha.

— Estamos indo agora mesmo. E assim aproveitamos para falar mais um pouco com você.

— Infelizmente estou indo embora. Preciso voltar para a redação.

— Seria muito bom se você pudesse nos esperar, mas entendo. No mais...

— Sim?

— Obrigado!

Jan Bublanski desligou o telefone e repassou as informações a todo o grupo de investigação, decisão que mais tarde se revelaria um erro.

15. 21 DE NOVEMBRO

Lisbeth Salander estava no Clube de Xadrez Raucher, na Hälsingegatan. E sem nenhuma vontade de jogar. Estava com dor de cabeça. Tinha passado o dia inteiro caçando, e os rastros de sua presa haviam-na levado àquele lugar. Mesmo depois de descobrir que Frans Balder fora enganado por seus companheiros, ela havia prometido ao professor deixar os traidores em paz. Embora não tivesse gostado nem um pouco dessa estratégia, Lisbeth havia cumprido a palavra. Mas depois do assassinato de Balder passou a se considerar dispensada da promessa que fizera.

A partir de então, sentiu-se livre para agir a seu modo. Mas não foi tão simples. Como Arvid Wrange não parava em casa, em vez de tentar achá-lo pelo telefone, Lisbeth preferiu cair como um raio na vida dele. Por isso tinha dado voltas e mais voltas com o capuz na cabeça. Arvid levava uma vida de vagabundo. Mas, como acontece com tantos outros vagabundos, por trás daquela existência aparentemente caótica existia uma certa regularidade, e pelas fotos que ele postara no Instagram e no Facebook, Lisbeth havia encontrado algumas constantes: o Riche, na Birger Jarlsgatan; o Teatergrillen, na Nybrogatan; e o Clube de Xadrez Raucher e o Kafé Ritorno, na Odengatan, além de lugares como um estande de tiro, na Fridhemsgatan, e o endereço de duas namoradas. Arvid Wrange estava mudado desde a última vez em que aparecera no radar de Lisbeth.

Ele não tinha simplesmente posto fim à sua aparência de nerd. A moral dele também parecia em baixa. Lisbeth não era muito dada a teorias psicológicas, mesmo assim percebeu que a primeira transgressão havia levado a uma série de novas transgressões. Arvid já não era um aluno dedicado e ambicioso. Agora passava o tempo surfando na internet atrás de pornografia violenta, que beirava a agressão, e tinha começado a comprar sexo pela internet — sexo violento. Duas ou três garotas que ele havia chamado ameaçaram denunciá-lo.

Em vez de jogos de computador e pesquisas sobre IA, o interesse de Arvid era por bebedeiras no centro da cidade e prostitutas. Estava evidente que ele possuía um bocado de dinheiro. E também estava evidente que tinha um bocado de problemas. Naquela manhã, ele havia buscado informações sobre o programa de proteção a testemunhas na Suécia, o que sem dúvida fora um passo em falso. Mesmo que Arvid não mantivesse contato com a Solifon, ou pelo menos não em seu computador pessoal, era certo que a empresa acompanhava os passos dele pelo mundo digital. Qualquer outra atitude seria pouco profissional. Talvez Arvid estivesse ruindo por trás de sua nova aparência mundana, o que parecia bom. Facilitaria o trabalho dela. E quando Lisbeth ligou de novo para o clube de xadrez — o jogo era a única ligação que ele mantinha com sua antiga vida —, disseram-lhe que Arvid Wrange havia acabado de chegar.

Lisbeth desceu a pequena escada que começava na Hälsingegatan e continuou ao longo de um corredor até chegar a um pequeno cômodo cinzento e austero onde um grupo composto principalmente de homens mais velhos estava debruçado sobre tabuleiros de xadrez. A atmosfera era meio soporífica, e ninguém prestou atenção em Lisbeth nem estranhou sua presença ali. Todos estavam ocupados com seus jogos, e os únicos barulhos que se ouviam eram os cliques dos relógios de xadrez e de vem em quando um palavrão aqui e ali. Nas paredes havia fotografias de Kasparov, Magnus Carlsen e Bobby Fischer, e até mesmo a de um adolescente cheio de espinhas. Era Arvid Wrange numa partida contra a estrela do xadrez Judit Polgár.

Numa versão um pouco mais envelhecida, Arvid estava sentado a uma mesa mais ao fundo e à direita, parecendo ensaiar uma nova abertura. A seu lado, sacolas de compras. Ele usava um blusão amarelo de lã de carneiro sobre uma camisa branca recém-passada e sapatos ingleses de verniz. Parecia um pouco arrumado demais para a ocasião, e com passos cautelosos e hesitantes Lisbeth se aproximou e perguntou se ele gostaria de jogar. De imediato ele respondeu com um olhar que a examinou da cabeça aos pés.

— Está bem — ele disse.

— Você é muito gentil — Lisbeth disse, como uma menininha bem-educada, e sentou-se diante dele sem dizer mais uma palavra. Quando ela abriu com E4, Arvid respondeu com B5, numa abertura dupla do peão do rei, e depois ela fechou os olhos e deixou que Arvid continuasse jogando.

Arvid Wrange tentou se concentrar no jogo. Mas não havia como. Por sorte aquela garota punk não era nenhuma grande jogadora. Não que fosse ruim: com certeza era uma jogadora esperta. Mas de que adiantaria? Arvid ficou brincando com a garota, que sem dúvida devia estar impressionada, e... quem sabe? Talvez depois conseguisse ir para a casa dela. Ela tinha uma expressão meio azeda no rosto, e Arvid não gostava de garotas azedas. Por outro lado, seus seios eram atraentes, e talvez ele pudesse descontar toda a sua frustração nela. Tinha sido uma manhã infernal. A notícia do assassinato de Frans Balder quase o havia nocauteado.

Mas ele não sentia exatamente tristeza. Era medo. Arvid Wrange tentava convencer a si mesmo de que havia feito a coisa certa. O que mais aquele maldito professor podia esperar depois de tratá-lo com tanto desprezo? Mesmo assim, não seria nada bom se viesse à tona que Arvid o tinha traído, e o pior era que com certeza havia uma ligação. Ele não entendia muito bem a natureza dessa ligação e tentava se consolar dizendo a si mesmo que um idiota como Balder devia ter milhares de inimigos. Mas no fundo ele sabia: um acontecimento estava ligado ao outro, e essa constatação o deixava apavorado.

Desde que Frans havia começado a trabalhar na Solifon, Arvid temeu que aquela história tomasse um rumo preocupante, e agora lá estava ele desejando que tudo desaparecesse, e com certeza tinha sido isso que o fez ir à cidade de manhã e ter aquele surto desenfreado de compras, e depois ao clube de xadrez. O xadrez às vezes o ajudava a clarear as ideias, e, para dizer a verdade, já estava bem melhor. Sentia-se no controle e esperto o suficiente para enganar qualquer adversário. Era assim que estava jogando, e a garota não era nada ruim.

Pelo contrário, jogava de um jeito inusitado e criativo, que certamente poderia servir de uma inesquecível lição à maioria dos enxadristas do clube. Mas *ele*, Arvid Wrange, poderia derrotá-la mesmo assim. Jogava de maneira tão apurada e sofisticada que a garota nem percebia que o cerco ia se fechando em torno dela. Com jogadas furtivas, Arvid aumentava a vantagem aos poucos, e de repente capturou a rainha da adversária com o sacrifício de um mero cavalo, acrescentando num tom de flerte que com certeza a impressionou:

— *Sorry, baby. Your queen is down!*

Mas não houve nenhuma reação, nenhum sorriso, nenhum comentário, nada. A garota simplesmente começou a jogar mais depressa, como se quisesse pôr fim àquela humilhação, e por que não? Arvid estava mais do que disposto a abreviar aquele processo o máximo possível e levar a garota para tomar dois ou três drinques em algum bar antes de cair matando sobre ela. Não tinha a intenção de ser especialmente gentil na cama. E provavelmente ela depois ainda lhe agradeceria. Para estar azeda daquele jeito, só podia fazer tempo que ela não transava, e também não devia estar muito acostumada com caras bacanas como ele — e que ainda por cima jogava um xadrez daquele nível. Arvid resolveu se exibir e começou a explicar teorias avançadas de xadrez. Mas sua exibição não levou a nada. Algo parecia estar errado. Arvid começou a enfrentar no jogo uma resistência inesperada que ele não conseguia entender, uma espécie de estagnação, e por muito tempo continuou dizendo a si mesmo que aquilo era só uma impressão passageira, ou então o resultado de jogadas precipitadas. Sem dúvida ainda conseguiria endireitar as coisas se conseguisse se manter concentrado na partida, portanto mobilizou todo o seu instinto matador. Mas as coisas só pioraram para ele.

Arvid começou a se sentir encurralado, e por mais que se esforçasse a garota batia de volta com ainda mais força. Por fim viu-se obrigado a admitir que a vantagem havia passado de maneira irreversível para a adversária. Não era uma loucura? Ele havia capturado a rainha de Lisbeth, mas em vez de aumentar a vantagem Arvid tinha acabado numa situação de enorme desvantagem. O que teria acontecido? Será que a garota podia ter sacrificado a rainha? No início da partida? Impossível. Esse tipo de coisa só acontece nos livros de xadrez, não num pequeno clube de Vasastan nem quando o jogador em questão é uma garota punk cheia de piercings e problemas de atitude, e menos ainda quando o adversário é um enxadrista de destaque como ele. Mesmo assim, não havia mais salvação.

O xeque-mate viria em quatro ou cinco lances, e Arvid não viu alternativa senão derrubar o rei com o indicador e balbuciar um cumprimento. Mesmo que tivesse vontade de inventar uma desculpa, teve a impressão de que isso deixaria as coisas piores. Sentiu que sua derrota não tinha sido consequência de uma partida desastrosa, e mais uma vez teve medo. Quem diabos era aquela garota?

Arvid lançou um olhar cauteloso para os olhos dela, e a garota já não parecia azeda nem insegura. Agora exibia a frieza de um bloco de gelo, como um predador observando a presa. Arvid foi tomado por um intenso desconforto, como se a derrota no tabuleiro fosse apenas o início de algo pior. Em seguida olhou para a porta.

— Você não vai a lugar nenhum — disse a garota.

— Quem é você? — perguntou Arvid.

— Ninguém em especial.

— Então a gente nunca se viu?

— Cara a cara, não.

— E de que outro jeito?

— Você já me viu nos seus pesadelos, Arvid.

— Isso por acaso é uma brincadeira? — ele perguntou.

— Não exatamente.

— Do que você está falando, afinal?

— Do que você acha?

— Como é que eu vou saber?

Arvid não conseguia entender por que sentia tanto medo.

— Frans Balder foi assassinado nesta madrugada.

— É, eu... eu li a respeito.

— Coisa terrível, não?

— Com certeza.

— Principalmente para você, não é mesmo?

— Por quê?

— Porque você traiu o professor, Arvid. Porque você foi um Judas para ele.

Arvid sentiu o corpo enregelar.

— Você não sabe o que está dizendo — ele retrucou.

— Para dizer a verdade, sei muito bem o que estou dizendo. Eu invadi o seu computador, quebrei a criptografia dos seus arquivos e vi tudo de forma muito clara. E sabe de uma coisa?

Arvid respirava com dificuldade.

— Estou convencida de que hoje de manhã você ficou se perguntando se a morte dele foi culpa sua. Sobre isso, acho que posso ajudar você um pouco. Sim, foi culpa sua. Se você não fosse tão invejoso, amargo e desprezível a ponto de traí-lo e vender aquela tecnologia para a Solifon, o Frans Balder estaria vivo hoje. E não vou esconder que eu estou furiosa, Arvid. Pretendo fazer bastante mal a você. Para começar, eu quero te oferecer o mesmo tipo de tratamento que você dispensa às mulheres que conhece pela internet.

— Você por acaso está louca?

— Provavelmente um pouquinho, sim — ela respondeu. — Tenho problemas de empatia, sabe. Não consigo controlar meus impulsos violentos. Essas coisas.

Lisbeth pegou a mão de Arvid com uma força que o deixou aterrorizado.

— Vou ser bem direta, Arvid. A situação não está nada boa para você. E sabe o que eu vou fazer agora mesmo? Sabe por que eu estou parecendo assim meio distraída? — ela perguntou.

— Não.

— Porque estou aqui pensando no que vou fazer com você. Quero te oferecer um sofrimento digno da Bíblia. É por isso.

— O que você quer?

— Vingança. Ainda não ficou claro?

— Você só está falando merda.

— Não mesmo. Você sabe muito bem que não. Mas você tem como se safar.

— O que você quer que eu faça?

Arvid não entendeu como pôde ter deixado escapar uma frase daquelas. *O que você quer que eu faça?* Era praticamente uma confissão, uma capitulação, e ele pensou em retirar o que havia dito bem depressa e começar a pressionar a garota para descobrir se ela realmente tinha provas ou se estava apenas blefando. Mas não conseguiu — e só mais tarde ele percebeu que não tinha sido por causa da ameaça dela nem da força impressionante com que a garota havia segurado sua mão.

Tinha sido a partida de xadrez, o sacrifício da rainha. Arvid estava chocado, e seu inconsciente lhe dizia que uma garota capaz de jogar xadrez daquela forma também teria como revelar os segredos dele.

— O que você quer que eu faça? — ele repetiu.

— Quero que você venha comigo e me conte tudo, Arvid. Quero que você me conte todos os detalhes de como traiu Frans Balder.

— É um milagre — disse Jan Bublanski na cozinha de Hanna Balder ao ver o desenho amassado que Mikael Blomkvist havia resgatado do lixo.

— Cuidado, não há razão para tanto entusiasmo — observou Sonja Modig ao lado dele, e ela estava certa.

No papel não havia muito mais que quadrados de um tabuleiro de xadrez, porém, como Mikael tinha dito ao telefone, notava-se ali uma intrigante organização matemática, como se o menino estivesse mais interessado na geometria e na multiplicação dos quadrados nos espelhos do que na ameaçadora sombra mais acima. Ainda assim Bublanski não escondia sua admiração. Tinha ouvido repetidos comentários sobre a deficiência mental de August Balder e sobre como ele seria incapaz de ajudar a polícia. Mas o menino havia feito um desenho que era a melhor pista de toda a investigação, e essa descoberta o comoveu e fortaleceu sua velha crença de que não se deve subestimar ninguém, tampouco se agarrar a ideias preconcebidas de qualquer espécie.

Na verdade, não havia como ter certeza de que o momento retratado por August Balder no desenho fosse o momento do crime. A sombra podia, pelo menos em tese, estar relacionada com outro acontecimento qualquer, e não havia garantia de que o menino tivesse visto o rosto do assassino nem mesmo se seria capaz de desenhá-lo. No entanto, no fundo do seu coração, era nisso que Jan Bublanski acreditava, e não apenas porque o desenho, mesmo inacabado, fosse uma demonstração indiscutível de virtuosismo artístico.

Jan Bublanski tinha analisado os outros desenhos, feito cópias deles e ficado com elas. Nas imagens havia não apenas uma faixa de pedestres e um semáforo, mas também um homem de lábios finos e ar cansado que, se analisado do ponto de vista policial, tinha sido pego em flagrante. O homem estava atravessando o sinal no vermelho e seu rosto havia sido reproduzido com tamanha riqueza de detalhes que Amanda Flod, da equipe, reconheceu nele o ex-ator Roger Winter, atualmente desempregado e que já fora condenado por embriaguez ao volante e agressão.

A precisão fotográfica do olhar de August Balder seria um sonho para qualquer investigador de homicídios. Mas Bublanski também sabia que não seria muito profissional de sua parte alimentar expectativas exageradas. Talvez o assassino estivesse com o rosto coberto no momento do crime, ou então suas feições já podiam ter se apagado da memória de August. Havia inúmeras possibilidades, e de repente Bublanski lançou um olhar desanimado para Sonja Modig.

— Então você acha que eu estou me iludindo.

— Para alguém que começou a questionar a existência de Deus, você parece ter uma facilidade e tanto para encontrar milagres.

— É, pode ser.

— Mas claro que vale a pena investigar muito bem esse desenho. Quanto a isso estamos de acordo — disse Sonja Modig.

— Está certo. Vamos ver o menino, então.

Lisbeth e Arvid Wrange chegaram ao Vasaparken de braços dados, como dois velhos amigos. Mas também desta vez as impressões eram enganosas. Arvid estava apavorado, e Lisbeth Salander começou a caminhar em direção a um banco. Por causa do tempo ruim, não era exatamente o melhor dia para ficar ali sentados, jogando comida para os pombos. Ventava forte, a temperatura continuava caindo, e Arvid Wrange estava gelado. Mas Lisbeth achou que o banco serviria, apertou com força o braço dele e o fez sentar.

— Pronto — ela disse. — Podemos começar.

— Você promete que vai manter o meu nome fora dessa história?

— Eu não prometo nada, Arvid. Mas as chances de você continuar vivendo a sua vida miserável vão aumentar consideravelmente se você me contar o que sabe.

— Tudo bem — disse Arvid. — Você conhece a Darknet?

— Conheço — Lisbeth disse.

A resposta tinha sido o *understatement* do dia. Ninguém conhecia a Darknet melhor que Lisbeth Salander. A Darknet era um substrato da internet, uma terra sem lei. Ninguém acessa a Darknet sem um software especial e criptografado. Na Darknet, o anonimato do usuário é garantido. Ninguém tem como procurar informações sobre outras pessoas nem rastrear suas atividades. Por isso a Darknet está cheia de traficantes de drogas, terroristas, desertores, gângsteres, contrabandistas de armas, homens-bomba, cafetões e *black hats*. Em nenhum lugar do mundo digital existe tanta atividade ilícita. Se a internet tem um inferno, ele é a Darknet.

Mas a Darknet também tem seu lado bom, e Lisbeth sabia muito bem disso. Hoje, com as agências de espionagem e os grandes fabricantes de softwares espionando cada passo que se dá na internet, as pessoas de bem precisam de um lugar onde ninguém as veja, por isso a Darknet também se transformou no lugar ideal para dissidentes, fontes secretas e delatores. Na Darknet opositores podem falar e protestar sem que governos os alcancem, e era na Darknet que Lisbeth Salander fazia suas pesquisas mais secretas e lançava seus ataques.

Ou seja, Lisbeth Salander conhecia a Darknet. Conhecia os sites e os motores de busca daquele velho organismo que se mantinha muito longe da internet visível.

— Você colocou a tecnologia do Balder à venda na Darknet?

— Não, não... eu não tinha nenhum plano. O Balder me desprezava, quase nunca me cumprimentava, me tratava como lixo e, para dizer a verdade, também não dava a mínima para a tecnologia que vinha desenvolvendo. Só queria fazer suas pesquisas, não se importava de ver como elas funcionariam depois. E todos nós sabíamos que a tecnologia dele tinha um valor incalculável e podia nos tornar ricos. Mas o Balder nem ligava, queria apenas ficar brincando, fazendo experiências como uma criança. Lembro que uma vez, depois de uma bebedeira, postei uma pergunta num site nerd: "Alguém aí tem grana para comprar uma tecnologia de IA revolucionária?".

— E alguém respondeu?

— Essa resposta demorou. Eu até já tinha esquecido que havia postado aquela pergunta. Mas aí um tal de Bogey escreveu e começou a me fazer perguntas... perguntas de quem estava muito bem informado. No começo eu fiz a besteira de ir respondendo meio de qualquer jeito, sem muito cuidado, como se estivesse brincando. Mas depois vi que eu estava me envolvendo de verdade na história e fiquei apavorado que o Bogey fosse roubar a tecnologia.

— Ficou apavorado que ele fosse roubar a tecnologia sem te pagar, você quer dizer.

— Eu não tive noção de onde estava me metendo. Aí aconteceu um problema que deve ser clássico. Pra vender a tecnologia do Frans eu seria obrigado a dar informações sobre ela, mas se eu desse informações demais, acabaria perdendo a venda, e o Bogey não parava de me bajular. No fim ele acabou descobrindo exatamente o que a gente tinha e com que software estávamos trabalhando.

— Ele estava hackeando vocês.

— Provavelmente. E nesse meio-tempo acabou descobrindo o meu nome, o que acabou comigo. Fiquei paranoico e falei que eu não queria mais continuar com aquilo. Só que já era tarde. Não que o Bogey tivesse me ameaçado... pelo menos não de forma direta. Mas ele ficava dizendo que podíamos fazer coisas grandiosas juntos e ganhar um monte de dinheiro, e no fim concordei em me encontrar com ele num restaurante chinês que funciona dentro de um barco em Söder Mälarstrand. Lembro que era um dia frio, ventava muito e eu quase congelei esperando o cara. Mas o Bogey não apareceu, e depois de uma meia hora comecei a achar que talvez eles estivessem me vigiando.

— E depois ele apareceu?

— Apareceu, e quando eu vi o cara fiquei perplexo. Não acreditava. O Bogey parecia um drogado, um mendigo, e se eu não tivesse visto o Patek Philippe no pulso dele eu teria dado uns trocados pra ele. O cara tinha umas cicatrizes bem feias nos braços e tatuagens feitas de um jeito amador. Os braços ficavam largados quando ele andava, e o sobretudo dele parecia um trapo. Fiquei com a impressão de que ele morava na rua, e o mais estranho é que ele parecia orgulhoso daquele jeito dele. Só o relógio e o sapato feito à mão mostravam que ele tinha saído da merda. No mais, parecia fazer questão de manter suas raízes, e quando mais tarde eu já havia passado tudo para ele e a gente comemorava o nosso acordo com duas garrafas de vinho, perguntei sobre o passado dele.

— E eu espero, para o seu próprio bem, que o Bogey tenha te dado pelo menos alguns detalhes.

— Se você está pensando em ir atrás dele, devo avisar que...

— Não quero conselhos, Arvid. Quero fatos.

— Tudo bem. Claro que ele foi cauteloso — prosseguiu Arvid —, mesmo assim consegui alguma coisa. O Bogey não tinha como me negar, ele ainda dependia de algumas informações minhas, não ia conseguir se virar sozinho. Ele disse que cresceu numa cidade grande da Rússia, mas não deu o nome. E também contou que tinha absolutamente tudo contra ele. Tudo! A mãe era drogada e prostituta, e o pai podia ser qualquer um. Quando era pequeno, acabou indo parar num orfanato dos infernos. Me contou que um louco que trabalhava naquele lugar o colocava numa mesa de carnear que havia na cozinha e o espancava com uma bengala velha. Com onze anos ele fugiu do orfanato e foi viver na rua. Roubava e dormia em porões e escadarias pra se esquentar um pouco, enchia a cara com vodca vagabunda e cheirava solventes e cola. Foi violentado e apanhou muito. Mas também descobriu uma coisa.

— O quê?

— Que ele era muito talentoso. O que os outros levavam horas para fazer, ele conseguia em segundos. Era um mestre em arrombamentos, e esse foi o primeiro orgulho que sentiu na vida, a primeira identidade que teve. Antes não passava de um pivete desprezado por todos. De repente passou a ser o garoto que entrava em qualquer lugar, e logo isso virou uma obsessão. Passava os dias sonhando em ser uma espécie de Houdini ao contrário. Não queria sair dos lugares. Ele queria entrar, e começou a treinar para ficar cada vez melhor, treinava dez, doze, catorze horas por dia, até que virou uma lenda viva das ruas, pelo menos foi o que ele me disse, e começou a trabalhar em operações cada vez maiores que depois de um tempo passaram a envolver computadores, que ele roubava e reconfigurava. Conseguia hackear qualquer sistema e começou a ganhar muito dinheiro. Mas gastava tudo com drogas e negociatas, e muitas vezes era roubado e enganado. Na hora de trabalhar estava sempre alerta e concentrado, mas depois caía na apatia das drogas e acabavam passando a perna nele. Bogey disse que era ao mesmo tempo um ^nio e um burro. Mas um dia tudo mudou e ele saiu desse inferno.

— O que aconteceu?

— Ele estava dormindo numa construção abandonada e seu aspecto era o pior possível. Mas de repente ele acordou rodeado por uma luz dourada e viu um anjo na frente dele.

— Um anjo?

— Foi o que ele disse. Um anjo. Deve ter sido por causa do contraste com as outras coisas que ele tinha lá dentro, agulhas, restos de comida, baratas e só Deus sabe o que mais. Ele falou que era a mulher mais linda que ele já tinha visto. Mal aguentava olhar pra ela e sentiu como se fosse morrer ali. Foi um sentimento esplêndido, grandioso. Aí a mulher explicou, como se fosse a coisa mais natural do mundo, que ia fazer dele um homem rico e feliz, e se eu entendi bem ela cumpriu mesmo a promessa. Pagou um tratamento dentário pra ele e o colocou numa clínica de reabilitação. E tomou todas as providências para que depois ele se formasse em engenharia da computação.

— E desde então ele hackeia computadores e rouba para essa mulher e a rede que ela comanda.

— É mais ou menos isso. Ele virou outra pessoa. Talvez não totalmente outra, porque em muitos sentidos ele ainda é o mesmo ladrão de antes. Mas disse que não usa mais drogas e no seu tempo livre se dedica a obter informações sobre os últimos desenvolvimentos tecnológicos que existem no mundo. Encontrou muita coisa na Darknet e me falou que hoje ele é um homem muito rico.

— E sobre essa mulher? Ele não falou mais nada sobre ela?

— Não, ele era discreto demais. Falava dela com tanta admiração e reverência que por algum tempo cheguei a pensar se ela não seria apenas uma fantasia criada por ele. Mas acho que ela existe mesmo. Também havia um sentimento perceptível de medo no ar quando ele falava dela. Disse que preferia morrer a trair a confiança dessa mulher, e nesse momento me mostrou uma cruz patriarcal russa de ouro que a mulher tinha dado pra ele. Uma dessas cruzes que têm um braço extra meio na diagonal, que aponta ao mesmo tempo pra cima e pra baixo, sabe? Ele me explicou que essa cruz era uma alusão ao Evangelho de Mateus e aos ladrões crucificados com Jesus. Um dos ladrões acreditou nele e foi para o céu. O outro o ridicularizou e foi para o inferno.

— E era isso que ia acontecer com vocês, se traíssem essa mulher.

— É, mais ou menos.

— Então ela se comparava a Jesus?

— Naquela situação, a cruz não devia ter nada a ver com o cristianismo. Era apenas uma mensagem que ela queria transmitir.

— Fidelidade ou os tormentos do inferno.

— Algo nessa linha.

— E mesmo assim você está aqui comigo, Arvid. Contando tudo que sabe.

— Eu não tive escolha.

— Espero que você tenha ganhado um bom dinheiro.

— É, eu... ganhei.

— E depois a tecnologia do Balder foi vendida para a Solifon e a True-games.

— É... mas não consigo entender uma coisa.

— Não consegue entender o quê?

— Como você descobriu?

— Você cometeu a burrice de enviar um e-mail para o Eckerwald, da Solifon, lembra?

— Mas eu não escrevi nada que desse a entender que eu tinha vendido a tecnologia. Tomei o maior cuidado.

— O que você disse lá foi o suficiente para mim — respondeu Lisbeth se levantando, e nesse instante foi como se Arvid perdesse o chão.

— Espere um pouco! E como vão ficar as coisas agora? Você vai deixar meu nome longe dessa história?

— Seria sorte demais para você — ela disse, e em seguida se afastou com passos rápidos e decididos rumo a Odenplan.

Enquanto Bublanski descia a escada do prédio da Torsgatan, seu celular tocou. Era o professor Charles Edelman. Bublanski estava atrás dele desde que soubera que o garoto era um *savant*. Na internet, tinha descoberto dois especialistas suecos mencionados de forma sempre consistente quando o tema era esse — a professora Lena Ek, da Universidade de Lund, e Charles Edelman, do Instituto Karolinska. Como não havia conseguido fazer contato com nenhum dos dois, tinha deixado o assunto um pouco de lado para ir à casa de Hanna Balder. Agora Charles Edelman respondia à sua ligação, parecendo muito perturbado. Explicou que estava em Budapeste, para uma conferência sobre capacidade aumentada de memória. Tinha acabado de aterrissar e de ver a notícia do assassinato no site da CNN.

— Senão eu mesmo já teria procurado vocês.

— Como assim?

— O Frans Balder me telefonou ontem à noite.

Bublanski estremeceu, como em geral acontecia quando deparava com esse tipo de coincidência.

— Para tratar de que assunto?

— Ele queria falar sobre o talento do filho dele.

— Os senhores se conheciam?

— Não. Ele me ligou porque estava preocupado com o menino. Fiquei estupefato.

— Por quê?

— Por ser o professor Frans Balder. Para os neurologistas, o Balder é praticamente um conceito. Costumamos dizer que ele quer entender o cérebro humano da mesma forma que nós. A diferença é que depois ele quer construir um a partir do nada, e aprimorá-lo.

— Já ouvi comentários parecidos.

— Eu tinha ouvido dizer que ele era um homem extremamente recluso e difícil. Um pouco como uma máquina, as pessoas diziam às vezes, de brincadeira: pensamento lógico e puro. Mas comigo ele se mostrou muito emotivo, o que, para ser sincero, me deixou atônito. Foi... não sei explicar, foi como se você visse o agente mais durão da polícia chorar, e achei que devia ter acontecido mais alguma coisa além daquilo que ele estava me contando.

— E foi uma impressão correta. O professor Balder percebeu que existia uma ameaça real contra a vida dele — disse Bublanski.

— Mas ele tinha outras razões para estar alterado. Ele disse que os desenhos do filho eram magistrais, o que não é muito comum nessa idade, nem mesmo entre os *savants*, e menos ainda quando essa habilidade vem acompanhada por um talento matemático.

— O menino tem habilidades matemáticas também?

— Pelo que o Balder me contou, tem. E eu poderia discorrer horas e horas sobre esse assunto.

— O que o senhor quer dizer?

— Fiquei ao mesmo tempo muito impressionado e pouco impressionado. Hoje sabemos que existe um fator hereditário relacionado à síndrome de *savant,* e no caso o pai era uma lenda viva graças aos logaritmos avançados que havia desenvolvido. Ao mesmo tempo...

— Sim?

— Ao mesmo tempo a capacidade artística e a aptidão matemática não costumam aparecer juntas nessas crianças.

— O interessante da vida é que ela sempre encontra um jeito de nos surpreender — disse Bublanski.

— É verdade. Mas como posso ajudá-lo?

Bublanski se lembrou de tudo que havia acontecido em Saltsjöbaden e achou que seria uma boa ideia agir com a maior cautela possível.

— Precisamos da sua ajuda e do seu conhecimento técnico o mais depressa possível.

— O menino testemunhou o assassinato, não foi?

— Isso mesmo.

— E agora vocês querem que eu tente fazê-lo desenhar o que viu?

— Prefiro não fazer comentários.

Charles Edelman estava na recepção do hotel Boscolo, em Budapeste, próximo às águas reluzentes do Danúbio, onde se realizaria a conferência. O lugar parecia um pequeno saguão de um teatro de ópera. Era suntuoso, com pé-direito alto e repleto de cúpulas e pilares em estilo antigo. Ele tinha esperado ansiosamente por aquela semana na Hungria, repleta de palestras e jantares. Mas naquele instante crispou o rosto e passou a mão pelo cabelo. Tinha recomendado o jovem professor Martin Wolgers.

— Lamento, mas por enquanto não vou poder ajudá-lo. Tenho uma palestra muito importante amanhã — ele tinha dito ao investigador Bublanski, o que era verdade.

Charles Edelman havia se preparado durante semanas para essa apresentação, e sabia que ela provocaria uma grande polêmica com outros importantes pesquisadores dos processos de memória. Porém, quando desligou e trocou um olhar furtivo com Lena Ek — que passava depressa por ele com um sanduíche na mão —, se arrependeu. Chegou até mesmo a invejar o jovem Martin, que sem ter nem completado trinta e cinco anos fazia sempre boa figura e já tinha começado a construir seu nome.

Verdade que Charles Edelman não entendia muito bem o que havia acontecido. O investigador tinha sido um tanto misterioso. Provavelmente temia que o telefone estivesse grampeado, porém não era difícil imaginar o que havia por trás daquela conversa. O menino era um desenhista extraordinário e testemunhara o crime. Essa situação podia ser resolvida de forma bem evidente, não? Quanto mais Edelman pensava no assunto, mais se preocupava. Ainda teria a oportunidade de fazer muitas apresentações importantes ao longo da vida. Mas participar de uma investigação de homicídio daquele nível — essa era uma chance que não se repetiria. Quando pensava na tarefa que havia passado a Martin, tinha a certeza de que ela seria mais interessante do que qualquer outra coisa que viesse a acontecer em Budapeste, e quem sabe? Talvez ela pudesse lhe trazer uma pequena dose de fama.

Edelman imaginou as manchetes: "Neurologista ajuda polícia a desvendar assassinato". Ou ainda melhor: "Pesquisas de Edelman inauguram nova era na investigação criminal". Como podia ter sido tão idiota e ter passado o seu bastão? Havia sido uma atitude estúpida, não? Charles Edelman pegou o celular de novo e ligou para Bublanski.

Jan Bublanski desligou o telefone. Ele e Sonja Modig tinham encontrado um estacionamento perto da biblioteca municipal de Estocolmo e acabado de atravessar a rua. O tempo continuava horrível e as mãos de Bublanski estavam quase congelando.

— O Edelman mudou de ideia? — perguntou Sonja.

— Mudou. Agora disse que está se lixando para a palestra que ia dar.

— E quando ele volta?

— Disse que dará notícias assim que tiver certeza. Mas acha que no máximo amanhã de manhã já estará aqui.

Os dois estavam a caminho da clínica Oden, na Sveavägen, para encontrar o diretor, Torkel Lindén. O encontro era apenas para acertar os detalhes sobre o testemunho de August Balder — pelo menos era o que Bublanski pensava. Embora Torkel Lindén nada soubesse sobre as reais intenções dos policiais, tinha sido um tanto esquivo ao telefone e dito que o menino não devia ser incomodado "de forma nenhuma". Bublanski tinha percebido certa hostilidade e havia feito a besteira de retribuir com a mesma falta de gentileza. Não tinha sido um início muito promissor.

Ao chegar, Bublanski descobriu que Torkel Lindén não era o homem grande e robusto que havia imaginado. Pelo contrário, não devia medir mais que um metro e meio, tinha cabelo preto e curto, talvez pintado, e lábios impassíveis que realçavam a impressão de um caráter bastante severo. Usava calça de brim preto, camisa polo preta e uma pequena cruz no pescoço. Tinha um ar meio eclesiástico, e não havia dúvida de que sua hostilidade era real.

Os olhos do diretor tinham um brilho arrogante, e Bublanski se sentiu mais judeu do que nunca, como em geral acontecia quando encontrava aquele tipo de má vontade. O olhar daquele homem também desejava firmar sua superioridade moral. Torkel Lindén queria mostrar como seu caráter era mais refinado porque se preocupava com o bem-estar psíquico do garoto, ao contrário da polícia, que desejava usá-lo como uma ferramenta a seu serviço, e Bublanski não viu outra saída senão iniciar a conversa da forma mais amistosa possível.

— Muito prazer — ele disse.

— Ahã — respondeu Torkel Lindén.

— E obrigado por ter nos recebido sem hora marcada. Posso garantir que não o incomodaríamos se não acreditássemos que o assunto é de extrema importância.

— Imagino que vocês queiram interrogar o menino.

— Não exatamente — prosseguiu Bublanski com um tom de voz não muito amável. — Queremos... bem, primeiro eu gostaria de deixar bem claro que tudo o que dissermos aqui deve ficar entre nós. Por questão de segurança.

— O sigilo é nossa maneira habitual de trabalhar. Não temos vazamento de informações aqui — disse Torkel Lindén, como se tivesse insinuando que já na polícia não se podia dizer o mesmo.

— Eu só quero garantir a segurança do menino — Bublanski retrucou.

— Então essa é a prioridade de vocês?

— Para dizer a verdade, é — respondeu Bublanski ainda mais agressivo. — Por isso eu gostaria de enfatizar mais uma vez: nada do que eu disser pode chegar a outras pessoas. E não me refiro apenas a conversas ao vivo, mas especialmente por e-mail e telefone. Podemos ir a um lugar mais reservado?

Sonja Modig não estava muito entusiasmada com aquele lugar. Talvez o choro a estivesse perturbando. Perto dali uma menina chorava desesperadamente, sem parar. Os três estavam numa sala que cheirava a desinfetante e a alguma coisa mais — talvez incenso. Na parede via-se uma cruz e no chão um urso de pelúcia velho. Praticamente não havia mais nada para tornar o ambiente agradável ou aconchegante, e Bublanski, que em geral não perdia o bom humor, estava a ponto de explodir. Por isso Sonja assumiu o comando e ofereceu um relato sóbrio e objetivo do que havia acontecido.

— E agora — ela prosseguiu — soubemos que o seu colega Einar Forsberg disse que o August não podia desenhar.

— Foi uma avaliação profissional dele, com a qual concordo. Desenhar não faz bem à condição do menino — declarou Torkel Lindén.

— Por outro lado, me parece que pouca coisa poderia melhorar a condição dele neste momento. Afinal, ele presenciou o assassinato do pai.

— Mas nem por isso precisamos deixar as coisas piores, certo?

— É verdade. Mas esse desenho que o August foi impedido de terminar pode trazer uma informação decisiva à investigação, por isso estamos insistindo. Concordamos que um psicólogo o acompanhe o tempo inteiro.

— Mesmo assim minha resposta é não.

Sonja mal conseguiu acreditar no que ouviu.

— Como é? — perguntou.

— Respeito muito o trabalho de vocês — prosseguiu Torkel Lindén como se nada tivesse acontecido —, mas nosso trabalho aqui na clínica Oden é ajudar crianças que sofreram qualquer tipo de abuso. Esse é o nosso dever e a nossa vocação. Não somos um braço da polícia. Essa é a nossa conduta, e nos orgulhamos muito dela. Enquanto nossas crianças estiverem aqui, elas precisam sentir que os interesses delas estão acima de tudo.

Sonja Modig pôs a mão na perna de Bublanski para impedir que o colega perdesse a cabeça.

— Podemos conseguir um mandado judicial sem nenhuma dificuldade — Sonja continuou. — Mas preferimos evitar uma medida dessas.

— Que bom para vocês.

— Desculpe, mas quero lhe fazer uma pergunta — ela disse. — Você e o seu colega Einar Forsberg realmente sabem o que é melhor para o August ou para essa menina que está chorando? Será que todos nós não temos a necessidade de nos expressar? Eu e você podemos escrever, conversar ou até mesmo nos comunicar um com o outro através dos nossos advogados, mas o August Balder não tem essa possibilidade. Por outro lado, ele sabe desenhar, e parece que deseja nos mostrar alguma coisa. Será que impedir essa comunicação é mesmo a melhor coisa a fazer por ele? Não seria tão desumano quanto impedir uma criança de falar? Será que o ideal é realmente impedir o August de expressar aquilo que mais o deve estar atormentando neste momento?

— No nosso entendimento...

— Não! — Sonja o interrompeu. — Chega de falar sobre o que é o entendimento de vocês. Entramos em contato com a pessoa mais capacitada de toda a Suécia para lidar com esse tipo de questão. Seu nome é Charles Edelman, ele é professor de neurologia e está vindo da Hungria agora mesmo para ver o menino. Não seria mais razoável deixar que ele decida?

— Claro que podemos ouvir o que esse neurologista tem a dizer — respondeu Torkel Lindén a contragosto.

— Não apenas ouvir. Podemos deixar que ele decida.

— Prometo que me disponho a ter um diálogo construtivo entre dois especialistas.

— Ótimo. O que o August está fazendo agora?

— Dormindo. Ele estava exausto quando chegou.

Sonja concluiu que não ajudaria em nada sugerir que acordassem August.

— Então nós voltaremos amanhã com o professor Edelman, e espero que possamos trabalhar juntos nesse caso.

16. NOITE DE 21 DE NOVEMBRO
E MANHÃ DE 22 DE NOVEMBRO

Gabriella Grane afundou o rosto nas mãos. Fazia quarenta horas que ela estava acordada e seu sentimento de culpa só piorava com a falta de sono. Mesmo assim, havia trabalhado duro e de maneira intensa o dia todo. De manhã, ela havia passado a integrar uma equipe da Säpo — uma espécie de unidade secreta — que também investigava a morte de Frans Balder. Oficialmente, cabia à equipe avaliar as implicações do crime no cenário político nacional, mas de forma sigilosa acompanhava cada mínimo detalhe que envolvia o assassinato do cientista.

Na coordenação do grupo, estava o intendente Mårten Nielsen, que recentemente voltara ao país depois de um ano de estudos na Universidade de Maryland, nos Estados Unidos. Nielsen era sem dúvida inteligente e instruído, mas tinha posições políticas muito de direita para o gosto de Gabriella. Mårten devia ser o único sueco com nível superior a apoiar com entusiasmo o partido republicano americano, inclusive manifestando alguma simpatia pelo movimento Tea Party. Além disso, era apaixonado por história das guerras e palestrante assíduo da Academia Militar. Mesmo ainda bem jovem — trinta e nove anos —, Nielsen tinha muitos contatos fora do país.

Apesar disso, ele estava encontrando muita dificuldade em se encaixar no grupo, que na prática era liderado por Ragnar Olofsson, mais velho, mais inteligente e capaz de fazer Mårten se calar com um simples suspiro rabugento ou com um franzir de suas sobrancelhas cerradas. Para piorar a situação, o investigador Lars Åke Grankvist também fazia parte do grupo.

Antes de se integrar à Säpo, Lars Åke havia sido um semilendário investigador da Comissão de Homicídios da Polícia Nacional, pelo menos no que se referia à sua habilidade de beber mais do que todos os companheiros e ao fato de ter mantido uma amante em cada cidade do país. Mas com certeza aquele não era um grupo fácil para se adaptar, e até mesmo Gabriella se mostrou cautelosa a tarde toda, muito mais por ainda estar cheia de dúvidas sobre o caso do que pela rivalidade entre seus colegas.

Ela percebeu, por exemplo, que as provas sobre o antigo caso de espionagem cibernética eram vagas e quase inexistentes. Tudo que havia era a declaração de Stefan Molde, do Försvarets Radioanstalt, e nem mesmo ele estava muito convicto do que afirmara. Na opinião de Gabriella, ele havia dito mais bobagens do que qualquer outra coisa, e Frans Balder parecia ter confiado muito mais naquela jovem hacker que ele havia contratado e cujo nome nem sequer constava da investigação. Tudo que eles sabiam era a perfeita descrição que o assistente de Balder, Linus Brandell, fizera da hacker. Gabriella concluiu que Frans Balder havia escondido muitas informações dela, antes de se mudar para os Estados Unidos.

Teria sido apenas coincidência ele ter aceitado o emprego na Solifon?

Gabriella estava cheia de dúvidas e irritada por não estar mais recebendo ajuda de Fort Meade. Ela não conseguia mais falar com Alona Casales e muito menos estabelecer contato direto com a NSA. Por essa razão, não tinha como obter novas informações sobre o caso. Sentia-se exatamente como Mårten e Lars Åke, à sombra de Ragnar Olofsson, que, ao receber notícias frescas de sua fonte na Comissão de Homicídios, as levava direto à chefe da Säpo, Helena Kraft.

Gabriella não estava gostando nada daquela situação e, em vão, já havia apontado que daquele jeito corriam não só o risco de as informações vazarem, mas também de eles perderem parte de sua independência, pois em vez de usarem suas próprias fontes ficavam subordinados ao fluxo de informações que vinha da equipe de Bublanski.

— Estamos parecendo alunos que vão colar na prova e só ficam esperando receber as respostas prontas — ela disse ao grupo todo, o que não fez sua popularidade crescer nem um pouco.

Agora ela estava sozinha em sua sala, decidida a seguir em frente por conta própria, tentando enxergar a história de maneira mais ampla e fazer algum progresso. Talvez não chegasse a nenhuma conclusão, mas também não faria mal tentar seguir um caminho seu, sem ficar olhando sempre para o mesmo lugar, como os outros estavam fazendo. Ouviu passos no corredor e, pelo barulho do salto alto, percebeu que só podia ser uma pessoa. Helena Kraft entrou na sala com seu blazer Armani cinza e o cabelo preso num coque elegante. Helena olhou-a com carinho e Gabriella se incomodou. Não era sempre que gostava de se sentir a predileta.

— Como estão as coisas? Muito cansada?

— Demais — respondeu Gabriella.

— Depois da nossa conversa, quero que você vá para casa dormir. Precisamos de uma analista de segurança pensando com clareza por aqui.

— Uma decisão sensata.

— Sabe o que Erich Maria Remarque disse?

— Que nas trincheiras não é nada divertido ou algo do tipo...

— Ah, não, que é sempre a pessoa errada que se sente culpada. As pessoas que realmente causam sofrimento ao mundo nem se importam. Aqueles que lutam do lado certo é que se deixam consumir pela culpa. Você não tem do que se envergonhar, Gabriella. Você fez o que pôde.

— Não tenho muita certeza disso, mas obrigada de qualquer forma.

— Você ouviu sobre o filho de Balder?

— Ouvi alguma coisa rapidamente do Ragnar.

— Amanhã às dez horas, o inspetor Bublanski, a inspetora Modig e um tal professor Charles Edelman vão se encontrar com o menino na clínica Oden, na Sveavägen. Eles vão tentar fazer o menino desenhar mais alguma coisa.

— Tomara que funcione, mas não me agrada muito saber disso.

— Calma, deixe a paranoia para mim. As únicas pessoas que têm essa informação são as que sabem ficar de boca fechada.

— Se é assim, ótimo.

— Quero te mostrar uma coisa

— O quê?

— Fotografias do rapaz que hackeou o alarme de Balder.

— Eu já vi, analisei todas cuidadosamente.

— Tem certeza? — perguntou Helena Kraft, estendendo a ela uma foto ampliada e mal definida de um pulso.

— O que é que tem?

— Olhe de novo! O que você está vendo?

Gabriella viu duas coisas. Um relógio de grife, que ela já tinha notado antes, e, embaixo dele, traços de uma tatuagem que parecia feita por um amador.

— Há um contraste aqui — ela disse. — Um relógio caro sobre tatuagens baratas.

— Mais que isso — rebateu Helena Kraft. — É um Patek Philippe de 1951, modelo 2499, de primeira ou segunda série.

— Fiquei na mesma.

— É um dos relógios mais caros do mundo. Há alguns anos um exemplar desses foi vendido num leilão da Christie's em Genebra por mais de dois milhões de dólares.

— Você está brincando?

— Não, e não foi um velhote qualquer que comprou esse relógio. Foi Jan van der Waal, advogado do escritório Dackstone & Partner. Ele fez a compra em nome de um cliente.

— O Dackstone & Partner que representa a Solifon?

— Exatamente.

— Caramba!

— Claro que não temos certeza se o relógio flagrado pelas câmeras de segurança é o mesmo do leilão de Genebra e também não conseguimos descobrir quem é esse cliente do Jan van der Waal. Mas é um ponto de partida, Gabriella. Agora temos um homem esquelético parecido com um drogado e que usa um relógio espetacular como esse. Isso já restringe bastante a nossa busca.

— E o Bublanski já tem essa informação?

— Foi o técnico dele, Jerker Holmberg, quem descobriu tudo isso. O que eu quero agora é que o seu cérebro analítico trabalhe com essa informação. Vá para casa, durma um pouco e comece nisso amanhã cedo.

* * *

O homem que dizia se chamar Jan Holtser estava sentado em seu apartamento em Helsinque, na Högbergsgatan, não muito distante do parque da Esplanada. Ele folheava um álbum de fotografias de sua filha Olga, agora com vinte e dois anos, que estudava medicina em Gdansk, na Polônia.

Olga era morena e alta e, como ele costumava dizer, a melhor coisa que havia acontecido em sua vida. Ele dizia isso não só porque soava bonito e o fazia parecer um pai responsável. Ele também queria acreditar nisso. Mas Olga vinha começando a suspeitar de suas reais atividades.

— Você defende pessoas ruins? — ela perguntou um dia, antes de começar a ficar obcecada com o que ela dizia ser seu compromisso com os "pobres e oprimidos".

Jan achava que era apenas um encantamento passageiro com as ideias de esquerda, o que, aliás, não combinava em nada com a personalidade da filha. Ele interpretava aquilo mais como um grito de independência dela. Por trás de todo aquele discurso elaborado sobre mendigos e doentes, ele achava que ela era igual a ele. Olga havia sido uma atleta promissora dos cem metros rasos. Media um metro e oitenta e seis, era musculosa e tinha explosão. Nos velhos tempos ela adorava assistir a filmes de ação e ouvi-lo falar de suas lembranças de guerra. Na escola, todos haviam aprendido a não puxar briga com ela, pois ela batia de volta, como um guerreiro. Olga definitivamente não tinha sido feita para amparar fracos e degenerados.

Mesmo assim ela agora dizia que queria trabalhar para os Médicos Sem Fronteiras ou então ir para Calcutá como uma espécie de Madre Teresa. Jan Holtser não suportava nem pensar nisso. O mundo pertence aos fortes, ele achava. Mas também amava a filha, por mais amalucados que fossem seus ideais, e no dia seguinte ela viria ficar alguns dias em casa, depois de seis meses. Ele havia prometido a si mesmo ser um ouvinte melhor desta vez, não ficar discursando sobre Stálin, os grandes líderes nem sobre todas as coisas que ela odiava.

Pretendia trazê-la para mais perto. Tinha certeza de que ela estava precisando dele. Tinha absoluta certeza de que *ele* estava precisando dela. Eram oito da noite, ele foi até a cozinha, espremeu três laranjas na centrífuga, colocou Smirnoff num copo e preparou um screwdriver. O terceiro do dia. Depois de encerrar um trabalho, ele podia dar conta de seis ou sete desses, e talvez fizesse isso agora. Estava cansado e sentia o peso de toda a responsabilidade que havia sido jogada em seus ombros. Precisava relaxar e por alguns minutos continuou ali com seu drinque na mão e sonhando com um tipo de vida completamente diferente. Mas o homem que dizia se chamar Jan Holtser tinha aumentado demais suas expectativas.

Sua tranquilidade terminou quando recebeu uma ligação de Jurij Bogdanov no celular. No início, Jan pensou que Jurij quisesse apenas bater papo, pôr um pouco para fora toda a carga de tensão que fazia parte de todo o trabalho deles. Mas seu colega estava telefonando para tratar de um assunto bem específico e não parecia nada feliz.

— Falei com T — ele disse, e Jan sentiu uma porção de coisas ao mesmo tempo, acima de tudo ciúme.

Por que Kira tinha telefonado para Jurij e não para ele? Mesmo que fosse Jurij quem trouxesse o dinheiro grosso e recebesse como retribuição os melhores presentes e maior salário, Jan vinha sempre sendo persuadido de que era ele, Jan, o mais próximo de Kira. Mas Jan Holtser estava também preocupado agora. Será que alguma coisa tinha dado errado?

— Algum problema? — Jan perguntou.

— O trabalho não terminou.

— Onde você está?

— Na cidade.

— Bom, então venha até aqui me explicar que diabos você quer dizer com isso.

— Reservei uma mesa no Postres.

— Eu não estou com vontade de ir a nenhum restaurante chique agora nem de posar de novo-rico do seu lado. Venha para cá de uma vez.

— Eu ainda nem comi.

— Eu faço alguma coisa para você.

— Está bem. Temos uma longa noite pela frente.

Tudo que Jan Holtser não queria era outra longa noite. E menos ainda dizer à sua filha que ele não estaria em casa no dia seguinte. Mas Jan não tinha escolha. Sabia tão bem disso quanto sabia que amava Olga. Não se podia dizer não a Kira.

Ela exercia um poder invisível sobre ele e, por mais que se esforçasse, Jan nunca conseguia se mostrar um homem admirável para ela. Kira o reduzia a um garotinho, e quase sempre ele estava fazendo o impossível para vê-la sorrir.

Kira era de uma beleza vertiginosa e, como ninguém, sabia extrair o máximo de seus atributos físicos. Era magnífica nos jogos de poder, conhecia todos os seus lances. Sabia se mostrar fraca e suplicante e também indomável, dura, fria como gelo; era muitas vezes a própria encarnação do mal. Ninguém conseguia despertar tanto o lado sádico dele como ela.

Podia não ser uma pessoa extremamente inteligente, no sentido convencional da palavra, e muitos comentavam isso, talvez porque quisessem abaixar um pouco a crista dela. Ainda assim essas mesmas pessoas ficavam aparvalhadas em sua presença. Kira os manipulava como a um brinquedo, e mesmo os homens mais durões coravam e davam risadinhas como meninos de escola.

Eram nove da noite e Jurij estava sentado perto de Jan devorando o filé de carneiro que ele havia preparado. Por mais estranho que parecesse, Jurij até demonstrava algumas boas maneiras à mesa. Provavelmente por influência de Kira. Em muitos aspectos, Jurij havia se transformado quase num homem civilizado, embora de vez em quando, naturalmente, voltasse a ser o que era. Por mais que tentasse posar de bacana, ele mesmo não conseguia se livrar daquele jeito de batedor de carteira drogado e da sensação de ainda ser um. Mesmo que Jurij não usasse drogas havia muitos anos e tivesse se formado em engenharia da computação, ele parecia destruído e seus movimentos e andar desleixado ainda exibiam as marcas dos descuidos de um morador de rua.

— Cadê o seu relógio bacana? — perguntou Jan.

— Aposentei por enquanto.

— Você está encrencado?

— Nós dois estamos.

— A situação é assim grave?

— Talvez não.

— Mas você disse que o trabalho não terminou, não foi?

— É, ainda tem aquele menino...

— Que menino?

Jan fingiu que não tinha entendido.

— Aquele que você aliviou. Que coisa nobre ...

— O que é que tem ele? Você sabe que ele é deficiente.

— Talvez seja, mas agora ele começou a desenhar.

— Desenhar como?

— Ele é um *savant*.

— Um o quê?

— Você devia ler umas outras coisas, além dessas suas revistas sobre armamentos.

— Do que você está falando?

— Um *savant* é uma pessoa autista ou com algum tipo de deficiência, mas que mesmo assim tem um talento especial. Esse garoto não fala nem pensa direito, mas parece que ele tem memória fotográfica. O inspetor Bublanski acha que o menino vai conseguir desenhar o seu rosto com precisão matemática e, depois, ele pretende jogar esse desenho no programa de reconhecimento de faces da polícia, e aí você vai se foder, não vai? Você não está lá em algum arquivo da Interpol?

— Estou, mas com certeza a Kira não quer que...

— Isso é exatamente o que ela quer. A gente vai ter que dar um jeito no menino.

Uma onda de emoção e confusão percorreu Jan, e ele se viu de novo diante daquele olhar vazio e brilhante que vinha da cama de casal e que o fizera se sentir tão desconfortável.

— De jeito nenhum! — ele gritou, mas sem acreditar nisso.

— Eu sei que você tem problema com crianças. Eu também não gosto. Mas infelizmente não temos saída. Aliás, você devia até agradecer. A Kira podia simplesmente ter acabado com você.

— Imagino que sim.

— Tudo certo então! Já estou com as passagens aéreas aqui no bolso. A gente pega o primeiro voo de amanhã para Arlanda, às seis e meia, e depois vamos direto pra um lugar chamado clínica Oden, na Sveavägen.

— O menino está numa instituição?

— Sim, o que vai exigir um bom planejamento. Assim que eu acabar de comer, a gente começa.

O homem que dizia se chamar Jan Holtser fechou os olhos e ficou tentando pensar no que iria dizer a Olga.

No dia seguinte, Lisbeth Salander se levantou às cinco da manhã e invadiu o supercomputador NSF MRI do Instituto de Tecnologia de Nova Jersey. Ela precisava de todo o potencial matemático que conseguisse reunir. Em seguida, saiu de seu próprio programa de fatoração de curvas elípticas.

Depois disso começou a trabalhar na decodificação do arquivo que ela havia baixado da NSA. Por mais que tentasse de todas as formas, não conseguiu, e na verdade ela já esperava que isso pudesse acontecer. Tratava-se de uma sofisticada criptografia RSA — nome de seus descobridores, Rivest, Shamir e Adleman — de duas chaves, baseada na fórmula de Euler e no teste de primalidade de Fermat, mas o principal era que podia ser facilmente multiplicada em dois números primos maiores.

Uma calculadora lhe dará a resposta em uma fração de segundos, no entanto é impossível trabalhar de trás para a frente e, da resposta obtida, saber que números primos foram utilizados. Os computadores ainda não são muito bons em fatoração de números primos, realidade contra a qual tanto Lisbeth Salander como os serviços de inteligência do mundo todo praguejaram muitas vezes no passado.

Normalmente, o algoritmo GNFS é tido como o mais eficiente para esse objetivo, mas fazia cerca de um ano que Lisbeth vinha pensando que o ECM, o Método da Curva Elíptica, seria o mais promissor. Por isso ela já havia passado inúmeras noites em claro escrevendo seu próprio programa de fatoração. Mas agora, nessas primeiras horas do dia, ela se deu conta de que precisava continuar aprimorando o programa para conseguir ter uma mínima chance de sucesso, e depois de três horas ininterruptas de trabalho ela decidiu fazer uma pausa. Foi até a cozinha, tomou suco de laranja direto na caixinha e esquentou dois pirogues no micro-ondas.

Voltou à sua mesa e entrou no computador de Mikael Blomkvist para ver se ele tinha descoberto algo novo. Ele havia lhe deixado outras duas perguntas, e elas fizeram Lisbeth perceber na hora que, apesar de tudo, ele não era um caso perdido.

Qual dos assistentes de Frans Balder o traiu?, ele escreveu, e de fato era uma pergunta sensata.

Ainda assim, Lisbeth não respondeu. Não que se importasse com Arvid Wrange. Mas sua investigação para chegar ao drogado de olhos fundos que estivera em contato com Wrange havia progredido. O sujeito tinha se identificado como Bogey, e Trinity, da Hacker Republic, lembrou que alguém exatamente com esse apelido havia chamado a atenção em alguns sites de hackers anos antes. Embora isso, claro, não significasse, necessariamente, alguma coisa.

Bogey não era um pseudônimo exclusivo nem muito original. Mas depois de tê-lo rastreado e lido seus posts, Lisbeth teve a sensação de que poderia estar certa, sobretudo quando alguém com esse apelido descuidadamente tinha escrito alguma coisa sobre ter se formado em engenharia da computação na Universidade de Moscou.

Lisbeth não havia conseguido descobrir em que ano o engenheiro se graduara nem outras datas relacionadas a esse assunto. Mas tinha encontrado algo ainda melhor: alguns detalhes nerds mostravam que Bogey era apaixonado por relógios de luxo e maluco por filmes franceses da década de 1970 sobre Arsène Lupin, o ladrão elegante.

Em seguida Lisbeth postou uma pergunta em todos os sites imagináveis para novos e ex-alunos da Universidade de Moscou. Ela queria saber se alguém, por acaso, conhecia um cara esquelético e de olhos fundos, ex-drogado, ex-menino de rua que depois tinha se tornado um célebre ladrão e que adorava filmes de Arsène Lupin. Não demorou muito para receber uma resposta.

"Parece ser o Jurij Bogdanov", escreveu uma garota que se apresentou como Galina.

Segundo Galina, Jurij era uma lenda na universidade. Não apenas por ter conseguido hackear os computadores de todos os conferencistas e descobrir podres de cada um, mas também por viver fazendo apostas com as pessoas. Ele dizia: "Aposto cem rublos com você como eu entro naquela casa".

Muitos que não o conheciam achavam que iam ganhar um dinheiro fácil. Mas Jurij conseguia entrar onde ele quisesse. Se por algum motivo ele não conseguia ultrapassar alguma porta, escalava as paredes. Era conhecido por sua ousadia e perversidade. Diziam que uma vez havia chutado um cão até a morte, porque o animal estava atrapalhando o seu trabalho. E também roubava as pessoas o tempo todo, na maioria das vezes só para atormentá-las. Galina achava que ele devia ser cleptomaníaco. Mas Jurij também era considerado um hacker genial e um analista talentoso e, depois de formado, o mundo ficou a seus pés. Mas ele não quis nenhum emprego. Queria seguir seu caminho, ele tinha dito, e não foi difícil para Lisbeth descobrir que caminho ele percorrera depois da universidade — pelo menos de acordo com a versão oficial.

Jurij Bogdanov tinha agora trinta e quatro anos. Ele havia trocado a Rússia por seu atual endereço, Budapester Strasse nº 8, em Berlim, próximo ao requintado restaurante Hugos. Ele comandava uma empresa de segurança chamada Outcast Security, que contava com sete funcionários e cujo faturamento, no último ano fiscal, tinha sido de vinte e dois milhões de euros. Era um tanto irônico, ainda que de algum modo lógico, que o seu negócio de fachada fosse justamente uma empresa que protegia grupos industriais de pessoas como ele. Ele não havia sido condenado por nenhum outro crime desde que se formara em 2009 e parecia dispor de uma rede de contatos bem ampla, entre eles Ivan Gribanov, membro da Assembleia Legislativa russa e acionista da companhia de petróleo Gazprom. E, fora isso, Lisbeth não encontrou mais nada que pudesse ajudá-la a ir mais longe.

A segunda pergunta que Mikael Blomkvist lhe fazia era:

Clínica psiquiátrica Oden, na Sveavägen: é um lugar seguro? (Delete isso assim que terminar de ler.)

Ele não explicava por que o interesse nessa clínica. Mas ela sabia que Mikael Blomkvist não era de fazer perguntas à toa. Nem tinha o hábito de ser vago sobre nada.

Se ele estava sendo cauteloso a ponto de apagar a pergunta, é porque devia ser uma questão delicada. Com certeza havia algo importante sobre esse lugar, e Lisbeth logo descobriu inúmeras reclamações contra a clínica Oden. Crianças haviam sido deixadas à sua própria sorte ali, negligenciadas, correndo o risco de se ferir. Era uma instituição particular, administrada por seu diretor, Torkel Lindén, e pela empresa Care Me, de propriedade dele. Alguns antigos funcionários afirmavam, se é que se podia acreditar neles, que Torkel Lindén dirigia a clínica com total autonomia e poder, e ali a palavra dele era lei. Apenas o básico era adquirido e, em consequência disso, a margem de lucro que a clínica obtinha era sempre alta.

Torkel Lindén havia sido um ginasta consagrado e, entre suas conquistas, estava a de campeão sueco de barra fixa. Atualmente se dedicava com paixão à caça e era membro da Congregação Amigos de Cristo, que combatia com veemência a homossexualidade. Lisbeth entrou nas páginas oficiais da Associação Sueca de Caçadores e da Congregação Amigos de Cristo, para ver que tentadoras atividades estavam agendadas para aqueles dias. Em seguida, enviou a Torkel dois e-mails falsos, muito simpáticos e envolventes, em nome dessas entidades. Em cada e-mail ela anexou um arquivo em PDF com um vírus espião bastante sofisticado, que se instalaria no computador de Torkel assim que ele abrisse as mensagens.

Às 8h23 ela já havia conseguido entrar no servidor e começado a trabalhar. E suas suspeitas se confirmaram. August havia sido internado na clínica Oden na tarde do dia anterior. Em sua ficha médica, logo abaixo de um relato das tristes circunstâncias que haviam ocasionado a admissão de August na clínica, ela leu:

> *Autismo infantil, grave atraso no desenvolvimento mental. Inquieto. Fortemente traumatizado com a morte do pai. Exige observação constante. Difícil de lidar. Trouxe um quebra-cabeça. Proibido de desenhar! Comportamento compulsivo e destrutivo. Decisão do psicólogo Forsberg, confirmada por TL.*

Abaixo, havia o seguinte — e não havia dúvida que tinha sido acrescentado depois:

> *O professor Charles Edelman, o inspetor Bublanski e a inspetora Modig farão uma visita ao menino na quarta-feira, 22 de novembro, às 10h. TL estará presente. Desenho sob monitoração.*

E mais abaixo:

> *Mudança de local. TL e o professor Edelman levarão o menino para sua mãe, Hanna Balder, na Torsgatan. O inspetor Bublanski e a inspetora Modig os encontrarão lá. Acreditam que o garoto desenha melhor em seu ambiente familiar.*

Lisbeth fez uma rápida pesquisa, para saber quem era o professor Charles Edelman e, quando viu que ele era especialista em síndrome de *savant*, entendeu o que ia acontecer. Eles pareciam estar atrás de algum tipo de testemunho através de um desenho. Senão, por que Bublanski e Sonja Modig estariam interessados nos desenhos do menino? E por que Mikael Blomkvist teria sido tão cauteloso com aquela pergunta?

Porque, claro, nada disso podia vazar. O assassino não podia descobrir que o menino possivelmente seria capaz de fazer um desenho dele, portanto Lisbeth decidiu verificar se Torkel Lindén havia sido cuidadoso com sua correspondência. Por sorte parecia tudo bem. Ele não tinha escrito nada sobre a habilidade de desenhar do menino. Mas na noite anterior, às 23h10, ele havia recebido um e-mail do professor Charles Edelman, com cópia para Sonja Modig e Jan Bublanski. Por isso o local do encontro tinha sido mudado. Charles Edelman escreveu:

> *Olá, Torkel!*
> *Muito obrigado por me receber em sua clínica. Fico muito agradecido. Mas infelizmente terei que importuná-lo um pouco. Acredito que as chances de obtermos bons resultados serão maiores se dermos a oportunidade ao menino de desenhar num ambiente onde ele se sinta seguro. Não que eu esteja criticando a sua clínica. Só ouço falar coisas boas dela.*

Só se for no inferno, pensou Lisbeth, e continuou a ler:

> *Por isso eu gostaria de transferir o menino para a mãe, Hanna Balder, na Torsgatan, amanhã de manhã. O motivo para isso podemos encontrar na literatura especializada, que admite que a presença materna traz grandes benefícios para as crianças savants. Eu agradeceria se você e o menino me esperarem na porta da sua clínica, às 9h15. Como é meu caminho, posso pegar vocês. Assim teremos a chance de conversar um pouco como colegas também.*
> *Atenciosamente,*
> *Charles Edelman*

Bublanski respondeu ao e-mail às 7h01 e Modig às 7h14. Havia bons motivos para confiar no professor Edelman e seguir sua recomendação, eles escreveram. Às 7h57, Torkel Lindén tinha confirmado que estaria na frente da clínica com o menino, aguardando o professor Edelman. Lisbeth Salander continuou sentada por alguns instantes, absorvida por seus pensamentos. Depois foi até a cozinha e pegou umas bolachas velhas no armário, enquanto admirava Slussen e o Riddarfjärden. Então, o lugar do encontro havia mudado, pensou.

Em vez de desenhar na clínica, o menino ia ser levado para a mãe, para a sua casa. Isso "traz grandes benefícios", Edelman escreveu, "a presença materna traz grandes benefícios". Alguma coisa na frase desagradou a Lisbeth. Parecia um jeito meio antigo de falar, não parecia? E o começo não deixava por menos: "O motivo para isso podemos encontrar na literatura especializada...".

Soava ultrapassado, estava mal escrito. Ela já tinha visto pessoas de formação superior escreverem muito mal, e também ela não fazia a menor ideia de como Charles Edelman se expressava, mas será que um neurologista tão capacitado e renomado como ele sentiria a necessidade de convencer alguém se apoiando na literatura especializada? O natural não seria ele ter se mostrado mais seguro?

Lisbeth foi até o computador e leu por alto alguns trabalhos de Edelman que achou na internet. Notou, sim, uma pequena ponta de vaidade em seus textos, até mesmo nas passagens menos autorais, mas não encontrou trechos descuidados nem raciocínios ingênuos. Ao contrário, o professor era bem esperto, então ela voltou aos e-mails para tentar descobrir que servidor SMPT eles estavam usando, e levou um choque. O nome do servidor era Birdino, desconhecido para Lisbeth, e não deveria ser. Enviou uma sequência de comandos, para tentar entender o que exatamente ele era, e um segundo depois tudo se esclareceu. O servidor usava a retransmissão aberta de e-mail, por isso o remetente podia mandar mensagens do endereço eletrônico que quisesse.

Ou seja, o e-mail de Edelman era falso e as cópias dele enviadas a Bublanski e Modig parte da encenação, pois tinham sido bloqueadas antes de saírem do servidor. Portanto ela já tinha certeza: as respostas dos dois policiais aprovando a mudança de local nada mais era que uma montagem, e isso não era pouca coisa, Lisbeth concluiu na hora. Significava que alguém, além de querer se fazer passar pelo professor Edelman, desejava, acima de tudo, o menino fora da clínica.

Alguém queria o garoto na rua, desprotegido, para que... o quê? Pretendiam sequestrá-lo ou matá-lo? Lisbeth olhou as horas no relógio. Já eram cinco para as nove. Dali a vinte minutos, Torkel Lindén e August Balder sairiam da clínica para esperar alguém que não era Charles Edelman e que não tinha nenhuma boa intenção. O que ela devia fazer?

Ligar para a polícia? Lisbeth não era o tipo de pessoa que chamava a polícia. Relutava em fazer isso principalmente quando havia risco de vazamentos. Foi para a página da clínica Oden e pegou o telefone de Torkel Lindén. Ligou, mas não passou da mesa da secretária, que disse que ele estava numa reunião. Então descobriu o número do celular dele, ligou, mas caiu na caixa postal. Ela soltou um palavrão em voz alta e mandou uma mensagem de texto para o celular dele e outra para o e-mail, dizendo para ele, em hipótese alguma, ir para a rua com o menino, qualquer que fosse o motivo. Assinou Wasp. Não conseguiu pensar em nada melhor.

Em seguida pôs sua jaqueta de couro e saiu. Mas voltou imediatamente ao apartamento, pegou seu notebook com o arquivo criptografado, sua pistola, uma Beretta 92, e colocou tudo na sua bolsa preta da academia. Saiu depressa, pensando se pegava seu carro todo empoeirado na garagem, uma BMW M6 conversível, ou um táxi. Decidiu-se pelo táxi, achando que ia mais rápido. Mas logo se arrependeu. Primeiro demorou para achar um e, quando finalmente conseguiu um táxi livre, ficou evidente que o movimento da hora do rush ainda não havia diminuído.

O trânsito seguia lento e na Ponte Central estava tudo parado. Teria havido algum acidente? Tudo caminhava tão devagar, com exceção do tempo, que voava. Logo já eram nove e cinco, depois nove e dez. Ela tinha pressa, muita pressa, e talvez já fosse tarde demais. O mais provável é que Torkel Lindén e o garoto tivessem ido para a Sveavägen um pouco antes da hora e o assassino, ou quem quer que fosse, já houvesse atacado os dois.

Telefonou para Lindén de novo. Ouviu o sinal de chamada várias vezes, mas ele não atendeu e ela praguejou outra vez. Então pensou em Mikael Blomkvist. Fazia séculos que ela não falava com ele, mas agora ia falar. Ligou e ele atendeu aparentemente de mau humor. Só depois de perceber que era ela, Mikael se animou e exclamou:

— É você, Lisbeth?

— Fique quieto e escute!

Mikael estava na redação, na Götgatan, de péssimo humor, e não apenas por ter dormido mal de novo. Era por causa da TT. A agência de notícias, que normalmente atuava de forma séria, correta, sem apelar para sensacionalismos, tinha divulgado uma informação que, resumidamente, dizia que Mikael estava sabotando a investigação de um homicídio e ocultando informações decisivas da polícia porque pretendia publicá-las na *Millennium*.

O objetivo de Mikael, de acordo com a TT, era salvar a revista de um colapso financeiro e recuperar sua própria reputação como jornalista, que estava "arruinada". Mikael ficou sabendo que a notícia ia sair, pois na noite anterior tinha tido uma longa conversa com seu autor, Harald Wallin. Mas não imaginou que o resultado fosse ser tão devastador, principalmente porque tudo não passava de insinuações estúpidas e acusações sem fundamento.

Apesar disso Harald Wallin havia escrito um artigo que parecia isento e convincente. Estava claro que ele contava com boas fontes tanto no grupo Serner como na polícia. O título não podia ser mais danoso: "Procurador critica Blomkvist", e o artigo dava muita margem para Mikael se defender. A notícia em si nem teria feito um estrago tão grande. Mas quem quer que fosse o seu inimigo, ele tinha plantado a história sabendo muito bem como funcionava a lógica da imprensa. Se uma agência séria como a TT divulga uma notícia daquela, isso não só a legitima para todo mundo como abre espaço para que veículos menos sérios acompanhem a onda.

Isso como que os autoriza a bater mais forte. Se a TT rosna, os jornais da manhã se dão o direito de rugir e gritar. Esse é um velho princípio básico do jornalismo e explica por que Mikael acordou vendo na internet manchetes como "Blomkvist sabota investigação de assassinato" e "Blomkvist quer salvar a revista e deixa assassino solto". Os jornais impressos adoram pôr aspas em suas manchetes. Mas por toda parte a impressão ainda era que uma nova verdade estava sendo servida no café da manhã, e um colunista chamado Gustav Lund, que alegou estar farto de tanta hipocrisia, tinha escrito: "Mikael Blomkvist, que sempre quis ser melhor que todos nós, agora se revela o maior cínico de todos os tempos".

— Tomara que a gente agora não comece a receber intimação de todos os lados — disse Christer Malm, designer e um dos sócios da revista, bem perto de Mikael, mascando nervosamente seu chiclete.

— Tomara que eles não chamem a Marinha de Guerra — acrescentou Mikael.

— O quê?

— Foi só uma piada.

— Eu entendi. Mas não estou gostando desse clima todo — disse Christer.

— Ninguém gosta. Mas o melhor a fazer é ranger os dentes e continuar trabalhando como sempre.

— O seu telefone está vibrando.

— Ele sempre está vibrando.

— Não seria bom atender, antes que eles venham com alguma coisa pior?

— Claro, claro — grunhiu Mikael, atendendo com uma voz não muito amistosa.

Era uma garota. Ele achou que conhecia a voz, mas como estava esperando algo completamente diferente, não a identificou.

— Quem é? — perguntou.

— Salander — a voz respondeu, e ao ouvir isso ele abriu um sorriso enorme.

— É você, Lisbeth?

— Fique quieto e escute! — ela disse, e foi isso que ele fez.

O trânsito havia melhorado. Lisbeth e o motorista do táxi, um jovem iraquiano chamado Ahmed que tinha visto a guerra de perto e perdera a mãe e dois irmãos em ataques terroristas, entraram na Sveavägen, passando pela sala de concerto Konserthuset à esquerda. Lisbeth, que não gostava de ficar ali sentada passivamente como uma passageira, enviou mais uma mensagem de texto para Torkel Lindén e tentou telefonar para algum funcionário da clínica Oden, a fim de que ele fosse até a rua avisar Torkel. Ninguém atendeu e ela soltou outro palavrão, torcendo para que Mikael tivesse mais sorte.

— É alguma emergência? — perguntou Ahmed.

— É — ela respondeu, e ao ouvir isso Ahmed passou pelo sinal vermelho, arrancando um sorriso rápido de Lisbeth.

Em seguida, ela se concentrou em cada metro que eles iam percorrendo e mais à frente, à esquerda, vislumbrou a Faculdade de Economia e a biblioteca estadual. Não faltava muito agora e ela começou a conferir a numeração do lado direito da rua, avistou a clínica e viu que não havia ninguém morto na calçada. Era mais um dia sombrio de novembro, nada mais que isso, e as pessoas seguiam em direção ao trabalho. Mas espere um pouco... Lisbeth jogou algumas centenas de coroas para Ahmed e olhou, mais adiante, para uma cerca viva do outro lado da rua.

Um homem de constituição forte, gorro de lã e óculos escuros estava ali parado, olhando intensamente para a porta da clínica, bem em frente a ele, do outro lado da rua. Sua linguagem corporal era esquisita. Não se via a mão direita dele. O braço, porém, estava rígido e preparado. Lisbeth olhou para a entrada da clínica de novo e, até onde conseguiu ver da sua posição meio diagonal, notou a porta se abrindo.

Ela se abria muito devagar, como se a pessoa que ia sair estivesse um pouco em dúvida ou como se a porta fosse muito pesada. Lisbeth gritou para Ahmed parar o táxi. Então ela saltou do carro em movimento, enquanto o homem do outro lado da rua erguia a mão direita e apontava uma pistola com mira telescópica para a porta que se abria aos poucos.

17. 22 DE NOVEMBRO

O homem que dizia se chamar Jan Holtser não estava gostando nem um pouco da situação. O local era aberto demais e era a hora errada do dia. Havia muita gente passando e, apesar de ele ter feito o que podia para esconder o rosto, estava desconfortável à luz do dia, incomodado com as pessoas circulando atrás dele no parque e, mais do que nunca, sentiu o quanto odiava matar crianças.

Mas as coisas estavam daquele jeito, e foi obrigado a reconhecer que ele mesmo era o responsável por aquela situação.

Havia subestimado o garoto e agora precisava corrigir seu erro sem ficar torcendo por um milagre. Ia apenas se concentrar no trabalho e executá-lo com todo o profissionalismo que ele sabia que tinha, e, acima de tudo, não pensar em Olga e muito menos se lembrar daquele olhar vazio que o havia surpreendido no quarto de Balder.

Precisava se concentrar na porta do outro lado da rua e em sua pistola Remington, escondida em seu casaco, para sacá-la a qualquer instante. Por que não estava acontecendo nada? Sentiu a boca seca. O vento estava cortante e gelado. Havia neve na calçada e na rua. Ele apertou com mais força o cabo da pistola e olhou seu relógio.

254

Viu que eram 9h16 e depois 9h17. Ninguém tinha saído da clínica ainda e ele esbravejou baixinho: será que alguma coisa havia dado errado? Afinal, sua única garantia era a palavra de Jurij. Mas normalmente ela bastava. Jurij era extraordinário com computadores e na noite passada tinha mergulhado no trabalho, enviando e-mails falsos e descobrindo o linguajar correto com a ajuda de seus contatos na Suécia, enquanto Jan se envolveu com a sua parte, estudando fotografias do local, escolhendo arma e, acima de tudo, preparando o carro de fuga que Dennis Wilton, do Moto Clube de Svavelsjö, tinha alugado para eles sob um nome falso e que agora estava a postos a alguns quarteirões dali, com Jurij ao volante.

Jan sentiu uma movimentação atrás de si e seu corpo ficou alerta. Mas eram só dois rapazes que passaram muito próximo dele. Notou que a rua estava ficando mais movimentada perto de onde ele se encontrava e não gostou daquilo. Seu desconforto com a situação só aumentava. Ouviu um cachorro latindo à distância e sentiu o cheiro de alguma coisa frita, talvez comida do McDonald's. Então... enfim ele viu, por trás da porta de vidro do outro lado da rua, um homem baixo de casaco cinza, ao lado de um menino descabelado de jaqueta vermelha. Jan fez o sinal da cruz com a mão esquerda, como sempre, e encaixou o dedo no gatilho da arma. Mas... o que estava acontecendo?

A porta não abriu. O homem atrás da porta de vidro hesitou e olhou para o seu celular. Vamos lá, pensou Jan, abra essa porta! Ah, finalmente. Muito, muito devagar, a porta foi se abrindo e eles começaram a sair. Jan ergueu a pistola, mirou no rosto do menino pela mira telescópica, mais uma vez viu aqueles olhos vazios e de repente sentiu uma inesperada e estranha onda de violência. De repente quis muito matar o garoto. De repente quis muito apagar aquele olhar vazio para sempre. Mas em seguida algo aconteceu.

Uma jovem veio correndo sabe-se lá de onde, se jogou em cima do menino, Jan atirou e acertou alguém ou alguma coisa. Disparou de novo e de novo. Como um relâmpago, o menino e a jovem tinham rolado para trás de um carro. Jan Holtser prendeu a respiração, olhou para os dois lados e atravessou a rua, decidido.

Desta vez não iria falhar.

Torkel Lindén tinha uma péssima relação com telefones. Ao contrário de Saga, sua mulher, que sempre corria para atender as ligações na esperança de que elas fossem lhe trazer a oportunidade de um novo trabalho, ele se incomodava quando o telefone tocava, e isso claramente tinha a ver com a quantidade de reclamações que recebia.

Ele e a clínica eram alvos constantes de queixas, mas Torkel Lindén achava isso uma consequência natural do tipo de negócio que ele conduzia. A Oden era uma clínica de emergências psiquiátricas, portanto as emoções tendiam a se exaltar. Porém ele também sabia que algumas reclamações eram justas. Ele havia ido longe demais com seu corte de custos e, para fugir daquilo tudo, de vez em quando viajava para a floresta, deixando seus funcionários à frente da clínica. Em compensação, ele também recebia aplausos por seu trabalho e, recentemente, de ninguém menos que o professor Edelman.

No início, o professor o irritou. Não gostava que estranhos se metessem nas suas atividades, mas o e-mail tão elogioso daquela manhã o tinha desarmado, e quem sabe ele até conseguisse o apoio do professor para que o menino permanecesse na clínica por mais algum tempo? Se isso acontecesse, seria como uma fagulha de felicidade na vida dele, embora não soubesse por quê. Ele tinha o hábito de manter distância das crianças internadas.

Mas havia algum mistério em August Balder que o atraía e desde o início tinha se irritado com a polícia e suas exigências. Queria August só para si, talvez esperasse absorver um pouco do clima enigmático que envolvia o menino ou pelo menos decifrar aquelas sequências intermináveis de números que ele havia rabiscado nas revistas infantis de histórias em quadrinhos da sala de espera da clínica. Mas não era uma coisa fácil. August Balder parecia não gostar de nenhum tipo de contato e agora se negava a sair para a rua com ele. De novo estava se mostrando decididamente contrário a essa ideia, e Torkel precisou empurrá-lo para que se mexesse.

— Vamos, ande — ele resmungou.

Seu telefone tocou. Alguém estava ligando o tempo todo para ele.

Mas Torkel nem se incomodou em atender. Devia ser alguma coisa sem importância ou outra reclamação. Já próximo à porta, resolveu dar uma olhada no seu celular. Havia uma porção de mensagens de texto de um número não identificado, dizendo uma coisa estranha, que ele achou que fosse um trote ou uma brincadeira. Todas diziam para ele não sair da clínica. Para ele não ir para a rua em hipótese nenhuma.

Ele não viu sentido nenhum naquilo, além disso August estava aproveitando para escapar. Torkel pegou com firmeza no braço do garoto, abriu a porta com alguma hesitação e empurrou o menino para fora. Tudo estava normal. Pessoas passavam por ali como se nada estivesse acontecendo nem fosse acontecer, e ele começou a pensar nas mensagens que havia recebido, mas antes que conseguisse concluir seus pensamentos alguém veio correndo do lado esquerdo da rua e se jogou sobre o menino. Nesse instante, ele ouviu um tiro.

Torkel percebeu que estava correndo perigo, olhou aterrorizado para o outro lado da rua e viu um homem alto e musculoso atravessando a Sveavägen correndo, na direção dele. E o que era aquilo que ele tinha na mão? Uma arma?

Sem nem se lembrar de August, Torkel tentou voltar para a clínica e, por um instante, achou que ia conseguir. Mas Torkel Lindén não fez isso de forma segura.

Lisbeth tinha agido por instinto quando se jogou sobre o menino para protegê-lo. Havia se machucado ao cair na calçada, ou pelo menos achou que sim, pois seu ombro e seu peito doíam demais. Mas agora não tinha tempo para ficar pensando nisso. Agarrada à criança, se escondeu com ela atrás de um carro, onde os dois ficaram respirando pesadamente enquanto alguém tentava atirar neles. Em seguida tudo ficou quieto, preocupantemente quieto, e quando Lisbeth deu uma olhada na rua por baixo do carro, viu as pernas do atirador. Pernas fortes atravessando a rua com enorme rapidez, e por um instante ela pensou em pegar sua Beretta na sacola e atirar no sujeito.

Mas percebeu que provavelmente não ia ter tempo para fazer isso. Nesse instante viu um Volvo grande se aproximando devagar e não pensou duas vezes. Agarrou com força o menino e, numa corrida desajeitada, avançou em direção ao carro, abriu a porta de trás com violência e se atirou dentro do veículo desconhecido com o menino.

— Acelere! Rápido! — gritou, vendo o banco se encher de um sangue que ela não sabia se era dela ou do garoto.

* * *

Jacob Charro tinha vinte e dois anos e era o feliz proprietário de um Volvo xc60, adquirido em prestações, tendo seu pai como fiador. Ele estava a caminho de Uppsala, onde ia almoçar com seus tios e primos, um encontro aguardado com muita expectativa. Jacob não via a hora de contar a eles que havia conseguido um lugar no time principal do Syrianska Futebol Clube.

O rádio tocava "Wake me up", de Avicii, e Jacob acompanhava o ritmo da música tamborilando no volante, enquanto passava em frente à Konserthuset e à Faculdade de Economia. Alguma coisa estava acontecendo mais adiante. Pessoas corriam de um lado para o outro. Um homem gritava e os carros estavam desviando de algo, então ele diminuiu a velocidade, mas sem se preocupar muito. Se fosse um acidente, ele poderia ajudar. Jacob Charro sonhava em se tornar um herói da noite para o dia.

Mas desta vez ficou com um pouco de medo, talvez por causa do homem que atravessou a rua correndo da esquerda para a direita e que parecia um soldado em combate. Havia algo assustadoramente selvagem na movimentação dele, e Jacob já ia afundar o pé no acelerador quando sentiu a porta de trás do carro se abrir com violência. Alguém estava entrando e gritando alguma coisa que ele não entendeu. Talvez fosse um outro idioma. Mas a pessoa — era uma jovem com uma criança — gritou de novo:

— Acelere! Rápido!

Por um instante ele hesitou. Quem eram aquelas pessoas? Talvez quisessem assaltá-lo e levar seu carro. Não conseguia pensar com clareza. Que situação mais surreal. Mas em seguida não teve escolha senão agir. O vidro traseiro foi estraçalhado. Alguém estava atirando neles, portanto Jacob acelerou como um louco e, com o coração batendo descompassado, atravessou o sinal vermelho do cruzamento com a Odengatan.

— O que é isso? — gritou. — O que está acontecendo?

— Cale a boca! — a garota respondeu com agressividade, e pelo retrovisor ele a viu examinando com agilidade um garotinho de olhos muito abertos e assustados, com movimentos experientes como os de uma enfermeira, e só então ele percebeu que não havia apenas cacos de vidro espalhados pelo banco do carro. Havia sangue também.

— Ele foi atingido?

— Eu não sei. Apenas dirija, siga em frente. Não, espere, vire à esquerda ali... Aqui!

— Tudo bem, tudo bem — ele disse, aterrorizado, pegando com dificuldade a faixa esquerda da Vanadisvägen e em seguida entrando em alta velocidade na Vasastan, enquanto pensava se estariam sendo perseguidos ou se alguém ia atirar neles novamente.

Ele abaixou a cabeça em direção ao volante e sentiu o vento entrando pelo vidro traseiro quebrado. Em que merda ele havia se metido e quem era aquela garota? Olhou pelo retrovisor. Ela tinha cabelo preto, piercings e um olhar raivoso, e por um momento Jacob teve a sensação de que para ela era como se ele não estivesse ali. Mas, em seguida, ela murmurou algo com um tom de voz quase contente.

— Notícias boas? — ele perguntou.

Ela não respondeu. Em vez disso, tirou sua jaqueta de couro, depois puxou a camiseta branca para cima e ... caramba! Ela a arrancou com um puxão repentino e ficou ali completamente nua da cintura para cima, sem sutiã nem nada, e por instantes Jacob ficou olhando perplexo para os seios expostos dela e principalmente para o sangue que escorria sobre eles como uma pequena cascata descendo para o abdômen e a calça jeans dela.

A garota tinha sido atingida logo abaixo do ombro, perto do coração, e sangrava muito, e só então ele entendeu que ela havia tirado a camiseta para estancar o sangue. A jovem continuou ajeitando a camiseta sobre o ferimento, apertando bem, e depois voltou a vestir a jaqueta de couro por cima, e seu ar arrogante era agora um tanto ridículo por causa de um pouco de sangue que havia em sua testa e na bochecha, como se ela tivesse feito ali uma pintura de guerra.

— Então a notícia boa é que foi você quem levou bala e não o menino — disse Jacob.

— Por aí — ela respondeu.

— Quer que eu te leve ao hospital Karolinska?

— Não — ela respondeu.

Lisbeth havia descoberto um orifício de entrada e um de saída em seu ferimento. A bala devia ter atravessado seu ombro pela frente. Ela sangrava demais e sentia a dor se refletindo do coração até as têmporas. Mas achava que nenhuma artéria tinha se rompido. Teria sido pior. Bem, pelo menos esperava que não, e olhou para trás de novo. O assassino devia ter um carro de fuga ali perto. Mas no momento eles não pareciam estar sendo seguidos. Com um pouco de sorte conseguiram escapar bem rápido, pensou, olhando para August.

Ele estava sentado com as mãos cruzadas no peito, se balançando para a frente e para trás, e Lisbeth achou que devia fazer alguma coisa. Resolveu tirar os cacos de vidro do cabelo e das pernas dele, o que fez August se aquietar. Mas Lisbeth não sabia se era um bom sinal. O olhar do garoto estava distante, e também parado e vazio, e ela assentiu com a cabeça para ele, com um ar de que estava tudo bem. Não deve ter parecido muito convincente. Sentia-se enjoada, tonta e a camiseta com a qual havia envolvido o ombro já estava encharcada de sangue. Será que iria acabar perdendo a consciência? Com medo de que isso fosse acontecer, começou depressa a tentar criar algum plano, e logo uma coisa ficou clara: a polícia não seria uma opção. A polícia havia deixado o garoto nas mãos de seu agressor e parecia não ter nenhum controle da situação. O que Lisbeth ia fazer então?

Não podia continuar nesse carro. Ele tinha sido visto na rua da clínica Oden na hora dos tiros e sua janela estilhaçada chamaria muito a atenção. Precisava dar um jeito de o rapaz levá-la até a Fiskargatan, ali pegaria seu BMW, registrado em nome de Irene Nesser, sua outra identidade. Mas será que conseguiria dirigir no estado em que estava?

Sentia-se péssima.

— Vá para a ponte de Västerbron! — ordenou.

— Tudo bem, tudo bem — disse o rapaz no banco do motorista.

— Você tem alguma bebida aqui?

— Eu tenho uma garrafa de uísque que vou dar para o meu tio.

— Me dê — ela disse, e pegou uma garrafa de Grant's, abrindo-a com esforço.

Lisbeth arrancou a bandagem improvisada e derramou parte do uísque sobre o ferimento, em seguida tomou um, dois, três grandes goles e já ia oferecer a bebida ao menino, quando lhe ocorreu que talvez não fosse uma boa ideia. Crianças não bebem uísque. Nem mesmo crianças em estado de choque. Seu raciocínio estava começando a ficar confuso. Era isso que estava acontecendo?

— Você vai ter que tirar a camisa — ela disse ao rapaz no banco da frente.

— Como é?

— Eu preciso enfaixar o ombro com uma camisa limpa.

— Está bem, mas...

— Sem discussão.

— Se eu vou te ajudar, você poderia pelo menos me dizer por que atiraram em vocês. Vocês são criminosos?

— Estou tentando proteger este garoto, simples assim. Tem uns filhos da puta atrás dele.

— Por quê?

— Não é da sua conta.

— Então ele não é seu filho.

— Eu não o conheço.

— Então por que o está ajudando?

Lisbeth hesitou.

— Porque temos inimigos em comum — ela respondeu, e ao ouvir isso o rapaz começou a tirar seu pulôver de gola em V com certa relutância e dificuldade, enquanto controlava o carro apenas com a mão esquerda.

Em seguida, desabotoou a camisa e entregou-a a Lisbeth, que começou a enrolá-la com cuidado em volta do ombro, enquanto dava mais uma olhada em August. O garoto estava imóvel, com o olhar fixo em suas pernas finas, e mais uma vez Lisbeth se perguntou o que devia fazer.

Podiam se esconder no apartamento dela da Fiskargatan. Ninguém além de Mikael Blomkvist sabia da existência do apartamento e era impossível encontrá-lo em qualquer registro de imóveis com o seu nome. Mas ela não queria correr nenhum risco. Em tempos passados tinha ficado conhecida no país todo como maluca, e esse inimigo parecia altamente qualificado para desencavar informações.

Não era nada impossível que alguém a tivesse reconhecido na Sveavägen e que a polícia já estivesse revirando tudo para encontrá-la. Precisava com urgência de um lugar novo para se esconder, um que não pudesse ser associado a nenhuma de suas identidades, por isso precisava de ajuda. Mas de quem? De Holger?

Seu ex-tutor Holger Palmgren já havia se recuperado do derrame cerebral que sofrera e agora morava num apartamento em Liljeholmstorget. Holger era a única pessoa que a conhecia de verdade. Ele sempre seria leal a ela em qualquer circunstância e faria tudo a seu alcance para ajudá-la. Mas ele já tinha uma idade avançada e ela não queria preocupá-lo nem envolvê-lo naquilo, se pudesse evitar.

Havia sempre Mikael Blomkvist, claro, e com ele não havia nenhum problema. Mesmo assim não tinha certeza se devia procurá-lo — justamente, talvez, por não haver nenhum problema com ele. Mikael era um filho da puta excelente, correto e honesto demais, todas essas bobagens. Mas que merda... não dava muito para esconder aquilo dele. Lisbeth telefonou para ele. Mikael respondeu imediatamente e parecia assustado.

— Oi, é muito bom ouvir a sua voz. O que aconteceu?

— Não posso te contar agora.

— Vocês devem estar feridos. Há manchas de sangue aqui.

— O menino está bem.

— E você?

— Eu estou bem.

— Então você está ferida.

— Você vai ter que esperar, Blomkvist.

Ela olhou para a rua onde estavam e viu que já haviam chegado à Västerbron. Ela disse ao motorista do carro:

— Pare no ponto de ônibus.

— Vocês vão descer?

— *Você* vai descer. Vai me dar seu telefone e esperar lá fora eu terminar esta ligação. Entendido?

— Claro, claro.

Ele olhou assustado para ela, entregou-lhe o celular, parou o carro e desceu. Lisbeth continuou conversando.

— O que está acontecendo? — perguntou Mikael.

— Não há nada para se preocupar aqui. Eu quero que a partir de agora você use somente um celular Android, um Samsung, por exemplo. Vocês não têm um desses na redação?

— Temos. Acho que há uns dois lá.

— Ótimo. Depois vá ao Google Play e baixe o aplicativo Redphone e também o Threema, para as mensagens. Precisamos de um canal seguro para nos comunicar.

— Certo.

262

— E se você é tão burro quanto eu acho que é, se por acaso precisar da ajuda de alguém para fazer isso, a pessoa deve ficar no anonimato. Não quero problemas.

— Claro.

— Além disso...

— Sim?

— Só use o telefone em casos de emergência. Toda a nossa comunicação vai ser feita por um link especial no seu computador. Por isso você ou a pessoa que não é burra e que vai te ajudar deve entrar em www.pgpi.org e baixar o software de criptografia para os seus e-mails. Quero que você faça isso agora e depois encontre um bom esconderijo para mim e para o menino, um lugar que não tenha a ver com a *Millennium* nem com você, e me mande o endereço num e-mail criptografado.

— Lisbeth, a segurança do menino não é sua obrigação.

— Não confio na polícia.

— Então nós vamos encontrar mais alguém, uma pessoa em quem você confie. O menino é autista, tem necessidades especiais, não acho que você deva assumir a responsabilidade por ele, principalmente se você estiver com uma bala...

— Você vai ficar falando merda ou vai me ajudar?

— Ajudar você, claro.

— Ótimo. Dê uma olhada na pasta Lisbeth Salander daqui a cinco minutos. Vou deixar mais informações lá. Delete tudo depois.

— Lisbeth, escute! Você precisa ir para um hospital ver esse ferimento. Dá para sentir pela sua voz que...

Ela tinha desligado o telefone e chamado o rapaz no ponto de ônibus. Pegou seu notebook e entrou no computador de Mikael. Lá escreveu todas as instruções sobre como carregar e instalar o programa de criptografia.

Depois disse ao rapaz para levá-la até Mosebacke Torg. Apesar de ser arriscado, não sabia o que mais poderia fazer. A neblina vinha encobrindo mais e mais a cidade.

Mikael Blomkvist praguejou em voz baixa. Ele estava na Sveavägen, próximo ao corpo e ao cordão de isolamento que a polícia civil, a primeira a chegar ao local, estava montando. Depois do primeiro telefonema de Lisbeth, ele se lançou numa ação frenética. Pegou depressa um táxi para a Sveavägen e, durante a viagem, fez tudo que podia para impedir que o diretor da clínica e o menino fossem para a rua.

Ele havia conseguido falar com uma funcionária da clínica, Birgitta Lindgren, que então correu para o saguão, mas já encontrando ali seu colega caído junto à porta, baleado na cabeça com um tiro fatal. Quando dez minutos depois Mikael chegou, Birgitta Lindgren estava fora de si, mas ela e uma mulher, Ulrika Franzén, que estava a caminho da editora Albert Bonniers, localizada mais acima na mesma rua, ainda conseguiram relatar a Mikael de forma apropriada o que havia acontecido.

Por isso Mikael já sabia, antes mesmo de o telefone tocar novamente, que Lisbeth havia salvado a vida de August Balder. Pelo que ele conseguiu entender, ela e o garoto agora estavam num carro cujo motorista não devia estar lá muito animado em ajudá-los, uma vez que seu próprio carro fora atingido pelos tiros. O sangue que Mikael tinha visto na calçada e na rua foi o que mais o havia preocupado e, apesar de ter ficado um pouco mais tranquilo depois do telefonema dela, continuava profundamente preocupado. Lisbeth não parecera nada bem ao telefone, mas ainda assim — o que não o surpreendia nem um pouco — continuava mais obstinada do que nunca.

Apesar de ela provavelmente estar ferida, mostrava-se determinada a esconder e proteger o menino, o que era perfeitamente compreensível tendo em vista sua história de vida. Mas será que ele e a *Millennium* deveriam realmente ajudá-la nisso? Por mais corajosa e heroica que Lisbeth tivesse sido na Sveavägen, sob o ponto de vista estritamente legal sua atitude poderia ser interpretada como sequestro. Ele não ia poder ajudá-la. Já tinha problemas de sobra com a imprensa e com o procurador.

Mas se tratava de Lisbeth e ele já havia prometido a ela. Claro que ia ajudá-la, mesmo que Erika não achasse conveniente, e aí só Deus sabe o que podia acontecer. Então respirou fundo e pegou seu telefone. Mas não teve tempo de telefonar para ninguém. Ouviu uma voz alterada e conhecida às suas costas. Era Jan Bublanski. Jan vinha apressado pela calçada, acompanhado da inspetora Sonja Modig e de um homem de porte atlético, na casa dos cinquenta anos, que devia ser o professor que Lisbeth mencionara ao telefone.

— Onde está o garoto? — perguntou Bublanski, ofegante.

— Ele sumiu num Volvo vermelho em direção ao norte, alguém o salvou.

— Quem?

— Vou contar o que sei — disse Mikael, a princípio sem saber o que deveria e o que não deveria dizer. — Mas primeiro preciso fazer um telefonema.

— Não, nada disso, primeiro você vai conversar com a gente. Precisamos emitir um alerta nacional.

— Converse com aquela mulher lá. O nome dela é Ulrika Franzén. Ela sabe bem o que aconteceu. Viu tudo e pode até fazer uma descrição do assaltante. Eu só cheguei dez minutos depois.

— E o homem que salvou o garoto?

— A *mulher* que salvou o garoto. Ulrika Franzén também pode descrevê-la. Agora, se me dão licença...

— Em primeiro lugar — disparou Sonja Modig com uma fúria inesperada —, como é que você sabia que alguma coisa ia acontecer aqui? Eles disseram no rádio que você ligou para a emergência da polícia antes mesmo dos tiros serem disparados.

— Eu recebi uma dica.

— De quem?

Mikael respirou fundo e olhou para Sonja com firmeza, mais determinado do que nunca.

— Apesar de toda a merda que os jornais andaram escrevendo, espero que vocês entendam que eu realmente desejo colaborar com a polícia da melhor forma que eu puder.

— Eu sempre confiei em você, Mikael — disse Sonja. — Mas pela primeira vez, sinceramente, estou começando a ter dúvidas.

— Tudo bem, respeito sua opinião. Mas neste caso vocês precisam respeitar o fato de que *eu* também não confio em *vocês*. Alguém na polícia está vazando informações. Vocês ainda não se deram conta disso, não é? Senão isto aqui não teria acontecido — ele disse, apontando para o corpo de Torkel Lindén.

— Isso é verdade. Uma coisa terrível — admitiu Bublanski.

— Muito bem. Agora vou dar meu telefonema — disse Mikael, se afastando um pouco deles na rua para poder falar sem ser incomodado.

No entanto ele não telefonou para ninguém. Mikael concluiu que já era hora de levar muito a sério a questão da segurança, portanto avisou Bublanski e Modig que infelizmente precisava ir para a redação naquele instante, mas que, claro, estaria à disposição deles quando precisassem, e naquele momento, surpreendendo a si própria, Sonja, o deteve pelo braço.

— Primeiro você vai ter que nos contar como ficou sabendo que alguma coisa ia acontecer aqui — ela disse com severidade.

— Infelizmente sou obrigado a invocar o direito que eu tenho de proteger minhas fontes — respondeu Mikael com um sorriso atormentado.

Em seguida, acenou para um táxi e partiu para a redação mergulhado em seus pensamentos. Quando a *Millennium* necessitava de suporte técnico para questões mais complicadas na área de informática, ela recorria à Tech Source, empresa de consultoria formada por um grupo de garotas que prestava um serviço rápido e eficiente à redação. Mas Mikael não queria envolvê-las nesse caso. Lembrou-se de Christer Malm, que do editorial era o que mais conhecia esses assuntos, mas também achou melhor deixá-lo de fora. Então pensou em Andrei. Afinal o rapaz já estava envolvido naquela história e também tinha grande habilidade com computadores. Mikael decidiu falar com ele e prometeu a si mesmo lutar pela contratação do rapaz. Isso, claro, se ele e Erika conseguissem escapar daquela enrascada.

A manhã de Erika tinha sido um pesadelo antes mesmo de qualquer tiro ser disparado na Sveavägen, e isso, naturalmente, por causa da notícia diabólica divulgada pela TT, que de certo modo podia ser considerada uma continuação da velha campanha desferida contra Mikael. Mais uma vez todos aqueles ratos invejosos e degenerados tinham deixado suas tocas para empestear Twitter, e-mails, fóruns de discussão e todas as mídias sociais com seus comentários venenosos, e naquele instante a turba racista também se juntara a eles, obviamente porque a *Millennium* vinha se levantando contra toda e qualquer forma de xenofobia e racismo havia muitos anos.

O pior de tudo é que esse clima dificultava a vida de todos na redação. De repente, ninguém parecia ter a menor vontade de dividir alguma informação com os jornalistas da *Millennium*. Para piorar, corria o boato de que o procurador Richard Ekström estava preparando uma ordem de busca e apreensão na redação. Erika Berger não acreditava nisso. Emitir uma ação de

266

busca e apreensão nos escritórios de um órgão da imprensa era uma decisão muito séria, principalmente quando se levava em conta o direito que os jornalistas tinham de proteger suas fontes.

Apesar disso ela concordava com Christer Malm que naquele momento, com aquele clima tão desfavorável, até mesmo advogados e pessoas normalmente sensatas podiam acabar tendo ideias idiotas, e Erika pensava numa maneira de responder à altura, quando Mikael entrou na redação. Para sua surpresa, ele não quis falar com ela. Foi direto até Andrei Zander e o levou à sala dela. Depois de alguns minutos ela foi até lá.

Quando entrou, viu que Andrei parecia tenso e muito concentrado e Erika ouviu a palavra PGP. Como já tinha feito um curso de tecnologia da informação, ela sabia o que significava, e viu que Andrei fazia anotações em seu bloco. Em seguida, sem nem mesmo lhe dirigir um olhar, ele saiu da sala e foi direto até o notebook de Mikael, que estava na mesa dele na redação aberta.

— O que está acontecendo? — ela perguntou.

Mikael lhe contou tudo em voz baixa e o que ele disse teve um efeito entorpecedor nela. Ela não conseguia absorver o que estava acontecendo. Mikael precisou repetir várias vezes.

— Você quer que eu arranje um esconderijo para eles? — ela perguntou.

— Desculpe envolvê-la nisso tudo, Erika. Mas não conheço outra pessoa que tenha mais amigos com casas no campo que você.

— Não sei, Mikael. Não sei mesmo.

— Não podemos deixá-los na mão, Erika. Lisbeth levou um tiro. A situação é grave.

— Se ela levou um tiro, deveria ir para o hospital.

— Ela se recusa. Quer proteger o menino acima de tudo.

— Para que ele possa desenhar o assassino em paz.

— É.

— É muita responsabilidade, Mikael, e muito arriscado também. Se acontecer alguma coisa, vai cair tudo em cima de nós, e isso poderá destruir a revista. Pelo que me consta, não prestamos serviço de proteção a testemunhas, não é esse o nosso negócio. Isso é assunto da polícia. Imagine quantos elementos importantes podem surgir desses desenhos tanto para a investigação do caso como em termos psicológicos. Deve haver outra forma de resolver isso.

— Tenho certeza de que sim, se não estivéssemos lidando com Lisbeth Salander.

— Sabe, às vezes fico de saco cheio do jeito como você sempre a defende.

— Só estou tentando ser realista. As autoridades já falharam feio com August Balder, puseram a vida dele em risco, e sei como isso enfurece Lisbeth.

— E nós é que temos que nos adaptar a ela? É isso que você quer dizer?

— Não temos escolha. Ela está esperando em algum lugar por aí, enlouquecida, sem ter para onde ir.

— Leve os dois para Sandhamn, então.

— É muito fácil associar Lisbeth comigo. Se eles descobrirem que ela está envolvida, vão procurá-la direto nos meus endereços.

— Está certo.

— Está certo o quê?

— Está certo, vou arrumar um lugar. — Ela mal podia acreditar que tinha dito isso. Mas era sempre assim com Mikael: Erika não conseguia dizer não a um pedido dele, e o mesmo acontecia com Mikael em relação a ela. Ele faria qualquer coisa por ela.

— Beleza, Ricky. Onde?

Erika tentou pensar em alguma coisa, mas nada lhe ocorreu. Não conseguia pensar num simples nome, numa pessoa; foi como se de repente ela não tivesse mais uma rede de contatos.

— Preciso quebrar um pouco a cabeça — disse.

— Bem, faça isso rápido e depois passe o endereço e o caminho ao Andrei. Ele vai cuidar do resto.

Erika sentiu necessidade de sair um pouco e desceu as escadas. Foi caminhando da Götgatan até a Medborgarplatsen com uma série de nomes passando pela sua cabeça, mas nenhum lhe parecia bom. Havia muita coisa em jogo e em cada nome que lhe ocorria ela encontrava alguma coisa errada, ou era um defeito, ou então ela não queria expor a pessoa àquele risco, ou aborrecê-la com um pedido daqueles, e isso talvez porque ela mesma estivesse muito incomodada com a questão. Por outro lado... era a vida de um garotinho, pessoas estavam atirando nele e ela havia prometido a Mikael. Precisava pensar em alguma coisa.

A sirene de um carro de polícia disparou em algum lugar distante, e ela olhou na direção do parque, da estação de metrô e mais ao fundo para a cúpula da mesquita. Um rapaz passou por ela levando alguns papéis com tanto cuidado, que parecia estar carregando algo secreto, e de repente... Gabriella Grane. No começo o nome a surpreendeu. Gabriella não era uma amiga tão próxima. Além disso trabalhava num lugar onde seria uma imprudência não cumprir a lei à risca. Portanto, não, era uma ideia maluca. Gabriella arriscaria seu emprego, isso se ela sequer chegasse a pensar na possibilidade. Mesmo assim Erika não conseguia tirá-la da cabeça.

Não era só o fato de Gabriella ser uma pessoa boa e responsável. Havia também uma lembrança que teimava em voltar. Tinha sido no último verão, nas primeiras horas da manhã, ou talvez até mesmo um pouco antes do amanhecer, depois de uma festa na casa de campo de Gabriella, na ilha de Ingarö, quando ela e Gabriella estavam sentadas num balanço na varanda, olhando para a água lá embaixo através de uma clareira entre as árvores.

"É aqui que eu vou me esconder quando as hienas vierem atrás de mim", Erika havia dito sem na verdade saber a que tipo de hiena se referia, mas provavelmente estava esgotada e se sentindo vulnerável no trabalho, e algo naquela casa a fazia vê-la como um bom refúgio.

A construção ficava no alto de um pequeno promontório, e as árvores e o terreno inclinado a protegiam de curiosos, e ela se lembrou claramente de Gabriella dizendo em tom de promessa:

"Se um dia você precisar fugir das hienas, será muito bem-vinda aqui, Erika." Agora ela se lembrou disso e imaginou se não seria o momento de procurar Gabriella.

Talvez fosse muito descaramento pedir a casa emprestada. Mas assim mesmo Erika resolveu fazer uma tentativa. Procurou o número de Gabriella em seus contatos e voltou à redação para telefonar do aplicativo Redphone criptografado que Andrei havia instalado também em sua linha.

18. DIA 22 DE NOVEMBRO

Gabriella Grane estava indo para a reunião de emergência que teria com Helena Kraft e o grupo de trabalho da Säpo, para discutirem sobre o que havia ocorrido na Sveavägen, quando seu celular tocou e, embora estivesse irritada, ou talvez por isso mesmo, ela atendeu na hora:

— Sim?

— É a Erika.

— Oi, Erika. Não posso falar agora. Vamos ter que conversar depois.

— Eu tenho um... — continuou Erika.

Mas Gabriella já tinha desligado — não era hora para telefonemas pessoais e ela entrou na sala de reuniões com cara de quem estava disposta a arrumar briga pelo menor motivo. Uma informação crucial havia vazado e, em consequência disso, uma pessoa havia morrido e outra talvez estivesse gravemente ferida, e o que ela mais queria agora era mandar todos para o inferno. Eles tinham sido tão descuidados e ávidos por novas informações que haviam perdido a cabeça. Por uns trinta segundos, ela não ouviu uma palavra do que o grupo dizia. Apenas ficou ali sentada, fervendo de raiva. Mas então seus ouvidos se aguçaram.

Alguém estava dizendo que Mikael Blomkvist tinha ligado para o número de emergência da polícia antes mesmo de os tiros serem disparados na Sveavägen. De fato era tudo muito estranho, agora Erika Berger havia telefonado, e ela não costumava ligar à toa, ainda mais em horário de trabalho. Talvez ela tivesse algo importante ou urgente para dizer. Gabriella se levantou e pediu licença.

— Gabriella, acho muito importante você ficar e escutar isto — disse Helena Kraft num tom incisivo e que ela não costumava usar com Gabriella.

— Preciso fazer um telefonema — ela respondeu, de repente sem a menor preocupação em agradar à chefe.

— Que tipo de telefonema?

— Um telefonema — ela disse, saindo da sala e indo direto a seu escritório, onde ligou imediatamente para Erika Berger.

Erika pediu que Gabriella desligasse e telefonasse para o seu Samsung. Quando voltou a ouvir a voz da amiga, percebeu algo diferente nela, que seu jeito de falar sempre entusiasmado e amistoso havia desaparecido. Gabriella parecia preocupada e tensa, como se já suspeitasse que Erika ia lhe dizer algo importante.

— Oi — disse Gabriella. — Ainda está uma correria aqui. Mas tem a ver com o August Balder?

Erika sentiu um súbito desconforto e disse:

— Como é que você sabe?

— Estou trabalhando na investigação do caso e acabei de saber que o Mikael, de algum modo, recebeu uma dica do que ia acontecer na Sveavägen.

— Então vocês já souberam disso?

— Já. E agora, claro, queremos saber como foi que isso aconteceu.

— Desculpe, mas não posso revelar as nossas fontes.

— Tudo bem. Mas o que você queria? Por que me telefonou?

Erika fechou os olhos e respirou fundo. Como pôde ter sido tão idiota?

— Acho que vou ter que procurar outra pessoa — disse. — Não quero envolver você num conflito de interesses.

— Eu tiro de letra qualquer conflito de interesses, Erika. O que não dá para aceitar é que você me esconda alguma informação. Esse caso é mais importante para mim do que você imagina.

— É mesmo?

— Sim, muito importante, porque eu também recebi uma dica. Fiquei sabendo que a vida de Balder corria um sério risco e, mesmo assim, não consegui evitar que o matassem. Vou ser obrigada a viver com esse peso o resto da vida. Portanto, não me esconda nada.

— Infelizmente vou precisar esconder, Gabriella. Não quero criar problemas para você.

— Eu vi Mikael em Saltsjöbaden na noite do crime.

— Ele não comentou comigo.

— Achei desnecessário me identificar.

— Faz sentido.

— Poderíamos nos ajudar nessa confusão toda.

— Parece uma boa ideia. Vou pedir que Mikael te ligue mais tarde. Agora preciso continuar tocando isto aqui.

— Eu sei tão bem quanto você que está havendo um vazamento de informações na polícia. E entendo a necessidade, a esta altura, de formarmos algumas alianças que normalmente não seriam comuns.

— Claro. Mas, desculpe, preciso mesmo correr aqui.

— Está bem — disse Gabriella, decepcionada. — Vou fazer de conta que esta conversa nunca aconteceu. Boa sorte aí.

— Obrigada — disse Erika, e voltou a procurar outra pessoa entre os seus contatos.

Gabriella voltou à reunião com a cabeça rodando em pensamentos. O que será que Erika queria? Ela não havia entendido muito bem e, ainda que fizesse uma vaga ideia, não tinha tempo de se concentrar nisso agora. Assim que pisou na sala de reuniões, todos se calaram e olharam para ela.

— O que aconteceu? — perguntou Helena Kraft.

— Assunto particular.

— E você precisava tratar disso agora...

— Sim, eu precisava tratar disso agora. Onde vocês estavam?

— Estávamos falando do que aconteceu na Sveavägen, e, como eu já disse, ainda não temos muitas informações — lembrou o líder do grupo, Ragnar Olofsson. — Por enquanto a situação está caótica. E tudo indica que estamos perdendo nosso informante no grupo de Bublanski. O inspetor parece que ficou paranoico depois do que aconteceu.

— Não se pode censurá-lo por isso — observou Gabriella, rude.

— Bem... é, talvez, também estávamos falando sobre isso. Claro que não vamos sossegar enquanto não descobrirmos como o atirador sabia que o garoto estava internando na clínica e que estaria na rua bem naquela hora. Desnecessário dizer que não iremos medir esforços para resolver esse caso. Além disso, preciso ressaltar que o vazamento pode não ter vindo necessariamente de dentro da polícia. A informação parece que estava circulando à vontade pela clínica, já tinha chegado à mãe do garoto e àquele noivo dela nada confiável, Lasse Westman, e também à redação da *Millennium*. E, claro, não podemos excluir a hipótese de um ataque hacker. Falo disso depois. Posso continuar o meu relato?

— Claro.

— Estávamos discutindo o papel de Mikael Blomkvist nessa história, e estamos bastante preocupados. Como ele soube que haveria um atentado antes dos tiros ocorrerem? Na minha opinião, o informante dele deve ser alguém próximo dos próprios criminosos, e nesse caso entendo que ele não tem o direito de alegar sigilo profissional para não revelar a sua fonte. Temos que saber onde ele obteve a informação.

— Principalmente porque ele parece desesperado e disposto a fazer qualquer coisa para conseguir um furo de reportagem — acrescentou o intendente Mårten Nielsen.

— Parece que o Mårten também tem fontes excelentes nos seus jornais de fofocas — debochou Gabriella.

— Não nos jornais de fofocas, querida. Na TT. Uma fonte que até nós da Säpo consultamos vez ou outra.

— Essa notícia foi plantada e é uma tentativa de difamação, você sabe disso tanto quanto eu — rebateu Gabriella.

— Eu não sabia que você era tão deslumbrada pelo Blomkvist.

— Idiota.

— Parem com isto! — gritou Helena. — Que bobagem é essa agora? Prossiga, Ragnar. O que mais sabemos sobre o que aconteceu?

— Os primeiros a chegar ao local foram os policiais Erik Sandström e Tord Landgren — continuou Ragnar Olofsson. — Por enquanto é deles que tenho recebido as informações. Eles chegaram lá exatamente às 9h24, quando tudo já havia acontecido. Torkel Lindén estava morto com um tiro atrás da cabeça, e o garoto, bem, realmente dele não sabemos. Algumas testemunhas afirmaram que o garoto também foi atingido. Há manchas de sangue na calçada e no asfalto. Mas nada está confirmado. O garoto desapareceu num Volvo vermelho. Pelo menos temos informações sobre o modelo e parte da placa. Em breve teremos o nome do proprietário do carro, é o que eu espero.

Gabriella viu que Helena Kraft anotava todos os detalhes, como costumava fazer quando elas se reuniam.

— Mas o que aconteceu exatamente? — ela perguntou.

— Segundo dois rapazes, estudantes da Faculdade de Economia que estavam parados do outro lado da rua, parecia um acerto de contas entre duas gangues que estavam atrás do garoto, August Balder.

— Não parece muito provável...

— Mas pode ser — continuou Ragnar Olofsson.

— O que te faz pensar isso? — perguntou Helena Kraft.

— Havia profissionais dos dois lados. Parece que um homem ficou vigiando a entrada da clínica junto à cerca viva do outro lado da rua, logo em frente ao parque. Quase tudo indica que ele também é o homem que matou Balder. Não que alguém tenha visto seu rosto muito bem; ele devia estar usando alguma espécie de máscara. Mas os rapazes repararam que esse suspeito se movimentou da mesma maneira que o outro profissional, com a mesma rapidez e eficiência. Só que no segundo caso temos uma mulher.

— O que sabemos sobre ela?

— Não muito. Acreditamos que ela estava com uma jaqueta preta de couro e calça jeans escura. Era jovem, cabelo preto, tinha alguns piercings, de acordo com o depoimento de alguém, meio roqueira ou punk, de estatura baixa e um tanto explosiva. Surgiu do nada e se jogou em cima do menino para protegê-lo. Todas as testemunhas têm certeza de que ela não era uma pedestre, alguém que estava ali por acaso. Ela chegou voando, como se tivesse sido treinada para fazer isso, ou então como se já estivesse acostumada com esse tipo de situação. Agiu com uma determinação impressionante, disseram. Depois temos o carro, o Volvo, e aqui os depoimentos são conflitantes. Uma pessoa disse que o carro estava passando ali como qualquer outro, e que a mulher e o menino se jogaram para dentro dele. Outros, principalmente os dois universitários, acharam que o carro fazia parte da operação. Seja como for, tudo leva a crer que agora temos um sequestro.

— E qual seria o motivo?

— Não me pergunte.

— Então essa mulher não só salvou o menino como também o levou com ela — disse Gabriella.

— Parece que sim, não é? Senão já teríamos tido alguma notícia.

— E como ela chegou à Sveavägen?

— Ainda não sabemos. Mas uma testemunha, um ex-editor de um jornal de algum sindicato, disse que a mulher lhe pareceu familiar, talvez até bem conhecida por todos — continuou Ragnar Olofsson, acrescentando mais alguma coisa.

Mas Gabriella já não escutava mais nada. Estava paralisada e pensando "Deve ser a filha de Zalachenko, só pode ser a filha de Zalachenko", sabendo muito bem como era injusto chamar a jovem assim. A filha nada tinha a ver com o pai. Muito pelo contrário, havia odiado o pai. Mas era como "a filha de Zalachenko" que Gabriella vinha se referindo a ela desde que, não muito tempo antes, tinha começado a ler tudo que lhe caísse nas mãos sobre o caso Zalachenko, e enquanto Ragnar Olofsson se ocupava de suas especulações, Gabriella teve a sensação de que as peças estavam enfim se encaixando. Já no dia anterior ela percebera alguns pontos em comum entre a velha rede de Zalachenko e o grupo que se autodenominava Spiders. Mas deixara de lado esse raciocínio, por achar que estava imaginando coisas impossíveis de acontecer, como criminosos com plano de carreira.

Havia um abismo entre ser um criminoso comum, desses que usam colete de couro e folheiam revistas pornôs na frente do clube de motoqueiros, e ser um criminoso envolvido em pirataria cibernética com tecnologia de ponta. Mesmo assim, isso tinha lhe ocorrido e ela até já havia se perguntado se a garota que ajudara Linus Brandell a rastrear as brechas nos computadores de Balder não seria a filha de Zalachenko. Em um arquivo da Säpo, estava escrito sobre a mesma garota: "hacker? especialista em computadores?". Mesmo que fosse uma pergunta aleatória, suscitada pelas referências surpreendentemente favoráveis que a jovem recebera por seu trabalho na Milton Security, estava claro, pelo documento policial, que ela dedicara muito tempo pesquisando sobre a organização criminosa do pai.

275

Porém, o que mais lhe chamava a atenção é que havia uma conhecida ligação entre a garota e Mikael Blomkvist. Gabriella não sabia bem de que natureza era essa ligação e também não dava muito crédito aos comentários maliciosos de que tudo entre eles se resumia a chantagem ou a sexo sado-masoquista. A ligação no entanto existia, e tudo indicava que tanto Mikael Blomkvist como a garota — cuja descrição batia com a da filha de Zala-chenko e que, além disso, pareceu familiar a uma testemunha — já tinham conhecimento prévio dos tiros na Sveavägen antes de eles ocorrerem. Além disso, Gabriella havia recebido um telefonema de Erika Berger querendo lhe contar algo importante sobre o incidente. Não eram coincidências demais?

— Eu estava pensando numa coisa — disse Gabriella, talvez alto de-mais, interrompendo Ragnar Olofsson.

— Sim? — ele disse, irritado.

— Eu estava pensando se... — continuou ela, e já ia apresentar sua teoria quando se deu conta de uma coisa que a fez hesitar.

Não era nada extraordinário. Era só que Helena Kraft continuava ano-tando tudo que Ragnar Olofsson tinha acabado de dizer. Claro que era muito bom ter uma chefe tão interessada e comprometida, mas Gabriella viu naquela caneta que não parava um só instante mais do que zelo excessivo, o que a fez se perguntar se um chefe de alto escalão, cuja função era olhar para o conjunto, deveria voltar a atenção daquele jeito para cada detalhe, cada minúcia, e, sem saber direito por quê, Gabriella começou a se sentir muito desconfortável.

Claro, devia ser porque ela estava apontando o dedo para alguém apoia-da em bases tão inconsistentes, embora a razão mais provável fosse Helena Kraft ter percebido que estava sendo observada e desviado o olhar embaraça-da, ou até mesmo ruborizada, portanto Gabriella decidiu não terminar a frase que tinha começado.

— Ou talvez...

— O quê, Gabriella?

— Não, nada — disse, sentindo de repente uma vontade enorme de sair dali, e, mesmo sabendo que não seria apropriado, deixou a sala de reuniões outra vez, e foi para o banheiro.

Mais tarde, ela se lembraria de como ficou lá, olhando seu próprio rosto no espelho, tentando entender o que exatamente ela tinha visto na sala de reuniões. Helena Kraft havia mesmo se ruborizado e, se a resposta era sim, o que significava aquilo? Provavelmente nada, concluiu, absolutamente nada, e mesmo que tivesse sido uma reação de vergonha ou de culpa, poderia ser por qualquer motivo, por alguma coisa constrangedora que tivesse passado pela cabeça de Helena Kraft naquele momento, e Gabriella admitiu que, na verdade, não a conhecia tão bem assim para julgá-la. Mas de qualquer forma conhecia o bastante para saber que Helena jamais poria em risco a vida de uma criança por dinheiro ou por qualquer outro tipo de vantagem. Não, isso estava fora de questão.

A verdade é que Gabriella tinha se tornado paranoica, uma típica espiã desconfiada de tudo, que via traidores em toda parte, até mesmo em sua própria imagem refletida no espelho. "Idiota", murmurou, sorrindo constrangida para si mesma, como se para afastar todas as bobagens de sua cabeça e voltar a pôr os pés no chão. Mas não adiantou nada. Nesse instante achou ter captado uma nova verdade em seus olhos.

Teve a impressão de ser muito parecida com Helena Kraft. As duas eram inteligentes, ambiciosas e gostavam de ouvir elogios de seus superiores, o que nem sempre era algo bom. Quando se atuava numa cultura nociva, esse tipo de inclinação podia transformar a pessoa em alguém também nocivo, e se essa necessidade de reconhecimento fosse exagerada eram grandes os riscos de acabar levando a pessoa a uma conduta imoral, gananciosa, a cometer excessos e transgressões, até mesmo crimes.

Todo mundo deseja se encaixar e mostrar serviço, por isso há quem acabe fazendo coisas inacreditavelmente estúpidas, e de repente ela se perguntou: será que foi isso que aconteceu aqui? Se o próprio Hans Faste — pois tinha certeza de que era ele o informante da Säpo dentro do grupo de Bublanski — vinha passando informações para eles por achar que era isso que se esperava que ele fizesse e também porque queria ganhar pontos com a Säpo, e se Ragnar Olofsson, pelo menos até agora, também vinha mantendo Helena Kraft informada de cada detalhe, uma vez que ela era sua chefe e ele pretendia impressioná-la, quem sabe Helena Kraft, por sua vez, não tivesse passado alguma informação adiante porque também lhe interessava mostrar todo o seu profissionalismo e empenho para alguém? Mas, se era isso, para quem? Para o chefe da polícia nacional, para o governo, para um serviço de inteligência estrangeiro, e nesse caso o provável é que fosse americano ou britânico, que então teria repassado para...

Gabriella interrompeu essa cadeia de hipóteses e mais uma vez se perguntou se não estaria imaginando coisas e, mesmo achando que talvez estivesse, continuou pensando que não devia confiar em seu grupo. Claro que ela também queria mostrar toda a sua capacidade profissional, só que não necessariamente do jeito que se fazia na Säpo. Ela só queria que August Balder estivesse bem, e em vez de o rosto de Helena Kraft surgir à sua frente ela viu os olhos de Erika Berger, o que a fez ir depressa à sua sala e pegar seu Blackphone, o mesmo que ela usara para manter contato com Frans Balder.

Erika tinha ido de novo para a rua falar ao telefone com tranquilidade e agora estava na frente da livraria Söder, na Götgatan, se perguntando se teria feito alguma besteira. Mas Gabriella Grane sustentara sua posição de tal forma que Erika não teve como se preservar, e essa era a desvantagem de ter amigos inteligentes. Eles veem você por dentro.

Gabriella não só tinha entendido o que Erika queria conversar com ela como a convencido de que ela se sentia moralmente responsável e que jamais revelaria a localização do esconderijo, por mais que aquilo fosse conflitante com suas responsabilidades profissionais. Gabriella disse que se sentia em dívida naquela história e que portanto queria ajudar e iria mandar as chaves de sua casa de campo de Ingarö por um mensageiro e providenciar para que as instruções do caminho fossem enviadas através do link criptografado que Andrei Zander criara segundo as instruções de Lisbeth Salander.

Mais adiante, na Götgatan, um mendigo tropeçou e caiu, e dois sacos grandes e cheios de garrafas recicláveis que ele carregava se espalharam pela calçada. Erika correu para ajudá-lo, mas o homem já tinha se levantado e recusou ajuda. Erika lhe deu um sorriso triste e continuou sua caminhada de volta para a redação.

Quando entrou, viu Mikael com ar aborrecido e esgotado. Estava todo descabelado, a camisa para fora da calça. Fazia tempo que ela não o via tão extenuado. Mesmo assim, não se preocupou. Quando os olhos dele brilhavam daquele jeito, nada o detinha. Significava que ele havia entrado naquele estado de concentração absoluta do qual só emergiria depois de ter chegado ao fundo da história.

— Conseguiu achar um esconderijo? — ele perguntou.

Ela fez que sim com a cabeça.

— Talvez seja melhor não dizer mais nada. Temos que manter isso no menor círculo de pessoas possível.

— Parece sensato. Mas vamos torcer para que seja uma solução provisória. Não me agrada a ideia de Lisbeth estar tomando conta do garoto.

— Quem sabe um acabe fazendo bem ao outro...

— O que você disse para a polícia?

— Muito pouco.

— Acho que não é uma hora muito boa para manter as coisas embaixo do pano.

— Realmente não é.

— Talvez Lisbeth se disponha a fazer alguma declaração, para aliviar um pouco a sua barra.

— Eu não quero pressioná-la agora. Estou preocupado com ela. Você pode pedir que o Andrei pergunte a Lisbeth se não deveríamos lhe mandar um médico?

— Vou falar com ele. Sabe...

— O quê?

— Estou começando a achar que ela está fazendo a coisa certa — disse Erika.

— Por que está dizendo isso assim de repente?

— Porque eu também tenho as minhas fontes. E estou com a sensação de que a polícia não é um lugar particularmente seguro neste momento — ela respondeu, dirigindo-se com passos decididos para a mesa de Andrei Zander.

19. NOITE DE 22 DE NOVEMBRO

Jan Bublanski estava sozinho em sua sala. No fim Hans Faste acabara admitindo que vinha passando informações para a Säpo o tempo todo, e, sem nem ouvir o que Faste tinha a dizer em sua defesa, desligou-o das investigações. Mesmo sabendo que Faste era ambicioso, não muito confiável e queria subir rapidamente na carreira, tinha demorado a acreditar que ele também vinha vazando informações. Bublanski achou difícil acreditar que alguém de lá pudesse fazer isso.

Claro que na polícia também havia pessoas desonestas e corruptas. Mas entregar uma criança deficiente nas mãos de assassinos frios era demais, e ele se recusava a acreditar que alguém na polícia seria capaz de fazer isso. Talvez a informação houvesse vazado de outra maneira. Talvez os telefones deles tivessem sido grampeados ou os computadores invadidos por algum hacker, embora não lhe constasse que alguém tivesse registrado em algum arquivo no computador que August Balder seria capaz de desenhar o assassino e menos ainda que ele estava na clínica psiquiátrica Oden. Bublanski vinha tentando entrar em contato com a chefe da Säpo, Helena Kraft, para discutirem a questão. Apesar de ele ter enfatizado que o assunto era importante, ela ainda não havia ligado de volta.

Os telefonemas que Bublanski havia recebido do Conselho de Exportação e do Ministério da Indústria o deixaram preocupado, e, embora isto não tivesse sido dito de maneira explícita, a maior preocupação não era com o menino nem com as consequências dos tiros na Sveavägen, e sim com o programa de pesquisas em que Frans Balder estivera envolvido, que de fato parecia ter sido roubado na noite do crime.

Apesar de muitos dos mais capacitados técnicos de computação da polícia terem sido enviados à casa de Balder em Saltsjöbaden, além de três especialistas em tecnologia da informação da Universidade de Linköping e da Academia Real de Engenharia de Estocolmo, nenhum deles encontrou um rastro sequer da pesquisa de Frans Balder nem nos computadores nem em toda a papelada dele.

"Agora, como se não bastasse, temos uma inteligência artificial desaparecida", Bublanski murmurara consigo mesmo, e por algum motivo se lembrou de uma velha charada que seu primo Samuel, um brincalhão, gostava de propor aos amigos dele da sinagoga, para confundi-los.

Era um paradoxo que dizia assim: se Deus é o todo-poderoso, será que poderia criar algo mais inteligente do que Ele mesmo? A charada fora considerada desrespeitosa, ele lembrou, e até mesmo blasfema, por seu caráter evasivo, o que significava que qualquer que fosse a resposta ela seria errada. Mas Bublanski não teve tempo de se aprofundar mais nessa questão. Ouviu uma batida na porta. Era Sonja Modig, que cerimoniosamente lhe entregou outro pedaço de chocolate suíço com laranja.

— Obrigado — ele disse. — O que você tem para mim?

— Achamos que os criminosos deram um jeito de fazer com que Torkel Lindén levasse o menino para a rua. Mandaram e-mails falsos em nome do professor Charles Edelman, e do nosso também, marcando um encontro com ele e o menino do lado de fora da clínica.

— É possível fazer isso?

— Muito fácil.

— Assustador.

— É verdade, mas isso ainda não explica como os criminosos sabiam que era no computador da clínica Oden que eles precisavam entrar nem como souberam da participação do professor Edelman.

— Acho que deveríamos olhar nossos próprios computadores.

281

— Já começamos a fazer isso.

— Será que era para ser assim, Sonja?

— O que você quer dizer?

— Todo mundo com receio de escrever ou de dizer alguma coisa com medo de estar sendo espionado.

— Não sei. Espero que não. Temos um tal de Jacob Charro lá fora aguardando para ser interrogado.

— Quem é ele?

— Um bom jogador do Syrianska Futebol Clube. E também o homem que tirou a mulher e August Balder da Sveavägen.

Sonja Modig estava na sala de interrogatório com um jovem musculoso de cabelo curto e escuro e maçãs do rosto salientes. Ele usava um pulôver mostarda de gola em V, sem camisa por baixo, e parecia ao mesmo tempo perturbado e um pouco orgulhoso.

Ela começou assim: — Interrogatório iniciado às 18h35 do dia 22 de novembro, com a testemunha Jacob Charro, vinte e dois anos, residente em Norborg. Conte-nos o que aconteceu hoje de manhã.

— Sim, claro… — disse Jacob Charro. — Eu estava indo de carro pela Sveavägen, quando vi que estava acontecendo algum tumulto na rua. Achei que era um acidente e diminuí a velocidade. Mas aí vi um homem sair correndo da calçada do lado esquerdo e atravessar a rua. Ele continuava correndo sem nem olhar para o trânsito e achei que fosse um terrorista.

— Por que você achou isso?

— Porque ele parecia estar a ponto de explodir de tanto ódio.

— Deu tempo de você observar a aparência dele?

— Não sei dizer, mas depois me ocorreu que havia alguma coisa artificial no rosto dele.

— Como assim?

— Como se não fosse o rosto dele de verdade. Ele estava com óculos de sol redondos, que deviam estar presos atrás das orelhas. As bochechas também pareciam estranhas, como se ele estivesse com a boca cheia, não sei, e também o bigode, as sobrancelhas, a cor do rosto.

— Você acha que ele estava usando máscara?

— Com certeza tinha alguma coisa estranha. Não deu tempo de pensar muito nisso porque de repente a porta do meu carro foi escancarada e aí... como é que eu vou dizer? Foi um desses momentos em que muita coisa acontece ao mesmo tempo, como se o mundo inteiro desabasse em cima da sua cabeça. De repente tinha uns desconhecidos dentro do meu carro e todo o vidro traseiro estava estilhaçado. Eu fiquei em estado de choque.

— O que você fez?

— Eu acelerei que nem um doido. Acho que a garota que entrou no meu carro gritou para eu fazer isso. Eu estava tão assustado que nem percebi direito o que estava fazendo. Apenas fui seguindo as ordens.

— Ordens, você disse?

— Foi a sensação que eu tive. Achei que estávamos sendo perseguidos e não vi outra saída a não ser obedecer à garota. Eu virei aqui, virei ali, fazia o que ela mandava, e além disso...

— O quê?

— Havia algo na voz dela. Era uma voz tão fria e concentrada, que me vi comandado por ela. Era como se a voz da garota fosse a única coisa que estava controlada no meio daquela loucura e destruição toda.

— Você disse que acha que sabe quem é essa garota?

— Acho que sei quem ela é. Mas não reconheci na hora, com certeza não foi na hora. Eu nem conseguia pensar em nada, estava apavorado. E também tinha sangue jorrando atrás de mim.

— Da mulher ou do menino?

— No começo eu não sabia, e parecia que nem eles. Mas de repente eu ouvi um "Ufa!", como se algo de bom tivesse acontecido.

— E o que era?

— A garota viu que ela é que tinha sido baleada, e não o menino, e lembro que achei isso estranho, parecia que ela até estava comemorando, "Oba, levei um tiro", e posso lhe garantir que não era um machucadinho à toa, não. Ela tentou tampar a ferida, mas não conseguiu estancar o sangramento. O sangue continuava jorrando e a garota estava ficando cada vez mais branca. Ela estava bem mal.

— E mesmo assim ela estava feliz de ter sido baleada em vez do menino...

— Isso mesmo. Como qualquer mãe.

— Mas ela não era a mãe do menino...

— Não mesmo. Eles nem se conheciam, foi o que ela disse, e de alguma forma isso foi ficando bem claro. A garota parecia não entender nada de criança. Ela nem abraçou o menino, não disse nenhuma palavra de consolo para ele. Ela o tratava como se ele fosse adulto, falava com ele no mesmo tom de voz que usava comigo. Uma hora vi que ela quase ia oferecer um pouco de uísque para ele.

— Uísque? — perguntou Bublanski.

— É, eu tinha uma garrafa no carro, que ia dar de presente para o meu tio, mas acabei dando para ela desinfetar a ferida e beber um pouquinho. Mas ela acabou bebendo bastante.

— De forma geral — perguntou Sonja Modig —, como você achou que ela estava tratando o menino?

— Para dizer a verdade, não sei bem como responder. Ela não parecia ser nenhuma campeã de sociabilidade, me tratava como se eu fosse um empregado dela e não tinha a menor habilidade para lidar com uma criança, como eu falei, mesmo assim...

— O quê?

— Achei que ela era uma boa pessoa. Eu nunca a contrataria como babá, se é que me entendem. Mas ela era legal.

— Então você acha que a criança está segura com ela?

— Eu não tenho dúvida de que a garota pode ser mortalmente perigosa e até uma doida de pedra. Mas o menino... o nome dele é August, não é?

— Isso mesmo.

— Ela irá protegê-lo com sua vida, se necessário. Foi a impressão que eu tive.

— Onde você os deixou?

— Onde ela mandou: em Mosebacke Torg.

— É onde ela mora?

— Não sei. Ela não me deu explicação de nada. Só quis ir para lá. Fiquei com a sensação de que ela tinha um carro estacionado por lá. Ela não me disse nada além do estritamente necessário. Apenas me pediu que eu deixasse os meus dados com ela. Disse que vai me pagar pelos danos no meu carro, mais um extra.

— Ela parecia ter dinheiro?

— Bom... se eu fosse julgar só pela aparência, diria que ela mora num barraco. Mas pelas atitudes... não sei. Eu não ficaria surpreso se ela fosse cheia da grana. Tive a sensação de que ela estava acostumada a fazer tudo do jeito dela.

— E o que aconteceu depois?

— Ela mandou o menino descer do carro.

— E ele desceu?

— Ele estava paralisado. Ficou se balançando para a frente e para trás e não saía do lugar. Mas aí ela falou com ele num tom de voz mais duro. Disse que era uma questão de vida ou morte, coisa assim, e aí ele foi indo bem devagar, meio cambaleando, com os braços duros que nem um sonâmbulo.

— Você viu para onde eles foram?

— Só vi que foram para o lado esquerdo, na direção de Slussen. Mas a garota...

— Sim?

— Ela estava mal mesmo. Foi tropeçando, parecia que ia desabar a qualquer momento.

— Isso não é nada bom. E o menino?

— Também não parecia na melhor forma. O olhar dele era muito estranho, e fiquei preocupado no caminho todo, porque achei que ele fosse ter um ataque ou algo assim. Mas quando os dois desceram do carro ele parecia já ter aceitado a situação, e só ficou perguntando "Onde" várias vezes, "Onde, onde".

Sonja Modig e Bublanski olharam um para o outro.

— Você tem certeza disso? — perguntou Sonja.

— Por que eu não teria certeza?

— Bom, por exemplo, você pode ter achado que ele estava dizendo isso porque viu uma expressão interrogativa no rosto dele.

— Por que vocês estão duvidando tanto de eu ter ouvido isso?

— Porque a mãe de August Balder disse que ele não fala — explicou Sonja.

— Sério?

— Sério. E parece muito estranho que ele tenha falado suas primeiras palavras sob aquelas circunstâncias.

— Mas eu ouvi o que ouvi.

— Está certo. E o que a garota respondeu?

— Acho que ela disse "longe". "Longe daqui." Uma coisa assim. Depois ela quase desmaiou, como eu falei. E me mandou ir embora dali.

— E você obedeceu?

— Rapidinho. Saí cantando pneu.

— E só depois você percebeu quem eles eram.

— Eu já tinha deduzido que o menino era o filho daquele gênio de quem eles estão falando um monte de coisas na internet. Mas a garota... eu tinha uma vaga lembrança dela. Ela me lembrava alguma coisa, bom, mas aí não aguentei mais continuar dirigindo. Eu tremia todo e parei na Ringvägen, perto de Skanstull, entrei no hotel Clarion e pedi uma cerveja para ver se eu me acalmava, e foi aí que a ficha caiu. Ela era aquela garota que tinha sido procurada por assassinato uns anos atrás, mas depois viram que ela não era culpada, retiraram todas as acusações e descobriram que desde pequena ela tinha passado por umas coisas horrorosas num hospital psiquiátrico. Eu me lembro bem porque na época o pai de um amigo meu que tinha sido torturado na Síria estava passando mais ou menos pelas mesmas coisas num hospital, com terapia de choque e outras merdas assim, só porque ele não conseguia esquecer o passado. Foi como se estivessem torturando ele de novo aqui.

— Você tem certeza?

— Que ele foi torturado?

— Não. Que a garota era Lisbeth Salander.

— Na hora eu procurei fotos dela na internet no meu celular, e não tive dúvida nenhuma. E também tem outras coisas que batem, tipo...

Jacob hesitou, parecendo constrangido.

— Quando ela tirou a camiseta para enfaixar o ferimento e se virou um pouco para passar a camiseta pelo ombro, eu vi uma tatuagem enorme de um dragão nas costas dela, de ponta a ponta. E me lembro dessa tatuagem ter sido mencionada numa reportagem daquela época.

Erika Berger estava na casa de campo de Gabriella, em Ingarö, com duas sacolas cheias de alimentos, lápis de colorir, papel, dois quebra-cabeças complicados e mais algumas coisas. Não havia nem sinal de August e Lisbeth nem como entrar em contato com eles. Lisbeth não atendia pelo aplicativo

Redphone nem pelo link criptografado, e isso estava deixando Erika doente de preocupação.

De qualquer ângulo que ela analisasse a situação, não conseguia deixar de lado os maus pressentimentos. Ela sabia muito bem que Lisbeth Salander só era de falar o minimamente necessário, nada de grandes explicações nem de palavras tranquilizadoras. Lisbeth só tinha pedido um esconderijo seguro. Uma criança estava sob sua responsabilidade e, se ela não estava atendendo às ligações deles mesmo sob essas circunstâncias, com certeza algo de ruim tinha acontecido. Na pior das hipóteses, Lisbeth poderia estar caída em algum lugar, mortalmente ferida.

Erika praguejou e foi para a varanda, a mesma onde ela havia se sentado um dia com Gabriella e tido aquela conversa sobre se esconder do mundo. Só fazia alguns meses, mas parecia ter sido décadas antes. Agora não havia nenhuma mesa lá fora nem cadeiras, garrafas, nenhum burburinho dentro da casa, apenas neve, galhos e o lixo que a tempestade havia trazido, como se a própria vida tivesse ido embora dali, e de algum modo a lembrança daquela festa fez crescer a sensação de abandono da casa, como se as festividades fossem fantasmas voltando para assombrar a casa.

Erika foi para a cozinha de novo e guardou os congelados no freezer — almôndegas, espaguete à bolonhesa, estrogonofe, filés de peixe, bolinhos de batata e uma farta quantidade da pior junk food, que Mikael recomendara que ela comprasse: pizzas prontas, pirogues, batatas chips, coca-cola, uma garrafa de uísque Tullamore Dew, um pacote de cigarros, três sacos de salgadinhos, balas, três barras de chocolate e balas de alcaçuz. Na ampla mesa redonda da cozinha, ela deixou papel para desenhar, lápis de colorir, canetas, uma borracha, uma régua e um compasso. Numa das folhas em branco Erika desenhou um sol e uma flor e escreveu "Bem-vindos" em quatro cores muito vivas.

A casa ficava no alto de um pequeno promontório, nas proximidades da praia de Ingarö, e não se podia vê-la de longe, pois estava encoberta por pinheiros muito altos. Havia quatro cômodos, e a cozinha, o maior deles, com suas portas de vidro abertas para a varanda, era o coração da casa. Além da mesa redonda, havia uma velha cadeira de balanço e dois sofás gastos e tortos que haviam rejuvenescido e ganhado vida nova graças a dois pequenos tapetes xadrez recém-comprados. Era uma casa aconchegante.

E provavelmente um bom esconderijo também. Erika guardou as chaves da casa dentro da gaveta de cima do armário do hall, como tinham combinado, saiu da casa sem trancar a porta e começou a descer a longa e íngreme escada de madeira que era o único meio de acesso à casa para quem chegava de carro.

O céu estava escuro e ameaçador, ventava forte de novo e o estado de espírito de Erika, que já não era nada bom, não melhorou nem um pouco enquanto ela voltava de carro para casa pensando em Hanna Balder. Erika não a conhecia pessoalmente e estava longe de ser fã da atriz. Hanna costumava fazer o papel de mulheres ao mesmo tempo sexy e inocentemente desmioladas que todos os homens achavam que podiam seduzir, e Erika detestava como a indústria do cinema cultuava esse tipo de personagem. Mas agora tudo isso era passado, e Erika sentiu vergonha de tê-la julgado de maneira tão rígida na época. Tinha sido dura com Hanna Balder, atitude muito fácil de tomar contra uma menina bonita subindo tão cedo na carreira.

Hoje, nas poucas vezes em que Hanna era vista em alguma grande produção, seus olhos transmitiam uma dor contida que dava profundidade às suas personagens e que talvez, Erika pensava agora, fosse uma dor genuína. Estava claro que Hanna Balder enfrentara tempos difíceis. Pelo menos as últimas vinte e quatro horas de sua vida tinham sido difíceis para ela, e desde o começo da manhã Erika vinha insistindo que Hanna fosse informada do que estava acontecendo e ficasse com August. Parecia ser o tipo de situação em que uma criança necessita da mãe.

Mas Lisbeth, que até então estava em contato com eles, se opôs à ideia. Ainda não se sabia de onde vinha o vazamento de informações, ela escreveu, e eles também não podiam descartar a hipótese de que fosse alguém próximo de Hanna e daquele Lasse Westman, em quem ninguém confiava e que até agora não tinha saído de casa, ao que parece para evitar os jornalistas acampados lá fora. Eles estavam num atoleiro e Erika não gostava disso. Torcia para que no fim conseguissem contar a história com dignidade e profundidade, sem que nem a revista nem ninguém saísse prejudicado.

Ela não duvidava da capacidade de Mikael. Além disso Andrei Zander o estava ajudando. Erika tinha uma queda por Andrei, um jovem de ótima aparência que de vez em quando as pessoas achavam ser gay. Não fazia muito tempo ele tinha ido jantar com ela e Lars na casa deles em Saltsjöbaden,

Andrei havia contado sua história, o que só fez crescer ainda mais a afeição que Erika sentia por ele.

Andrei perdeu os pais com onze anos, num atentado a bomba em Sarajevo, e depois disso foi morar na Suécia, em Tensta, subúrbio de Estocolmo, com uma tia que se mostrou insensível para perceber a fome intelectual dele e até mesmo as feridas que o menino carregava. Andrei não presenciou a morte dos pais. Seu corpo, porém, ainda reagia como se ele sofresse de estresse pós-traumático, e ainda hoje ele não suportava ruídos altos e movimentos repentinos. Também ficava aflito quando via sacolas abandonadas em restaurantes ou lugares públicos e abominava a violência e a guerra com um ardor que Erika jamais vira.

Durante a infância, ele se fechou em seu próprio mundo. Mergulhou na literatura fantástica, em poesias, biografias, amava Sylvia Plath, Borges e Tolkien, e aprendeu tudo o que pôde sobre computadores, sonhando em escrever livros sobre tragédias e amores não correspondidos. Era um romântico incorrigível que esperava cicatrizar suas feridas através de paixões avassaladoras e que não se importava nem um pouco com o que acontecia à sua volta, na sociedade ou no mundo. Uma noite, já adolescente, assistiu a uma palestra aberta de Mikael Blomkvist na Faculdade de Jornalismo da Universidade de Estocolmo que mudaria sua vida.

Algo no entusiasmo com que Mikael falava o fez levantar os olhos e enxergar um mundo transbordando de injustiças, intolerâncias e pequenas corrupções, e ele começou a se imaginar escrevendo reportagens com críticas à sociedade, em vez de romances lacrimosos. Não muito tempo depois, bateu à porta da *Millennium* perguntando se havia qualquer serviço que ele pudesse fazer: preparar e servir café, revisar textos, entregar pacotes. Ele queria estar lá, não importava como. Queria fazer parte da redação da revista, e Erika, que desde o começo tinha visto a chama em seus olhos, encarregou-o de pequenas tarefas: avisos, pesquisas e perfis curtos. E, acima de tudo, ela o mandou estudar muito, o que ele fez com a mesma energia que direcionava a tudo que se dispunha a fazer. Lia sobre ciências políticas, comunicação de massa, economia, solução de conflitos internacionais, ao mesmo tempo que fazia alguns trabalhos temporários para *Millennium*. Sua ambição era se tornar um jornalista investigativo tão peso pesado quanto Mikael.

Mas, diferentemente de quase todos os jornalistas investigativos, ele não era do tipo durão. Continuava o jovem romântico que sonhava em encontrar seu grande amor, e Mikael e Erika já haviam passado muito tempo consolando-o por seus relacionamentos impossíveis. As mulheres sentiam-se atraídas por ele com a mesma frequência com que o abandonavam. Talvez elas notassem a enorme carência dele e muitas talvez se assustassem com a intensidade de seus sentimentos, e além disso ele devia ter uma inclinação exagerada para falar de seus próprios defeitos e fraquezas. Era bastante franco e transparente. Bom demais, como Mikael costumava dizer.

Erika começou a achar que Andrei estava muito perto de se libertar de sua fragilidade juvenil. Tinha notado isso nos textos dele. Aquele desejo imenso de tocar as pessoas, que tornava sua escrita bastante pesada, havia sido substituído por um novo estilo, mais concreto e pragmático, e ela sabia que agora que ele tinha recebido a chance de ajudar Mikael tão de perto no caso Balder, ele faria o que fosse preciso para se sair bem.

A ideia é que Mikael escrevesse o texto principal e que Andrei, além de ajudá-lo nas pesquisas, também redigisse alguns artigos paralelos relacionados com o caso e perfis curtos, planejamento que Erika achou bem promissor. Depois de deixar o carro estacionado na Hökens gata, ela caminhou até a redação e, ao entrar, encontrou Mikael e Andrei profundamente concentrados no trabalho, como ela tinha imaginado que encontraria.

De vez em quando Mikael murmurava alguma coisa consigo mesmo, e ela notou nos olhos dele não só aquele conhecido brilho de obstinação, mas também um certo sofrimento, o que não a surpreendeu. Mikael mal vinha dormindo à noite. A imprensa toda o estava atacando e ele havia sido interrogado pela polícia, onde fora obrigado a fazer justamente aquilo que a imprensa o acusava de estar fazendo, ou seja, omitir a verdade, e Mikael não gostava disso.

Mikael Blomkvist era uma pessoa que andava de mãos dadas com a lei. Em muitos sentidos, um cidadão-modelo, e se havia alguém que conseguia arrastá-lo para o território do proibido, esse alguém era Lisbeth Salander. Mikael preferia cair em descrédito a traí-la, por isso ele continuava repetindo à polícia: "Reservo-me o direito de proteger minhas fontes", embora sem dúvida ele estivesse aborrecido com isso e ponderando as consequências. Mas, assim como Erika, sua maior preocupação eram Lisbeth e o garoto. Depois de observá-lo por alguns momentos, Erika foi até ele e perguntou:

— Como vão as coisas?

— Quê? Ah... Bem. Como está tudo por lá?

— Arrumei as camas e deixei comida na geladeira.

— Que bom. Nenhum vizinho viu você?

— Não há uma alma viva naquele lugar.

— Por que eles estão demorando tanto? — ele perguntou.

— Não sei, também estou muito preocupada.

— Tomara que eles só estejam descansando na casa de Lisbeth.

— É o que eu também espero. O que mais você descobriu?

— Muita coisa.

— Que bom.

— Mas...

— O quê?

— Tem uma coisa...

— O quê?

— Parece que eu estou voltando no tempo ou me aproximando de lugares onde já estive.

— Você vai ter que me explicar isso um pouco melhor — ela disse.

— Vou explicar...

Mikael olhou de relance para a tela do computador.

— Mas primeiro quero cavar um pouco mais. Depois a gente conversa — ele disse, e ela o deixou sozinho e se preparou para voltar para casa, sabendo que estaria pronta para ajudá-lo assim que ele precisasse.

20. 23 DE NOVEMBRO

A noite tinha sido calma, estranhamente calma, e às oito da manhã um pensativo Jan Bublanski estava na sala de reuniões diante de seu grupo. Depois de ter dispensado Hans Faste, ele se sentia razoavelmente seguro de poder falar livremente sobre o caso de novo. Pelo menos se sentia mais seguro ali, com seu grupo, do que em frente ao seu computador ou com seu celular.

— Vocês já estão a par da gravidade da situação — ele começou. — Houve um vazamento de informações sigilosas e uma pessoa morreu por causa disso. E agora a vida de uma criança está ameaçada. Apesar de termos trabalhado duro, ainda não sabemos como foi que isso aconteceu. As informações podem ter saído daqui de dentro, ou da Säpo, ou da clínica Oden, ou de alguém ligado ao professor Edelman, ou até mesmo da mãe do menino e do companheiro dela, Lasse Westman. Ainda não temos certeza de nada, portanto devemos ser extremamente cautelosos, paranoicos mesmo.

— Podemos ter sido hackeados ou grampeados — acrescentou Sonja Modig. — Tudo indica que estamos lidando com criminosos cujo domínio das novas tecnologias vai muito além daquele com o qual estamos habituados.

— Verdade, o que só torna a situação mais preocupante — continuou Bublanski. — Precisamos ser cuidadosos em todos os níveis e não falar nada de importante ao telefone, mesmo que nossos superiores garantam que o nosso novo sistema de telefonia móvel é suficientemente seguro.

— Eles acham o sistema sensacional só porque a implantação dele custou muito caro — disse Jerker Holmberg.

— Talvez também devêssemos refletir um pouco sobre o nosso próprio papel — continuou Bublanski. — Acabei de falar com uma jovem analista da Säpo, muito talentosa, Gabriella Grane, não sei se vocês já ouviram falar dela. Ela lembrou que o conceito de lealdade para nós, policiais, nem sempre é uma coisa tão óbvia como parece. Podemos ter vários tipos de lealdade, não é? A mais óbvia é a lealdade à lei. Há também a lealdade à população, aos colegas, aos nossos superiores, a nós mesmos, à nossa carreira, e às vezes, como todos vocês sabem, podem surgir conflitos entre essas várias lealdades. Para proteger um colega, por exemplo, podemos ser desleais com a nossa população. E por vezes, quando obedecemos a ordens vindas de cima, como foi o caso de Hans Faste, essa lealdade entra em conflito com aquela que se deve ter com os colegas. Mas de agora em diante — e eu estou falando muito sério — só se aplica uma lealdade aqui: a que vamos ter com a própria investigação! Iremos prender os culpados e garantir que ninguém mais seja vítima deles. Estamos entendidos? Nem que o primeiro-ministro ou o chefe da CIA telefonem para vocês falando de patriotismo e prometendo novas possibilidades de carreira, eu quero que vocês abram a boca, entendido?

— Entendido! — todos responderam em coro.

— Ótimo! Como vocês já sabem, a pessoa que interferiu no caso da Sveavägen foi ninguém menos que Lisbeth Salander, e estamos fazendo tudo ao nosso alcance para localizá-la — continuou Bublanski.

— Por isso é que a gente precisa divulgar o nome dela para a imprensa — gritou Curt Svensson, um tanto inflamado. — Precisamos da ajuda da população!

— Sei que há divergências entre nós sobre esse ponto, e é por isso que quero discutir a questão mais uma vez. Em primeiro lugar, nem preciso dizer o quanto Salander foi maltratada pela polícia e pela mídia há alguns anos.

— Mas isso não vem ao caso agora — disse Curt Svensson.

— É bem provável que muitas pessoas a tenham reconhecido na Sveavägen e que, de qualquer forma, seu nome logo venha a público, e então isso não será mais uma questão. Mas antes deixe-me lembrar-lhes que Lisbeth Salander salvou a vida do garoto e por isso merece todo o nosso respeito.

— Quanto a isso, nenhuma dúvida — disse Curt Svensson. — Mas depois ela meio que acabou sequestrando a criança.

— A informação que temos indica que ela estava determinada a proteger o menino a qualquer preço — acrescentou Sonja Modig. — Lisbeth Salander teve experiências muito negativas com as autoridades. Toda a sua infância foi marcada por injustiças e abusos cometidos contra ela pela burocracia do Serviço Social e se, como nós, ela suspeita que há um informante dentro da polícia, não vai nos procurar de forma alguma, podem ter certeza.

— Isso é ainda menos relevante — insistiu Curt Svensson.

— De certa forma é verdade — continuou Sonja. — É claro que eu e Jan concordamos com você que a única coisa importante é saber se tornar público o nome dela ajudaria ou não nas investigações. A segurança do menino é mais importante do que qualquer outra coisa, e aqui temos um grande componente de incerteza.

— Entendo o seu raciocínio — disse Jerker Holmberg num tom de voz baixo e cauteloso, que fez todos o escutarem com atenção. — Se as pessoas virem Salander, o menino também ficará exposto. Mas isso ainda deixa muitas perguntas sem resposta. A primeira e a mais importante, e também a menos formal de todas é: qual é a coisa certa a fazer? E aqui tendo a afirmar que mesmo que haja um informante entre nós não podemos aceitar que Salander continue escondendo August Balder. O garoto é parte importante da investigação e, com ou sem informante, somos mais capacitados para proteger uma criança do que uma jovem emocionalmente perturbada como ela.

— Claro, com certeza — concordou Bublanski.

— Exatamente — continuou Jerker. — E mesmo que não estejamos lidando com um caso clássico de sequestro, sim, mesmo que ela tenha feito o que fez com a melhor das intenções, os danos causados à criança podem ser enormes. Em termos psicológicos, deve ser extremamente prejudicial ao menino estar fugindo, depois de tudo o que ele já passou.

— É verdade, é verdade — murmurou Bublanski. — Mas a dúvida permanece: como vamos lidar com essa informação?

— Aqui eu realmente concordo com o Curt. Devemos divulgar o nome e uma foto dela logo. Podemos obter informações importantes assim.

— Sim, pode dar certo mesmo — continuou Bublanski —, mas também pode ser tudo que os assassinos estejam esperando. Temos que partir do princípio de que eles não desistiram de encontrar o menino, muito pelo contrário, e como não temos ideia de qual é a conexão entre o garoto e a Salander, não temos como saber que tipo de pistas eles vão obter com a divulgação do nome dela. Não estou totalmente seguro de que garantiremos a segurança do garoto divulgando esses detalhes à imprensa.

— Mas também não sabemos se ele estará protegido se não fizermos isso — rebateu Jerker Holmberg. — Há muitas peças faltando nesse quebra-cabeça para que a gente consiga tirar qualquer tipo de conclusão. Será que a Lisbeth Salander está fazendo isso a mando de alguém, por exemplo? Será que ela não tem seus próprios planos para a criança mais do que protegê-la?

— E como ela sabia que Torkel Lindén e o menino iam sair da clínica da Sveavägen justamente naquele horário? — acrescentou Curt Svensson.

— Talvez ela estivesse lá apenas por acaso.

— Não parece provável.

— A verdade não costuma parecer provável — continuou Bublanski. — É exatamente isso que a define. Mas concordo: é pouco provável que ela estivesse lá por acaso. Não naquelas circunstâncias.

— Mikael Blomkvist também sabia que algo ia acontecer — acrescentou Amanda Flod.

— É óbvio que há uma ligação entre Blomkvist e Salander — disse Jerker Holmberg.

— É verdade.

— Mikael Blomkvist sabia que o menino estava na clínica Oden, não sabia?

— A mãe do menino, Hanna Balder, tinha contado a ele — disse Bublanski. — E, como vocês podem imaginar, ela agora está se sentindo péssima. Acabei de ter uma longa conversa com ela. Mas daí Blomkvist chegar a ter ideia de que Torkel Lindén e o menino iam ser enganados e atraídos para a rua...

— Será que ele entrou no computador da Oden? — indagou Amanda Flod, pensativa.

— Não consigo imaginar Mikael Blomkvist hackeando computadores — disse Sonja Modig.

— Mas e a Salander? — perguntou Jerker Holmberg. — O que, afinal, sabemos sobre ela? Mesmo com o dossiê completo que tínhamos da garota, na última vez em que nos envolvemos com ela, ela nos enganou de todas as formas. Talvez agora as aparências também sejam tão enganadoras quanto foram naquela época.

— É verdade — concordou Curt Svensson. — Temos muitos pontos de interrogação.

— Nós só temos pontos de interrogação, por isso é que devíamos seguir estritamente as regras do código policial — observou Jerker Holmberg.

— Eu não sabia que o código era tão abrangente — disse Bublanski com um sarcasmo que não agradou a Holmberg.

— Eu só estou dizendo que a gente devia considerar a situação pelo que ela realmente é: o sequestro de uma criança. Faz quase vinte e quatro horas que os dois desapareceram e não fizeram nenhum contato. Devíamos divulgar o nome e a foto de Salander e depois avaliar com todo o cuidado as informações que chegarem às nossas mãos — disse Jerker Holmberg com grande autoridade, e os outros policiais pareceram concordar com ele.

Bublanski fechou os olhos e pensou em como amava aquele grupo. Tinha mais afinidade com eles do que com seus irmãos, irmãs e pais, mas agora se sentia no dever de contrariá-los.

— Estamos fazendo tudo que podemos para encontrar os dois, por isso vamos aguardar um pouco mais antes de soltar nomes e fotos. Isso só serviria para pôr mais lenha na fogueira, e além disso eu não quero dar nenhuma pista aos criminosos.

— E além disso você se sente culpado — disse Jerker sem nenhum tom solidário na voz.

— E além disso eu me sinto muito culpado — respondeu Jan Bublanski, pensando de novo em seu rabino.

Mikael Blomkvist estava extremamente preocupado com o menino e com Lisbeth, por isso nem tinha conseguido dormir direito. Havia ligado diversas vezes para Lisbeth pelo Redphone, sem obter nenhuma resposta. Ele não recebia notícias dela desde a tarde do dia anterior. Agora estava na redação, tentando se concentrar no trabalho e analisar o que podia ter lhe escapado. Por algum tempo o pressentimento de que faltava alguma peça fundamental no quadro todo, algo que poderia trazer uma nova luz ao caso, insistiu em não abandoná-lo. Mas talvez estivesse iludindo a si mesmo, talvez fosse apenas imaginação, seu desejo de encontrar alguma estrutura maior por trás de tudo. A última mensagem que Lisbeth lhe mandara através do link criptografado fora:

Jurij Bogdanov, Blomkvist. Dê uma olhada nele. Foi ele quem vendeu a tecnologia de Balder para o Eckerwald da Solifon.

Algumas fotografias de Bogdanov na internet o mostravam de ternos listrados feitos sob medida, mas que ainda assim não pareciam lhe cair bem, como se ele os tivesse roubado a caminho do fotógrafo. Bogdanov tinha cabelos compridos e desalinhados, muitas cicatrizes, olheiras fundas e tatuagens feitas por algum amador, que podiam ser vislumbradas por baixo das mangas da camisa. Seu olhar era sombrio, intenso e penetrante. Era alto, porém não devia pesar mais que sessenta quilos.

Parecia um ex-presidiário, e alguma coisa em sua postura fez Mikael se lembrar do homem que aparecia nas imagens das câmeras de segurança da casa de Balder, em Saltsjöbaden. Ele irradiava a mesma decadência e ar miserável. Nas raras entrevistas que havia dado como empresário em Berlim, Bogdanov dera a entender que praticamente havia se criado nas ruas.

"Eu estava condenado a fracassar ou a ser encontrado morto num beco qualquer com uma seringa no braço. Mas consegui sair da lama e me restabelecer. Sou inteligente e um verdadeiro guerreiro", ele se gabara.

Por outro lado, nada em sua vida desmentia essas afirmações, exceto a suspeita de que ele poderia não ter progredido apenas através de seus próprios esforços. Havia indicações de que ele recebera ajuda de pessoas influentes que identificaram seus talentos e apostaram neles. Uma revista de tecnologia alemã reproduzia a declaração de um chefe de segurança da financeira Horst, dizendo: "Bogdanov tem mágica nos olhos. Ele enxerga a fragilidade de um sistema de segurança como ninguém. Ele é simplesmente um gênio".

Bogdanov, na verdade, era um hacker superstar e oficialmente considerado um "white hat", uma pessoa voltada para o bem, pronta a servir e a ajudar as empresas a encontrar falhas em seus sistemas de segurança. Também não havia nada de suspeito em sua empresa, a Outcast Security, indicando que ela fosse apenas um negócio de fachada. Os membros da diretoria eram pessoas de boa reputação, com nível superior, cujos nomes nunca haviam sido ligados a atividades ilícitas. Apesar de parecerem informações genuínas, Mikael não se contentou em apenas aceitá-las. Ele e Andrei investigaram a fundo todas as pessoas que tiveram contato, e mesmo o mínimo contato, com a Outcast Security, amigos de amigos, e encontraram um homem chamado Orlov, que, por um breve período, havia participado do conselho como suplente e que, já à primeira vista, pareceu um tanto suspeito. Vladimir Orlov não era da área de tecnologia da informação, mas apenas um peixe pequeno do setor de construção. Havia sido um boxeador peso pesado de futuro na Crimeia, e a julgar por algumas poucas fotografias que Mikael encontrou dele na internet, o que se via era um homem brutal e desfigurado, do tipo que uma jovem jamais convidaria à sua casa para o chá da tarde.

Também havia informações, embora não confirmadas, de que ele cumprira pena por agressão física e lenocínio. Tinha se casado duas vezes e produzido duas viúvas, cuja causa mortis Mikael não conseguiu descobrir. O achado mais interessante, porém, foi Orlov ter participado como suplente do conselho de uma empresa insignificante, fechada fazia muito tempo, chamada Bodin Construção & Exportação, que atuava na área de "venda de materiais de construção".

O proprietário tinha sido Karl Axel Bodin, mais conhecido como Alexander Zalachenko, um nome que não apenas lhe trouxe lembranças de um mundo totalmente do mal como também do maior furo jornalístico de sua carreira. Zalachenko, claro, era o pai de Lisbeth, o homem que havia matado a mãe dela e destruído sua infância. A sombra negra de Lisbeth, o coração das trevas que havia alimentado seus planos de vingança.

Seria mera coincidência o nome dele aparecer nesse caso? Mais do que ninguém, Mikael sabia que, quando se vai a fundo em qualquer história, pode-se encontrar todo tipo de conexões. A vida está sempre nos aproximando de conexões enganadoras. No entanto, em se tratando de Lisbeth Salander ele não acreditava muito em coincidências.

Fosse quebrando o dedo de um cirurgião ou se propondo a analisar o roubo de uma avançada tecnologia de inteligência artificial, você podia estar certo de que Lisbeth não apenas havia planejado tudo com muito cuidado. Ela também tinha uma razão, um motivo para fazer isso. Lisbeth não era do tipo que esquecia injustiças ou coisas erradas. Ela revidava e apresentava a fatura. Será que o envolvimento dela nesse caso teria alguma ligação com seu passado? Não era nada impossível.

Mikael levantou os olhos da tela do computador e olhou para Andrei, que acenou para ele com a cabeça. Lá fora, do corredor, vinha um cheiro leve de comida e, da Götgatan, o som de um rock barulhento. A tempestade estava ali bem na porta, uivando, mantendo o céu ainda escuro e turbulento. Mikael entrou no link criptografado mais uma vez, apenas para cumprir sua nova rotina, sem esperar nada. Mas então ele se animou. Havia uma mensagem. Soltou um pequeno grito de triunfo e leu:

Tudo bem. Vamos para o esconderijo em breve.

Ele respondeu depressa:

Ótimo. Dirija com cuidado.

E depois não resistiu e acrescentou:

Lisbeth, afinal estamos atrás de quem?

Ela respondeu imediatamente:

Você logo vai adivinhar, espertinho!

Lisbeth tinha exagerado quando disse que ia tudo bem. Ela estava um pouco melhor, mas ainda em péssima forma. Havia passado metade do dia anterior quase sem consciência do tempo e do espaço, e foi somente com grande dificuldade que conseguiu se arrastar para fora da cama a fim de oferecer alguma coisa para August comer e beber, se assegurando também de que ele tivesse papel e lápis à mão, para desenhar o assassino de seu pai. Enquanto se aproximava dele agora, ela já via de longe que ele não tinha desenhado nada.

Havia muito papel espalhado pela mesa que ficava perto do sofá, em frente à qual o menino estava. Mas, em vez de desenhos, ela viu apenas fileiras e mais fileiras de rabiscos e, numa reação mais automática do que movida por uma verdadeira curiosidade, Lisbeth tentou entender o que era aquilo. Ele havia escrito números, sequências intermináveis de números, e mesmo que a princípio eles não fizessem sentido para ela, Lisbeth foi ficando cada vez mais intrigada, até que de repente deu um assobio.

— Que demais! — balbuciou.

No começo ela tinha visto apenas alguns números bem extensos, que na verdade não lhe disseram nada, mas depois viu que, combinados com os números vizinhos, eles formavam um padrão familiar, e quando olhou nos diferentes tipos de folhas de papel e chegou a deparar com a simples sequência numérica 641, 647, 653 e 659, então não teve mais dúvida. Eram os "*sexy prime quadruplets*", como se dizia em inglês, uma sequência de quatro números primos com a diferença de seis unidades entre si.

Havia também séries de números primos gêmeos, com todas as combinações possíveis, e Lisbeth não conteve um sorriso, ao mesmo tempo que exclamava:

— Incrível! Legal!

Mas August não olhou para ela. Continuou ajoelhado em frente à mesa de centro, como se quisesse apenas continuar escrevendo seus números, e ela se lembrou vagamente de ter lido alguma coisa sobre *savants* e números primos, mas em seguida nem quis mais pensar nisso. Não estava se sentindo bem para agora começar uma reflexão sobre cálculos avançados ou embarcar em raciocínios complicados. Foi até o banheiro e engoliu dois comprimidos de Vibramicina que estavam por ali fazia anos.

Lisbeth vinha tomando antibiótico por conta própria desde que desmaiara no apartamento. Em seguida pôs a pistola, o computador e algumas roupas na sacola, e disse para o menino se levantar. Mas ele não quis. August continuou segurando seu lápis com força e por alguns instantes Lisbeth ficou parada diante dele, perplexa. Então disse com uma voz bem firme:

— Levante agora mesmo! — e ele obedeceu.

Por segurança, ela pôs uma peruca e óculos de sol. Por último, vestiram seus casacos, desceram de elevador até a garagem e entraram na BMW dela, com a qual iriam para Ingarö. Ela controlava o volante apenas com a mão direita. Com o ombro esquerdo enfaixado e a parte superior do peito doendo muito, e ainda com febre, ela foi obrigada a parar o carro no acostamento algumas vezes para descansar. Quando enfim chegaram à praia e ao ancoradouro de barcos de Stora Barnvik em Ingarö e, seguindo as instruções recebidas, subiram a longa escadaria de madeira que levava à casa e entraram nela,

300

Lisbeth desabou exausta na cama do quarto mais próximo à cozinha. Estava tremendo, gelada.

Mesmo assim, logo depois se levantou e, respirando com dificuldade, foi para a mesa redonda com seu notebook, para tentar, mais uma vez, decifrar o arquivo da NSA que ela havia baixado. Claro que também não conseguiu. Não chegou nem perto disso. August foi sentar perto dela, olhando como que hipnotizado para as pilhas de papéis e lápis que Erika Berger havia deixado para ele. Nesse exato momento August não parecia interessado em escrever nenhuma série de números primos e muito menos em desenhar assassino nenhum. Parecia maravilhado demais para isso.

O homem que se dizia chamar Jan Holtser estava hospedado num quarto do hotel Clarion Arlanda conversando ao telefone com sua filha Olga, que, como ele tinha imaginado, não estava acreditando no que ele dizia.

— Você está com medo de mim? Está com medo de que eu te coloque contra a parede? — ela perguntou.

— Não, claro que não — ele respondeu. — É que...

Ele demorou para encontrar as palavras. Sabia que Olga desconfiava que ele estava escondendo alguma coisa, portanto encerrou a conversa mais rápido do que no fundo desejava. A seu lado, na cama do hotel, Jurij praguejava muito. Depois de examinar o computador de Frans Balder pelo menos umas cem vezes, ele não havia encontrado "porra nenhuma", como gostava de dizer. — Nadinha de merda nenhuma!

— Então roubei um computador sem conteúdo — disse Jan Holtser.

— É isso aí.

— Então por que o professor estava usando esse computador?

— Pra alguma coisa muito importante, isso está claro. Dá para ver que um arquivo pesado, que devia estar sendo compartilhado com outros computadores, foi deletado não faz muito tempo. Estou tentando, tentando, mas não consigo recuperar esse arquivo. O desgraçado sabia o que estava fazendo.

— Que decepção — disse Jan Holtser.

— Decepção do caralho — acrescentou Jurij.

— E o telefone, o Blackphone?

— Tem umas ligações lá que eu não consegui identificar, talvez da Säpo ou do Försvarets Radioanstalt. Mas o que mais está me preocupando é outra coisa.

— O quê?

— Uma longa conversa que o professor teve um pouco antes de você invadir a casa dele. Ele falou com algum funcionário do MIRI, Machine Intelligence Research Institute.

— E onde está o problema?

— A hora em que ele ligou. Fiquei com a impressão que o telefonema tinha a ver com algum tipo de crise. Só que tem o fato de ter sido pro MIRI. O trabalho desse instituto é garantir que no futuro computadores inteligentes não se tornem uma ameaça para a humanidade. Sei lá, isso não está me cheirando bem. Estou achando que o Balder passou uma parte das suas pesquisas pro MIRI ou então...

— O quê?

— Ele pode ter passado toda a informação sobre a gente, ou pelo menos o que ele sabia da gente.

— Isso seria péssimo.

Jurij concordou e Jan Holtser soltou um palavrão baixinho. Nada tinha saído como eles haviam planejado, e nenhum dos dois estava acostumado a falhar. Agora já acumulavam dois fracassos seguidos, e tudo por causa de uma criança, uma criança ainda por cima retardada, o que era bem ruim. Mas ainda não era o pior.

O pior é que Kira ia chegar, enlouquecida, e nenhum dos dois estava preparado para isso. Eles estavam acostumados a ser bem tratados por ela, com aquela fria elegância que dava um ar de invencibilidade aos negócios dela. Mas Kira estava possessa, gritando que eles eram dois imprestáveis, incompetentes e idiotas. E a razão dos gritos não era tanto eles terem errado aqueles tiros, que podiam ou não ter atingido o garoto nas costas. A razão era a mulher que havia surgido do nada para proteger August Balder. Ela é quem fizera Kira se descontrolar.

Quando Jan começou a descrever a jovem, o pouco que tinha conseguido ver dela, Kira o bombardeou de perguntas. Mesmo que ele tivesse lhe dado a resposta certa ou errada, dependendo do ângulo em que se olhasse para isso, Kira se encolerizou, aos berros disse que eles deveriam ter matado a garota e como era típico deles aquele comportamento inútil. Nem Jan nem

Jurij entenderam o porquê daquela reação tão violenta. Nunca a tinham ouvido gritar daquele jeito.

Por outro lado, havia muita coisa que eles não sabiam sobre Kira. Jan Holtser jamais se esqueceria de quando transara com ela numa suíte do hotel D'Angleterre, em Copenhague, pela terceira ou quarta vez, e deitados na cama, bebendo champanhe, ele lhe contara sobre a guerra e seus crimes. Ao acariciar o ombro e o braço dela, Jan viu as três cicatrizes em seu pulso.

— Como você fez isso? — ele perguntou, recebendo como resposta apenas um olhar furioso.

Depois desse episódio, ela nunca mais o convidou para a sua cama, o que ele interpretou como punição por aquela pergunta. Kira cuidava deles e lhes dava muito dinheiro, mas nem ele nem Jurij nem ninguém do grupo estava autorizado a perguntar sobre o passado dela. Fazia parte das regras não escritas, e até o momento nenhum deles havia tido a coragem de sequer pensar em descumpri-las. Para o bem ou para o mal, ela era a benfeitora deles — sobretudo para o bem, eles achavam —, e cabia a eles se adaptar a seus caprichos e viver na incerteza de ela tratá-los com carinho, com frieza ou até mesmo castigá-los, se assim decidisse.

Jurij fechou o computador e tomou um gole do seu drinque. Os dois estavam tentando diminuir o consumo de álcool, para que Kira não usasse isso contra eles. Mas era quase impossível. Muita frustração e muita adrenalina os faziam beber. Jan mexia no celular nervosamente.

— A Olga não acreditou em você? — perguntou Jurij.

— Nem um pouco, e em breve ela verá em todos os jornais o meu retrato falado feito por uma criança.

— Não leve muito a sério essa história do retrato falado. Parece mais invenção da polícia.

— Então estamos tentando matar uma criança sem a menor necessidade?

— O que não me surpreenderia. Não era para Kira já ter chegado?

— Deve estar chegando a qualquer momento.

— Quem você acha que era?

— Quem?

— Aquela garota que surgiu do nada.

— Não faço a menor ideia — disse Jan. — Nem sei se a própria Kira sabe. Parece mais é que ela está preocupada com alguma coisa.

— Imagina se ela agora não vai querer que a gente acabe com os dois, com a garota e o menino.

— Desconfio que teremos que fazer mais que isso.

August não estava bem, e isso ficou evidente com as manchas avermelhadas que surgiram em seu pescoço. Ele cerrava os punhos com força. Sentada a seu lado, à mesa da cozinha em Ingarö e trabalhando em seu RSA criptografado, Lisbeth Salander teve medo de que o menino fosse ter um ataque. Mas tudo que aconteceu foi August pegar um giz de cera preto.

No mesmo instante, um vento forte sacudiu a janela ampla da cozinha, fazendo August hesitar e começar a passar a mão esquerda ritmadamente na superfície da mesa. Então começou a desenhar, um risco aqui, outro ali, depois pequenos círculos, que Lisbeth achou que eram botões, depois uma mão, detalhes de um queixo, uma camisa desabotoada. Em seguida, começou a desenhar mais rápido, a tensão foi desaparecendo de seu corpo e seus ombros relaxaram. Como se uma ferida aberta tivesse começado a cicatrizar. Mas ainda assim o menino não parecia totalmente calmo.

Seus olhos tinham um brilho de sofrimento e de vez em quando ele tremia de repente. Mas sem dúvida algo dentro dele havia se apaziguado, e agora ele pegava alguns lápis de cor novos, passando a desenhar um chão de tábuas de madeira, um piso de carvalho coberto por peças de um quebra-cabeça que, possivelmente, formariam uma cidade iluminada à noite. Mesmo a essa altura já estava claro que o desenho seria tudo, menos agradável.

A mão e a camisa desabotoada eram de um homem forte e com uma barriga saliente. O homem estava parado, dobrado como um canivete suíço e inclinado sobre uma pessoa pequena deitada no chão, espancando-a, uma pessoa que não era visível pela simples razão de ser ela quem observava a cena e recebia os golpes. Não havia dúvida de que era um desenho desagradável de ver.

Mas ele não parecia estar relacionado ao assassino, apesar de também revelar um criminoso. Bem no centro do desenho, Lisbeth observou um rosto furioso e molhado de suor, onde cada ruga fora desenhada com grande precisão. Lisbeth reconheceu o rosto, ainda que não assistisse a muitos filmes nem frequentasse cinemas.

Mesmo assim ela sabia que era o rosto do ator Lasse Westman, o padrasto de August, por isso ela se aproximou mais do menino e disse, com uma raiva indignada e certeira:

— Nós nunca mais vamos deixar ele fazer isso de novo com você! Nunca mais!

21. 23 DE NOVEMBRO

Alona Casales entendeu que alguma coisa grave estava acontecendo quando viu a figura esguia do comandante Jonny Ingram se aproximar de Ed the Ned. Pelo seu modo hesitante, estava claro que ele trazia más notícias, o que, em circunstâncias normais, não o incomodaria nem um pouco.

Jonny Ingram sempre tinha no rosto um esgar de satisfação quando apunhalava alguém pelas costas. Com Ed, no entanto, era diferente. Até os superiores mais antigos temiam Ed, que armava uma confusão dos infernos com quem mexesse com ele, e Jonny Ingram não era do tipo que gostava de escândalos e menos ainda de fazer o papel de idiota na frente de todo mundo. Mas se ele ia comprar briga com Ed, era isso que o aguardava.

Enquanto Ed era fisicamente forte e do tipo explosivo, Jonny Ingram era um rapaz bem-apessoado de classe alta, pernas magras e modos ligeiramente afetados. Oponente de respeito, sua influência alcançava domínios importantes, fosse em Washington ou no mundo dos negócios. Na NSA ele só estava abaixo do diretor, Charles O'Connor, e mesmo que Jonny sempre fosse visto com um sorriso aberto e parecendo um sujeito agradável que elogiava todo mundo, esse sorriso nunca chegava aos olhos dele. Jonny Ingram era temido como poucos na NSA.

Ele conhecia o ponto fraco de cada um e era responsável, entre outras atividades, pela "monitoração de tecnologias estratégicas", uma maneira cínica de definir a divisão de espionagem industrial da NSA, que dava suporte à indústria americana de alta tecnologia em sua concorrência no mercado internacional.

Mas agora, ali diante de Ed com seu terno elegante, o corpo de Jonny parecia ter encolhido, e mesmo sentada a trinta metros da mesa de Ed, Alona sabia exatamente o que ia acontecer. Ed estava prestes a explodir. Seu rosto cansado e pálido tinha começado a ficar vermelho, e de repente ele se levantou, exibindo sua imensa barriga e suas costas assimétricas, berrando a plenos pulmões:

— Seu merda seboso!

Ninguém mais além de Ed chamaria Jonny Ingram de "merda seboso", e Alona o amou por isso.

August tinha começado um novo desenho.

Ele havia esboçado algumas linhas no papel. Agora punha tanta força em seu traço que o giz de cera preto quebrou. Como na última vez, ele desenhava rápido, um detalhe aqui, outro ali, fragmentos dispersos iam se aproximando uns dos outros até formarem um todo. De novo, o mesmo quarto. Mas o quebra-cabeça no chão era outro e, dessa vez, fácil de reconhecer. Ali estava reproduzido um carro de corrida vermelho e uma multidão nas arquibancadas, e, acima disso, viam-se dois homens parados.

Um deles era Lasse Westman de novo. Dessa vez ele estava de camiseta e bermuda e com um olhar meio estrábico, avermelhado, parecendo bêbado e meio tonto. Mas essa condição não tornava suas feições mais suaves. Ele babava. E mesmo assim não era a figura mais assustadora da ilustração. Havia o outro homem. Seu olhar mortiço brilhava de puro sadismo. Tinha a barba por fazer e também estava alcoolizado. Seus lábios eram finos, quase invisíveis, e ele parecia estar chutando August. Embora o menino não aparecesse de novo no desenho, a ausência dele era o que o tornava extremamente presente.

— Quem é esse outro? — perguntou Lisbeth.

August não respondeu, mas seus ombros se sacudiram e suas pernas se torceram e se cruzaram por baixo da mesa.

— Quem é esse outro? — insistiu Lisbeth, e August então escreveu em seu desenho, com sua caligrafia infantil e um pouco trêmula:

ROGER

Roger. O nome não dizia nada a Lisbeth.

Em Fort Meade, algumas horas depois de seus hackers terem limpado a sala e ido embora, Ed foi até a mesa de Alona. O estranho é que ele não parecia mais furioso nem ofendido. Em vez disso, tinha uma expressão desafiadora e nem estava mais reclamando de dor nas costas. Trazia um caderno na mão, e um de seus suspensórios estava solto.

— E aí, meu velho? — ela disse. — Estou morrendo de curiosidade. O que foi que aconteceu?

— Me deram umas férias — ele respondeu. — Vou direto daqui para Estocolmo.

— Com tantos lugares para ir, Estocolmo. Não é frio demais lá nesta época?

— Sim, muito frio.

— Mas na verdade você não está indo para lá de férias.

— Muito cá entre nós, claro que não.

— Agora fiquei mais curiosa ainda.

— Jonny Ingram mandou a gente abandonar a investigação. O hacker que faça o que quiser, agora nós só precisamos é cuidar de uns poucos vazamentos de segurança e depois é para esquecer de tudo.

— Como ele teve a coragem de ordenar uma coisa dessas?

— Ele alegou que é para não piorar as coisas e a gente não correr o risco de alguém descobrir sobre o ataque. Seria devastador para nós se descobrissem que fomos hackeados. Sem falar da satisfação que muitas pessoas iam ter de saber que a chefia ia mandar muita gente para a rua para salvar as aparências, inclusive este que vos fala.

— Ele chegou a te ameaçar?

— Me ameaçou o mais que pôde. Disse que seria uma humilhação pública para mim, que eu ia ser processado e punido rigorosamente.

— Mas você não está parecendo muito preocupado com isso.

— Eu vou acabar com esse cara.

— E como você vai fazer isso? Esse imbecil está cheio de contatos em todos os setores, você sabe disso.

— Eu também tenho os meus contatos. Além disso, agora não é só o Ingram que conhece os podres dos outros. O maldito hacker teve a gentileza de colocar os nossos computadores em rede e nos deixou ver um pouco da nossa própria roupa suja.

— Meio irônico isso, hein?

— E como! Nada melhor que um criminoso para dedurar outro criminoso. No começo não vi nada assim de tão especial comparado a tudo que andamos fazendo, mas quando examinei mais de perto...

— E aí?

— Dinamite pura.

— Como assim?

— Os subordinados do Jonny Ingram não guardam apenas informações confidenciais das empresas para ajudar os nossos grandes conglomerados. Muitas vezes, eles vendem essas informações a preços altíssimos, e esse dinheiro não vai para os cofres da organização...

— ... e sim para os bolsos deles — completou Alona.

— Exatamente. Eu tenho provas suficientes para mandar Joacim Barclay e Brian Abbot para a cadeia.

— Meu Deus!

— Isso já seria mais complicado com Ingram. Tenho certeza de que ele é o cérebro por trás dessa história. Senão a coisa toda não faz sentido. Mas infelizmente eu ainda não tenho nenhuma prova, o que põe toda a operação em risco. Claro que sempre há uma chance de existir alguma coisa concreta contra ele no arquivo que o hacker baixou, embora eu duvide. Mas a gente não vai conseguir decodificar. É um RSA criptografado do jeito que o diabo gosta.

— E o que você está pensando em fazer?

— Apertar o cerco em volta do Ingram. Deixar bem claro para todo mundo que os funcionários dele são aliados de grandes criminosos.

— Como os Spiders.

— Como os Spiders. Eles estão no mesmo barco. Foram se juntar justamente com os piores. Eu não me espantaria nada se eles estivessem envolvidos até no assassinato do seu professor de Estocolmo. Eles tinham pelo menos um grande motivo para ver esse sujeito morto.

— Você só pode estar brincando.

— De jeito nenhum. O seu professor sabia de muita coisa que poderia incriminá-los.

— Caralho!

— É mais ou menos por aí.

— E agora você vai para Estocolmo, como se fosse um detetive particular, investigar a coisa toda.

— Não como se eu fosse um detetive particular, Alona. Estou indo com toda a retaguarda, e enquanto eu estiver cuidando disso vou pegar aquela hacker de um jeito que ela nunca mais vai conseguir ficar em pé.

— Espera, acho que eu ouvi mal, Ed. Você disse *ela*?

— Sim, minha cara, eu disse ela. Ela!

Os desenhos de August fizeram Lisbeth viajar no tempo e mais uma vez ela se lembrou daquele punho batendo no colchão, ritmada e incansavelmente.

Lembrou-se das batidas surdas, dos gemidos e do choro que vinham do quarto ao lado. Lembrou-se da época em que vivera na Lundagatan, quando as revistas em quadrinhos e as fantasias de vingança eram seu único refúgio. Mas logo deixou de lado essas lembranças. Limpou seu ferimento, trocou de roupa, verificou se a pistola estava devidamente carregada e entrou no link PGP.

Andrei Zander queria saber como eles estavam e ela lhe deu uma resposta curta. Lá fora, a tempestade sacudia as árvores e os arbustos. Serviu-se de uma dose de uísque, pegou um pedaço de chocolate, foi até a varanda e dali até uma pequena inclinação rochosa, onde fez um minucioso reconhecimento do terreno, sobretudo de uma pequena fenda na parte inferior da encosta. Chegou até a contar seus passos até lá, memorizando cada detalhe daquela área.

Quando voltou para casa, viu que August tinha feito um novo desenho de Lasse Westman e Roger. Lisbeth achou que o menino devia estar sentindo necessidade de tirar tudo aquilo de dentro dele. Mas August ainda não havia desenhado nada sobre o momento do assassinato, nem um só rabisco. Será que sua mente havia bloqueado a experiência?

Lisbeth foi invadida pela sensação desconfortável de que o tempo estava passando sem que nada se resolvesse. Lançou um olhar preocupado para August, para seu novo desenho e para os números que ele registrara no papel, e por um minuto ou dois concentrou-se neles, analisando sua estrutura. Então, subitamente identificou uma sequência de números que não parecia em sintonia com as demais.

Era relativamente curta: 23058430081399521128. Dessa vez não era um número primo, e sim — o que ela achou brilhante — um número que, na mais perfeita harmonia, era a soma de todos os seus divisores positivos. Em outras palavras, era um número perfeito, assim como o 6 pode ser dividido por 3, por 2 e por 1 e 3 + 2 + 1 = 6. Lisbeth sorriu ao perceber isso e de repente uma ideia bem interessante passou por sua cabeça.

— Agora você vai ter que me explicar tudo — disse Alona.

— Eu explico — respondeu Ed. — E, mesmo sabendo que com você isto nem seria preciso, quero que me prometa não contar nada para ninguém.

— Claro que eu prometo, seu tonto.

— Ótimo. Foi assim: depois que eu falei umas verdades para o Jonny Ingram, para manter as aparências eu acabei fingindo que dava razão para ele. Falei até que estava agradecido por ele ter colocado um ponto final nas nossas investigações. Seja como for, a gente não ia conseguir nada, eu disse, e de certo modo isso é a mais pura verdade. Tecnicamente falando, havíamos esgotado as nossas possibilidades. Havíamos feito de tudo e mais um pouco, mas não adiantava nada. O hacker tinha colocado informações falsas por toda parte, nos fazia cair em novas armadilhas e labirintos o tempo todo. Um dos meus rapazes disse que mesmo que, contra todas as previsões, a gente chegasse ao fim, ainda assim não íamos acreditar que tínhamos conseguido. A gente ia pensar que era uma nova armadilha. Estávamos esperando tudo desse hacker, menos fraquezas e erros. Então, se continuássemos do modo usual, iríamos ficar ali para sempre.

— Mas você não é muito chegado ao modo usual.

— Não mesmo. Eu costumo pôr fé em abordagens mais indiretas. Na verdade, nós não desistimos. Continuamos falando com nossos contatos e amigos das empresas de software. Fizemos nossas próprias buscas avançadas, escutas telefônicas e fomos atrás das nossas brechas. Sabe como é, num ataque sofisticado como esse que a gente sofreu, pode ter certeza de que há sempre muita pesquisa por trás. Algumas perguntas específicas são feitas, determinados sites são visitados. Com isso, é inevitável que a gente acabe conhecendo alguma coisa desse todo. Mas, acima de tudo, Alona, havia um fator pesando a nosso favor: a capacidade extraordinária desse hacker. Ela era tão grande, ele era um talento tão inigualável, que isso reduziu muito o número de suspeitos. Imagina um criminoso que de repente sai correndo da cena do crime e percorre cem metros em 9,7 segundos. Você consegue saber com certeza que o culpado só pode ser o Usain Bolt ou um de seus concorrentes, não é mesmo?

— Então é nesse nível?

— Há coisas nesse ataque que me deixam de boca aberta, e olhe que eu já vi muita coisa na minha vida. Por isso é que a gente dedicou muito tempo, muito mesmo, para conversar com outros hackers e com pessoas de dentro dessa indústria, para podermos perguntar: gente, quem hoje tem a capacidade de fazer algo grande assim? Quem é que está dando as cartas hoje em dia? Claro que tivemos que fazer essas perguntas de modo bem dissimulado, para que ninguém desconfiasse do que realmente tinha acontecido conosco. Por muito tempo ficamos na mesma. Era como dar tiros no escuro ou berrar numa noite vazia. Ninguém sabia de nada ou fingia que não sabia. Vários nomes foram mencionados, mas nenhum parecia ser o correto. Por algum tempo achamos que era um russo chamado Jurij Bogdanov, um ex-drogado que conseguia entrar em qualquer lugar e também hackear tudo o que lhe desse na telha. Quando ele vivia como mendigo em São Petersburgo, roubando carros com extrema facilidade, várias empresas de segurança tentaram contratar esse sujeito, que na época mais parecia um saco de ossos de quarenta quilos. Até mesmo o pessoal da polícia e dos serviços de inteligência queriam trazer o cara para o lado deles, para que as organizações criminosas não chegassem a ele primeiro. Nem é preciso dizer que os homens da lei perderam essa batalha. Hoje Bogdanov está livre das drogas, é bem-sucedido e chegou a cinquenta quilos de pele e osso. Temos quase certeza de que ele é um dos criminosos da sua gangue, Alona, por isso a gente também acabou se interessando por ele. Depois de todas as buscas que fizemos, acabamos percebendo uma conexão com os Spiders, mas aí...

— Vocês não entenderam por que um deles iria nos fornecer novas pistas?

— Exatamente. Então continuamos procurando e, depois de um tempo, apareceu outro grupo nas nossas conversas.

— Qual?

— Eles se deram o nome de Hacker Republic e têm uma reputação incrível. São todos muito competentes e cuidadosos com suas criptografias, e sou obrigado a reconhecer que fazem isso muito bem. Nós e muitos outros hackers já tentamos nos infiltrar nesse grupo, não só para saber o que eles estão fazendo, mas também para contratar os caras. Hoje a briga pelos melhores hackers é cerrada.

— Hoje, quando todos nós viramos criminosos.

— É, talvez sim. Bom, de qualquer maneira um monte de gente nos disse que é na Hacker Republic que estão os maiores talentos. E tem mais. Corria um rumor de que eles estavam armando alguma coisa grande e que um sujeito conhecido como Bob the Dog, que achamos que deve estar ligado a esse grupo, ficou pesquisando e fazendo perguntas sobre um dos nossos rapazes, o Richard Fuller. Você conhece o Richard?

— Não.

— É um maníaco-depressivo todo cheio de si que vem me dando uma dor de cabeça tremenda há muito tempo. O caso clássico de funcionário que representa risco de segurança, um cara vaidoso e descuidado quando está na fase maníaca. Ou seja, o perfil clássico que os grupos de hackers costumam ter na mira, e para saber disso é necessário ter acesso a informações confidenciais. A saúde mental dele não é exatamente o tipo de coisa que anda na boca do povo. Nem a própria mãe dele parece saber muito disso. Mas eu estou razoavelmente convencido de que a chave de entrada deles na NSA não foi o Fuller. Nós examinamos cada arquivo que ele recebeu nos últimos tempos e não encontramos nada. Nós o investigamos da cabeça aos pés. Acho que o Richard Fuller fazia parte dos planos da Hacker Republic desde o início. Não que eu tenha alguma prova contra o grupo, não tenho mesmo, mas alguma coisa me diz que esse grupo é o responsável pela invasão, especialmente depois que excluímos a participação de alguma potência estrangeira na operação.

— Você falou de uma garota.

— Isso. Quando investigamos esse grupo, a gente levantou todas as informações possíveis sobre eles, apesar de não ter sido nada fácil separar os boatos dos fatos reais. Mas teve uma coisa que apareceu com tamanha constância, que no fim eu não tive mais como questionar.

— E o que foi?

— A grande estrela do grupo República dos Hackers é alguém que adota o nome Wasp.

— Wasp?

— Exatamente. Não vou te aborrecer com detalhes técnicos, mas Wasp é uma espécie de lenda em alguns círculos, e uma das razões é a sua capacidade de fazer pouco dos métodos tradicionais. Alguém já disse que se pode reconhecer a mão de Wasp num ataque hacker da mesma forma que se identifica Mozart em um loop melódico. Wasp tem um estilo inconfundível, e isso foi uma das primeiras coisas que um dos meus rapazes disse depois de ter estudado o ataque que sofremos: "Isso é diferente de tudo que já vimos até agora, uma forma nova, surpreendente, uma coisa ao mesmo tempo tradicional e inusitada, e ainda assim direta e eficiente".

— Ou seja, coisa de gênio.

— Sem dúvida. E assim começamos a procurar minuciosamente tudo o que pudéssemos encontrar sobre esse Wasp na internet, para tomarmos a dianteira. E ninguém ficou nem um pouco surpreso quando não achamos absolutamente nada. Essa pessoa não deixa rastros, nada aberto atrás de si. Mas sabe o que acabei fazendo? — disse Ed, cheio de si.

— O quê?

— Fui pesquisar a origem do nome Wasp.

— Claro que alguma coisa além do significado literal, "vespa".

— Isso, exatamente, mas não porque eu ou alguém achasse que isso iria nos levar a algum lugar. Mas como eu já falei, se não dá para andar pela estrada principal, não custa procurar uma rota alternativa nas estradas próximas. Nunca se sabe o que a gente pode encontrar. E o que eu acabei encontrando foi que Wasp pode significar qualquer coisa. Wasp é o nome de um avião de guerra britânico da Segunda Guerra Mundial, é uma comédia de Aristófanes, um curta-metragem bem conhecido de 1915, é uma revista satírica da San Francisco do século XIX e também, é claro, a abreviação de

White Anglo-Saxon Protestant. Só que achei todas essas referências meio sofisticadas para um gênio dos hackers. Não tem nada a ver com a cultura desse meio. E sabe o que eu achei que encaixou?

— Não.

— Wasp, a heroína da Marvel Comics, uma das fundadoras dos Vingadores.

— Aquela dos filmes.

— Sim, do mesmo grupo do Thor, do Homem de Ferro, do Capitão América e mais uns outros. Nos primeiros quadrinhos originais, ela inclusive era a líder do grupo. Uma personagem bem legal, tenho que admitir, meio roqueira, rebelde, se veste de preto e dourado, tem asas de inseto, cabelo preto e curto, toda segura de si. Uma garota oprimida que sabe se defender e dar o troco e que tem a capacidade de mudar de tamanho. Todas as fontes que consultamos concordam que é essa a Wasp que estamos procurando. Não significa que essa pessoa, hoje, seja uma superfã da Marvel; não deve ser faz tempo, já que não é de agora que esse nome anda circulando. Talvez seja alguma coisa ligada à infância ou um toque de ironia, nada que signifique muito. Só que...

— O quê?

— Só que acabei descobrindo que essa rede criminosa que a Wasp andou investigando também já adotou apelidos dos personagens da Marvel uma época. Agora passou dessa fase. Às vezes eles se chamam de The Spider Society, não é isso?

— Sim, mas tenho impressão de que é só uma brincadeira que eles fazem conosco, que os estamos monitorando.

— Claro, também acho. Mas até brincadeiras deixam suas pistas ou escondem alguma coisa séria. Você sabe o que o grupo The Spider Society da Marvel faz?

— Não.

— Eles lutam contra a Sisterhood of the Wasp.

— Entendi. É um detalhe para a gente não esquecer mesmo, mas ainda não sei como isso pode te ajudar.

— Você já vai ficar sabendo. Não quer ir comigo até o meu carro? Eu preciso estar no aeroporto daqui a pouco.

Mikael Blomkvist sentia os olhos pesados. Não era tão tarde, mas seu corpo todo lhe enviava sinais de que não estava aguentando mais. Precisava ir para casa dormir um pouco e depois recomeçar o trabalho à noite ou no dia seguinte cedo. Talvez ajudasse se no caminho ele parasse para tomar umas cervejas. A falta de sono fazia sua cabeça doer e ele ainda lutava para afastar algumas lembranças e temores. Talvez pudesse pedir que Andrei o acompanhasse. Olhou para o seu colega.

Andrei tinha juventude e energia de sobra. Estava sentado ali perto, escrevendo no computador como se tivesse acabado de chegar, e de vez em quando folheando suas anotações com entusiasmo. No entanto estava na redação desde as cinco da manhã. Eram quinze para as seis da tarde e ele não tinha feito muitas pausas.

— Então, Andrei? Que tal irmos tomar uma cerveja e comermos alguma coisa enquanto discutimos o caso?

Andrei pareceu não ter entendido. Mas em seguida ergueu a cabeça e já não parecia tão cheio de disposição. Fez uma careta enquanto massageava o ombro.

— O quê?... Bem... talvez... — disse, hesitante.

— Vou considerar isso um sim. Que tal o Folkoperan?

O Folkoperan era um bar e restaurante que ficava na Hornsgatan, perto dali, frequentado por muitos jornalistas e pessoas ligadas à arte e à cultura da cidade.

— É que... — disse Andrei.

— O quê?

— É que eu tenho esse perfil para escrever, é de um marchand do Bukowskis que pegou um trem na estação central de Malmö e nunca mais foi visto. Erika achou que cabia no mix.

— Meu Deus, que coisas essa mulher te obriga a fazer!

— Bem, para ser sincero não penso assim, mas de fato não estou conseguindo encaixar na nossa história. Está confuso, artificial.

— Você quer que eu dê uma olhada?

— Eu adoraria, mas antes preciso escrever mais. Vou morrer de vergonha se você ler do jeito que está.

— Então vamos esperar. Mas qual é, Andrei? Vamos sair pelo menos para comer alguma coisa. Depois você volta e continua trabalhando, se precisar mesmo — disse Mikael. Olhou para Andrei.

Ele guardaria essa lembrança por muito tempo. Andrei estava com um blazer marrom e xadrez e uma camisa branca abotoada até o colarinho. Parecia um artista de cinema, um jovem Antonio Banderas, um Banderas todo indeciso.

— Acho melhor eu ficar e resolver isto aqui de uma vez — disse, hesitante. — Eu tenho comida aqui no freezer, depois esquento no micro-ondas.

Mikael ficou pensando se devia apelar para a sua condição de homem mais velho e sua posição de chefe para fazer com que ele o acompanhasse numa cerveja, mas acabou dizendo:

— Está certo. Amanhã de manhã a gente se vê então. E os dois? Como eles estão indo lá? Nenhum retrato falado do criminoso ainda?

— Parece que não.

— Amanhã temos que pensar em outra solução. Se cuida. — Mikael se despediu e vestiu o casaco para sair.

Lisbeth se lembrou de alguma coisa que ela tinha lido sobre os *savants* na *Science* havia muito tempo. Era um artigo do matemático italiano Enrico Bombieri, um especialista em teoria dos números, que mencionava uma passagem de *O homem que confundiu sua mulher com um chapéu*, de Oliver Sacks, em que dois gêmeos autistas e portadores de deficiência mental ficavam confortavelmente sentados, balbuciando números primos elevados um para o outro, como se diante dos olhos deles houvesse uma espécie de painel matemático interior ou como se os dois tivessem encontrado um atalho secreto para o mistério dos números.

Obviamente, o que esses gêmeos eram capazes de fazer e o que Lisbeth pretendia conseguir agora eram coisas diferentes. Mesmo assim achava que havia uma similaridade e estava decidida a tentar, mesmo que no fundo estivesse um pouco cética. Assim, acessou novamente o arquivo criptografado da NSA e seu programa de fatoração de curvas elípticas. Em seguida virou-se para August, que lhe respondeu balançando o corpo para a frente e para trás.

— Números primos — ela disse. — Você adora números primos.

August não olhou para ela nem parou de se balançar.

— Eu também gosto deles — ela disse. — Mas tem uma coisa que me interessa mais agora, que é a fatoração. Você sabe o que é?

Com o corpo balançando e os olhos fixos na mesa, August dava a impressão de não estar entendendo.

— A fatoração é a expressão de um número como o produto de números primos. Nesse contexto, eu estou chamando de produto o resultado de uma multiplicação. Está entendendo?

August não parecia estar ouvindo e Lisbeth pensou se não devia simplesmente calar a boca.

— Segundo os princípios fundamentais da aritmética, cada número inteiro tem uma única fatoração primal, e isso é superbacana. Podemos obter um número simples como o 24 de muitas formas. Por exemplo através da multiplicação de 12 por 2, ou de 3 por 8, ou de 4 por 6. Mas só há uma maneira de fatorar esse número com números primos, que é 2 x 2 x 2 x 3. Está acompanhando? Todos esses números têm uma única fatoração. O problema é que é fácil multiplicar números primos para produzir números altos, mas é quase impossível fazer o contrário, partir do resultado para chegar aos números primos. Só que uma pessoa bem malvada fez isso numa mensagem secreta, entendeu? É mais ou menos como preparar um suco ou uma bebida. É fácil fazer, mas difícil desfazer.

August não piscou, não disse uma palavra, mas pelo menos não estava mais balançando o corpo.

— Vamos ver se você é bom na fatoração dos primos, August? Vamos?

August não se moveu nem um centímetro.

— Posso entender isso como um sim? Vamos começar com o número 456?

O olhar de August se tornou brilhante, ausente, e Lisbeth mais do que nunca achou aquela sua ideia um absurdo.

Estava frio e ventava muito, mas Mikael achou que o ar frio lhe fazia bem e o deixava mais animado. Não havia muita gente na rua e ele começou a pensar em sua filha Pernilla e no que ela tinha dito sobre escrever, que ela queria "escrever de verdade". Pensou também em Lisbeth e no garoto. O que os dois estariam fazendo agora? Na subida a caminho de Hornsgatspuckeln, parou um instante em frente a uma vitrine para observar um quadro.

A pintura mostrava pessoas felizes e descontraídas numa festa, e naquele momento pareceu a Mikael, provavelmente de forma enganosa, que fazia muito tempo que ele não se via daquele jeito, com um drinque na mão e sem preocupação nenhuma, e por um segundo desejou estar bem longe dali. De repente, sentiu um arrepio no corpo e uma sensação forte de estar sendo seguido. Quando se virou para olhar em volta, viu que era um alarme falso, talvez consequência de tudo que havia acontecido com ele nos últimos dias.

A única pessoa ali, atrás dele, era uma jovem incrivelmente bonita, com um casaco longo vermelho, cabelo loiro solto ao vento, que sorriu para ele de um jeito meio tímido. Mikael retribuiu com um meio sorriso, pensando em continuar sua caminhada. Seus olhos, porém, se demoraram um pouco mais nela, quem sabe intrigados, e Mikael ficou pensando se a jovem não seria uma espécie de alucinação que logo ia se transformar em outra pessoa, em alguém mais comum.

Quanto mais o tempo passava, mais fascinante ela ia se tornando a seus olhos e Mikael foi ficando como que hipnotizado por sua beleza, como se ela fosse uma grande estrela que havia se perdido em meio à gente comum, e a verdade é que exatamente ali, naqueles primeiros instantes de perplexidade, Mikael mal seria capaz de descrevê-la ou de se lembrar de um minúsculo detalhe sequer da aparência dela. A garota parecia um estereótipo, uma ilustração deslumbrante saída de uma página de revista de moda.

— Precisa de alguma ajuda? — ele perguntou.

— Não, não — ela respondeu, se mostrando de novo um pouco envergonhada, e não havia como negar: sua inibição era cativante.

Não era o tipo de mulher que devia ser tímida. Ela poderia ter o mundo a seus pés, se quisesse.

— Então boa noite — ele disse, se virando para ir embora, mas ela o deteve com um pigarro nervoso.

— Desculpe, mas... você não é o Mikael Blomkvist? — perguntou com um tom de incerteza na voz, baixando os olhos para os paralelepípedos da rua.

— Sim, sou eu — ele respondeu, dando um sorriso educado.

Ele se esforçava para continuar sorrindo daquele jeito educado, como faria com qualquer pessoa.

— Eu só queria dizer que admiro muito você — ela prosseguiu, levantando a cabeça devagar e dirigindo um olhar sombrio para o fundo dos olhos dele.

— Fico feliz de ouvir isso. Mas já faz muito tempo que não escrevo nada interessante. E você? Quem é você?

— Meu nome é Rebecka Svensson. Eu moro na Suíça atualmente.

— E veio visitar seu país.

— Infelizmente por pouco tempo. Sinto saudades da Suécia. Até de Estocolmo em novembro.

— Agora você exagerou.

— Mas não é assim mesmo, quando a gente está com saudades de casa?

— Como?

— A gente sente saudades até das coisas ruins.

— É verdade.

— Mas sabe o que eu faço? Eu acompanho as notícias suecas. Acho que nos últimos anos li todas as reportagens da *Millennium* — a garota disse, e Mikael olhou para ela outra vez, prestando atenção em cada detalhe de sua roupa, desde o sapato preto de salto alto até o xale xadrez de cashmere, tudo de alta qualidade, peças caras e exclusivas.

Rebecka Svensson não tinha o perfil da leitora típica da *Millennium*. Mas não havia razão para ele discriminar suecos ricos que moravam no exterior.

— Você trabalha na Suíça? — ele perguntou.

— Não, eu sou viúva.

— Entendo.

— Às vezes me sinto entediada demais aqui. Você está indo para algum lugar?

— Eu estava pensando em beber e comer alguma coisa — ele respondeu, se arrependendo imediatamente. Parecia um convite, mas era a mais pura verdade. Ele pretendia mesmo jantar.

— Posso lhe fazer companhia? — ela perguntou.

— Claro — ele respondeu, hesitante, e então ela tocou rápido na mão dele, aparentemente sem segundas intenções, ou pelo menos foi nisso que ele quis acreditar. Ela ainda parecia acanhada. O dois foram caminhando lentamente por Hornsgatspuckeln, passando por várias galerias.

— Que delícia estar andando por aqui com você — ela disse.

— Foi meio inesperado.

— Não foi bem o que eu pensei que fosse acontecer quando acordei hoje.

— E o que você pensou?

— Que seria mais um dia chato, como sempre.

— Não sei se hoje eu sou a companhia mais indicada — ele disse. — Estou muito envolvido numa nova história.

— Você anda trabalhando demais?

— Acho que sim.

— Então precisa de uma pequena pausa — ela disse, sorrindo para Mikael de um jeito encantador, carregado de desejo e de algum tipo de sugestão. Naquele instante, ele teve a sensação de que a conhecia de algum lugar, como se já tivesse visto aquele sorriso, mas em outro formato, num espelho distorcido.

— Nós já nos encontramos antes? — ele perguntou.

— Acho que não. Claro que eu já vi você uma porção de vezes na televisão e nos jornais.

— Você nunca morou aqui em Estocolmo?

— Só quando eu era pequena.

— Onde você morava?

Ela apontou na direção da Hornsgatan.

— Foi uma época maravilhosa — disse. — Nosso pai tomava conta da gente, cuidava de tudo. De vez em quando penso nisso. Sinto saudades dele.

— Ele já faleceu?

— Morreu muito jovem.

— Uma pena.

— É, às vezes ainda sinto muita falta dele. Para onde estamos indo?

— Não sei bem — ele disse. — Tem um pub logo ali na Bellmansgatan, o Bishop's Arms. Conheço o dono. É um bom lugar.

— Tenho certeza...

Seu rosto voltou a assumir aquele ar envergonhado e tímido e mais uma vez sua mão tocou de leve nos dedos dele. Dessa vez Mikael não teve certeza se tinha sido por acaso ou de propósito.

— Ou será que não é um lugar muito elegante para você?

— Não, está ótimo — ela disse, como que se desculpando. — É que costumo me sentir exposta em pubs. Já encontrei muitos cafajestes neles.

— Eu imagino...

— Será que...

— O quê?

Ela olhou para o chão e corou de novo. A princípio ele achou que estava vendo coisas, pois adultos não coravam daquele jeito, certo? Mas aquela Rebecka Svensson, que parecia tão incrivelmente sedutora, realmente enrubescia como uma garota de escola.

— Você não gostaria de me convidar para ir à sua casa tomar uma ou duas taças de vinho? — ela propôs. — Seria bem mais agradável.

— Bem...

Ele hesitou.

Precisava dormir um pouco para estar em forma no dia seguinte. Ainda assim respondeu:

— Claro. Tenho uma garrafa de Barolo em casa. — Por instantes ele achou que alguma coisa muito excitante podia estar prestes a acontecer, como se estivesse muito próximo de embarcar em uma aventura.

Sua insegurança, porém, não tinha desaparecido. A princípio, não entendeu por quê. Normalmente não tinha nenhum problema com esse tipo de situação e, para dizer a verdade, lidava bem com o assédio das mulheres. No entanto foi obrigado a admitir que naquele caso tudo estava acontecendo rápido demais. Mas ele também já havia passado por situações semelhantes e costumava enfrentá-las de modo muito prático. Portanto, não, não era a velocidade com que aquele encontro estava acontecendo o que o incomodava. Ou não apenas isso. Alguma coisa na própria Rebecka Svensson o inquietava.

Não era apenas o fato de ela ser jovem e de uma beleza estonteante, e de que devia ter coisas melhores para fazer do que caçar jornalistas suados e exaustos de meia-idade. Havia algo no olhar dela e no modo como passava da confiança à timidez e depois da timidez à confiança de novo, além daquele aparentemente casual toque nas mãos dele. Tudo que a princípio tinha parecido tão irresistível começou a parecer cada vez mais premeditado.

— Você é muito gentil — ela disse. — Prometo não ficar até muito tarde. Não quero prejudicar a sua história.

— Eu assumo a responsabilidade pelo estrago na minha história — ele respondeu, tentando sorrir.

Seu sorriso foi tudo menos espontâneo, e nesse instante Mikael captou algo estranho no olhar de Rebecka, uma frieza repentina que num segundo, porém, se transformou no oposto, em afeição e calor outra vez, como se ela fosse uma atriz famosa fazendo uma demonstração de seu talento. Então ele se convenceu de que realmente havia algo estranho. Apenas isso. Não fazia ideia do que seria e, pelo menos por enquanto, não pensava em deixar clara a sua desconfiança. Primeiro queria entender. O que estava acontecendo, afinal? Mikael sentiu que era importante para ele resolver aquele enigma.

Continuaram andando pela Bellmansgatan, embora Mikael não pretendesse mais levá-la para a casa dele. Mas precisava ganhar tempo para descobrir o que estava acontecendo, e olhou de novo para ela. De fato era uma mulher adorável. Mas não tinha sido a beleza a primeira coisa que o atraíra nela. Tinha sido algo mais do que isso, algo mais fugidio que transportou sua mente para um mundo muito diferente do glamoroso mundo das revistas de moda. Naquele instante Rebecka Svensson era um enigma que ele devia resolver.

— Que parte agradável da cidade... — ela comentou.

— Não é das piores — ele respondeu, pensativo, olhando na direção do Bishop's Arms.

Na esquina oposta ao Bishop's, um pouco acima na rua, um homem magro de boné preto e óculos escuros consultava um mapa. Não seria difícil tomá-lo por um turista. Ele segurava uma maleta de couro marrom numa das mãos, usava tênis brancos e jaqueta preta de couro com gola de pele. Em circunstâncias normais, Mikael nem teria reparado nele.

Mas agora que ele tinha deixado de ser um observador inocente, achou que alguma coisa nos movimentos do homem parecia tensa e artificial. Claro que podia ser só porque Mikael tinha começado a suspeitar de algo. Mas ele realmente achou que o jeito levemente casual como o homem segurava e consultava o mapa parecia uma encenação, e agora o homem tinha até mesmo erguido a cabeça para olhar Mikael e a mulher.

Ele os analisou detidamente por alguns segundos, depois voltou a olhar para o seu mapa. Mas não fez isso muito bem. O homem parecia incomodado, como se quisesse esconder o rosto com o boné, e algo nesse gesto, na maneira como ele inclinou quase timidamente a cabeça, lembrou a Mikael outra coisa, e ele mais uma vez lançou um olhar avaliador para os olhos escuros de Rebecka Svensson.

Olhava-a com insistência, de forma profunda, e ela lhe devolveu um olhar cheio de afeição, que Mikael não retribuiu. Ao contrário, analisou-a com seriedade e ainda mais determinação e concentração. Então, no mesmo instante a expressão de Rebecka se tornou fria, e foi só nesse momento que Mikael retribuiu o sorriso dela.

E ele sorriu porque de repente a ficha tinha caído.

22. NOITE DE 23 DE NOVEMBRO (HORÁRIO SUECO)

Lisbeth se levantou da mesa redonda. Não queria mais incomodar August. O menino já sofria pressão suficiente e a ideia dela havia fracassado.

É típico as pessoas despejarem grandes expectativas sobre os *savants*. O que August tinha feito com os números já era bem impressionante, e Lisbeth foi se encaminhando para a varanda enquanto apalpava com cuidado seu ferimento, que ainda doía muito. Então ouviu um ruído atrás de si, como alguém raspando num papel apressadamente e voltou para a mesa. E em seguida, deu um sorriso.

August tinha escrito:

$2^3 \times 3 \times 19$

Lisbeth se sentou perto dele e, dessa vez sem encarar o menino, disse:

— Muito bem! Estou impressionada. Mas vamos dificultar um pouco mais as coisas. Tente 18 206 927.

August estava curvado sobre a mesa, e Lisbeth achou que podia ter exagerado ao lhe dar, direto, um número de oito dígitos. Se, no entanto, eles quisessem ter a mínima chance de progredir, precisariam ir muito além disso, e ela não se surpreendeu quando viu o corpo de August balançando para a frente e para trás de novo, nervosamente. Alguns segundos depois ele se inclinou sobre a mesa e escreveu na folha de papel:

9419×1933

— Muito bem! Que tal $971\,230\,541$?

August escreveu: $983 \times 991 \times 997$.

— Grande! — disse Lisbeth, propondo outros desafios ao garoto.

Alona e Ed estavam do lado de fora do edifício preto em forma de cubo com suas paredes de vidro espelhado, em Fort Meade, no estacionamento lotado, não muito distante do grande radomo, com suas antenas e satélites. Ed girava nervosamente as chaves de seu carro numa das mãos, observando a floresta que os circundava para além da cerca elétrica. Precisava ir logo para o aeroporto e disse que já estava atrasado. Mas Alona não queria deixá-lo partir. Ela balançava a cabeça, com a mão pousada no ombro dele.

— Que coisa mais doentia!

— Com certeza é bem fora do comum — ele disse.

— Então, cada pseudônimo que pegamos no grupo, Spider, Thanos, Enchantress, Zemo, Alkhema, Cyclone e todos os outros, na verdade são...

— ... inimigos da Wasp nos primeiros quadrinhos da série. É isso aí.

— Que maluquice!

— Um psicólogo adoraria esse material.

— Só pode ser algum tipo de fixação.

— Com certeza. Eu tenho a sensação de que existe um ódio pesado por lá.

— Promete tomar bastante cuidado?

— Não se esqueça de que eu já fui membro de uma gangue.

— Mas foi há muito tempo, Ed, muitos quilos atrás.

— Não tem nada a ver com peso. É como se diz por aí: "Você pode tirar o cara do gueto...".

— ... "mas não pode tirar o gueto do cara" — completou Alona.

— A gente nunca se livra do passado. Além disso, vou receber ajuda em Estocolmo. Eles têm tanto interesse quanto eu em acabar com esse hacker de uma vez por todas.

— E se o Jonny Ingram descobrir?

— Aí não seria nada bom. Mas, como você pode imaginar, andei preparando o terreno. Até troquei uma ou duas palavrinhas com o O'Connor.

— Eu bem que desconfiei. Posso te ajudar com alguma coisa?

— Pode.

— Diga.

— O pessoal do Jonny Ingram parece que está por dentro de toda a investigação da polícia sueca.

— Você desconfia que eles estejam espionando a polícia sueca?

— Ou isso ou eles têm um informante em algum lugar, por exemplo alguma alma ambiciosa da Polícia de Segurança sueca. Se eu puser você em contato com dois dos meus melhores hackers, você daria uma investigada nisso pra mim?

— Parece arriscado.

— Está certo, esqueça.

— Não, eu gostei da ideia.

— Obrigado, Alona. Eu mando mais informações.

— Boa viagem então! — ela disse.

Ed sorriu com ar confiante, entrou no carro e partiu.

Ao repassar o que tinha acontecido, Mikael não conseguia explicar como ele havia se dado conta de tudo. Talvez tivesse sido alguma coisa ao mesmo tempo desconhecida e familiar no rosto de Rebecka Svensson, e quando a total harmonia daquele rosto lhe lembrou seu oposto e Mikael juntou tudo com outros pressentimentos e suspeitas que vieram à sua mente enquanto trabalhava em seu artigo, foi que ele teve a resposta. Ainda não possuía todas as respostas, mas agora tinha certeza de que algo estava muito errado.

O homem da esquina que ele agora via se afastando com sua maleta marrom e seu mapa era sem sombra de dúvida o mesmo que as câmeras de segurança haviam flagrado na casa de Balder em Saltsjöbaden. Como era altamente improvável que o homem estivesse lá apenas por coincidência, por alguns segundos Mikael permaneceu quieto, parado, refletindo. Em seguida, se voltou para a jovem que dizia se chamar Rebecka Svensson e disse, tentando demonstrar autoconfiança:

— Seu amigo está indo embora.

— Meu amigo? — A surpresa dela pareceu verdadeira. — Como assim?

— Aquele lá — ele disse, apontando para as costas magras do homem que já ia desaparecendo do campo de visão deles, meio claudicante, rumo à Tavastgatan.

— Não conheço ninguém aqui em Estocolmo... Você está brincando comigo?

— O que você quer de mim?

— Eu só queria te conhecer melhor, Mikael — ela respondeu, fazendo um gesto de quem ia desabotoar a blusa.

— Pode parar com isto! — ele exclamou com firmeza e ia começar a dizer a ela o que ele estava achando, quando Rebecka o olhou de um jeito tão frágil e comovente, que o deixou completamente sem ação, fazendo-o se esquecer do que ia dizer, e por um momento ele achou que havia se enganado.

— Você está zangado comigo? — ela perguntou com ar magoado.

— Não, é que...

— O quê?

— Eu não confio em você — ele disse, de um jeito mais grosseiro do que pretendia.

Ela sorriu melancolicamente.

— Bem que eu notei que você não estava inteiro aqui, Mikael, que você não estava sendo você. Melhor nos vermos outro dia.

Ela deu um beijo em seu rosto tão rápida e discretamente, que ele mal teve tempo de impedi-la. Em seguida acenou para ele de um modo sedutor e desapareceu ladeira acima com seu sapato de salto alto, tão segura de si e tranquila como se nada no mundo a preocupasse. Por um momento Mikael ficou pensando se não deveria detê-la e encontrar alguma forma de interrogá-la, mas depois percebeu a inutilidade daquilo e decidiu apenas segui-la.

Sabia que era loucura, mas não via outra solução. Deixou-a desaparecer mais acima na rua e depois foi atrás dela, apressando o passo até o cruzamento, convencido de que a jovem não teria ido muito longe. Mas ao chegar lá não viu nem sinal dela. Nem ela nem o homem estavam por ali, como se a terra os tivesse engolido. A rua estava vazia, a não ser por uma BMW preta tentando estacionar mais adiante e por um rapaz de cavanhaque e com um antigo casaco afegão que vinha caminhando no sentido dele do outro lado da rua.

Para onde os dois teriam ido? Ali não existiam vielas por onde se evadir, nenhum beco escondido. Teriam entrado em algum prédio? Mikael desceu pela Torkel Knutssonsgatan, olhando para a esquerda e para a direita. Nada. Passou pelo antigo Samirs Gryta, que no passado tinha sido seu lugar favorito e que agora se chamava Tabbouli e era um restaurante libanês, onde tanto ela quanto o homem da esquina poderiam ter pensado em se esconder.

Se bem que Mikael não entendia como ela teria tido tempo de chegar até ali sem que ele a visse, já que a estava seguindo bem de perto. Onde diabos ela estava? Será que ela e o homem o estariam observando de algum lugar? Por duas vezes se virou depressa, com a impressão de que alguém tinha surgido atrás dele, e uma vez até saltou quando sentiu um arrepio no corpo por causa da sensação de que alguém o observava através de uma mira telescópica. Mas pelo jeito era um alarme falso.

O homem e a mulher não estavam à vista, e quando ele por fim desistiu de procurá-los e começou a voltar para casa, teve o pressentimento de haver escapado de um grande perigo. Não sabia se essa suspeita tinha base sólida, mas o fato é que seu coração batia forte e sua garganta estava seca. Ele não costumava se assustar com facilidade, mas agora caminhava amedrontado por uma rua totalmente vazia. Não dava para entender.

A única coisa que ele de fato entendia era a necessidade de falar com Holger Palmgren, o ex-tutor de Lisbeth. Antes, porém, iria cumprir seu dever de cidadão. Se o homem que ele acabara de ver na rua era a mesma pessoa que ele tinha visto nas câmeras de segurança da casa de Balder, e houvesse pelo menos uma pequena chance de ele ser encontrado, a polícia precisava saber disso. Telefonou para Jan Bublanski, e não foi nada fácil convencer o inspetor.

Não fora fácil convencer nem a si mesmo. Mas provavelmente Mikael ainda tinha alguma reserva de credibilidade com que contar, embora ultimamente tivesse sido obrigado a contornar um pouco a verdade. Bublanski disse que mandaria uma unidade ao local.

— Por que ele estaria aí no seu bairro?

— Não sei, mas acho que não dói nada procurá-lo.

— É, acho que não.

— Boa sorte, então!

— É um verdadeiro desastre August Balder ainda estar perdido por aí — acrescentou Bublanski em tom de reprimenda.

— E é um desastre ainda maior o vazamento da informação ter vindo de vocês — rebateu Mikael.

— Pois lhe informo que já identificamos de onde vinha o *nosso* vazamento.

— É mesmo? Isso é fantástico.

— Infelizmente não é tão fantástico assim. Achamos que pode ter havido vários outros vazamentos, embora, com exceção deste último, a maioria seja relativamente inofensiva.

— Então vocês precisam se assegurar de que encontraram o informante certo.

— Estamos trabalhando muito nisso. Começamos a suspeitar que...

— O quê?

— Nada...

— Tudo bem, você não é obrigado a me contar.

— Vivemos num mundo doente, Mikael.

— Sério?

— Um mundo em que para você se manter saudável você precisa ser paranoico.

— Você deve ter toda a razão. Boa noite, inspetor!

— Boa noite, Mikael! Não vá me fazer nenhuma besteira.

— Vou tentar.

Mikael atravessou a Ringvägen e desceu para o metrô. Pegou a linha vermelha para Norsborg e desembarcou em Liljeholmen, onde Holger Palmgren, fazia alguns anos, morava num pequeno e moderno apartamento sem portaria. Holger Palmgren pareceu assustado ao ouvir a voz de Mikael pelo interfone, mas assim que ele garantiu que estava tudo bem com Lisbeth — Mikael torcia para não estar mentindo ao afirmar isso —, sentiu que era mais do que bem-vindo.

Holger Palmgren era um advogado aposentado que havia sido o responsável legal por Lisbeth desde que ela tinha treze anos e fora internada na clínica psiquiátrica infantil do hospital Sankt Stefan, em Uppsala. Holger não envelhecera bem, tinha sobrevivido a dois ou três derrames. Nos últimos tempos, vinha se movimentando com dificuldade, e precisava da ajuda de um andador.

O lado esquerdo de seu rosto estava paralisado e a mão esquerda perdera a função. Mas sua mente mostrava-se ativa e tinha uma memória sensacional, principalmente para resgatar eventos do passado de Lisbeth Salander. Ninguém conhecia Lisbeth como ele.

Palmgren fora bem-sucedido com ela onde todos os psiquiatras haviam falhado, ou talvez onde nem tivessem se esforçado para obter sucesso. Depois de uma infância infernal, em que Lisbeth perdera toda a confiança nos adultos e em instituições, Holger conseguira se tornar alguém próximo dela e fazê-la falar. Mikael via isso como um pequeno milagre. Lisbeth era o pesadelo de todos os terapeutas e fora a Holger que ela revelara as partes mais dolorosas de sua infância, por isso Mikael agora, depois de ter digitado o código de entrada do número 96 da Liljeholmstorget, pegava o elevador para o quinto andar e tocava a campainha da casa dele.

— Meu velho e querido amigo — Holger o saudou, abrindo a porta. — Que coisa maravilhosa ver você! Mas você está parecendo um pouco pálido, Mikael.

— Não ando dormindo bem.

— É natural, quando há pessoas atirando em você. Fiquei sabendo pelos jornais. Que história horrível!

— Pois é.

— Aconteceu mais alguma coisa?

— Já lhe conto tudo — disse Mikael, sentando-se num vistoso sofá amarelo, próximo à varanda e aguardando Holger se acomodar com muito esforço numa cadeira de rodas, ao lado.

Em seguida, Mikael lhe contou toda a história em poucas linhas. Ao chegar à parte em que dizia ter tido aquele súbito pressentimento ou suspeita na Bellmansgatan, a rua de paralelepípedos onde ele morava, Holger o interrompeu bruscamente:

— O que você está insinuando?

— Acho que era Camilla.

Holger estava atônito.

— Aquela Camilla?

— Essa mesmo.

— Meu Deus! E o que aconteceu depois?

— Ela sumiu e meu cérebro parecia que ia explodir.

— É natural. Pensei que Camilla tivesse desaparecido da face da Terra para sempre.

— Eu mesmo já tinha me esquecido de que existia essa outra.

— Sim, com certeza. Duas irmãs gêmeas que se odiavam.

— Eu já sabia dessa história. Mas precisei me relembrar dela para dar importância ao caso. Fiquei me perguntando por que Lisbeth teria se envolvido tanto nessa história, por que uma super-hacker como ela ficou tão interessada num simples vazamento de dados.

— E agora você quer a minha ajuda para entender.

— É mais ou menos por aí.

— Está bem — começou Holger. — Você já conhece o enredo da história, não é? A mãe delas, Agneta Salander, trabalhava como caixa no supermercado Konsum e morava sozinha com as duas filhas na Lundagatan. Elas poderiam ter tido uma boa vida juntas. Não havia muito dinheiro, Agneta era muito jovem e não tivera a possibilidade de estudar, mas era uma mãe amorosa e que cuidava bem das meninas. Queria proporcionar uma boa infância para elas. No entanto...

— O pai de vez em quando ia visitá-las...

— Isso mesmo, o pai, Alexander Zalachenko, às vezes passava por lá, e suas visitas sempre terminavam da mesma maneira. Ele violentava e espancava Agneta, enquanto as filhas, no quarto ao lado, ouviam tudo. Um dia Lisbeth encontrou a mãe inconsciente no chão.

— Foi quando ela se vingou dele pela primeira vez.

— Não, pela segunda vez. Ela já havia esfaqueado Zalachenko no ombro.

— Ah, isso mesmo. Nessa segunda vez ela jogou uma caixa de leite cheia de gasolina no carro dele e pôs fogo.

— Exatamente. Zalachenko ardeu como uma tocha e suas queimaduras foram tão graves que ele foi obrigado a amputar um dos pés. Lisbeth foi internada numa clínica psiquiátrica infantil.

— E a mãe foi internada na casa de saúde de Äppelviken.

— Sim, e para Lisbeth essa foi a parte mais dolorosa de toda a história. Sua mãe tinha apenas vinte e nove anos e depois disso nunca mais foi a mesma. Viveu nessa clínica por catorze anos com lesões cerebrais graves e dores sem fim. Mal conseguia se comunicar. Lisbeth a visitava sempre que podia e sei que ela sonhava que um dia a mãe se recuperasse e elas pudessem voltar a conversar e a cuidar uma da outra novamente. Mas isso nunca aconteceu. É a grande tristeza da vida de Lisbeth. Ter visto a mãe sofrer tanto e ir morrendo aos poucos.

— Eu sei, é horrível. Mas nunca entendi o papel de Camilla nessa história.

— É uma questão muito delicada e acho que a menina de alguma forma devia ser perdoada. Ela não passava de uma criança e, antes mesmo de ter tido consciência de alguma coisa, acabou se tornando um fantoche naquele jogo.

— O que aconteceu?

— Cada uma escolheu o seu lado na disputa, vamos dizer assim. Elas são gêmeas, mas, nunca foram parecidas em nada, nem fisicamente nem no temperamento. Lisbeth nasceu primeiro. Camilla chegou vinte minutos depois e desde pequena era extremamente bonita. Enquanto Lisbeth era uma criança sempre zangada, Camilla escutava de todo mundo "Ah, que menina mais linda!", e não deve ter sido à toa que desde os primeiros momentos de vida de suas filhas Zalachenko tenha se mostrado mais tolerante com Camilla, a criança mais perfeita. Digo tolerância porque não passou disso nos primeiros anos. Da mesma forma que ele via Agneta como apenas uma prostituta, as filhas dela eram somente as filhas daquela prostituta, umas coitadinhas que estavam no seu caminho. Mesmo assim...

— O quê?

— Mesmo assim até Zalachenko notou a beleza impressionante de uma das meninas. Lisbeth costumava dizer que havia um erro genético em sua família, e ainda que eu duvide que essa afirmação resista a uma análise clínica, não se pode negar que Zala teve filhos com algum tipo de anormalidade. Você conheceu Ronald, o meio-irmão da Lisbeth, não foi? Ele era loiro, enorme e sofria de analgesia congênita, a incapacidade de sentir dor, por isso acabou se tornando um homem cruel e um assassino ideal, enquanto Camilla... bem, nela o erro genético estava em ela ser incrível e covardemente linda, o que só foi piorando à medida que crescia. E digo que só foi piorando porque estou convencido de que sua beleza foi uma espécie de azar que ficou ainda mais evidente na comparação com a irmã, que vivia desleixada e emburrada. Muitos adultos não escondiam seu desagrado diante de Lisbeth. Mas, quando estavam com Camilla se transformavam, ficavam felizes e iluminados pela beleza daquela criança. Você consegue imaginar o quanto isso pode tê-la afetado?

— Deve ter sido bem complicado.

— Não me refiro a Lisbeth, pois nunca notei nenhum sinal de inveja nela. Se fosse apenas por sua beleza, a irmã seria muito bem-vinda na vida dela. Estou falando de Camilla mesmo. Você consegue imaginar o que significa para uma criança que já não é empática por natureza ouvir o tempo todo como ela é divina e maravilhosa?

— Sobe à cabeça dela.

— Isso lhe dá uma sensação de poder. Quando ela sorri, todos se derretem. Quando ela não sorri, as pessoas se sentem excluídas e farão de tudo para vê-la alegre novamente. Desde pequena Camilla aprendeu a explorar esse poder. Tornou-se mestre nessa arte, na arte da manipulação. Ela tinha olhos grandes e expressivos.

— Ainda tem.

— Lisbeth me contou que Camilla ficava horas na frente do espelho, treinando o seu olhar. Seus olhos eram uma arma fantástica, podiam encantar e desdenhar, atrair e repelir, fazendo crianças e adultos se sentirem privilegiados e especiais num dia e totalmente miseráveis e rejeitados em outro. Era um dom perverso, e, como você pode imaginar, ela logo se tornou muito popular na escola. Todos queriam estar com ela, e Camilla se aproveitava disso de todas as maneiras. Todos os dias dava um jeito de ganhar algum presente de seus colegas: balas, chocolates, moedas, brinquedos, pérolas, broches. Quem não lhe desse coisa ou não se comportasse como ela queria, não recebia nem um olhar ou nem um cumprimento seu no dia seguinte, e todos que haviam um dia tido o privilégio de se banhar em seu esplendor sabiam como era doloroso ser expulso do mundo encantado de Camilla. Seus colegas faziam de tudo para cair nas graças dela. Todos a idolatravam, com uma exceção, claro.

— A irmã.

— Exatamente. Por essa razão Camilla jogou seus colegas contra Lisbeth. Ela incentivou perseguições cruéis à irmã, em que eles punham a cabeça de Lisbeth no vaso sanitário enquanto a chamavam de monstro, retardada e a xingavam de todos os nomes. Isso continuou até o dia em que descobriram com quem estavam mexendo. Mas essa outra história você já conhece.

334

— Lisbeth nunca foi de oferecer a outra face.

— Não mesmo. Mas o interessante nessa história, psicologicamente falando, é que Camilla aprendeu a controlar e a manipular seu entorno. Ela dominava todo mundo, com exceção de duas pessoas importantes em sua vida, Lisbeth e o pai, e isso a contrariava demais. Ela investiu muita energia em vencer as lutas contra os dois, e é claro que com eles precisava adotar estratégias diferentes. Ela nunca conseguiu fazer Lisbeth ficar do seu lado, mas acho que no fundo esse não era seu grande objetivo. Para Camilla, Lisbeth era só uma garota estranha, arrogante e eternamente mal-humorada. Já o pai...

— A maldade em pessoa.

— Ele era mau, mas também o eixo gravitacional da família. Tudo girava em torno dele, ainda que ele não estivesse sempre na casa. Era o pai ausente, e mesmo em famílias normais essa ausência assume um caráter místico para uma criança. Mas nesse caso foi bem mais que isso.

— Como assim?

— Acho que Camilla e Zalachenko eram uma combinação infeliz. Embora Camilla dificilmente entendesse isto naquela época, acho que ela já estava interessada numa única coisa: poder. E quanto a seu pai... Bem, podemos dizer muitas coisas sobre ele, menos que não tivesse poder de sobra. Muitas pessoas podem confirmar isso, inclusive a nossa pobre Säpo. Eles enfiavam o pé na porta, falavam grosso, faziam exigências, investigavam, mas quando se viam frente a frente com Zalachenko se encolhiam como um rebanho de carneirinhos amedrontados. Havia em Zalachenko uma grandiosidade detestável, claramente amplificada pelo fato dele ser um intocável e não fazer diferença nenhuma quantas vezes ele fosse denunciado aos serviços sociais. A Säpo o protegia, e quando Lisbeth percebeu que sempre seria assim, convenceu-se de que cabia a ela assumir a responsabilidade de fazer justiça com as próprias mãos. Para Camilla, porém, as coisas foram bem diferentes.

— Ela desejava ser igual ao pai.

— Sim, creio que sim. O pai era o seu ideal. Ela também queria para si aquela mesma aura de imunidade e força. Mas, acima de tudo, o que talvez ela mais quisesse fosse o reconhecimento dele. Ser vista como uma filha à altura dele.

— Ela devia saber que ele maltratava sua mãe de uma forma terrível.

— Claro que sabia. Mesmo assim escolheu o lado do pai. Preferiu a força e o poder, digamos assim. Mesmo quando era apenas uma garotinha, ela dizia frequentemente que desprezava pessoas fracas.

— Então você acha que ela desprezava a própria mãe?

— Infelizmente é o que eu acho. Uma vez Lisbeth me contou uma coisa que nunca mais vou esquecer.

— O quê?

— Nunca contei isso a ninguém.

— Será que não chegou a hora de contar?

— É, talvez, mas antes preciso de uma bebida forte. Que tal uma boa dose de conhaque?

— Não seria má ideia. Mas fique sentado aí que eu vou pegar a garrafa e uns copos — disse Mikael, indo até o armário de mogno que ficava junto à porta da cozinha e onde estavam guardadas as bebidas.

Quando ele começava a dar uma espiada nas garrafas, seu iPhone tocou. Era Andrei Zander, ou pelo menos seu nome aparecia na tela. Porém, quando ele atendeu, a ligação já tinha sido encerrada. Mikael achou que Andrei devia ter ligado sem querer. Em seguida, um pouco pensativo, ele serviu duas doses de Rémy Martin e voltou a se sentar no sofá.

— Então me conte — disse.

— Nem sei bem por onde começar. Enfim... Num dia lindo de verão, pelo que entendi, Camilla e Lisbeth estavam trancadas no quarto delas.

23. NOITE DE 23 DE NOVEMBRO

O corpo de August tinha enrijecido de novo. Ele não conseguia mais encontrar as respostas. Os números haviam se tornado imensos e, em vez de segurar o lápis, ele tinha apertado os punhos com tanta força que o dorso de suas mãos ficou branco. Ele também deu uma cabeçada no tampo da mesa, e claro que Lisbeth devia ter ido consolá-lo ou ao menos ter ido ver se ele não tinha se machucado.

Mas ela não estava muito atenta ao que estava acontecendo com August. Sua cabeça tinha ido para outro lugar, para o arquivo criptografado, e ela começava a perceber que não ia chegar a lugar nenhum seguindo esse caminho, o que também não a surpreendia nem um pouco. Como August iria conseguir alguma coisa que nem mesmo supercomputadores haviam conseguido? As expectativas dela tinham sido altas demais desde o início, e o que o garoto fizera já era bem impressionante. Apesar disso ela se sentia frustrada e foi para a varanda às escuras observar aquela paisagem estéril e maltratada pelo tempo. Mais abaixo ela viu um campo coberto de neve e um pavilhão abandonado onde antes tinha havido uma pista de dança.

Nos dias perfeitos de verão aquele lugar devia fervilhar de gente. Agora tudo estava deserto. Os barcos tinham sido retirados da água, não se via uma só pessoa, não havia luzes acesas nas casas no outro lado do lago e voltara a ventar forte. Ao menos, ela pensou, o lugar serviria como esconderijo até o fim de novembro.

Claro que dificilmente ela escutaria o som de algum motor, se aparecesse alguém. O único lugar onde se podia estacionar um carro era lá embaixo, junto à praia, e depois seria preciso galgar os degraus de madeira ao longo da íngreme elevação rochosa. Protegido pela escuridão, alguém poderia subir e surpreendê-los. Mas Lisbeth achou que ia conseguir dormir naquela noite. Precisava disso. O ferimento a bala ainda a incomodava bastante, e provavelmente por isso é que ela reagira de forma tão veemente ao insucesso de August, mesmo que nunca tivesse acreditado que a ideia dela fosse funcionar. Mas ao voltar para dentro da casa ela percebeu outra coisa.

— Em condições normais, claro que Lisbeth não é o tipo de pessoa que se preocupa, por exemplo, com o clima ou com coisas que não lhe digam respeito de imediato — continuou Holger Palmgren. — Seu olhar elimina tudo que não tem importância para ela. Nesse dia, porém, ela comentou que o sol brilhava na Lundagatan e no Skinnarviksparken. Ela ouvia as risadas das crianças na rua. Talvez ela quisesse dizer que do lado de fora da janela havia pessoas felizes. Salientar o contraste. Pessoas comuns tomavam sorvete, empinavam pipas, jogavam bola. Camilla e Lisbeth estavam trancadas em seu quarto, escutando o pai violentar e espancar a mãe delas. Creio que isso aconteceu um pouco antes de Lisbeth punir Zalachenko à altura, embora eu não tenha muita certeza da cronologia dos acontecimentos. Houve muitos estupros e todos seguiam o mesmo padrão. Zala aparecia à tarde ou à noite, sempre muito bêbado, e às vezes fazia um cafuné no cabelo de Camilla, dizendo coisas como "Mas como é possível que uma menina linda dessas tenha uma irmã tão repulsiva?". Em seguida trancava as filhas no quarto e voltava para a cozinha para beber mais. Tomava vodca pura, e na maioria das vezes se sentava quieto, como um animal faminto, estalando os lábios. Depois murmurava alguma coisa como "E a minha puta? Como vai a minha puta hoje?", de modo carinhoso. Mas Agneta sempre fazia algo errado, ou melhor, Zalachenko decidia que ela tinha feito algo errado, e lá vinha o primeiro golpe, geralmente um tapa, seguido das palavras: "Eu pensei que a minha putinha fosse se comportar direito hoje". Então ele a levava para o quarto e continuava a espancá-la e, passado algum tempo, a esmurrava no rosto, o que Lisbeth percebia pelo som. Só pelo som ela conseguia identificar exatamente que tipo de golpe era e onde ele acertava. Sentia os golpes na mãe de modo tão intenso como se ela própria fosse a vítima deles. Depois dos socos vinham os chutes. Zala chutava e jogava Agneta contra a parede, xingando-a de "puta", "vadia", "vaca", e excitando-se com isso. Fazê-la sofrer o deixava de pau duro. Somente quando Agneta já estava coberta de hematomas, ele a violentava, gritando ainda mais palavrões ao gozar, e depois tudo ficava quieto por algum tempo. Os únicos sons que vinham do quarto eram os soluços de choro de Agneta e a respiração pesada dele. Mais tarde Zala se levantava, bebia mais um pouco, murmurava, praguejava e cuspia no chão. Às vezes destrancava a porta do quarto das filhas e dizia algo como: "Agora a mamãe já está boazinha de novo". E saía do apartamento, batendo a porta. Essa era a rotina. Mas nesse dia algo aconteceu.

— O quê?

— O quarto das meninas era bem pequeno. Por mais que elas tentassem se manter longe uma da outra, enquanto o pai surrava e violentava Agneta, cada uma ficava sentada em sua cama, de frente para a outra. Evitavam se olhar e raramente diziam alguma coisa. Naquele dia, Lisbeth ficou a maior parte do tempo olhando para a Lundagatan pela janela, e provavelmente por isso descreveu tão bem o dia de verão e a alegria das crianças lá fora. Mas depois, quando se voltou para a irmã, foi que ela viu.

— Viu o quê?

— A mão direita de Camilla batendo ritmadamente no colchão. Talvez não fosse nada de mais, apenas um tique nervoso, algo que ela fazia de forma inconsciente. Foi o que Lisbeth achou a princípio. Mas depois percebeu que a mão de Camilla acompanhava o ritmo dos golpes que vinham do quarto de seus pais, e ela olhou para o rosto da irmã. Os olhos de Camilla brilhavam de satisfação, e a coisa mais estranha foi que naquele momento Camilla parecia um retrato perfeito de Zala. Mesmo que a princípio Lisbeth não quisesse acreditar, não havia dúvidas: sua irmã estava sorrindo. Ela tinha um riso malicioso, e então Lisbeth percebeu que a irmã não só estava tentando se alinhar ao pai como também imitá-lo. Ela também se satisfazia com os golpes dele. Camilla o apoiava totalmente.

— Que doentio isso.

— Mas foi assim que aconteceu. E sabe o que Lisbeth fez?

— Não.

— Com toda a calma, ela se sentou ao lado de Camilla e pegou sua mão quase com ternura. Acho que Camilla não percebeu o que estava acontecendo. Talvez tenha pensado que a irmã estivesse procurando um pouco de consolo, de carinho. Mas Lisbeth levantou a manga da blusa de Camilla e em seguida...

— O quê?

— Cravou as unhas profundamente no pulso da irmã, atingindo até o osso e provocando um ferimento bem feio. O sangue começou a jorrar, Lisbeth derrubou Camilla no chão, jurando que mataria ela e o pai se os espancamentos e estupros não acabassem. No final Camilla parecia ter sido atacada por um tigre.

— Meu Deus!

— Imagine o ódio que havia entre essas irmãs. Agneta e o Serviço Social se preocuparam, temeram que depois disso algo sério pudesse acontecer. Elas foram separadas. Camilla foi morar provisoriamente com uma família, embora soubessem que isso não seria suficiente, pois cedo ou tarde elas poderiam se confrontar novamente. Mas, como você sabe, as coisas não ocorreram desse modo. Agneta sofreu uma lesão cerebral, Zalachenko ardeu como uma tocha e Lisbeth foi internada. Se eu entendi bem, depois disso as irmãs só se viram uma vez, muitos anos depois, quando parece que quase ocorreu uma nova tragédia, embora eu desconheça os detalhes desse encontro. Camilla está desaparecida há muito tempo. A última notícia que se tem dela veio da família com quem ela morou em Uppsala, os Dahlgren. Posso conseguir o telefone da mãe, se você quiser. Mas depois que Camilla fez dezoito ou dezenove anos, arrumou suas coisas, saiu do país e nunca mais se ouviu falar nela. Por isso quase caí de costas quando você disse que a havia encontrado. Nem mesmo Lisbeth, com sua habilidade para rastrear pessoas, conseguiu localizá-la.

— Então ela tentou?

— Sim, que eu saiba foi quando iam fazer a partilha dos bens do pai.

— Eu não sabia disso.

— Lisbeth me contou apenas de passagem. Claro que ela não queria nem um centavo do dinheiro dele, para ela um dinheiro coberto de sangue. Mas ela percebeu que havia algo estranho. No total, eram quatro milhões

340

de coroas suecas, uma fazenda em Gosseberga, algumas ações, um prédio industrial em Norrtälje em péssimas condições e uma cabana. Não era pouca coisa, não mesmo, mas...

— Ele devia ter muito mais.

— Sim. Mais do que ninguém Lisbeth sabia que as transações e os negócios do pai superavam aqueles quatro milhões. Isso era apenas a pequena parte de uma grande fortuna.

— Você está querendo dizer que ela desconfiou que Camilla teria ficado com a outra parte.

— Acho que é o que ela tentou descobrir. Só a ideia de que o dinheiro do pai, mesmo depois de sua morte, continuava a causar danos e sofrimento lhe fazia muito mal. Por muito tempo, porém, suas tentativas de descobrir alguma coisa não deram em nada.

— Camilla deve ter se escondido muito bem.

— Imagino que sim.

— Você acha que Camilla pode ter assumido o negócio de tráfico de pessoas do pai?

— Talvez sim, talvez não. Pode ser que ela tenha começado um novo negócio.

— Como o quê?

Holger Palmgren fechou os olhos e tomou um gole generoso de seu conhaque.

— Não faço ideia, Mikael. Mas quando você me contou sobre Frans Balder, me ocorreu uma coisa. Você sabe por que Lisbeth conhece tão bem computadores? Sabe como tudo começou?

— Não, nem imagino.

— Então vou lhe contar. Quem sabe a chave da sua história não esteja aqui.

O que Lisbeth percebeu quando voltou da varanda e viu August sentado meio torto à mesa redonda, numa postura forçada, as costas rígidas e tensas, foi que o garoto lembrava ela mesma quando criança.

Era exatamente assim que ela se via na Lundagatan, até o dia em que ficou claro que ela teria que crescer o mais rápido possível para se vingar do pai. Isso, claro, não tornou as coisas mais fáceis. Era um peso que nenhuma criança deveria carregar. No entanto, tinha sido esse o início de uma vida de verdade, uma vida mais digna. Nenhum vagabundo poderia fazer o mesmo que Zalachenko ou o assassino de Frans Balder fizeram sem ser severamente punidos. Nenhuma pessoa tão má assim poderia sair impune. Lisbeth foi até August e lhe disse de modo solene, como se estivesse lhe dando uma ordem importante:

— Agora você vai para a cama. Quando acordar, quero que você faça o desenho que vai nos ajudar a pegar o assassino do seu pai. Estamos entendidos? — O menino assentiu com a cabeça e foi direto para o quarto. Lisbeth abriu seu laptop e começou a buscar informações sobre o ator Lasse Westman e seus amigos.

— Não acho que o Zalachenko fosse muito chegado em computadores — continuou Holger Palmgren —, ele não era dessa geração. Mas talvez seus negócios escusos estivessem crescendo tanto que ele foi obrigado a armazenar suas informações num programa de computador. Ou quem sabe tenha precisado esconder sua contabilidade dos olhos vorazes de seus companheiros. Um dia ele chegou ao apartamento da Lundagatan com um computador da IBM e o instalou numa mesa junto à janela. Desconfio que nunca ninguém da família dele tivesse visto um computador, e Zalachenko ameaçou arrancar a pele de quem mexesse no seu novo brinquedo. Por tudo que sei agora, essa ameaça acabou funcionando como algo positivo do ponto de vista psicológico. Fez crescer a tentação.

— O fruto proibido.

— Lisbeth devia ter onze anos. Isso foi antes dela machucar Camilla, de esfaquear o pai e de tentar queimá-lo vivo. Ou seja, um pouco antes dela se tornar a Lisbeth que conhecemos hoje. Naquela época, ela não estava ocupada apenas pensando num meio de neutralizar Zalachenko. Faltavam-lhe estímulos de todo tipo. Ela não tinha amigos para conversar, primeiro porque, claro, Camilla fazia intrigas e a difamava na escola, assegurando que ninguém se aproximasse dela; e depois porque Lisbeth era mesmo diferente das outras crianças, e acho que ela ainda não tinha entendido isso na época. Seus professores e todos à sua volta certamente não. Mas ela era uma criança extremamente bem-dotada. Seu talento também a separou dos demais. A escola era mortalmente tediosa para Lisbeth. Tudo era muito simples e óbvio lá. Ela só precisava dar uma olhada nas lições para entender tudo, e durante as aulas passava a maior parte do tempo sonhando acordada. Mesmo que ela tenha conseguido encontrar algumas coisas para se divertir no seu tempo livre, como livros de matemática para crianças mais velhas do que ela, coisas assim, basicamente ela vivia entediada. Grande parte do tempo ela passava lendo suas histórias em quadrinhos, seus gibis da Marvel e outras coisas que ficavam muito abaixo da sua capacidade intelectual, mas que talvez funcionassem como uma espécie de terapia.

— Como assim?

— Olha, eu reluto muito em traçar essa espécie de perfil psicológico da Lisbeth. Ela me odiaria se me ouvisse dizendo isto, mas as histórias em quadrinhos que ela lia estavam repletas de super-heróis em luta contra supervilões, que faziam justiça com as próprias mãos, se vingavam e garantiam que o bem sempre vencesse no final. Por tudo que sei, esse pode ter sido o tipo certo de leitura para ela. Talvez aquelas histórias com sua visão em preto e branco do mundo a tenham ajudado a ver as coisas de forma mais clara.

— Você quer dizer que ela concluiu que quando crescesse ia se tornar uma espécie de super-heroína?

— De certa forma talvez seja isso, uma heroína no seu próprio mundo. Naquela época ela ainda não sabia que Zalachenko tinha sido um espião de elite da antiga União Soviética e que a sua condição de delator lhe havia propiciado uma posição privilegiada na Suécia. E também não sabia que havia um departamento especial dentro da Säpo encarregado de protegê-lo. Mas, assim como Camilla, ela intuía que o pai gozava de alguma imunidade e privilégios. Certa vez, um homem de sobretudo cinza foi até a casa delas e insinuou que Zalachenko nunca deveria ser incomodado, ou algo parecido. Lisbeth percebeu bem cedo que não poderia denunciar o pai à polícia ou ao Serviço Social. Isso apenas faria com que elas recebessem a visita de outro homem de sobretudo cinza.

"O sentimento de impotência pode ser uma força destrutiva, Mikael. Até Lisbeth crescer e ter condições de fazer alguma coisa a respeito disso, ela precisava de um lugar para onde fugir e ir reunindo forças. Esse lugar foi o universo dos super-heróis das histórias em quadrinhos. Muitos da minha geração desprezavam esse tipo de leitura, claro, mas sei muito bem como a literatura é importante, seja na forma de histórias em quadrinhos, seja na forma dos velhos e excelentes romances. Sei que Lisbeth cresceu particularmente fascinada por uma jovem heroína chamada Janet van Dyne."

— Van Dyne.

— Exatamente. Uma garota cujo pai era um cientista rico. Se a memória não me falha, o pai é assassinado por alienígenas e, para poder executar seus planos de vingança, Janet van Dyne procura um dos colegas do pai e adquire superpoderes no laboratório dele. Ela ganha asas e a capacidade de mudar de tamanho, crescendo ou encolhendo, além de mais outras coisinhas. Basicamente, se transforma numa jovem extremamente descolada, que se veste de preto e amarelo e por isso adota o codinome Wasp, vespa. Uma pessoa que ninguém se atreveria a esmagar, seja literal ou metaforicamente.

— Ah, eu não sabia. Então foi daí que Lisbeth tirou seu apelido?

— Não apenas o apelido. Claro que até então eu não conhecia nada desse mundo todo, eu era um velho dinossauro que ainda confundia Fantasma com Mandrake, mas quando vi pela primeira vez uma ilustração de Wasp, entendi tudo. Era a própria Lisbeth! E pode-se dizer que ainda é. Creio que ela se inspirou no estilo de vida da personagem, embora isso não tenha tanta importância. Enquanto Wasp era apenas uma personagem de história em quadrinhos, Lisbeth tinha uma vida real, mas sei que ela pensava muito na transformação pela qual Janet van Dyne passou quando se tornou Wasp. De alguma forma ela entendeu que também precisava mudar drasticamente. De criança e vítima para alguém capaz de combater um espião bem treinado e um homem sem escrúpulos.

"Esses pensamentos ocupavam Lisbeth dia e noite, e Wasp se tornou uma figura importante para ela durante seu período de transição, uma fonte de inspiração fictícia. Mas não demorou muito para Camilla descobrir a importância que a personagem tinha para Lisbeth. Essa garota possuía uma capacidade fantástica para descobrir as fragilidades dos outros. Com seus tentáculos, ia rondando, sondando, envolvendo, até achar o ponto fraco e lá injetar seu veneno. No caso de Lisbeth, Camilla começou a ridicularizar Wasp de todas as formas possíveis, e pior: foi descobrir quem eram os inimigos de Wasp nas histórias em quadrinhos e passou a usar seus nomes. Foi assim com Thanos e outros mais."

— Você disse Thanos? — Mikael o interrompeu, subitamente alerta.

— Sim, acho que era esse o nome de um personagem masculino que se apaixonou pela Morte depois que ela aparece para ele sob a forma de uma mulher. A partir daí ele quer provar a si mesmo que é digno dela, algo assim. Camilla se tornou fã desse Thanos só para provocar a irmã. Chegou a chamar o bando de amigos dela de The Spider Society só porque nos quadrinhos esse grupo era o inimigo mortal da The Sistherhood of the Wasp.

— É mesmo? — exclamou Mikael, com a cabeça cheia de questionamentos.

— Embora fosse uma atitude aparentemente infantil, não havia nada de inocente nela. A inimizade entre as irmãs, que já era uma realidade bem antes delas adotarem esses personagens, depois disso só ficou pior, mais sórdida. Era como numa guerra, sabe, onde até mesmo os símbolos adquirem destaque e uma aura mortífera.

— Você acha que tudo isso ainda tem algum significado para elas?

— Você se refere aos nomes?

— É, acho que sim... os nomes.

Mikael não sabia bem aonde estava querendo chegar. Apenas tinha uma vaga sensação de que havia esbarrado em algo importante.

— Não sei — continuou Holger Palmgren. — Embora hoje as duas sejam adultas, não se pode esquecer que aquela época foi muito difícil, com muitas mudanças e acontecimentos marcando a vida delas para sempre. É perfeitamente possível que mesmo detalhes possam ter desempenhado um papel significativo. Se Lisbeth foi afastada da mãe e em seguida internada numa clínica psiquiátrica infantil, a vida de Camilla também desmoronou. Ela perdeu seu lar, e o pai, que ela idolatrava, sofreu queimaduras gravíssimas. Como você sabe, Mikael, Zalachenko nunca mais foi o mesmo depois que Lisbeth o atacou, e Camilla ficou sob os cuidados de uma nova família, num lugar a muitos quilômetros de distância do mundo em que ela estava acostumada a ser o centro das atenções. Também deve ter sido terrivelmente doloroso para ela, e não duvido nem por um segundo que desde então ela passou a odiar Lisbeth do fundo de sua alma.

— Realmente parece que sim — disse Mikael.

Holger Palmgren tomou mais um gole de seu conhaque.

— Como eu disse, não podemos subestimar essa fase da vida delas. As irmãs viviam num estado constante de guerra, e minha impressão é que elas sabiam que as coisas não iriam terminar nada bem. Acho que elas já estavam se preparando para isso.

— Mas de maneiras diferentes.

— Ah, claro. Lisbeth, com sua inteligência rara, com planos e estratégias fervilhando o tempo todo em sua mente. Mas ela estava sozinha. Camilla não era particularmente brilhante, não no sentido convencional. Nunca teve propensão para os estudos, era incapaz de entender o raciocínio abstrato. Mas de manipulação ela entendia, sabia como ninguém manipular e enfeitiçar as pessoas, por isso nunca ficou sozinha como Lisbeth. Camilla sempre tinha pessoas fazendo o que ela queria e, se descobria que Lisbeth era boa em alguma coisa que significasse uma ameaça para ela, não tentava se igualar à irmã, porque sabia que não seria capaz de superá-la.

— E o que ela fazia?

— Descobria alguém bom naquilo, ou se possível mais de uma pessoa, e com o auxílio de mais gente ela contra-atacava. Camilla sempre teve subordinados dispostos a tudo por ela. Mas, desculpe, acabei me adiantando um pouco.

— Sim, o computador de Zalachenko. O que aconteceu com ele?

— Como eu já disse, Lisbeth não dispunha de desafios intelectuais à sua volta. Além disso, mal dormia à noite. Ficava acordada, preocupada com a mãe. Depois dos estupros Agneta tinha hemorragias violentas, e mesmo assim se negava a procurar um médico. Provavelmente se sentia constrangida e com frequência caía em depressões profundas. Não tinha forças para ir trabalhar ou para cuidar das filhas, e Camilla a desprezava cada vez mais. Dizia que a mãe era uma fraca, e no mundo dela pessoas assim eram a pior espécie de gente. Lisbeth, em compensação...

— O quê?

— Lisbeth olhava para a mãe, a única pessoa que ela havia amado na vida, e o que via era uma injustiça terrível. Ela passava noites acordada pensando nisso. Ela era só uma criança, e de certa forma ainda é, mas cada vez mais foi se convencendo de que era a única pessoa no mundo capaz de proteger a mãe e de impedir que ela fosse espancada até a morte. Pensando nisso e em muitas outras coisas, numa noite ela se levantou, com muito cuidado para não acordar Camilla, e saiu do quarto. Talvez tivesse pensado apenas em ir buscar algo para ler. Talvez não estivesse aguentando seus pensamentos. Não importa. O fato é que na sala ela viu o computador junto à janela que dava para a Lundagatan.

"Naquela época ela não sabia como ligar um computador, mas logo descobriu como se fazia isso e quando viu a máquina ganhar vida sentiu um calor percorrer todo o seu corpo. O computador parecia estar cochichando para ela: 'Descubra os meus segredos'. Mas claro que ela não foi muito longe, uma senha foi pedida e Lisbeth tentou uma, e outra, e mais outra, e nada. Como o apelido do pai era Zala, tentou esse nome, depois 'Zala666', combinações parecidas com essas e tudo que conseguiu imaginar. Mas nada funcionou. Ela me disse que passou duas ou três noites em claro nisso. Quando dormia, era na sala de aula ou depois da escola, ao chegar em casa.

"Um dia ela se lembrou de um papel que o pai tinha deixado na cozinha com uma frase escrita em alemão: '*Was mich nicht umbringt, macht mich stärker*', ou seja, 'Aquilo que não me mata me fortalece'. Ela não entendeu o que significava, mas percebeu que era importante para o pai, por isso tentou usá-la como senha. Também não funcionou, o número de caracteres era muito grande. Então tentou 'Nietzsche', o autor da citação, e de repente... ela entrou!, e todo um novo mundo de segredos se abriu para Lisbeth. Ela me contou que esse momento mudou sua vida para sempre. Ela se sentiu potente por ter conseguido ultrapassar aquela barreira e depois disso se achou capaz de explorar tudo que tivesse sido criado para se manter escondido. Porém..."

— O quê?

— No início ela não conseguiu entender nada do que encontrou, pois estava tudo escrito em russo. Havia muitas listas e números. Imagino que fossem cálculos sobre o dinheiro que as atividades de Zalachenko no tráfico lhe rendiam. Até hoje não sei o quanto ela entendeu daquilo na época nem como se inteirou do resto. Mas Lisbeth entendeu o bastante para se dar conta de que sua mãe não era a única mulher que sofria nas mãos de Zalachenko. Ele também havia destruído a vida de muitas outras mulheres, e essa descoberta a enfureceu, tornando-a a Lisbeth que conhecemos hoje, aquela que odeia homens que...

— ... odeiam mulheres.

— Exatamente. Isso a fortaleceu ainda mais e ela percebeu que não havia mais como retroceder: precisava deter seu pai. Ela continuou suas pesquisas em outros computadores, principalmente nos da escola. Muitas vezes entrava escondida na sala dos professores ou mentia para a mãe que ia dormir na casa de alguma amiga que ela nem tinha e passava a noite toda na escola, sem ninguém saber, em frente aos computadores até o dia clarear. E começou a aprender tudo sobre programação e hacking. Ela estava fascinada. Sentiu que havia nascido para aquilo, e muitos dos seus contatos no mundo digital começaram a notá-la, do modo como as velhas gerações se entusiasmam com os novos talentos, seja para encorajá-los ou para esmagá-los. Lisbeth encontrou muita resistência e bobagens nesse caminho, e muitos se irritavam com ela pela forma não ortodoxa de fazer as coisas, com uma abordagem absolutamente nova. Mas outros ficaram bastante impressionados, e ela até fez amizades, como a que ela tem com o tal Praga. Suas primeiras amizades foram feitas através dos computadores, e pela primeira vez na vida ela se sentiu livre. Podia voar livremente pelo ciberespaço, assim como Wasp. Ninguém podia cortar suas asas.

— E Camilla percebeu como Lisbeth tinha se tornado boa naquilo?

— Deve ter percebido alguma coisa, mas na verdade eu não sei nem quero especular sobre isso. Muitas vezes penso em Camilla como sendo o lado negro de Lisbeth, a sua sombra.

— A gêmea má.

— Mais ou menos isso. Não gosto de rotular as pessoas de más, principalmente os jovens, mas é assim que a imagino com frequência. Porém nunca me incomodei em pesquisar mais sobre ela, pelo menos não tão a fundo. Se quiser se aprofundar, recomendo que procure Margareta Dahlgren, a mulher que ficou com a guarda provisória de Camilla depois dos acontecimentos na Lundagatan. Margareta vive em Solna, aqui em Estocolmo mesmo. Ela é viúva e teve uma vida bem trágica.

— Como assim?

— Essa história também é muito interessante. Kjell, o marido de Margareta, um programador de sistemas da Ericsson, enforcou-se um pouco antes de Camilla deixá-los. Um ano depois, a filha mais velha do casal, de dezenove anos, também se suicidou, jogando-se de uma balsa na Finlândia, ou pelo menos foi essa a conclusão do caso na época. A menina sempre teve problemas, se sentia feia, obesa. Sua mãe, porém, nunca acreditou na versão de suicídio e contratou um detetive particular. Margareta é obcecada por Camilla, e, para ser sincero, nunca tive muita paciência com essa senhora. Agora até me arrependo um pouco. Margareta me procurou assim que a sua reportagem sobre o caso Zalachenko foi publicada na *Millennium*, o que, você sabe, se deu no exato momento em que eu tinha acabado de receber alta do centro de reabilitação Ersta. Eu ainda estava debilitado, e essa senhora falava comigo sem parar, completamente alucinada. A mera visão do número dela na tela do meu telefone já me deixava exausto, e passei a devotar um bom tempo só em evitá-la. Mas agora, quando penso com mais clareza no caso, eu a entendo perfeitamente. Acho que ela vai ficar contente se você a procurar, Mikael.

— Você tem o endereço dela?

— Espere um pouco que eu já pego para você. Só me diga: você tem certeza de que Lisbeth e o menino estão num lugar seguro?

— Certeza absoluta — disse Mikael. "Pelo menos é o que eu espero", ele pensou. Em seguida se levantou e deu um abraço em Holger.

Lá fora, em Liljeholmstorget, a tempestade desabou sobre ele de novo. Mikael puxou e fechou mais o casaco, tentando se proteger, enquanto pensava em Camilla, em Lisbeth e, sem entender por que, também em Andrei Zander.

Decidiu telefonar para ele e saber como estava se saindo com o perfil do marchand desaparecido. Mas Andrei jamais atendeu sua ligação.

24. NOITE DE 23 DE NOVEMBRO

Andrei Zander tinha mudado de ideia e telefonado para Mikael. Claro que ele queria tomar uma cerveja com ele, não entendia por que havia recusado o convite. Mikael Blomkvist era seu ídolo, a razão de ele ter escolhido a carreira de jornalismo. Andrei tinha chegado a pegar o telefone e a teclar o número dele, mas depois ficou encabulado e acabou desligando. Mikael devia ter encontrado coisa melhor para fazer. Andrei não gostava de incomodar as pessoas, muito menos Mikael.

Então continuou trabalhando. Por mais que se esforçasse, porém, não conseguia sair do lugar, seu texto não andava, ele não encontrava as palavras certas e, depois de uma hora nisso, decidiu fazer uma pausa e sair. Arrumou um pouco sua mesa e mais uma vez verificou se havia deletado mesmo cada palavra que escrevera para Lisbeth no link criptografado. Acenou um tchau para Emil Grandén, o único que além dele ainda estava na redação.

Não havia nada de errado com Emil Grandén. Com trinta e seis anos, ele tinha trabalhado em dois programas da TV4, o *Cold Facts* e o *Svenska Morgon-Posten*, e no ano anterior ganhara o prêmio Stora de melhor jornalista investigativo do ano. Mas, por mais que tentasse evitar, Andrei continuava achando Emil um sujeito convencido e antipático.

— Vou dar uma saída — disse Andrei.

Emil o olhou como se fosse dizer alguma coisa e tivesse se esquecido. Por fim, respondeu apenas, despreocupadamente:

— Está bem.

Andrei se sentiu arrasado sem saber por quê. Talvez fosse por causa do ar arrogante de Emil, mas provavelmente o que o estava incomodando era o artigo sobre o marchand desaparecido. Por que ele estava com tanta dificuldade para escrever esse artigo? Talvez porque o que ele mais queria era ajudar Mikael no caso Balder. O resto ficava em segundo plano. Mas ele era um bocado medroso mesmo. Por que não tinha deixado Mikael ler o que ele já havia escrito?

Ninguém conseguia mexer tão bem num texto como Mikael. Com apenas alguns golpes de caneta e cortes, a história ficava muito melhor. Tudo bem. Amanhã ele provavelmente encararia seu artigo com outro ânimo e deixaria Mikael ler o que ele tinha escrito, por pior que estivesse. Andrei saiu da redação, fechou a porta e se encaminhou para o elevador. Nesse instante, ouviu algo no andar de baixo, e a princípio ele teve dificuldade em entender o que estava acontecendo. Deu uma olhada discreta da escada e viu um homem magro molestando uma jovem muito bonita. Andrei se sentiu mal, ficou paralisado. Não suportava violência e odiava brigas. Desde que perdera os pais em Sarajevo, ele se assustava diante da menor ameaça. Mas agora também era a sua honra que estava em jogo, o respeito por si mesmo, ele concluiu, pois uma coisa era fugir para salvar a própria pele e outra bem diferente era fugir deixando uma pessoa em perigo. Então, num impulso, ele desceu a escada correndo e gritando:

— Pare com isso! Deixe a moça em paz!

E isso pareceu um erro fatal.

O homem magro puxou uma faca e murmurou algo ameaçador em inglês. Andrei sentiu tremer as pernas, mas juntou o resto de coragem que tinha e gritou, como se estivesse num filme policial de segunda categoria:

— *Get lost or I will make you regret it!*

E pareceu funcionar, porque num instante o homem desistiu e saiu correndo assustado, deixando Andrei e a jovem sozinhos. E foi assim que tudo começou, exatamente como num filme.

A princípio houve muita timidez e hesitação. A garota estava nervosa

351

e envergonhada, falava tão baixo que Andrei se viu obrigado a se aproximar bem dela para tentar ouvir o que ela dizia. A moça, aparentemente, vivia num relacionamento infernal e, mesmo estando divorciada e vivendo sob outra identidade, o ex-marido a tinha encontrado e mandado alguém para persegui-la e atormentá-la.

— Foi a segunda vez que aquela criatura se atirou sobre mim hoje — ela contou.

— E o que vocês estavam fazendo aqui?

— Entrei neste prédio para escapar dele, mas não adiantou.

— Que horror!

— Nem sei como lhe agradecer.

— Não precisa me agradecer.

— Estou tão farta de homens ruins.

— Eu sou um homem bom — Andrei disse, talvez um pouco rápido demais, o que o fez se sentir ridículo. E ele não se surpreendeu nem um pouco que a jovem não tivesse respondido nada e apenas mantivesse os olhos fixos nos degraus da escada com ar envergonhado.

Ele sentiu vergonha de ter querido se exibir com uma fala tão barata, e quando já havia perdido as esperanças, achando que fora rejeitado, ela levantou a cabeça e sorriu para ele de um jeito encantador.

— Acho que você pode mesmo ser um homem bom. Meu nome é Linda.

— Eu o meu é Andrei.

— Prazer em conhecê-lo, Andrei, e mais uma vez muito obrigada.

— Eu é que agradeço.

— Pelo quê?

— Por...

Ele não conseguiu completar a frase. Seu coração batia acelerado, sua boca estava seca e ele olhou para os degraus de baixo.

— O que foi, Andrei?

— Você não gostaria que eu a acompanhasse até a sua casa?

Também se arrependeu de ter dito isso.

Teve medo de ser mal interpretado. Mas ela lhe deu outro sorriso ao mesmo tempo tímido e sedutor e disse que com certeza iria se sentir mais segura ao lado dele, e assim os dois saíram do prédio e foram caminhando na direção de Slussen, ela lhe contando como vinha levando uma vida mais ou menos reclusa numa mansão em Djursholm. Ele disse que entendia o que ela estava vivendo, ou que pelo menos entendia até certo ponto, pois já havia escrito uma série de artigos sobre violência contra mulheres.

— Você é jornalista?

— Eu trabalho na *Millennium*.

— Uau! — ela exclamou. — Sério mesmo? Eu admiro demais essa revista.

— Já publicamos muitas matérias importantes — ele disse timidamente.

— É verdade. Há algum tempo eu li um artigo maravilhoso na *Millennium* sobre um ferido de guerra iraquiano que foi demitido do seu trabalho de faxineiro num restaurante da cidade. Ele ficou numa situação extremamente precária, mas passado algum tempo acabou se tornando dono de uma rede de restaurantes. Eu chorei de tanta emoção quando li o artigo. Estava escrito de uma maneira tão sensível! Passava um sentimento de tanta esperança... de que a vida sempre pode mudar para melhor.

— Fui eu que escrevi o artigo — ele disse.

— Não brinca! Era maravilhoso!

Andrei não estava acostumado a receber elogios pelo seu trabalho jornalístico, muito menos de mulheres que acabava de conhecer. Assim que o nome *Millennium* era mencionado, as pessoas só queriam falar de Mikael Blomkvist. Não que Andrei tivesse algo contra, mas secretamente sonhava em também ser reconhecido, e agora essa mulher linda o tinha elogiado.

Andrei ficou tão feliz e orgulhoso que ousou sugerir que fossem beber alguma coisa no Papagallo, um pub pelo qual estavam passando.

— Que ótima ideia — ela disse, e os dois entraram no Papagallo.

O coração de Andrei batia muito forte, ele fazia força para não ficar olhando para ela o tempo todo, pois os olhos da jovem o faziam perder o equilíbrio. Não acreditava que aquilo estivesse mesmo acontecendo, quando eles se sentaram a uma mesa próxima ao bar e Linda com timidez lhe ofereceu a mão, que Andrei aceitou, sorrindo e murmurando alguma coisa que ele nem soube o que era. Viu apenas que Emil Grandén havia telefonado, e ele, para sua própria surpresa, o ignorou, deixando o telefone no silencioso. Uma vez na vida a revista ia ter que esperar.

Tudo que ele queria era admirar o rosto de Linda, se afogar nele. A beleza dela era tão incrível que chegava a doer como um soco no estômago, e aquela fragilidade e delicadeza dela... ela parecia um pequeno pássaro ferido.

353

— Não entendo como alguém possa querer lhe fazer mal — ele disse.

— Mas é o que acontece o tempo todo — ela disse, e então ele achou que começava a entender.

Uma mulher como ela acabava atraindo psicopatas. Nenhum homem ousaria abordá-la, convidá-la para alguma coisa, os homens deviam se sentir complexados, inferiores diante de tanta beleza. Somente os de mau caráter teriam a coragem de se aproximar e depois cravar os dentes nela.

— É muito bom estar aqui com você — ele disse.

— É muito bom estar aqui com *você* — ela repetiu, afagando devagar a mão dele. Em seguida, pediram uma taça de vinho tinto para cada um e começaram a conversar animadamente. Ele nem percebeu que seu telefone tinha tocado de novo não apenas uma, mas duas vezes, e que pela primeira vez havia deixado de atender uma ligação de Mikael Blomkvist.

Assim que terminaram ela se levantou, pegou-o pela mão e o levou para fora. Ele nem perguntou para onde estavam indo, sentia-se disposto a segui-la para qualquer lugar. Ela era a criatura mais maravilhosa que ele já tinha encontrado na vida. Ela sorriu para ele de um jeito que fez com que o ar condensado que a respiração deles produzia sob aquele tempo frio parecesse uma promessa de que algo grandioso e transformador estava para acontecer. Pode-se passar toda uma vida à espera de uma caminhada como esta, Andrei pensou, sem nem se dar conta de tudo o mais à sua volta, o frio, a cidade.

Ele estava como que intoxicado pela presença dela e por aquilo que o aguardava. Embora, ele não sabia direito, parecesse haver também alguma coisa naquilo que o deixava ressabiado, e seu primeiro impulso foi pôr esse receio na conta do seu habitual ceticismo diante de qualquer chance de ser feliz. Mas em seguida não pôde deixar de se perguntar se tudo aquilo não estava sendo bom demais para ser verdade.

Andrei começou a analisar Linda sob uma nova luz, mais crítica, e notou que nem tudo nela era tão encantador. Quando passaram pelo Katarinahissen, até pensou ter visto uma certa frieza nos olhos dela e, preocupado, Andrei olhou para as águas agitadas pela tempestade.

— Para onde estamos indo? — ele quis saber.

— Tenho uma amiga que de vez em quando me empresta um pequeno apartamento que ela tem na Mårten Trotzig Gränd. Pensei que a gente podia ir para lá beber mais alguma coisa — ela disse, e ao ouvir essa proposta Andrei sorriu, como se fosse a ideia mais sensacional que já tivesse ouvido na vida.

Mas ele começava a se sentir cada vez mais confuso. Até havia pouco, era ele quem a estava protegendo e agora ela é quem assumia a iniciativa. Ao olhar de relance para o celular e ver que Mikael tinha ligado duas vezes, Andrei quis telefonar imediatamente para ele. Acontecesse o que acontecesse, não podia virar as costas para a revista.

— Claro, seria bom — ele disse —, mas primeiro preciso dar um telefonema, coisa de trabalho, estou no meio de uma história importante.

— Não, Andrei! — ela exclamou, num tom de voz surpreendentemente autoritário. — Você não vai ligar para ninguém... Esta noite é só nossa.

— Está certo — ele disse, sentindo-se um pouco intranquilo.

Chegaram a Järntorget, onde, apesar do tempo ruim, havia muita gente. Enquanto Linda mantinha os olhos pregados no chão, como se temesse ser vista, ele olhou para a direita, na direção da Österlånggatan, e depois para a estátua de Evert Taube. O poeta continuava ali, imóvel, segurando uma partitura na mão direita e olhando para o céu através de seus óculos escuros. Será que devia sugerir que deixassem o encontro deles para o dia seguinte?

— Talvez... — Andrei começou.

Mas não conseguiu completar a frase, pois ela o puxou para si e deu-lhe um beijo tão ardente que o fez esquecer de tudo que havia pensado. Depois, pegando-o pela mão, ela retomou o passo, conduzindo-o à esquerda, para a Västerlånggatan. De repente, viraram à direita e entraram numa viela escura. Havia alguém atrás deles? Não, os passos e as vozes que ele ouvia vinham de mais longe. Apenas ele e Linda estavam ali, não era? Assim que passaram por uma janela de moldura vermelha e venezianas pretas, Linda parou diante de uma porta cinzenta que ela abriu com certa dificuldade com uma chave que pegara na bolsa. Ele observou que as mãos dela tremiam e se perguntou por quê. Será que estava com medo do ex-marido e de seu comparsa?

Subiram por uma escada escura de pedra. Seus passos ecoavam e ele sentiu um leve cheiro de alguma coisa podre. Num degrau do terceiro andar, viu uma carta de baralho caída, uma dama de espadas, e, sem saber por que, se incomodou, provavelmente alguma superstição. Tentou esquecer isso e pensar em como, apesar de tudo, tinha sido incrível eles se conhecerem. Linda respirava pesadamente. A mão direita dela estava fechada. Dava para ouvir um homem rindo na viela lá embaixo. Esperava que não fosse dele. Que bobagem! Estava apenas tensa. Achou que os dois já estavam andando por muito tempo, andavam, andavam sem chegar a lugar nenhum. Será que o prédio era tão alto mesmo? Não, agora tinham chegado. A amiga de Linda morava no último andar, era isso, num apartamento de sótão.

Na porta estava escrito *Orlov*. Linda pegou seu molho de chaves de novo e, dessa vez, sua mão não tremia.

Mikael Blomkvist estava sentado num apartamento todo decorado com móveis antigos, localizado na Prostvägen, em Solna, muito próximo do cemitério municipal. Como Holger Palmgren havia dito, Margareta Dahlgren não hesitou em recebê-lo assim que ele ligou, e mesmo que ela tenha parecido um pouco frenética ao telefone, Mikael deparou com uma mulher fina e elegante, na casa dos sessenta anos. Estava vestida com um vistoso pulôver amarelo sobre uma calça preta com vincos muito bem definidos e de salto alto. Talvez tivesse se arrumado assim apenas para recebê-lo. Se não fosse por seu olhar sobressaltado, Mikael teria achado Margareta uma pessoa em paz consigo mesma, apesar de tudo que havia passado.

— Então você quer saber de Camilla — ela disse.

— Principalmente dos últimos anos dela, se você souber de alguma coisa.

— Eu me lembro de quando nós a pegamos — ela começou, como se não o tivesse ouvido. — Kjell, meu marido, achou que com o nosso gesto poderíamos não só aumentar a nossa família como também fazer algo bom para a sociedade. Tínhamos apenas uma filha, sabe, a nossa pobre Moa. Ela tinha catorze anos na época e se sentia muito sozinha. Achamos que iria lhe fazer bem se acolhêssemos uma menina da idade dela.

— Vocês sabiam o que tinha acontecido com a família Salander?

— Não tínhamos conhecimento de todos os detalhes, mas sabíamos que havia acontecido algo horroroso e traumatizante, que a mãe dela estava doente e o pai tinha sofrido queimaduras graves. Ficamos sensibilizados com a história e nos preparamos para receber uma menina destroçada, que necessitaria muito do nosso amor e carinho para se recuperar. E sabe o que nos apareceu?

— Não.

356

— A menina mais adorável do mundo, e não estou me referindo apenas à beleza dela. Meu Deus, Camilla tinha o dom da palavra, era muito madura e inteligente para a sua idade e nos contou histórias horríveis de como sua irmã, que tinha problemas mentais, aterrorizava a família. Claro que hoje eu sei que muita coisa não era verdade. Mas como podíamos duvidar dela? Seus olhos brilhavam, nos passavam muita convicção, e quando dizíamos "Pobrezinha, como deve ter sido horrível para você", ela falava: "Não era fácil, mas eu amo a minha irmã, ela é doente e agora está recebendo ajuda". Parecia um adulto falando, mostrava-se tão compreensiva, e por algum tempo a nossa impressão foi de que ela é quem estava cuidando de nós. A família inteira se iluminou com a sua chegada, como se algo glamoroso tivesse entrado em nossa vida e tornado tudo mais bonito e grandioso. Nós desabrochamos e até Moa passou por mudanças, começou a cuidar de sua aparência e se tornou mais popular na escola. Não havia o que eu não fizesse por Camilla, e Kjell, meu marido, o que eu posso dizer? Ele mudou radicalmente, começou a sorrir mais, a dar risada e até voltou a me procurar na cama, ah... desculpe a sinceridade. Agora sei que eu deveria ter começado a me preocupar nesse momento, mas na época achei que era apenas a felicidade vindo finalmente se instalar na nossa família. Fomos muito felizes por algum tempo, como todos são quando conhecem Camilla. Todos começam muito felizes ao lado dela, mas depois de algum tempo com ela, você não tem mais vontade de viver.

— Foi tão ruim assim?

— Muito ruim.

— O que aconteceu?

— Com o passar do tempo, foi como se um veneno tivesse se espalhado entre nós. Camilla foi dominando aos poucos a nossa família. Quando analiso o que aconteceu, não consigo localizar quando a festa acabou e o pesadelo começou. Aconteceu de um modo imperceptível e gradual, um dia acordamos e simplesmente descobrimos que estava tudo destruído: a nossa confiança, a nossa segurança, toda a estrutura da nossa família. A autoestima de Moa, que tinha começado a se firmar, caiu por terra. Ela passava as noites acordada, chorando e dizendo que era feia, uma pessoa horrível que não merecia estar viva. Só mais tarde descobrimos que a sua poupança no banco estava a zero. Até hoje não sei o que aconteceu, mas tenho quase certeza de que Camilla a chantageou. Chantagear era tão natural para ela quanto respirar. Camilla tinha o hábito de ir juntando informações comprometedoras sobre as pessoas. Por muito tempo acreditei que ela mantivesse um diário, mas o que ela anotava lá era toda a sujeira que descobria sobre as pessoas próximas a ela. E Kjell... aquele filho da puta. Sabe, acreditei nele quando ele me disse que estava tendo insônia quase todas as noites e que precisava ir para o quarto de hóspedes, no porão de casa, tentar dormir. Mas ele ia lá para ficar com Camilla. Desde que ela fez dezesseis anos, começou a ir se encontrar com ele à noite no porão para fazerem sexo pervertido. Chamo de pervertido porque percebi o que estava acontecendo quando perguntei a Kjell o que eram aqueles cortes no peito dele. Ele não me explicou, claro. Apenas deu alguma resposta evasiva e confusa, que eu aceitei para, de alguma forma, negar minhas suspeitas. Mas um dia Kjell acabou confessando tudo. Camilla costumava amarrá-lo e cortá-lo com uma faca. Ele disse que ela sentia muito prazer com isso. Pode até parecer estranho, mas cheguei a desejar que fosse mesmo verdade, que ela pelo menos sentisse algum prazer naquilo, não apenas quisesse torturá-lo e destruir a vida dele.

— Ela também chantageava seu marido?

— Ah, sim, mas ainda ficaram alguns pontos de interrogação. Ele foi tão humilhado por Camilla que nem mesmo quando tudo já estava perdido ele conseguiu me contar toda a verdade. Kjell sempre foi o porto seguro da nossa família. Ele é quem nos acalmava se errássemos o caminho numa viagem e nos perdêssemos, se um cano estourasse em casa, se alguém ficasse doente. Ele nos garantia que tudo ia dar certo, com aquele jeito calmo e sensível dele, com sua voz sempre tranquila que eu escuto até hoje em meus pensamentos. Mas os anos de convivência com Camilla o arruinaram. Ele virou um trapo, um homem que mal tinha coragem de atravessar a rua, que olhava centenas de vezes para todos os lados com medo de que alguém o estivesse perseguindo e que perdeu toda a motivação para o trabalho. Apenas ficava lá sentado em sua sala, sem fazer nada. Um de seus colegas mais próximos, Mats Hedlund, me telefonou um dia e me disse que a Ericsson, a empresa onde ele trabalhava, tinha aberto uma investigação para descobrir se Kjell estava vendendo informações confidenciais. Justo Kjell, o homem mais honesto que eu conheci! Mas se ele tivesse mesmo vendido alguma coisa, para onde tinha ido o dinheiro? Nós enfrentávamos uma situação financeira muito difícil, a conta dele no banco estava a zero e a nossa poupança também.

— Como foi que ele morreu?

— Ele se enforcou sem nos deixar uma palavra de explicação. Eu o encontrei pendurado no quarto de hóspedes do porão, já morto, quando voltei do trabalho. O mesmo quarto onde Camilla havia se divertido com ele. Naquela época eu recebia um alto salário como chefe do departamento financeiro da minha empresa e tinha uma carreira promissora. Mas depois do suicídio de Kjell, o mundo desabou para mim e para Moa. Mas não vou me aprofundar nisso, afinal você quer saber é o que aconteceu com Camilla. A morte do meu marido não pôs um ponto final na nossa infelicidade. Moa começou a se automutilar e parou de se alimentar. Um dia me perguntou se eu a achava asquerosa. "Meu Deus, minha querida, como é que você pode dizer uma coisa dessa?", eu respondi. Então ela me contou que Camilla a tinha chamado assim e dito que todos que a conheciam também a achavam asquerosa. Eu recorri a toda ajuda possível, psicólogos, médicos, amigas, Prozac, mas nada ajudou Moa. Num dia magnífico de primavera, quando a Suécia inteira comemorava alguma ridícula vitória no Eurovision Song Contest, minha filha se jogou de uma balsa, e a minha vida afundou junto com ela. Perdi a vontade de viver e passei muito tempo internada num hospital, me tratando de uma depressão profunda. Porém depois... não sei. De alguma forma a dor e a tristeza se transformaram em ódio e senti que precisava tentar entender o que realmente tinha acontecido com a nossa família. Que espécie de maldade havia nos atingido? Comecei a investigar a vida de Camilla. Não que eu quisesse me encontrar com ela de novo, não, de jeito nenhum. Mas eu queria entendê-la, da mesma forma que a mãe de um filho assassinado busca entender o assassino e seus motivos.

— E o que a senhora descobriu?

— No início, nada. Ela havia apagado todos os rastros, era como procurar uma sombra, um fantasma, e não faço ideia de quantos milhares de coroas gastei contratando detetives particulares e outras pessoas desonestas que prometeram me ajudar. No entanto eu não chegava a lugar nenhum e essa frustração começou a me enlouquecer. Fiquei obcecada, quase não dormia mais e meus amigos já não me aguentavam. Foi outra época horrível. As pessoas me achavam uma obcecada, teimosa, e talvez muitas ainda me achem assim. Não sei o que Holger Palmgren lhe disse a respeito, mas...

— O quê?

359

— Quando a sua reportagem sobre o caso Zalachenko foi publicada na sua revista, o nome dele não me disse nada, mas à medida que fui lendo a história comecei a somar dois mais dois. Ao ler sobre a identidade sueca dele como Karl Axel Bodin e sobre a ligação dele com o MC Svavelsjö, me lembrei de algumas noites horríveis que passamos, quando Camilla já havia nos virado as costas. Naquela época com frequência eu acordava com o barulho de motocicletas embaixo da janela do meu quarto e via aqueles coletes de couro com emblemas sinistros. Não me espantava que ela andasse com aquele tipo de gente, pois eu já não tinha nenhuma ilusão quanto a ela. O que eu não desconfiava é que aquele bando de motoqueiros tivesse ligação com o passado de Camilla, com as atividades do pai e que ela pretendia assumir os negócios dele depois de sua morte.

— Ela fez isso?

— Ah, sim. No mundo sujo dela, Camilla achava que fazer isso era lutar pelos direitos das mulheres, ou pelos seus próprios, eu diria, e sei como esse tipo de fala devia ser importante para as garotas do clube, principalmente para Kajsa Falk.

— Quem?

— Uma menina linda e atrevida que namorava um dos líderes. Ela frequentou muito a nossa casa no último ano em que Camilla esteve conosco, e eu gostava dela. Kajsa tinha olhos azuis grandes e um pouco estrábicos. Por trás daquele estilo rebelde, havia um rosto humano e frágil, e depois que li a sua reportagem eu a procurei. Ela não disse uma palavra sobre Camilla, claro. Foi simpática e vi que ela tinha mudado de estilo. A motoqueira havia se tornado uma mulher de negócios. Mas não quis me contar nada sobre Camilla e concluí que eu tinha dado em outro beco sem saída.

— E não tinha?

— Não, porque há cerca de um ano Kajsa me procurou e, de novo, a encontrei bastante mudada. Não restava mais nada daquela jovem atrevida e cheia de vida; ela parecia nervosa e amedrontada. Pouco depois desse nosso encontro, foi encontrada morta a tiros no ginásio de esportes de Stora Mossen, em Bromma. Quando estivemos juntas, ela me contou que havia uma disputa pela herança de Zalachenko. A irmã gêmea de Camilla, Lisbeth, havia herdado muito pouco e nem essa pequena parte ela quis. O grosso da herança ficou para dois filhos de Zalachenko que viviam em Berlim e para

Camilla, que herdara os negócios de tráfico do pai que você descreveu na sua reportagem, o que fez o meu coração sangrar. Duvido que Camilla se importasse com aquelas mulheres ou sentisse alguma compaixão por elas. Ela só não quis se envolver com o tráfico de mulheres por achar que era coisa para fracassados, como ela disse a Kajsa. Ela tinha uma visão completamente diferente, mais moderna, do que a organização poderia fazer e depois de muitas negociações um de seus meios-irmãos comprou a parte dela. Camilla pegou o dinheiro e foi embora para Moscou, levando também alguns funcionários que quiseram acompanhá-la, inclusive Kajsa Falk.

— Você tem ideia do que ela pretendia fazer lá?

— O envolvimento de Kajsa nos negócios de Camilla não era tão grande para que ela pudesse ter tido noção do que se tratava, mas nós duas tínhamos as nossas suspeitas. Devia ser alguma coisa relacionada com alguns segredos da Ericsson, onde meu marido trabalhava. Hoje tenho certeza de que Camilla fez Kjell roubar e vender informações sigilosas e valiosas para ela, possivelmente chantageando-o. Fiquei sabendo que, já nos primeiros anos em que estava conosco, Camilla se aproximou de alguns nerds da escola e mandou que eles hackeassem o meu computador. Kajsa me contou que Camilla sempre foi obcecada por hacking, não que ela mesma tivesse aprendido ou se dedicado a isso. Mas sempre falava do dinheiro que se podia ganhar entrando nas contas bancárias das pessoas, hackeando servidores, roubando informações, coisas desse tipo. Por isso acho que os negócios dela devem estar relacionados com atividades nessa área.

— E você deve estar certa.

— É, e com certeza é coisa de alto nível. Camilla nunca ficaria satisfeita com menos. Kajsa disse que Camilla logo se infiltrou em grupos influentes de Moscou, tornando-se amante de um membro da Assembleia Legislativa russa, um sujeito rico e poderoso, e que por intermédio dele ela fez contato com um grupo muito suspeito de engenheiros de ponta e criminosos. Camilla sabia como lidar com eles, e identificava muito bem os pontos fracos da economia interna.

— Que eram?

— O fato de a Rússia não passar de um posto de gasolina com uma bandeira no alto. Eles exportam petróleo e gás natural, mas não fabricam nada de relevante. A Rússia precisa de tecnologia avançada.

— E ela ia conseguir isso para eles?

— Pelo menos foi o que Camilla prometeu, embora claro que ela devia ter seus próprios interesses e prioridades. Kajsa ficou impressionada com a maneira como ela construiu alianças com pessoas influentes lá e conseguiu proteção política para si mesma. Kajsa teria sido leal a Camilla até a eternidade se não tivesse ficado tão assustada.

— Assustada com quê?

— Kajsa conheceu um antigo soldado de elite, um major, acho, e depois disso se desestruturou completamente. Segundo informações confidenciais que haviam chegado ao amante de Camilla, esse homem tinha feito alguns trabalhos sujos para o governo russo. Ele havia assassinado uma jornalista famosa, você deve ter conhecido, Irina Azarova. Ela tinha denunciado muita coisa sobre o regime russo numa série de reportagens e livros.

— Claro, uma verdadeira heroína. Foi uma história terrível.

— Exatamente. Só que alguma coisa deu errado no planejamento do assassinato dela. Irina Azarova ia se encontrar com um crítico do regime num apartamento numa rua deserta, num subúrbio ao sudeste de Moscou. Segundo o plano, o major atiraria nela quando ela saísse de casa. O que ninguém ficou sabendo é que a irmã de Irina havia contraído pneumonia e a jornalista estava tomando conta das duas sobrinhas, de oito e dez anos. Assim que as meninas saíram para a rua junto com a tia, o major atirou nas três. Ele as atingiu no rosto e, depois dessa tragédia, caiu em desgraça. Não que o governo russo se importasse com as crianças, mas a opinião pública estava saindo de controle e a participação do governo no atentado corria o risco de ser descoberta. O major temeu ser transformado em bode expiatório e teve muitos problemas pessoais. Sua mulher o abandonou, deixando-o com uma filha adolescente, e ele quase foi despejado de seu apartamento. Um cenário perfeito para Camilla, porque nada melhor do que ter poder sobre uma pessoa sem escrúpulos que está numa situação desesperadora. E ela aproveitou a chance. Ele faria tudo por ela.

— Então ela recrutou esse major caído em desgraça.

— Sim, eles marcaram um encontro e Kajsa foi junto e ficou completamente fascinada por esse homem assim que o viu. Ele não era o que ela havia imaginado nem se parecia com os assassinos do MC Svavelsjö que ela conhecia. Tinha um porte atlético e, se parecia violento, também parecia educado e de certa forma até vulnerável e sensível. Kajsa percebeu que ele se sentia mal por ter tido que atirar nas crianças. Claramente era um assassino frio, um homem que na guerra da Chechênia atuou como torturador, mas que mantinha dentro de si algumas reservas morais, ela me disse, e foi por essa razão que ela se preocupou quando ele literalmente caiu nas garras de Camilla. Isso mesmo, literalmente. Camilla passou suas unhas no peito dele, como um gato, e disse: "Eu quero que você mate por mim", carregando essas palavras com uma tensão sexual, com poder erótico, sabe. Com uma habilidade diabólica, ela despertou o sadismo do homem. Quanto mais ele contava sobre detalhes de suas torturas, mais ela se excitava, e não sei se entendo bem essas coisas. Mas foi isso, e apenas isso, que assustou Kajsa, e não o próprio assassino. Foi ver Camilla, com sua beleza, conseguir despertar a besta contida dentro dele, fazer o olhar melancólico dele brilhar como o de um animal selvagem.

— Você nunca levou à polícia todas essas informações?

— Eu perguntei a Kajsa várias vezes se ela achava que eu deveria procurar a polícia. Eu disse que ela parecia muito assustada e que precisava de proteção. Ela me garantiu que já tinha proteção. Além disso, me proibiu de falar com a polícia, e eu fui uma idiota em obedecer a ela. Depois da sua morte, contei aos investigadores o que eu tinha ouvido, mas eles não acreditaram em mim. Tudo que eu sabia era de um homem sem nome de outro país, Camilla não constava em nenhum registro aqui na Suécia e nunca fiquei sabendo que nome ela tinha passado a usar. Enfim, a minha declaração não ajudou em nada a esclarecer o assassinato de Kajsa, que até hoje não foi solucionado.

— Entendo — disse Mikael.

— Você entende?

— Acho que sim — ele disse, e ia pôr a mão no braço de Margareta, em sinal de solidariedade, quando a vibração do celular em seu bolso o deteve. Esperava que fosse Andrei, mas era Stefan Molde. Depois de alguns instantes, Mikael conseguiu identificá-lo como a pessoa do Försvarets Radioanstalt que havia conversado com Linus Brandell.

— De que se trata? — perguntou Mikael.

— É sobre uma reunião com alguém do alto escalão que está vindo para a Suécia encontrar você amanhã cedo no Grand Hotel.

Mikael gesticulou um pedido de desculpas para Margareta Dahlgren.

— Estou com a agenda cheia — ele disse. — E se eu fosse me encontrar com alguém, precisaria pelo menos saber o nome da pessoa e de que assunto se trata.

— O nome é Edwin Needham e o assunto se refere a alguém de codinome Wasp, suspeito de ter cometido um crime grave.

Mikael sentiu uma onda de pânico.

— Está bem — disse. — A que horas?

— Às cinco da manhã seria perfeito.

— Você deve estar brincando!

— Infelizmente, não há nenhuma brincadeira envolvendo esse assunto. Eu recomendo que você seja pontual. O senhor Needham o receberá em sua suíte. Você deve deixar o celular na recepção do hotel e será revistado.

— Eu entendo — ele disse com uma crescente sensação de desconforto.

Encerrada a conversa, Mikael se levantou e se despediu de Margareta Dahlgren.

III. PROBLEMAS ASSIMÉTRICOS
24 DE NOVEMBRO A 3 DE DEZEMBRO

Muitas vezes é mais fácil juntar do que separar.

Atualmente, os computadores conseguem multiplicar com facilidade números primos com milhões de dígitos. No entanto, é extremamente complicado reverter o processo. Números com apenas algumas centenas de dígitos apresentam problemas imensos.

Algoritmos criptografados como o RSA se aproveitam das dificuldades que envolvem a fatoração de números primos. Os números primos acabaram se tornando os melhores amigos do sigilo.

25. MADRUGADA E MANHÃ DE 24 DE NOVEMBRO

Não demorou muito para Lisbeth descobrir quem era o homem chamado Roger que August havia desenhado. Num site sobre atores que haviam atuado no teatro Revolutionsteatern, em Vasastan, ela reconheceu a versão mais jovem de Roger. Seu nome era Roger Winter, e ali dizia que ele ganhou fama de ser um homem violento e ciumento. No começo da carreira, interpretara papéis importantes no cinema, mas nos últimos tempos caíra no esquecimento, tendo se tornado menos conhecido que seu irmão cadeirante Tobias, um loquaz professor de biologia que, pelo que se dizia, havia cortado relações com Roger.

Lisbeth anotou o endereço de Roger Winter e em seguida hackeou o supercomputador NSF MRI. Também abriu seu programa de computador, no qual tentava construir um sistema dinâmico para encontrar as curvas elípticas mais apropriadas, com o menor número possível de iterações. Porém, por mais que tentasse, não conseguia se aproximar de uma solução. Como o arquivo da NSA continuava impenetrável, Lisbeth desistiu, se levantou e foi dar uma olhada na cama em que August estava. Ela soltou um palavrão. O menino estava acordado, sentado na cama e escrevendo alguma coisa num papel em cima da mesa de cabeceira. Quando ela se aproximou, viu que eram novas fatorações de números primos. Lisbeth murmurou alguma coisa consigo mesma e depois, num mesmo tom de voz sério, disse:

— Não é uma boa ideia. Não estamos chegando a lugar nenhum com isso.

E quando August mais uma vez começou a se balançar para a frente e para trás, freneticamente, ela o mandou parar com aquilo e dormir.

Já era tarde e ela resolveu descansar um pouco também. Foi se deitar na cama do quarto ao lado e tentou dormir. Mas foi impossível. August virava e se revirava na cama, fazia barulho, choramingava, e no fim Lisbeth decidiu ir até lá dizer mais alguma coisa para ele. O melhor que ela conseguiu pensar foi:

— Você sabe alguma coisa sobre curvas elípticas?

Como ela já esperava, não recebeu nenhuma resposta. Porém isso não a impediu de dar a ele uma explicação, da forma mais simples e clara que conseguiu.

— Entendeu? — ela perguntou.

Claro que August não respondeu.

— Certo — ela disse. Pegue por exemplo o número 3 034 267. Eu sei que você consegue encontrar com facilidade os fatores primos dele. Mas isso também pode ser feito usando as curvas elípticas. Vamos escolher, por exemplo, a curva $y^2 = x^3 - x + 4$ e o ponto $P = (1,2)$ naquela curva.

Ela se inclinou sobre a mesa de cabeceira e anotou a equação num papel, mas August não parecia estar acompanhando, e Lisbeth se lembrou do que lera sobre os gêmeos autistas. De alguma maneira misteriosa eles tinham a capacidade de encontrar números primos imensos, mas não conseguiam solucionar equações simples. Talvez fosse assim com August também. Talvez ele fosse mais uma máquina de calcular do que um gênio da matemática, o que agora não tinha a menor importância. Seu ferimento estava doendo de novo e ela precisava dormir. Precisava espantar todos os demônios de sua infância que haviam ressuscitado por causa do menino.

Passava da meia-noite quando Mikael Blomkvist chegou em casa. Mesmo exausto e precisando acordar muito cedo no dia seguinte, foi para o computador procurar alguma informação sobre Edwin Needham. Descobriu que havia alguns Edwins Needham no mundo, entre eles um famoso jogador de rúgbi que havia voltado à ativa depois de se curar de uma leucemia.

Havia um Edwin Needham especialista em purificação de água e outro que era bom em posar nas fotos com cara de idiota ao lado de gente da sociedade. Nenhum deles parecia alguém capaz de ter quebrado a identidade de Wasp, acusando-a agora de crimes. Mas havia um Edwin Needham engenheiro de computação com doutorado no MIT que pelo menos era da área, embora nem esse parecesse ser quem Mikael buscava. Oficialmente ele era um executivo sênior da Safeline, empresa líder no mercado de proteção antivírus para computadores. Uma empresa que certamente se interessaria por hackers. Mas as declarações que esse Ed, como ele era conhecido, dava em suas entrevistas eram apenas sobre fatias de mercado e novos produtos. Nenhuma palavra que ele dizia ia além dos habituais clichês de vendedores, nem mesmo quando foi convidado a falar um pouco sobre seus hobbies, que eram o boliche e a pesca. Ele amava a natureza, disse, ele amava o aspecto competitivo... A coisa mais perigosa que ele parecia ser capaz de fazer era matar as pessoas de tédio.

Uma foto o mostrava sorrindo e sem camisa, segurando um salmão enorme, o tipo de fotografia que é figurinha carimbada em círculos de pescadores. Ela era tão enfadonha quanto tudo ali sobre ele, e aos poucos Mikael começou a desconfiar se transmitir uma imagem tão desinteressante como aquela não seria justamente a intenção de Ed. Releu todo o material e teve a sensação de que toda aquela vida poderia mesmo ser apenas fachada, e lentamente, e cada vez mais convicto, concluiu que aquele era o homem com quem iria se encontrar no dia seguinte. Dava para sentir o cheiro do serviço secreto a quilômetros de distância, não dava? Parecia ser coisa da NSA ou da CIA, e, olhando de novo para a foto do salmão, Mikael agora notou algo completamente diferente.

Viu ali um rapaz corajoso fingindo ser outra coisa. Havia determinação na maneira como ele estava diante da câmera, e seu sorriso parecia levemente irônico, pelo menos foi o que Mikael imaginou, e então ele pensou em Lisbeth. Perguntou-se se deveria contar a ela. Mas ainda não havia razão para preocupá-la, principalmente porque até então ele não sabia de nada. Resolveu ir para a cama. Precisava dormir mesmo que só por algumas horas, para estar com a cabeça lúcida quando se encontrasse com Ed Needham na manhã seguinte. Pensativo, escovou os dentes, tirou a roupa e se deitou na cama, percebendo que estava mais cansado do que havia imaginado. Adormeceu na hora e sonhou que estava se afogando no rio onde Ed Needham havia pescado seu salmão. Depois, teve uma vaga imagem de si mesmo no fundo do rio, cercado de salmões agitados. Mikael não deve ter dormido por muito tempo. Acordou de um salto, com a forte sensação de que havia deixado escapar alguma coisa. Seu celular estava na mesa de cabeceira e seu pensamento se voltou para Andrei. Ele estivera no seu subconsciente o tempo todo.

Linda havia trancado a porta com dois cadeados, e claro que isso era muito natural. Depois de tudo que ela havia passado, precisava tomar um cuidado extra com sua segurança. Ainda assim Andrei se sentiu desconfortável. Devia ser o apartamento, pensou, tentando se tranquilizar. Não era nada do que ele esperava. Aquilo seria mesmo a casa de uma amiga dela?

A cama era larga mas um pouco curta. E a cabeceira e o pé da cama eram úma treliça de aço brilhante. A colcha preta o fez pensar num esquife ou num túmulo, e ele não gostou dos quadros nas paredes. A maioria eram fotografias de homens com armas, e o apartamento era estéril, frio. Não parecia o lar de uma pessoa legal.

Mas também podia ser que ele estivesse nervoso e exagerando as coisas. Ou talvez apenas quisesse uma desculpa para sair dali. "Um homem sempre quer fugir daquilo que ele ama", não foi mais ou menos isso que Oscar Wilde havia dito? Ele olhou para Linda. Nunca tinha visto uma mulher tão magnífica na vida e isso, por si só, já era bem assustador, e agora ela vinha se aproximando dele com aquele vestido justo e azul que destacava suas formas e dizendo, como se tivesse adivinhado seus pensamentos:

— Você prefere ir para casa, Andrei?

— Na verdade, eu ainda tenho muita coisa para fazer.

— Eu entendo — ela disse, dando-lhe um beijo. — Então, claro que você deve ir para casa trabalhar.

— Talvez seja melhor — ele murmurou enquanto ela se encostava nele e o beijava novamente, com tanta veemência que ele se desarmou.

Ele a beijou também, agarrando-a pelos quadris. Então ela o empurrou com tanta violência que ele se desequilibrou e caiu de costas na cama, e por um instante sentiu medo. Mas quando olhou para Linda ela lhe sorriu com a mesma ternura de antes, o que o fez pensar que aquilo era apenas uma brincadeira de amor agressivo. Ela realmente o queria, não queria? Queria transar com ele naquele momento e ele deixou Linda sentar em cima dele e desabotoar sua camisa. Com os olhos brilhando de intensidade, ela passou as unhas pelo abdômen dele, enquanto seus seios volumosos arfavam sob o vestido. A boca de Linda estava entreaberta e um fio de saliva escorria pelo queixo. Ela cochichou algo para ele, mas Andrei não ouviu. Era "Agora, Andrei".

— Agora!

— Agora — ele repetiu um pouco em dúvida, enquanto ela arrancava a calça dele. Ela estava mais excitada do que ele esperava e era muito mais lasciva e selvagem do que qualquer mulher com quem ele já estivera.

— Feche os olhos e não se mexa nem um milímetro — ela disse.

Ele fechou os olhos e permaneceu imóvel, ouvindo-a mexer em algo que pelo som ele não conseguiu identificar. Ouviu um clique e sentiu um frio metálico em volta dos pulsos. Olhou para cima e viu que estava algemado. Quis protestar, dizer que não gostava daquele tipo de sexo, mas tudo estava indo rápido demais. À velocidade da luz, como se já tivesse experiência no assunto, ela prendeu as mãos dele na cabeceira da cama. Em seguida amarrou seus pés com uma corda, apertando bem.

— Cuidado — ele alertou.

— Não se preocupe.

— Que bom — ele disse, e então viu que ela o olhava de um jeito completamente novo, e era um olhar bem desagradável, ele pensou. Em seguida ela declarou alguma coisa num tom solene que ele achou ter entendido mal.

— O que foi que você falou?

— Que agora eu vou cortar você com uma faca, Andrei. — E depois de dizer isso, pôs rapidamente uma fita adesiva nos lábios dele.

Mikael tentava se acalmar. O que poderia ter acontecido com Andrei? Ninguém além dele e de Erika sabia que Andrei estava envolvido na proteção de Lisbeth e do menino. Eles nunca haviam sido tão cautelosos com uma informação como agora. No entanto... por que não conseguia falar com Andrei?

Ele não era de ignorar telefonemas. Pelo contrário, atendia rápido, ao primeiro sinal. Mas agora era impossível entrar em contato com ele, e isso era estranho. Ou quem sabe... Mais uma vez Mikael tentou se convencer de que Andrei podia estar apenas concentrado demais no trabalho e ter perdido a noção do tempo ou que, na pior das hipóteses, tivesse perdido o celular. Não devia ser nada além disso. Mesmo assim... Depois de todos aqueles anos, Camilla havia surgido do nada. Alguma coisa estava acontecendo, com certeza. O que era mesmo que o inspetor Bublanski tinha dito?

"Vivemos num mundo em que para você se manter saudável você precisa ser paranoico."

Mikael esticou o braço, pegou o telefone e ligou de novo para Andrei, que mais uma vez não atendeu. Então decidiu acordar o mais novo membro da equipe, Emil Grandén, que morava perto de Andrei, na Röda Bergen, em Vasastan. Emil atendeu sem muito entusiasmo, mas prometeu ir naquele instante até a casa de Andrei para ver se ele estava lá. Vinte minutos depois, ele ligou para Mikael, contando que havia batido na porta de Andrei várias vezes.

— Ele não está em casa, disso eu tenho certeza.

Mikael desligou o telefone, se vestiu e saiu depressa de casa, percorrendo seu tempestuoso e deserto bairro de Söder, em direção à *Millennium*, na Götgatan. Com um pouco de sorte, pensou, ia encontrar Andrei adormecido no sofá da redação. Não seria a primeira vez que Andrei caía no sono e não escutava o telefone. Com alguma sorte seria essa a explicação. Mesmo assim Mikael se sentia mais e mais inquieto e quando desligou o alarme e abriu a porta da redação ele tremeu, como se fosse dar de cara com alguma cena trágica. No entanto, por mais cuidadosamente que tivesse inspecionado o local não encontrou nada fora do lugar, e todas as informações de seu e-mail criptografado haviam sido cuidadosamente deletadas, como eles tinham combinado. Tudo parecia estar certo; só não havia um Andrei dormindo no sofá.

O sofá da redação parecia mais nojento e vazio do que nunca, e Mikael se sentou ali com a cabeça a mil por hora. Em seguida, telefonou de novo para Emil Grandén.

— Emil — ele disse. — Desculpe eu incomodar você mais uma vez em plena madrugada, mas toda essa história está me deixando paranoico.

— Claro, eu entendo.

— Quando eu lhe perguntei sobre Andrei, você me pareceu um pouco incomodado. Tem alguma coisa que você não me contou?

— Nada que você já não saiba — respondeu Emil.

— O que você quer dizer com isso?

— Que eu também já falei com a Inspeção de Dados.

— Como assim, você também?

— Você quer dizer que você não...

— Não! — gritou Mikael, interrompendo-o e ouvindo a respiração de Emil se tornar pesada do outro lado da linha, e percebendo que havia acontecido algum engano terrível.

— Desembucha, Emil, rápido!

— Mas...

— O quê?

— Uma moça muito simpática e muito profissional da Inspeção de Dados, chamada Lina Robertsson, telefonou dizendo que vocês haviam combinado de aumentar o nível de segurança do seu computador por causa das atuais circunstâncias. Tinha a ver com algumas informações pessoais e de natureza delicada.

— E o que mais?

— Ela disse que havia passado informações erradas para você e que estava chateada com isso. Disse que estava constrangida com a falta de conhecimento que ela demonstrou e preocupada que a proteção não fosse suficiente, por isso precisava entrar em contato com a pessoa que havia feito a criptografia para você.

— E o que você disse?

— Eu disse que não sabia de nada desse assunto, que eu apenas tinha visto Andrei mexendo no seu computador.

— E aí você recomendou que ela entrasse em contato com Andrei.

— Eu estava na rua quando ela telefonou, então eu falei pra ela que Andrei ainda devia estar na redação e que ela poderia telefonar pra ele. Foi isso.

— Meu Deus, Emil!

— Mas ela parecia tão...

— Não me interessa como ela parecia, Emil! Só espero que você tenha falado com Andrei sobre essa ligação.

— Não deu tempo de fazer isso na hora. Eu também estou sobrecarregado, como todo mundo.

— Mas depois você falou com ele, certo?

— Não, porque ele acabou saindo antes.

— Mas você telefonou para ele?

— Claro, muitas vezes, só que...

— O quê?

— Ele não atendeu.

— Certo — disse Mikael com uma evidente frieza na voz.

Assim que desligou, Mikael telefonou para Jan Bublanski. Depois da segunda tentativa, conseguiu falar com um sonolento inspetor. Mikael não viu outra saída senão contar toda a história para ele. Contou-lhe tudo menos onde Lisbeth e August estavam.

Em seguida, também pôs Erika a par de tudo.

Lisbeth Salander havia adormecido. Mas de alguma forma estava pronta para a ação, pois costumava dormir completamente vestida, inclusive com sua jaqueta de couro e bota. Além disso acordava toda hora ou por causa dos barulhos da tempestade ou dos que August fazia ao dormir, gemendo e choramingando. Mas na maioria das vezes voltava a dormir, ou pelo menos cochilava, e de tempos em tempos tinha sonhos curtos e extremamente realistas.

Agora estava sonhando que o pai espancava sua mãe, e mesmo no sonho ela sentiu a mesma raiva intensa da infância. Tudo pareceu tão real que ela acordou de novo. Eram três e quarenta e cinco da manhã, e na mesa de cabeceira estavam os papéis em que ela e August haviam escrito seus números. Nevava, mas a tempestade parecia ter se acalmado um pouco, e agora não se ouvia nenhum ruído fora do normal, apenas o vento assobiando e açoitando as árvores.

No entanto, ela se sentia inquieta e pensou que podia ser o sonho ainda pairando no quarto como uma rede fina e vaporosa. De repente, estremeceu ao ver a cama vazia ao lado da sua. August não estava lá. Lisbeth se levantou depressa e, sem fazer nenhum som, pegou sua Beretta na bolsa que estava no chão e foi se encaminhando muito devagar para o cômodo grande que dava para a varanda.

Mas então voltou a respirar aliviada. August estava sentado à mesa redonda, entretido com alguma coisa. Ela se aproximou discretamente, para não perturbá-lo, se inclinou por trás dos ombros dele e viu que August não estava escrevendo nenhuma nova fatoração de números primos nem desenhando cenas violentas protagonizadas por Lasse Westman e Roger Winter. Ele estava desenhando quadrados de um tabuleiro de xadrez que se refletiam nos espelhos de um armário, acima dos quais se via uma figura ameaçadora com a mão estendida. Finalmente o assassino começava a ganhar forma. Lisbeth sorriu e em seguida se afastou.

No quarto, se sentou na cama, tirou a blusa e as ataduras e examinou seu ferimento. Ainda não parecia nada bom, e ela se sentia fraca e zonza. Tomou mais dois antibióticos, se deitou para descansar um pouco e acabou adormecendo. Teve a vaga sensação de ter visto Zala e Camilla em seu sonho. Nesse instante percebeu alguma coisa. Não tinha ideia do que era, exceto que podia sentir uma presença. Um pássaro bateu as asas lá fora. Ouvia a respiração pesada e difícil de August no cômodo ao lado. Lisbeth estava prestes a se levantar outra vez, quando um grito penetrante cortou o ar.

Quando Mikael saiu da redação no começo da manhã para pegar um táxi e ir para o Grand Hotel, ainda não tinha tido notícia de Andrei, e de novo tentou se convencer de que estava se atormentando sem necessidade e que a qualquer momento seu colega iria telefonar da casa de alguma garota ou de algum amigo. Mas a preocupação não o deixava em paz e, enquanto observava que tinha começado a nevar outra vez e que alguém havia largado um pé de sapato feminino na calçada, pegou seu Samsung e ligou para Lisbeth pelo aplicativo Redphone.

Ela não atendeu, o que o deixou mais nervoso. Tentou outra vez e por fim enviou uma mensagem de texto pelo app Threema: *Camilla está atrás de vocês. Melhor abandonar o esconderijo!* Então acenou para um táxi que vinha da Hökens gata e, quando o carro parou, Mikael ficou momentaneamente surpreso ao perceber que o motorista se assustou ao vê-lo. Mikael devia mesmo estar parecendo alguém perigosamente determinado naquele momento, e sua expressão não melhorou em nada quando o motorista tentou puxar conversa. Mikael preferiu não responder e apenas ficou sentado lá atrás no escuro com os olhos faiscando de aflição. Estocolmo estava praticamente deserta àquela hora.

Embora a tempestade tivesse amainado, as ondas ainda estavam encrespadas. Mikael observou o Grand Hotel do outro lado da enseada, pensando se não seria melhor desmarcar a reunião com Needham e ir direto ver Lisbeth, ou então pedir que a polícia desse uma passada por lá. Não, não podia fazer isso sem avisá-la. E, se havia um vazamento, seria uma catástrofe se a informação sobre o esconderijo de Lisbeth se espalhasse. Ele abriu o Threema de novo e escreveu:

Vocês precisam de ajuda?

Não recebeu resposta. Claro que não recebeu resposta, e tão logo pagou a corrida e desceu do táxi, foi caminhando pensativo em direção às portas giratórias da entrada do hotel. Eram quatro e vinte da manhã e ele estava quarenta minutos adiantado. Nunca havia chegado quarenta minutos mais cedo a nenhum tipo de compromisso, mas era como se houvesse algo queimando dentro dele. Antes de ir até a recepção para ali deixar seu telefone, como havia sido combinado, ligou para Erika e pediu que ela tentasse falar com Lisbeth, que também se mantivesse em contato com a polícia e que tomasse a decisão que achasse necessária.

— Se houver alguma novidade, ligue para o Grand Hotel e peça que transfiram a ligação para o senhor Needham.

— E quem é ele?

— Uma pessoa que quer falar comigo.

— A esta hora?

— Sim, a esta hora — ele respondeu, dirigindo-se à recepção.

Edwin Needham estava hospedado na suíte 654. Quando Mikael bateu à porta, ela foi aberta por um homem que exalava suor e raiva. Ele era tão parecido com a fotografia da pescaria na internet quanto um ditador de ressaca e sua estátua. Ed Needham tinha uma bebida na mão e parecia de mau humor; descabelado, era o próprio buldogue.

— Mr. Needham — disse Mikael.

— Pode me chamar de Ed. Peço desculpas por incomodá-lo a esta hora, mas o assunto é de extrema urgência.

— É o que parece — respondeu Mikael, seco.

— Você tem ideia do que eu estou falando?

Mikael fez que não com a cabeça e se sentou numa poltrona junto a uma mesa em que havia uma garrafa de gim e uma tônica Schweppes.

— Não, claro, por que você teria, não é? — disse Ed. — Por outro lado, com tipos como você a gente nunca sabe. Andei te investigando, e é bom você ficar sabendo que não sou de elogiar ninguém. Me sobe um gosto amargo na boca. Mas você é realmente fora de série na sua área, não é mesmo?

Mikael deu um sorriso forçado e disse:

— Será que você pode ir direto ao ponto?

— Calma, calma, em breve vou ser claro como um cristal. Você já deve saber no que eu trabalho.

— Não tenho muita certeza — respondeu Mikael com franqueza.

— No Puzzle Palace, em SIGINT City. Trabalho para a empresa mais odiada do planeta.

— A NSA.

— Exatamente. E você tem noção do quanto alguém precisa ser estupidamente imbecil pra mexer com a gente, Mikael Blomkvist?

— Posso imaginar.

— E você sabe onde eu acho que realmente a sua amiga deveria estar?

— Não.

— Na cadeia. Condenada à prisão perpétua!

Mikael abriu o que ele esperava ter sido um breve sorriso calmo e controlado. Mas na realidade seus pensamentos giravam sem parar. Percebeu que qualquer coisa podia ter acontecido e que ele não devia tirar conclusões precipitadas, mas um pensamento lhe ocorreu de imediato: será que Lisbeth tinha hackeado a NSA? Só a ideia já o deixava angustiado. Não bastava ela estar sendo perseguida por um assassino? Será que ela tinha conseguido pôr todo o serviço secreto americano atrás dela? Isso parecia... bem, o que isso parecia? Parecia inconcebível.

O que diferenciava Lisbeth era que ela nunca tomava nenhuma decisão sem antes ter analisado minuciosamente as consequências. Suas ações não eram fruto da impulsividade ou de caprichos, por isso ele achava impossível ela ter feito algo tão idiota quanto entrar nos computadores da NSA, se houvesse o menor risco de ela ser descoberta. Muitas vezes Lisbeth fazia coisas perigosas, é verdade. Mas os riscos eram sempre proporcionais aos benefícios. Ele se negava a acreditar que ela teria invadido os computadores do serviço secreto americano apenas para ser descoberta por aquele buldogue rabugento parado à sua frente.

— Acho que vocês estão se precipitando — disse Mikael.

— Vai sonhando, cara. Você deve ter me ouvido dizer a palavra "realmente" agora há pouco, não ouviu?

— Sim, ouvi.

— Que palavrinha, hein? Ela pode ser usada de muitas maneiras. Eu realmente não bebo de manhã, mas aqui estou eu com um drinque na mão, haha! O que eu estou tentando dizer é que talvez você possa salvar a pele da sua amiga se me ajudar com algumas coisinhas.

— Estou escutando — disse Mikael.

— Você é um cara honesto. Deixa eu primeiro te pedir uma garantia. Preciso saber se você vai proteger o meu sigilo como sua fonte.

Mikael o olhou surpreso, pois não era o que estava esperando ouvir.

— Você é alguma espécie de delator?

— Deus me livre, não! Não passo de um velho cão muito leal.

— Mas então você não está oficialmente falando pela NSA agora. É isso?

— Digamos que neste momento eu estou cumprindo a minha própria agenda, agindo por conta própria. E aí?

— Seu nome não será mencionado.

— Ótimo, e quero que você também me garanta que o que a gente conversar aqui vai ficar só entre mim e você. Parece meio estranho, não é? Por que, afinal, eu iria contar uma história fantástica para um jornalista e depois pedir que ele fique de bico calado?

— Boa pergunta.

— Eu tenho os meus motivos e, pensando bem, acho que nem preciso pedir que você seja discreto. Desconfio que você queria proteger a sua amiga e, no que te diz respeito, a história interessante está em outro lugar. Pode ser até que eu te ajude nisso, se você colaborar comigo.

— Vamos ver — disse Mikael, sério.

— Bom, uns dias atrás a nossa rede interna, popularmente conhecida como NSANet, foi invadida. Você ouviu falar disso, não ouviu?

— Mais ou menos.

— A NSANet foi criada depois do Onze de Setembro com o objetivo de aprimorar, por um lado, a coordenação dos nossos serviços secretos e, por outro, a organização dos espiões nos países anglo-saxônicos, os chamados Five Eyes. Ela é um sistema fechado, com seus próprios roteadores, portais e pontes, e completamente separado da internet. É de lá, através de satélites e fibras ópticas, que administramos o SIGINT, e é lá também que fica o nosso maior banco de dados, nossas análises e relatórios de alta segurança, sejam eles chamados de Moray, para falar do menos confidencial, ou de Umbra Ultra Top Secret, que nem mesmo o presidente do país está autorizado a ver. A administração do sistema é feita no Texas, o que eu acho a maior imbecilidade. Mas depois das últimas atualizações e verificações, eu considero esse sistema como se fosse o meu filho. Fique sabendo, Mikael, que eu trabalhei como um louco noite e dia pra que nenhum idiota conseguisse fazer mau uso do sistema e muito menos entrar e espionar, e hoje em dia o menor sinal de irregularidade, o menor movimento lá dentro, me faz desconfiar que eu não estou sozinho. Temos uma equipe de especialistas que monitora o sistema, e é impossível fazer qualquer movimento dentro da nossa rede sem deixar algum rastro. Pelo menos era pra ser assim. Tudo é registrado e devidamente analisado. É impossível apertar uma tecla lá dentro sem que alguém perceba, só que mesmo assim...

— Acabou acontecendo.

— Sim, e eu acabei aceitando isso. Sempre há pontos fracos. Eles existem para nos aperfeiçoarmos. Os pontos fracos nos fazem ficar alertas e com os pés no chão. Mas não foi só porque ela conseguiu entrar que eu fiquei furioso. Foi a maneira como ela entrou, forçando o nosso servidor de rede, criando uma configuração avançada de ponte e invadindo um dos nossos sistemas administrativos da rede interna. Só essa parte da operação já foi um golpe de mestre, mas ainda teve mais. Ela se transformou num *ghost user*.

— Num o quê?

— Num espírito, num fantasma que ficou pairando lá dentro sem a gente perceber.

— Sem que o seu alarme soasse.

— Essa filha da puta genial introduziu um vírus espião que devia ser diferente de tudo que a gente conhecia, senão o nosso sistema teria identificado. Esse vírus fazia atualizações constantes no status dela, e assim ela foi ganhando cada vez mais espaço lá dentro e conseguiu descobrir senhas e códigos secretos. Depois ela começou a relacionar registros e bancos de dados, até que... bingo!

— Como assim, bingo?

— Ela encontrou o que buscava e a partir daí deixou de ser um *ghost user* e quis nos mostrar o que havia encontrado. E foi só aí que os meus alarmes internos começaram a soar.

— O que foi que ela encontrou?

— Ela encontrou a nossa hipocrisia, Mikael, o nosso jogo duplo, e é por essa razão que estou aqui hoje com você e não lá em Maryland botando os Fuzileiros Navais atrás dela. Ela agiu como um ladrão que arromba uma casa apenas para mostrar que a casa já havia sido roubada, e, no instante em que a NSA descobriu isso, ela se tornou realmente um perigo. Tão perigosa que alguns lá dentro quiseram deixá-la em paz.

— Mas não você.

— Não, eu não. Eu queria era amarrá-la num poste e flagelá-la viva, mas fui obrigado a desistir da minha caça, Mikael, e isso me deixou furioso. Eu até posso parecer razoavelmente calmo agora, mas na verdade...

— Você está mais que furioso.

— É, digamos que sim. Por isso é que eu chamei você aqui. Eu quero encontrar a Wasp antes que ela fuja do país.

— Por que ela fugiria?

— Porque ela descobriu uma loucura atrás da outra, não foi?

— Eu não sei.

— Você sabe, sim.

— O que faz você pensar que ela é a hacker que você está procurando?

— É o que eu pretendo lhe contar, Mikael.

Mas Ed não pôde continuar.

O telefone do quarto tocou e Ed atendeu. Era o recepcionista, à procura de Mikael Blomkvist. Ed passou o aparelho para Mikael e percebeu que o jornalista havia recebido uma notícia grave. Por isso ele não estranhou quando o sueco murmurou um pedido confuso de desculpas e saiu às pressas do quarto. Não estranhou e também não se conformou. Ed arrancou seu casaco do cabide e foi correndo atrás de Mikael.

Mais adiante, no corredor, Blomkvist corria como um atleta e, mesmo sem saber do que se tratava, Ed desconfiou que o telefonema tivesse alguma relação com o assunto que os dois estavam discutindo e decidiu ir atrás do jornalista. Se tinha a ver com Wasp ou Balder, ele estaria lá. Como Blomkvist não tivera paciência para esperar o elevador e descera as escadas correndo, Ed chegou ao térreo um pouco depois e sem fôlego. Mikael Blomkvist já tinha pegado seu telefone na recepção e estava falando com alguém no celular e ao mesmo tempo correndo para a saída do hotel.

— O que aconteceu? — perguntou Ed assim que Mikael desligou e tentava conseguir um táxi.

— Problemas! — respondeu Mikael.

— Eu posso te dar uma carona.

— Você não pode dirigir. Você bebeu.

— Mas podemos pegar o meu carro.

Mikael diminuiu o passo e encarou Ed.

— O que você quer?

— Eu quero que a gente se ajude.

— Você vai ter que pegar o seu hacker sozinho.

— Eu não tenho autoridade para prender ninguém.

— Está bem. Onde está o seu carro?

Em seguida, os dois correram para o carro que Ed havia alugado e que estava estacionado na frente do Museu Nacional. Mikael Blomkvist lhe explicou rapidamente que estavam indo para um lugar no arquipélago, na região de Ingarö, e que ele não iria se preocupar em obedecer aos limites de velocidade.

26. MANHÃ DE 24 DE NOVEMBRO

Enquanto August gritava, Lisbeth ouvia passos apressados do lado externo da casa, o que a fez pegar sua pistola e pular da cama. Sentia-se péssima, mas não era hora de levar isso em conta. Correu até a porta de entrada e viu um homem corpulento surgir na varanda e por um instante julgou que ainda tinha uma pequena vantagem sobre ele, um segundo de graça concedida. Mas a situação se alterou cinematograficamente.

O vulto não diminuiu o passo nem se deixou intimidar pelas portas de vidro da varanda. Ele simplesmente correu direto contra elas e atravessou-as sem parar, de arma em punho, atirando no menino com determinação, e Lisbeth respondeu ao tiroteio, ou talvez até já tivesse feito isso momentos antes.

Não se lembrava. Nem teve consciência do momento em que começou a correr na direção do homem. Soube apenas que havia se chocado contra ele com força e desajeitadamente e que em seguida estava em cima dele, os dois no chão e em frente à mesa redonda à qual o garoto estivera sentado. Sem hesitar, deu uma cabeçada nele.

Fez isso com tamanha violência que sua cabeça começou a zunir e ela mal conseguiu se pôr de pé. A sala girava. Sua camisa estava manchada de sangue. Teria levado outro tiro? Não havia tempo para pensar nisso. Onde estava August? Não havia ninguém à mesa, somente as canetas e os desenhos estavam ali, o giz de cera, os cálculos com números primos. Onde diabos ele estava? Ela ouviu um gemido perto da geladeira, e lá estava ele, trêmulo e sentado com os joelhos encolhidos contra o peito. Ele deve ter tido tempo de correr e se esconder ali.

Lisbeth estava se aproximando dele, quando ouviu outros sons que a preocuparam, vozes abafadas e barulho de galhos se quebrando. Mais pessoas estavam chegando e ela concluiu que não havia tempo a perder, precisavam sair dali imediatamente. Se era Camilla, haveria mais gente com ela. Sempre fora assim, Lisbeth sempre sozinha e Camilla com sua corte de admiradores, por isso, como nos velhos tempos, Lisbeth precisava ser mais esperta e mais ágil. Depois de uma olhada rápida no terreno lá fora, se virou para August e disse:

— Vamos!

O menino não saiu do lugar, como se tivesse congelado ali onde se sentara, e com um movimento delicado e uma careta de dor Lisbeth o pegou no colo. Tudo nela doía, mas eles não tinham tempo a perder, e August pareceu ter entendido a situação. Ele indicou que podia correr sozinho e ela foi depressa até a mesa redonda pegar seu computador. A caminho da varanda, os dois passaram pelo homem ferido no chão, que ainda se ergueu meio grogue e tentou segurar August pela perna.

Lisbeth pensou em matá-lo, mas no fim deu-lhe apenas alguns chutes violentos no pescoço e no estômago e jogou a arma dele para longe. Depois correu para a varanda com August, em direção ao declive rochoso. De repente ela parou. Se lembrou do desenho. Ela ainda não tinha visto até onde August chegara. Será que devia voltar? Não, os outros estariam ali a qualquer momento. Precisavam fugir. No entanto... O desenho também era uma arma, não era?, e o motivo de toda essa loucura, por isso deixou August e o computador na fenda das rochas que ela havia localizado na noite anterior e voltou correndo para a casa. Vasculhou a mesa e não encontrou o desenho, apenas ilustrações do maldito Lasse Westman por toda parte e números primos.

Ah, ali... ali estava ele, e acima do chão quadriculado e dos espelhos do desenho de August via-se um homem muito pálido com uma cicatriz bem definida na testa que a essa altura Lisbeth já conhecia muito bem. Era o mesmo homem que estava gemendo bem ali no chão e na frente dela. Lisbeth pegou o celular, tirou uma foto do desenho e mandou para Jan Bublanski e Sonja Modig. Em seguida escreveu alguma coisa depressa no alto do papel. Mas um segundo depois percebeu que tinha sido um erro.

Estava sendo cercada.

Lisbeth havia mandado para o Samsung de Mikael a mesma palavra que enviara a Erika. A palavra era CRISE, e não havia como não entender do que se tratava, especialmente vindo dela. Não importava como Mikael quisesse interpretar aquilo, o significado só podia ser um, o de que o esconderijo de Lisbeth e de August havia sido descoberto pelos criminosos e que, na pior das hipóteses, ela havia sido surpreendida por eles enquanto mandava a mensagem. Por isso ele acelerou o carro assim que passou pelo cais de Stadsgård e entrou na autoestrada para Värmdö.

Ele dirigia um Audi A8 prata, novo, e a seu lado Ed Needham, muito sério, de vez em quando pegava o celular e escrevia alguma coisa nele. Mikael não sabia ao certo por que tinha deixado Ed acompanhá-lo. Talvez quisesse saber o que ele queria com Lisbeth, ou talvez fosse outra coisa. Quem sabe Ed podia ser útil. De qualquer maneira, sua presença não pioraria as coisas. Já havia crise suficiente. A polícia já tinha sido avisada, mas Mikael duvidava que tivessem mandado uma unidade imediatamente para o local, sobretudo por terem ficado um tanto céticos com as poucas informações que tinham recebido. Erika era quem tinha conseguido o esconderijo, ela era quem conhecia o caminho até lá, e ele precisava de toda ajuda possível.

Próximo à ponte de Danvik, Ed Needham disse algo que Mikael nem ouviu. Seus pensamentos estavam em outro lugar. Pensava em Andrei. O que teriam feito com ele? Mikael o via sentado ali na redação, pensativo e indeciso. Que merda, por que Andrei não o havia acompanhado para tomar aquela cerveja? Mikael ligou para ele mais uma vez. Ligou também para Lisbeth. Nenhum dos dois atendeu. Então ouviu Ed dizer:

— Você quer saber o que nós temos?

— Sim... talvez... diga lá — ele disse.

Mas eles foram interrompidos pelo celular de Mikael. Era Jan Bublanski.

— Espero que você saiba que nós dois vamos ter muito que conversar depois, e fique certo de que haverá algumas consequências legais à sua espera.

— Claro, eu entendo.

— Mas agora estou ligando para te passar uma informação. Sabemos que Lisbeth Salander estava viva às quatro horas e vinte e dois minutos. Isso foi antes ou depois dela te mandar a mensagem?

— Um pouco antes.

— Certo.

— Onde você obteve essa hora tão precisa?

— Salander nos enviou uma coisa muito interessante.

— O quê?

— Um desenho, e devo dizer, Mikael, que ele supera as nossas expectativas.

— Então Lisbeth conseguiu que o garoto desenhasse.

— Sim, conseguiu, e sei que um advogado de defesa esperto será capaz de levantar uma série de objeções contra a utilização e a validade do desenho como prova do crime. Mas para mim não há dúvida de que este é o assassino. O desenho foi feito com absoluta perfeição, de novo com aquela intrigante precisão matemática. E há também uma equação escrita abaixo do desenho, com as coordenadas x e y. Não faço ideia se ela é importante para o caso, mas já enviei o desenho para a Interpol, para que eles passem pelo programa de reconhecimento de faces deles. Se o homem estiver registrado no banco de dados de lá, é o fim dele.

— Vocês pretendem mandar o desenho para a imprensa também?

— Ainda estamos pensando.

— Quando vocês chegam à casa?

— O mais rápido possível... Me dê um segundo.

Mikael tinha ouvido um telefone tocar ao fundo e por alguns instantes Bublanski se ocupou da outra ligação. Quando voltou, disse rapidamente para Mikael:

— Acabamos de receber a informação de que ocorreu um tiroteio no local. Infelizmente parece ter sido sério.

Mikael respirou fundo.

— Nenhuma notícia de Andrei? — ele perguntou.

— Rastreamos o telefone dele até uma estação de base no Centro velho, depois daí não conseguimos mais nada. O sinal sumiu, como se o celular tivesse se quebrado ou parado de funcionar.

Mikael desligou e aumentou a velocidade. Ia a cento e oitenta quilômetros por hora e sem vontade de conversar. Já tinha feito um resumo a Ed Needham do que estava acontecendo. Só que passado algum tempo não aguentou mais. Precisava ocupar sua cabeça com alguma outra coisa.

— Mas e aí, o que mais vocês apuraram?

— Sobre a Wasp?

— Sim.

— Por um bom tempo, nada. Estávamos certos de que tínhamos chegado ao fim da linha. A gente tinha feito tudo que podia e mais um pouco. Não deixamos pedra sobre pedra e mesmo assim não chegamos a lugar nenhum. Mas a certa altura tudo fez sentido.

— Como assim?

— Claro que um hacker capaz de fazer uma invasão daquelas era alguém capaz também de não deixar rastros. Então concluí que nunca iríamos conseguir nada agindo da maneira convencional. Mas também não era razão pra desistir. No fim, deixei de lado as investigações formais e fui direto ao ponto: quem tem a capacidade de montar uma operação desse nível? Eu já sabia que a resposta a essa pergunta era a nossa melhor chance. O nível da invasão era tão sofisticado que só alguém muito especial conseguiria executar algo semelhante. Nesse sentido, pode-se dizer que o gabarito do hacker trabalhava contra ele mesmo. Além disso, quando analisamos o vírus espião...

Ed Needham fez uma pausa e olhou para o seu telefone.

— Sim, continue. O que você ia dizer?

— O vírus possuía peculiaridades artísticas, e do nosso ponto de vista ele ter peculiaridades era algo muito bom. Tínhamos, por assim dizer, uma obra de alto padrão com um estilo todo próprio, e só o que precisávamos fazer era encontrar o artista que a tinha assinado. Então começamos a conversar muito com a comunidade de hackers e não demorou muito para surgir um nome, um apelido, e ele aparecia o tempo todo. Consegue imaginar qual?

— Talvez.

— Wasp! Apareceram muitos outros também, mas Wasp foi se tornando cada vez mais interessante, e, para dizer a verdade, por causa do próprio nome. Mas aí já é uma longa história, e eu não vou te aborrecer contando ela toda, mas é que o nome...

— ... foi inspirado numa personagem de uma revista em quadrinhos usada também pelo grupo responsável pela morte de Frans Balder.

— Exatamente! Como é que você sabe?

— E eu também sei que raciocínios baseados em associações podem ser ilusórios e enganadores. Quando procuramos profundamente por alguma coisa, sempre vamos achar alguma conexão entre praticamente tudo.

— É verdade, é assim mesmo. Ficamos empolgados com associações que nada significam e deixamos passar as importantes. Wasp poderia significar uma porção de coisas. Mas àquela altura eu não tinha mais para onde ir. Além disso, eu já tinha ouvido falar tanto da aura mítica dessa pessoa que fiquei determinado a descobrir a identidade dela, por isso voltamos com tudo ao passado. Reconstruímos diálogos antigos de sites de hackers. Lemos cada palavra que Wasp escreveu na internet e estudamos cada operação que a gente sabia que tinha por trás a assinatura dela, e logo passamos a saber um pouquinho mais sobre Wasp. Tivemos certeza de que era uma mulher, mesmo que ela não se expressasse de um jeito tipicamente feminino, e concluímos que era daqui mesmo. Ela havia postado muita coisa em sueco, embora saber disso não tenha sido nenhuma grande ajuda. Mas saber que havia uma conexão sueca na organização que ela estava investigando, e saber que Frans Balder também era sueco, isso pelo menos manteve quentes as nossas pistas. Falei com o pessoal do Försvarets Radioanstalt, eles começaram a pesquisar em seus registros e foi aí que...

— O que foi que eles acharam?

— Algo muito revelador. Fazia muitos anos eles tinham investigado um caso de invasão envolvendo exatamente o codinome Wasp. Foi há tanto tempo, que naquela época Wasp ainda não era boa em criptografia.

— O que tinha acontecido?

— O Försvarets Radioanstalt descobriu que quem assinava Wasp estava atrás de informações sobre pessoas que haviam desertado do serviço secreto de outros países, bom, e só isso bastou para que o Försvarets Radioanstalt acionasse seu sistema de segurança. A investigação deles foi dar num computador de uma clínica psiquiátrica infantil de Uppsala, uma máquina que pertencia a um médico chamado Teleborian. Por alguma razão, provavelmente por esse Teleborian ter prestado alguns serviços à polícia secreta sueca, ele estava acima de qualquer suspeita. Então o Försvarets Radioanstalt voltou a atenção para alguns enfermeiros da clínica que ela considerou suspeitos somente por serem... bem, imigrantes. O que foi uma coisa descabida e mal avaliada, e que também não deu em nada.

— Dá para imaginar.

— Pois é, mas agora, passado todo esse tempo, eu pedi que um cara do Försvarets Radioanstalt me mandasse todo o material que eles olharam naquela época e nós começamos a analisar tudo de novo, mas partindo de um ponto de vista diferente. Você sabe que para ser bom em hacking não é necessário ser grande, gordo e fazer a barba todos os dias. Já conheci crianças de doze, treze anos que são verdadeiros experts no assunto, por isso pra mim era natural a gente dar uma olhada nas crianças que estavam internadas lá na clínica na época. A lista com todos os pacientes estava nesse material, destaquei três dos meus rapazes para investigar todos eles, e sabe o que encontramos? Uma das crianças internadas era filha do ex-espião e arquicriminoso Zalachenko, por quem nossos colegas da CIA demonstraram grande interesse naqueles dias. Como você já deve saber, há alguns elos entre a rede que o hacker estava investigando e o antigo sindicato do crime de Zalachenko.

— Mas isso não significa, necessariamente, que foi Wasp quem hackeou vocês.

— Não mesmo. Mas passamos a olhar a garota mais de perto, e o que é que eu posso dizer? Ela tem um passado fascinante, hein? Muitas informações sobre ela que deveriam constar como públicas foram misteriosamente apagadas. Mesmo assim, encontramos mais que o suficiente, e, não sei, talvez eu esteja enganado, mas tenho a sensação de que a raiz do problema pode estar aí, que algo traumático tenha acontecido. Temos um pequeno apartamento em Estocolmo, uma mãe solteira que trabalha como caixa de supermercado e que luta muito para sustentar a si própria e às suas filhas gêmeas. Por um lado, elas estão a quilômetros de distância do grande mundo cruel, mas por outro...

— ... o grande mundo cruel está presente.

— Quando o pai chega pra visitar a família, o vento frio do mundo da política e do poder entra rasgando. Mikael, você não sabe nada de mim.

— Não mesmo.

— Mas eu sei como é pra uma criança ter um contato assim direto com a violência.

— Você sabe? Mesmo?

— É isso aí. E sei mais ainda o que acontece quando a sociedade vira as costas e não pune o culpado. Dói pra caramba, cara, dói demais, e não me surpreende nem um pouco que a maioria das crianças que passam por uma coisa dessa vai pro buraco. Elas se tornam destrutivas quando crescem.

— Infelizmente é assim.

— Mas em alguns casos, e estes são poucos, Mikael, essas crianças crescem fortes como ursos, ficam de pé e dão o troco. Wasp é um desses casos, não é?

Com ar triste, Mikael assentiu com a cabeça e pisou um pouco mais no acelerador.

— Eles a trancaram num hospício e tentaram acabar com a cabeça dela. Mas ela aguentou firme, e sabe o que eu acho? — perguntou Ed.

— Não.

— Que ela só ficou mais forte, que ela abraçou o seu próprio inferno e amadureceu com isso. Para ser sincero, acho que sem dúvida ela se transformou numa pessoa perigosa e não se esqueceu de absolutamente nada do que aconteceu. Está tudo lá marcado a ferro nela.

— É bem possível.

— Exato. Então temos duas irmãs que foram afetadas de maneiras diferentes por algo terrível e que se transformaram nas piores inimigas, e também não podemos esquecer da herança de um imenso império criminoso, deixada pelo pai.

— Lisbeth não quis nada dessa herança. Ela odeia tudo que vem do pai.

— Já sei disso, Mikael, nem precisa me dizer. Mas então o que foi feito da herança? Não será isso que ela está procurando? Não é com isso que ela quer acabar, assim como quer acabar com tudo que se refere ao pai?

— O que você está pretendendo? — perguntou Mikael de forma brusca.

— Talvez um pouco do mesmo que Wasp quer. Quero consertar algumas coisas.

— E pôr as mãos no seu hacker.

— Eu quero me encontrar com ela, dizer umas boas verdades e consertar todas as falhas da nossa segurança, mesmo as menores. Mas acima de tudo quero mostrar para certas pessoas que não me deixaram acabar o meu trabalho, porque ficaram com medo da Wasp expô-las ainda mais, quem é o vencedor dessa história. E acho que você vai querer me ajudar nisso.

— Por que eu iria querer?

— Porque você é um ótimo jornalista. E ótimos jornalistas não gostam que segredos sujos permaneçam escondidos.

— E quanto a Wasp?

— Ela vai abrir a boca e me contar todos os segredos dela como nunca fez, e você vai me ajudar nessa parte também.

— Senão?

— Senão eu vou achar um jeito de tornar a vida dela um inferno outra vez, isso eu prometo.

— Mas por enquanto você só quer conversar com ela.

— Nenhum puto vai invadir o meu sistema de novo, Mikael, por isso eu preciso entender exatamente como ela conseguiu. É isso que eu quero que você proponha pra ela. Estou disposto a deixar a sua amiga sair livre dessa se ela se sentar comigo e me mostrar como fez.

— Vou passar a mensagem pra ela. Só espero que...

— ... ela ainda esteja viva — completou Ed.

Em seguida, em alta velocidade, eles entraram à esquerda em direção à praia de Ingarö.

Eram quatro horas e quarenta e oito da manhã. Já fazia vinte minutos que Lisbeth pedira ajuda.

Não era comum Jan Holtser errar em suas avaliações.

Jan tinha a teoria romântica de que já de longe ele era capaz de dizer qual homem tinha mais chances de vencer uma luta corpo a corpo. Por isso não tinha se surpreendido, como Orlov e Bogdanov, quando o plano com Mikael Blomkvist fracassou. Os outros dois tinham certeza absoluta de que ainda estava para nascer o homem que não cairia na sedução de Kira. Mas, depois de apenas observar o jornalista por um momento e à distância, em Saltsjöbaden, Holtser teve dúvidas de que ele cairia na emboscada. Mikael Blomkvist poderia se tornar um problema, pois não parecia um homem fácil de enganar, e nada que Jan tivesse visto ou ouvido o faria mudar de ideia.

390

Mas com o jovem jornalista era diferente. Ele parecia o arquétipo do homem fraco e impressionável. No entanto, nada podia estar mais errado. Andrei Zander havia resistido mais que qualquer outra pessoa que Jan já houvesse torturado. Apesar da dor martirizante, ele não havia cedido. Seus olhos brilhavam com uma determinação inabalável que parecia escorada por altos princípios, e por um bom tempo Jan pensou que eles teriam que desistir, que Andrei Zander resistiria a todos os sofrimentos sem falar, e foi só quando Kira jurou solenemente que Erika e Mikael também iriam passar pelos mesmos sofrimentos, que Andrei finalmente se deu por vencido.

O relógio, então, marcava três e meia da manhã. Foi um desses momentos que Jan achou que ele iria se lembrar para sempre. A neve caía sobre a claraboia. O rosto do jovem jornalista estava ressecado e irreconhecível. O sangue havia espirrado de seu peito e manchado sua boca e bochechas. Seus lábios, que por muito tempo tinham permanecido cobertos com fita adesiva, estavam rachados e purulentos. Ele estava em péssimo estado. Mesmo assim ainda dava para ver que ele era um rapaz bonito, e Jan pensou em Olga. O que ela teria sentido por ele?

Esse jornalista não era exatamente o tipo de rapaz instruído de que ela gostava, que lutava contra as injustiças e tomava a defesa dos pobres e oprimidos? Ficou pensando nisso e em outros acontecimentos de sua vida. Depois fez a variante russa do sinal da cruz, em que um dos caminhos leva ao paraíso e o outro ao inferno, e então olhou para Kira e ela lhe pareceu mais bonita do que nunca.

Seus olhos emanavam um brilho de fogo. Ela estava sentada num banquinho junto à cama, em seu luxuoso vestido azul que de algum modo tinha sido poupado das manchas de sangue e disse algo em sueco para Andrei, algo que soou carinhoso. Em seguida ela pegou na mão de Jan. Ele apertou a dela em resposta. Afinal, ele não tinha mais ninguém a quem recorrer em busca de conforto. O ventou uivava lá fora na viela. Kira assentiu com a cabeça e sorriu para Jan. Flocos de neve frescos cobriam o parapeito da janela.

Mais tarde, todos estavam num Range Rover indo para Ingarö. Jan se sentia vazio, não gostava do rumo que as coisas estavam tomando. Mas não podia ignorar que, se estavam ali, era por causa do seu erro, portanto permaneceu calado o caminho todo, ouvindo Kira, que, estranhamente excitada, falava com um ódio violento da mulher que estavam prestes a enfrentar. Jan não achava isso um bom sinal e, se pudesse voltar a ser ele mesmo, a teria aconselhado a desistir da operação e sair do país.

Ele permaneceu em silêncio enquanto observava a neve caindo e o carro penetrar na escuridão. Muitas vezes ficava assustado ao olhar para Kira e ver seus olhos frios e cintilantes. Deixou esses pensamentos de lado e concluiu que pelo menos devia lhe dar crédito por uma coisa. Ela havia decifrado tudo de maneira impressionantemente rápida.

Não apenas deduzira quem tinha salvado a vida do menino August Balder na Sveavägen como também adivinhara quem tinha a maior probabilidade de saber onde o menino e a mulher tinham se escondido. O nome a que ela tinha chegado não era outro senão o de Mikael Blomkvist. Nenhum deles havia entendido a lógica dela. Por que um renomado jornalista sueco iria esconder uma pessoa que, surgindo do nada, tinha abduzido uma criança da cena de um crime? Mas quanto mais eles examinavam essa teoria, mais acreditavam nela. A mulher em questão, Lisbeth Salander, era uma pessoa muito próxima ao jornalista. E alguma coisa também estava acontecendo na redação da *Millennium*.

Na manhã seguinte ao assassinato em Saltsjöbaden, Jurij havia invadido o computador de Mikael Blomkvist para tentar entender por que Frans Balder chamara o jornalista no meio da noite, e depois disso entrar no computador dele continuou sendo muito fácil. Mas desde a manhã de ontem não foi mais possível acessar as informações privadas de Blomkvist... Quando isso já tinha acontecido um dia? Desde quando Jurij se viu impedido de ler e-mails de um repórter que fosse? Nunca, desde que ele se entendia por gente. Mikael Blomkvist tinha se tornado cauteloso demais de repente, e isso havia começado depois do desaparecimento da mulher e do menino na Sveavägen.

Só isso não bastava para provar que o jornalista sabia onde estavam Salander e o menino. Mas quanto mais o tempo passava, mais claro ficava que a teoria de Kira podia estar certa, embora ela não parecesse precisar de prova nenhuma. Ela queria ir atrás de Blomkvist de qualquer jeito. E se não pudesse ser ele, iria atrás de qualquer pessoa da revista. Estava completamente obcecada em encontrar a mulher e a criança, e só isso já devia ter levantado as suspeitas deles. Mas sem dúvida Jan tinha razões para ser grato a ela.

Ele talvez não entendesse todas as sutilezas da motivação de Kira, mas era principalmente por causa dele que iam matar o menino, e isso era motivo para agradecer. Kira podia ter resolvido sacrificá-lo. Mas escolhera assumir riscos consideráveis para continuar com ele, e isso o deixava feliz, de verdade, apesar de agora, no carro, ele não estar se sentindo tão bem.

Tentava buscar forças pensando em Olga. Acontecesse o que acontecesse, ela não devia ver um retrato falado de seu pai em todos os jornais quando acordasse, e ele disse a si mesmo várias vezes que por enquanto tinham feito tudo certo e que o pior já havia passado. Contando que Andrei Zander tivesse mesmo dado o endereço certo, o trabalho seria simples. Eram três homens fortemente armados, quatro com Jurij, que como sempre passava a maior parte do tempo com a cara enfiada no computador.

A equipe era formada por Jan, Jurij, Orlov e Dennis Wilton, um gângster que tinha sido membro do MC Svavelsjö e que agora prestava serviços regulares para Kira e os ajudara com a operação na Suécia. Eram três ou quatro homens bem treinados, mais Kira, contra uma mulher sozinha, que com certeza estaria dormindo, quando, para todos os efeitos, estava lá para proteger a criança. Não ia haver nenhum problema dessa vez. Eles iam conseguir fazer um serviço rápido e sair do país. Mas Kira parecia ter surtado, e repetia:

— Não subestimem a Salander!

Ela tinha dito isso tantas vezes que até Jurij, que normalmente concordava com tudo que ela dizia, havia se irritado. Claro que na Sveavägen Jan tinha visto como a garota era bem treinada, rápida, corajosa. Mas Kira a descrevia como se ela fosse uma supermulher. Era ridículo. Jan nunca tinha encontrado uma mulher que numa luta chegasse nem minimamente perto do nível dele ou de Orlov. Mesmo assim prometeu que seria cuidadoso. Prometeu que primeiro faria o reconhecimento do terreno e planejaria uma estratégia, um plano de ação. Eles não deveriam ter pressa, para não caírem em armadilhas, foi o que ele assegurou a ela diversas vezes. Quando estacionaram o carro junto ao pé de um morro e a uma ponte abandonada, ele assumiu o comando da operação. Ordenou que os outros se preparassem abrigados no carro, enquanto ele iria na frente para localizar a casa. Não parecia ser muito fácil encontrá-la.

Jan Holtser gostava do amanhecer, gostava do silêncio e da sensação de transição que havia no ar, e agora ia andando com as costas um pouco encurvadas e com os ouvidos aguçados. A escuridão em torno dele o fazia se sentir seguro, não havia ninguém por ali, nenhuma luz acesa. Passou pela ponte e pela encosta do morro, chegando a uma cerca de madeira e a um portão enferrujado ao lado de um pinheiro e de um arbusto espinhento. Abriu o portão e subiu uma escada de madeira mal construída, com um corrimão do lado direito, e depois de algum tempo conseguiu ver a casa lá no alto.

A casa estava encoberta por pinheiros e álamos e completamente às escuras, com uma varanda do lado sul e, em frente a ela, portas de vidro que ele não teria dificuldade em atravessar. À primeira vista não achou obstáculos. Eles poderiam entrar com facilidade na casa através daquelas portas de vidro frágeis e neutralizar o inimigo. Isso não seria problema. Notou que se movimentava sem fazer nenhum som e por um instante pensou em terminar o serviço sozinho. Talvez fazer isso até fosse uma responsabilidade moral dele. Ele havia colocado todo mundo naquela situação, portanto cabia a ele encontrar uma solução. Não seria um trabalho mais difícil do que outros que ele já tinha realizado. Pelo contrário.

Ali visivelmente não havia policiais como na casa de Balder, nada de seguranças nem sistemas de alarme. Não tinha trazido sua metralhadora. Não havia necessidade dela. A metralhadora era um exagero de Kira, uma obsessão dela. Ele estava com a sua pistola, a Remington, e ela era mais do que suficiente. E de repente, e sem o seu habitual e cuidadoso planejamento, ele entrou em ação com a mesma efetividade de sempre.

Com movimentos rápidos e precisos, foi se aproximando da varanda e das portas de vidro da casa, até parar repentinamente. A princípio não entendeu por quê. Poderia ter sido qualquer coisa, um ruído, uma movimentação, um perigo que ele tivesse pressentido, e olhou depressa para a janela retangular acima dele. De onde ele estava não conseguia enxergar seu interior. Mesmo assim, permaneceu imóvel, sentindo-se cada vez mais inseguro. Será que aquela era a casa errada?

Para ter certeza, decidiu se aproximar e dar uma olhada, e então... ficou paralisado na escuridão. Estava sendo observado. Aqueles olhos que já tinham olhado para ele uma vez o encaravam, vidrados, junto a uma mesa redonda no interior da casa, e nesse instante ele devia ter reagido. Devia ter entrado correndo pela varanda e atirado. Devia ter confiado no seu instinto assassino. Mas de novo ele hesitou. Não tinha conseguido sacar sua arma. Ficou completamente perdido quando deparou com aquele olhar e talvez tivesse continuado ali, no mesmo lugar por mais alguns segundos, se o menino não tivesse feito uma coisa que Jan não pensou que ele fosse capaz de fazer.

O garoto soltou um grito tão estridente que fez tremer os vidros, e só então Jan saiu de seu transe, correu para a varanda e, sem nem pensar, jogou-se contra as portas de vidro, atirando. Achou que havia atirado com a sua precisão de sempre, mas não teve tempo de ver se havia atingido seu alvo.

Uma figura sombria e ameaçadora veio na sua direção com tamanha velocidade que ele não teve tempo de se virar ou de se colocar em posição de defesa. Sabia que havia dado mais um tiro e que alguém também tinha atirado. Mas não teve mais tempo de raciocinar, pois no instante seguinte caiu no chão com todo o peso de seu corpo e uma jovem se jogou sobre ele com um ódio que ele nunca tinha visto nos olhos de alguém, e ao ver isso ele teve a mesma reação instintiva de fúria. Atirou de novo, mas a mulher parecia um animal selvagem, e agora ela estava sentada em cima dele, erguendo a cabeça e... Bang! Jan nunca soube o que o atingiu.

Quando recobrou a consciência, sentiu gosto de sangue na boca e seu pulôver estava pegajoso e úmido. Achou que tinha sido atacado e nesse momento viu a mulher e o menino passando por ele. Ainda tentou pegar a perna do garoto, pelo menos foi o que queria ter feito, mas foi agredido de novo. De repente sentiu uma necessidade urgente de respirar.

Ele não entendia mais o que estava acontecendo, a não ser que havia sido espancado e derrotado, e por quem? Por uma garota, e saber disso se tornou parte de sua dor enquanto ainda estava no chão, em meio aos vidros quebrados e a seu próprio sangue, de olhos fechados, a respiração pesada, esperando que aquele pesadelo acabasse logo. Então achou ter ouvido alguma coisa de novo, vozes se aproximando e quando abriu os olhos ficou surpreso ao ver a mulher. Ela ainda estava lá. Mas não tinha acabado de sair? Não, ela estava junto à mesa da cozinha com suas pernas magras, mexendo em alguma coisa, e ele fez um esforço enorme para se levantar. Não conseguia achar sua arma. Mas conseguiu se sentar e nesse instante vislumbrou Orlov pela janela e então tentou atacá-la mais uma vez. Não fez mais do que tentar.

A mulher parecia ter explodido, foi essa a sua impressão. Ela agarrou alguns papéis, saiu correndo com uma força e uma agilidade impressionantes e, num ímpeto, se lançou da varanda para o meio do mato e das árvores, sendo seguida por tiros na escuridão, e ele murmurou baixinho, como se com isso fosse ajudar os outros: "Matem esses desgraçados!". E não havia mais nada que ele pudesse fazer por eles. Mal conseguia ficar de pé e também não se importava com o caos lá fora. Apenas ficou ali, esperando que Orlov e Wilton acabassem com a mulher e o garoto. No entanto ele estava muito ocupado tentando se manter em pé e apenas deu uma olhada por alto na mesa à sua frente.

Havia uma quantidade grande de lápis e papéis espalhados ali, e ele olhou para aquela bagunça sem entender nada. De repente, sentiu como se uma garra tivesse arrancado o seu coração. Reconheceu a si mesmo, ou melhor, viu uma figura diabólica de rosto pálido e com a mão erguida para matar. Depois de alguns segundos, percebeu que o demônio era ele mesmo e começou a tremer, muito assustado. Mesmo assim, não conseguia parar de olhar para o desenho, havia algo hipnotizante ali. Depois viu uma espécie de equação no canto do papel e no alto dele, com uma caligrafia desleixada e trêmula, ele leu:

Enviado para a polícia 4h22

27. MANHÃ DE 24 DE NOVEMBRO

Quando Aram Barzani, membro das forças especiais da polícia sueca, entrou na casa de campo de Gabriella Grane às quatro horas e cinquenta e dois minutos da manhã, deparou com um homem musculoso e de roupas pretas caído junto à mesa redonda da cozinha.

Aram se aproximou com todo o cuidado. A casa parecia ter sido deixada às pressas, mas ainda assim ele não queria correr nenhum risco. Não fazia muito tempo eles haviam recebido a informação de troca de tiros no local. Lá fora, na escarpa rochosa, ele ouviu seus colegas gritarem, excitados:

— Aqui! Aqui!

Aram hesitou, sem entender o que estava acontecendo. Deveria se juntar a eles? Resolveu ficar e ver em que condições estava o homem estendido no chão. Em volta dele havia vidros quebrados e sangue. Em cima da mesa redonda, viu papéis rasgados e lápis quebrados. O homem estava deitado de costas e fazia o sinal da cruz com movimentos fracos. Em seguida murmurou alguma coisa, talvez uma prece. Parecia russo e Aram conseguiu entender a palavra "Olga". Abaixou-se ao lado dele e disse que uma equipe médica e uma ambulância já estavam a caminho.

— *They were sisters* — disse o homem.

O comentário pareceu confuso, e Aram o ignorou. Examinou suas roupas e constatou que o homem estava desarmado e que parecia ter um ferimento de bala no estômago. Seu pulôver estava ensopado de sangue e seu rosto tinha uma palidez preocupante. Aram perguntou o que havia acontecido, mas não recebeu nenhuma resposta. Não de imediato. Depois de alguns segundos, muito ofegante, o homem balbuciou algo estranho em inglês:

— *My soul was captured in a drawing* — ele disse e em seguida desmaiou.

Aram ficou ali por mais alguns minutos, para ter certeza de que o homem não causaria problemas. Assim que ouviu a sirene da ambulância chegando com os paramédicos, afastou-se do homem e saiu da casa. Queria saber por que seus companheiros haviam gritado. Ainda nevava, o ar estava gelado e o terreno, escorregadio. Aram ouviu vozes e o som de mais carros se aproximando. Ainda estava escuro e não se enxergava muita coisa; havia uma porção de pedras, lascas e agulhas de pinheiros espalhadas pelo caminho. Era uma paisagem tenebrosa, com uma rocha lisa e inclinada terminando abruptamente num precipício. Não era um terreno conveniente para perseguições e Aram teve maus pressentimentos. Ele se deu conta de como tudo em volta havia ficado repentinamente quieto, e ele não fazia a menor ideia de onde seus companheiros poderiam estar.

Não estavam muito longe dali. Viu seu grupo reunido perto da encosta íngreme, atrás de um grande álamo, e quando os localizou teve um choque. Não era típico dele ser tão sensível, mas quando viu seus companheiros olhando para o chão, muito sérios, ficou alarmado. O que estavam vendo lá? Seria o menino autista, morto?

Aram foi andando devagar, pensando em seus próprios filhos, de nove e seis anos. Os dois eram loucos por futebol, não faziam outra coisa, não falavam de outro assunto. Eles se chamavam Björn e Anders. Ele e Dilvan tinham dado nomes tipicamente suecos aos filhos por achar que isso tornaria a vida deles mais fácil. Que tipo de pessoa seria capaz de matar uma criança? Foi tomado por uma súbita raiva e saudou seus companheiros com um grito para alertá-los de sua chegada. Em seguida soltou um suspiro de alívio.

Não havia nenhum menino lá, e sim dois homens adultos deitados no chão, que também pareciam ter sido baleados no estômago. Um deles, um tipo vigoroso e animalesco, com o rosto cheio de cicatrizes e nariz de lutador de boxe, tentou se levantar, mas no mesmo instante foi ao chão de novo. Seu semblante parecia o de alguém humilhado. Sua mão direita tremia de dor ou talvez de raiva. O outro homem, de jaqueta de couro e cabelo preso num rabo de cavalo, parecia em piores condições. Continuava deitado com os olhos fixos no céu escuro como se estivesse em estado de choque.

— Algum sinal da criança? — perguntou Aram.

— Nada — respondeu seu companheiro Klas Lind.

— E da mulher?

— Nada também.

Aram não tinha certeza se aquilo era um bom sinal ou não. Fez mais algumas poucas perguntas, mas ninguém da equipe tinha uma ideia clara do que havia acontecido. Duas armas automáticas da marca Barrett REC7 foram encontradas a uns trinta ou quarenta metros do precipício. Os dois homens feridos confirmaram que as armas eram deles, mas não ficou claro como elas haviam ido parar lá. O sujeito com cicatrizes no rosto tinha cuspido uma resposta que ninguém entendeu.

Durante os quinze minutos seguintes, Aram e seus companheiros se dedicaram a fazer buscas minuciosas no local, e tudo que encontraram, além das armas, foram sinais de luta corporal. Enquanto isso, mais pessoas chegaram: paramédicos, a inspetora Sonja Modig, dois ou três peritos criminais, muitos policiais civis e o jornalista Mikael Blomkvist, acompanhado de um americano corpulento com cabelo de corte militar que imediatamente inspirou uma boa dose de respeito em todos ali. Às cinco e vinte e cinco veio a informação de que havia uma testemunha aguardando para ser interrogada no estacionamento junto à praia. O homem queria ser chamado de KG. Na verdade seu nome era Karl-Gustaf Matzon, que não fazia muito tempo havia adquirido uma casa recém-construída do outro lado da praia. Segundo Klas Lind, não era alguém para ser levado a sério:

— O velhote é bem chegado numas histórias de pescador.

No estacionamento, Sonja Modig e Jerker Holmberg tentavam juntar as peças do que havia acontecido. Até então, só tinham imagens fragmentadas e esperavam que o sr. KG Matzon pudesse ajudá-los a esclarecer os episódios daquela manhã.

No entanto, quando o viram caminhando pela praia para ir se encontrar com eles, duvidaram que aquele homem pudesse contribuir com algo de útil. KG Matzon trazia nada menos que um chapéu tirolês na cabeça e vestia uma calça xadrez de padrão esverdeado, jaqueta vermelha da marca Canada-Goose e tinha um bigode retorcido nas pontas. Parecia ter se vestido assim para se fazer de engraçado.

— Sr. KG Matzon? — perguntou Sonja Modig.

— Em pessoa — ele disse, apressando-se em acrescentar, sem que lhe fosse pedida, a informação de que dirigia a editora True Crimes, especializada na publicação de histórias policiais de crimes famosos. Talvez tenha adiantado essa informação para aumentar a credibilidade de seu depoimento à polícia.

— Ótimo! Mas agora queremos do senhor um relato bastante factual. Nada de publicidade para o seu próximo livro — disse Sonja Modig, para que desde o começo ficasse tudo bem entendido, e KG Matzon respondeu que claro, sim, com certeza, dizendo que, acima de tudo, se considerava uma "pessoa séria".

Ele contou que tinha acordado absurdamente cedo e ficado na cama ouvindo "o silêncio e a calma", apreciando aquele momento do dia. Um pouco antes das quatro e meia da manhã, ouviu algo que parecia um tiro de pistola. Então se vestiu rápido e saiu para a varanda, que dava para a praia, para o declive rochoso e para o estacionamento onde eles estavam agora.

— E o que o senhor viu?

— No começo, nada. Estava tudo sinistramente quieto. Mas de repente foi como se o ar tivesse explodido, como se uma guerra tivesse estourado.

— O senhor ouviu tiros?

— Eram sons de armas de fogo vindo do outro lado da baía e eu fiquei ali parado, perplexo, olhando e... Já contei a vocês que sou um observador de aves?

— Não, ainda não.

— Bom, essa atividade afiou meus olhos. Tenho olhos de águia, sabe, consigo ver os menores detalhes de muito longe, e foi por isso, tenho certeza, que consegui enxergar um pequeno ponto naquela saliência lá em cima, estão vendo? Aquela fenda forma uma espécie de um bolsão na montanha.

Sonja olhou para o alto e assentiu com a cabeça.

400

— No começo não entendi o que era aquele ponto — continuou KG Matzon —, mas depois percebi que era uma criança, um menino, acho. Ele estava de cócoras e tremendo, foi o que eu imaginei pela posição dele. E de repente... Meu Deus, nunca vou me esquecer!

— Do quê?

— Alguém vinha correndo, era uma jovem. Ela deu um salto, se projetou no ar e mergulhou com tanta violência na fenda da rocha que quase caiu de lá. Depois, eles ficaram um bem perto do outro, ela e o menino, esperando pelo inevitável, então...

— O que houve?

— Dois homens apareceram atirando com metralhadoras, e atiraram, atiraram, vocês não fazem ideia. Eu me joguei no chão, com medo de ser atingido. Mas também não queria deixar de ver o que estava acontecendo. Vocês sabem, do lugar onde eu estava, eu tinha uma visão muito boa do menino e da jovem. Mas eles não podiam ser vistos pelos homens lá em cima. Para mim foi óbvio que era apenas uma questão de tempo até os dois serem descobertos, e vi que eles não tinham para onde escapar. No instante em que deixassem aquela fenda, os homens os veriam e os matariam.

— Mas nós não encontramos nem a jovem nem o garoto lá em cima — disse Sonja.

— Não, é exatamente isto! Os homens estavam chegando cada vez mais perto deles, e no fim acho que até deviam estar ouvindo os dois respirando. Estavam tão perto que se eles se inclinassem mais um pouco iam ver a mulher e o menino. E foi então que...

— Sim?

— Vocês não vão acreditar. Aquele rapaz das forças especiais eu sei que não acreditou quando eu contei.

— Bem, mas vá em frente e nos conte. Depois vemos se acreditamos ou não no senhor.

— Quando os homens pararam para escutar, ou talvez simplesmente porque sentiram que estavam muito perto deles, a mulher se levantou de um salto e atirou neles. Bang! Bang! Depois que os dois caíram ela correu até eles e jogou longe as armas dos dois. Ela foi de uma eficiência impressionante, parecia que eu estava vendo um filme de ação. Depois ela correu, pegou o menino, os dois correram, ela rolou com ele e eles foram cair perto de uma

BMW que estava estacionada aqui mesmo. Antes deles entrarem no carro, vi que a mulher estava segurando alguma coisa, parecia uma bolsa ou um computador.

— Eles saíram na BMW?

— Sim, numa velocidade impressionante. Não sei para onde foram.

— Está bem.

— Mas eu ainda não terminei.

— O que o senhor quer dizer?

— Tinha outro carro estacionado aqui, acho que era um Range Rover. Um carro alto, preto, modelo novo.

— O que tem ele?

— Eu não dei importância, porque me preocupei mais em ir telefonar logo para pedir socorro. Mas assim que desliguei o telefone vi duas pessoas descendo a escada de madeira da casa, um homem bem magro e alto e uma mulher. Não consegui ver os dois muito bem, eles estavam mais longe do que meus olhos podiam alcançar, mas duas coisas eu posso dizer dessa mulher.

— E que duas coisas são essas?

— Ela era sublime e parecia furiosa.

— Com sublime o senhor quer dizer bonita?

— Sim, deslumbrante, tinha classe, isso se via de longe. Mas também estava muito brava. Antes deles entrarem no Range Rover, ela deu um tapa no rosto do homem e o estranho foi que ele não teve nenhuma reação. Apenas balançou a cabeça como se achasse que tinha merecido aquele tapa. Depois eles foram embora no carro. O homem dirigindo.

Sonja Modig anotou tudo e só pensava em expedir o mais rápido possível, em nível nacional, um mandado de busca e apreensão do Range Rover e da BMW.

Gabriella Grane tomava um cappuccino em sua cozinha, na Villagatan, pensando no quanto se sentia calma apesar de tudo. Mas devia estar sob forte estresse.

Helena Kraft queria vê-la às oito horas em seu gabinete na Säpo. Gabriella achava que ia ser demitida. Certamente sofreria também um processo disciplinar, o que iria prejudicar demais a possibilidade de ela conseguir um emprego onde quer que fosse. Com trinta e três anos de idade, ela via sua carreira chegar ao fim.

E isso não era o pior. Ela tinha agido com total consciência de que estava desafiando a lei e assumindo riscos. Mas fizera isso por acreditar que era a melhor maneira de proteger o filho de Frans Balder. Agora tinha ocorrido um tiroteio violento em sua casa de campo e ninguém sabia onde o menino estava. Talvez estivesse gravemente ferido ou morto. Gabriella era torturada por uma sensação devastadora de culpa. Primeiro tinha sido o pai, agora o filho.

Ela se levantou e olhou as horas. Eram sete e quinze e ela precisava sair, porque antes da reunião com Helena queria esvaziar sua mesa. Tinha decidido se comportar com dignidade, sem se desculpar ou implorar para permanecer no cargo. Pretendia ser forte ou pelo menos parecer forte. Seu Blackphone tocou e ela não teve vontade de atender. Calçou as botas, pôs seu casaco Prada e um vistoso cachecol vermelho. Iria enfrentar aquela situação com classe e, antes de sair, parou na frente do espelho para retocar a maquiagem. No fim, com uma boa dose de humor negro, fez o sinal da vitória para a sua imagem no espelho, como Nixon tinha feito quando renunciou. Seu Blackphone tocou novamente e, mesmo de má vontade, dessa vez ela atendeu. Era Alona Casales, da NSA.

— Já estou sabendo de tudo — disse a americana.

Claro que estava sabendo.

— Como você está? — Alona perguntou.

— Adivinhe.

— Está se sentindo a pior pessoa do mundo.

— Mais ou menos por aí.

— E que nunca mais vai conseguir trabalho.

— Na mosca, Alona.

— Bom, então deixe eu te dizer que você não tem por que se envergonhar. Você fez a coisa certa.

— É alguma brincadeira para me animar?

— Não é uma boa hora para brincadeiras, meu bem. Há um traidor entre vocês.

Gabriella respirou fundo.

— Quem?

— Mårten Nielsen.

Gabriella sentiu o sangue gelar.

— Há provas disso?

— Ah, claro. Te mando tudo daqui a pouco.

— Por que Mårten nos traiu?

— Acho que ele não vê isso como traição.

— Como ele vê então?

— Talvez como colaboração, como um dever dele com a nação líder do mundo livre, sei lá.

— Então, ele está passando informações para vocês.

— Na verdade o que ele fez foi nos ajudar para que nós nos ajudássemos. Ele nos passou informações sobre o servidor de vocês e sobre a sua criptografia, o que normalmente não é nada muito mais grave do que toda a merda que nós aqui costumamos produzir. Nós escutamos tudo, desde fofoca de vizinho até telefonema de primeiro-ministro.

— E a informação vazou para vocês.

— Veio devagarzinho para nós, como se fôssemos um funil. Eu sei, Gabriella, que você não agiu exatamente de acordo com o manual. Mas moralmente falando, você fez a coisa certa, não tenho nenhuma dúvida, e vou fazer seus superiores saberem disso. Você percebeu que havia algo podre na sua organização e, mesmo não podendo agir de acordo com as regras estabelecidas, você não fugiu da sua responsabilidade.

— E mesmo assim deu tudo errado.

— Às vezes as coisas dão errado por mais cuidado que a gente tome.

— Obrigada, Alona, é muita delicadeza sua me dizer tudo isso. Mas se alguma coisa de ruim aconteceu com August Balder, nunca vou me perdoar.

— Gabriella, o menino está bem. Ele e a jovem srta. Salander estão num carro por aí, indo para algum lugar desconhecido, caso alguém ainda esteja atrás deles.

Gabriella achou que tinha ouvido mal.

— Espere, não entendi. O que você falou?

— Que o menino está são e salvo, meu bem, e graças a ele o assassino do Balder já foi identificado e preso.

— Você está dizendo que August Balder está vivo?

— Sim, é o que eu estou dizendo.

404

— Como você sabe?

— Digamos que eu tenho um informante num lugar bem estratégico.

— Alona...

— Sim?

— Se o que você está dizendo é verdade, pode ter certeza de que você me fez nascer de novo.

Terminada a conversa, Gabriella Grane telefonou para Helena Kraft e insistiu que Mårten Nielsen participasse da reunião. Mesmo contrariada, Helena Kraft concordou.

Eram sete e meia da manhã quando Ed Needham e Mikael Blomkvist desceram a escada de madeira da casa de Gabriella Grane para pegar o Audi no estacionamento junto à praia. A paisagem estava coberta de neve e os dois seguiam calados. Às cinco e meia da manhã, Mikael tinha recebido uma mensagem de texto de Lisbeth, curta como sempre:

August salvo. Escondidos por um tempo.

Mais uma vez Lisbeth não tinha mencionado seu próprio estado de saúde, mas ainda assim era tranquilizador saber que o menino estava bem. Depois disso, Sonja Modig e Jerker Holmberg o interrogaram demoradamente sobre como ele e a revista tinham agido nos últimos dias. Os investigadores não demonstraram nenhuma boa vontade com ele, mas Mikael teve a impressão de que no fundo eles entenderam suas razões. Agora, uma hora depois desse interrogatório, ele caminhava pelo píer. Ao longe, um veado fugiu correndo para o bosque. Mikael se sentou ao volante do Audi e ficou aguardando Ed, que vinha chegando devagar por causa das costas.

A caminho de Brunn, eles foram surpreendidos por um congestionamento. Por alguns minutos o trânsito ficou completamente parado e o pensamento de Mikael se voltou para Andrei. Na verdade, nunca tinha deixado de pensar nele. Eles ainda não haviam recebido nenhum sinal de vida dele.

— Você pode pôr em alguma rádio bem barulhenta, por favor? — pediu Ed.

Mikael sintonizou na 107.1 e imediatamente ouviu James Brown gritando *"like a sex machine"*.

— Me dê aqui os seus celulares — disse Ed.

Mikael entregou-lhe os aparelhos e Ed os pôs bem perto dos alto-falantes traseiros do carro. Com certeza ele ia contar algo confidencial, e Mikael não tinha nada contra. Precisava de todas as informações possíveis para escrever sua história, mas também tinha consciência de que ninguém deixa uma informação vazar sem ter algum interesse nisso. Mesmo que Mikael sentisse uma certa afinidade com Ed Needham e até achasse charmosa toda aquela truculência, não confiava nele nem por um segundo.

— Bom, o negócio é o seguinte — começou Ed. — Sabemos que nas empresas comerciais e industriais alguém sempre tira proveito das informações internas. Mesmo que um ou outro acabe sendo descoberto, os preços sempre sobem quando as notícias se tornam públicas. Alguém sempre aproveita a chance para comprar.

— É verdade.

— No serviço secreto, ficamos longe disso por um bom tempo pela simples razão de que as informações confidenciais que possuíamos eram de outra natureza. A dinamite pura estava em outro lugar. Mas desde o fim da Guerra Fria muita coisa mudou. A espionagem industrial e o monitoramento de pessoas e empresas se disseminaram tanto e se tornaram tão inevitáveis que com o imenso material que temos hoje poderíamos enriquecer facilmente e de maneira muito rápida.

— Há pessoas tirando vantagem disso, é o que você quer dizer?

— A ideia principal é essa. A espionagem industrial beneficia os grandes grupos empresariais americanos, que ficam a par de onde estão os pontos fortes e fracos dos nossos concorrentes. Ela é parte das atribuições patrióticas da NSA. Mas, como todo o trabalho de inteligência, o serviço secreto atua numa zona cinzenta. Quando exatamente a ajuda passa a ser uma atividade criminosa?

— Pois é. Quando?

— Boa pergunta. O que há algumas décadas era considerado criminoso ou antiético hoje já é considerado uma prática padrão. Advogados são recrutados para legitimar roubos e ações abusivas, e sou obrigado a admitir que na NSA não temos nos saído muito melhor, posso lhe dizer que talvez até...

— Estão sendo piores.

— Calma, calma, deixa eu terminar — prosseguiu Ed. — Eu provavelmente diria que mantemos uma certa moralidade, apesar de tudo. Mas somos uma organização gigantesca, com dezenas de milhares de funcionários, e, inevitavelmente, temos maçãs podres entre nós, inclusive algumas de alto escalão cujos nomes eu pretendo entregar a você.

— E você fará isso, claro, apenas por generosidade — disse Mikael, sarcástico.

— Ah, não só por generosidade. Mas escute isto. Quando alguns dos nossos chefes mais graduados cruzam a fronteira da legalidade e passam a se dedicar a atividades criminosas de todo tipo, o que você acha que acontece?

— Nada muito agradável.

— Eles se tornam sérios concorrentes do crime organizado. Na Solifon há um departamento extremamente qualificado, comandado por Zigmund Eckerwald, cujo trabalho é descobrir o que empresas de alta tecnologia concorrentes estão fazendo.

— Mas não é só isso.

— Não, eles também roubam e vendem o que roubam, o que é muito negativo para a Solifon e quem sabe até para o mercado de ações da Nasdaq.

— E para vocês da NSA também.

— Isso mesmo, pois acabamos sabendo que os nossos traidores eram dois executivos seniores da espionagem industrial, Joacim Barclay e Brian Abbot. Depois passo pra você todos os detalhes. Esses dois e seus subordinados recebem ajuda de Eckerwald e de sua gangue e, em troca, os auxiliam no monitoramento de comunicações em larga escala. A Solifon mostra a eles onde as maiores inovações estão sendo feitas e os filhos da puta se apossam dos projetos e de todos os detalhes técnicos.

— E o dinheiro recebido nem sempre vai para os cofres do Estado.

— Isso nem é o pior. Se você faz uma coisa dessa sendo funcionário do Estado, você se expõe, fica numa posição muito vulnerável, especialmente porque Eckerwald e seu bando também estão ajudando criminosos da pior espécie, mesmo que no início não tivessem conhecimento de que estavam fazendo isso.

— Mas eram criminosos mesmo?

— Ah, sim! Os hackers deles tinham um nível de conhecimento tão alto que seria um sonho contratá-los. A verdadeira natureza do negócio deles era tirar partido da informação, daí já dá pra você imaginar o que aconteceu. Quando eles perceberam o que os funcionários da NSA faziam, eles acharam que estavam sentados numa mina de ouro.

— Informações que podiam ser usadas para chantagear.

— E como! Eles tiraram vantagem disso ao máximo. Os nossos funcionários não roubavam apenas das grandes empresas. Eles também fizeram uma limpeza em pequenas empresas e em empreendedores individuais, que lutam para sobreviver. Não seria nada bom se tudo viesse à tona e os nossos rapazes ficassem na lamentável situação de ter que ajudar não só Eckerwald e sua gangue, mas também outros grupos criminosos.

— Você está se referindo aos Spiders?

— Exato, e talvez por algum tempo todos estivessem satisfeitos. Era negócio dos grandes e o dinheiro corria fácil. Mas eis que surge um pequeno gênio no meio da história, um certo professor Balder, que descobre essa atividade, ou pelo menos parte dela. Então todos ficam se borrando de medo, claro, e concluem que precisam fazer alguma coisa. Não estou bem certo de como a decisão foi tomada. Acho que os nossos rapazes da NSA esperavam que procedimentos legais bastassem, que ameaças e advogados raivosos resolveriam tudo. Mas isso não foi suficiente, não quando você está no mesmo barco que bandidos. Os Spiders preferem a violência, portanto envolveram os nossos rapazes na última etapa do plano com o intuito de terem ainda mais poder sobre eles.

— Meu Deus!

— A violência tem sua própria lógica. Você deve terminar aquilo que começou. E sabe o que é o mais engraçado de tudo?

— Não imagino nada de engraçado nisso.

— Certo, paradoxal, então. Eu não teria sabido nada disso se a nossa rede não tivesse sido hackeada.

— Mais uma razão para você deixar essa hacker em paz.

— É exatamente isso que eu vou fazer, prometo, assim que ela me contar como conseguiu nos invadir.

— Por que isso é tão importante?

— Para que nenhum filho da puta consiga invadir o meu sistema de novo! Quero saber exatamente como ela fez, para que eu possa tomar as minhas precauções. Depois dessa conversa eu deixo a moça em paz.

— Não sei se você é de cumprir suas promessas. Mas andei pensando em outra coisa — acrescentou Mikael.

— Manda!

408

— Você mencionou dois nomes, Barclay e Abbot, não foi? Você tem certeza de que não há mais ninguém envolvido? Quem é o superior deles? Deve ser alguém num cargo mais elevado, não é?

— Não posso dizer o nome dele, infelizmente. É confidencial.

— Então vou ter que me conformar com isso?

— Vai, não tem jeito — disse Ed sem hesitar, e nesse instante Mikael notou que o trânsito tinha passado a fluir mais rápido.

28. TARDE DE 24 DE NOVEMBRO

O professor Charles Edelman estava no estacionamento do Instituto Karolinska se perguntando em que diabos ele havia, afinal, se envolvido. Mal podia acreditar naquilo, mas também não tinha tempo a perder. Agora já havia aceitado a proposta, o que significaria ser obrigado a desmarcar várias reuniões, palestras, conferências.

No entanto ele se sentia estranhamente exultante. Havia sido enfeitiçado não apenas pelo menino, mas também pela jovem que parecia saída de uma briga de rua, mas que dirigia uma BMW nova e falava com voz fria e autoritária. Ele mal teve noção do que estava fazendo quando respondeu "Sim, claro, por que não?" à pergunta dela, embora fosse obviamente uma decisão imprudente e precipitada, e a única demonstração de independência dele foi recusar todas as ofertas de uma compensação financeira.

Ele pagaria até mesmo suas despesas de viagem e de hotel, declarou. Provavelmente estava se sentindo culpado. Queria muito ajudar o menino, e também havia uma grande chance de sua curiosidade científica ter sido atiçada. Era fascinante a perspectiva de estar com um *savant* que não só desenhava com precisão fotográfica como ainda era capaz de fatorar números primos, e para sua própria surpresa o professor Edelman decidira inclusive não comparecer ao jantar anual do prêmio Nobel. Aquela jovem o tinha tirado dos eixos.

Hanna Balder estava fumando na cozinha de seu apartamento na Torsgatan. Parecia que ela não tinha feito mais nada nos últimos dias a não ser ficar lá sentada com aquele nó no estômago, embora viesse recebendo muito apoio e ajuda. Mas isso nem importava tanto diante da quantidade de vezes que ela fora agredida. Lasse Westman não suportava a ansiedade dela. Provavelmente porque ofendia a propensão dele a mártir.

Ele sempre estourava, nervoso, berrando: "Você não consegue nem saber onde está o seu filho!", e com frequência levantava os punhos e a esmurrava ou então a jogava de um lado para outro do apartamento e a arrastava como se ela fosse uma boneca de pano. Agora ele provavelmente também ia ficar enlouquecido. Num gesto descuidado, ela tinha derramado café no caderno de cultura do *Dagens Nyheter*, que ofendera Lasse por ter publicado uma resenha de teatro que ele achou muito simpática a alguns atores dos quais ele não gostava.

— Que merda você fez agora? — ele gritou.

— Desculpe — ela disse depressa. — Já vou enxugar.

Pela expressão da boca de Lasse, ela percebeu que aquilo não seria suficiente. Ela já sabia que ia apanhar antes mesmo de ele saber que ia bater nela, e já ficava de tal forma preparada para a bofetada que não dizia uma palavra nem mexia a cabeça. Apenas sentia o coração disparar e os olhos se encherem de lágrimas. Porém as lágrimas não tinham relação com o golpe. A bofetada era apenas o gatilho. De manhã ela havia recebido um telefonema tão confuso que tivera dificuldade de entender: August fora encontrado, mas tinha desaparecido de novo e "provavelmente" não estava machucado, "provavelmente". Hanna não sabia se ficava mais preocupada ou menos preocupada com essa notícia.

Ela nem tinha conseguido escutar direito, e agora o tempo havia passado sem que nada tivesse acontecido, e ninguém parecia saber de mais nada. De repente ela se levantou sem se importar se iria levar mais uma surra ou não. Foi para a sala e ouviu Lasse bufando atrás dela. Os papéis de desenho de August ainda estavam no chão e a sirene de uma ambulância uivava lá fora.

Ouviu passos no lado de fora do apartamento. Seria alguém vindo procurá--los? A campainha tocou.

— Não abra. Deve ser algum jornalista desgraçado — vociferou Lasse.

Hanna também não queria abrir. Sentia-se desconfortável, não tinha vontade de ver ninguém. Mas não podia ignorar a campainha. Talvez a polícia quisesse falar com ela de novo ou quem sabe agora eles viessem com mais informações, com alguma notícia boa ou ruim. Enquanto caminhava em direção à porta, de repente se lembrou de Frans.

Lembrou do dia em que ele ficara ali plantado dizendo que tinha vindo pegar August. Lembrou dos olhos dele, do seu rosto liso e sem barba, e de como ela sentia saudades da sua vida antes de se envolver com Lasse Westman, quando os telefones não paravam de tocar, as propostas de emprego eram abundantes e o medo ainda não a tinha aprisionado em suas garras. Em seguida abriu a porta, mantendo porém a corrente de segurança fechada. A princípio não viu nada, apenas o elevador e as paredes marrom-avermelhadas do hall. Então, foi como se uma descarga elétrica a tivesse atingido, e por um instante não acreditou no que estava vendo. Mas realmente era August ali! Seu cabelo estava todo emaranhado, as roupas sujas demais, e ele calçava tênis um número muito maior que o dele, no entanto... era ele ali, olhando para ela com a mesma expressão séria e impenetrável de sempre. Então Hanna tirou a corrente de segurança e abriu a porta, e claro que ela não esperava que August tivesse vindo sozinho, mas ainda assim um tremor percorreu seu corpo. Ao lado de August havia uma jovem de jaqueta de couro, com cortes no rosto e terra no cabelo, olhando para o chão. Ela segurava uma mala grande de viagem.

— Vim trazer seu filho — disse a jovem sem tirar os olhos do chão.

— Ah, meu Deus! — exclamou Hanna. — Meu Deus!

Isso foi tudo que Hanna conseguiu dizer, e por alguns segundos ela ficou completamente perdida na frente da porta. Depois seus ombros começaram a tremer, ela caiu de joelhos e ignorou totalmente que August não gostava de ser abraçado. Colada no filho, ela murmurava "Meu menino, meu menino", até que lágrimas começaram a escorrer, e o mais estranho foi que August não apenas tinha se deixado abraçar como parecia a ponto de dizer alguma coisa, como se, além de tudo, houvesse aprendido a falar. Mas o menino não teve tempo para isso, pois nesse instante Lasse Westman apareceu junto à porta.

— Que diabo... Mas olha só quem está aqui! — ele exclamou, parecendo à procura de só mais um motivo para continuar a briga deles.

Mas em seguida ele se conteve. De certa forma foi uma interpretação admirável. Num segundo ele mudou de atitude e adotou a postura imponente que costumava impressionar as mulheres.

— E ainda nos entregam o garoto na porta da nossa casa, nem mais nem menos — continuou ele. — Finíssimo! Ele está bem?

— Ele está bem — respondeu a mulher junto à porta num tom de voz inexpressivo e, sem pedir permissão, ela entrou no apartamento com sua enorme mala de viagem e suas botas pretas sujas de barro.

— Claro, entre, fique à vontade — disse Lasse, irônico. — Vá entrando.

— Eu vim te ajudar a fazer a mala, Lasse — rebateu Lisbeth de maneira ácida.

Era uma afirmação tão estranha que Hanna pensou ter ouvido mal, e estava claro que Lasse também não tinha entendido. Ele ficou ali parado de boca aberta, parecendo um idiota.

— O que você falou? — ele perguntou.

— Que você vai se mudar daqui.

— Você está se fazendo de engraçadinha?

— De jeito nenhum. Você vai embora daqui de uma vez por todas e nunca mais vai chegar perto do August de novo. É a última vez que você põe os olhos nele.

— Então você pirou de vez mesmo!

— Na verdade, eu estou sendo até bem generosa. Eu tinha planejado te jogar pela escada e te machucar bastante. Mas eu trouxe uma mala e decidi deixar você pegar algumas camisas e cuecas.

— Que tipo de aberração é você, hein? — vociferou Lasse, a um só tempo perplexo e cheio de raiva, avançando para Lisbeth com todo o peso de sua hostilidade, e por um segundo ou dois Hanna achou que ele fosse agredir também a mulher.

Mas algo o deteve. Talvez fossem os olhos da garota, ou provavelmente o simples fato de ela não ter reagido como as outras. Em vez de se encolher ou ficar atemorizada, ela apenas sorriu com frieza e tirou alguns papéis amassados do bolso e os entregou a Lasse.

— Se um dia você e o seu amigo Roger sentirem saudades de August, vocês podem matar a saudade olhando pra isto aqui — ela disse.

Lasse ficou nitidamente desconcertado com aquela atitude. Olhou para os papéis, confuso. Então fez uma cara de horror, e Hanna não conseguiu evitar de também dar uma olhada rápida. Eram desenhos e o que estava em cima de todos mostrava... Lasse. Lasse agitando os punhos e parecendo diabólico, tanto que mais tarde ela mal conseguiria descrever essa imagem. Não era apenas que ela tivesse entendido o que acontecia quando August ficava sozinho em casa com Lasse e Roger. Ela também viu ali sua própria vida. Hanna agora enxergava tudo de forma muito consciente e racional, como nunca tinha conseguido fazer em todos aqueles anos.

Lasse Westman havia olhado para ela exatamente com aquela mesma expressão lívida e transtornada centenas de vezes, a última não fazia nem uma hora, e por fim ela percebeu que aquilo não era algo que alguém fosse obrigado a aguentar, nem ela nem August, e Hanna se assustou. Pelo menos achou que tinha se assustado, porque a jovem a olhava com um novo interesse, e Hanna também olhou para ela, e talvez fosse exagero afirmar que as duas tivessem estabelecido um contato mais próximo. Mas deviam ter se conectado em algum outro nível. A mulher perguntou:

— Eu não estou certa, Hanna? Ele não deve ir embora?

Era uma pergunta perigosa demais. Hanna olhou para o tênis grande nos pés de August.

— Que tênis é esse que ele está usando?

— É meu.

— Por quê?

— Tivemos que sair correndo hoje de manhã.

— E o que vocês estavam fazendo?

— Nos escondendo.

— Eu não entendo... — ela começou, mas não pôde continuar.

Lasse a segurou violentamente pelo braço.

— Por que você não diz a essa psicopata que a única pessoa que vai embora desta casa é ela? — ele rugiu.

— Sim, claro — disse Hanna.

— Então faça isso de uma vez!

No entanto... Ela não entendeu o que houve. Pode ter sido alguma

414

coisa no rosto de Lasse ou a percepção de algo inflexível no corpo e nos olhos gelados da garota, mas o fato é que de repente Hanna se ouviu dizendo:

— Você vai embora daqui, Lasse! E não vai voltar nunca mais!

Ela mal acreditou no que estava acontecendo. Era como se alguém estivesse falando por ela, e depois disso foi tudo muito rápido. Lasse levantou a mão para bater em Hanna. Mas não houve nenhum golpe; nenhum golpe vindo dele. A jovem reagiu com a velocidade de um raio e o acertou no rosto uma, duas, três vezes, como uma boxeadora treinada, e por fim o derrubou com um chute nas pernas.

— Mas que merda é... — foi o que ele conseguiu dizer.

Lasse desabou no chão e a jovem ficou parada na frente dele, e depois Hanna iria se lembrar para sempre do que Lisbeth Salander falou naquele momento. Foi como se aquelas palavras tivessem devolvido a Hanna uma parte de si própria, e ela percebeu por quanto tempo e quão desesperadamente ela vinha desejando que Lasse Westman estivesse a quilômetros de distância de sua vida.

Bublanski estava com vontade de ver o rabino Goldman.

Também sentia falta do chocolate com laranja de Sonja Modig, de sua nova cama Dux e de que fosse outra época do ano. Mas agora seu trabalho era pôr ordem naquela investigação, e era isso que ele pretendia fazer. Verdade que de certa forma até que estava satisfeito. Tinha recebido informações de que August Balder saíra ileso e estava a caminho da casa de sua mãe.

E graças ao menino e a Lisbeth o assassino de Frans Balder fora preso, embora ainda não soubessem se ele iria sobreviver. Estava seriamente ferido e internado na unidade de tratamento intensivo do hospital Danderyd. Ele morava em Helsinque e se chamava Boris Lebedev, mas vinha usando um nome falso: Jan Holtser. Era major e ex-soldado de elite do Exército soviético, e no passado seu nome tinha surgido em várias outras investigações de homicídios, sem nunca ter sido condenado. Oficialmente, era dono de um negócio na área de segurança, tendo dupla cidadania, finlandesa e russa; e não havia dúvidas de que alguém dera um jeito de editar seus arquivos pessoais.

Os outros dois homens que tinham sido encontrados feridos na casa de Ingarö foram identificados através de suas impressões digitais; eram Dennis

Wilton, um velho gângster do MC Svavelsjö, que já tinha cumprido pena por roubo e agressão física; e Vladimir Orlov, um russo com ficha corrida na Alemanha por lenocínio e cujas duas mulheres haviam morrido em circunstâncias misteriosas. Nenhum dos dois dissera ainda uma palavra sobre o ocorrido nem sobre qualquer outra coisa, e Bublanski não tinha muitas esperanças de que começassem a falar. Tipos como eles não costumavam se mostrar muito eloquentes nos interrogatórios. Mas fazia parte do jogo.

O que de fato deixava Bublanski contrariado era a sensação de que esses homens não passavam de soldados rasos e que acima deles havia uma liderança com ligações evidentes com altos escalões tanto da Rússia como dos Estados Unidos. Ele não tinha nenhum problema com o fato de um jornalista ter mais informações sobre um caso do que ele. Não era dado a vaidades. Tudo que ele queria era avançar nas investigações e ficava grato por quaisquer informações que recebesse, viessem elas de onde viessem. A percepção que Mikael Blomkvist tinha sobre o caso apontava para falhas da polícia, e essa suspeita do jornalista lembrou a Bublanski o vazamento de informações na investigação e os perigos que o garoto tinha corrido por causa disso. Ele nunca superaria a raiva que sentiu, e talvez isso explicasse o tamanho da sua irritação com as tentativas insistentes da chefe da Säpo, Helena Kraft, de fazer contato com ele, e ela não fora a única. Agora havia uma porção de gente querendo falar com ele: o pessoal da área de tecnologia da informação da polícia, o procurador Richard Ekström e um professor da Universidade de Stanford chamado Steven Warburton, que trabalhava para o Machine Intelligence Research Institute, o MIRI, e que, segundo Amanda Flod, queria falar com ele sobre "um perigo iminente".

Bublanski estava irritado com isso e com milhares de outras coisas. E ainda havia alguém batendo em sua porta! Era Sonja Modig, que parecia muito cansada e estava sem maquiagem. Havia algo novo exposto em seu rosto.

— Nossos três prisioneiros estão em cirurgia — ela informou. — Vai demorar para podermos interrogá-los de novo.

— Tentar interrogá-los, você quer dizer.

— É, talvez. Mas consegui ter uma pequena conversa com o Lebedev antes da cirurgia, enquanto ele ainda estava consciente.

— E o que ele disse?

— Que queria conversar com um padre.

— Por que todos os assassinos são religiosos hoje em dia?

— Enquanto todos os velhos e sábios inspetores duvidam da existência de Deus, é isso que você quer dizer?

— Ora, ora!

— Mas Lebedev parecia resignado, o que achei um bom sinal. Quando lhe mostrei o desenho, ele apenas virou o rosto para o outro lado com ar triste.

— Ele não tentou alegar que era imaginação do menino?

— Não, apenas fechou os olhos e começou a falar sobre o padre dele.

— Você descobriu o que o professor americano quer comigo? Ele fica me telefonando o tempo todo.

— Não, não sei. Ele insiste que quer falar com você. Acho que é alguma coisa sobre as pesquisas de Balder.

— E Zander, o jovem jornalista?

— Foi sobre isso que eu vim falar com você. Parece meio sinistro.

— O que já sabemos?

— Sabemos que ele ficou trabalhando até altas horas na *Millennium* e depois desapareceu nas proximidades do Katarinahissen, tarde da noite, acompanhado por uma jovem muito bonita de cabelo loiro-avermelhado ou loiro-escuro, elegante, com roupas de grife.

— Ah, disso eu não sabia.

— Um rapaz viu os dois, um padeiro do Skansen chamado Ken Eklund, que mora no prédio onde fica a redação da *Millennium*. Ele disse que o casal parecia muito apaixonado, ou pelo menos Zander.

— Você acha que ele pode ter caído numa espécie de armadilha amorosa?

— É possível.

— E essa jovem poderia ser a mesma que foi vista em Ingarö?

— Estamos examinando essa possibilidade. O que me preocupa é que eles pareciam estar a caminho do Centro velho. Orlov, aquele asqueroso que cuspiu em mim quando tentei interrogá-lo, tem um apartamento na Mårten Trotzig Gränd.

— Já mandamos alguém lá?

— Ainda não, mas estamos a caminho. A informação do apartamento acabou de chegar. Ele está registrado em nome de uma das empresas dele.

417

— Vamos torcer para não encontrarmos nada de sórdido lá.

— Vamos, sim.

Lasse Westman estava caído no hall do apartamento da Torsgatan, sem entender por que tinha se acovardado. Era apenas uma garota, uma punk cheia de piercings que mal chegava à altura do peito dele. Poderia atirá-la contra a parede como faria com um ratinho. Mesmo assim estava como que paralisado, e não achava que tinha a ver com o jeito como a garota lutava e muito menos por ela estar com o pé em cima do estômago dele. Era algo mais, alguma coisa a ver com a aparência ou com a atitude dela, era isso que ele evitava cutucar. Por alguns minutos Lasse ficou lá quieto, como um idiota, ouvindo:

— Acabei de me lembrar — ela disse — que há algo assustadoramente errado com as pessoas da minha família. Parecemos ser capazes de quase tudo. Das mais inconcebíveis crueldades. Deve ser algum tipo de distúrbio genético, não sei. Eu, por exemplo, tenho aversão a homens que maltratam crianças e mulheres. Isso me faz ficar muito perigosa, e quando vi os desenhos que August fez de você e de Roger, aí eu quis machucar muito vocês dois. Eu poderia ficar horas aqui falando sobre isso, mas August já passou por mais do que o suficiente, portanto há uma pequena possibilidade de você e o seu amigo escaparem dessa até que sem muitos danos.

— Eu... — começou Lasse.

— Quieto! Isto não é nenhuma negociação, não é nem mesmo uma conversa. Eu estou apenas estabelecendo condições, mais nada. Juridicamente, não há nenhuma pendência. Frans foi esperto e pôs o apartamento no nome de August. Quanto ao resto, vai ser assim: você tem exatamente quatro minutos para arrumar as suas coisas e dar o fora daqui. Se você ou Roger voltarem para esta casa ou entrarem em contato com August de alguma maneira, eu vou fazer vocês dois sofrerem tanto que vocês vão ficar incapacitados de fazer qualquer coisa prazerosa pelo resto da vida. Nesse meio-tempo, eu prepararei uma denúncia contra vocês para a polícia, cheia de detalhes dos abusos aos quais vocês submeteram o August, e, como vocês devem saber, eu não tenho apenas os desenhos para sustentar essa queixa. Também há testemunhos de psicólogos e especialistas. Além disso pretendo entrar em contato com os jornais para informá-los do material que tenho comigo, que só substancializa e reforça a imagem que você adquiriu depois do seu ataque a Renata Kapusinski. Me refresque a memória, Lasse, o que foi mesmo que você fez com ela? Você a mordeu no rosto e lhe deu pontapés na cabeça, não foi isso?

— Então você vai procurar os jornais.

— Eu vou procurar os jornais. Eu vou prejudicar você e o seu amigo de todas as formas imagináveis. Mas talvez, veja bem, estou dizendo *talvez*, vocês possam escapar da pior das humilhações se nunca mais chegarem perto de Hanna e de August, e nunca mais voltarem a agredir uma mulher. Na verdade, estou pouco me lixando pra vocês. Só quero garantir que o August e todos nós nunca mais precisemos olhar para a sua cara. Portanto você vai sair daqui, e pode até ficar bem caso se comporte direito e vá embora bem quietinho, como um pequeno monge envergonhado. Duvido que os abusos não se repitam, porque a reincidência de casos de maus-tratos às mulheres é muito grande, como você sabe, e você é por natureza um depravado, uma criatura asquerosa. Mas quem sabe se, com um pouco de sorte, você talvez... Estamos entendidos?

— Sim, eu entendi — ele respondeu, odiando-se por fazer isso.

Mas Lasse não viu que outra coisa podia fazer a não ser concordar e agir da maneira que ela tinha dito, então se levantou, foi até o quarto e colocou depressa suas coisas na mala. Apanhou seu casaco, seu celular e saiu do apartamento. Não sabia para onde ir.

Nunca se sentira tão patético na vida, e quando chegou à rua uma mistura desagradável de chuva e neve desabou sobre ele.

Lisbeth ouviu a porta do apartamento se fechar e o som de passos desaparecendo nos degraus. Ela olhou para August. Ele estava parado, os braços caídos ao longo do corpo, olhando-a com atenção, e ela ficou perturbada. Agora há pouco, estava no controle da situação, mas de repente se sentiu insegura e... qual era o problema, afinal, com Hanna Balder?

Hanna parecia a ponto de explodir em lágrimas e August... para complicar as coisas ele tinha começado a sacudir a cabeça e a murmurar algo incompreensível que desta vez não eram números primos, e sim uma coisa completamente diferente. Lisbeth só queria fugir dali, mas não fez isso. Sua missão ainda não tinha terminado. Então ela mexeu no bolso da jaqueta e tirou dali duas passagens de avião, uma reserva de hotel e um maço grosso de dinheiro, com coroas suecas e euros.

— Eu apenas queria, do fundo do meu coração… — começou Hanna.

— Fique quieta — interrompeu Lisbeth. — Aqui estão duas passagens para Munique. O voo sai às sete e quinze desta noite, portanto vocês têm que se apressar. Eu já providenciei um transporte que levará os dois direto para o Schloss Elmau. É um hotel bem bacana perto de Garmisch Partenkirchen. Vocês vão ficar num quarto grande, no último andar, sob o nome de Müller, e a princípio ficarão lá por três meses. Eu falei com o professor Charles Edelman e lhe disse que se tratava de um assunto confidencial. Ele irá vê-los com regularidade e vai providenciar toda a ajuda necessária para August. Edelman também vai encontrar uma escola adequada e qualificada para August.

— Isso por acaso é uma piada?

— Quieta, eu já disse. Isso é um assunto muito sério. A polícia já está com os desenhos de August e o assassino do seu ex-marido foi preso. Mas os mandantes continuam soltos e é impossível adivinhar o que eles estão tramando. Vocês precisam sair do apartamento imediatamente. Eu tenho outras coisas para fazer. Já arrumei um motorista que vai levar vocês até o aeroporto. Ele parece um pouco estranho, mas é confiável. Podem chamá-lo de Praga. Entendeu tudo?

— Entendi, mas…

— Esqueça os "mas" e me escute: não use o seu cartão de crédito nem o seu celular durante a permanência de vocês lá, Hanna. Já arranjei um telefone seguro para você, um Blackphone, para o caso de uma emergência. O meu número já está no aparelho. Todos os custos com o hotel são por minha conta. Vocês vão receber cem mil coroas suecas em dinheiro para gastos inesperados. Alguma pergunta?

— Isso tudo parece loucura!

— Não é.

— Mas como você tem condições de financiar tudo isso?

— Eu tenho.

— Mas como vamos…

Hanna não conseguiu continuar. Estava confusa, como se já não soubesse no que acreditar. De repente começou a chorar.

— Como vamos poder te agradecer um dia? — ela conseguiu dizer por fim.

— Agradecer?

Lisbeth repetiu a palavra como se não a conhecesse, e quando Hanna foi em sua direção de braços estendidos, Lisbeth recuou, dizendo com os olhos pregados no chão:

— Só se comporte! Você vai parar de usar a merda que estiver usando, drogas, pílulas ou qualquer outra coisa! Essa é a forma de você me agradecer.

— Claro, com certeza...

— E se alguém colocar na cabeça que August precisa ser internado numa clínica ou coisa assim eu quero que você lute contra isso com todas as suas forças, mostre suas garras. Vá ao ponto fraco do inimigo. Você tem que ser uma guerreira.

— Uma guerreira?

— Exatamente. Não deixe ninguém...

Lisbeth não acabou de falar, pois se deu conta de que aquelas talvez não fossem as melhores palavras para uma despedida. Ela se virou e foi caminhando para a porta. Porém não chegou muito longe. August começou a murmurar novamente e dessa vez foi possível ouvir o que o garoto dizia.

— Não vá, não vá... — ele resmungava.

Lisbeth não sabia o que fazer, então disse apenas, abruptamente:

— Você vai ficar bem. — Depois acrescentou, como se falasse consigo mesma: — Obrigada por ter gritado hoje de manhã.

Os três ficaram todos em silêncio por um instante, e Lisbeth pensou se devia dizer mais alguma coisa. Mas não ia se deixar abalar, então se voltou e saiu do apartamento. Hanna ainda gritou lá de dentro:

— Você nem imagina o que isso significa para mim!

Mas Lisbeth não ouviu uma palavra, pois já descia a escada correndo, a caminho de seu carro, estacionado na Torsgatan. Quando chegou à Västerbron, seu aplicativo Redphone tocou e Mikael Blomkvist lhe contou que a NSA a tinha localizado.

— Pois diga que eu também estou atrás deles — ela respondeu, séria.

Em seguida, foi até a casa de Roger Winter e o assustou bastante. Por último, voltou para casa e se dedicou a trabalhar no arquivo criptografado da NSA, mas sem chegar nem perto de uma solução.

* * *

Ed e Mikael haviam trabalhado duro o dia todo no quarto do Grand Hotel. Ed tinha uma história fantástica para Mikael, e finalmente ele ia poder dar aquele tão esperado furo de que ele, Erika e a *Millennium* tanto precisavam, e isso era muito bom. Mas ainda não estava contente, e não era só por causa do desaparecimento de Andrei. Alguma coisa em relação a Ed não fechava. Por que ele teria vindo para a Suécia e por que se empenhava tanto em ajudar uma pequena revista a quilômetros e quilômetros de distância dos centros de poder dos Estados Unidos?

O negócio podia ser entendido como uma simples troca de favores, pois Mikael prometera não revelar o ataque do hacker e havia meio que prometido ao menos tentar fazer Lisbeth conversar com Ed. Mas como isso não chegava a ser uma explicação de todo convincente, Mikael se dedicava a ler as entrelinhas do que Ed dizia.

O americano se comportava como se corresse riscos enormes. As cortinas estavam abaixadas e os telefones deixados a uma distância segura. Uma aura de paranoia pairava sobre o quarto. Sobre a cama viam-se documentos secretos que Mikael foi autorizado a ler, mas que não poderia mencionar nem copiar, e de vez em quando Ed interrompia seu relato para discutir os vários aspectos da proteção de uma fonte jornalística. Ele parecia obcecado em não permitir que o vazamento fosse associado a ele, às vezes ia nervoso até a porta achando que tinha ouvido passos no corredor, outras vezes abria uma fresta na cortina para ver se não havia alguém lá fora os espionando, e ainda assim... Mikael não conseguia deixar de sentir que tudo aquilo não passava de encenação.

Cada vez mais foi se convencendo de que Ed tinha o comando da situação e que sabia exatamente o que fazia e que na verdade não estava nem um pouco preocupado em ser espionado. Ocorreu a Mikael que Ed podia estar desempenhando um papel com o apoio de seus superiores e que talvez ele próprio, Mikael, tivesse um papel nesse teatro todo que ele ainda não tinha entendido.

Por isso o interessante não era apenas o que Ed dizia, mas também o que ele escolhia não divulgar e o que ele podia estar tentando conseguir. Havia, sem sombra de dúvida, uma grande porção de raiva lá. "Alguns idiotas" do departamento de monitoração de tecnologias estratégicas haviam impedido Ed de pegar o hacker que tinha invadido o seu sistema, somente porque eles não queriam ser flagrados com a calça nas mãos, e isso o deixava furioso, ele dissera, e Mikael não tinha motivos para não acreditar nele e menos ainda para duvidar que Ed de fato queria aniquilar essas pessoas, "esmagá-las debaixo da minha bota".

Ao mesmo tempo, parecia haver outros aspectos na história que não o deixavam confortável. Às vezes Ed parecia estar lutando contra um tipo de autocensura, e de tempos em tempos Mikael o deixava sozinho e ia até a recepção do hotel para poder pensar ou então telefonar para Erika e Lisbeth. Erika costumava atender ao primeiro toque e, apesar de os dois estarem entusiasmados com a história, havia um clima pesado e sombrio em suas conversas, uma vez que Andrei continuava desaparecido.

Lisbeth não atendia. Somente às cinco e vinte da tarde ele conseguiu falar com ela, que pareceu muito concentrada e distante. Ela contou rapidamente que o garoto já estava em segurança com a mãe.

— E você? Como você está? — ele perguntou.

— Bem.

— Não está machucada?

— Mais ou menos.

Mikael respirou fundo.

— Você invadiu a intranet da NSA, Lisbeth?

— Você andou falando com Ed the Ned?

— Sem comentários.

Ele não podia falar do assunto nem mesmo com Lisbeth. A proteção da fonte era sagrada para ele.

— Então Ed não é tão burro, no final das contas — ela disse, como se a resposta de Mikael tivesse sido afirmativa.

— Então foi você mesmo?

— É possível.

Mikael sentiu vontade de xingá-la e de perguntar o que ela tinha pretendido com aquilo. Mas se recompôs e disse o mais calmamente possível:

— Eles prometeram não te incomodar, se você se dispuser a se encontrar com eles e explicar exatamente como conseguiu invadi-los.

— Diga a eles que eu também estou atrás deles.

— O que você quer dizer com isso?

— Que eu tenho mais do que eles imaginam.

— Está bem — disse Mikael, pensativo. — Mas você está disposta a se encontrar com...

— Ed?

Mas que coisa, pensou Mikael. Como ela sabia? Ed é quem queria surpreendê-la, aparecendo para ela.

— Ed — ele afirmou.

— Aquele cretino pretensioso.

— Muito pretensioso. Mas você se encontrará com ele, se lhe dermos garantia de que não será presa?

— Essas garantias não existem.

— E se eu falasse com Annika, a minha irmã, e pedisse que ela te representasse?

— Eu tenho outras coisas para fazer — Lisbeth disse, como se não quisesse mais falar daquilo.

Ele não se conteve:

— Essa história em que a gente se envolveu...

— O que tem ela?

— Não sei se estou entendendo totalmente.

— Qual é o problema? — perguntou Lisbeth.

— Para começar, não entendo por que Camilla apareceu de repente depois de todos esses anos.

— Ela devia estar aguardando o momento certo.

— Como assim?

— Ela sempre soube que voltaria para se vingar do que eu fiz contra ela e contra Zala. Mas preferiu esperar até se sentir forte. Nada é mais importante para Camilla do que ser forte, e suponho que de repente ela viu a oportunidade, a chance de matar dois coelhos com uma cajadada só. Pelo menos é o que eu imagino. Por que você mesmo não pergunta a ela na próxima vez em que pensar em tomar um drinque com ela?

— Você falou com Holger?

— Ando muito ocupada.

— Mas ela não conseguiu o que queria. Você escapou.

— Eu me viro bem.

424

— Você não está preocupada que ela apareça a qualquer momento?

— Isso me passou pela cabeça.

— Que bom. E você sabe que eu e Camilla não fizemos nada mais que dar uma caminhada pela Hornsgatan?

Lisbeth não respondeu.

— Eu te conheço, Mikael. — Foi tudo que ela disse. — E agora você conheceu Ed. Acho que preciso me proteger dele também.

Mikael sorriu.

— Sim — disse. — Você deve estar certa. Não devemos confiar muito nele. Não quero me tornar o idiota útil dele.

— Não parece o papel ideal para você, Mikael.

— Não, e é por isso que eu adoraria saber o que foi que você descobriu na sua invasão.

— Um monte de merda comprometedora.

— Sobre as relações de Eckerwald e dos Spiders com a NSA.

— Isso e mais um pouco.

— E você estaria disposta a me contar?

— Se você tivesse se comportado bem, eu contaria — ela disse com um tom jocoso que o deixou feliz.

E então ele riu baixinho, porque nesse momento percebeu o que Ed estava fazendo.

A descoberta foi tão impactante que ele demorou para se refazer antes de voltar ao quarto do hotel e continuar trabalhando com o americano até as dez da noite.

29. MANHÃ DE 25 DE NOVEMBRO

Eles não encontraram nada de sórdido no apartamento de Vladimir Orlov, na Mårten Trotzig Gränd. O lugar estava arrumado, cheirando a limpeza e com lençóis limpos na cama feita. O cesto de roupas sujas no banheiro estava vazio. Mesmo assim havia algo errado. Os vizinhos contaram que alguns homens de uma empresa de mudança já tinham estado lá, e depois de uma inspeção mais minuciosa a polícia descobriu manchas de sangue no chão e na parede da cabeceira da cama. O sangue foi colhido e comparado com uma prova de saliva retirada do apartamento de Andrei, e o resultado bateu.

Os presos — os dois que estavam em condições de se comunicar — afirmaram que nada sabiam sobre as manchas de sangue e que não conheciam Zander, por isso Bublanski e sua equipe concentraram esforços em obter mais informações sobre a mulher que havia sido vista com Zander. A essa altura, a imprensa já tinha publicado inúmeras matérias sobre os tiros em Ingarö e também sobre o desaparecimento do jovem jornalista da *Millennium*, embora os repórteres ainda não tivessem entendido as conexões entre as duas histórias. Os dois jornais noturnos, juntamente com o *Svenska Morgon-Posten* e o *Metro*, publicaram fotos grandes de Andrei Zander. Como já se especulava que ele podia ter sido assassinado, a divulgação de sua foto normalmente deveria afiar a memória das pessoas, ou então fazê-las lembrar-se de alguma coisa que tivesse parecido suspeita. Mas o que se deu, nesse caso, foi exatamente o contrário.

Todos os relatos feitos por testemunhas confiáveis foram estranhamente vagos, e os que vieram depois, com exceção dos depoimentos de Mikael Blomkvist e do padeiro do Skansen, fizeram questão de ressaltar que não acreditavam que aquela bela mulher pudesse ser culpada de algum crime. Todos que cruzaram com ela tinham ficado com uma excelente impressão. Um bartender de meia-idade chamado Sören Karlsten, que havia atendido a mulher e Andrei Zander no restaurante Papagallo, em Götgatan, chegou a se gabar de ser um bom avaliador de caráter e disse ter absoluta certeza de que aquela mulher "jamais faria mal a alguém".

— Ela era a personificação da elegância.

A julgar pelo que disseram as testemunhas, ela era a personificação de todas as coisas, e Bublanski logo entendeu que seria extremamente difícil produzir um retrato falado dela. As testemunhas a retrataram de formas diferentes, como se estivessem projetando nela a imagem da mulher ideal, e não simplesmente a descrevendo. Uma atitude absurda, e até o momento a polícia também não possuía nenhuma imagem dela gravada por câmeras de segurança. Mikael Blomkvist afirmou não ter dúvida de que a mulher era Camilla Salander, a irmã gêmea de Lisbeth, e de fato se acabou descobrindo que havia existido uma pessoa com esse nome. No entanto, mesmo consultando arquivos antigos, não se encontrou mais nenhum registro, nenhum sinal de Camilla Salander, como se de repente ela tivesse deixado de existir. Se ainda estivesse viva, com certeza teria assumido outra identidade. Bublanski não gostou nem um pouco disso, principalmente por ter havido duas mortes inexplicadas na família que a acolhera, e as investigações policiais dos dois casos foram deficientes, ficando repletas de lacunas, de pontos de interrogação, de becos sem saída para os quais jamais houve resposta.

Bublanski havia lido os relatórios policiais da época e se envergonhou de seus colegas. Eles, por algum tipo de respeito pela tragédia familiar dos Dahlgren, não tinham dado a devida atenção ao fato de que as contas bancárias do pai e da filha tinham sido encerradas pouco antes da morte de cada um deles, e tampouco à carta que o pai tinha começado a escrever na mesma semana em que se enforcara. Sua primeira linha era assim:

"Camilla, por que é tão importante para você destruir a minha vida?"

A pessoa que parecia ter lançado um feitiço sobre todas as testemunhas estava oculta por trevas malignas.

Eram oito da manhã, e Bublanski estava em sua sala na central de polícia, examinando mais uma vez investigações antigas que ele esperava que pudessem ajudar a esclarecer o que tinha acontecido. Ele sabia muito bem que ainda havia centenas de informações que ele não tivera tempo de analisar, por isso ao mesmo tempo se irritou e se culpou quando soube que alguém queria vê-lo.

Era uma mulher que já tinha sido interrogada por Sonja Modig, mas que agora insistia em falar com ele, e depois ele se perguntaria se não teria sido receptivo demais, porque a única coisa que ele podia imaginar era que iriam aparecer novos problemas e dificuldades. A mulher parada à porta não era alta, mas tinha uma postura majestosa e olhos escuros e intensos que causaram em Bublanski uma leve melancolia. Ela devia ser uns dez anos mais nova que ele e vestia uma capa cinzenta e um vestido vermelho que parecia um pouco com um sári.

— Meu nome é Farah Sharif — ela disse. — Sou professora de ciência da computação e era grande amiga de Frans Balder.

— Isso, agora me lembro — disse Bublanski, um pouco envergonhado. — Sente-se, por favor, e desculpe a bagunça. A que devo a honra?

— Fui muito ingênua quando conversei com sua colega Sonja Modig.

— Por que está dizendo isso?

— Porque tenho outras informações agora. Tive uma longa conversa com o professor Steven Warburton.

— Ele também me procurou, mas ainda não consegui falar com ele. Está um verdadeiro caos por aqui.

— Steven leciona cibernética em Stanford e é um renomado pesquisador na área de singularidade tecnológica. Ele trabalha no MIRI, uma instituição que tem como objetivo assegurar que a inteligência artificial nos ajude, e não o contrário.

— Parece uma coisa muito boa — disse Bublanski, que se sentia incomodado sempre que esse assunto surgia.

— Steven vive um pouquinho em seu próprio mundo. Só ontem ficou sabendo o que tinha acontecido com Frans, por isso ele ainda não tinha me telefonado. Mas me disse que a última vez que ele e Frans conversaram foi exatamente na segunda-feira.

— Sobre o que eles falaram?

— Sobre a pesquisa de Frans. Sabe, desde que ele voltou dos Estados Unidos andava muito misterioso. Nem mesmo eu, que era uma amiga muito próxima, sabia o que Frans andava fazendo, mesmo que do alto da minha arrogância eu achasse que sabia do que se tratava. Mas agora vi o quanto eu estava enganada.

— Enganada como?

— Vou tentar ser o menos técnica possível. Pelo que parece, Frans não estava apenas desenvolvendo o seu antigo programa de inteligência artificial; ele também tinha desenvolvido novos algoritmos e um novo material topográfico para computadores quânticos.

— Desculpe, mas você está sendo muito técnica para mim.

— Computadores quânticos são computadores baseados na mecânica quântica. Ainda é algo muito novo. O Google e a NSA investiram muito dinheiro numa máquina que, em certas áreas, já é trinta e cinco mil vezes mais rápida que qualquer computador. A Solifon, onde Frans trabalhava, tem um projeto semelhante, embora, ironicamente, se é que a informação procede, eles ainda não tenham conseguido alcançar o mesmo sucesso.

— Sei — disse Bublanski, um pouco inseguro.

— A maior vantagem dos computadores quânticos é que suas unidades básicas, os qubits, podem se sobrepor.

— Elas podem o quê?

— Eles não adotam apenas as posições um ou zero como os computadores tradicionais, mas podem ser o zero e o um ao mesmo tempo. O problema é que, para que essas máquinas funcionem satisfatoriamente, há a necessidade de métodos especiais de cálculos e percepções profundas de física, especialmente aquilo que chamamos de decoerência quântica, e nisso por enquanto não fizemos muitos progressos. Os computadores quânticos ainda são muito especializados e pesadões. Mas Frans, como posso explicar isto de um jeito melhor?... parecia ter encontrado métodos que poderiam torná-los mais leves, mais flexíveis e autodidatas. Ele estava perto de algo grande, ou pelo menos potencialmente grande. Mas essa conquista não o deixou apenas orgulhoso; ele ficou também muito preocupado. E foi por isso, obviamente, que ele telefonou para Steven Warburton.

— Mas preocupado com o quê?

— Primeiro por suspeitar que a sua criação, a longo prazo, poderia se tornar uma ameaça para o mundo, eu suponho. Depois, e esta seria uma preocupação mais imediata, porque ele sabia de coisas sobre a NSA.

— Que tipo de coisas?

— Isso eu já não sei. O que eu sei é que tem a ver com o lado mais sujo da espionagem industrial da NSA. Mas tenho um bocado de informações sobre um outro lado. Não é segredo para ninguém que a NSA trabalha pesado no desenvolvimento específico de computadores quânticos. Para ela seria pura e simplesmente o paraíso. Uma máquina quântica poderia capacitá-la a decodificar todas as criptografias e, a longo prazo, todos os sistemas de segurança digital. Então ninguém mais estaria a salvo do olhar vigilante da NSA.

— É assustador — disse Bublanski com tanta ênfase que ele próprio se surpreendeu.

— Mas um cenário ainda mais assustador — continuou Farah Sharif — é se algo desse tipo cair nas mãos de criminosos.

— Estou vendo aonde você quer chegar.

— Por essa razão é que eu gostaria muito de saber o que vocês conseguiram extrair dos homens que vocês prenderam.

— Infelizmente, nada sobre esse assunto. Esses sujeitos não são propriamente conhecidos por sua inteligência. Duvido até que conseguissem passar nas provas de matemática do ensino fundamental.

— Então, o verdadeiro gênio dos computadores escapou?

— Temo que sim. Ele e a mulher sumiram sem deixar pistas. Provavelmente os dois têm outras identidades.

— É bem preocupante.

Bublanski concordou com a cabeça e olhou para os olhos escuros de Farah, e eles lhe devolveram uma expressão tão suplicante que talvez por isso ele se sentiu mais esperançoso e não afundou de novo no desânimo.

— Não estou bem certo do que isto significa... — ele disse.

— O quê?

— O nosso pessoal de tecnologia da informação examinou os computadores de Balder. Não foi uma tarefa fácil, como você pode imaginar, considerando a obsessão dele por segurança, mas com um pouco de sorte pode-se dizer que eles conseguiram. E o que constatamos foi que um dos computadores dele deve ter sido roubado.

— Eu já suspeitava!

— Calma, ainda não terminei. Pelo que entendemos, diversas máquinas ficavam regularmente conectadas entre si e de vez em quando se conectavam a um supercomputador em Tóquio.

— O que é muito razoável.

— Exato, e foi por isso que notamos que um grande arquivo, ou pelo menos algo grande, tinha sido apagado recentemente. Ainda não conseguimos recuperá-lo, mas já foi constatado que isso aconteceu.

— Você está sugerindo que Frans destruiu sua própria pesquisa?

— Não quero tirar conclusões precipitadas, mas depois do que você me contou vou levar isso em consideração.

— Você não acha que o assassino poderia ter deletado o arquivo?

— Depois de fazer uma cópia para ele?

— É.

— Acho difícil. O assassino ficou muito pouco tempo na casa, ele não teria como fazer uma coisa dessa tão rápido.

— Certo, parece tranquilizador, apesar de tudo — disse Farah Sharif hesitante. — É que...

— O que foi?

— Eu não acho que combina com a personalidade de Frans. Não acho que ele seria capaz de destruir a sua realização mais importante. Seria como... não sei... como amputar o próprio braço ou, pior, matar um amigo, uma vida em potencial.

— Às vezes é necessário fazer um grande sacrifício — disse Bublanski, pensativo. — Destruir aquilo que amamos e depois viver com isso.

— Ou quem sabe haja uma cópia escondida em algum lugar.

— Sabe o que o meu rabino diz?

— Não — ela respondeu.

— Ele diz que a marca de um homem são as suas contradições. Queremos ao mesmo tempo ficar em casa e viajar. Não conheci Frans Balder, e talvez ele me achasse um velho bobão. Mas de uma coisa eu sei: nós podemos

431

amar e temer o nosso trabalho com a mesma intensidade, exatamente como Frans parece ter amado a sua criação e depois tido que fugir dela. Viver, professora Sharif, não significa ser o tempo todo coerente. Significa se aventurar numa série de direções ao mesmo tempo, e me pergunto se o seu amigo não estaria às voltas com uma espécie de rebelião. Talvez ele realmente tenha destruído todo um trabalho de uma vida. Talvez tenha se dado conta de suas contradições interiores e, no final, tenha se tornado um ser humano no melhor sentido da palavra.

— Você acha?

— Eu não sei. Mas ele estava mudado, não estava? Ele tinha sido considerado incapaz de cuidar do filho. No entanto, foi justamente isso que ele fez, e até mesmo conseguiu que o menino começasse a se desenvolver e a desenhar.

— É verdade, inspetor.

— Pode me chamar de Jan.

— Está bem.

— O pessoal aqui às vezes me chama de Bubolha.

— Que apelido mais charmoso... Tão charmoso quanto você.

— Ah, não, acho que não. Mas uma coisa eu sei com certeza.

— O quê?

— Que você é...

Ele não foi adiante nem precisou. Farah Sharif deu-lhe um sorriso tão espontâneo e sincero que imediatamente Bublanski recuperou a fé na vida e em Deus.

Às oito da manhã, Lisbeth Salander se levantou de sua cama na Fiskargatan. Ela não havia dormido bem de novo, e não só por ter trabalhado tanto com o arquivo criptografado da NSA sem chegar a lugar algum. Ela também ficara de ouvido atento a sons de passos na escada e a todo instante ia verificar o sistema de alarme e as câmeras de segurança da entrada. Assim como todo mundo, ela não fazia ideia se sua irmã tinha ou não deixado o país.

Depois da humilhação que sofrera em Ingarö, era bem possível que Camilla estivesse preparando um outro ataque ainda mais violento, ou que a NSA invadisse o seu apartamento. Lisbeth não tinha ilusões sobre nenhum desses inimigos. Mas nessa manhã ela deixou tudo isso de lado, foi ao banheiro com passos decididos e tirou o sutiã para ver como estava seu ferimento.

Achou que parecia bem melhor. E, embora ainda não fosse o momento ideal, decidiu ir treinar um pouco no clube de boxe da Hornsgatan.

Dor se combate com dor.

Horas depois, ela estava largada no vestiário, e tão exausta que não tinha forças nem para raciocinar. Seu celular vibrava, mas ela o ignorou. Foi para o chuveiro, deixou a água quente escorrer sobre o corpo, e quando, aos poucos, seus pensamentos começaram a clarear, os desenhos de August voltaram à sua mente. Mas dessa vez ela não se concentrou na imagem do assassino, mas em algo na parte inferior do papel.

Na casa de campo de Ingarö, Lisbeth só tinha visto o desenho terminado por um instante, quando estava mais concentrada em enviar uma foto dele para Bublanski e Modig. Se tivesse tido tempo de analisá-lo, como todo mundo fez depois, teria ficado fascinada com os detalhes de sua execução. Mas agora que sua memória fotográfica o trazia de volta à mente, estava mais interessada na equação escrita no pé da página. Ela saiu do chuveiro imersa em pensamentos. O problema é que ela mal conseguia ouvi-los, pois Obinze estava fazendo um barulho dos diabos do lado de fora do vestiário.

— Cale a boca! — Lisbeth gritou lá de dentro. — Estou tentando pensar!

Mas isso não resolveu o problema. Obinze estava alucinado, e qualquer pessoa que não Lisbeth o entenderia perfeitamente. Obinze tinha se admirado como ela parecia cansada e sem força batendo nos sacos de treinamento, e se preocupou ao ver que ela baixava a cabeça com expressão de dor no rosto. Por fim, intrigado, ele a surpreendeu e levantou a manga da camiseta de Lisbeth, descobrindo seu ferimento de bala e ficando completamente maluco por causa disso. E pelo jeito sua raiva não tinha passado.

— Você é uma idiota, sabia? Uma lunática! — ele gritava.

Ela estava cansada demais para responder. Não tinha mais forças e o que ela tinha visto no desenho estava desaparecendo aos poucos de sua mente. Exausta, Lisbeth se deitou no banco do vestiário. Jamila Achebe estava sentada ao seu lado. Era uma garota bacana com quem ela costumava lutar boxe e transar, normalmente nessa ordem, porque os combates mais duros entre as duas eram sempre considerados uma espécie de longa e selvagem preliminar. Umas poucas vezes, o comportamento delas no banheiro não tinha sido de todo recatado. Nenhuma das duas dava a mínima para regras de etiqueta.

— Eu sou obrigada a dar razão para o Obinze. Você não está muito bem da cabeça — disse Jamila.

— Pode ser — respondeu Lisbeth.

— Esse ferimento está bem feio.

— Está cicatrizando.

— E mesmo assim você precisava ter vindo treinar.

— Pelo jeito, sim.

— Vamos lá pra casa?

Lisbeth não respondeu. Seu telefone vibrou de novo e ela decidiu dar uma olhada. Havia três mensagens de texto com o mesmo conteúdo, enviadas por um número não identificado, e quando ela leu as mensagens cerrou os punhos, com expressão de ódio, e Jamila percebeu que era melhor deixar para outro dia a transa com Lisbeth.

Mikael tinha acordado às seis da manhã com algumas ideias brilhantes para a reportagem, e a caminho da redação um rascunho dela foi tomando forma em sua cabeça sem grandes esforços. Ele trabalhava muito concentrado na revista, mal notando o que acontecia ao redor, mesmo que se lembrasse de Andrei algumas vezes.

Apesar de ainda ter esperança dentro da sua falta de esperança, temia que Andrei tivesse pagado sua reportagem com a vida, por isso em cada linha que escrevia procurava honrar o colega. Por um lado, Mikael pretendia contar a história de Frans Balder e de seu filho August, um menino autista de oito anos que tinha presenciado o assassinato de seu pai e que, apesar de suas limitações, encontrara uma maneira de se vingar. Por outro lado, Mikael também queria que a reportagem fosse instrutiva, que falasse do novo mundo da vigilância e da espionagem, em que as marcas que delimitavam a fronteira entre o legal e o ilegal haviam sido apagadas, o que para ele seria uma matéria fácil de escrever. Normalmente as palavras brotavam. Mas dessa vez estava tendo dificuldade para escrever.

Através de um contato antigo que Mikael tinha na polícia, ele teve acesso a uma ficha do homicídio não solucionado de Kajsa Falk, em Bromma, a jovem namorada de um dos líderes do MC Svavelsjö. O assassino nunca tinha sido encontrado e, embora nenhuma testemunha se mostrara particularmente tagarela, Mikael concluiu que o clube passara por uma ruptura violenta e que uma nova incerteza se instalara entre os membros da gangue, um medo crescente de alguém conhecido como "Lady Zala", conforme uma testemunha revelara.

Apesar de todos os esforços, a polícia não conseguira descobrir quem era Lady Zala. Para Mikael, não havia a menor dúvida de que se tratava de Camilla e que ela estaria por trás de uma série de crimes não só na Suécia. Mas não era fácil encontrar provas, o que o deixava muito aborrecido. Por enquanto iria chamá-la pelo seu pseudônimo "Thanos" em seu artigo.

O maior desafio, porém, não era Camilla ou seu envolvimento com a assembleia russa. O que mais o preocupava era que ele sabia muito bem que Ed Needham jamais teria se dado ao trabalho de vir à Suécia lhe passar uma informação altamente sigilosa se o objetivo não fosse esconder algo ainda mais grave. Ed não era nenhum idiota e ele sabia que Mikael também não era. Por isso não se dera ao trabalho de maquiar nenhuma parte de seu relato.

Pelo contrário, Ed pintara um quadro bem tenebroso da NSA. No entanto, quando se analisava seu depoimento mais de perto, via-se que Ed descrevera uma agência de espionagem que funcionava muito bem e que atuava dentro de princípios razoáveis de decência, isso, claro, sem considerar o revoltante bando de criminosos do departamento conhecido como monitoração de tecnologias estratégicas — por coincidência o mesmo que impedira Ed de colocar as mãos no hacker.

O americano podia estar querendo prejudicar seriamente determinados colegas, mas, antes de derrubar uma organização inteira, preferiu propiciar a ela um pouso mais seguro em meio à inevitável queda. Por isso Mikael não ficou especialmente surpreso ou contrariado quando leu o telegrama da agência de notícias TT que Erika, vindo por trás dele, lhe entregou com ar preocupado.

— Será que nos furaram? — ela perguntou.

O telegrama dizia:

Dois executivos do alto escalão da NSA, Joacim Barclay e Brian Abbot, foram presos sob suspeita de terem cometido crimes financeiros graves. Os dois foram sumariamente demitidos pela agência e aguardam julgamento.

"É uma mancha para a nossa organização e não mediremos esforços para solucionar esse problema e fazer com que os culpados sejam responsabilizados. Todos que trabalham para a NSA devem possuir elevado padrão moral. Durante o processo judicial prometemos toda a transparência, desde que salvaguardados os interesses de segurança nacional", afirmou o almirante e presidente da NSA, Charles O'Connor.

Com exceção da declaração do almirante, o telegrama não trazia muita coisa e tampouco fazia referência ao assassinato de Balder nem a algo que pudesse ser associado aos acontecimentos de Estocolmo. Mas claro que Mikael entendeu a preocupação de Erika. Agora que a notícia tinha sido divulgada, não tardaria para que o *Washington Post*, o *New York Times* e toda a imprensa americana se jogassem sobre a história, e então seria impossível prever o que mais eles conseguiriam desencavar.

— Não é nada bom mesmo — ele disse calmamente. — Mas já era esperado.

— Era mesmo?

— Faz parte da mesma estratégia que os levou a me procurar. Redução de danos. Querem retomar a iniciativa.

— Como assim?

— Havia alguma razão para eles terem me passado o furo. Claro que percebi que havia alguma coisa estranha. Por que Ed veio falar comigo aqui em Estocolmo, e ainda mais às cinco da manhã?

Como praxe, Erika tinha conhecimento de todas as informações que Mikael recebia de suas fontes e, da mesma forma que ele, as mantinha sob as mais rigorosas condições de sigilo.

— Então você acha que ele veio conversar com você autorizado pelos superiores dele?

— Foi o que suspeitei desde o início, mesmo sem entender o que ele pretendia. Apenas senti que havia algo errado. Mas aí conversei com Lisbeth.

— E isso fez você entender?

— Percebi que Ed sabia muito bem o que ela havia encontrado quando hackeou a NSA e que ele temia que eu acabasse tendo acesso a todos os detalhes. Ele quis diminuir os danos o máximo possível.

— Mesmo assim, ele não pintou um quadro cor-de-rosa para você.

— Ele sabia que eu nunca iria me contentar com algo que parecesse tão perfeito. Suspeito que ele tenha me fornecido o suficiente para me deixar feliz e para que eu pudesse ter o meu furo de reportagem sem querer investigar mais nada.

— Então ele vai ficar desapontado.

— Espero que sim. Só não sei como vou aprofundar isso. A NSA é uma porta fechada a sete chaves.

— Até para um velho cão de caça como você?

— Até para mim.

30. 25 DE NOVEMBRO

A mensagem de texto no telefone dizia *Fica para a próxima, irmã, para a próxima!* A mensagem fora enviada três vezes, e Lisbeth não entendeu se era um erro técnico ou uma absurda tentativa de ser superexplícita. De qualquer forma não fazia diferença.

A mensagem, claro, era de Camilla e não acrescentava nada ao que Lisbeth já sabia. Era de uma obviedade ofuscante que os acontecimentos de Ingarö haviam fortalecido e aprofundado o ódio antigo que sua irmã lhe devotava. Claro que haveria uma "próxima vez". Não havia a menor chance de Camilla desistir depois de ter chegado tão perto.

Portanto não fora o conteúdo da mensagem que tinha feito Lisbeth cerrar os punhos de ódio. Foram as recordações que a mensagem lhe trouxera, a lembrança dos acontecimentos do dia anterior, quando ela e August ficaram agachados na fenda daquela rocha enquanto a neve caía e os tiros das metralhadoras explodiam acima da cabeça deles. August, sem casaco e descalço, tremia violentamente enquanto os segundos passavam e Lisbeth constatava como a situação deles era desesperadora.

Ela tinha uma criança para cuidar e uma pistola patética como arma, enquanto um monte de imbecis lá em cima estavam armados com metralhadoras, portanto só lhe restava pegá-los de surpresa. Senão, ela e August iam ser abatidos como ovelhas. Ela tinha ouvido os passos dos homens se aproximando, os tiros — calculando então de onde eles vinham — e depois até a respiração deles e o farfalhar de suas roupas.

Mas o estranho foi que quando ela finalmente teve uma chance, ainda assim hesitou, deixando passar momentos cruciais enquanto quebrava em vários pedaços um ramo que achou na fenda da rocha. Somente então Lisbeth deu um salto e surgiu de repente diante dos homens, e então hesitar não era mais uma opção. Ela precisava aproveitar aquele breve milissegundo de surpresa, então disparou duas ou três vezes, sabendo, por experiências anteriores, que momentos como aquele marcavam sua mente a ferro e fogo, como se também sua percepção se aguçasse, e não apenas corpo e músculos.

Cada detalhe adquiria uma nitidez peculiar e ela observava todas as mudanças na paisagem como se o fizesse através do zoom da lente de uma câmera. Viu a surpresa e o medo nos olhos dos homens, suas rugas, seus rostos, suas roupas, além, claro, das armas que eles disparavam a esmo.

Mas sua impressão mais forte não viera de nada disso, e sim de uma silhueta mais acima, que ela divisara com o canto do olho e que não era ameaçadora em si, mas que causou nela um impacto muito maior que os homens nos quais ela havia atirado. Era a silhueta de sua irmã. Lisbeth a reconheceria mesmo a quilômetros de distância, apesar de não vê-la havia muitos anos. Foi como se o próprio ar tivesse se envenenado com a presença dela, e mais tarde Lisbeth ficou pensando se não deveria ter atirado nela também.

Sua irmã permaneceu bastante tempo lá, e sem dúvida fora um descuido dela se expor daquele jeito. Provavelmente Camilla não tinha resistido à tentação de presenciar a execução da irmã, e Lisbeth se lembrou de ter chegado a pressionar o gatilho e da onda de ódio crescendo no peito. No entanto, ao hesitar por meio segundo, deu tempo de Camilla se jogar atrás de uma pedra, e então um homem esquelético apareceu na varanda, atirando, o que fez Lisbeth pular de volta para a fenda e rolar com August na direção do carro.

Agora, voltando a pé do clube de boxe e se lembrando de tudo que ocorrera, era como se seu corpo permanecesse em prontidão, contraído, na expectativa de uma nova batalha, e ela pensou se em vez de voltar para casa não deveria ficar fora do país por algum tempo. Mas também havia algo fazendo-a voltar à sua mesa e ao computador; era o que ela tinha visualizado em sua mente no chuveiro do clube de boxe, antes de ler a mensagem de Camilla, e que agora ocupava mais e mais seus pensamentos, concorrendo com as lembranças de Ingarö.

Era uma equação, uma curva elíptica que August tinha escrito na mesma folha de papel em que desenhara o assassino. Se na primeira vez em que Lisbeth vira a equação já havia uma aura especial sobre ela, mentalizá-la novamente fez Lisbeth acelerar o passo e deixar Camilla mais ou menos de lado. A equação era a seguinte:

$$N = 3\,034\,267$$
$$E: y^2 = x^3 - x - 20;\ P = (3,2)$$

Do ponto de vista matemático, não havia nada de único ou excepcional ali. Na verdade, o aspecto matemático não era o que chamava a atenção. O fantástico na equação foi August ter partido de um número aleatório que ela lhe dera em Ingarö e daí em diante desenvolver uma curva elíptica consideravelmente melhor do que a que Lisbeth havia anotado na mesa de cabeceira na noite em que August não quis dormir. Na hora, por não ter obtido dele nenhuma resposta nem a menor reação, ela foi se deitar convencida de que August, assim como os gêmeos dos números primos sobre os quais ela tinha lido, não entendia nada de abstrações matemáticas e também era como uma calculadora de fatoração de números primos.

Mas, meu Deus... como ela tinha se enganado! Depois que ela foi se deitar, August ficou acordado desenhando e demonstrou não somente ter entendido o que ela queria como ainda lhe deu uma lição, aperfeiçoando a própria matemática de Lisbeth. Quando entrou em seu apartamento, não tirou as botas nem a jaqueta e foi direto para o computador abrir o arquivo criptografado da NSA e o seu programa de curvas elípticas.

Depois telefonou para Hanna Balder.

Hanna mal havia fechado os olhos naquela noite, pois não tinha trazido seus comprimidos. Ainda assim, o hotel e seus arredores a animaram. Aquela paisagem montanhosa de tirar o fôlego a fez pensar em como tinha vivido como uma reclusa nos últimos anos e agora sentia que lentamente estava se libertando e que até aquele medo arraigado em seu corpo começava a recuar. Mas tudo podia ser apenas um desejo, e era forçoso admitir que ela também se sentia um pouco perdida naquele ambiente tão refinado.

Houve um tempo em que ela desfilava em lugares como aquele cheia de autoconfiança: "Olhem para mim, aqui estou eu". Agora estava tímida e trêmula, com dificuldade para comer, apesar do farto café da manhã do hotel. August estava sentado a seu lado escrevendo compulsivamente uma série de números, e ele também não se alimentava, mas em compensação consumia quantidades inacreditáveis de suco de laranja.

Seu novo telefone começou a tocar, e a princípio ela se assustou. Mas é claro que só podia ser a mulher que os tinha mandado para o hotel. Ninguém mais tinha aquele número, e provavelmente ela só queria saber se eles estavam em segurança. Assim, Hanna iniciou a conversa com uma entusiasmada descrição do lugar, dizendo como tudo ali era fantástico e maravilhoso. Para sua surpresa, porém, foi bruscamente interrompida:

— Onde vocês estão?

— Estamos tomando o café da manhã.

— Então saiam daí já e voltem para o quarto. Eu e August precisamos trabalhar.

— Trabalhar?

— Vou enviar algumas equações para ele dar uma olhada. Entendeu?

— Não, não entendi.

— Apenas mostre as equações para August, depois me telefone e conte o que ele escreveu.

— Está bem — respondeu Hanna, confusa.

Em seguida, pegou alguns croissants, um bolinho de canela e se dirigiu aos elevadores, acompanhada pelo filho.

A ajuda de August, de fato, era apenas um pontapé inicial. Mas já era suficiente. Daí em diante, ela conseguia enxergar os próprios erros com mais clareza e aperfeiçoar seu programa, e ela trabalhou por horas e horas, até o céu escurecer e a neve voltar a cair. De repente, e ela jamais se esqueceria deste momento em sua vida, algo de muito estranho aconteceu com o arquivo à sua frente. Ele começou a se dissolver e a mudar de forma, e Lisbeth sentiu o equivalente a um choque percorrer seu corpo inteiro, e então ela socou o ar.

Tinha descoberto as chaves secretas e conseguido decodificar o documento, e por um instante se sentiu tão vitoriosa que mal conseguia ler. Depois começou a analisar o conteúdo e foi ficando cada vez mais admirada. Seria possível? Era mais bombástico do que tudo que ela havia imaginado, e a única razão pela qual todas as informações estavam ali, escritas e protocoladas, só podia ser um excesso de confiança no algoritmo RSA. Mas ali estavam, preto no branco, toda a sujeira e sacanagem. Não era um texto fácil de interpretar, ele estava repleto de palavras técnicas, de abreviaturas estranhas e de referências enigmáticas. Mas para Lisbeth tudo aquilo não era problema, pois estava familiarizada com o assunto, entendia muito bem aquela linguagem. Já tinha lido quatro quintos do texto quando a campainha tocou. Ela resolveu ignorá-la.

Provavelmente era o carteiro com dificuldade de colocar algum livro na caixa de correspondência, ou alguma outra coisa sem importância. Mas então ela se lembrou da mensagem de texto de Camilla e olhou para a tela do computador, para ver o que a câmera do saguão do prédio mostrava. E ficou paralisada.

Não era Camilla, mas aquela outra sombra dela, e Lisbeth praticamente tinha se esquecido dele por causa de tudo o que estava acontecendo. O maldito Ed the Ned de algum jeito a encontrara. Embora ele fosse bem diferente das fotos que ela tinha visto na internet, mesmo assim ela o reconheceu. Ele parecia muito aborrecido e determinado, e o cérebro de Lisbeth começou a trabalhar. O que deveria fazer? O melhor que lhe ocorreu foi enviar o arquivo da NSA para Mikael pelo link PGP.

Em seguida desligou o computador e foi depressa abrir a porta.

O que teria acontecido com Jan Bublanski? Sonja Modig não encontrava uma explicação. A expressão transtornada que ele vinha trazendo no rosto nas últimas semanas desaparecera por completo. Ele agora estava sorridente, cantarolando, e a verdade é que havia razões de sobra para isso. O assassino de Balder fora capturado, o menino August sobrevivera a duas tentativas de homicídio e agora eles já conheciam grande parte dos motivos e das ramificações da empresa de pesquisas Solifon.

Porém também havia ainda muitas perguntas sem resposta, e, pelo que ela conhecia de Bublanski, ele não era de se alegrar sem que houvesse boas razões. Pelo contrário. Tendia a ser pessimista mesmo em momentos de triunfo, por isso ela estava bastante surpresa e intrigada com a atitude dele. Agora o inspetor era visto pelos corredores irradiando alegria, sorrindo. E até mesmo em sua sala, enquanto lia o pouco esclarecedor interrogatório de Zigmund Eckerwald feito pela polícia de San Francisco, ele trazia um grande sorriso nos lábios.

— Sonja, minha querida, aí está você!

Ela decidiu não comentar nada sobre o contentamento incomum de Bublanski e foi direto ao ponto.

— Jan Holtser morreu.

— Ah, não.

— Lá se foi nossa última esperança de desvendar o mundo dos Spiders — concluiu Sonja.

— Você acha que ele nos contaria alguma coisa?

— Parecia bem possível.

— Por que você diz isso?

— Ele entrou em desespero quando a filha apareceu.

— Eu não sabia. O que aconteceu?

— A filha dele se chama Olga — disse Sonja. — Ela veio de Helsinque assim que soube que o pai estava ferido. Mas, depois que conversamos e ela soube que Holtser havia tentado matar uma criança, ficou furiosa.

— Como?

— Ela entrou como um furacão no quarto dele e lhe disse alguma coisa extremamente agressiva em russo.

— Você entendeu o que ela disse?

— Alguma coisa como que o pai morreria sozinho e que ela o odiava.

— Palavras fortes, hein?

— Sem dúvida, e depois me disse que faria todo o possível para nos ajudar na investigação.

— E o Holtser, como ele reagiu?

— Era o que eu estava dizendo. Por um instante, cheguei a pensar que ele fosse se abrir conosco, ele estava arrasado, com lágrimas nos olhos. Eu não acredito na crença católica que diz que o valor moral de uma pessoa a gente conhece perto de sua morte, mas o que aconteceu foi comovente. Ele, que causara tanto mal, estava destruído.

— O meu rabino... — começou Bublanski.

— Ah, não, Jan. Não me venha com o seu rabino, por favor! Deixe eu continuar. Holtser começou a falar como ele tinha sido uma pessoa ruim e eu lhe disse que, como cristão, ele deveria aproveitar o momento para confessar e nos dizer para quem ele trabalhava, e nesse momento, juro, chegamos muito perto. Ele hesitou e seu olhar ficou distante, só que em vez de confessar ele começou a falar de Stálin.

— De Stálin?

— Sim, disse que Stálin não se contentava em ir atrás dos culpados e que também caçava os filhos e os netos deles, a família toda. Acho que queria dizer que seu chefe era do mesmo tipo.

— Ele se preocupou com a filha.

— Por mais que ela o odiasse, ele estava preocupado com ela. Tentei convencê-lo de que daríamos a ela todas as garantias, que a poríamos no nosso programa de proteção a testemunhas, mas não adiantou. Holtser começou a ficar apático, depois perdeu a consciência e uma hora depois morreu.

— Não temos mais nada então?

— Tudo que temos é um suspeito desaparecido e, ao que parece, dotado de uma inteligência extraordinária e também nenhum sinal do jornalista Andrei Zander.

— Eu sei, eu sei.

— Aqueles que poderiam nos dar alguma informação insistem em manter a boca bem fechada.

— Já percebi. Nada tem caído do céu.

— Não, quer dizer, sim, na verdade recebemos uma informação. Sabe o homem que Amanda Flod reconheceu no desenho de August Balder, aquele do semáforo?

— O ex-ator?

— Isso. Roger Winter. Amanda foi interrogá-lo apenas para obter informações sobre o relacionamento dele com o menino ou com Balder. Ela não esperava conseguir muita coisa, mas Roger Winter parecia apavorado e antes mesmo de Amanda começar a pôr alguma pressão nele, o sujeito confessou os pecados da vida inteira.

— É mesmo?

— Sim, e não estamos falando exatamente de histórias inocentes. Lasse Westman e Roger Winter são amigos de longa data, desde a época da juventude deles no Revolutionsteatern. Os dois costumavam se encontrar à tarde no apartamento da Torsgatan, quando Hanna estava fora, bebiam e conversavam. August ficava no cômodo ao lado, montando seus quebra-cabeças e nem Lasse nem Roger davam atenção ao garoto. Numa dessas vezes, o menino tinha ganhado um livro de matemática de sua mãe, de nível avançado para ele. Mesmo assim August folheava o livro depressa, agitado, fazendo muito barulho com as páginas. Lasse se irritou, arrancou o livro das mãos do garoto e jogou no lixo. August quase surtou e Lasse deu uns três ou quatro chutes nele.

— Que absurdo.

— É só o começo. Depois desse episódio, August ficou estranho, Roger disse. O garoto começou a olhar para os dois com seu olhar esquisito, e um dia Roger encontrou sua jaqueta jeans cortada em pedacinhos. Outra vez, alguém tinha esvaziado todas as latas de cerveja que havia na geladeira e quebrado as garrafas de bebida alcoólica. Não sei se...

Sonja fez uma pausa.

— O que houve?

— Isso instalou um clima de guerra entre os dois e o menino, e desconfio que Lasse e Roger, em seus delírios de bêbado, começaram a imaginar todo tipo de coisa estranha sobre August e passaram a ter medo dele. A explicação psicológica disso não é fácil de entender. Talvez os dois tenham começado a odiar o garoto de verdade e às vezes o maltratassem juntos. Roger contou que se sentia muito mal depois de tudo e que ele e Lasse nunca conversavam sobre isso. Ele não queria bater no menino, mas não conseguia se controlar. Era como se voltasse à infância, ele disse à Amanda.

— O que ele quis dizer com isso?

— É meio complicado. Parece que Roger Winter tem um irmão mais novo deficiente que durante a infância sempre foi tido como o filho mais inteligente e o favorito dos pais. Enquanto Roger só lhes causava decepção, o irmão menor era muito querido, elogiado, exaltado de todas as maneiras, e

445

imagino que isso tenha causado muita amargura e inveja em Roger. Talvez, inconscientemente, batendo em August ele sentia que estava se vingando de seu irmão. Não sei, ou então...

— O quê?

— Roger definiu de um modo estranho. Disse que era como se ele estivesse tentando se livrar da vergonha.

— Que doentio!

— Pois é. E o mais estranho foi ele ter confessado tudo isso de repente. Amanda disse que ele parecia aterrorizado. Ele mancava e seus olhos estavam roxos. Ela teve a impressão de que ele parecia querer ser preso.

— Que estranho.

— Muito mesmo. Mas há outra coisa que estou achando ainda mais estranha — disse Sonja Modig.

— O quê?

— Parece que aquele meu velho e angustiado chefe resmungão de repente virou um pequeno raio de sol.

Bublanski pareceu envergonhado.

— Então você notou.

— Está na cara.

— Sim, é que... — ele gaguejou. — Não é nada de mais. É que uma mulher aceitou o meu convite para jantar, é apenas isso.

— Não me diga que você está apaixonado...

— É só um jantar — Bublanski respondeu, corando.

Ed conhecia bem as regras do jogo. Era como estar novamente em Dorchester. Seja lá o que você tivesse feito, não podia nunca se render. Se Lisbeth Salander quisesse jogar duro, ele ficaria feliz em jogar duro com ela. Por isso encarou-a como se fosse um peso pesado no centro do ringue. Mas não funcionou.

Ela lhe devolveu um olhar frio e não disse uma palavra. Parecia um duelo, um duelo silencioso e determinado, e no fim Ed se cansou, achando tudo aquilo muito ridículo. A garota, afinal, tinha sido desmascarada. Ele havia quebrado sua identidade secreta e a encontrara, e ela devia ficar agradecida de ele não ter invadido seu apartamento para prendê-la.

— Você se acha muito durona, não?

— Não gosto que venham à minha casa sem avisar.

— E eu não gosto de gente que invade o meu sistema, então estamos empatados — ele disse. — Você não quer saber como eu consegui te achar?

— Estou pouco me lixando pra isso.

— Foi através da sua empresa em Gibraltar. Não foi muito esperto chamá-la de Wasp Enterprises.

— Está na cara que não.

— Para uma garota tão inteligente, você cometeu um número surpreendente de erros.

— Para um garoto tão inteligente, você escolheu um trabalho bem asqueroso.

— Talvez um pouco asqueroso. Mas somos necessários. O mundo lá fora é muito perverso.

— Especialmente tendo caras como Jonny Ingram.

Ele não esperava por isso, realmente não. Mas não deixou que seu rosto revelasse surpresa. Ele também era bom nisso.

— Seu senso de humor é ótimo — ele disse.

— Seu idiota! Deve ser bem divertido planejar assassinatos, ser parceiro de assassinos da Assembleia russa, ganhar um belo dinheiro e ainda salvar a própria pele, hein? Realmente é cômico — ela disse, e ele não conseguiu mais manter a encenação e por algum tempo nem raciocinar direito.

De onde ela tinha tirado tudo aquilo? Ed estava a ponto de explodir. Mas então se deu conta — e sua frequência cardíaca desacelerou um pouco — de que ela só podia estar blefando, e se por um segundo ele havia acreditado nela, tinha sido porque em seus piores momentos ele também chegou a pensar que Jonny Ingram devia ser culpado. Mas depois de ter trabalhado como um louco, Ed sabia melhor do que ninguém que não existia a menor evidência contra Ingram.

— Nem tente colocar ideias absurdas na minha cabeça — ele disse. — Tive acesso ao mesmo material que você teve e a muitos outros.

— Será mesmo, Ed? A menos que você também tenha as chaves do algoritmo RSA de Ingram...

Ed Needham olhou para ela e disse a si mesmo que não podia ser verdade. Será que ela tinha conseguido descriptografar? Impossível. Nem mesmo ele, com todos os recursos e especialistas da área à sua disposição, achava que fosse possível.

Mas agora ela afirmava com muita convicção que... Não, ele se recusava a acreditar. Devia ter acontecido de alguma outra maneira, talvez ela tivesse um informante no círculo de pessoas próximas de Ingram. Não, isso também era impossível. Mas suas conjecturas foram interrompidas por Lisbeth.

— O negócio é o seguinte, Ed — ela disse com um novo tom autoritário na voz. — Você disse a Mikael Blomkvist que me deixaria em paz se eu contasse como consegui invadir a NSA. Pode ser que você esteja dizendo a verdade, pode ser que você esteja blefando, ou pode ser até que você nem precise se manifestar sobre isso, porque pode ser demitido. Não vejo nenhuma razão para eu confiar em você ou naqueles para quem você trabalha.

Ed respirou fundo e tentou responder à altura.

— Respeito sua posição — ele disse. — Por mais estranho que pareça, eu costumo cumprir o que prometo, e não porque eu seja uma pessoa particularmente correta, muito pelo contrário. Eu sou obcecado por vingança, exatamente como você. Eu não teria sobrevivido se tivesse traído pessoas, e fique à vontade para acreditar ou não no que eu estou dizendo. Mas juro que vou transformar a sua vida num inferno se você não abrir a boca. Você vai se arrepender de ter nascido, pode acreditar.

— Certo — Lisbeth disse —, você é um cara durão, mas também é um maldito de um orgulhoso, não é? Você quer ficar absolutamente seguro de que o meu trabalho de hacker não venha à tona. Mas sinto informar que sou muito precavida. Cada pequeno detalhe sobre o assunto virá a público antes mesmo que você tenha tempo de levantar um dedo, e embora eu realmente não me sinta nada bem fazendo isto, vou humilhá-lo. Imagine só a festa, o barulho que vai tomar conta da internet.

— Você é uma babaca de merda.

— Eu não teria sobrevivido se eu fosse uma babaca de merda — ela replicou. — Odeio esta sociedade que nos vigia o tempo todo. Já tive minha cota de Big Brother e autoridades na vida. Mas ainda estou disposta a fazer alguma coisa por você, Ed. Se você mantiver sua boca bem fechada, eu te passo informações que vão te colocar em posição de poder e o ajudarão a eliminar as maças podres de Fort Meade. Não vou te contar nada sobre o meu ataque.

Pra mim é uma questão de princípios. Mas vou te ajudar a se vingar dos filhos da puta que te impediram de me pegar.

Ed ficou olhando para aquela mulher estranha à sua frente e, em seguida, fez uma coisa que por muito tempo o surpreenderia.

Explodiu numa gargalhada.

31. DIAS 2 E 3 DE DEZEMBRO

Ove Levin acordou de bom humor no hotel Häringe Slott depois de uma longa conferência sobre digitalização das mídias, que havia culminado numa grande festa em que champanhe e bebidas alcoólicas foram servidos à vontade. Um representante mal-humorado do sindicato do jornal norueguês *Kvelds-badet*, sem se conter, disse a Ove que as festas do grupo Serner "estão ficando cada vez mais caras e luxuosas à medida que você demite mais funcionários". O incidente fez Ove derramar vinho tinto em seu blazer feito sob medida.

Mas ele estava feliz e nem se importou, pois tinha conseguido que Natalie Foss fosse encontrá-lo na suíte de seu hotel de madrugada. Natalie era analista de finanças, tinha vinte e sete anos e era incrivelmente sexy, e apesar de bastante embriagado Ove tinha conseguido transar com ela de madrugada e de manhã. Agora já eram quase nove horas, seu celular tocava incessantemente e ele encarava uma ressaca insuportável, ainda mais quando se lembrava das coisas que ainda precisava fazer. Por outro lado, seu lema era "Work hard, play hard", e Natalie, meu Deus...

Quantos cinquentões conseguiam uma garota dessas? Não muitos. Mas agora ele precisava se levantar. Sentia tontura e mal-estar e se arrastou até o banheiro. Depois foi ver como andavam suas ações. Costumava ser um bom estímulo para essas manhãs de ressaca, portanto ele pegou o celular, acessou sua conta bancária e a princípio não entendeu nada. Tinha alguma coisa errada.

Suas ações haviam sofrido uma queda impressionante, e quando, com as mãos trêmulas, verificou seu saldo, ficou em estado de choque. Sua participação na Solifon havia quase desaparecido. Ele simplesmente não entendia e, desesperado, entrou no site da Bolsa de Valores. Em todos os lugares leu a mesma notícia:

NSA e Solifon, mandantes do assassinato do professor Frans Balder. As revelações da revista *Millennium* abalam o mundo.

Ele não se lembrava do que fez depois. Provavelmente gritou, xingou, deu murros na mesa. Tinha uma vaga lembrança de Natalie acordando e perguntando o que estava acontecendo. A única coisa que ele sabia com certeza era que havia passado muito tempo debruçado sobre a privada, vomitando até seu estômago ficar vazio.

A mesa de Gabriella Grane na Säpo tinha sido cuidadosamente limpa. Ela nunca mais pretendia voltar. Estava sentada, inclinada em sua cadeira, lendo a *Millennium*. A primeira página não era o que ela tinha esperado de uma revista que estava dando o furo do século. A página, na verdade, parecia bem boa, toda preta, sem imagens, fúnebre. Não havia imagens e no alto dela se lia:

In memoriam
Andrei Zander

Mais abaixo estava escrito:

O assassinato do professor Frans Balder e a história de como a Máfia russa se uniu à NSA e a uma grande empresa americana de tecnologia.

A segunda página trazia uma fotografia de Andrei, e, mesmo que Gabriella jamais o tivesse visto, ficou profundamente comovida. Andrei era bonito e tinha um ar vulnerável. Seu sorriso era desamparado, tímido. Havia algo ao mesmo tempo intenso e inseguro nele. O texto que acompanhava a foto, assinado por Erika Berger, contava que os pais dele tinham morrido num atentado a bomba em Sarajevo. Prosseguia dizendo que ele amava a *Millennium*, o poeta Leonard Cohen e o romance *Afirma Pereira*, de Antonio Tabucchi. Ele sonhava com um grande amor e com um grande furo de reportagem. Seus filmes favoritos eram *Olhos negros*, de Nikita Michalkov, e *Simplesmente amor*, de Richard Curtis, e mesmo odiando pessoas que ofendiam os outros, era incapaz de falar mal de alguém. Sua reportagem sobre os moradores de rua de Estocolmo já era considerada um clássico do jornalismo, segundo Erika. O perfil de Erika continuava:

> No momento em que escrevo, minhas mãos tremem. Ontem nosso amigo e colega Andrei Zander foi encontrado morto em um cargueiro em Hammarbyhamnen. Ele foi torturado e sofreu terrivelmente. Vou ter que viver com essa dor pelo resto da vida. Mas também há orgulho dentro de mim.
>
> Sinto orgulho do privilégio que tive de trabalhar com ele. Nunca conheci um jornalista tão dedicado e uma pessoa tão genuinamente boa. Andrei tinha vinte e seis anos. Ele amava a vida e o jornalismo. Ele queria denunciar as injustiças e ajudar os mais desamparados. Andrei foi assassinado ao tentar proteger um menino chamado August Balder, e nesta edição em que revelamos um dos maiores escândalos da atualidade Andrei é homenageado em cada linha. Mikael Blomkvist escreveu em sua longa reportagem: "Andrei acreditava no amor. Ele acreditava em um mundo melhor e em uma sociedade mais justa. Ele era o melhor de nós!".

A reportagem se estendia por mais de trinta páginas, e provavelmente era o melhor texto jornalístico que Gabriella Grane já tinha lido. Ficou tão absorvida na leitura que perdeu a noção do tempo e por vezes lágrimas lhe vieram aos olhos. Mas não pôde deixar de sorrir ao ler as seguintes palavras:

> A talentosa analista de segurança da Säpo, Gabriella Grane, mostrou uma coragem excepcional.

A história era bastante simples. Um grupo de funcionários que respondiam diretamente ao comandante Jonny Ingram — este, por sua vez, subordinado ao diretor da NSA, Charles O'Connor, e com contatos na Casa Branca e no Congresso americano — tinha se valido da grande quantidade de segredos industriais de que a agência dispunha, com a colaboração de um grupo de analistas do departamento de pesquisas Y da Solifon. Se a história acabasse aí, seria um escândalo até certo ponto compreensível.

Mas o grupo começou a percorrer um caminho bem mais perigoso ao se juntar à rede criminosa Spiders. Mikael Blomkvist revelava provas de como Jonny Ingram obtivera a colaboração do conhecido líder da Assembleia Legislativa russa, Ivan Gribanov, e do misterioso chefe do Spiders, Thanos, para roubar, e depois vender, ideias e novas tecnologias de valor astronômico desenvolvidas por companhias de ponta. Mas eles desceram às profundezas da depravação moral quando o professor Frans Balder descobriu o que o grupo fazia. Ficou decidido, então, que era necessário se livrar do cientista, e essa, claro, era a parte mais absurda de toda a história. Um dos homens mais graduados da NSA sabia que um pesquisador sueco importante seria assassinado e não mexeu um dedo para impedir que isso acontecesse.

Ao mesmo tempo — e aqui Mikael Blomkvist mostrava sua excelência —, Gabriella sentira-se menos tocada pela lama política do caso que pelo drama humano que tinha se desenrolado paralelamente, assim como pela constatação de que todos viviam num mundo doentio, onde tudo, coisas grandes ou pequenas, era monitorado, espionado, para que mais tarde se fizesse uso dessas informações.

Quando Gabriella terminou de ler a matéria, reparou que havia alguém parado à sua porta. Era Helena Kraft, muito bem vestida como sempre.

— Oi! — disse Helena.

Gabriella se lembrou de como chegara a suspeitar de que Helena fosse a responsável pelos vazamentos na investigação. Mas seus próprios demônios é que tinham sido os responsáveis por isso. O que ela havia interpretado como sentimento de culpa de Helena era simplesmente desconforto porque a investigação não estava sendo conduzida com profissionalismo. Pelo menos foi o que Helena lhe contou durante a longa conversa que tiveram depois que Mårten Nielsen confessou e foi preso.

— Olá — respondeu Gabriella.

— Preciso lhe dizer o quanto estou triste com a sua saída? — continuou Helena.

— Tudo tem seu tempo.

— Você já sabe o que vai fazer?

— Vou me mudar para Nova York. Quero trabalhar com direitos humanos e, como você sabe, recebi uma proposta da ONU há algum tempo com validade meio indefinida.

— Vai ser uma perda para nós, Gabriella. Mas você merece.

— Então minha traição já foi perdoada?

— Não por todos, mas eu entendi isso apenas como um sinal do seu bom caráter.

— Obrigada, Helena.

— Você tem alguma coisa importante para fazer aqui antes de ir embora?

— Hoje não. Vou à homenagem que a imprensa vai prestar a Andrei Zander.

— Muito bom. Eu tenho uma apresentação para o governo sobre todo esse caos, mas à noite também farei um brinde ao jovem Zander e outro a você, Gabriella.

Sentada à sua mesa e com um sorriso contido, Alona Casales observava à distância o desespero do almirante Charles O'Connor atravessando todo o andar como se fosse um garoto vítima de bullying na escola, e não o dirigente do mais poderoso serviço de inteligência da face da Terra. Mas hoje todos os homens fortes da NSA estavam encolhidos e acovardados, com exceção de Ed, claro.

No entanto Ed também não parecia muito satisfeito. Ele sacudia os braços, transpirava bastante e estava irritado. Apesar disso, exalava sua costumeira autoridade e dava para ver que até O'Connor estava com medo dele, o que não era de estranhar. Ed tinha voltado de Estocolmo com dinamite na bagagem e armara uma cena exigindo melhorias em todos os níveis da organização, e claro que o diretor da NSA não ia agradecer a ele por isso. Provavelmente, o que ele mais desejava agora era mandar Ed para a Sibéria.

Mas, como não havia nada que ele pudesse fazer, O'Connor simplesmente se encolheu ao se aproximar de Ed, o qual, numa atitude típica dele, nem se deu ao trabalho de olhar para cima. Ed ignorou o diretor da NSA assim como costumava fazer com todos aqueles com quem ele não tinha tempo a perder, e a situação de O'Connor também não melhorou no decorrer da conversa deles.

Ed parecia desrespeitoso, e mesmo que Alona não pudesse ouvir o que eles falavam, podia muito bem imaginar o que estava e até o que não estava sendo dito. Ela havia conversado demoradamente com Ed e sabia que ele não ia dizer ao almirante uma só palavra de como tinha obtido toda a informação, e que não ia fazer nenhum tipo de concessão, e ela gostou disso.

Ed estava disposto a se aproveitar ao máximo da situação, e Alona jurou solenemente que, de sua parte, iria lutar pela retidão dentro da agência e o apoiaria se ele enfrentasse algum problema, qualquer que fosse. Também jurou que ia telefonar para Gabriella Grane e convidá-la para sair, se é que era verdade que Gabriella estava a caminho dali.

Na verdade, Ed não estava ignorando o diretor da NSA de propósito. Mas ele não ia interromper o que estava fazendo — repreendendo dois controladores — só porque o almirante estava ali parado na sua frente, e foi somente depois de um ou dois minutos que ele se dirigiu ao seu superior de forma bastante gentil, não para bajulá-lo nem para compensar a falta de atenção com que o tratara de início. Foi mesmo uma atitude sincera.

— Você mandou bem na coletiva com a imprensa — disse.

— Você achou? — perguntou o almirante. — Mas saiba que foi um inferno.

— Bem, você pode me agradecer por eu ter lhe dado tempo de se preparar.

— Agradecer? Você está louco? Já viu as notícias na internet? Eles estão postando todas as fotos em que eu apareço junto com Ingram. Estou desmoralizado.

— Bem, então trate de ficar de olho nos seus subordinados daqui para a frente.

— Como ousa falar comigo dessa maneira?

— Eu falo como eu quiser. A agência está na maior crise e o responsável pela segurança sou eu. Não tenho tempo nem sou pago para ser educado e bonzinho.

— Cuidado com o que você diz... — começou o diretor da NSA.

Mas se deu por vencido assim que Ed se levantou de repente da cadeira, com todo o seu tamanho e peso de urso, para esticar as costas ou mostrar autoridade.

— Eu mandei você para a Suécia para resolver tudo isso — continuou o almirante. — Mas quando você voltou, tudo virou uma enorme confusão. Uma catástrofe.

— A catástrofe já tinha acontecido — retrucou Ed.

— Mas como toda essa merda foi parar naquela revista sueca?

— Eu já lhe expliquei milhares de vezes.

— Você falou sobre o seu hacker, mas tudo que ouvi não passa de suposições e conversa mole.

Ed havia prometido deixar Wasp fora daquele caos e pretendia manter sua palavra.

— Suposições e conversa mole de alta qualidade — ele respondeu. — O maldito hacker, quem quer que ele seja, conseguiu descriptografar os arquivos de Ingram e entregou tudo para a revista *Millennium,* e admito que isso foi péssimo. Mas sabe o que foi pior?

— Não.

— O pior é que tivemos a chance de pegar o hacker, cortar as asinhas dele e impedir que ele passasse a informação. Mas então mandaram a gente parar a nossa investigação, e não venha me dizer que você me deu algum tipo de apoio nessa questão.

— Eu mandei você para Estocolmo.

— Mas deu folga para os meus rapazes, e todo o nosso trabalho acabou desperdiçado. Agora o hacker encobriu as pistas e para pegá-lo teríamos que começar tudo do zero. Claro, a gente até pode fazer isso, mas que vantagem a gente vai ter, a esta altura, de anunciar para o mundo que um hacker nojento nos enganou feio?

— Vantagem nenhuma, provavelmente. Mas pretendo bater forte na *Millennium* e naquele repórter Blomström, pode ficar certo disso.

— O nome dele é Blomkvist, na verdade Mikael Blomkvist. Você é que sabe, e boa sorte. Vai fazer um bem danado para sua reputação a NSA invadir o território sueco e prender o jornalista mais admirado do momento, um herói para eles — disse Ed. Então o almirante resmungou alguma coisa baixinho e desapareceu dali.

Ed sabia mais do que ninguém que Charles O'Connor não iria prender nenhum jornalista sueco. O almirante estava lutando por sua sobrevivência política e não podia correr o risco de tomar alguma decisão imprudente. Ed decidiu ir bater papo com Alona. Já estava saturado de tanto trabalhar. Precisava sair um pouco dos trilhos, fazer alguma coisa diferente para relaxar e decidiu chamá-la para dar um giro por alguns bares.

— Vamos sair e tomar um porre para esquecer toda esta merda — ele disse, sorrindo.

Hanna Balder estava parada na pequena colina próxima ao hotel Schloss Elmau. Depois de dar um leve empurrão nas costas de August, ficou observando-o deslizar até o fim da pequena elevação num velho trenó de madeira que eles tinham pedido emprestado ao hotel. Assim que viu o filho parar ao lado do celeiro marrom, ela começou a andar na direção dele com suas botas para neve. Mesmo sendo um dia de sol, nevava levemente, sem ventar. Ao longe, o topo da montanha quase alcançava o céu e à sua frente se abriam os campos cobertos de neve.

Hanna nunca tinha estado num lugar tão bonito, e August se recuperava bem, e muito graças à dedicação do professor Charles Edelman. Mas não estava sendo fácil para ela. Sentia-se péssima. Mesmo naquele pequeno percurso fora obrigada a parar duas vezes com falta de ar. O desmame de seus comprimidos — todos benzodiazepínicos — estava sendo mais doloroso do que tinha imaginado, e à noite ela ficava encolhida na cama repassando sua vida de forma impiedosa. Muitas vezes chegou a se levantar e a esmurrar a parede, em prantos. Milhares de vezes amaldiçoou Lasse Westman e a si mesma.

Ainda assim... havia momentos em que se sentia estranhamente purificada, e de vez em quando chegava quase a se sentir feliz. Por vezes, envolvido com suas equações e sequências de números, August respondia às perguntas dela, embora com monossílabos ou palavras estranhas, e ela concluía que algo estava realmente mudando.

Claro que não entendia o filho inteiramente. Ele ainda era um mistério para ela, e por vezes ele falava em números, em números elevados à potência de números ainda maiores, e parecia achar que Hanna ia entender. Mas algo sem dúvida havia mudado, e ela nunca mais iria se esquecer de como vira

August se sentar diante da mesa do quarto deles em seu primeiro dia no hotel e começar a escrever as equações intermináveis que brotavam dele e que ela ia fotografando e enviando à jovem em Estocolmo. Naquele dia, no começo da noite recebeu uma mensagem de texto em seu Blackphone:

Diga a August que deciframos o código!

Ela nunca tinha visto o filho tão feliz e tão orgulhoso, e mesmo que ela não tivesse ideia do que era tudo aquilo e nunca tenha mencionado o que aconteceu nem ao próprio Charles Edelman, aquele momento significou tudo para ela. Hanna começou a sentir orgulho do filho, um orgulho imenso.

E também desenvolveu um interesse apaixonado por se informar sobre a síndrome de *savant*, e enquanto Charles Edelman estava hospedado no hotel, os dois com frequência, depois que August adormecia, ficavam conversando até de madrugada sobre as capacidades do filho e sobre vários outros aspectos de sua síndrome. Ela só não tinha certeza se fora uma boa ideia ter ido para a cama com Charles.

Por outro lado, também não tinha certeza se fora uma má ideia. Charles a fazia se lembrar de Frans, e lhe ocorreu que todos eles estavam começando a se conhecer como uma pequena família: ela, Charles e August, a rigorosa mas também gentil professora Charlotte Greber e o matemático dinamarquês Jens Nyrup, que foi visitá-los e constatou que, por alguma razão, August era obcecado por curvas elípticas e pela fatoração de números primos.

De algum modo, a estadia deles ali estava se transformando numa viagem de descoberta do notável universo do filho. Enquanto descia desajeitadamente a pequena colina sob a neve fina para se encontrar com August e o via se levantar do trenó, Hanna sentiu pela primeira vez em anos que seria uma mãe melhor e que daria um jeito em sua vida.

Mikael não entendia por que sentia o corpo tão pesado. Era como se estivesse tentando caminhar dentro d'água. Lá fora rolava uma comoção barulhenta, de certa forma a celebração de uma vitória. Quase todos os jornais, sites, emissoras de rádio e canais de televisão queriam entrevistá-lo. Ele não aceitou nenhum convite nem precisava. Antes, quando a *Millennium* publicava algum furo, ele e Erika, sem ter certeza se receberiam apoio do restante da imprensa, tinham precisado recorrer a algumas estratégias, por exemplo aparecer nos veículos certos e, algumas vezes, até dividir um pouco do furo de reportagem com outros veículos de comunicação. Agora isso não era mais necessário.

A história se espalhara explosivamente por si só, e quando o diretor da NSA, Charles O'Connor, e a ministra do Comércio dos Estados Unidos, Stella Parker, numa entrevista coletiva, se desculparam em público pelo que havia ocorrido, as dúvidas que ainda restavam de a história ter sido superdimensionada ou equivocada, desapareceram de imediato, e órgãos de comunicação do mundo todo deram início a uma calorosa discussão sobre as implicações e consequências dessas descobertas.

Apesar de todo o barulho e dos telefones tocando sem parar, Erika havia decidido organizar uma festa-relâmpago na redação. Ela achou que todos mereciam escapar daquele alvoroço por algumas horas com alguns drinques. A primeira edição de cinquenta mil exemplares tinha se esgotado na manhã anterior e o número de visualizações do site da *Millennium*, que também possuía uma versão em inglês, já passara de muitos milhões. Propostas de transformar a história num livro não paravam de chegar, o número de assinantes da revista crescia a cada minuto e os anunciantes faziam fila para não ficar fora desse momento.

Eles também haviam readquirido do grupo Serner as ações da *Millennium*. Apesar da carga imensa de trabalho, Erika conseguira fechar o negócio alguns dias antes. Não tinha sido uma negociação fácil. Os representantes do grupo Serner perceberam o desespero dela e tiraram o máximo proveito disso, e por algum tempo nem ela nem Mikael acreditaram que o negócio sairia. Só no último instante, quando chegou uma generosa contribuição feita por uma empresa desconhecida de Gibraltar — o que fez Mikael abrir um grande sorriso —, foi que eles conseguiram se livrar dos noruegueses. Tendo em vista a situação, o preço havia sido alto, mas a transação também podia ser encarada como um golpe de mestre, já que no dia seguinte, quando a revista foi às bancas com seu furo de reportagem, o valor da marca *Millennium* subira rapidamente. Portanto eles eram livres e independentes de novo, embora quase não tenham tido tempo de desfrutar essa sensação.

Jornalistas e fotógrafos os tinham perseguido inclusive na cerimônia de homenagem a Andrei no Clube de Imprensa e, mesmo que nessa aproximação cada um deles também quisesse cumprimentá-los, Mikael se sentiu sitiado, sufocado, e suas respostas não foram tão gentis como ele gostaria. Além disso, as noites maldormidas e as dores de cabeça não o tinham abandonado.

Agora, no dia seguinte, a redação tinha sido redecorada às pressas. Em cima das mesas havia garrafas de champanhe, de vinho, de cerveja, além da comida japonesa pedida num restaurante. Depois as pessoas começaram a chegar, primeiro os jornalistas fixos, os freelancers, alguns amigos e familiares. Até Holger Palmgren apareceu, e Mikael o ajudou a entrar e a sair do elevador. Os dois se abraçaram duas ou três vezes.

— A nossa garota conseguiu — disse Holger com lágrimas nos olhos.

— Ela sempre consegue — respondeu Mikael, sorrindo. Ele pôs Holger sentado num lugar de honra no sofá da redação e deu instruções para que o copo dele nunca ficasse vazio.

Era muito bom ver todos os novos e os velhos amigos, como Gabriella Grane e o inspetor Bublanski, que a rigor não deveria ter sido convidado — tendo em vista que a *Millennium* era uma revista investigativa e de certa forma às vezes concorria com a força policial —, mas que Mikael insistira que viesse e que, surpreendentemente, passou a festa toda numa conversa animada com a professora Farah Sharif.

Mikael brindou com ele e com todos os outros. Estava de jeans e com seu melhor blazer e bebera um bocado, o que não fazia com frequência. Mas nem isso ajudou a aliviar o peso e o vazio que sentia pela perda de Andrei, que não saía do seu pensamento nem por um segundo. A imagem dele sentado ali na redação quase aceitando o convite de Mikael para tomar uma cerveja era recorrente, um instante na vida deles que tinha sido rotineiro e ao mesmo tempo vital. As lembranças de Andrei surgiam o tempo todo e Mikael teve dificuldade de se concentrar nas conversas.

Já tinha recebido elogios e adulações suficientes, e o único aplauso que o emocionou fora a mensagem de texto de sua filha, Pernilla: *Você escreve de verdade, pai!* De vez em quando ele olhava para a porta na esperança de ver Lisbeth chegando. Tinha pedido que ela viesse e obviamente seria a convidada de honra. Mas até agora nem sinal dela, o que não o surpreendia. Mikael pelo menos gostaria de lhe agradecer pessoalmente a maravilhosa contribuição para que eles pudessem se livrar do grupo Serner.

A sensacional documentação sobre Ingram, Gribanov e sobre a Solifon lhe permitira desvendar todo o caso e fazer com que Ed the Ned e o próprio

Nicolas Grand, da Solifon, lhe fornecessem mais detalhes. Desde então, porém, só tivera notícias de Lisbeth uma vez, quando ele a entrevistara pelo aplicativo Redphone sobre o que tinha acontecido na casa de campo de Ingarö.

Isso tinha sido uma semana antes, e Mikael não sabia se ela havia gostado da matéria. Talvez estivesse aborrecida, achando que ele tinha dramatizado demais, mas não havia muito o que fazer com as respostas monossilábicas dela. Ou talvez estivesse furiosa por ele não ter mencionado o nome de Camilla e ter se referido a ela apenas como uma mulher de origem sueca e russa que adotava o pseudônimo Thanos ou Alkhema. Ou talvez estivesse decepcionada com toda a reportagem, achando que ele não havia adotado uma linha mais dura com todos eles.

Não era fácil saber, e as coisas andavam meio tensas porque o procurador Richard Ekström estava considerando a possibilidade de processar Lisbeth por sequestro e privação de liberdade de menor. Era assim que as coisas estavam e por fim Mikael se encheu de tudo e foi embora da festa sem se despedir de ninguém.

O tempo estava horroroso e, sem nada para fazer, ele ficou ali parado na Götgatan dando uma olhada em suas mensagens de texto. Recebera inúmeros cumprimentos pela reportagem, pedidos de entrevista e algumas propostas indecentes. Mas nada de Lisbeth, o que o chateou um pouco. Em seguida, desligou o celular e foi caminhando para casa com passos pesados demais para alguém que tinha acabado de dar o furo do século.

Lisbeth estava sentada em seu sofá vermelho na Fiskargatan, observando com um olhar vazio a Gamla Stan e o lago de Riddarfjärden. Fazia um ano que ela havia começado a caçar sua irmã e o legado criminoso de seu pai, e não havia como negar que já tinha feito algum progresso.

Havia encontrado Camilla e golpeado seriamente os Spiders. A associação entre a Solifon e a NSA fora desfeita. O líder da Assembleia Legislativa russa, Ivan Gribanov, estava sob grande pressão em seu país. O matador de Camilla tinha morrido e o braço direito dela, Jurij Bogdanov, e outros engenheiros de computação estavam sendo procurados pela polícia, o que os forçara a se esconder no submundo do crime. Mas Camilla ainda estava viva e tudo indicava que tinha saído do país e que iria montar uma nova organização criminosa.

Nada tinha acabado. Lisbeth havia feito o que podia, mas não significava que era o suficiente, nem perto disso. Com expressão séria, olhou para a mesa de centro à sua frente. Havia um maço de cigarros ali e a edição da *Millennium*, que ela ainda não lera. Ela pegou a revista, mas a largou de novo na mesa. Em seguida pegou-a de novo e começou a ler a longa reportagem de Mikael. Quando chegou à última frase, ficou olhando por algum tempo para uma foto recente dele perto de sua assinatura no fim da matéria. Depois se levantou, foi até o banheiro e se maquiou. Vestiu uma camiseta preta justa, sua jaqueta de couro e foi para a rua naquele começo de noite de dezembro.

Ela estava congelando. Suas roupas não eram nada quentes, mas não se importou muito e, com passos apressados, seguiu na direção do Mariatorget. Virou à esquerda na Swedenborgsgatan e entrou num restaurante chamado Süd. Ela foi para o bar e bebeu, alternadamente, uísque e cerveja. Muitos frequentadores do lugar eram jornalistas ou gente da área cultural, portanto muitos a reconheceram e não foi surpresa que ela acabasse se tornando muito observada e o assunto de muitas conversas ali. O guitarrista Johan Norberg, que assinava uma coluna no jornal *Vi* e que era conhecido por captar pequenos mas significativos detalhes nas pessoas, achou que Lisbeth não estava bebendo por prazer, mas como se fosse uma incumbência desagradável que lhe cabia.

Sua linguagem corporal era bastante determinada, e ninguém teve coragem de se aproximar dela. Uma mulher chamada Regine Richter, que trabalhava com terapia cognitiva comportamental e estava sentada numa mesa próxima, chegou a se perguntar se Lisbeth Salander sequer tinha notado um rosto que fosse no restaurante. Regine não se lembrava de ver Lisbeth examinando o ambiente ou demonstrando o menor interesse por algo ali. O garçom do bar, Steffe Mild, achou que Lisbeth estava se preparando para algum tipo de operação ou confronto.

Às 21h15 ela pagou a conta em dinheiro e deixou o Süd sem uma palavra ou aceno. Um homem de meia-idade, de boné, Kenneth Höök, já bastante embriagado e nada confiável, segundo suas ex-mulheres e seus amigos mais próximos, a tinha visto cruzar o Mariatorget como se ela "estivesse indo para um duelo".

* * *

Apesar do frio, Mikael Blomkvist voltava para casa caminhando devagar, mergulhado em pensamentos tristes, embora um sorriso tenha brotado em seu rosto quando viu os velhos frequentadores do seu pub favorito, o Bishop's Arms.

— Então, no final das contas, você não estava acabado, hein! — gritou Arne, ou seja lá como ele se chamava.

— Parece que não — respondeu Mikael, pensando que uma cerveja e um bom papo com Amir poderiam levantar seu ânimo.

Mas estava deprimido demais para isso. Queria ficar sozinho, portanto continuou seguindo na direção de seu prédio. Subindo as escadas, sentiu um grande desconforto, consequência talvez de tudo o que vivera nos últimos dias, e tentou se livrar dessa sensação. O desconforto não desapareceu, e só aumentou quando uma luz se apagou no andar de cima.

A escuridão era compacta e ele diminuiu os passos ao perceber o que lhe pareceu um leve movimento. Em seguida, algo brilhou, como se fosse a luz fraca de um celular, e então ele vislumbrou uma figura indistinta como um fantasma, uma pessoa magra e de olhos escuros e faiscantes sentada na escada.

— Quem está aí? — ele perguntou, com medo.

Mas então viu que era Lisbeth, e mesmo tendo se animado a princípio, e baixado a guarda, ainda assim não sentiu o alívio esperado.

Lisbeth parecia furiosa, os olhos pintados de preto, o corpo tenso, preparado para o ataque.

— Você está zangada?

— Bastante.

— Por quê?

Lisbeth deu um passo à frente e ele viu seu rosto pálido e se lembrou de que ela havia levado um tiro não fazia muito tempo.

— Porque eu venho te visitar e não encontro ninguém em casa — ela disse.

Mikael se aproximou dela.

— E isso é um absurdo, não é? — ele disse.

— Eu diria que sim.

— Mas e se eu agora te convidar para entrar?

— Bom, vou ser obrigada a aceitar.

— Neste caso, seja bem-vinda — ele disse. E pela primeira vez depois de muitos anos, seu rosto se abriu num grande sorriso.

Lá fora, uma estrela cadente riscou a noite.

AGRADECIMENTOS

Meus sinceros agradecimentos à minha agente Magdalena Hedlund, a Erland Larsson e Joakim Larsson, respectivamente pai e irmão de Stieg Larsson, a meus publishers Eva Gedin e Susanna Romanus, a meu editor Ingemar Karlsson, e a Linda Altrov e Catherine Mörk, da agência Norstedt.

Agradeço também a David Jacoby, pesquisador de segurança no Kaspersky Lab, e Andreas Strömbergsson, professor de matemática na Universidade Uppsala. Agradeço ainda a Fredrik Laurin, da Ekot, Mikael Lagström, da Outpost 24, aos escritores Daniel Goldberg e Linus Larsson e a Menachem Harari.

E, claro, à minha Anne.